CONTENTS

目录

民族文学

宁夏地域文学

女性文学

文本考证

北方民族大学文史学院文库（第一辑）

BEIFANG MINZU DAXUE
WENSHI XUEYUAN WENKU（DIYIJI）

WENXUEJUAN

文学卷

北方民族大学文史学院 编

黄河出版传媒集团
宁夏人民出版社

图书在版编目(CIP)数据

北方民族大学文史学院文库. 第一辑. 文学卷/北方民族大学文史学院编. — 银川：宁夏人民出版社，2016.10
ISBN 978-7-227-06478-7

Ⅰ. ①北… Ⅱ. ①北… Ⅲ. ①少数民族—民族历史—中国—文集 ②少数民族文学—文学史研究—中国—文集
Ⅳ. ①K28-53 ②I207.9-53

中国版本图书馆CIP数据核字（2016）第268965号

北方民族大学文史学院文库(第一辑)·文学卷 北方民族大学文史学院 编

责任编辑 丁 佳 白 雪
封面设计 张 宁
责任印制 肖 艳

黄河出版传媒集团
宁夏人民出版社 出版发行

出 版 人 王杨宝
地　　址 宁夏银川市北京东路139号出版大厦（750001）
网　　址 http://www.nxpph.com　http://www.yrpubm.com
网上书店 http://shop126547358.taobao.com　http://www.hh-book.com
电子信箱 nxrmcbs@126.com　renminshe@yrpubm.com
邮购电话 0951-5019391　5052104
经　　销 全国新华书店
印刷装订 宁夏精捷彩色印务有限公司
印刷委托书号 （宁）00003245

开　　本 787 mm×1092 mm　1/16
印　　张 32.75　**字数** 450千字
版　　次 2016年12月第1版
印　　次 2016年12月第1次印刷
书　　号 ISBN 978-7-227-06478-7
定　　价 66.00元

民族文学

《易经》文学性探微

◎李增林　宿岿岚

《易经》本为占卜之书。《易传·系辞上》说："以卜筮者尚其占"[①]肯定了《易经》的占卜性质。《淮南子·要略》说："八卦可以识吉凶，知祸福矣。"[②]《汉书·艺文志》说："及秦燔书，而《易》为筮卜之事，传者不绝。"[③]魏晋以降，多沿袭此说。现代研究《易经》的学者，如郭沫若、高亨、李镜池、张立文等，也多持这种看法。《易经》虽为占卜之书，但由于它产生后，动辄被人附会、歪曲，所以它的影响不仅仅局限于占卜，而是涉及许多学科和领域。然而，《易》说虽繁，却极少涉及文学。在《四库全书》中收录有关《易经》的两百部著述中，专门从文学方面论及的几乎没有；新中国成立后出版的一些研究《易经》的专著，也没有一部是专论其文学性的。《易经》的文学性仅作为一小部分在高亨、李镜池及宋祚胤等人的书中论及；在1984年中国《周易》学术讨论会上，提交论文

①本文所引《周易》原文，均见(唐)李鼎祚:《周易集解》，北京:中国书店出版社，1984年。
②《景印文渊阁四库全书》第848册，台湾:商务印书馆，第756页。
③(东汉)班固:《汉书》，北京:中华书局，第1704页。

131篇，论述文学性的却仅四篇。[①]近几年来，虽已有一些学者开始对《易经》的文学性进行探讨和研究，但并未引起学术界的足够重视。我们不量浅薄，欲通过本文对《易经》的文学性进行一番探索，一方面就教于方家，另一方面为《易经》在文学史上争得一席之地。

《易经》虽然没有极其明显地直接影响到后世文学的发展，但作为文学源头之一，它对于艺术手法、艺术美学无意识的运用和追求却融入了文学长河之中，使整个文学史更加丰富多彩，使后世文人学者受益匪浅。源虽涓细，流却壮阔。在研究文学史时不能持"曾经沧海难为水"的态度，不可只注重后世文学作品的纷繁丰硕，而忽视开先河的幼芽，把它们排斥在文学殿堂之外。

一

《易经》文辞简短，而在简短的文辞中，判词又占有一定的比例。如果剔除其抽象呆板的判词，便能从简洁的卦爻辞中领略到它的文学风采。以《离》卦为例：

《离》：利贞，亨。畜牝牛吉。

《初九》：履错然，敬之无咎。

《六二》：黄离，元吉。

《九三》：日昃之离，不鼓缶而歌，则大耋之嗟，凶。

《九四》：突如，其来如，焚如，死如，弃如。

《六五》：出涕沱若，戚嗟若，吉。

《上九》：王用出征，有嘉折首，获匪其丑，无咎。

此卦爻辞中的判词有"利贞""敬之无咎""元吉""凶""吉""无咎"等。它们除对前面的卦爻辞做出更为明确的说明外，别无他用，极其空洞、抽象。与之相比，前面的卦爻辞要形象生动得多。

---

①湖北省社会科学哲学所等编:《中国〈周易〉学术讨论会史料辑集》,1984年。

如《六二》爻辞，高亨先生说：“离（離）、离皆借为螭，龙也，谓云气似龙形者，虹之类也。音转而谓之霓。黄螭即黄霓。黄为吉祥之色。”“古人认为黄霓出现天空，是大吉之兆，故曰：‘黄离，元吉’。”[①]这里写的云气似黄色龙的霓出现在蓝色天空的自然景观，是生动形象的描绘。这一自然景观，象征着人世的大吉大利，富有诗意，四字有节奏，押韵。

再如《九三》爻辞，辞中日昃即日侧，日在西方。离仍为霓。古人认为日在西方之时霓出现在天空，不久日之将暮，恰似人在大耋之年，寄托在世，不久将逝。所以当此时如不击缶而歌，及时行乐，则会徒自悲叹，因此说凶矣。这段爻辞，三句字数基本相同，又有节奏韵律，有自然景色，有人物击缶歌唱的活动，有白发老人的嗟叹，可谓有声有色，动静兼备，诗意盎然。

又如《九四》爻辞，“突如”，宋吕祖谦在《古易音讯》中引古说“突作流”，即流放之流。写一人被流放在远方，如果他私自逃归，必将被烧死，被抛弃。此事件本身并无文学色彩，但其叙述形式近于诗歌，具有诗歌的节奏感和韵律美。

其《六五》爻辞，写到人的神态，涕，泪也；沱，泪流多的样子；戚是悲忧，嗟是嗟叹。珠泪滂沱，悲伤忧叹，本来是不吉利的状况，但是一个人无论是犯了错或遇到意外不幸，能够如此沉痛，说明已有后悔觉醒之意，所以爻辞的判语说：“吉”。这里且不谈其吉凶转化的朴素辩证法思想，仅说只此七字即把一个人痛苦不堪的形象表现了出来，产生了强烈的感染力。

其《上九》爻辞，“王用出征”，“用”训为“于”。王因有叛或邻国入侵，王在出征，以安定邦国。嘉，古人称喜庆之事为嘉。折首是斩首，匪读为“彼”。丑，古称敌人为丑，是憎恨之词。此爻辞记叙王出征作战，不仅杀死许多敌人，还掳获了大批敌人。语言简练，句式整齐，具有叙事

①高亨:《周易大传今注》,济南:齐鲁书社,1979年。本文所引高亨先生语若不注明者,亦见此书。

性，押韵，可说是首简短的叙事诗。六十四卦的卦辞和爻辞386条，诸如此类者不胜枚举。

关于《易经》的文学特色，学术界公认而经常提及的是它的比、兴手法。我们认为比兴仅是《易经》文学特色之一方面，隶属于诗歌这一文体之中。在《易经》中，可谓诸体均有胚胎，诸种艺术手法亦露端倪，不能仅仅局限于比兴。因此，本文所谈《易经》的文学性，除诗歌外，还有小说和寓言两种体裁。

一种文体区别于另一种文体，主要在于它的语言形式。诗歌作为一种言志抒情的手段，其不同于小说、散文的乃是它独特语言符号的组织和运用。节拍韵律，是诗歌不可缺少的表层形式，在此基础上，才可能进一步谈诗歌的深层结构，即情感的抒写和哲理的表达。

我们认为《易经》具有诗歌文体的特征，就是由它的这种表层形式所决定的。例如《屯·六二》爻辞：

屯如邅如，乘马班如，匪寇婚媾。

高亨先生释“屯”为“聚”，“邅”为“转”，“屯如邅如”即许多人聚在一起，盘旋不进，若释“屯”为“迍”，则“屯如邅如”即为“迍邅”，为“迟迟不进”之意。[①]这虽与高亨先生的解释不同，却一样说得通。这一爻辞所记，是古代婚礼场面：一群人乘马而来，在女子家门前踟蹰盘旋。他们不是来抢劫财物，而是抢婚。在短短的十二个字中，有两个对偶句。“如”字又将“屯”“邅”断开，使表一个意义的两个字按节奏分开，在意义不变的前提下，增加了节奏美。二拍的明快节奏给人以舒畅欢快、豪爽奔放的感觉，使人如临其境，与当事人一起体味那热烈的喜庆气氛。“如”字读韵柔顺轻缓，在爻辞中造成了一种和谐优美的韵律感。节奏和韵律在此爻辞中有机统一，给人的感觉既浓烈又温馨，不失为一首很好的小诗。

---

①参见《辞海》“迍”“邅”解。

再如《中孚·六三》爻辞：

得敌，或鼓或罢，或泣或歌。

这一爻辞描述了战斗胜利掳得敌人的场面：一些战士在为胜利而欢呼，激动地擂响战鼓；一些战士因为激战，精疲力竭，颓然地倒在地上，(罢借为疲)；另一些人在为牺牲的同伴，为胜利来之不易而哭泣；还有一些人却在引吭高歌，是在赞美自己的英武？是在感叹人生的迅忽？还是在为同伴唱挽歌？短短的爻辞，展示了如此丰富的内容和复杂的情感。“敌”“罢”叶韵，“或”字将几种动作神态按节奏分开又相互联缀，从而精炼准确地把战后场面展现在读者面前。读者不仅体味到声音上的节奏和韵律，而且能体验到战士们悲喜交加的情感，从而被深深感动。

节奏和韵律，固然是构成诗歌的重要因素，但若仅有此，也还不能算是真正意义上的诗，只能是诗的外壳。诗歌的语言，不仅要排列出节奏和韵律，它本身也要简洁凝练，蕴涵深刻复杂的情感，具有形象性，能迅速将读者带到作品特有意境中进行情感体验。上文所引《中孚·六三》爻辞中“歌”字的运用，就很成功。《诗大序》中说：“情动于中而形于言，言之不足故嗟叹之，嗟叹之不足故永歌之。”[①]人只有情感较丰富时才会有歌唱的欲望。爻辞以一“歌”字表现战士们的心境和情绪，既精炼又传神。

再如《屯·上六》爻辞中的“泣血涟如”，写人的悲哀忧伤更为生动逼真，形象感人。“泣血”，“言泣无声如血出”；“涟如”，“犹涟然，流泪不断之貌”。[②]哽咽而泣，泪珠滚滚，比起号啕大哭，是悲伤的更高层次的表现。两个形容词的运用恰到好处，使此爻辞收到了感人至深的艺术效果。

诗歌需要有精炼传神的语言，这样才能在极短的篇幅中传达出尽可能丰富的情感。但是，情感的抒写，却不能仅靠精炼的语言。诗之为诗的关键，还在于它能运用平淡无奇的语言，组合成蕴涵深刻哲理和丰富情感的意象，这种手法，即是比兴。《易经》在利用天象、物象等指示人事的吉

---

①《景印文渊阁四库全书》第69册，台湾：商务印书馆，第116页。

②高亨：《周易大传今注》，济南：齐鲁书社，1979年。

凶时，即用了此种方法。

从整体上看，《易经》即是个大比喻，它以天地间万事万物为喻体，以人的命运、福祸为本体，在此基础上产生了《易经》。最初的这种比喻仅是为了说明哲学意义上的天人合一、天人关系，后来才被广泛地用于诗歌之中，成为一种文学表现手法。比兴，是诗歌中极为重要的言志抒情手段。《易经》对这一手法的运用，是具有开拓意义的。

《系辞上》这样评论《易经》："言天下之至赜而不可恶也，言天下之至动而不可乱也。拟之而后言，议之而后动，拟议以成其变化。"《系辞下》说："古者包牺氏之王天下也，仰则观象于天，俯则观法于地，观鸟兽之文与地之宜，近取诸身，远取诸物，于是始作八卦，以通神明之德，以类万物之情。""是故易者，象也，象也者，像也。"此两节皆指出《易经》的卦象卦爻辞都是以"拟议"、以类似或相象来作为立足点的。

《易经》以天地万物比拟人事，在天地万物的形象变化运动中观照社会中人的自身。把自身行为的成败与天象运动变化联系起来，找到了人的品德、行事、遭遇与自然万物本身形象变化运动的共同点，从而开创了"比"的表现手法。比，比喻。郑玄说："比，见今之失，不敢斥言，取比类以言之。"[①]朱熹认为："比者，以彼物比此物也。"[②]以《乾》卦为例：

《乾》：元亨，利贞。

《初九》：潜龙，勿用。

《九二》：见龙在田，利见大人。

《九三》：君子终日乾乾，夕惕，若厉，无咎。

《九四》：或跃在渊，无咎。

《九五》：飞龙在天，利见大人。

①《景印文渊阁四库全书》第90册，台湾：商务印书馆，第429页。

②朱熹注：《诗经》，上海：上海古籍出版社，1987年。本文中所引《诗经》中的诗句均引自此书。

《上九》：亢龙有悔。

《用九》：见群龙无首，吉。

闻一多先生释“龙”为龙星：“案古书言龙，多谓东宫苍龙之星。《乾》卦六言龙，亦皆谓龙星。”[①]此卦以“龙”星象君子，以它在天空中位置的升降变化，比拟君子在仕途上的通达与否，这是一“比”。又“乾”为阳，为刚，以象君之子德。孔颖达说：“此乾卦本以象天，天乃积诸阳气而成天。”“天以健为用者，运行不息，应化无穷，此天之自然之理，故圣人当法此自然之象而施人事。”这又是一“比”。而此卦“于人事言之，则君也，父也”[②]。《说卦》也说：“乾为天、为圜、为君、为父、为玉、为金、为寒、为冰、为大赤、为良马、为老马、为瘠马、为驳马、为木果。”这里指出《易经》均取天刚健之德，德即本性，以比拟人事和物象。一卦之中，有多比，如果没有“比”，便没有《易经》。

“比”既是《易经》赖以产生的思想基础，又是它得以存在的艺术表现手法。而本文则主要是从艺术手法的角度对其进行分析的。以《大过》卦两爻辞为例：

《九二》：枯杨生稊，老夫得其女妻，无不利。

《九五》：枯杨生华，老妇得其士夫，无咎无誉。

孔颖达说：“老夫得女妻，是女妻以少而与老夫，老夫得少而更壮……今女得老夫，是老夫减老而与少，女妻既得其老，则益长。”“年老之妇，得其强壮士夫，妇已衰老，夫又强大，亦是其益少也。”[③]朱骏声说：“凡丈夫年过娶二十之女，老妇年过嫁三十之男，皆得其子。故曰过以相与。古养老之礼，行役以妇人，亦谓盛阴可助阳衰也。”[④]枯枝老干，迎接它的命运是被摧为薪。但突然间，一片包蕴生机的嫩芽从残枝败叶中吐出，使这一垂老的枯树又逢春天，获得第二次生命。这对树说是吉利的，对于人

①《闻一多全集》卷一《周易义征类纂》，北京：生活·读书·新知三联书店，1982年。
②③（唐）孔颖达撰：《周易正义》（影印本），北京：中国书店，1987年。
④（清）朱骏声：《六十四卦经解》，北京：中华书局，1958年。

亦如是。年老者娶了年轻的妻子，晚年生活有了依靠，结束了孤独寂寞的生活，重新充满青春活力，就像枯败老树又生嫩枝娇叶一样，是很吉利的事情。而枯杨逢春突然开花，这花也许不能结果实而凋落，但是对树无所谓有何影响，无所谓吉凶可言。老妇人嫁给了年轻的丈夫，却不一定就有大利，当然也无所谓利害，就像枯杨虽开了花，却不一定能结出果实。如果不加比喻，爻辞只是“老夫得其女妻，无不利”或“老妇得其士夫，无咎无誉”，那就很难令人明晓何以有利何以不利。而加了“枯杨生稊”“枯杨生花”这种为人们所熟悉的自然现象，卦爻辞就既富有形象性，又通俗易懂了。

兴，郑玄注为：“兴，见今之美，嫌于媚谀，取善事以喻劝之。”[①]朱熹说：“先言他物以引起所咏之辞也。”[②]兴与比喻是不同的：比喻一般有了本体之后（虽然这本体有时很模糊，是不确定的），为了更清晰地说明这本体，就寻找一种较易理解的事物来解释它、比附它，人们通过对喻体的理解，达到对本体的理解；而“兴”却是在没有本体之前或本体仅存在于人的潜意识中时，人们为自然物所感，产生联想，从而寻找到本体或使潜意识中的存在成为有意识的存在。“比”是从“我”到“物”，由“物”而说明“我”；“兴”则是由“物”到“我”，由“我”将“物”情感化。此二者，一为人的物化，一为物的人化。

《易经》中的《渐》卦，是“兴”手法运用得较为明显的一例：

《渐》：女归吉。利贞。

《初六》：鸿渐于干，小子厉，有言无咎。

《六二》：鸿渐于磐，饮食衎衎，吉。

《九三》：鸿渐于陆，夫征不复，妇孕不育，凶，利御寇。

《六四》：鸿渐于木，或得其桷，无咎。

---

①《景印文渊阁四库全书》第808册，台湾：商务印书馆，第272~273页。

②朱熹注：《诗经》（影印本），上海：上海古籍出版社，1987年。

《九五》：鸿渐于陵，妇三岁不孕，终莫之胜，吉。

《上九》：鸿渐于陆，其羽可用为仪，吉。

朱骏声认为“渐”借为“趣”，“进也”。此卦取象女归，“女礼不备则不行。自问名至亲迎，有渐进之谊。”[①]胡朴安也认为此卦写女归之事，“《渐卦》所记，顽民定居以后，教之以《周南》、《召南》组织家庭之事，卦辞之女归吉是也。”[②]女归为女子出嫁，女渐（进）而归夫家则是吉利的。鸿落在岸边（干）、水涯（磐）、平原（陆）、树枝或椽（木或桷）、岭（陵）、水池（陆为陂之误，陂，水池也）等不同的地方，人们为此自然物所感，产生联想。联想到人事，同样也会因环境遭遇的种种不同而吉凶不一。爻辞反复歌咏“鸿渐于某”，然后才陈述具体事件，在“鸿”落何处与人事之间，有一种内在的联系，这种联系是由鸿的特性决定的。朱骏声说：“鸿，大雁也……飞不独行，先后有次列。鸿随阳，女从夫之象。昏礼用雁，取不再偶之义。”[③]正因为鸿雁为双栖双飞之鸟，所以，人们看到它们，自然地联想到自身，联想到婚嫁之事，希望夫妻之间也像鸿雁一样相伴相随。因此，此卦写嫁女之事，以鸿雁起兴，使人与鸿雁被情感的纽带联系到一起。

《中孚·九二》爻辞：

鸣鹤在阴，其子和之。我有好爵，吾与尔靡之！

朱骏声说：“水南曰阴，鹤阳鸟而游于阴……八月自露降则鸣而相警。雄鸣上风，雌鸣下风……鹤以声交而有子，互震善鸣……如倡和然”。[④]诗人看到一对鹤欢快地唱着歌，在水边悠闲地漫步，它们怡然自得、潇洒无羁的生存态度深深地感染了他，使他抛却了人生的一切烦恼和不幸，对野鹤闲云的浪漫生活产生了向往，不能自已。于是，他举起酒杯，对知己或情人说：让我们畅饮吧，这人生的美酒！人生短暂，为乐当及时。鹤鸣本

①③④(清)朱骏声:《十四卦经解》,北京:中华书局,1958 年。

②胡朴安:《周易古史观》,上海:上海古籍出版社,1986 年,第 227 页。

天性，不关人情，而诗人却以此启迪了自己的思维，诱发了被压抑的情感，对人生开始重新认识，追求起属于他却曾经被弃置的快乐。在这一爻辞中，是自然界的物启发了社会中的人，而人又给动物赋予了情感，物我达到了一种高层次的和谐统一。

《易经》中有诗歌这种文体，但并不等于它的每一卦的卦爻辞都是诗歌。同样，它的语言形式也不全是有韵有节奏的，而是散韵相间的。这种杂有韵语和散句相间的语言形式，是当时时代语言的特点，也是《易经》的语言特色，但它却不是占卜辞的专用语言形式。而我们从《易经》卦爻辞的内容上、叙述上来考察，可窥见中国小说的胚胎已孕育其中了。

二

小说是一种综合运用语言艺术和各种表现方法来塑造人物形象，反映社会生活的文学体裁。它以叙述故事为主，在情节的展开之中塑造人物，从而反映社会现实。一般文学史家均认为小说的起源是神话传说。郑振铎先生的《中国小说八讲（提纲）》中第一讲便是“古代的神话与传说”，把它作为中国小说的发端，并同时认为“周秦诸子的寓言是最早的小说形式。”鲁迅先生的《中国小说史略》也是从神话与传说开始的。然而他们都没有提及《易经》中的卦爻辞。神话传说中固然塑造了许多神和英雄形象，记叙了他们的故事，可以作为小说之滥觞，但一种文体的形成，不是一开始便很清晰的，不是一开始就有固定的、明确的单一源头的。从《易经》卦辞的内容上看，有些也有简单明晰的情节，具有故事性，对一些人物形象也有所描述，所以，不应把它们排斥在小说滥觞之外，应该把这些卦爻辞也看作小说的源头之一。

小说既然是对现实生活的反映，那么，有了人类的活动，有了表情达意的语言文字，就有了产生小说的可能。萌芽期的小说形式和成熟的小说形式固然不同，但不能因此就否定它的存在。

《易经》中“小说”的特点是人物多为侧写、隐写，而对人物性格的刻画是通过语言、行为或神态来完成的。这些手法都已能独立运用。然而还尚未从不同角度对人物进行综合描写。其实，人物在《易经》的卦爻辞中只是次要因素，只是为了说明一种结果、一种现象，使求卜者从中观照到自身所涉及的事物，它不同于今天的小说是为塑造人物而设置情节。《易经》中是为构制情节而设置人物的。情节与人物性格之间并没有必然的联系。《易经》卦爻辞中的情节多是日常生活中发生的事情或某些史实。

以心理活动描写人物是难得的，《易经》中却不乏其例，比较典型的是《蒙》卦卦辞：

匪我求童蒙，童蒙求我，初筮告，再三渎，渎则不告。

“蒙”借为“矇”，“目生翳而视不明也，引申为愚昧之义。童蒙即幼稚愚昧之人”。“渎”借为“嬻”，“轻侮不敬也”。[①]这句卦辞以一个卜官的口吻说出，是他心理活动的显现。他对待占卜的人，以救世主自居，把自己的职业或特长看得很重，他认为求卜者对占筮结果不明白或不满意而要求再筮，这是对他的羞辱、蔑视，并大动肝火，拒绝占筮。从这简洁的语言所表现的心理活动中，可见到此卜官的性格：自命不凡，装腔作势，以维护神的尊严为借口，满足自己的虚荣心。

《讼》卦“上九”爻辞则从一个君王的行为中展示了他的性格。其辞曰：

或锡之鞶带，终朝三褫之。

“锡”借为“赐”，“鞶带”是以革制成的腰带，大夫以上官职的人方能系之。“褫”为夺，剥夺之意。此爻辞说，一个君王赐鞶带给诸侯或大夫，却又在一天之中三次下令夺回。这一方面说明官场宠惩的变幻莫测，另一方面也表现了这个君王的个性。他没有主见，听风是雨，喜怒无常，出尔反尔，把任免官员当儿戏，失去了为人君者所应具备的深谋远虑、明察事物、虚怀若谷的个性素质。

①高亨：《周易大传今注》，济南：齐鲁书社，1979年。

通过人物神态反映出人物的个性特征的，如《震》卦卦辞就写得比较成功：

震来虩虩，笑言哑哑，震惊百里，不丧匕鬯。

“震”，为雷。“虩虩”为恐惧貌；“哑哑”为笑声（哑音e）；“匕”为捂食物的器具，即似今羹匙者；“鬯”是黑黍与香草酿成的香酒，盛酒的器皿也称鬯。此卦辞说：在巨雷声中，有些人惊慌失措，提心吊胆，唯恐遭受雷击；有些人却谈笑风生，无所顾忌，甚至嘲笑、讽刺那些胆小的人；还有的人则镇定自若，在巨雷面前端庄肃穆，听而不闻，手中所握食具和酒杯依然稳把而没有被震落。这三种神态反映了三种不同的性格，或胆小怯懦、谨小慎微，或乐观潇洒、嬉笑无羁，或老成持重、沉稳庄严。

《易经》卦爻辞中的情节十分简单，具有一种普遍意义，并不强调人物的性格，只是对判词的一种形象解说。以《困·六三》爻辞为例，可见一斑：

困于石，据于蒺藜，入于其宫，不见其妻。凶。

爻辞叙述了这样一个情节：一个人跌在乱石堆中，他想依靠什么东西脱离险境，不想抓到的却是长满硬刺的蒺藜。虽然脱了险境，手却被刺伤了。他回到家里，又不见了妻子（妻子与人私奔或被人劫走）。此爻辞以生活中可见的倒霉的事情作为判词“凶”的注解，这样就比较通俗易懂。当然此故事中也反映了一个粗心大意、毛手毛脚的人物性格。

《易经》中有不少地方以记叙古代故事作为卦爻辞的。例如《讼》卦的《九二》爻辞和《震》卦的《六二爻辞》等。

前者辞曰：

不克讼，归而逋，其邑人三百户无眚。

“克讼”即会说的胜讼，即打赢官司。“不克讼”即官司打输了。“逋”是逃跑的意思。“眚”为灾祸。高亨先生说：“奴隶主虐其邑人，邑人讼之于上级奴隶主，其主诉败，将受惩罚，乃归而逃走，其邑人三百家得免于灾难。此古代故事。”[1]闻一多先生说：“疑逋当读为赋。赋，敛取其财物也。‘不克讼，归而赋其邑人三百户，无眚’者盖讼不胜而有罪，乃归而赋敛其邑人，于是财用足而得以自赎，故曰无眚也。”[2]高、闻二先生对此辞虽解法略有异同，然而认为此段爻辞所论为古代故事却无异。

后者辞曰：

震来厉，亿丧贝，跻于九陵，勿逐，七日得。

“震”为“雷”。“厉”，危也。“亿”借作噫，伤痛悲叹之声。“贝”，古代的货币。“跻”，登高的意思。“陵”即岭。“逐”，追寻。这里也是记一故事，情节完整、曲折。某人外出，偶遇巨雷震震，像要击人，此人无处避雷，其势危险，此人惊慌之中悲叹丢失了贝。然而惊慌之中已登上九重的山岭，没有立即追寻所遗失之贝币。后来过了7天，惊魂已定，在原路找回了所失之贝。爻辞的作者记此故事的目的是说，面临外界的巨大威力，仓皇失措会发生过失，待威力已消，镇静自若，行动有法则后，依然能“丧贝犹得”。

以历史事件作卦爻辞，较之日常生活中的故事更有说服力。《泰·六五》爻辞即用了殷帝乙嫁女于周文王的历史故事：

帝乙归妹以祉，元吉。

“归”，嫁也。“妹”，少女。“以”，为而。“祉”，即福。殷帝乙（纣之父）把自己宗国的女子嫁给周文王，作为一种和亲政策，缓解了商周之间的紧张关系，在一段时间内两邦化干戈为玉帛，因此是大吉之事。此爻辞虽没有详写嫁女过程，但由于人们熟悉这一历史事件，所以能从简单的记载中明晓爻辞的含义，得知自己占卜的结果。情节在这里可以说是代表吉凶福祸的符号。

《随·上六》爻辞也记载了周文王被囚又放的历史故事：

---

①高亨：《周易大传今注》，济南：齐鲁书社，1979年。
②《郑振铎文集》第七卷，北京：人民文学出版社，1988年。

拘系之，乃从维之，王用亨于西山。

“拘”，为囚禁的意思。“乃”犹又也。“从”读为纵，即释放。高亨先生说：维读为趡。《广雅释室》：“趡”，“犇”（奔）也。即急走之义。亨即享字，祭也。西山，岐山，在镐京之西，故称西山。此乃写周文王故事。①这一故事说，殷纣王原囚禁文王于羑里，后又释放让他奔归。文王回至周后，祭祀西山，以报答神祖之保佑。爻辞表明问卜者遇灾应镇定自若，可以化险为夷。

先秦时代我国文化发展的轨迹是文史哲不分的，《易经》可谓文史不分之佐证。

三

寓言作为一种文体是在一般比喻的基础上开始发展起来的。《易经》据考出现在殷周之际，其卦象、卦辞、爻辞是以天地万物比拟人事，以“阴阳相推”来推测自然和社会的变化，大量使用比兴手法，给人以启示。然而，仅只比喻和含有比喻意义的兴，仍不是寓言。《易经》的作者在此基础上以类似、相像、比拟向前推进，开始写出了文辞简约，具有简单的情节和人物的短小故事。这些包含哲理和宝贵生活经验，给人以较一般比喻言辞更为广泛深刻的启迪。寓言虽然也是叙事，却和小说不同。小说叙述事件，往往是以事喻事，为读者提供评价对象，给读者以感官享受，它虽然也启发人的思维，提高人的认识，然而不一定都包蕴深刻的哲理。如《明夷》卦的《初九》《六二》《九三》《六四》《六五》数段爻辞，学者们认为是记载箕子逃隐时猎获鸣雉的故事；《讼》卦的《九二》爻辞和《震》卦的《六二》爻辞，都记载的是古代的故事，这些小说的雏形作品，给我们叙述了生动的启发人的故事，但是，它不一定包蕴着使人费神发掘的哲学内涵。然而，如果只有哲理而不叙事，则又成了格言和警句，也不

①高亨：《周易大传今注》，济南：齐鲁书社，1979 年。

能视之为寓言。

如《损，六二》爻辞：

三人行，则损一人；一人行，则得其友。

此爻辞说，一人出行遇事能自作主张，主张容易实行，也容易得到持有同样主张的朋友的赞助和支持，所以说得到了朋友；多人出行，遇见大小之事，其主张见解不可能一致，彼此容易滋长疑惑，而不同主张的同伴终将离去，所以说最少要损失一个朋友。这里没有叙述故事情节，没有生动的描写，只揭示了人事交往中的一般道理。

又如《泰》卦卦辞："小往大来。"《泰·九二》爻辞："无平不陂，无往不复。"《否·九五》爻辞："其亡，其亡，系于苞桑。"《小畜·九三》爻辞："舆脱辐，夫妻反目。"《井·初六》爻辞："井泥不食，旧井无禽。"《随·六二》爻辞："系小子，失丈夫"。凡此种种，有的语言有节奏、有韵律，有的句中还运用了比喻，然而却都无故事情节、人物形象。这些卦爻辞均包含耐人寻味的深邃哲理，然而却非寓言。

寓言必须是叙事和哲理的统一。所叙述的事件本身，有着内在的逻辑，除作为吉凶等判词的形象图解外，人们还可以从中悟到深刻的人生哲理，学到行事的原则。《易经》中寓言所叙述的事件、故事，多是现实生活中最具有代表性、最能引人思考、了人以启发的事件，或是包蕴某些生活经验或哲理的虚构故事。一般说它很少涉及历史上的真人真事。查检《易经》一书，得寓言二十余则，下面列举典型者予以考析。

《屯·六三》爻辞：

即鹿无虞，惟入于林中。君子几不如舍，往吝。

"即"者求也，逐也。"虞"即虞人，古官名，掌管山林的人。"惟"即唯，只是。"几"，求也。"舍"借为捨，弃之。"吝"是困难的意思。鹿是多疑而机警善奔的动物，人们很难捕获它。一般上山打猎的人，都要向熟悉鹿群活动规律和出没地点的虞人求教，或请其为向导，或请其予以指点。这段爻辞所记的是有一打猎之人，带着刀、箭去打鹿。他自以为是，不去找看管山林的虞人了解鹿群的活动情况，只是闯进茂密的林中胡乱追逐。此君子苦苦寻觅而不得鹿，一想不如放弃，仍然盲目追逐下去，只能空历艰险白吃苦头。于是垂头丧气而归。这则寓言说明大凡做一件事，不能草率冒失，必须事先做好充分准备，注重调查研究。要逐鹿必先摸清“鹿”的踪迹和习性、不耻下问、请教内行，不然则会备遭挫折空手而归。“即鹿无虞”已被后来的人们称用为成语。

《履·六三》爻辞：

眇能视，跛能履。履虎尾，咥人，凶。武人为于大君。

“眇”者，目盲也。前后二“能”字，据《周易集解》（雅雨堂丛书本）作“而”，为转折连词。“履”者，践也。“咥”，噬，吞食的意思。这个故事说，某人是个瞎子，却偏要冒充目力敏锐去看东西；他又是个跛子，偏要硬充健步者去走长路，结果因看不清路面而踩到了虎尾上；腿跛又行动不便，被老虎给吃掉了。所以说这是凶象。如果一个不具备君德和才智的鲁莽武人，自不量力去做君主，其结果与此眇跛者相同会遇凶险的。这里通过一个没有自知之明而自负蛮干的人的悲惨结局，告诉人们一个哲理：凡事应量力而行，如果不顾自身条件，无自知之明，盲目行事，最终必遭失败。此寓言可题名为“眇者履虎”。

《泰·九二》爻辞：

包荒，用冯河，不遐遗朋，（弗）亡，得尚于中行。

“包”，借为匏，即葫芦。“荒”者，大也。“冯”，借为淜，浮水渡河。“遐遗”是远弃、丢弃的意思。高亨先生说：“汉帛书《周易》‘朋亡’作‘弗忘’，（亡忘古通用）。按帛书脱朋字，今本脱弗字。弗亡谓未死。”[①]“尚”，借为赏，赞赏。“中行”即道中，途中。这则寓言说，某人与朋友旅行在外，面前是波涛滚滚的大河。正无法渡过，恰在路边发现一葫芦，很大。他就将此大葫芦摘下，系在身上作为腰舟，用来浮水渡

①高亨：《周易大传今注》，济南：齐鲁书社，1979年。

河，他又不远弃伙伴，甘冒危险，携伙伴搏水而过。二人均未被水淹死，因此在路上得到伙伴和路人的赞赏，赞赏他聪明又明大义。这一生动的故事，启示人们无论做任何事，都要善于动脑筋，运用可以运用的工具和条件，欲善其事，必善其器。同时告诉人们对待同一物或同一人，有善于用和拙于用之分，本来葫芦都被人割开做水瓢用来舀水，而此寓言中的某人却善于使用它，将特大的葫芦当作腰舟来渡河，可谓善用。这里包含物尽其用、人尽其才的意义，此人临危而不忘伙伴，指出义者不弃同道，义者多智之理。此寓言可题名为“匏荒渡河”。

《同人·九三》爻辞：

伏戎于莽，升其高陵。三岁不兴。

“伏”即埋伏。“戎”为士兵。“陵”即岭。这里说的是两军作战的故事。作战中甲方意在“出其不意，攻其不备”，原谋设伏兵于草莽之中，不料有些士兵却登上了光秃的山岭，自泄戎机，遭乙方围攻，惨致大败。结果时过三年都未能振作起来。此寓言告诉人们做任何事情都要按其宏观规律制订方案，方案已定则不可胡乱行事；胡乱行事则必违背事物的规律，致使大败，甚至一败涂地，不可收拾。此寓言可题名为“伏兵自泄”。

《贲·初九》爻辞：

贲其趾，舍车而徒。

“贲”（音 bi）者，装饰花纹。“趾”即足。“舍”即捨。这里讲一个蠢人的故事。有个人脚穿花鞋，一次乘车出远门，他怕车厢遮住了美丽的花鞋，为了使人惊羡，竟舍车不乘，徒步而行。这样既劳累了自己又误了事。此寓言讽刺了只求其表、不求其实的蠢人，告诉人们凡事要从实际出发，不可图虚荣而不务实。此寓言可题名为“贲趾舍车”。

《遯（音 dun）·六二》爻辞：

[遯]，执之用黄牛之革，莫之胜，说。

“执”借为絷，绊、缚的意思。“之”指遯，指豚，小猪。“革”，指兽皮做的革绳，坚韧难断。“说”，读为脱，解脱。这里同样讲一蠢人的笑话。有个人买了个小猪养在屋前。他只怕小猪走失，就用粗重难断的黄牛皮绳缚绊小猪。由于猪小力微，不能胜此革绳，以致不能行动，无法进食，嚎叫不止。最后，此人只好解开粗绳。这里告诉人们，怕小猪丢失，缚绊它是正确的，然而如何看管缚绊需从小猪的具体对象出发。这启示我们一切要从实际出发，具体问题具体解决，所谓的实际，就是一定的时间、地点、条件和特定的对象，人常说“一把钥匙，开一把锁”，此之谓也。这则寓言可题名为“牛革缚豚”。

《大壮》卦的《九三》《九四》《上六》三条爻辞：

羝羊触藩，羸其角……藩决不羸，壮于大舆之輹……羝羊触藩，不能退、不能遂。

“羝羊”，即牡羊，公羊。“藩”是篱笆。“羸”，是拘累缠绕的意思。“决”，破裂。“壮”，借为戕，伤损的意思。“輹”借为辐，车轮的辐条。这里讲有一头雄壮的公羊，头上挺立着粗大的犄角。它自恃体壮角坚，在路上看见一道竹木篱笆，便贸然弯下脖子撞过去，不料篱笆不仅未被撞倒反把它的犄角给夹住了。公羊用尽力气挣扎，篱笆破裂，才解脱了。这头公羊不总结教训，在路上遇见一辆停放的大车，它又骄傲地向车辐撞去，这次又碰得头破血流。在路上它又见到一堵篱笆墙，狠命撞去，它的犄角又被夹住了，它再次挣扎，而这一次牢固的篱笆却纹丝不动。这下它退也退不出，进也进不去，只能狼狈地咩咩求救。这里启示人们，任何事物都有各自的规律和特点，自恃强力，自以为是，乱撞乱闯，只能落得头破血流、进退不得的境地。只有善于总结经验教训，才能吃一堑，长一智。此则寓言可题名为“羝羊触藩”。

《睽·六三》爻辞：

见舆曳，其牛掣，其人天且劓。

“见”，读为按，有以手抓的意思。“曳”是从后拖引。“掣”是向前拖引。“天”，古颠字，跌倒。“劓”是戕伤鼻子。这里叙述的是一个赶车莽汉的故事。一次汉子赶牛车，经过岔路口，由于粗心使老牛拉岔了路。莽汉急忙下车紧抓车尾向后拖，而老牛却更加使劲向前强进。莽汉与犟牛一个向前，一个向后，顶起牛来。究竟牛劲远胜过人力，结果致使汉子跌倒，碰破了脑门盖，磕扁了鼻子。这则寓言启示人们，粗心大意，不能抓住问题的要害，不讲求方法，而单凭主观意志蛮干硬干，则会把好事办坏，造成不可收拾的后果。“拖牛改道”，不如“牵牛选路”。此寓言可题名为“拖牛改道”。

《井·九二》爻辞：

井谷射鲋，瓮敝漏。

“井谷”即井口。“瓮”是汲水的陶瓶。这里讲的是一人到井边提水，忽然发现井中有小鱼游动。他兴奋之极，瓶未提起，就取下随身所带的弓箭，由井口去射鱼。不料鱼未射中，却射穿了汲水之瓶。瓶已破漏，鱼水均未得，空手而归。这里启示人们，做任何事情都要目的明确，不可随意节外生枝，只有专心一意方可达到预期结果。同时也告诉人们行事所采手段，必须符合客观实际，不然会阴错阳差，瓶漏鱼失。此则可题名为“井谷射鲋”。

《解·六三》爻辞：

负且乘，致盗至。

“负”，背着东西。乘，是乘车。这里讲的是有一个蠢人，带着贵重的财物出远门。路途遥远只得乘车。由于财物贵重唯恐放在车上丢失，他就将财物背在自己的背上。这样更加引人注目。车行至途中，强贼劫去了他的财物。这故事中的蠢人本意防盗，却引起盗贼的注意。凡人行事都应三思而行，阴阳不差，而考虑不周，顾此失彼，必将遭难或逢凶。这一教益令人深思。此则可题名为“负物防盗。”

《丰·上六》爻辞：

丰其屋，蔀其家。窥其户，阒其无人。三岁不覿。凶。

“丰”，大也，扩大。“蔀”搭凉棚。“家”，此处解为庭院。“窥”，由门隙看。“阒”（音 qu），安静无声。“覿”，看见。这里讲的是有个富贵人家，吃喝不愁，锦衣鼎食，他忘乎所以经营家宅，美化庭院。一次过路人从门缝向院内一看，空寂无人，好多年都不见他们家有人归来。这显然是由于飞来横祸，迫使他携全家逃亡在外，或全家遭受暴病瘟疫而亡。家虽已营造舒适富丽，然而空忙一场。这里揭示一个人生哲理：在当时的社会，世事变迁，富贵无常，人无远虑，必有近忧。祈望永享荣华并孜孜以求，其结果是徒劳无益，甚至会招灾引祸。这里也含有知足常乐，居安思危的教益。此则可题名为“丰屋祸家”。

其他诸如《井》卦辞“往来井”，《鼎·九三》爻辞“鼎耳革”，《艮·九三》爻辞“艮其背”，《丰·六二》爻辞“丰其蔀”，《巽·上九》爻辞“巽在床下”等，都是极富启发性、极有教益的早期寓言。

四

《易经》本身所具有的文学色彩，使它具有了一定的文学价值，从而奠定了它在文学史上的地位。在我国先秦文学史上，纯艺术性的作品为数不多，一般说来都是文史哲兼备的。《易经》虽为充满神秘色调的卜筮古书，却依然是文、史、哲浑然一体的。其语言艰涩隐晦，内涵深奥幽微。

《易经》是卜官集体智慧的结晶，写作过程中大量吸取民间的创作，因此不同于个人创作，荟萃着当时社会生活中的语言，代表着整个时代的语言风格。《易经》采用的语言形式，既有利于巫史们记录占筮结果，也有利于占卜人明了自己的吉凶祸福，理解卜筮的内容。这是在当时社会条件下，双方都能很好掌握、使用的语言，是当时社会流行语的加工和提炼。

语言的发展，使卜辞也随之变化发展。从漫长的文化史来观察，没有一成不变的卜卦语言。有文字记录的文化资料最早的就是占卜辞、甲骨卜辞。一般来讲其语言质朴无华，极为简单。但如：

癸卯卜，今日雨。其自西来雨？其自东来雨？其自北来雨？其自南来雨？[1]

这段卜辞没有记录占卜的全过程，只是卜官的疑问之词。但在简单的语言重复中，却产生了一种回环、迭沓的韵律美，比其他卜辞多了美感成分，有了艺术韵味。这大概是介于原始卜辞和《易经》之间，由简单的卜筮记录向有一定文学色彩的《易经》过渡期间的一种卜辞形式。

后于甲骨卜辞的便是《易经》卦爻辞。它以散句为主，杂有文学色彩较鲜明的一些诗的语言，语句仍很简洁。在《易经》中卦爻辞不再是占卜过程的叙述，而是吉凶祸福的符号，具有了"美"的作用。人们当时的侧重点也不在卦爻辞本身，而是叙述的结果所象征、比喻的吉利与否，注重的是判词，而卦爻辞仅是判词的形象图解。卦爻辞的语言多为肯定语气，极少疑问语气。

如《明夷》卦：

卦辞：明夷，利艰贞。

《初九》：明夷于飞，垂其翼。君子于行，三日不食。有攸往，主人有言。

《六二》：明夷夷于左股，用拯马，壮吉。

《九三》：明夷于南狩，得其大首，不可疾贞。

《六四》：入于左腹，获明夷，之心于出门庭。

《六五》：箕子之明夷，利贞。

《上六》：不明，晦，初登于天，后入于地。

高亨先生指出"翼字上，汉帛书《周易》有左字，当从之"。故"垂其翼"应为"垂其左翼"。

此卦《初九》爻辞中，"明夷于飞，垂其左翼，君子于行，三日不食。"这是规范的诗句了。以明夷左翅下垂，无力地在天空徘徊的倦态，兴起诗人的忧叹，比喻君子的奔波劳顿，很成功地运用了比兴手法。但是

①郭沫若:《卜辞通纂》,北京:科学出版社,2002年,第375页。

全卦中其他爻辞却是散句，判词又存在于叙述之中。诸段爻辞写箕子弃纣远遁，归隐山林的故事，作为判词的形象说明。人们对此关心的不是箕子明夷故事的本身，而是它所得的结果。

春秋时代，龟卜繇（音 zhou，卦兆占辞。）辞多四言韵语，且有比兴。如《左传·庄公二十二年》载懿氏卜妻敬仲，占辞为："凤凰于飞，和鸣锵锵，有妫之后，将育子姜，五世其倡。"[①]《国语·晋语二》记载："献公问卜偃曰：'攻虢何月也？'对曰：'童谣有之，曰：丙之晨，龙尾伏辰，均服振振，取虢之旗。鹑之贲贲，天策火享火享，火中成军，虢公其奔！'"[②]此二辞的艺术韵味绝不逊于《诗经》，比《易经》的爻辞具有更多文学色彩。对此二繇辞虽不能肯定其确切的产生时间，然而仅从文学角度论析，大概晚于《易经》。

在此之后，具有代表性的卦辞如西汉焦延寿所著的《易林》。闻一多先生认为它："句法往往有近于唐宋诗句的。"[③]在《易林》中，已无"吉""凶""利攸往""无咎"之类的判词，一切的意义都通过诗一般的繇辞表达出来，人们通过对繇辞本身所指事物吉与凶的判断，达到理解自己行事、命运吉凶的目的。

以《乾之第一》中的几卦为例：

《乾》：道陟多阪，胡言连蹇。泽瘠且聋，莫使道通。请谒不行，求事无功。

《讼》：龙马上山，绝无水泉。喉焦唇干，舌不能言。

《师》：仓盈庾亿，宜种黍稷。年丰岁熟，民人安息。

《泰》：不风不雨，白日皎皎。宜出驱驰，通理大道。

《大有》：上帝之生，福祐日成。修德行惠，乐且安宁。[④]

---

①（西晋）杜预：《春秋三传》，上海：上海古籍出版社，第 123、116 页。
②《国语》（上册），上海：上海古籍出版社，1978 年，第 299 页。
③郑临川述评：《闻一多论古典文学》，重庆：重庆出版社，1984 年，第 32 页。
④《景印文渊阁四库全书》第 808 册，台湾：商务印书馆，第 272 页。

这些卦辞皆为四言韵语，有的极似四言古诗，其与《易经》中同一卦的卦辞相比较，则文学成分更多了。但是比起更晚期的灵签符咒，其词句仍嫌不够清新优美，形式也较呆板。

后世的小说作品中，常记有神签卜辞。它们多以七言为主，有的是独立的创作，有的则是摘录古诗或化用古诗中的句子组成。

《红楼梦》第一百一十回记散花寺凤姐求签，其签为：

去国离乡二十年，于今衣锦返家园。

蜂采百花成蜜后，为谁辛苦为谁甜。①

其后二句即是化用唐代诗人罗隐《蜂》中的诗句。

《京华烟云》中写红玉和丽莲在杭州月下老人祠求签，其辞分别为：

其一：点画蛾眉闺阁中，牡丹阶上乐融融。

莫将真幻来相混，芬芳香过总成空。

其二：枝头花开笑迎春，梅花争胜与芳邻。

看它蜜蜂忙终日，甜为何人苦自身。②

此二辞情景交融，富有哲理，虽亦化用古诗，不失为较好的七绝。

由上可见《易经》的文学性对后世卦辞之类的深远影响。《易经》产生时代古远，亦可说是我国先秦文学这一中国文学源头的先行者，在先秦时期的作品中不难窥见其影响。

《诗经》与《易经》的产生时间虽难于绝对准确的比较，但从它们的成书过程、对现实的态度、反映的生活面、艺术手法的运用等方面来分析，《易经》产生时间要早于《诗经》，并对其产生了影响。

《易经》不是个人创作的结果，而是卜官们集体智慧的结晶。这部创作包括他们对民歌、俗语及历史故事的筛选辑录。一般说来，一卦中各爻辞浑然一体、有一种必然的联系者，当为卜官们自己创作。在这些爻辞中没有典故，没有民谣，全卦显得集中连贯。而一卦中各爻辞之间没有必然

①（清）曹雪芹：《红楼梦》，北京：人民文学出版社，1982年，第1422页。

②林语堂：《京华烟云》，吉林：时代文艺出版社，1987年，第515页。

联系，某一爻辞的改变不会造成全卦意义上的中断者，当为辑录而成。

《诗经》作为中国最早的诗歌总集，不全是文人创作的。其中大部分是对民歌的采集和整理，文人诗只占一小部分。它的成书过程和《易经》有相似之处，可以说是受到了《易经》成书方式的启发。所不同的是《易经》虽为辑选民歌等而成，却没有兴师动众，只是卜官们默默地进行。《诗经》却是由朝廷设置专门机构，采诗官遍布民间闾巷，经过大范围的收集后整理编纂所得，比起《易经》的成书，受到了更多的重视。

《易经》反映面较广，对战争、商旅、田猎、婚嫁等都有不同程度的反映。《诗经》不仅承继了这一传统，而且有所发展。它开始注重对人这一主体的情感的抒发，情诗占有相当比例。情诗《关雎》被列于篇首。而《易经》开篇却言天地，大讲仕途之路。在六十四卦、三百八十六爻中，只谈及了婚姻，却没有谈及爱情。

《易经》中具有开创意义的比兴手法，被《诗经》有意识地继承借鉴过来，成为它主要的艺术特色，甚至在格式及语词运用上也有相似之处。如《明夷·初九》爻辞和《诗经·大雅·卷阿》中的诗句，前者：

明夷于飞，垂其左翼，
君子于行，三日不食。

后者：

凤凰于飞，翙翙其羽，
亦集爰止，蔼蔼王多吉士！①

再如《中孚·九二》爻辞和《诗经·小雅·鹿鸣》中的诗句，前者：

鸣鹤在阴，其子和之，
我有好爵，吾与尔靡之！

后者：

呦呦鹿鸣，食野之蒿……

---

①朱熹注:《诗经》(影印本),上海:上海古籍出版社,1987年。

我有旨酒，嘉宾式燕以敖！

比兴在《易经》卦爻辞中运用不多，但到了《诗经》中却被大量运用，为诗篇增添了诱人的艺术魅力。

从历史散文的角度看，《易经》有些篇章可以说是最早的历史真实的记录。如下列爻辞：

《随·上六》：

拘系之，乃从维之，王用亨于西山。

《升·六四》：

王用亨于岐山，吉，无咎。

《蛊·上九》：

不事王侯，高尚其事。

《明夷·六五》：

箕子之明夷，利贞。

《归妹·六五》：

帝乙归妹，其君之袂；不如其娣之袂良。月几望，吉。

《泰·六五》：

帝乙归妹以祉，元吉。

《既济·九三》：

高宗伐鬼方，三年克之，小人勿用。

《未济·九四》：

贞吉。震用伐鬼方，三年有赏于大国。

前两例爻辞写周文王事。他被殷纣王拘于羑里，后被释放。归国后，祭于西山，感谢神的保佑。第三、四例是记纣王叔父箕子弃纣而隐事。第五、六例是记纣之父乙嫁女于周文王和亲一事。第七、八例写殷王武丁讨伐邻国，其诸侯国也参加了这场讨伐并在战斗中立了功，受到殷王的奖励。

对于《易经》而言，《尚书》《春秋》及其“三传”、《国语》《战国策》等历史散文，产生都较晚，它们不同程度地受到了《易经》的影响，这影响不仅是对历史的客观真实的记录，更明显的是对于《易经》叙事手法的继承。

《易经》情节简单，人物单纯，语言凝练，记事简约。在先秦历史散文中，只有《春秋》仿效了这种叙事风格，对于历史事件没有做详细记录，仅做如现代文章标题般的记录。如《庄公十五年》所记："春，齐侯宋公陈侯卫侯郑伯会于鄄。夏，夫人姜氏如齐。秋，宋人齐人邾人伐郳，郑人侵宋。"[①]这里对几个事件只进行了简单的介绍，如果没有"三传"对此加以不同程度，不同角度的说明，则很难读懂。

《易经》对于诸子散文的影响，主要体现在对寓言的使用方面。我们不难看出"匏荒渡诃""拖牛改道""羝羊触藩"等寓言，与《孟子》中"揠苗助长"、《庄子》中"大瓠浮江"、《韩非子》中"郑人买履"、《吕氏春秋》中"割肉自啖"的血肉联系。《易经》中的寓言还不很成熟，但却为诸子寓言的产生奠定了基础，开创了道路，诸子的寓言继承了《易经》卦爻辞中寓言的特点，并在此基础上，增加了对事件的描述。其人物语言占主要成分，对所寄寓的哲理有所说明，不再像《易经》中那样隐晦。以《庄子·达生》篇"痀偻承蜩"为例：痀偻承蜩林中，就如拾取那样容易，当孔子问他有何妙法时，他的回答寄寓着哲理。此哲理最后被孔子说明："用志不分，乃凝于神，其痀偻丈人之谓乎！"[②]这则寓言以痀偻承蜩说明了专心一致必能成功的哲理。

《易经》和神话的关系，体现在它对上古神话有所记载。神话作为原始文学，最初只在人们口头流传，到了战国和汉代才被收集整理，而《易经》却较早地用文字对它们进行了记录，为保留神话做出了贡献。《旅·上九》爻辞和《大壮·六五》爻辞分别如下：

---

①（西晋）杜预：《春秋三传》，上海：上海古籍出版社，第123、116页。

②（清）王先谦，刘武撰：《庄子集解·庄子集解内篇补正》，北京：中华书局，1987年，第158页。

前者如：

鸟焚其巢，旅人先笑后号咷，丧牛于易，凶。

后者如：

丧羊于易，无悔。

高亨先生说："此记殷之祖先王亥之故事。"王亥到有易国牧牛羊，被有易国君杀害，占有了他的牛羊。袁柯先生认为王亥的事属于神话，将其收在《中国古代神话》一书中。

从《易经》的小说胚胎到两汉魏晋南北朝的志人、志怪小说，特别是像《燕丹子》《蜀王本纪》《笑林》《搜神记》《世说新语》等，直至历代的诸体小说，不难看到其间的发展脉络。这正说明我国灿烂的文学源远流长，波澜壮阔。

作为最早的占卜古书《易经》，其中的文学价值是不容忽视的。本文仅做初步探讨，谬误之处，敬祈专家赐教。

李增林（1935— ），1958年8月北京师范大学中文系毕业。政协宁夏回族自治区第七、八届委员会副主席，中国民主同盟第六、七、八届中央委员，民盟宁夏区委会五、六届副主委，七届主委，原西北第二民族学院首任院长，教授。

《易经》美学观刍议

◎李增林　霜岚岚

考察中国美学史的研究，《易传》较《易经》受到了更多的重视。刘刚纪先生主编的《中国美学史》谈及《周易》的美学思想时，均以《易传》为例，没有涉及《易经》部分。敏泽先生所著的《中国美学思想史》虽然谈到了《易经》卦爻辞的美学思想，却仅仅有两点：首先是一些卦爻辞中所包含的辨证观点……对后世的艺术辨证思想有着积极的影响。其次是，在一些卦爻辞中，编纂者曾辑入一些极其优美的诗歌……爻辞中的这类诗歌的出现，和《诗经》中的诗歌一样，说明了重视和善于运用比兴这一中国诗歌的美学特点，是源远流长的。[①] 相比而言，谈《易传》美学思想的篇幅却很长。

宗白华先生在《美学散步》中虽然只对《贲》卦和《离》卦进行了分析，但是他说"《易经》是儒家经典，包含了丰富的美学思想。如《易经》有六个字：'刚健、笃实、辉光'，就代表了我们民族一种很健全的美学思想。《易经》的许多卦，也富有美学的启发，对于后来艺术思想的发展很

①敏泽:《中国美学思想史》,济南:齐鲁书社,1987 年,194 页。

有影响”。[①] 这可见宗白先生对《易经》美学的重视。

我们认为，重视《易传》的美学价值，不应该忽视《易经》的美学思想。虽然《易经》的美学思想，尚属隐晦零散，但却为后世的文人学者提供了进一步发挥阐述的基础，启发了他们的思想。从接受美学的角度说：“读者对本文的接受过程就是对本文的再创造过程，也是文学作品得以真正实现的过程。文学作品不是由作者独家生产的，而是由作者和读者共同创造的。”[②]如果说，《易经》是本文，那么《易传》便是在此基础上的再创造，它的美学思想不是凭空杜撰的。它们能够出现在《易传》中而不是其他的书中，就足以证明这些思想的产生和《易经》本身有着极大的关系。

《易经》中存在的美学思想，不易为人觉察。《易传》的作者却发现了这些思想并加以挖掘扩展，并进行了较详细的论述，形成了比较系统的理论，奠定了它在美学思想史上的地位，对后世美学思想产生了很大的影响。但《易传》成就的取得，是与《易经》的暗示分不开的。

一、崇尚自然美，是《易经》中体现的最基本的美学思想

作为卜筮之书，它主要是依靠对自然现象的观察，达到了解人事命运的目的。《易经》把自然界作为最神圣的存在加以崇拜，即使是人间的圣人贤士，也要依靠自然的启示行事，不能盲目行动。当人事不如意时，人们又把自然界作为避难所。这种认识上的自然崇拜，导致了审美上以自然美为最高审美境界的思想的产生。

六十四卦的前两卦，《乾》《坤》就是讲天地，推崇天刚地柔。把乾坤的品质作为人尊崇效仿的对象。这说明，《易经》中以自然为美，还不在于欣赏这种美，把这种美作为外化于人的只给人提供身心愉悦的对象，而是把它看作同于人又高于人的神化的外物。这是一种具有功利目的的需求。人从自然界中学习生存的方法，这种纯粹功利的师法自然，是艺术创

---

①宗白华:《美学散步》,上海:上海人民出版社 1981 年,第 36 页。

②〔德〕H.R.尧斯,〔美〕R.C.霍拉博著,周宁,金元蒲译:《接受美学与接受理论》,沈阳:辽宁人民出版社,1987 年,第 5 页。

作中纯粹审美的师法自然思想产生的基础。

如《离·六二》爻辞：

黄离，元吉。

高亨先生解释此爻说："今按離、离皆借为螭，龙也，谓之气似龙形者，虹之类也。音转而谓之霓。黄螭即黄霓。黄为吉祥之色。"[①] 古人认为黄霓出现在天空，是人吉之兆。

如《离·九三》爻辞：

日昃之离，不鼓缶而歌，则大耋之嗟，凶。

日头偏西之时，天空出现了黄霓，如果此时不击缶唱歌以解除凶兆，那么七八十岁的老人会悲叹："为时不长也"。缶，瓦器，古人也用作乐器。

如《小过》卦辞：

飞鸟遗之音，不宜上，宜下，大吉。

卦辞说，飞鸟给人们带来好音，不宜向上飞使人不闻，宜于向下飞使人们皆闻之。得其宜则大吉。这里用了比喻手法，说官府宣布法令不宜只对上，而更应对民间百姓。

又如《中孚·上九》爻辞：

翰音登于天，贞凶。

翰音是鸡的别名。鸡本无高飞之羽翼，却"高飞"上天庭，必然将跌落而亡。这里以自然界事物比喻平庸之人本无居高官之才能，却上升于朝廷，必将败事而亡。后世人常说"一人得道，鸡犬升天"，当然是凶兆。

又如《井·九三》爻辞：

井渫不食，为我心恻。可用汲，王明，并受其福。

渫，水清洁。用，以。爻辞说：这个井的水很清洁，而人们都不食用它，就如有贤才而国王不用，使我的心里很悲伤。井水可以汲食，就如人

---

①高亨：《周易大传今注》，济南：齐鲁出版社，1979年。

才可以用。国王明察能知贤用贤，那么，国王与臣民都能受其福祉的。

又如《遁·九四》爻辞：

好遁，君子吉，小人否。

高亨先生解释道：“遁，退也。退而隐居。”[①]清朝朱骏声说：“时至于君子好遁，则世乱不可复救。而小人亦将及祸矣。”[②]在乱世之中，平民百姓将遭逢忧患，君子却可以隐遁山林，保护自身，求得吉利平安。

又如《蛊·上九》爻辞：

不事王侯，高尚其事。

良臣择主而仕。昏君当政之时，良臣退隐田园，披发泽畔，是值得称颂的事情。人类本源于自然，因此总会不自觉地产生一种回归自然的渴望。从无意识到理智上的思索，最后归于情感的层面，升华为审美感受，从而在创作上追求自然美和情感体验的融合，达到“吾丧我”的物我两忘的境界。这时的自然物象已经成为人类表达内心情志不可缺少的外物，诗歌中比兴手法的运用，正是这种美学思想在文学创作中的体现。

宋代文学家苏洵从《涣》卦中得到启示，在文艺理论中提出自然为文的观点，追求师法自然。他在给《仲兄字文甫说》一文中说，卦中的水和风“此二物者岂有求乎文哉？无意乎相求，不期而相遇，而文生焉。是为文也，非水之文也，非风之文也。二物者非能为文，而不能不为文也。物之相使而文出于其间也，故此天下之至文也”[③]。认为风行水上形成的波纹，是自然的产物。作家对此加以效仿，才会创造出天下最美的作品，反对雕琢，提倡自然，主张浑然质朴而天成。

二、崇尚中和之美，在《易经》中也有体现

不少的卦、爻辞都反映出矛盾统一之美，阴阳和谐之美，对后世艺术的辩证法思想有所启迪。如《恒·上六》爻辞：

---

①高亨:《周易大传今注》,济南:齐鲁书社,1979 年。
②(清)朱骏声:《六十四卦经解》,北京:中华书局,1958 年。
③郭绍虞主编:《中国历代文论选》,上海:上海古籍出版社,1979 年,第 175 页。

震恒，凶。

唐代孔颖达解释说："震，动也。"[①]爻辞说：震动不止则毁也，当然是凶。事物的运动不是绝对的，应该有相对的静止。有动有静，动静中和统一。绝对的运动是对运动规律的违背，必然导致不好的后果。这种哲学意义上的辨证观点，是产生中和之美的美学思想的基础。

再如，《乾·上九》爻辞：

亢龙，有悔。

王肃说："穷高曰亢，知进忘退，故悔也。"孔颖达说："亢，阳之至天，上而极盛，故曰亢龙，此自然之象。以人事言之，似圣人有龙德，上居天位，久而亢极。物极则反，故有悔也。"在《乾》卦中，前面的六个爻都鼓励君子自强不息，奋发向上，但是到了最后的这个爻，却以有悔警示君子，离臣民，骄傲专横，故易动而有悔。这说明《易经》的作者深晓位高易脱、物极必反、过犹不及的道理，所以用这个爻辞，倡导中和。

又如《泰》卦卦辞：

泰，小往大来，吉，亨。

泰是亨通的意思。其卦象是天地万物、国家事业、个人事业皆通泰。泰卦下为乾，上为坤。乾为天，坤为地。卦象是天气下降，地气上升，故天地相交。天地相交，则万物各遂其生。乾又为君，坤又为民。卦象又是君上之意达于下，臣下之意通于上，上下相交。上下相交，则上下同心。"小往大来"，正指事业由小而大，由弱而强。高亨先生说："泰与汏同，淘汰也，清洗也。小指渺小之庸人。大指高大之贤人。""谓统治者淘汰不称职之官吏，则庸劣之官吏去，贤能之官吏来，自是吉。"[②]

《泰·九三》爻辞：

无平不陂，无往不复。艰贞无咎。

爻辞说：宇宙事物未有平而不陂者，未有往而不返者。占问的艰难之

---

①（唐）孔颖达撰：《周易正义》（影印本），北京：中国书店，1987年。

②高亨：《周易大传今注》，济南：齐鲁出版社，1979年。

事，不会成大灾患。艰难将去，坦途即来。

又如《否·九五》爻辞：

休否，大人吉。其亡其亡，系于苞桑。

休犹怵也，恐惧的意思。否，闭塞之意。其犹将也。系借为磐，坚固的意思，苞是茂盛。此爻辞说：常恐惧否塞之运要到来，则能勤勉谨慎，大人如此则吉祥。“我将要亡，我将要亡！”有危机感，安而不忘危，治而不忘乱，存而不忘亡，那么，其人及国家会坚固如兰桑。

又如《大过·九二》爻辞：

枯杨生稊，老夫得其女妻，无不利。

《大过·九五》爻辞：

枯杨生华，老妇得其士夫，无咎无誉。

这两则爻辞可视为最早的民歌：枯败的老杨树发新芽，老头娶了个女娇娃。枯败的老杨树开了花，老婆婆又与小伙子成了家。“杨树生稊”，反枯为荣。“老夫得其女妻”，转向年轻，所以说是好事，“无不利”。枯杨生华，反枯为荣。“老妇得士夫”，转向年轻，这没什么灾害，但也没什么好名誉，“无咎无誉。”这两则爻辞所反映的婚姻观对今天的观念仍有影响。然而其矛盾统一中和之美的思想却是可贵的。

又如《谦》卦辞：

亨，君子有终。

这是讲谦虚的卦。谦虚，使人通达、通顺。君子谦虚会有好的结果。

又如《谦·初六》爻辞：

谦谦君子，用涉大川，吉。

谦谦，谦虚又谦虚。高亨先生说：“自矜善射，多死于矢；自矜善战，多死于兵；自矜善涉，多死于水。若临大川而惕栗，操巨舟而戒慎，则无沉溺之患。故曰谦谦君子，用涉大川，吉。”①

①高亨：《周易古经今注》，北京：中华书局，2010年。

《谦·六二》爻辞：

鸣谦，贞吉。

鸣即名，鸣谦，即有声望而更谦虚，当然会大吉大利的。

《谦·六三》爻辞：

劳谦，君子有终，吉。

有功劳而谦虚，君子最后有更好的结果。

《谦·六四》爻辞：

无不利，撝谦。

撝，借为麾，指挥作战的旗子。撝谦是说有领导指挥作战的能力而又谦虚，当然没有不吉利的。

《谦·六五》爻辞：

不富以其邻，利用侵伐，无不利。

以，因也。侵，进攻。因为邻国非义危害使国家不能富强，罪在邻国。进攻讨伐合乎正义，可得胜，无不吉利。

《谦》卦的卦象是艮下坤上，就是地中有山。本来应该矗立在大地上的高山，却悄然隐身到地平线下似的。人们有了好声望，有了一定的功绩，有很出色的指挥能力、领导才干，要警惕骄傲、自满、自以为是、自我膨胀，更要谦虚又谦虚，事事时时谨慎小心，不要在社会上处处标榜自己。要以群众一员而自足。这是谦谦君子的美德，令人尊重。

然而，谦虚是为人的美德，是人的自信表现，不是虚伪、懦弱。但当邻国掠夺或破坏而我国受贫，名正言顺当讨伐之，不可迂腐于“谦谦君子”。要知所戒备，有备方无患，所以说无不利。

《易经》中的卦、爻辞已有朦胧的内容与形式中和美的意识，对我国传统的艺术美学有深远影响。

如《贲》卦是注重装饰追求美的卦。贲是杂色成文的意思。

《贲·初九》爻辞：

贲其趾，舍车而行。

装饰脚趾头，足穿花鞋或似凉鞋露出秀趾。其人为显示其美而捨车不乘，徒步而行。这是重其文饰而不计实际的出行目的。爻辞实义是形式美要得宜，应服从于宗旨、内容。

《贲·六二》爻辞：

贲其须。

老年人的胡须是应该修饰的。这样使人感到有精神、整洁。

《贲·九三》爻辞：

贲如濡如，永贞吉。

如词的后缀状事物。濡如，沾抹润泽的样子。

爻辞说：修饰啊，润泽啊，这是处事永利的条件，占问长久的事情吉利。

《贲·六四》爻辞：

贲如皤如，白马翰如，匪寇，婚媾。

皤，物白皆可称皤。此处有纯洁之意。

翰，长而硬的鸟羽。《六书故·动物三》：“羽之强者曰翰。”翰如，像长上翅膀的样子。匪读为非。

此爻辞说：佩戴漂亮，纯洁、健壮的一匹匹白马，像插上了翅膀，奔驰前往，这不是强盗来劫财，而是新郎迎娶新娘。

《贲·六五》爻辞：

贲于丘园，束帛戋戋，吝，终吉。

丘园，此处指女家。戋戋，少的样子。

这一爻辞指古代婚姻过彩礼的仪式。女家在接受彩礼迎男家之日，结彩装饰丘园。可是男家只送来一束绸子，显得太少，引起双方争议，陷于困境。不过，经过协调，最后仍得圆满大吉。

《贲·上九》爻辞：

白贲，无咎。

白即帛，素也。爻辞说，在白绸子上再加诸色花纹，没有灾害。此爻辞比喻人有洁白之品德，再加以文饰（如谈吐、举止、风度等）之美，则更为上乘，自然无咎。孔子说："绘事后素。"[①]意思同此。

人们修养自身的同时，重视修饰仪表，展示美。如果把《贲》卦的各个爻辞联系起来看，似乎写的是婚礼的准备过程。新娘修脚趾，新郎刮胡须，迎新的马匹也都精心修饰，庄园也结彩修饰，渲染气氛，以图吉利。内容美需要形式美密切结合，达到功利目的。

又如《离·初九》爻辞：

履错然，敬之无咎。

错然，色彩纹理交互的样子。爻辞说：鞋子颜色交错，恭敬地对待这些人，没有害处。

修饰的层次高低，标志一个人的社会地位和身份。对形式美的追求也体现一个人的文明程度。俗话说："脚下没鞋，穷半截。"履错然的人在当时必然是豪强势要，敬之，自会免祸。

又如《中孚·九二》爻辞：

鹤鸣在阴，其子和之。我有好爵，吾与尔靡之。

爵，上有雀形饰物的酒杯。靡：共同。爻辞说：鹤在树阴下鸣叫着，幼鹤与它一起呼应。我有好的酒杯，我和你共同使用它（饮美酒）。

原始人类从自身出发，以直观、简要、类比的方法理解其他事物。古人认为鹤的亲子和鸣为美。亲子关系是内容，和鸣是表现形式之一。爻辞以鹤阴和鸣起兴，歌唱自己与亲人、与知己的心诚意笃的美酒挚情。

又如《渐·上九》爻辞：

鸿渐于陆，其羽可用为仪，吉。

鸿，大雁。渐，前进、进入、到。陆，因此陆字不但与九三爻"鸿渐于陆"犯重，且陆与仪不协韵。故清代江永的《群经补义》、王引云的《经义述闻》、俞樾的《群经平议》皆以为此陆为"阿"之讹。阿仪，古协

---

①《论语·八佾》。

韵。然而，江永也指出，“大陵曰阿”。其实，九三、九五爻鸿渐于陆、渐于陵，均言大雁处高视阔不易被弋取。如果鸿雁落在更高的阿上，则人又怎能观其羽之美而弋取？高亨先生说：“余疑此陆字当作陂，形近而譌。陂仪韵也相谐。”[①]笔者认为，高说义长。

爻辞说：大雁落到沼泽地，游水捕鱼。上岸亮翅真美丽。它的羽毛可以用来做舞具。

人们重视发现美、创造美、展示美。大雁在沼泽地悠悠自在地拍打抖动羽翼，其美丽使人有赏心悦目之感。人们由此得到启示，其羽翼可做舞具，美化舞姿，满足人们的美感享受。对人来说自然是吉，但对鸿来说则是凶了。

三、崇阳刚、尚阴柔是《易经》美学不可忽视的又一特点

《易经》本来就是一部推究阴阳变化预卜吉凶的筮书。

如《乾》卦辞：

元、亨、利、贞。

乾为阳卦象天，坤为阴卦象地。天地变化，产生万物。古人解元、亨、利、贞为春、夏、秋、冬。周人根据农作物的生产规律，解释为春生、夏长、秋收、冬藏的四时概念。司马谈在《论六家要旨》中称此四时为“天道之大经也。”

《乾》卦卦辞的意思是说，只要按照元、亨、利、贞这一天道（自然规律和社会人际规律）办事，就会大吉大利，反之会咎由自取。

孔子曾对他的学生说：“天何言哉？四时行焉；百物生焉，天何言哉？”[②]

这一思想与《易经》相同。说天不明言，但天道是刚健的，不待外力，自强不息。

---

①《广雅·释地》，陂：池也。

②《论语·阳货》。

再如《坤》卦卦辞：

元亨，利牝马之贞。

元，大也。亨，通达顺畅。元亨，是很美好的意思。利牝马之贞。是有雌马那样美好品质的吉利占卜的意思。唐李鼎祚说：“干宝曰：‘行天者莫若龙，行地者莫若马。故乾以龙繇，坤以马象也。坤，阴类，故称利牝马之贞。’”①

牝马是母马，温顺柔和，不似雄马性烈。坤卦象地，是与乾卦阳刚相对应的阴柔卦。天道运行本来就是先乾天，后坤地的。坤地的形势是顺应乾天的。因此它既有耐劳健行的一面，也有柔顺尚后、宽厚载物的特质。乾，自然是尚先的。老子曾说：“反者，道之动，弱者，道之用。”意思是说：“道的运动变化规律识相矛盾对立面转化，道发挥作用的手段，是用柔弱的方法。”②这一观点与《易经》也相似。

《乾》卦卦辞是用阳性事物和天同类相比，《坤》卦卦辞是用阴性的事物和地同类相比，而且都是吉利的卦。这说明做此卦辞的人认为万物各有属性，只有不失本性的事物，才会得到大吉大利的结果。反之，就是凶险之象。这种看法，固定了阳刚或阴柔为美的模式。

阴柔美在《易经》美学众中表现明显。以《姤》卦为例，它的卦辞是：

女壮，勿用取女。

孔颖达认为：“此卦一柔而遇五刚，故名为姤。施之于人，则是一女而遇五男。淫壮至甚，故戒之曰：此女壮甚，勿用取此女也。”“女之为体，婉娩贞顺方可期之谐老。淫壮若此，不可与之长久，故勿用取女。”唐代的李鼎祚引用虞翻的观点说：“女壮，伤也。阴伤阳，柔消刚。”“女壮如是，壮健以淫，故不可取。妇人以婉娩为其德也。”③女子壮健便被认为淫荡，不能归嫁，这是对女子不娇柔、不温顺的否定。从中可以看出对女性柔美的欣赏与渴望。

---

①③(唐)李鼎祚撰:《周易集解》,北京市中国书店出版,1984年。
②《老子》第40章。

再如《夬·上六》爻辞：

无号，终有凶。

《夬》卦是关于决断、决定的卦。卦象是乾下兑上，一阴凌乘五阳，一阴柔居于九五阳刚之上。那就是说小人凌驾国君之上。在以五阳去一阴的斗争中，由于国君受累于小人，故多不利。从此卦爻辞看，初九，伤前趾；九二，遭夜袭；九三，伤臀，走路困难；九五，仅清理了道路边的青草马齿苋；上六，无号，终有凶。高亨先生说："号，《集解》引虞翻说，释为号令。""无号令者，谓君之号令不行于国，其国必破亡，故终有凶。"[①]故此《夬》卦从治国角度可看出做卦爻辞者对阴谋、阴险小人的憎恶，与《姤》卦相似，表露了对阴柔美的渴望。

又如《大有》卦辞：

元亨。

初九：无交害，匪咎。艰则无咎。

九二：大车以载有攸往，无咎。

九三：公用亨于天子，小人弗克。

九四：匪其彭，无咎。

六五：厥孚交如威如，吉。

上九：自天佑之，吉，无不利。

《大有》是吉利卦。元亨，最大通达顺绥。占得此卦会有大丰收、大收获。古代称丰年即五谷丰登为有，谓五谷大熟大丰年为大有。卦象是乾下离上。一柔以六五爻处尊为，上下五个阳爻和它上下呼应。而且六五阴爻与九二阳爻，上下和谐交好。宋程颐说："九以阳刚居二，为六五之君所倚重。刚健则才胜，居柔则谦顺，得中则无过。其才如此，所以能胜大有之任。如大车之才强壮，能胜载重物也，可以任重行远，故有攸往而无咎也。"[②]从各爻看，初九，不互相伤害，没灾害，即使遇到艰难时，也无

---

①高亨:《周易大传今注》,济南:齐鲁出版社,1979年。

②《易传》,江南书局。

灾害；九三，天子赐使公卿亨通，小人则不能；九四，排斥邪曲的人和事，没害处（匪借为非，反对，排斥。彭借为尪。）；六五，他们上下信任，也很严肃，所以很吉利；上九，上天在保佑他，吉利，没有一点不吉利。此卦从农业生产的大有扩大到治国，表露了柔得尊位而上下应之的大收获、大繁荣，此亦称颂阴柔美。

另如《咸》卦：

亨。利贞，取女吉。

这也是吉利的卦，卦象是艮下兑上。上六爻居上位，九三爻居下位。崔憬说："山高而降，泽下而升，山泽通气，咸之象也。"①

《易》者以兑为少女，以艮为少男。荀子说："易之咸，见夫妇。夫妇之道，不可不正也。君臣父子之本也。咸，感也，以高下下，以男下女，柔上而刚下。"②此卦象少年夫妇和谐和乐，六爻皆应，双方交感。此亦治国之道，称颂阴柔美。

阳刚美在《易经》中体现突出，这是一种男性的美、君子的美、体积庞大数量众多的美。在《乾》卦中，以天体运动不息，具有刚健品德比喻君子在仕途上的自强不息。

在《易经》中，阳刚美的观点对于物体而言，更多的是体现在形状和力度上。这种物体必须具有一定的体积，在空间上占有一定的位置，显示其数量之多。就人而言，主要是人格力量的至刚之美，是品德修养的美。

如《萃》卦卦辞：

用大牲吉。

卦辞说：用大的祭祀品如牛来祭祀吉利。

《益·初九》爻辞：

利用为大作，元吉。无咎。

爻辞说：大兴土木有好处，大吉利，没灾害（用，于。作，建筑）。

---

①（唐）李鼎祚撰：《周易集解》，北京市中国书店出版，1984年。

②《荀子·大略》。

《明夷·九三》爻辞：

明夷夷于南狩，得其大首，不可疾贞。

爻辞说：君子在南方打猎时射伤了鸣雉，君子曾迷路后得大道。不利于占问疾病。明夷：鸣雉。夷：伤。首借为道。

在这些卦爻辞中，均以大为美，推崇体积庞大的物体。此外，在《易经》中，“利见大人”“利涉大川”等辞经常出现，也体现着其对大的推崇。奠定了后世审美心理中以大为美，崇尚伟大、磅礴、雄健的思想。

人格力量的至刚，在于品德的崇高。他必须修养品德，没有品德就无所谓美。

如《泰·九二》爻辞：

包荒，用冯河，不遐遗朋，弗亡，得尚于中行。

高亨先生解此说：“有人行至河边，见大匏遂缚于腰，浮水以渡，又不远弃其友，甘冒危险。携其共渡，二人均未被水淹死，因其有此义举，在路上得到其友的赏赐。”[①]包荒，大葫芦。冯，凭借。遐，遗，远弃。朋，伴侣。亡，今本脱弗字，应为“弗亡。”尚，赏。

再如《既济·九五》爻辞：

东邻杀牛，不如西邻之禴祭，实受其福。

“杀牛”，汉帛书《周易》有“以祭”二字，当据补。《礼记·坊记》引《易》此文，郑玄注曰：“东邻，谓纣国中也。祭是祭品薄约仅用饭菜，不以大牲的祭祀。殷王杀牛祭鬼神，周王仅用禴祭。祭品一厚一薄，但西邻实得其福”。“此盖谓殷王之德腥，鬼神不保佑之，周王之德香，鬼神保佑之。祭祀之得福与否，不在祭品之厚薄，而在祭者之德之香腥。”

《恒·九三》爻辞所说的“不恒其德，或承之羞，贞吝。”说的就是一个人不能够尊崇道德修养，品德不能够始终如一，保持纯洁和高尚，就会遭到因此而带来的羞辱。

---

①高亨:《周易大传今注》,济南:齐鲁出版社,1979 年。

古人早已指出，《易》为君子谋，不为小人谋。《易经》编撰的目的，就是为正人君子占卜吉凶，而不正的人，不属于《易经》占卜的对象。南宋理学家朱熹说："圣人作《易》，示人以吉凶，言'利贞'，不言'利不贞'；言'贞吉'，不言'不贞吉'；言'利御寇'，不言'利为寇'也。"《论语·子路篇》中："'不恒其德，或承之羞'，子曰：'不占而已矣。'"东汉郑玄注解说："《易》所以占吉凶，无恒之人，《易》所不占。"[①]品德不端正，不持久，《易经》就不会为其占卜。从这里，我们也可以看出《易经》对人格美的尊崇。

四、我们从《易经》卦爻辞中可以看到文学诸体的胚胎

易学界公认而经常提到的是《易经》早期诗歌的比兴手法。如《大过·九二》《九五》的爻辞的"枯杨生稊"，"枯杨生华"的比。如《中孚·九二》爻辞"鸣鹤在阴，其子和之"的兴等，均属典型。不仅如此，《易经》中的萌芽小说故事对人物多用侧写、隐写。有的能通过行动、语言、神态描写人物性格，对故事情节的叙述简洁、清晰。如此种种对后世文学艺术的发展以重大的美学影响。

《易经》卦爻辞的作者们，在比兴的基础上，以类似、相象、比拟向前推进，开始写出了文辞简约、情节简单、包含丰富哲理和宝贵生活经验的小故事，给人以更深刻的启迪。除了作为吉凶祸福的形象图解之外，人们还可以从中领悟广泛深刻的人生哲理和做人行事的原则。如《履·六三》爻辞的"眇者履虎"，《睽·六三》爻辞的"掩牛改道"，《大壮·九三》爻辞的"羝羊触藩"，等等，这些寓言都表现了"为君子谋"，为人生服务的美学思想。启发后世文学艺术不忘崇高社会职责的美学思想。

诉诸感官知觉的审美实践很早就产生了。如山顶洞人均匀规整的石器，磨制光滑、刻有纹饰的骨器；仰韶文化彩陶的鱼纹形装饰和含鱼人面。这些都可以看作人类对静态美的沉思。再如《尚书》所载"击石、拊

①钱钟书:《管锥编》第一册，北京:中华书局，1979年，第231~232页。

石，百兽率舞。”以及《吕氏春秋》所记“昔葛天氏之乐，三人操牛尾，投足以歌八阕”，则是动态美的最早实践。这种对美的欣赏体验还只是处于低级阶段，人们还不能从理论上给予说明和指导。创造美的人只是凭借直觉和经验，只是凭借身心是否愉悦来判断事物。他们注重的是感官享受，知其然而不知其所以然。而《易经》虽然尚未对早期的美和艺术的实践进行具体记录和归纳，但它毕竟用文字记录了人们的思想情感和对美的最初的朦胧思考。这种记录本身虽然尚未构成详尽的美学思想体系，但是作为零碎而真实的材料，却为后世美学思想的形成奠定了基础

丁鹤年宗教诗论析

◎马志英

丁鹤年是元代继萨都剌之后最优秀的回回诗人，他的三百多首诗歌中涉及佛教、道教思想内容的作品占三分之一，这类具有宗教文学的艺术特质的诗歌有一定的研究价值。目前学界对丁鹤年宗教诗的研究并不多，主要有张泽洪的《元代回族诗人丁鹤年与道教》一文考察了道教对丁鹤年的影响，揭示出回族文人受道教影响的史实。①本文则重点分析丁鹤年宗教诗的文学表现，并从多元角度解析丁鹤年宗教诗的文化成因。

一

丁鹤年生活于元末明初朝代更迭的动荡时期。从元至正十三年（1352年）徐寿辉起兵攻克武昌，鹤年奉母夫人从武昌出逃，至明洪武十二年（1379年）还武昌迁葬，二十多年之中，他过着担惊受怕、流离失所的日子。《明史·文苑传》记载："避地四明，方国珍最忌色目人，鹤年转徙

①张泽洪:《元代回族诗人丁鹤年与道教》,《回族研究》2002年第3期。

逃匿，为童子师，或寄食僧舍，卖浆自给。”[①]元至正二十四年（1364 年），其从兄吉雅谟丁卒于昌国任中，元廷复以方国珍为淮南行省左丞，方氏与鹤年兄是政敌，为躲避方国珍迫害，他不得已寓居寺院，并给自己所居之地取名曰“逃禅室”。“逃禅”是佛禅用语，其中一种意旨即为安心于禅宗之意。他在那里结交了一批“禅侣”，相同的嗜佛情怀，使他们结下了深厚的友谊，常赠答往来。如《逃禅室卧病柬诸禅侣》一诗描绘寺院禅侣们对自己的深情厚谊：“高秋多病客，古寺寄黄昏。野迥常疑虎，天寒早闭门。离愁灯下影，乡泪枕边痕。赖有诸禅侣，情亲似弟昆。”[②]通过“高秋”“病客”“古寺”“黄昏”“野迥”“灯下影”等意象勾勒了一幅寒秋客居图，将诗人客居异乡的病弱凄凉和躲避战乱及方国珍迫害的孤寂无奈表现出来。“赖有诸禅侣”才将诗人的愁苦化为“情亲似弟昆”的温暖。

时任灵隐寺方丈的见心长老（1319—1391 年）是元末明初临济宗名僧，先后住持慈溪定水寺、鄞县天宁寺、杭州灵隐寺。丁鹤年与他交情颇为深厚，多次在作品中提到他。如《寄见心长老二首》，第一首赞颂见心长老卓尔不群的高僧风度。第二首中，“上方借榻动经春，道义交情久更亲。涤器每怜司马病，卓锥不厌仰山贫。茶烟隔座论文，夜花雨沾筵听法晨。”此六句将见心长老与自己濡沫同辙的关怀和情趣相投的交谊表现得极有力度。《秋夜宿定水寺天香阁有怀见心长老》写诗人秋日重游定水寺，想起过去与见心长老游赏的欢娱，而今却是物是人非，内心无比伤感。最后两句“天风开遍岩前桂，谁为蒸香寄澹游”，表达了诗人对见心长老的思念之情。与丁鹤年交往的高僧禅师还有龙门海禅师、文极禅师、甬东椿上人、恕中韫禅师、信立庵禅师等，并创作了多首题赠诗，多是赞美佛寺环境秀丽雅致和佛院生活的清净高雅，表达自己对佛家生活的向往之情和佛教情缘，正如诗人自云“我生嫩僻苦贪佛，或谓三生有胜缘”。

---

①(清)张廷玉:《明史》卷二八五,北京:中华书局,1987 年,第 7312 页。

②(元)丁鹤年:《鹤年诗集》,影印文渊阁四库全书本,1217 册,上海:上海古籍出版社,1987 年。以下所引丁鹤年诗作皆出此版本,仅随文标注题目,不另注。

禅是诗家切玉刀，由于亲佛染禅，佛教对丁鹤年的文学创作产生了很大的影响。他善于将空寂明净的禅心，外化于疏林朗月，显现于清拔雅洁的诗行，形成了其独特的诗歌意境。境本为佛教学说的重要术语，文人将其纳入诗论体系提出文学意境之说，成为中国古代美学价值重要范畴。

佛家以出尘离世，参禅悟道为旨归，为了能集中精神修道证禅，僧人们栖居幽僻之所以砥砺心志。因此幽静空寂的自然是参禅悟佛的重要物境。如《题东湖青山寺古鼎铭长老钟秀阁》一诗描绘了青山寺祖铭禅师的居所钟秀阁的清静幽深：“玉镜离夜通沆瀣，翠屏秋净倒空青。避烟鹤起檐间树，行雨龙归几上瓶。”诗中的玉镜、翠屏、飞鹤、玉瓶，无不是清寒的物象。这些充满禅意的物象勾勒出虚寂娴静的佛禅之境，表现了心体空明澄净，寂然不动而万法如如的佛理。再如《澹然斋为慈溪润上人赋》这首诗以冰霜、水月等佛教意象比喻慈溪润上人冰清玉洁的高僧风范：“一尘不涉冰霜操，万境俱空水月心。驻屐寒香生小径，卷帘秋色上疏林。”禅宗以立无念为宗[①]，追求一种心空的境界，是为性空即是佛，润上人万境俱空的禅师境界，正是诗人所欣羡的一种圆满自得的限量境。

玄想夸诞是佛教典籍为宣传佛门思想常运用的高度形象化的手法，常以夸张的语言、比喻的文字、虚诞的场景、浪漫的想象来表现。这种手法对文学创作中想象夸张艺术有直接影响，这一点在丁鹤年的文学创作中有所体现。如《送蔡用严还四明》二首“老泪暗添江汉水，随人去作海东波。”“迢遥海国接江乡，一度怀人一断肠。”等句中夸张和比喻手法有极好的运用。还有《小游仙》中以“长鲸吸浪洞庭干，一声铁笛风云动。”形容洞庭波涛涌动的气势。以“花残一夜风”“啼杀白头翁”的夸张手法写人生苦短青春难留的无奈；以“气吞渤澥波盈掬，势压崆峒石一拳。”《些子景为平江上人赋》写盆景虽小却有气吞渤海势压崆峒之气势。这些诗没有刻意追求形式的整饬和音律的要求，但想象丰富，比喻奇特带有禅

①慧能著:《坛经校释》,郭朋校释,北京:中华书局,2012年,第39页。

诗的灵动、蕴藉丰赡的特点。可见，佛教的宣传手段和禅定修正的方法路径都对丁鹤年的诗歌创作产生了较大的影响。

禅宗宣扬的解脱方式为丁鹤年构建了诗意的精神家园。对经历了诸多人生遭际的丁鹤年而言佛寺禅院是他寻幽解乏的去处，与高僧大德的交谊也是他求得心灵澄明的雅道。如《赠秋月长老》，诗云：

秋月既虚明，禅心亦清净。心月两无亏，炯然大圆镜。流光烛万物，万物咸鲜莹。倒影入千江，千江悉辉映。情尘苟不扫，倏忽迷真性。所以学道人，于此分凡圣。视身等虚空，无得亦无证。伟哉寒山翁，与汝安心竟。

诗人将自己体悟到的空灵圆融的佛理禅意，寄寓于山水明月之像，柄于禅林超然于世俗的羁束，使心灵得到栖居之所。再如《山居诗呈诸道侣三首》第一首写自己怡然自得的佛院生活，第二首写自己澄明洒脱的心境，其中“日日看山眼倍明，更无一事可关情。扫开积雪岩前坐，领取闲云陇上行”，是说诗人已经将人世间的所有烦忧都抛开，过着闲云野鹤般的生活。丁鹤年的表兄吉雅谟丁曾赠诗以示肯定：“枕头不迷巫峡雨，床头常对剡溪云。竹炉松火茶烟暖，一段清贞尽属君。”[①]“竹炉松火茶烟暖”的禅家成为诗人去忧解郁的心灵老家，正如加地哲定所言：

那些不得志而回归故里者，那些贬谪而怀才不遇者，还有其他一些人，对人世无常、爱别离苦的际遇都要借诗抒怀。诗实际上成为发泄对人生的不满和苦闷的手段。在这种情况下，寺院、僧侣是其最合适的伴侣。诗人喜欢登山游寺、与僧侣攀谈，把体味佛教的解脱意义由乡愁进入极乐看作另一番天地聊以自慰。[②]

二

丁鹤年受佛教影响甚深但他并不笃守佛理，在隐居四名时常与道士们

①吉雅谟丁：《鹤年弟尽弃纨绮故习清心学道特遗楮帐资其澹泊之好仍侑以诗》，载丁生俊编：《丁鹤年诗辑注》，天津：天津古籍出版社，1987年，第336页。

②〔日〕加地哲定著：《中国佛教文学》，刘卫星译，北京：今日中国出版社，1990年，第7页。

往来并创作了一些酬赠类涉道诗。七古《环翠楼歌》是这类诗歌中艺术成就最高的一篇，是丁鹤年为余姚梁道士所作：

何如羽人高居环翠楼，调笑日月轻公侯。仙韵灵响每坐听，日观霞城时卧游。还丹炼就颜如玉，读书学道日不足。痕函金检五千言，锦帙牙签三万轴。星为冠兮霓为裳，或参麒麟翳凤凰。翩翩上游白云乡，手把绛节朝紫皇。钧天九奏赐霞觞，醉乘冷风还下方。眼空四海小八荒，层楼栖真寿而昌。此名此境孰敢当？蓝山道士身姓梁。

诗歌通过对梁道士的修炼环境、炼丹神效及羽化登仙时的恢宏壮丽情形进行细致描绘，展现了梁道士养生炼性的逍遥自在，抒发诗人自己对仙道生活的向往之情。《赠全真李止水》一诗描述了李全真漫游的仙道风格，诗云：

玄元孙子玄都客，汗漫长游宇宙间。黄鹤白云迷鄂渚，青牛紫气满函关。袖中宝剑雌雄合，鼎内金丹大小还。不见吹笙王子晋，秋来几度候缑山。

李全真，名止水，是全真道士。全真教是王重阳所创立的道教教派，以明心见性、重云游为特征。诗歌指出李全真的修持路线是云游访道和炼丹修性。诗歌末联还巧用仙人王子晋的典故喻指李全真超凡脱俗的精神气质，以此表达对李全真的思念之情。《赠玄溟炼师》中提到的玄溟炼师毛外史是一位得道高人。他内修心性、外炼功行，能驱旱唤雨且功成身退，道行很高，被丁鹤年誉为神仙中人。《赠李仙姑》一诗描绘李仙姑的神仙生活，“花拥青鸾节，香随白鹿车。清辉回雪月，玄想结云霞。”这四句以青鸾、白鹿、清辉、雪月等意象勾勒出李仙姑的仙风道骨。此类作品还有《赠刘全真》《戏赠应修吉》《寄郑高士》等，多是描绘形象各异的道士风采，流露出对道士们节操高尚修持心性的精神的钦佩之情。

与佛教相比，道教宠大的神仙体系，独特的修炼方式对丁鹤年的吸引力更大。他还创作了一些涉及名山学道、羽化成仙、内丹修炼等道教文化的诗歌，具有较高的艺术价值。生活于元代末期的郑高士是一位文化修养较高的文士，丁鹤年常与之酬赠往来并在诗歌中描绘郑高士的修炼情形。

《寄郑高士》二首，中提到郑高士的修炼方法主要有凝坐、服气、丹道、辟谷等。第一首写郑高士既苦练七返还丹又内修心性，过着鹿伴鸾随的神仙生活。第二首写郑高士的修炼过程“辟谷斋房餐石髓，采苓幽涧役山精。星辰夜动龙缠剑，风露秋清鹤载笙。”辟谷和服食之术是早在秦汉方仙中就有的古老方术。辟谷又名断谷、却谷、休粮、绝粒等，“诸欲辟谷行气法食日减一口，十日后可不食。二日、三日腹中或悄悄若饥取好枣九枚，若访寸术饼九枚食之，一日一夜，不过此也”。[①]苓草、石髓是郑高士服食的药物，他通过辟谷、服食等刻苦练习而登入仙籍。最后两句“别后仙踪信难觅，相思几度梦登瀛”表达了诗人对郑高士的思念之情。

道教视金丹为上品神药，认为其益人之效万倍于五谷，“夫金丹之为物，烧之愈久，变化愈妙。黄金入火百炼不消，埋之终天不朽。服此二药，炼人身体，故令人不老不死。”[②]丁鹤年晚年风雨飘摇常有性命之忧，金丹道法对他惶恐不安的心灵无疑有着巨大的吸引力。他在《红梅翠竹》一诗中描绘金丹的神奇功效：“琼仙服尽紫金丹，不识人间有岁寒。一笑荒村春似海，载歌淇澳报平安。”紫金丹即是一种丹药，因其炼制的金丹其法象显现紫光，也称为紫光丹。施肩吾在《西山群仙真记》云：“内之丹药，乃为真药。外丹之药，只可疗疾病安乐而已。”[③]诗人由观翠竹、红梅不畏岁寒，经冬常青，而联想到神仙们因服食紫金丹而不知人间寒冷的神奇功效，由此可见其对金丹道法的企慕神往。咏物诗《红梅》用道教神仙姑射仙人炼丹砂时的红光比喻江南第一花的红艳夺目中，“姑射仙人炼玉砂，丹光晴贯洞中霞。”因为品行高洁的姑射仙人与独立寒冬的梅花在形态与性质上同质同构，故诗人以移情手法，表达出对姑射仙人倾慕之情。

---

①②张君房纂，蒋力生等校注：《云笈七签》卷六十五，北京：华夏出版社，1996年，第395、405页。

③施肩吾：《西山群仙会真记》卷四十六，《四库全书存目丛书》第258册，济南：齐鲁书社，1997年。

道教主张清静无为，归隐田园，返归生命本源，恢复纯真无染的清净本心，回到人的精神家园。饱受沧桑变故的丁鹤年对此深有感触，他创作了多首涉道诗表现回归山林的情感体验。代表作品有《暮春感怀二首》《山居诗呈诸道侣三首》《静乐斋为宁都邓处士赋》《戏赠刘云翁》等，这些作品蕴含清净无为的道家情趣，表露出对道家思想的参悟。如赠友诗《山居诗呈诸道侣三首》一诗，写山居生活的闲适淡泊：

懒散形骸不自持，黄冠聊束鬓边丝。频来猿鹤浑相识，久混龙蛇竟不知。

养拙最宜情澹薄，全生深藉德支离。看云本自忘饥渴，况有冰泉与石芝。

元亡后，丁鹤年隐遁山林，据《鹤年诗集序》记载："鹤年兄弟俱业儒伯氏之登进士第者三人。鹤年乃泊然无意于仕进。遭时兵乱，逃隐海上，邈不与世接。"因残酷现实环境所迫丁鹤年避居道观成为其全身避祸的重要途径，虚静空寂的自然之境成为他凄恻惶惑心灵的安顿之所。徜徉于大自然，在湖光山色中求得心灵的解脱与生命的超越。《次向士诚韵》一诗抒写诗意的隐居情怀。诗云：

道究先天太乙初，金门大隐复谁知？已承丹篆三天箓，还读青藜午夜书。

华衣忽归辽东鹤，仙庖频食武昌鱼。行窝处处春风里，拟办尧夫洛下车。

作者在诗题下自注："士诚为予筑行窝于寓舍，以诗见意，次韵奉谢云。"诗人自比宋代哲学家邵雍视朋友为自己建造的临时居室为安乐窝，以表现自己隐居生活的随意自得。"已承丹篆三天箓，还读青藜午夜书"这两句写诗人潜心道家学说研究，修心炼性，对道家思想时有参悟。道家修炼以炼性为首，心性修炼是修行的根本具体目标是实现心性的清净状态，正如胡孚琛在《道学通论》中所云："修习丹道可以清洗自己隐藏下来的心灵创伤重新发现和认识自我，从而使自己的心灵获得解脱达到开悟的境界"。①

此类作品还有很多："扫开积雪岩前坐，领取闲云陇上行。"（《山居

①胡孚琛，吕锡琛：《道学通论》，北京：社会科学文献出版社，2004年，第574页。

诗呈诸道侣》其二）“垂纶水槛沙鸥狎，步屧柴门野鹤随。”（《秋素轩为涂以凉赋》）“傍沙观鸟迹临水映萤光。”（《渔村书隐》）……这些诗大都清新脱俗，诗人将生活中的感受升华为哲理，又将哲理借以自然物象诉诸诗的语言加以表现，因而情趣、理趣兼偕。

三

虽然佛道二教深深地影响了丁鹤年的价值观念与生活方式，但丁鹤年并未将佛、道作为一种信仰，而是当作一种知识和学问来对待。丁鹤年晚年又回归到伊斯兰文化上，据《武林掌故丛编》记载，“晚习天方法庐于先人之墓。卒葬其旁遂为丁氏陇，墓在聚景园今石亭子下。”[①]天方是对伊斯兰国家的称谓，天方法指伊斯兰教法，丁鹤年去世后按照回族的葬仪安葬，墓庐至今尚存。嗜佛崇道的丁鹤年最终回归伊斯兰教，最终确证了自己的回族身份。

这种情况在郑和、李贽等华化的回回士子身上也有所体现。出生于哈只世家的郑和，同样有着深厚的佛道情怀。他曾印造佛经求人题记，自称“奉佛信官”，也曾祷祀天妃立天妃感应碑。但“心灵深处又不肯放弃、损害回回人固有的伊斯兰教信仰，因此在灵活酬应中总是尽力争取它的生存发展使之不致湮没泯灭。”[②]尤其是他在最后一次远航前，冒着风险向对他怀疑、戒备的宣宗奏请重建被焚的清真寺。更说明他晚年对伊斯兰教的感情有增无减，远胜往昔。出生于泉州回回富商家庭的李贽，亦尊尚佛老，经常出入僧庐，亲禅染佛，向往老庄。虽然他在著作中从来不讨论伊斯兰教，但其临终遗言却要求以伊斯兰教的方式安葬自己。“李贽遗嘱确是‘回式葬’”：[③]

---

①徐逢吉:《清波小志》,丁丙,丁申辑:《武林掌故丛编》第四集,扬州:广陵书社,2008年。

②林松:《从回回民族特殊心理意识综观郑和宗教信仰的复杂性》,《回族研究》1991年创刊号。

③白寿彝:《中国回回民族史》(下册),北京:中华书局,2003年,第888页。

倘一旦死，急择城外高阜，向南开作一坑：长一丈，阔五尺深至六尺即止。既如是深，如是阔，如是长矣，然复就中复掘二尺五寸深土，长不过六尺有半，阔不过二尺五寸，以安予魄。既掘深了二尺五寸，则用芦席五张填平其下，而安我其上，此岂有一毫不清净哉！……未入坑时，且阁我魄于板上，用余在身衣服即止但面上加一掩面，头照旧安枕，而加一白中单盖上下……待五更初开门时寂寂抬出，至于圹所，即可装置芦席之上，而板复抬回以还主人矣。[①]

民族认同是民族个体对自己身份归属的认知与确证。在对宗教信仰背离与坚守的抉择中，丁鹤年、李贽最终以伊斯兰教为归宿，最终认同的是伊斯兰文化，足见其内心深处难以割舍的伊斯兰教情怀。

丁鹤年作品的本民族文学特色并不明显，但不能因此就否认它是这一民族的文学。[②]戈理说："真正的民族性不在于描写农妇穿的无袖长衣，而在于具有民族的精神。诗人甚至在描写异邦的世界时也可能有民族性。只要他是以自己民族气质的眼睛、以全民族的眼睛来观察它，只要他的感觉和他所说的话使他的同胞们觉得，仿佛正是他们自己这么感受和这么说似的。"[③]丁鹤年的作品融入佛教的慈悲之怀，用道教无为之精奥，阐扬天方性理之真谛。在他的作品中，常能见到明月、流水、香花等充满伊斯兰情怀的诗歌意象应是诗人以自己民族气质的眼睛观察的结果。以他的咏物诗为例，如咏水仙："湘云冉冉月依依，翠袖霓裳作队归。""影蛾池上晚凉多，罗袜生尘水不波。"咏牡丹："名花倾国不凡材，池馆春深尚未开。风雨一宵桃李尽，异香清晓九天来。"咏绿竹"拂素与晴窗亭亭玉一双"。诗人笔下的这些植物，品性高洁芬芳，具有伊斯兰和平、长久之意。

①李贽：《李卓吾先生遗言》，《焚书·续焚书》卷四，北京：中华书局，2009年，第101页。

②张越指出对于一些少数民族文人作品，只能说不具有本民族文学的特色，而不能否认它是这一民族的文学。见张越：《试论民族文学的划分》，《新疆大学学报（哲学·人文社会科学版）》1982年第2期。

③〔俄〕果戈理：《关于普希金的几句话》，载王宏建主编：《艺术概论》，北京：文化艺术出版社，2000年，第256页。

"咏物隐然只是咏怀，盖个中有我也。"[①]这些植物意象凝聚着诗人的主体情感和人格精神蕴含伊斯兰教义的思想烙印。

四

作为回回文人，丁鹤年很少在自己的诗歌中反映伊斯兰思想，却创作了大量的涉佛诗、涉道诗，这是一个值得思考的问题。笔者认为元廷多元并蓄的宗教政策和宽松的民族政策、少数民族文人接受主流文化的自觉性和主动性，以及丁鹤年的遗民心志均是其创作涉佛、涉道诗的文化因素。

首先，元代多元并蓄的宗教政策为丁鹤年这样的少数民族文人提供了文学创作的空间。蒙古贵族所建立的大元朝"其地北逾阴山，西极流沙，东尽辽左，南越海表"[②]规模空前，在大一统的元朝政权下，杂居着汉、蒙古、回回、畏兀、契丹等几十个宗教信仰各异的民族。元朝统治者为了使众多的民族能臣服，在开国之初即确立了兼容并包的宗教政策。成吉思汗西征时召见全真教首领丘处机，尊其为"神仙"，并向他请教治国方略和养生之道，后来又宣布蠲免全真教的差役赋税使全真教得到快速发展。对佛教的态度也是推崇厚爱，在全国各地雕补藏经，广建佛寺弘扬佛法。对伊斯兰教更是礼遇有加，在诸多方面给予优待。在这种文化背景下，少数民族群众有着相对自由的生活空间，正如元代到中国的欧洲传教士安鲁德所言："在此大帝国境内天下各国人民各种宗教，皆依其信仰，自由居住。"[③]

对伊斯兰教而言元代则是其发展的黄金时期。首先，色目人在元代"四等人制度"中仅次于蒙古人居于第二位，有较高的社会地位。在科举取士方面也享受优待，不但考试科目、答题字数均比汉人、南人少，且

①刘熙载:《艺概》,北京:中华书局,2009年,第704页。
②(明)宋濂等撰:《元史》卷五十八《地理志》,北京:中华书局,1976年,第1345页。
③江文汉:《中国古代基督教及开封犹太人》,北京:知识出版社,1982年,第137页。

“蒙古、色目人，愿汉人、南人科目，中选者加一等注受。”[①]在诸多优待政策的荫庇之下，很多色目人家有较高的社会地位。如萨都剌家族累著勋伐，受知于世祖，丁鹤年家族更因军功而地位显赫“其祖、父皆仕元，二兄皆举进士，为显官”。[②]丁鹤年本人年轻时就立志“不效祖父为官人”，而追求“以文学知名于世。”[③]虽然他此后的人生颠沛流离但始终行吟不止，创作了大量宗教诗。可以说元代兼容并包的宗教政策与宽松的民族政策为丁鹤年提供了丰润的文学土壤，使他可以在文艺世界中自由地表达自己的宗教情怀。

其次，在不同民族文化交流过程中，少数民族文人接受主流文化的自觉性和主动性也是丁鹤年创作宗教诗的一个重要因素。虽然丁鹤年嗜好佛老，创作了很多涉佛诗、涉道诗，但这并不能说明丁鹤年彻底放弃了自己原有的文化原则，而是丁鹤年接受主流文化的一种文化认同行为，“是在跨文化交流中，社会精英敏锐地捕捉到自身文化与异文化之间存在的差别，自觉地反思自身的文化特性及发展动向并借此来实现或强化其文化理念的社会行为。”[④]

丁鹤年、萨都剌等东来的色目世家子弟们、熏染中国灿烂文化，“其沐浴休光沾被宠泽，与京国内臣无少异。积之既久文轨日同而子若孙，遂皆舍弓马而事诗书”。（《鹤年诗集序》）他们身上已无父辈们的侨居意识，更多的则是对中华文化服膺向学，表现出接受主流文化的自觉性与主动性。他们以读书属文为事，创作了大量优秀的文学作品。杨义、汤晓青在《北方民族文化与中国古代文学》中对此做出了高度的评价：

尤其是元代蒙古色目诗人群体的出现，如马祖常、贯云石、萨都剌等人，以边塞诗人写边塞诗，没有苦涩相，而多有奔放、从容的风度；以西域人写江南景物，另有一番新鲜之感。他们给诗坛带来了新的文化心态和

①（明）宋濂等撰：《元史》卷八十一《选举志》，北京：中华书局，1976 年，第 2019 页。
②杨士奇：《东里文集》，载丁生俊编：《丁鹤年诗辑注》，天津：天津古籍出版社，1987 年，第 337 页。
③（元）戴良：《九灵山房集》卷十九《高士传》，《四部丛刊初编》第 243 册，上海：上海书店出版社，1989 年。
④雷勇：《论跨界民族的文化认同及其现代建构》，《世界民族》2011 年第 2 期。

审美感。也许有的诗较质朴，但不拘谨，不迂腐，呈现出疆域并常博大的元人诗的特异气派。[1]

丁鹤年家族四代仕元，浸染中华文化积淀了深厚的汉学素养。作为色目官宦人家后裔的丁鹤年，他秉承家族汉学传统，自幼立志长远，体现出学习中华文化的自觉性和主动性。“年十七而诵读《诗》《书》《礼》”等儒家经典，且“善诗歌，而尤工于唐律，为文章有气。至于算数、导引、方药之说，亦靡不旁习”[2]如张文澍所言“论及西域人效仿中土之儒学、道教、佛教、书法、绘画、散文、度曲，乃至风俗诸种事物，凡于己有益者无不尽纳囊中。”[3]可以说丁鹤年是元代受主流文化影响最深，也是学习主流文化最成功的一位少数民族诗人。

“在中国历史上宗教对于思想、学术、文学、艺术等广阔的文化领域发挥巨大而深远的影响。”[4]尤其是佛道二教，陈寅恪对此做过精准的概括“两千年来华夏民族所受儒家学说之影响，最深最巨者，实在制度法律公私生活之方面，而关于学说思想之方面，或转有不如佛道二教者”。[5]在丁鹤年生活的时代，佛道二教依然是主流意识形态，尤其是全真教，一直是元王朝承认乃至优待的宗教。“综观有元一代士人与宗教的关系，当数全真教影响最大。”[6]丁鹤年不可能脱离这个时代而不受其影响，“因为在每个时代之中，诗人们都根据那个时代的力量和局限，在人生的众多形象之中，展示了人作为一种能进行宗教崇拜的动物的形象，从而找到了种种方

---

①杨义，汤晓青:《北方民族文化与中国古代文学》,《社会科学战线》1987 年第 337 期。

②(元)戴良:《九灵山房集》卷十九《高士传》,《四部丛刊初编》243 册，上海:上海书店出版社，1989 年。

③张文澍:《风霜万里苦吟人——论元末回回诗人丁鹤年》,《民族文学研究》2005 年第 2 期。

④孙昌武:《关于中国宗教与中国文学相互影响的研究》,《武汉大学学报(哲学社会科学版)》2009 年第 1 期。

⑤陈寅恪:《冯友兰中国哲学史》,载《金明馆丛稿二编》,上海:上海古籍出版社，1980 年，第 251 页。

⑥邓绍基:《元代文学史》,北京:人民文学出版社，1991 年，第 23 页。

式来丰富我们的想象。”①

再次，遗民的悲剧性生命体验也是丁鹤年亲佛染禅的重要因素。元明鼎革，兵燹不断，丁鹤年家族连遭祸患，他本人亦长期辗转迁徙备尝艰辛。丁鹤年对元朝的腐败虽感痛恨，但在感情上终不能与之决裂，始终对元怀有眷恋之情。《明史文苑》载“鹤年自以家世仕元，不忘故国。顺帝北遁后，饮泣赋诗，情词凄恻。”②《钦定四库全书提要鹤年诗集》云：“集中顺帝北奔，以后诸作，缠绵悱恻不忘故君，其志尤有足悲者云。”③均指出丁鹤年诗歌浓郁的故国旧君之思。戴良《九灵山房集》卷十九云“时兵戈四起，鹤年益逃匿海岛，绝其迹。已而海上多盗，鹤年转徙无常，大抵皆明之境内。明当方氏之盛，幕府颇待士，士之至者踵接。鹤年独逡巡远避，门无一迹。慈溪县尹陈麟号称贤令，四方士大夫多依之。鹤年居是邑数年，未尝睹其面。”④

元亡明兴已成定局，丁鹤年饱受亡国之痛却又无计可施，只能避地四明，隐居在山林丘壑之中。常与四明名士戴良酬赠往来亲佛染禅，以此求得心灵的解脱。组诗《奉寄九灵先生四首》是表达诗人遗民心声的代表，以“其二”为例：

花柳村村接海滨，携家随处避风尘。衣冠粟里犹存晋，鸡犬桃源久绝秦。对坐青山浑不厌，忘机白鸟自相亲。也知出处关时运，岂但逃名效隐沧。

诗人为避战乱风尘而隐居海滨，道家思想成了他的精神寄托。鸡犬桃源、白鸟青山的隐居生活，淡化了深重的故国之痛，遗民诗人的悲剧性人生体验通过游情于老庄而得以消解。

---

①［英］海伦·加德纳：《宗教与文学》，江先春译，成都：四川人民出版社，1989年，第219页。

②(清)张廷玉：《明史》卷二八五，北京：中华书局，1979年，第7313页。

③《钦定四库全书提要·鹤年诗集》，载丁生俊主编：《丁鹤年诗辑注》，天津：天津古籍出版社，1987年，第303页。

④(元)戴良：《九灵山房集》卷十九，《四部丛刊初编》243册，上海：上海书店出版社，1989年。

正是元明易代的特殊时代环境，为丁鹤年这样的遗民文人走向大自然提供了有利的时空条件使他有机会走进禅院道观，在与僧道们的往来交流中，丁鹤年对佛理道义有了更深的体悟。“短策看云松寺晚，疏帘听雨草堂春。山花水鸟皆知己，百遍相过不厌贫。”《暮春感怀二首》“养拙最宜情澹薄，全生深藉德支离。”《山居寺呈诸道侣》“学仙漫比还家鹤，作佛须看露地牛。”《寄龙门海禅师》这些诗句或营造出佛教的空灵寂静或体现出道教的委天任运，寄予着诗人的审美理想与诗人内倾性的遗民心态相契合，因而很容易使诗人与佛老精神产生共鸣，从佛道思想中去寻求排遣忧郁的精神武器，而其解脱的途径又是诗意的、审美的。

此外，丁鹤年之所以能贯通儒、释、道、伊四教也与伊斯兰文化的包容开放性特质相关。因为伊斯兰教不但是一种宗教而且还是一种社会制度、生活方式，是一种善于吸收各个民族优秀文化成果的开放性文化体系。列宁曾说“只要各个民族住在一个国家里，它们在经济上、法律上和生活习惯上便有千丝万缕的联系”[①]。伊斯兰教在中国的发展，其思想离不开中国宗教文化的环境和氛围，生活于其中的穆斯林不可能完全隔离与中国佛道文化的联系并彻底摆脱它的影响。

简言之，在元代多民族文化交汇炽盛的时代背景下，回回诗人丁鹤年创作了大量的宗教诗。这些诗歌蕴含着儒家的家国之忧，释家的佛理禅意、道教的灵氛修证，几种宗教巧妙地融为一体体现出“儒、释、道、伊”四教互通的文化特征。这与元朝兼容并包的宗教政策相关，也与丁鹤年接受主流文化的自觉性和主动性相关，还与丁鹤年难忘故国的遗民心态相关，它们相互交织，彼此影响共同构成了丁鹤年复杂而又深沉的宗教情感。

马志英，北方民族大学文史学院副教授，陕西师范大学文学院博士研究生，主要从事先秦两汉文学研究。

本文发表于《民族文学研究》2014 年第 2 期。

①《列宁全集》第 19 卷，北京：人民出版社，1959 年，第 504 页。

从中国民谚看传统婚恋择偶观

◎郭　艳

民谚是我国民间文学园圃中的一朵奇葩。它具有口语化（通俗性）、智慧化（哲理性）、普遍化（社会性）、规范化（教育性）、审美化（艺术性）等特性，它为广袤、多彩的民间文学增添了一抹亮色和一份魅力。因为民谚反映社会生活的广泛性和主题内容的哲理性、多样化。所以，民谚具有口头百科全书的特点；又因其内容的指导、教育功能，民谚体现出了广大群众集体创作的大智慧，具有古朴通俗、浅显易懂、生动传神的特点。我们将谚语比为精美的“哲理小诗”“科学小诗”和高度浓缩艺术和智慧的“语中之盐”。[1]

在丰富的民谚之海中，我们被反映恋爱、婚姻主题的民谚吸引。这些民谚折射出我国传统的择偶观和影响中国民众很久的婚恋观念。这种观念无论在过去还是在今天都成为对家庭、社会乃至国家、民族影响深远的潜在因素。重新探讨并审视这些携带着多重信息和丰富智慧的民谚，认识和掌握中国社会传统民俗，同时剔除其糟粕，取其精华，扬长避短，趋利避害，对于指导生活和建设社会主义精神文明具有深远的意义。

一、解读传统婚俗

传统的中国家庭都有重视家庭、崇尚稳固婚姻的传统，强调从一而终，白头偕老。这是中华民族优良传统的体现，中国人自古以来就重伦理、重感情。婚姻是人生大事，不可视同儿戏。在人生仪礼中婚姻就是重要不可或缺的一项。中国人常说：“状元及第时，洞房花烛夜”，还说：“成家立业，结婚生子”。这些俗语都透射出一个信息，那就是婚姻标志着一个人的成熟和独立，标志着又一个社会小单元的产生，标志着子孙繁衍的承继和生命的又一轮更替。因此，重视婚姻、家庭的传统在中国是古而有之的。

（一）婚姻模式

到了封建社会，婚姻基本具有了完整的体式和较巩固的观念体系。产生并固定了一夫一妻和一夫多妻制。在对待婚姻的问题上，无论是男方、女方还是双方父母都是极其慎重的。对男方而言，“种不好庄稼是一季子，说不好媳妇是一辈子”，“一代没好妻，三代没好子”；对女方来讲，“男儿只怕找错行，女人只怕嫁错郎”，“梳头不好一朝过，嫁夫不好一世错”。男女双方都认为找错了对象会影响自己一生的幸福。

但是在过去的传统社会，男女没有恋爱、婚姻的自由，“父母之命，媒妁之言”是构建婚姻的基础。这也就产生了中国封建社会独具特色的“指腹为婚”“娃娃亲”“童养媳”等婚姻现象。往往是两家门第若相当，男方父母会托媒人去女方家说媒。若双方儿女的生辰八字经“命馆”核过属于相和命相，彼此不冲克，就会将婚事定下。及至拜天地入洞房后，新人才有谋面的机会。这种包办婚姻使婚后生活的幸福指数成为未知，因此，男女双方的婚姻命运具有了人为因素的机缘性和偶然性。封建社会还有许多变相的买卖婚姻，为了财礼权势，常常会将女儿嫁给老汉、浪子、赌徒等，使女儿受害终生。她们在婚前“不知丈夫是好丑，不知是跛脚是眼瞎”。这是封建社会造成的人生悲剧。

（二）择偶标准

婚姻的当事人认识到婚姻的幸福与否与择偶是否得当关系密切。对于理想伴侣的选择，民间自有一套选择标准。建立以爱情为基础的婚姻关系是广大青年极度向往的。

1. 向往爱情、追求爱情

其时，中国许多地区的少数民族就有男女择偶自由的良好传统风俗，这就使得传统择偶观既有体现封建阶级等级观念和道德伦理观念的，也有体现恋爱自由和婚姻自主，追求幸福的新风尚和民俗。但是，爱情确实是封建专制时代的奢侈品，自主的婚姻更是稀缺品。

谚语云："人恋双，马恋群。"爱情是人类感情中最玄妙、美好的一种体验，它可以是友情的延深，也可以是亲情的扩展，它是人类成长过程中绽放的一朵馨香玫瑰，是人们渴慕并执着追求的甜美精神享受。藏族谚语说得好："看见黄河就口渴，看见心上人就快活"。[2]形象地表现了人对爱情的渴望以及爱情给予人的愉悦。但凡是有七情六欲的人就会生发爱和情。"哪个男子不钟情？哪个女子不怀春？""蝴蝶思花不思草，情哥思妹不思家"。[2]爱情的力量是神奇的、巨大的，爱情一旦生成就不会轻易泯灭，"喷泉的水堵不死，爱情的火扑不灭。"[2]钟情男女为了追寻情投意合、心心相印、终生厮守的爱情，可以不惜付出任何代价。"男有心，女有心，不怕山高水又深"，"两心相对，撞也撞不退；两心相合，雷也打不脱"。[2]这种海誓山盟的谚语体现了人们对爱情的执着追求。

择偶双方对于情感的注重远超过对彼此容貌的苛求。爱情的纯挚和深厚已上升到心灵的相通和默契。成熟、真挚的爱情可以冲淡一切世俗的束缚，精神的相濡以沫更胜过美貌和财势的诱惑。"金丝鸟笼装饰得虽好，夜莺爱的还是荆棘丛林。"[2]相爱的人会将对方视为最好，正是"有情人不说丑俊，好吃瓜不嫌老嫩"；"只要感情在，麻子脸上放光彩"；"情人的眼里出西施"。恋人相信自己所爱的人是唯一的，不可替代的。这种审美感受给爱情增添了浪漫主义的色彩，同时也折射出爱情的真诚和高贵。

其实，提倡并出现以爱情为基础的婚姻，在我国是到了近现代才变得普遍起来的。“父母之命，媒妁之言”的惯常形式贯穿着漫长的封建社会，凸显着家族的利益和家长威严，却和婚姻当事人的感情如何没有任何关系。即使是父母发现子女有了意中人，也会为了家庭名声和利益，竭力拆散他们，因此铸成了许多苦命鸳鸯劳燕分飞的人间悲剧。例如，民间故事《梁山伯与祝英台》就是这样的婚恋悲剧；明代汤显祖创作的剧作《牡丹亭》也是同样主题的悲剧、闹剧、喜剧、趣剧。通过这些文学作品也可以看到随着社会的发展进步，彰显个性、人欲，追求自由、幸福的精神正在不断高扬，婚恋自由是强烈的呼唤。今天，包办婚姻作为一种传统的婚姻制度和封建礼教的余孽早已没有了合法的地位，但是几千年来的传统婚姻观念并未完全销声匿迹，在某些偏远、落后的地区，这些思想依然影响着人们的婚恋，也造成了一些不美满的婚姻。谚语告诫说：“强扭的瓜儿不香甜”，“拉扯不成买卖，捆绑不成夫妻”。这正是规劝那些置若罔闻的愚昧人们要尊重男女双方的情感和自由。

2. 注重人品德行

传统择偶，强调品德重于容貌。民间谚语道：“马好不在叫，人美不在貌”，“马好不在鞍鞯，人美不在衣衫”，“花美在外边，人美在里边”。[2]所谓品行好，按照中国的传统人格模式，男子应该心胸豁达、忠良正直、尊人爱家、言行端良；女子应该是温柔端庄、善良贤惠、会忍能让、心灵手巧。

为了使家庭生活美满和谐，谚语多提醒男子要以德取人，而不要以貌取人。“风流的姑娘一时的美貌，正直的女人一辈子钟情”，“锋利的长刀，不在于刀鞘好，漂亮的姑娘，不在于统裙好。”[2]贤德的妻子可以佐理丈夫，而且还会教育子女。即所谓“相夫教子”的贤内助。

古时选妻，女子可以没有文化，但必须有良好德行，“女子无才便是德”。谚语云：“家有贤妻，男人出息。”换时下的话说就是“一个成功的男人背后总有一个伟大的女人”；贤德的妻子更能体谅、关爱丈夫，家庭也会和美，“娶了贤妻，衣领常是白的；娶了懒妻，胡子会变成白的”；“有了骏马，月月过得愉快，有了贤妻年年过得愉快”。[2]还有谚语说：“娶个贤德妻，奠好孝子贤孙基”，看来优秀的妻子对一个家庭的意义是非常重大的，她的言行操守还会影响下一代。如果相反的话，则像谚语所说的：“使钝刀子不如用嘴啃，娶坏女人不如打光棍”。[2]

3. 关注家教家风

为了选择人品可靠的妻子或丈夫，挑选配偶时往往非常慎重。谚语说：“买匹骏马需考虑一月，娶媳妇要观察一年”；“买锅要敲打敲打，娶妻要了解了解”。[2]源于对男女当事人的慎重选择，传统择偶观还很注重双方家庭成员，特别是女方母亲和男方父亲的品德修养。藏族谚语说：“牦牛好不好，看鼻子就知道；姑娘美不美，看父母就知道”。[2]也有谚语这样说道：“捉猪儿看母猪，说媳妇看父母”，“相婿看父根，择媳看母源”。为什么人们把未来的岳母和公公的品行看得这般重要呢？这是因为中国传统观念里，女儿的言谈举止受母亲影响最多，母亲常常是女儿生活、品行的老师。因此有谚语说：“母要癫狂，女必轻贱”。同样，为父的所作所为也会成为儿子效行的榜样。故而有“父慈子孝”；“老子偷瓜偷果，儿子杀人放火”之语。当然有些说法并非完全科学和客观。家族遗传和家庭影响固然重要，后天养成习得的德行也很关键。这种观念和做法表现出了民间传统择偶观，除了考察婚姻当事人的品德外，还比较看重对其家风的参考。这种慎重的做法也说明了传统社会对于婚姻的重视程度。

4. 注重门第身世

门第，对于传统择偶也非常重要。所谓“门当户对”，就是指选择配偶时双方家庭的门第（阶层、社会地位、经济条件等）相当，个人条件要相等，容貌要相配等。封建社会里，婚姻之所以重视门第、家世，主要是为了传宗接代，为了光宗耀祖，为了祖荫万代。特别是统治阶级内部为子女寻找配偶，可以通过联姻的手段和子嗣间的亲缘、血缘关系，不断巩固家族的世袭统治地位，并进一步扩大自己的势力范围。比如历史上有名的

“昭君出塞”和文成公主的远嫁等和亲政策便是通过强有力的婚姻纽带达到巩固统治的政治目的。

而同样，底层民众也多在自己的阶层里寻找配偶，以找到现实的平衡和归宿。他们同样认为“门当户对”的平等婚姻会使婚后生活更和谐、幸福。共同的或相近的基础和地位能促进沟通夫妻感情。少数民族谚语说得好：“与其做巴依的娇妻，不如做穷人的牧羊女”（柯尔克孜族）；“宁为穷家女，不做阔家媳”（维吾尔族）。[2]虽然这种观念曾经是阶级社会择偶的金科玉律，但是我们以无产阶级的观点和角度分析，会因为它带有强烈的不平等的阶级烙印而加以抨击、反对时，我们也发现在今天的婚姻择偶观中，这种思想依然有生长的空间，细细一琢磨，居然也有那么一丝理论的适应性和实践的可行性。此时的所谓“门当户对”也并非阶级社会里严格意义上的“门第”观念了。只要社会这只大轴承在运转，就会产生不同阶层，不同职业，不同收入，不同文化程度，不同道德修养，不同思想观念……的许多不同群体。所谓“物以类聚，人以群分”，如果两个人的不同实在太多，差别实在很大，那么两情相悦、两心相印的概率就会很小，即便是结合了，婚后也很难达到相濡以沫、相亲相爱、“执子之手，与子偕老”的幸福境界。相反，具有相似、相近家庭成长背景和情趣志向，以及脾气性格相投的男女双方更容易组建和维护一个幸福的家庭，也更容易与家族成员达到和谐统一。这就是现代社会择偶观中“门当户对”的观念，是对传统婚恋观念扬长避短、吐故纳新的发展和继承。

当然，在现代社会的物欲横流中，有些青年人择偶时过分看重对方的社会地位和经济实力，对金钱的迷恋和崇拜导致了真情的丧失和婚恋的混乱，这是十分不可取的。即便有结合在一起的例子，其婚恋生活也充满了矛盾，一般不会长久和幸福的。

5. 婚恋年龄组合

在我国传统婚姻观念中，年龄也是极为重要的参考因素，一般是男方年龄大于女方年龄。谚语说：“男大十岁不为大，女大十岁做妈妈”；

“宁可男大七，不可女大一”；“男大十岁有，女大十岁丑”。甚至认为“女大一，不足妻”。所以民间择偶多是男大于女。

这种男女婚龄差的形成，最早的原因是男女生理的差异。女孩一般在10~12岁即会初潮，来月经；而男孩则到14~16岁开始遗精。女性生理成熟期普遍早于同龄的男性。故而过去的女子多早婚，古时女性常常14~16岁就许配人家，嫁为人妻了。现在有的少数民族也有这样的现象。这是其一。其二，封建社会的男女不平等在婚姻关系中表现得非常明显。通常，男性可以有三妻四妾，甚至成婚后依然去风月场合逍遥风流。但是女性唯有在家侍奉公婆和丈夫、孩子，除了公婆和丈夫的管制，还有封建礼教中的“三从四德”约束、规范。过去的女人常常是豆蔻年华嫁为人妇，受苦受气而终了一生。正是“嫁鸡随鸡，嫁狗随狗”，女性根本没有婚恋的权利和尊严。在婚姻方面，女性必须是从一而终，封建礼教歌颂贞女烈妇，压制人性人欲。很多失去丈夫而守寡的女人如果再嫁，就会受到舆论的谴责和社会的歧视。谚语云：“好马不配双鞍，好女不嫁二夫”。所以，在传统的婚姻模式中，男性有权续娶多个妻子，有权在年龄方面择小弃老；女性却没有择夫选婿的自由和权利，尤其做姨太太、妾的，其夫甚至老如爷、父辈。

当然这种年龄差也并非绝对。同样在封建社会，因为有了“童养媳”这样的特殊婚姻现象，所以也就有了女大男小的婚龄组合。童养媳是中国封建社会特有的畸形婚姻现象，反映了封建社会制度、阶级关系和生活、思想、民俗等多方面的问题。那么它产生的原因又是什么呢？

在封建社会，有的大户人家或家境较殷实的人家因为家族香火不旺，子嗣稀少或体弱，家长恐其夭折影响传宗接代，就根据迷信的说法在男孩尚幼时为其娶一房媳妇，年龄往往长男孩许多。说是“娶”，实为“买”，说是“媳妇”，实为丫鬟、佣人。这些被选中做童养媳的女孩，其家境都贫寒，社会地位极低，但她的家里人丁兴旺，身体健康。有钱人家希望通过这种婚配使自家也人丁兴旺、子嗣安康、后继有人。过去看重命相，只要命相相和且女方命相可扶助男方命相，即“帮夫”“贵夫”相，即使女方年龄比男方大也没关系。“女大三，抱金砖”说的就是女大男小的“好姻缘”。

过去的媳妇本来就是逆来顺受的，有说不完的辛酸苦楚。在封建家长制的压迫下，过着奴隶般的生活，她们整天劳作，还要挨打受骂，饱受精神折磨。用泪水编成的苦歌就反映了这种压迫：

叫鸡公，尾巴长，做人媳妇真正难，
早早起来要问安，走进厨房泪没干，
厨房有冬瓜，问问公公煮是蒸？
公公说要煮，婆婆说要蒸，
蒸蒸煮煮不中公婆意，拍起桌椅骂几声，
三朝打断两根夹木棍，四朝打烂九条裙。[3]

（湖南衡山）

可想而知，作为童养媳，又不似明媒正娶的、门当户对的媳妇，她们的命运就更加悲苦了。苦歌里唱道：

廿岁大姐十岁郎，夜夜困觉抱上床，
说他夫来年太小，说他儿来不喊娘，
等到郎大姐已老，等到花开叶已黄。
白昼担水过百担，黑夜磨面二更半，
只换牛，不换我，热身子冷炕睡不着，
才睡着，忽听公婆又骂我。[3]

（陕西）

当然，随着现代社会的进步，科学研究发现男性寿命平均普遍低于女性寿命，同时也发现在性的成熟期（鼎盛期）方面，男性早于女性。也就是说，男性在20~26岁是性欲最为旺盛的时期，女性则在30~40岁性欲表现得最强。基于对男女夫妻生活的和谐考虑，科学又认为女大男小的婚龄组合较人性化。但是，人们的择偶观念依然更多地偏向于男大女小的模式。即使有女大男小的择偶形式，也是彼此相差不多，一般是1~3岁。“女大五，赛老母”的看法还是影响着很多人。相差太悬殊的就属于另类了，世俗是很难接受的。所以这种选择并不普遍。

6. 忠贞准则

忠贞是传统社会和现代社会对于婚恋的一致标准。爱情如若失去真诚，婚姻假如没有忠诚，会像春天丢失了绿色，江湖枯竭了水源一样可怕。维吾尔族谚语说：“没经过寒冬的‘百灵’不会珍惜春天，不懂得忠贞的恋人不会理解爱情。”“忠诚是爱情的桥梁，欺诈是友谊的敌人。”[2]爱情具有排他性和唯一性，深陷热烈爱情中的男女双方都将对方视为自己的唯一和全部，容不得他人的阻碍和介入。所以有人说：“爱情是自私的、排他的。”相爱的男女很在乎自己在对方心目中的位置，也很在乎对方是否对自己真诚、专一。爱情正是由于其真、痴、纯、钟情才具有恒久的和难以抗拒的魅力，以及令人心动、心悸、心醉的力量。婚姻同样需要建立在忠诚和信任的基础上，这样的婚姻才能持久、幸福、稳固。蒙古族民谚说：“左右不平衡的载物，是骆驼的痛苦；冷热不正常的爱情是精神上的痛苦。”[2]所以在择偶时，对方的诚信品质、对爱情的专一和对婚姻的责任感都是重要参考标准。反映在传统社会里，这条准则似乎对女性更为苛刻，这也成为了男性选择配偶的条件。如果女性在婚前行为不检点，几乎没有男性会选择她为妻子、爱人。他们认为这样品质的女人即使在结婚后也会言行不端，甚至为家庭带来耻辱。男人最怕因此“戴绿帽子”，被人戳着脊梁骨。在新婚初夜，男人特别看重“见红”，并以此验证新娘是不是处女身。这种带有浓重夫权观念和传统伦理道德色彩的做法甚至成为千百年来盛行不衰的传统，而且在不断开放、文明的现代社会中仍影响着相当多的人。贞操成为社会对女性的苛责规范，于是一些婚前不幸失贞的女性就在这种传统操守准则下失去了追求幸福的可能。在很多时候，即使男子很爱一个女子，可一旦知道了女子失贞的事实，也不管是何原因造成的，他们都会冷酷无情地抛弃那些无辜无助的女性。社会对于这些女性犯过的错误或受到的伤害一并归结为十恶不赦的罪孽和不可清除的污点，并且会终生歧视、谴责她们。相反，不管男性婚前生活多么放浪形骸，他顶多是遭到一些非议和谴责，在婚恋问题上他仍享有主动权。社会对男性异常宽容，会对其既往不咎、宽大处理。对于男性的错误，社会、家庭会认为那是男人在年轻时的一时荒唐，更会将其定性为“风流倜傥”。这是传统社会男女不平等的突出表现。

可以说，在过去的传统社会，婚恋的忠贞准则对于男性的要求、束缚是很小的。男性在社会里的主导、支配地位使他们在婚恋中始终处于主动地位，并享有优先权。如果一个未婚男子选择一个寡妇为妻，这会被社会舆论耻笑，男子的家庭也会坚决反对。在他们的观念意识中，已婚而寡的女人是不洁、不祥的，她是不配嫁给一个未婚男子的。况且传统道德观念认为“好女不嫁二夫”，封建礼教也不允许这样越制悖礼。这种对妇女的歧视和不公正的待遇戕害了无数女性。当然在现代社会，这样的落后观念和事情也不是没有，影响人们数千年的道德伦理观念不是轻易就能改变的。虽然现代社会的男女开始过着未婚同居、“试婚”等新新人类的生活，但是很多男人对于女子的贞洁还是很在乎，它是一个存在于男人和女人心中坚而不摧的壁垒和难以释怀的心结。值得宽慰的是，现代女性也开始作为婚恋的主体参与选择婚姻，并且能够将忠贞作为择偶准则和对男性的要求。这也是时代进步的体现吧。

二、释惑现代婚恋

社会的进步和时代的发展，促使传统婚恋观经过时空的转换、岁月的更迭以及人们的实践既有吐故纳新，也有继承发展。当我们依凭民间文学中民谚这个文化载体对它重新审视、探讨时，使我们对中国传统婚恋观有了更深刻认识的同时也能为现代社会的婚恋观提供借鉴，也提出了更多的质疑和困惑。

《新婚姻法》并不能解决道德范畴和生活领域的一切问题；以市场经济为建设中心的今天，我们大力倡导不断加强社会主义道德建设和精神文明建设的同时，很多属于道德伦理范畴的社会问题依然层出不穷；现代人面对婚恋时的复杂心态：迷茫、困惑、恐惧、随意、轻率、浮躁、功利……现代人该如何把握婚恋的尺度？婚恋对于现代人的意义何在？这些看似很难的问题，或许可以通过联系现代社会实际去解读传统这样一个途径得到一些启示和答案。正如上文对传统婚恋观的分析，我们发现很多传统的婚恋观念对现代人依然很适用，剔除其糟粕，吸取其精华，那些被实践和时间反复验证了的传统观念仍然在今天熠熠生辉。相反，现代社会里新产生的一些所谓标新立异、遗弃传统的做法和观念却是违背科学、反唯物主义和道德伦理的，应该给予抨击、反对。

婚姻是社会生产力进步和文化发展等综合因素质变后的产物。它的形成促进了社会文明的进步。作为婚姻的主角：男人和女人，也是构成社会的两大性别群体。如果这个社会群体中的个体在婚恋问题上都无“怨旷”之感，身心愉悦、健康，那么由其构成的社会将会更加和谐。

倡导健康、文明、进步的婚恋观念，构建美好、和谐的社会主义生活蓝图，应该是我们共同的责任和使命。

参考文献

[1]王娟. 民俗学概论. 北京:北京大学出版社,2002.

[2]蒋风,王慈. 中国少数民族谚语选. 长沙:湖南人民出版社,1982.

[3]刘守华,陈建宪. 民间文学教程. 武汉:华中师范大学出版社,2002.

郭艳,北方民族大学文史学院副教授,汉语言文学及文艺学专业,主要从事文学创作及心理研究。

本文发表于《语文学刊》2005 年第 3 期。

从蒙汉文化交流互动看元代蒙古族散曲文本意义

◎康　勇

元代蒙古族散曲家有作品传世者6人：伯颜、不忽木[①]、阿鲁威、孛罗、童童和杨讷（字景贤）。伯颜和不忽木为元早期创作者，孛罗、童童和阿鲁威的创作主要在元中期，杨讷是元末明初著名的杂剧家、散曲家。据《全元散曲》[②]统计，6人共有散曲小令22首，套数5组（共41支曲）。这些散曲的主题主要集中于辞官归隐、拟古怀古和闺情离怨。

每一种文体的选择和主题的抒写，在特定时期都受到一些固有程式的影响，同时又具有自身写作动机。在蒙汉文化交流互动的背景下，文体的选择即散曲的形式，是元代一种雅俗共赏的流行新诗体，蒙古族作家先是流行散曲的接受者，然后才是创作者。换句话说，蒙古族作家以散曲为创

---

①《元史》中记载不忽木“世为康里部人”，地域上属西域人，但其族籍尚不能确定。本文以不忽木为蒙古族作家，主要是从文化角度来讲，他的成长和文化教育经历都是在蒙古族文化氛围中进行的，按照蒙古族贵胄子弟教育模式培养。其父燕真被俘时年仅6岁，后在蒙古皇室的抚养下长大，不忽木自出生便生活在蒙古族中，蒙古族文化对其影响最大。其身份和所代表的文化类型应当是蒙古族的，而非其他民族。

②本书中所引元散曲，文字和断句均引自隋树森《全元散曲》，标点符号由笔者添加。

作形式，是对流行文化形式的接受和响应。这意味着蒙汉文化在某些地方产生了共鸣，最直接的共鸣来自于散曲的音乐。《阳春白雪序》讲得很清楚，金元以来，“外夷据我中华，所用胡乐，嘈嘈杂杂，凄紧缓急，词不能按，乃复更为新声，其抑扬高下，足媚人声耳。”[1]（8） 在主题的抒写上，为什么蒙古族散曲文本表现了上述主题，而不是其他的呢？这些主题是否正是蒙汉文化间产生共鸣的地方呢？

一、以辞官隐居为主题的文本及其意义

隐逸主题在元代散曲中很常见，蒙古族作家作品含此类思想的也有不少。不忽木的套数《仙吕·点绛唇》《辞朝》（含 14 支曲）和孛罗御史的套数[南吕·一枝花]《辞官》（含 5 支曲）主题十分鲜明，另外阿鲁威的几首小令中也略带隐逸情怀。元代汉族作家的隐逸思想，大体归因于民族歧视、被压迫剥削、政治腐败、社会黑暗的现实背景和宗教、传统思想等历史文化因素。但作为蒙古族达官显贵的不忽木和孛罗御史也唱起了归隐的调子，是一个“可怪”的现象。有故作超脱之嫌，尤其是他们“到了后来，君王再招，东山再起之时，还不是一样的热肠好事。”[2]（368） 如果将此类主题与汉人同题材的散曲放在一起按同一标准来读解，不忽木和孛罗御史不过是发一通牢骚。将散曲置于两种文化背景下，仔细阅读文本，就会发现蒙古族作家辞官归隐的散曲有自己的特点。

蒙古族散曲家的特殊在于他们先辞官而后闲居或称之为隐居，是其政治地位和社会身份使然。也因此，他们的辞官隐居与“闲”密切联系，与全身避祸联系，“归隐”中“归”——回归精神家园的意味不浓，也没有隐逸中“逸”——以山水为乐，寄托高情远志。

孛罗御史的身份及生平事迹现在尚不明确，但不忽木的经历却正是再招再起。看他为官一生，离开朝堂只有一次，至元二十四年（1287 年），当时“理财派”敛臣桑哥得势立尚书台，“汉法派”官员受其害，不忽木作为维护汉法的官员极力反对。桑哥畏惧不忽木，施计陷害，不忽木以病辞官。所谓“宁可身卧糟丘，赛强如命悬君手”，“愿为林泉叟”是为了一时避祸，而非其真正的人生理想。时隔三年之后，又入朝拜官，奔走于朝堂之上。[3]（2098）这说明不忽木的辞官是一种政治斗争策略。散曲中的隐退情感或许只是养病期间的感慨而已，并不能代表其一生的人生态度和人生理想。从散曲文本也能证实作者归隐并不坚决，其内心复杂而矛盾。

［哪吒令］谁待似落花般莺朋燕友？谁待似转灯般龙争虎斗？你看这迅指间乌飞兔走。假若名利成，至如田园就，都是些去马来牛。[4]（76）

暗示了政治斗争的残酷，又将“名利”与“田园”都视为“去马来牛”，二者在此意义上都是过眼云烟，归隐并不比功成名就更有意义。“去马来牛”意指是非黑白难以辨清，典故源于庄子《秋水》，出自杜甫诗《秋雨叹》，意义同于元好问散曲中的句子“凭君莫问，清泾浊渭，去马来牛”。[4]反衬出对政治斗争的厌烦，表达自己全身避祸、独善其身的想法。又有不甘和遗憾，说“明放着伏事君王不到头，休、休，难措手”。

［鹊踏枝］臣则待醉江楼，卧山丘，一任教谈笑虚名，小子封侯。臣向这仕路上为官倦首，枉尘埋了锦带吴钩。[4]（76）

［游四门］世间闲事挂心头，唯酒可忘忧。非是微臣常恋酒，叹古今荣辱，看兴亡成败，则待一醉解千愁。[4]（77）

以“臣”自称，拟对皇帝说话的口吻，很符合“辞朝”的题目，但曲中却说“小子封侯”，已露不平之气，“枉尘埋了锦带吴钩”，含有警戒之意，却又有些老气横秋的意味。后一曲“世间闲事挂心头”，“叹古今荣辱”，更与屡屡提到的“乐以忘忧”相矛盾。

不忽木这组散曲的另外一个特点是以为官与隐居生活相互比较为线，结构全套。从第一首曲的“宁可身卧糟丘，赛强如命悬君手”开始，以下多首曲中均有比较，而[元和令]和[柳叶儿]两首曲是由两者次第比较结构而成。如［元和令］“臣向山林得自由，比朝市内不生受。玉堂金马间琼楼，控珠帘十二钩。臣向草庵门外见瀛洲，看白云天尽头。”[4]（77）其他曲中对举为官与隐居两种生活的词句很多，“肥马轻裘”对“草衣木食”，“九重宫阙”与“八方宇宙”，“黄封御酒”与“竹杖芒鞋”，“会三岛十洲客，强如宴公卿万户侯”等。这种结构在孛罗御史的曲中只留下了一些痕迹，总体结构上在第一首曲中做了对举比较，之后四首曲子主要描述隐退后的生活场景，只有一二处提及。

孛罗御史散曲［南吕·一枝花］《辞官》的特点是通俗，乡土气息浓郁。从语调、词句到俗语运用都表现了这个特征。五首曲中，第一首说明辞官归隐的志向，后四首都主要在描述闲居时的场景，无论是热闹还是娴静，总是一派和气，自然爽利。如果说不忽木的《辞朝》是即将退隐时的创作，那么孛罗御史之作则主要是辞官后闲适生活的描述。前者主旨在“辞别”，内心矛盾，有很多话想说，情绪时起时伏；后者干脆利落，一句“利名场再不行踏，风波海其实怕他”[4](539)，就决然不再言官，不虑官守，尽情享受着辞官后的“快活”。散曲中描绘了乡村的自然景物、淳朴的乡俗和乡人的热情，都表现了自己逍遥愉悦的心情。“四时景物清佳，一门和气欢洽”，会客访友，农家宴乐，乡绅邀请，社鼓频传。享天伦之乐，“诵诗书稚子无闲暇，奉甘旨萱堂到白发，伴辘轳村翁说一会挺膊子话”。最有味道的是第四首：

> ［贺新郎］奴耕婢织足生涯，随分村疃人情，赛强如宪台风化。趁一溪流水浮鸥鸭，小桥掩映蒹葭。芦花千顷雪，红树一川霞，长江落日牛羊下。山中闲宰相，林外野人家。[4](540)

纯朴的人情、平淡自然的田园生活，令人神往。第二、三句描写的情境，俨然一个世外桃源。犹如一首田园风光的风景画，恬淡清新，充满勃勃生机。由近及远，境界极为开阔，由小而大，从“鸥鸭”“小桥”“蒹葭”等细微的自然事物的亲近，扩展到空间无限大的千顷芦花、一川红树，时间如永恒的“长江”“落日”，表现了诗人回归自然、悠然闲远的心境，达到一种与物同化的宇宙情怀。

元朝早期在蒙古族和与之对抗的民族中也有隐居不仕的人，不忽木的祖父海蓝伯便是其中之一。海蓝伯兵败后，不受成吉思汗的招降，选择了隐退。元朝前期对隐士的态度极为敬重，尽管成吉思汗最欣赏他们的是对主人的忠诚，但这种态度对于后来的隐逸风气不无影响。异族或敌对势力失败后的归隐，是一种无奈的消极反抗的姿态。入仕则意味着投降和背叛，在道德和心理上面临巨大的压力，归隐至少在心理上容易接受得多。不忽木和孛罗与他们不同，归隐思想直接由官场失意引起。曲中交代的“龙争虎斗”“乌飞兔走”“尽燕雀喧檐聒耳，任豺狼当道磨牙”，对朝廷内部政治倾轧充满厌憎。对于作家个体而言，这种创作动机已经足够。但作为元代一种普遍现象，隐逸思想的产生有着共同的大背景。有人就认为元散曲中隐逸思想源于三个方面：残酷的政治军事斗争和腐败奢侈的生活、民族压迫造成的心理压抑、宗教影响，并在一定意义上是一种反抗手段。[5]实际上这是整个元代隐逸风行的主要原因，蒙古族作家的特殊之处还要结合蒙古民族文化、作家遭际与隐逸风气的遇合来解释。

在蒙古叙事诗《成吉思汗的两匹骏马》中，我们看到了一个才华出众而不愿受屈辱和羁绊，欲隐退去过自由生活的形象。这首诗的写作与不忽木的时代并不远，更重要的是他们思想上的一致性和民族文化的同根同源。再深入到文本的结构方式和心理描写上，阿尔泰山下的美景及自由自在的生活与在成吉思汗身边受尽屈辱、多有羁绊的生活在蒙古叙事诗中都有大段的描写，且是明显的比较结构。而大骏马左右为难的矛盾心情在叙事诗中也得到很好的表现。小骏马最终与大骏马一起又回到了成吉思汗身边，并得到了赏识。不忽木曲中的自由情怀与小骏马如出一辙，在“山林间得自由，比朝市内不生受”，“倒大来无忧无虑”，而矛盾心态更像大骏马。可以说，归隐思想在不忽木这里转化为一种对自由生活的追求和向往，但他本性却如大骏马一样不愿离开。至此可以说，不忽木是以散曲的形式表达蒙古人的思想情感，语言是汉语，而在笔锋之间，自有一种豪气。到了孛罗御史，这种情况发生了变化，他以通俗纯朴的语言描绘着一个个很亲切亲近的场景，率性而自然，对闲适安乐的生活充满了自足自乐和赞美。在孛罗御史散曲里，有了“归”的感觉——回归家园、回归乐土的情怀。联系两人生活年代来考虑蒙古族文化的进程，这是一个蒙古文化与汉文化融合程度加深的例证，具有文化发展史的参照价值。

二、以拟古怀古为主题的文本及其意义

阿鲁威［双调］《蟾宫曲》9首由屈原《九歌》改写而成，散曲题意和风格都是模拟古人。就模拟形式而言，是一种文字游戏，达到了娱已的目的。但屈原的作品属南方文化，作为蒙古族的阿鲁威对其如此痴迷，正说明了民族间文化、南北文化的深入交流和互动。在他的另外两首小令《双调·湘妃怨》中，可以看出作者已经将楚文化融入自我创作中。对以往古文化的延续和阐释，在整个社会结构中，其意义将与民族文化认同和政治统治合法性相联系。模拟的游戏和接受式创作在性质上是对南方文化的重新体验和重构，表明了蒙古族作家对中华文化的认同，并试图通过重构将自己民族文化融入这一系统的努力，顺应着元代统治者“蒙汉合流”的政治策略和时代文化发展潮流。

阿鲁威是一个比较严谨的散曲家，也是蒙古族中散曲成就最高的。他的散曲充满了人生的疑问和历史感，最能表现其风格的主题是怀古，有两首题为《怀古》的曲子，而另外几首题名为《旅况》《遗怀》的小令也有怀古的情结。

鸱夷后那个清闲，谁爱雨笠烟蓑，七里严湍？除却巢、由，更无人到，颍水箕山。叹落日孤鸿往还，笑桃源洞口谁关？试问刘郎，几度花开，几度花残？

问人间谁是英雄？有酾酒临江，横槊曹公。紫盖黄旗，多应借得，赤壁东风。更惊起南阳卧龙，便成名八阵图中。鼎足三分，一分西蜀，一分江东。[4]（685）

“鸱夷”本是皮制的盛酒器具，古人的酒囊。战国时范蠡助越灭吴后，辞官泛舟而去，后到齐地经商，号为“鸱夷子皮”。此处语意双关，指饮酒又指范蠡归隐。“七里严湍”指东汉著名隐士严光（字子陵）晚年隐居富春山之处。许由和巢父是传说中隐居颍水之北、箕山之下的贤人。“桃源”意涉陶渊明，“刘郎”指传说中东汉刘晨，与阮肇同入天台山采药偶遇仙人，半年后回家，子孙辈都已长大。临江饮酒，横槊赋诗的“曹

公”是曹操，“紫盖黄旗”指孙权在江东建立帝业，有天子气象。“赤壁东风”指东吴周瑜在赤壁大败曹军。“南阳卧龙”和“八阵图”指蜀相诸葛亮。第一首曲中涉及的人物是范蠡、严子陵、巢父、许由、陶渊明、刘晨，均是古代高人隐士；而第二首怀古的对象是三国的英雄人物：曹操、孙权、周瑜和诸葛亮，两首曲形成了鲜明的对照，“问人间谁是英雄？”的发问或许由此而来，作者没有明确地否定或肯定其中一组人物，而只是在发问、疑惑、沉思，处于矛盾状态。在《遗怀》中开首说“任乾坤浩荡沙鸥，酤酒寻鱼，赤壁矶头”之后还用到了陶渊明的典故，但末尾却说“渺渺予愁，自古佳人，不遇灵修”变成了怀才不遇的慨叹。同样的矛盾结构出现在另一首曲中，第一句称：“烂羊头谁羡封侯？斗酒篇诗，也自风流”，而末尾又用到了王粲怀才不遇的典故。这种矛盾和疑惑触及了文化深层的问题，三国英雄人物建功立业，名扬后世，自然好理解，而巢、由之辈又如何久负盛名的呢？儒道互释互补的文化结构在阿鲁威看来是不易理解的。阿鲁威对华夏民族风流人物的反思，其个人意图是追求理想的心境和生存方式，在时代环境中则有重塑文化结构的政治企图；他所追述的人物无一是本民族的，深切体会到了面对古老文明自身的文化隔膜，又在寻找着新的文化身份的认同和确立。

与怀古相伴随的是主体经验时间与历史时间的互动，对历史的叙述是一次历史的重新体验和改造，个体经验时间在其中无限加长，而历史重述的最终意义落在了对个体意义和价值的反思上。无论“落日孤鸿”，还是“过隙光阴，尘埃野马”，都意在寻找一个超越时间而永恒的栖息地。阿鲁威似乎更倾向于建立不朽的功业。如果将上述列举的几首小令当作隐逸主题来读，那么阿鲁威的隐退则充满反思性，通过对历史人物命运的思考来反省自我的人生价值，他的归隐就不是畏祸避害，也不是图个清静安乐，而是人生价值的判断和选择，过一种富有哲理性的理性生活。

阿鲁威的拟古怀古来源于他对历史的擅长和执着，史书中能提供证据，他曾经翻译过《世祖圣训》和《资治通鉴》。一本是元代皇室古训，一本则是汉族史籍经典。历史的书写在元代的蒙古统治者还是一件神圣而神秘的事，最早的蒙古史书《蒙古秘史》，是在草原大会上写就的，内容实际上是蒙古最高统治者家族的兴起史，文风深受蒙古史诗风格影响，具有传奇色彩。蒙古史官称皇帝祖先家族为黄金家族，而称书写他们的史书为“金册”“简册”或“脱卜赤颜”，《蒙古秘史》即是最重要的一种。因为事涉皇家秘事，非一般外人可书写和阅读，仅供皇室家族成员观览，连蒙古诸王能被赐阅金册都是一种荣耀。与历史书写的神圣性质相伴，在政权统治中有重要作用的是其宗教——萨满教，在其神的谱系里有最高神，也有很多其他的神祇，当时还常有媚神降神的仪式，求神问卜，充满了神秘感，也有维持政治统治的意义。《九歌》原本就是乐神降神的歌曲，阿鲁威的摹写就不是单纯的文学创作。《九歌》中的神灵有主次的谱系，日月山川的自然之神与其民族所信仰的宗教神祇相仿。曲词叙述神的风姿，其神秘氛围与蒙古的萨满教，传奇色彩与蒙古史诗何其相似。所用的曲调是“健捷激袅”的“双调唱”，与楚辞凄婉悲怆的风格不同，却与萨满请神的念念有词和健捷舞蹈风格有些类似。这种改造是不期然而然的，阿鲁威在屈原作品中发现了他来自本民族的史诗情怀和宗教神秘感，与汉文化做了一次深入的交流。他严肃的创作态度和政治喻义由此也可以得到解释。

三、闺情主题的文本及其意义

闺情也是元散曲的一个重要题材，多叙离愁别怨、男女情事。童童学士的套数《双调·新水令》《念远》和杨景贤的套数《商调·二郎神》《怨别》正是此类作品。蒙古民族生活质朴，性情直爽豪放，在民族传统文化中，儿女情事的表达向来比较直白、痛快，但这两组散曲却有所不同。童童所作尚带有北方民族的爽直性格，语言也相对通俗，显示了蒙古族文人向汉文化学习、过渡时期的痕迹。11 首曲中大多前半部分都比较含蓄，而到末尾总是快人快语，可以说是曲直参半，含蓄与直白并存。

［离亭宴歇指煞］狂风飘散鸳鸯瓦，严霜冷透鸾凰榻，好教我如痴似哑。佳期绝往来，后约无凭准，前语皆欺诈。空传红叶诗，枉卜金钱卦，

凄凉日加。燕惊飞张氏楼，犬吠断韩生宅，虎拦住萧郎驾。闷随秋夜长，情逐春冰化。待他见咱，算他那狠罪过有千桩，害的我这瘦骨头没一把。[4]（1264）

曲中运用了象征、隐喻和许多典故，“狂风”“严霜”之句是对男女关系危机的象征，而红叶传诗、金钱卜卦又暗示了往昔浓情蜜意。用到张氏、韩生、萧郎典故，要旨在怨恨情郎迟迟不归。又用工整对句，“闷随秋夜长，情逐春冰化”，将思妇的相思、烦闷、怀疑、生恨绝情等起伏不定的心理活动完全展示出来。似乎是决绝之语，末尾却来个大转弯，不无俏皮和戏谑，将前面的一切苦闷和危机在一句“狠”话中消解了开来。其他文辞典雅，情意婉转的曲词如：“烧痕回绿遍天涯，忆王孙去时残腊。愁垂檐外雨，忧损镜中花。”[4]（1262）“望眼巴巴，春陌香尘迷去马。梦魂飒飒，晓窗初日闹啼鸦。”[4]（1263）而通俗爽利之语如：“情杂，下不的题着他名儿骂。性猾，恨不得揪住他身子打。”“许归期全是假，秀才每说谎天来大。”

杨景贤的《商调·二郎神》《怨别》完全是文人化的作品，艺术成就很高。首先，营造出衰败凄凉的意境，婉转缠绵的愁绪流溢其间，如秋风起而寒意生。看第一首曲“景萧索，迤逦秋光渐老。隐隐残霞如黛扫，暮天阔烟水迢迢。数簇黄花开烂漫，败叶儿淅零零乱飘。无聊，绿依依翠柳，满目荒芜衰草。”[4]（1611）作者用了一系列残损的意象来象征衰败，暗示人物的命运。如“秋光渐老”“残霞”“暮天”“黄花”“败叶”“衰草”等。之后数曲的意象都在不断延伸和扩大这一主题。其次，讲究文辞格律，词句明显经过锤炼，更为典雅，却不失自然。大量运用叠字，使作品的节奏感很强，又令人感觉在不断回环往复，拉长了听众的审美时间。五支曲用了18个叠字叠词，有形容词、副词、拟声词叠用，还有动词用作重叠的，在散曲创作中很少见。但贵在叠词运用不觉得生硬，而且有些用得极好。如“畅道有几个铁马儿铎。琅琅的空聒噪，响珊珊梆梆的寒砧捣。呀呀的塞雁南飞，更和着那促织儿絮叨叨更无了。”“琅琅”“珊珊梆梆”“呀呀”“絮叨叨”，这些词一出，那马儿、雁儿、促织儿仿佛活生生的，就在我们眼前，耳边还交织着这样那样的许多声音，将那“情怀默默越焦躁”的心情表现得很生动。

如果说作为武将之后而转型的不肖子童童纵情声色，散曲创作是他的一种游戏和娱乐，追求的是游戏的乐趣，那么杨景贤作为以杂剧名世的职业作家，则有着明确的艺术诉求。从民族间文化交流的角度审视这两组同题材的散曲，可以作为蒙古族文化被汉族文化同化的一个例证，也可以用以说明元代文化中心南移带来的审美风格变化。从童童到杨景贤，蒙古族华化程度不断加深，审美风格也由刚健转向柔弱。童曲虽然在叙说离别的愁绪和愤懑，但总体的倾向是果敢、直爽，没有渲染出悲凉凄清的氛围，透过怨恨能看到的是敢恨敢爱的形象，刚烈而坚强。但杨作一开始就笼罩在衰败、落寞、凄凉的氛围中，主人公相思成疾，身体瘦、魂魄消，病恹恹又心焦，无可奈何又无法开解。她展现的是一种病态的弱美，含蓄而柔弱。两组曲的宫调进一步说明两者在风格上的差异：据元人燕南芝庵的总结，童童所用宫调“双调”，唱腔声情“健捷激袅”；而杨景贤所用“商调”，声情“凄怆怨慕”，[6]（161）正与曲词内容协调一致。童作中的快人快语和本民族格调，在杨景贤的曲作里完全没有了，不是本民族文化的消失，而是融会成一条新的文化之流。在他的《西游记》杂剧中就融会了蒙古民族文化元素。

四、其他文本及其文化史意义

蒙古作家散曲文本还有伯颜的《中吕·喜春来》、童童的《越调·斗鹌鹑》《开筵》和杨景贤的两首小令。现存元代蒙古族第一首散曲小令是伯颜在酒席间的即兴创作《中吕·喜春来》，其人知名度很高，统军平南宋，其曲也广为传唱。

金鱼玉带罗襕扣，皂盖朱幡列五侯，山河判断在俺笔尖头。得意秋，分破帝王忧。[4]（74）

直而刚，豪放而气势宏大，是蒙古当时作为强势民族发出的时代强音。“山河判断在俺笔尖头”，“在俺”两个衬字反是句子重点所在，给人骄横感和掌控感，与蒙古民族骑马弯弓狩猎一般，纵意驰骋，尽在掌握。其风格典型地代表了一个新兴崛起的民族昂扬进取的精神，也表达了自我的成就感和民族自豪感。作者毫不掩饰自己功成名就的得意，大权在握，富贵荣华，盛极一时。这种对于功名的态度和骄狂，在当时汉族而言是几乎不会有的。叶子奇说伯颜此词和张弘范的词“帅才相量，各言其志”。[7]（73）与之相比，张弘范的词刚劲豪迈，却内敛节制得多。

金妆宝剑藏龙口，玉带红绒挂虎头。旌旗影里骤骅骝。得志秋，喧满凤凰楼。[4]（59）

前面三句都在用“金”“玉”“龙”“虎”“旌旗”“骅骝”，寓示着尊贵、威武和强大。末尾的得志之时，也不过是叙述庆功的热闹场面，而非述己之功。

童童是河南王后裔，弃武从文，历任河南行省平章、江浙行省平章，至顺二年（1331 年）入朝为元禧宗禋院使。但为官期间多次受到御史台弹劾，以其“荒泆宴安，才非辅佐”而免官。[3]（460）他的《越调·斗鹌鹑》《开筵》，描写纵情享乐、宴饮场面极为奢华淫靡，调笑令一曲更是醉酒红尘，“绛纱笼烛影摇红，艳歌起韵梁尘动”，“绮罗丛醉眼朦胧”。两组套数的题材并未超出“风月”二字，一方面是个体性情所致；另一方面，让人很容易联想到元代中后期蒙古贵族的奢侈荒淫，童童具有代表性，与蒙古文化中的消极成分不无关系。

杨景贤一直随姐大杨镇抚生活在杭州，也是元中后期杂剧南移后的一个中心。他创作了几十本杂剧，是个职业剧作家，他的杂剧艺术已经完全能与当时最顶尖的作家并驾齐驱。散曲虽然不多，两首小令《中吕·红绣鞋》《咏虼蚤》《中吕·普天乐》《嘲汤舜民戏妓》显出他好戏谑谐隐的特点，而套数《怨别》则表现出高超的艺术才能。他的汉化的文人化的艺术，不再是蒙古民族文化的孤立表现，而是代表了整个时代文学的发展。

从元朝早期的伯颜和不忽木，到元中期的孛罗御史、阿鲁威、童童，再到元末明初的杨景贤，蒙古作家的散曲文本勾勒出了一个文化发展的走向，即蒙古文化向汉族文化的渗入和融合历程以及汉族文化对蒙古文化的同化现象。早期作家的本民族文化色彩较浓厚，中期作家展开文化深层的反思和交流，而后期的杨景贤，如果联系其杂剧创作，则无论是在艺术上还是在思想上都有了较彻底的改变，也站在了时代文化的巅峰上。

散曲代宋词而兴盛，与元代多元文化交汇融合的历史背景密切相关。多元文化并存，并不意味着其作用等同，在不同地域、不同民族作家身上各种文化影响均有主次之分。元代以“蒙汉合流”为国策，对于生活于汉族地区的蒙古散曲家来说，蒙古族和汉族文化是影响其创作的核心因素。以蒙汉文化交流互动为视角阅读元代蒙古族散曲文本，展现一个全新的释读空间；以民族间的文化交流互动来解读元代的散曲文本，散曲的多元文化意义也会更为丰富。同时，还将促进对民族文化交流本身的认识。文化交流是一把双刃剑，不是总向好的健康的方向发展，童童散曲中的消极成分就是反面的教训。

参考文献

[1]王元才. 元曲纪事. 北京:人民文学出版社,1985.

[2]郑振铎. 中国俗文学史. 北京:东方出版社,1996.

[3](明)宋濂等. 元史. 北京:中华书局,2000.

[4]隋树森. 全元散曲. 北京:中华书局,1964.

[5]杨泉良,刘晓峰. 蒙古族元散曲作家隐逸思想产生的渊源. 中南民族学院学报,1994(4).

[6]中国戏曲研究院编. 中国古典戏剧论著集成(一). 北京:中国戏剧出版社,1959.

[7]叶子奇. 草木子. 北京:中华书局,1959.

康勇，北方民族大学文史学院副教授，西北师范大学博士，主要从事中国古代文学和文艺美学研究。

本文发表于《北方民族大学学报（哲学社会科学版）》2012年第3期。

论元代蒙古族的劲健之美

◎康　勇

蒙古族审美文化是元代多元审美文化中重要的一极，也代表着元代游牧民族的审美文化发展。在元代，蒙古族审美思想尚没有发展成为一种系统的理论形态，而主要体现在民族风俗、习惯、宗教、艺术等方面。与蒙古族生产生活紧密相连的一些民俗活动，如狩猎、击球、摔跤、宗教舞蹈、民间歌舞等，比较集中地反映蒙古族的审美风尚——劲健之美。同时，也通过这些活动将自身的审美文化传播开来，在蒙古族自身发展和对外交流中都有重要意义。

一、元代蒙古族劲健之美的美感

蒙古族民俗活动中，反映了元代蒙古人的审美意识和审美取向。蒙古族民俗中具有鲜明民族特色的是体育运动中的激烈对抗、刚健的舞蹈动作、民间文学创作中强大的语言气势、民间歌曲激昂的音调旋律以及壮阔的审美意境等，这些现象都表明一种审美倾向——劲健之美。从美感分析，劲健之美包含以下几种要素：

（一）力量感和速度感

蒙古族的狩猎、击球和摔跤等民俗活动，带给人最直接而强烈的感受是力量感和速度感。狩猎与战争的场面颇为相似，郝经称元人对敌“必合围把槊，猎取之若禽兽然。聚如丘山，散如风雨，迅如雷电，捷如鹰鹘。鞭弭所属，指期约日，万里不忒。”[1]（卷一百五十七，2466） 马可·波罗在游记中介绍大汗为了捕猎，豢养了一些猛兽如豹子、狮子和大量山猫、鹰、犬。以狮、豹捕猎大型野兽如野猪、熊、鹿、野驴等，行猎时，“以车载狮，每狮辅小犬一头，别有雕类无数”。每万人队，便有两千人各有大犬一二头，大汗行猎时分两队左右行，中间间隔约两日路程，围中禽兽悉数被擒。“观君主携诸男爵骑行旷野行猎时，可见此种大犬无数，驰逐于熊鹿或他兽之后，左右奔驰，其状极堪悦目也。”[2]（367） 可以想见，上万人骑马呼号，尘土飞扬，野兽惊恐，四处逃窜。鹰、鹘蔽空而起，狼豕狐鹿奔突于前，狮豹犬猫猛追于后。弓弦鸣响，凶兽怒吼，野兽尖叫，鸟雀惊飞。大汗的狩猎场面雄浑壮阔，猎者神采飞扬，观者惊心动魄。恰似《子虚赋》中的描写的景象：“倏眒倩浰，雷动飙至，星流霆击，弓不虚发，中心决眦，洞胸达掖，绝乎心系。获若雨兽，掩草蔽地。”[3]（315） 聚散如丘山风雨，迅捷如雷电鹰鹘，“来如天坠，去如雷逝”，“自迩而远，俄顷千里”[4]（21），都展现的是蒙古骑兵的速度，并由极限的速度形成了强大的气势，刚健勇猛，富有动感。

与狩猎的审美感受相似，击球和摔跤的对抗比赛中，力与速度是其要点。《析津志辑佚·风俗》载：“击球者，今之典故。而我朝演武亦自不废。”[5]（203） 每年端午节、重阳节皇帝都要召集太子、诸王、文武大臣，使能击球的人都上场比试，胜者重赏。其描述云：

先以一马前驰，掷大皮缝软毬子于地，群马争骤，各以长藤柄球杖争接之，而球子忽绰在球棒上，随马走如电，而球子终不坠地。力捷而熟娴者，以球子挑剔跳掷于虚空中，而终不离于球杖。马走如飞，然后打入球门中者为胜。当其击球之时盘屈旋转，攸如流电之过目，观者动心骇志，英锐之气奋然。[5]（203）

看击球比赛使人“动心骇志”的是“马走如电”的速度，是“力捷而熟娴者”的表演，使人“英锐之气奋然”，正是力量、速度与技巧结合的美感作用。元人张弘范诗中记叙击球的场面：“锦绣衣分上下明，画门双柱耸亭亭。半空彩杖翻残月，一点排球进落星。翠柳小厅喧鼓吹，玉鞭骄马蹙雷霆。少年得意风流事，可胜书生对流萤。”[6]摔跤比赛又称为“角力”，比赛的选手都是“力士”，力量无疑是制胜的关键因素。在大力士们的角逐中，观众所欣赏的是他们的力量及其运用技巧。除了体育运动外，蒙古族的舞蹈刚劲有力，伴随急促的鼓点，模仿神灵（动物）上下飞舞，同样带给人的是力量感和速度感。

（二）自由感和优越感

蒙古人喜爱狩猎，有时把它当作一种游戏。成吉思汗曾问属下诸臣讨论什么是最快乐的事，博尔术的回答是：“春天骑骏马，拳鹰鹘在手，见其博取猎物。斯为最乐。”其他臣僚的说法也都与此相同。[7]（147） 虽然成吉思汗有不同的看法，但诸臣众口一词①，说明以狩猎为乐是蒙古族较为普遍的看法。值得注意的是，这里狩猎不再是生产活动，而是满足了蒙古人的审美情趣，其主要功能是娱乐，而不是生产。博尔术的形象描述，虽然简单，但审美形象和审美感觉却非常鲜明。完全是一种审美欣赏的态度，超越了以获取猎物为目的的现实功利观念，追求的是心情的愉悦。在以狩猎为乐的蒙古人看来，狩猎本身不再是劳作，而是一种游戏。只有在游戏中，他们才能尽情展现自我的力量，并有一种自由感、掌控感和成就感，激发出自信、自豪的优越感。狩猎中的野兽虽然凶猛，但终究逃不过善射的猎人。狼、野猪、野驴可以用狮、豹来对付，小动物可以用猎犬、山猫追踪捕捉，鸟雀有鹰鹘搏击擒拿，猎人的箭无处不在，一切尽在掌握，胜利必定属于狩猎者。这种优越感就物质基础而言来自于蒙古人精良的马匹和精湛的骑术，本质上是对自身力量和能力的自信。在战争中，有着同样的自由感和优越感，伯颜在行军途中的诗句“百万雄师属指挥”“王师到

①这段谈话在拉施特《史集》第一卷第二分册第361~362页记载较详细，翻译语句稍有不同。

处悉平夷”[8](636)就表现出了类似感受。

蒙古民歌中表达了对自由生活的向往。《成吉思汗的两匹骏马》中小骏马对大骏马表达其要出走去过自由安适的生活，用了四段话，分别是：

“让我们跑到阿尔泰山，安适地生活吧!”

“让我们跑到胡惠罕山，自由地生活吧!”

“让我们象旋风一样飞驰到肯特山，逍遥自在的生活吧!”

“让我们跑到鄂嫩地方，欢畅地生活吧!”[9](184~185)

小骏马的逃离不仅是因为不甘受委屈，也是因为向往无拘无束、美满的生活，这是自由的呼唤。在它们要去的地方，“芳草如茵，山花烂漫，涓涓溪流啊，萦绕群山”[9](185)，有青嫩香甜的野草，晶莹的湖水，一望无边的草场。美丽而辽阔的景象则引人进入另一层美感之中。

（三）博大辽阔的审美意境

元代蒙古族的劲健美还呈现为博大辽阔的审美意境。生活在辽阔的草原，人的生产劳作与自然环境密切相关。从事畜牧业的生产劳动，过着游牧生活，能动地创造生产生活资料，改变草原水草的客观属性，使之成为具有社会属性的生产资料。马匹、牛、羊变成了财富，野生的虎、豹、熊、鹰也成为人们猎取的食物，自然物的意义存在于与人的关系之中。然而，自然被人化的过程中，人也被自然化了。蒙古人自然地成为高山、大漠、草原的生态系统的一个连接点。草原的辽阔，天空的高远博大，骏马在无所阻隔的草原上自由驰骋，这些景象深深烙在了蒙古人的脑海。可以说，蒙古人的审美感觉从这里开始积淀，逐渐升华。

叙事民歌有浓厚的史诗倾向和英雄情结，往往通过阔大高远的景象和排比的句式来展现。如《成吉思汗的两匹骏马》：

阿尔泰山地势高，
小骏马是天马之驹。
在褐色鹰起飞前，
在圣主起身之前；

圣主之两匹骏马，

小骏马不能再安然；

想起同胞而踏上归程，

思念圣主而往回奔返。[10]（332~333）

蒙古族研究者满都夫分析这首叙事民歌的音乐旋律，认为“这一叙事民歌的音乐旋律，不仅是叙事性和咏叹性结合的旋律，而且是史诗性与颂歌性句式统一的，气势博大的音乐旋律”。“歌词和歌唱的旋律，极其统一。其音乐旋律不仅充分体现了歌词的人与自然自由统一的辽阔奔放的审美意境，而且充满了赞美和歌颂的史诗性颂歌特征。”[10]（333）

再如民歌《孤儿传》中九卿发言，每人铺排酒的好处或坏处，全用排比句式。之后孤儿在征得成吉思汗的同意下陈述自己对酒一分为二的看法，遭到钦达嘎·斯琴无理训斥，孤儿的辩驳是高潮部分，连用十三个反问句，其中一些比喻更巧妙，排比的反问句极有气势，十分精彩：

斡难河的水用柳斗怎能汲干？

天上的彩虹用手怎能去篡？

伊德尔河的水流拿土怎能截住？

贤人的思想用权势怎能禁限？[9]（207~208）

二、元代蒙古族劲健之美的文化意义

审美风尚在本质上是一个民族社会生活在人的意识活动中的反映，它一旦形成，就会作为一个民族的客观观念而存在，具有一定的稳固性和惯性，必然反作用于社会人群。蒙古族的审美风尚形成于以游牧为主的生产方式的基础上，植根于民族生产生活活动和民族性格和心理中。其娱乐活动、装饰、艺术形式等都具有现实意义，集实用功能和审美于一体。“逐水草而居”的游牧生活，使蒙古族养成了喜欢流动、不好拘束的性格，也形成了欣赏动态美的审美倾向。民俗中的劲健之美同样渗入元代蒙古族自身发展和对外文化交流中，并起着重要作用。主要表现在以下三个方面：

（一）劲健之美与蒙古民族向心力凝聚

民俗中劲健之美对于元代蒙古族性格和心理的形成有重要作用。在蒙古早期史诗《罕哈冉贵》中，英雄哈尔就是通过摔跤、射箭和马术等技能的较量战胜了神怪，迎娶了美女。长篇英雄史诗《江格尔》中，以江格尔和洪古尔为核心的三十五位勇士，要么拥有强大无敌的力量和斗争技巧，勇敢无畏，要么拥有高超的智慧，制定英雄战斗方法、策略。这些勇士可以分为两类：力与勇结合型和力与智结合型。英雄成为审美理想而存在，在民间变成了一种自发自觉的审美追求。狩猎、摔跤、击球等民俗活动，在一种对抗的氛围中，蒙古人不仅锻炼出强健的体魄，也培养和强化了蒙古民族的英雄意识，促使了尚武、勇敢、坚韧的民族性格的形成。

叙事民歌和民间歌舞宣扬了两个主题：一个是英雄，一个是团结和睦。史诗性民歌，将成吉思汗当作一个时代的英雄人物颂扬，他不仅是一个勇士，而且是有雄才大略，受长生天保佑的“光之子孙”，给草原民族带来安乐的君主。他有一批忠诚的伙伴，都是有勇有谋、能征善战之士。与以往不同的是，此时期英雄的观念——审美理想人物的标准增加了道德品质的内容。成吉思汗曾训导他的将士们说：“出若骏马之首，蟠若黄冠之璎，曲若绣帘之卷，固若磐石之坚的巨大威力的我的伴当、影子；森列若竹，拱卫若城的我的属民、军士们，尔等听着：平素动作时，应该像牛犊般行走；训练挺进时，应该像鹰隼般地驰骋；欢笑亲昵时，应该像牛犊般地驽钝；与敌搏斗时，应该像鹰隼般地冲击。你们要似饥饿之虎，争食之雕；你们须白昼如雄狼，你们须黑夜似乌鸦。”[11]（18） 理想的英雄人物不仅有勇有力，对敌人的凶猛强悍，也要对内部和睦友爱，还有对汗主的忠诚。勇敢、忠诚、智慧等道德品性，并非有单纯的精神价值，而在于有利于形成更为强大的力量，构建一个强大的国家。这些品质是力量的源泉，又以力量的追求为目的。叙事民歌对英雄故事的广泛流传，激发了民族自豪感，增强了民族向心力和凝聚力。

另外，宗教歌舞、民间歌舞也有维护民族内部团结和增强民族向心力的作用。民间宴歌中歌颂汗主的英明、贤能的颂扬歌、即兴的集体舞蹈、吉祥祝福的歌谣也都很有益于统一思想，增进人与人之间的感情，加强团结。

（二）劲健之美与蒙古族作家汉文创作风格①

元代蒙古族文人有汉文作品存世者，有40多人，其中不乏名家。皇室成员元世祖、元文宗、元顺帝、顺帝太子等都有作品存世。丞相伯颜、状元泰不华、文士聂镛、公主阿盖等都有诗歌流传。散曲作家如阿鲁威、童童、杨景贤等都享有盛名。总体来说，蒙古族作家的汉文作品的民族意识相对淡薄，但审美风格却非常鲜明，与蒙古族民俗的劲健之风一致。

元代蒙古族作家在各种体裁的汉文学创作中，大多表现出刚健豪迈的风格，有些作家创作风格复杂，而劲健豪放是其中一个重要方面。如下列诗句：

自是擎天真柱石，不同平地小山峰。
东连舟楫西津渡，南望楼台北固钟。
我欲倚栏吹铁笛，恐惊潭底久潜龙。[8]（647）

元文宗图帖睦尔《登金山》

犬吠竹篱人过语，鸡鸣茅店客惊眠。
须臾捧出扶桑日，七十二峰都在前。[8]（648）

元文宗图帖睦尔《自健康之京途中偶吟》

剑指青山山欲裂，马饮长江江欲竭。
精兵百万下江南，干戈不染生灵血。[8]（635）

伯颜《奉使收江南》

小戏轻提百万兵，大元丞相镇南征。
舟行汉水波涛急，马践吴郊草木平。
千里阵云时复暗，万山萤火夜深明。

①关于蒙古族元代汉文创作情况及其风格，参考荣苏赫等所编《蒙古文学史》第七章《汉文创作》。

皇天有意亡残宋，五日连珠破两城。[8]（635）

伯颜《克李家市新城》

海气昏昏接蜃楼，飓风吹浪蹴天浮。

旌旗昼卷蕉花落，弓箭朝悬瘴雨收。

曾把乌号悲绝域，却乘赤拨上神州。

男儿坠地四方志，须及生封万户侯。[12]（1733）

泰不华《送琼州万户入京》

山盘九陇翠岧峣，太白星高手可招。

路入松关云气合，天连宝阁雨花飘。[8]（642）

月鲁不花《游天童山》

散曲如：

金鱼玉带罗襕扣，皂盖朱幡列五侯。山河判断在俺笔尖头。得意秋，分破帝王忧。[13]（74）

伯颜《中吕·喜春来》

混江龙　布袍宽袖。乐然何处谒王侯。但樽中有酒，身外无愁。数着残棋江月晓，一声长啸海门秋。山间深住，林下隐居，清泉濯足，强如闲事萦心。淡生涯一味参透，草衣木食，胜如肥马轻裘。[13]（75~76）

不忽木《套数·辞朝》

问人间谁是英雄？有酾酒临江，横槊曹公。紫盖黄旗，多应借得，赤壁东风。更惊起南阳卧龙，便成名八阵图中。鼎足三分，一分西蜀，一分江东。[13]（687）

阿鲁威《怀古》

动高吟楚客秋风，故国山河，水落江空。断送离愁，江南烟雨，杳杳孤鸿。依旧向邯郸道中，问居胥今有谁封？何日论文，渭北春天，日暮江东。[13]（686）

阿鲁威《旅况》

杨景贤的《西游记》中塑造的孙悟空形象，较之以前更为丰满，其奋迅劲捷、千变万化的本领，类似于蒙古史诗中的英雄。

蒙古人汉文创作表现出的豪放劲健之美，显然与其民俗中的审美风尚具有内在一致性。这一现象说明：在汉文化的学习、交流中，蒙古作家将民族的审美观念渗入其中，以汉语及其格律为艺术形式，一定程度上表现了蒙古民族的审美情趣和审美感受，有利于民族文化间的相互促进。

（三）嘈杂之曲、马上之歌和劲捷舞蹈流入中原

蒙古族能歌善舞，其音乐歌舞对元代以来的文艺发展影响更为巨大。其歌唱以雄浑之气胜，舞蹈多有力量感。元代孔齐说蒙古人歌声“雄伟壮丽，浑然若出于瓮”。[14]（5）这是说声音雄浑，气息充沛，格调昂扬。其乐器以弦乐为主，“鞑靼乐器如筝、秦琵琶、胡琴、浑不似之类，所弹之曲与汉人曲调不同。”[15]（349）虽然“南曲北调可于筝、琶被之，然终柔缓散戾，不若北之铿锵入耳也。”[16]（第三册 240）明代徐渭论曰：“今之北曲，盖辽、金北鄙杀伐之音，壮伟很戾，武夫马上之歌，流入中原，遂为民间之日用。宋词既不可被管弦，世人亦遂尚此，上下风靡，浅俗可嗤。”[16]（第三册 240~241）蒙古族的乐曲，即属于“杀伐之音、武夫马上之歌”，特征是“壮伟狠戾、铿锵入耳”。元代散曲的兴起与胡乐的浸染也有关系。王世贞《曲藻序》曰：“自金、元入主中国，所用胡乐，嘈杂凄紧，缓急之间，词不能按，乃更为新声以媚之。”[16]（第四册 25）胡乐统指北方和西域的少数民族音乐，蒙古族音乐掺杂其中，以“嘈杂缓急”为特征。陶宗仪《辍耕录》载元代传统曲目有大曲 16 种，小曲 12 种，回回曲 3 种。其中哈巴儿图、蒙古摇落四、起土苦里等曲从名称来看极可能是蒙古族曲目。[8]（663）由此可见，蒙古族在歌、曲之中同样展现着劲健之美，与其他北方和西域少数民族音乐歌舞一起影响了中原艺术的发展。蒙古族歌曲广泛流传，以至于成为民间日用，“上下风靡”，其影响可谓既深且远。

与“嘈杂”的乐曲相伴的是蒙古族富于动感、刚劲的舞蹈。《蒙古秘史》记载，忽图剌被推为可汗，部众跳跃舞蹈，“把豁兒豁纳黑（山翼）一棵枝叶繁茂（大）树周围附近地方都踏成了到肋骨的路沟，没膝盖的尘埃

了。”[17]（54） 能够踏出没肋之蹊、没膝之尘，该是用了什么样的力量，又是怎样的激动呢？蒙古萨满教巫师舞蹈有类似情形，《多桑蒙古史》记其：“击鼓诵咒，逐渐激昂，以至迷惘，及神灵附身也，则舞跃瞑眩”。[7]（29） 其原始舞蹈充满着激情和原始生命力，节奏由慢而快，力量也逐渐增大。巫师能沟通人神，每当精灵附体时，舞蹈动作就如同要沟通的精灵，如白海青、棕熊、老虎等。如新声舞曲《海青拿天鹅》就模仿海青的动作。元代诗人杨允孚的《滦京杂咏》其中一首就以此曲为描写对象：“为爱琵琶调有情，月高未放酒杯停。新腔翻得《凉州曲》，弹出天鹅避海青。”[11]（1965）

三、余　论

元代蒙古人入主中原，“朝会燕飨之礼，多从本俗”，“朝仪既起，规模严广”，“乐声雄伟而宏大，又足以见一代兴王之象”。[1]（卷六七，1105） 礼乐制度是元代蒙古族劲健之美的最高表现，而其根基却正在民俗之中。它象征着蒙古族的强大、兴盛，体现着元代蒙古族锐意进取的民族精神。元初蒙古族统治者展现的一统天下的胸怀和抱负，宽容而兼收并蓄的文化、宗教政策，诗文中的壮阔景象以及民族自豪感、优越感等等，都体现出一个新兴民族蒸蒸日上的勃勃生机。民歌中的劲健之美也同样渗透着这种精神，兹举一例。《至正直记》记述了文天祥被俘押往大都途中的一件轶事：

闻军中之歌阿剌来者，惊而问曰：“此何声也？”众曰：“起于朔方，乃我朝之歌也。”文山曰：“此正黄钟之音也，南人不复兴矣。”盖音雄伟壮丽，浑然若出于瓮。[14]（5）

文天祥从音乐声中，听到一种崛起奋进、不可阻挡的民族强音。作为一名抗元民族英雄，也无可奈何地感叹“南人不复兴”。蒙古音乐中的劲健之美，正如“雄伟壮丽”的歌声，感染着蒙古民众和军队，也影响着其他民族的民众。伴随着劲健之风，他们将强大的心理和军事力量化为钢铁洪流，踏上了征服世界之途。

尽管蒙古族劲健之美带来了一种异域异族、充满生命活力的美感，也对民族文化发展和交流有着积极影响，但其自身并不完满，甚至在其美感之下隐藏着危险。司空图的《二十四诗品》描述劲健曰："行神如空，行气如虹。巫峡千寻，走云连风。饮真茹强，蓄素守中。喻彼行健，是谓存雄。天地与立，神化攸同。期之以实，御之以终。"[18]（16）劲健属阳刚之美，它不以精雕细刻而悦人，而以气势的博大动人心魄。中国传统美学强调，要得劲健之气，必有劲健之胸。劲健之心并非需之即来，而是要涵养浸渍，诉诸深深的人性修养、精神锻炼。要"饮真茹强"，到宇宙自然中领略这种精神。《易·乾卦》："天行健，君子以自强不息。""天地运转中溥遍万物的是那无穷无尽的力，人只有心合宇宙，才能汲取其精髓。"即使如此，劲健风格在中国古代尚被认为不完满，因其"常流于气势飙举，劲拔弩张，缺少温润蕴蓄之美"，"力则力矣，但缺乏深致和韵味。"[19]（388~399）因此，汉文化传统的劲健之美，关键在于深层的意蕴和内在精神，而不是外显的形式因素和表层的感受。

蒙古族劲健之美的弊端也正在于重外而轻内。蒙古族的劲健美既没有在人的内在精神中升华出劲健的心胸、与天地同立的宇宙精神，也没有实现个体内在精神与生活方式的完满自足，而大多局限在一种美感的满足。当把这种美感的追求扩大到极限时，它也就显露出其潜在的危险：物欲、快感的无尽追求与人道、人文关怀的漠视，结果是给人类文明带来灾难性的打击。蒙古族狩猎以及其他民俗活动，随民族生产生活而发生，具有实用性功能。也就意味着，民俗活动的愉悦感部分来源于对物质财富的追求。伴随物质利益诉求的劲健美的欣赏，带有对力量的盲目崇拜。"其常谈必曰托着长生天底气力，皇帝的福荫"，[4]（11）将一切所欲为、所已为之事都归之于天的力量，缺乏理性的思考。如果将萨满教巫师歌舞时的迷狂和毫无节制与成吉思汗的快感联系起来思考，再与蒙古族嗜酒习惯相结合，不难发现，劲健美无疑是和宗教的迷狂、酒后的眩瞑和无节制的快感纠缠在一起。许多萨满教祭神降神的歌舞，在铿锵劲拔之外，充满了宗教的神秘色彩和迷狂。吴莱《北方巫者降神歌》描绘了如下场景，在"天深洞房月漆黑"的外部环境中，巫师开始唱咒语、跳媚神的舞蹈，筝琶凄紧铿然在暗中响起，声音中夹杂妖神、妖狐的呼唤叫啸，音乐节奏越来越急促，舞蹈动作越来越快，如健鹘般上下翻飞，门外狼旗在光辉映照之下显得狰狞而神秘。[12]（1519）鲁不鲁乞在其游记中有类似记载：蒙古有些占卜师也召唤魔鬼，先将想向魔鬼求教的人集合到帐幕里，把煮熟的肉放到帐幕中央。召唤开始，占卜师念咒语，“并且用手里拿着的鼓沉重地敲打着地面。最后，他开始狂怒，并把自己绑起来。”[20]（220）

即使成吉思汗给其中注入了勇敢、忠诚、团结等道德品质，也不过是为了力量的更加壮大，以获得更多的利益。成吉思汗自身，也没有摆脱对于物质利益的追求。他说：“人生最大之乐，即在胜敌，逐敌，夺其所有，见其最亲之人以泪洗面，乘其马，纳其妻女也。”[7]（147~148）在追逐、杀戮、掠夺、征服中享受快乐，屠城是他们铁血军队的拿手好戏，对敌人的仇恨进行兽性的疯狂报复。正如瑞典著名学者多桑所说，其“视人类如同牲畜”[7]（145），“此辈不重视人命，仅见立时之卤获，与其畜群之牧地而已。”[7]（146）虽然本民族内部能暂时的和谐相处，但十三四世纪的蒙古人对其他民族满怀傲慢和蔑视，乃至于仇视，整个亚欧大陆都在其铁蹄的践踏之下震颤挣扎。历史的发展历程已经告诉我们，在十三四世纪蒙古族征服世界过程中，亚欧各地各民族经历了文明冲突的阵痛，人口剧减，生产力下降，人类文明成果被破坏，人性被践踏。民族心理中强烈的物质欲望和征服快感的满足使蒙古铁骑拥有了强大的精神动力。将战争当作狩猎一般享受单纯而直接刺激的快感，把异族人当作野兽一般的屠杀，战争、杀人没有了罪恶感[20]（12）和人性伦理的束缚，在人类文明历史中，他们不是推动者，而成为破坏者。

参考文献

[1]（明）宋濂等撰．元史（简体字本）．北京：中华书局，2000.

[2]〔意〕马可·波罗．马可波罗行纪．北京：中华书局，2003.

[3]朱东润. 中国历代文学作品选. 上海:上海古籍出版社,1979.

[4]王国维. 王国维遗书:第十三册,黑鞑事略笺证. 上海:上海古籍书店,1983.

[5]熊梦祥. 析津志辑佚. 北京:北京古籍出版社,1983.

[6](元)张弘范. 淮阳集:四库全书本(钱建文制作电子书).

[7]〔瑞典〕多桑. 多桑蒙古史. 上海:上海世纪出版集团,2005.

[8]荣苏赫,赵永铣等. 蒙古族文学史. 呼和浩特:内蒙古人民出版社,2000.

[9]色道尔基,梁一孺,赵永铣. 蒙古族历代文学作品选. 呼和浩特:内蒙古人民出版社,1982.

[10]满都夫. 蒙古族美学史. 沈阳:辽宁民族出版社,2000.

[11]朱风、贾敬颜译. 蒙古黄金史纲. 呼和浩特:内蒙古人民出版社,2007.

[12](清)顾嗣立. 元诗选:初集. 北京:中华书局,1987.

[13]隋树森. 全元散曲. 北京:中华书局,1964.

[14](元)孔齐. 至正直记. 上海:上海古籍出版社,1987.

[15](元)陶宗仪. 南村辍耕录. 北京:中华书局,1959.

[16]中国戏曲研究院编. 中国古典戏曲论著集成. 北京:中国戏剧出版社,1959.

[17]札奇斯钦. 蒙古秘史新译并注释. 台北:联经出版事业公司,1979.

[18]司空图著,郭绍虞集解. 诗品集解. 北京:人民文学出版社,1963.

[19]成复旺. 中国美学范畴辞典. 北京:中国人民大学出版社,1995.

[20]〔英〕道森. 出使蒙古记·鲁不鲁乞东游记. 北京:中国社会科学出版社,1983.

本文发表于《语文教学通讯·D刊(学术刊)》2013年第3期。

论萨都剌诗词特色

◎李增林　许兴宝

元代是由蒙古族奠基并统治的一个时代。在这个时代里，蒙古贵族有过令人触目惊心、难以忘却的毁灭传统文化的反动政策。然而，我们又能观览到蒙古贵族在统治中国时期出现过的各民族文化的大融合。诸如许多蒙古人、色目人以其出色的才华，用汉语、汉字创造出了令人叫绝的具有传统文化精神的新因子，其中在中国文学史上有口皆碑的回族诗人萨都剌就是其中杰出的代表之一。

一

萨都剌为元代文坛，立下了汗马功劳。这一点，与他同时期的文人在当时就有清醒的认识和高度的评价。今人周双利在《萨都剌在文学史上的地位及其贡献》一文中有较为全面的论述。概括起来，人们在评论萨都剌时有两种看法：一种认为萨都剌的创作能自成一家，以其独创的文风，立足于元代诗坛；另一种意见则认为萨都剌为元代诗人之冠，其成就在虞集、杨载、范撑、揭傒斯之上。这些评价充分反映出萨都剌在创作上的成就是值得称道的。不过，对一个作家的创作成就，历来就存在见仁见智的现象，在元代也有人对萨都剌的创作特征提出了自己的不同感受和评价，其中虞集的评说则是别具只眼的，他在《清江集序》中说："大德中，文章辈出，赫然鸣其治平者则蒲城杨仲宏，江右范德机其人也。其后马伯庸中垂用意深刻，思考高逸，自成一家。而进士萨天锡（都剌）者，最长于情，流丽清婉，作者深爱之"。虞集的这段话，充分表明他对萨都剌在创作上表现出的特点有了与他人不同的见解，这在元代的评论家中是少见的。这样评论作家的功过无论是否恰当我们姑且不论，单就其从作家的创作特征入手去寻找作家在时代中留下的足迹，这无疑是十分正确的。正由于元人在评论萨都剌的创作特征时为后人留下了第一手资料，我们才可深信，元诗宋之变也，变而复于唐[①]的说法极为中肯。唐诗主情，宋诗主理；唐诗博大，宋诗精深。[②]两句话可谓举世之共识。而元诗变宋诗复于唐，也正是将宋诗那种言理趣的主格调重新导入言情的主格调上来，萨都剌在创作上表现出的"最长于情，流丽清婉"也正是在这种转变过程中最为关键的枢纽。据此，我们可以从侧面证实，萨都剌确实是元代诗坛乃至中国古代诗坛上一位大家。这并非因为某些人的推崇，而是建立在对整个元代诗歌创作进行了充分研究后得出的公允结论。

依据虞集所论，可以断定，萨都剌在创作上是言情派。虞集在《胡师远诗集序》中就说过："长于情者多美"，"是皆非得性情之正"，可见言情与道学所谓的心性是有差别的，亦即非得性情之"正"，显然，把萨都剌划为言情派，是一种在艺术上给予至高无上推崇的表现，而在社会伦理学上则有贬低意味。但无论如何，诗词作为一种抒情的载体，需要作家有足够的胆识顶住社会上某种思潮对文学的某些干涉，萨都剌正是在元诗转变时期中流砥柱式的一位斗士。可以设想，元诗没有萨都剌，将会是另一番滋味。

---

①(清)顾奎光:《元诗选叙》。

②此语出自缪《论宋诗》。

从元世祖建立元朝后，在他手下逐渐汇集了一批道学家。这些道学家在讲道时，也与一些诗人交上了朋友，也培养出了大批诗人。这告诉我们，蒙古人与南宋对立期间的那种“程学盛南苏学北”[①]的“分裂”局面开始结束，代之而起的是程学与苏学的重新汇合。到了元代中期，道学开始影响文学创作。这种“存天理，去人欲”的腐朽观念，渗透到文学创作上，则表现为干瘪的说教。不能唤起人们情感上的共鸣，更不能使读者从中受到启发和教育，这事实上泯灭了文学的基本功能，把文学创作推向了死胡同。对此，萨都剌作为一个才情风流的诗人，不愿就地葬送自己，而勇于驱使笔锋刻画那种“风流俊逸”“流丽清婉”的动人图景，这“多情一片吴天月，夜夜相随伴寂寥”，[②]可算是他对理学在创作上的当头棒喝。还有许多类似的诗作如《游西湖》组诗、《美人纱带》《玉山道中》，无不充满了诗人自己的真情实感。尤其是那些对歌妓和宫人的直接描写，如《燕姬曲》《题二宫人琴壶图》《南吕一枝花·妓女墩菊》，都表现出诗人所具有的高尚情感和民主精神，而绝非是什么轻佻或无聊。就此而论，我们认为，萨都剌通过他那“长于情”的独特创作表现，形象地对抗了理学所倡导的“天理”，发扬光大了我国长期以来形成的进步文学的传统。

“长于情”的创作特征并非专指诗歌内容方面，当然也包括艺术形式的创造。这是因为，文学作品要想把“情”巧妙地传输给读者，就需使用一般人所不能企及的高妙手段。依照古人有关诗歌审美的最高标准来看，“意境”的创造是其他手段无法替代的传导方式。萨都剌在诗的创作中，不仅做到了炼句、炼字，更主要的是，他能在短短小诗中，练就出引人入胜、感人情怀的意境，如《芙蓉曲》《过高唐》《宿长安释二首》之二，就是这方面的代表。这绝非是以文字为诗，以才学为诗或以议论为诗，恰恰相反，他在创作中，无不体现着“羚羊挂角，无迹可求”，“剔透玲珑”，

①翁方纲:《书遗山集后》。
②《元统已亥奉命入闽过建德道中》。

“如空中之音，相中之色，水中之月，镜中之像，言有尽则意无穷”[①]的美妙气蕴。这是唐诗的意境美感遭受宋人理学的冲击后在元代诗坛上重新站立起来的新型影像，使唐诗的“意象欲出，造化已奇”，“超以象外，得其环中”[②]的美在萨都剌的笔下，重新放出她特有的迷人异彩。这是萨都剌在诗史上的重要贡献。

二

近些年来，学术界对萨都剌的研究逐渐增多，对他在文学史上，特别是在元代文坛上的地位也有了愈来愈明确的认识。但就这些论述文章的内容而言，多为谈诗论曲，而对其词的创作，就笔者所见，是不太多的。本文在此拟将在论述萨都剌诗歌创作成就之后，对他的词做一重点探讨。

词到了元代可以说走进了低谷，因为从总体上看，单就才气而言，元代的文人比起宋代的文人要逊色得多，加上元曲之兴起，文人对作词的兴趣大大减弱，所以有元一代文人的词作大都较少。又由于收藏不慎，于是留传下来的就更少了。

萨都剌的词据唐硅璋主编的《全金元词》所收，共有十五首。就词牌看，其中有《法曲献仙音》二首，《卜算子》一首，《酹江月》七首，《水龙吟》一首，《少年游》一首，《念奴娇》一首，《木兰花慢》一首。从词调的长短来看，多使用中长调，小令为少。从词里面所表现的内容来看，怀古词最多，有《满江红·金陵怀古》《酹江月·登凤凰台怀古》《酹江月·过淮阴》《酹江月·姑苏台怀古》《念奴娇·登石头城次东坡韵》《木兰花慢·彭城怀古》；其次是咏怀之作，有《法曲献仙音》二首、《卜算子·泊吴江夜见孤雁》《酹江月·任御史有约不至》；最后是题咏、赠答、游历之作，它们分别是《酹江月·题清溪白云图》《水龙吟·赠友》《酹江

①严羽:《沧浪诗话·诗辨》。
②司空图:《诗品》。

月·游句曲茅山》《酹江月·游钟山紫微观赠谢道士，其地乃文宗驻弊升遐处》。①

萨都剌酷爱自由，宗教和理学对他无任何约束，他敢于大胆地向理学挑战。在诗歌创作中表现出的“长于情”的特点就是最有力的证明。在其词中，萨都剌同样“长于情”，但其风格有所变化，不再显得那么“清丽俊逸”“风流俊爽”，而是处处表现出谨慎、深邃、沉着，从而将他的词牵引到苏辛词派的创作队伍之中，此亦即其词，特别是词中所闪现出的动人光彩和进步的思想性所在。

怀古作品在元代文坛时有出现。萨都剌的怀古词，能以一个战略家的眼光，透过古往今来的表面的繁华，看出其内在的腐朽与危机。翻开历史一观，元代虽有“大德”的辉煌时期，但元代历史上出现的那种不该有的民族歧视与压迫，无论如何也不能不引起诗人萨都剌的感触，加之国内的战乱不息，征调徭役无止，苛捐杂税无度，人民颠沛流离，国家满目疮痍。凡此种种，无不刺激着词人最敏锐的感应神经。这些刺激词人的观照物，就是词人的怀古词所表现出之灵气的外在依据。

词人在怀古词中，曾有三首借六朝的繁华和形胜②来讽今喻时。在中国历史上，六朝是最黑暗最腐败集封建社会全部流弊于一体的一个时代。其最大特征就是“上品无寒门，下品无世族”的腐朽官僚政治制度。这种制度摧残了当时的人才，断送了当时社会发展的希望，使整个中华民族在这个时代遭受了不应有的超时代的损失。词人对这一幕幕的过眼残景，了如指掌。再看元代，那种人分四等，职业分为十类的荒唐政策，又何异于六朝的门阀制度？论伤害人性的程度，元代比六朝有过之而无不及。词人是色目人，在当时受到相当优厚的待遇，加上他有才气，又是将门之后，理应心安理得了。但是，作为有良心的进步词人，不能不驱使他捉起笔，去描绘

---

①《满江红·金陵怀古》:“六朝繁华春去也。”

②《酹江月·登凤凰台用前韵》“六朝形胜，想绮云楼阁。”《念奴娇·登石头城次东坡韵》:“石头城上,望天低吴楚,眼空无物。指地六朝形胜地,唯有青山如壁。”

那令人目不忍睹的悲惨世界。他描写“六朝繁华”后的“荒烟衰草，乱鸦斜日。玉树歌残露冷，胭脂井坏寒泣。惟有蒋山青，秦淮碧”①。他回想到当年六朝的富贵，而今已变得“散草头朝露”（“遥忆王谢功名，人间富贵，散草头朝露”）《酹江月·登凤凰台怀古用前韵》这些无不蕴含着词人对自己所处时代的深深叹息，同时也预示着惊人相似的历史不久将会重演。就此而言，萨都剌与同时代的诗人相比，确为鹤立鸡群。词人以此种胆识和眼光凝聚成的词篇，深刻地反映了社会黑暗给人类带来的不幸，在中国词史上将会永放光辉。对此古今学界提及较少。

词人在怀古词中所表现出的另一个主题是，借对古代悲剧英雄人物的咏叹，揭露社会的黑暗，此可与其他的咏怀之作构成一个整体。据史料记载，词人的官运并不亨通，在他的一生中，“降调”“左迁”是经常发生的事，由于大半生不得志而晚年寄寓武林，最后投入方国珍幕府。这些遭遇对于一个色目人中富有才气，“文采风流俊伟”者②来说是极为不公平的，由于不守礼法而受到冷遇更是不公平的。词人在《酹江月·过淮阴》中咏到韩信的“鸟尽弓藏成底事”，无不感叹“千古英雄谁吊”，再联想到自身仕途的坎坷，宦海浮沉的疲倦和对人事兴废的思索，就自然而然地产生了“百事不如归好”的归隐思想。词人在《木兰花慢·彭城怀古》中咏项羽，写到“楚歌八千兵散”的悲惨结局，也同样发出了“人生百年如寄，且开怀，一饮尽千钟”的悲凉叹息。从词人的咏叹中，又可见出元代社会对各个等级人才的冷漠。

在萨都剌的咏怀词中，始终贯穿着一个“成全古今稀”（《法典献仙音·夭喉舌》）、“人生无定”（《酹江月·登凤凰台怀古用前韵》）和“乘莺便欲飞去”（《酹江月·游句曲茅山》）的遗世独立主题。这个主题与他的怀古词在许多方面恰相吻合，共同构成了前景暗淡的图画。在萨都剌词中，诸如：“人生百年如寄，且开怀，一饮尽千钟”，“浩歌一曲，莫辞

①《满江红·金陵怀古》。
②《水龙吟·赠友》。

别酒频注”（《酹江月·登凤凰台怀古用前韵》），以及“天涯倦客，几时归钓春雨”（《酹江月·题清溪白云图》）等等。此类词中所表现出的归隐思想，人们习惯于笼而统之地称之为“消极避世”或“颓废没落”。这些不吉利的话事实上是脱离实际的省力之辞。我们不能把“有则改之，无则加勉”的框子往任何一个人的身上套。因为对于萨都剌来说，在“大济苍生”的良好愿望受到严重挫折后，“击壤自欢”的归隐和自适其乐的处世态度，也不能不说是一种“明哲保身”之上策。20年前，一些人在评论作家时，又喜欢用“苟活”“偷安”“屈膝”“逢迎”等极带贬义的词汇去苛求作家。如果那样，则古代的作家要么像屈原愤慨而投江，要么像曹植抑郁早死，要么像嵇康因为小小的口角为人格杀，要么像谢灵运一样在拒捕过程中被擒而终被杀害。只有这样，死得早、死得惨才算是好样的。这种不能“知人论世”只一概而论的评论方法，是不可取的。我们认为，萨都剌表现出的这种思想，终归是对黑暗社会的折光反射，论民主有民主性，论反抗有反抗性。也只有萨都剌的这种委婉的表现方式，才有萨都剌较为完整的文学面貌，这就是萨都剌！否则裕康式的萨都剌将会重现……

萨都剌的咏怀、题咏、游历之词，都表现着健康的思想内容。“遥瞻凤网，寸心江水东注”（《酹江月·游钟山》，表现了他始终关心时政的心情。“芳草萋萋天际绿，怅望故人应转”（《酹江月·任御史有约不至》，表现他诚挚的怀念友人之情。“溪上红尘飞不到，惟有白云来去”（《酹江月·题清溪白云图》），“老鹤一声霜亲履，隔断人间尘土”（《酹江月·游句曲茅山》），表现出了他对人世嘈杂的烦恼、不公平的宦风仕雨的愤愤不平和对“白云来去”的悠闲自得的生活的向往。“出门万里，掀髯一笑，青山无数”（《水龙吟·赠友》，表现了他对时势的豁达胸怀，高旷、洒脱、清高的处世态度。相反，在他的词作里，我们却没有看到一点“献媚”“轻佻”“滑莺腻燕”式的游戏之词，这些较之宋代的一些词，要高明可喜，清新可爱。就其健康的思想而言，可以继踵苏辛，接武抗战前贤。

综上所述，词作为“艳科”的抒情工具，在萨都剌的笔下却发生了脱胎换骨的变化。南宋的雅词流派将词引入纯粹、单一，向狭深一路发展，使词变成了文人雅士浅斟低唱之工具。萨都剌的词，革除了这种种弊端，他继承了苏辛等人将词扩展到更为广阔的社会领域的进步传统，并且发展了这一传统。这个方面，与他在诗歌的创作中，推动了元诗“由宋复唐”的转变功绩，是完全可以同日而语的。因此，我们认为，元诗不能没有萨都剌，元词也不能没有萨都剌。这也正是萨都剌的词在词的发展史上的重要价值。

三

萨都剌的词在艺术上亦有很高的成就。其风格豪迈奔放、刚劲有力、气势宏大，给人以深沉、雅健之感。

六朝繁华春去也，更无消息。空怅望，山川形胜，已非畴昔。王谢堂前双燕子，乌衣巷口曾相识。听夜深，寂寞打孤城[1]，妙，春潮急.思往事，愁如织。怀帮国，空陈迹。但荒烟衰草，乱鸦斜日。玉树歌残露冷，胭脂井坏寒将泣，惟有蒋山青，秦淮碧。

《满江红·金陵怀古》以及《念奴娇·登石头城次东坡韵》等可以代表他在这方面的总体风格。他的这些词无疑是受了苏轼怀古词的影响。再从词中的情调、遣词造句、用典、意象观照物的摄取、空间距离的设计，物我关系的处理，怀古之余的深沉咏叹等诸多方面来看，亦深得苏轼怀古词的精髓。而作者在怀古时表现出的对当时社会的抨击以及对统治阶级的失望，又恰似辛弃疾。这表明作者在创作时运用了极大的艺术功力。

萨都剌的词在画面上表现出的最大特点是动感较为鲜明。在他传世的十五首词中，处处可见点睛之笔的动词。“闲看云飞”（《法典献仙音·天喉舌》）；“但见孤鸿影”（《卜算子·泊吴江夜见孤雁》）；“胭脂井坏寒

---

①原作“空城”，据《词综》改。

泣”（《满江红·金陵怀古》）；“一夜神光雷片转，江左云龙飞去”（《酹江月·游钟山紫微观赠谢道士》，其地乃文宗驻辇升遐处）；“出帕无心，凌江有态，水面鱼吹絮”（《酹江月·题清溪白云图》）；“果见荒台落日，麋鹿来游，漫尔繁棒莽”（《酹江月·姑苏台怀古》）。这些都是以动态描写见长的妙笔。有了这一妙笔，词里的画面就活了起来，从而显得灵活、生动，在古色古香的词境当中流露出新生的气息。

萨都剌的词在物象捕捉上，面铺得比较广，无论是古代还是当代、天上或地上，人间或仙境、动物或植物、固体或流体、具象物或抽象物等等，无不在其短短的词篇中有所表现。词人能够把博大无比的天空和大地浓缩在几十个或百十个字里，然后再与其他物体构成有生有灵的境界，这非丹青妙手是办不到的。巧妙的是，萨都剌还是一个有名的画家。这就难怪他能把词写得如此有意有境，神采飞动，恰是“日月之行，若出其中，星汉灿烂，若出其里。”如读《酹江月·题清溪白云图》一词，便会有此新鲜之感：

周郎幽趣，占清溪一曲，小桥横渡。溪上红尘飞不到，惟有白云来去。出帕无心，凌江有态，水面鱼吹絮。倚门遥望，钟山一半留住。涵影淡荡悠扬，朝朝暮暮，是几番今古。指点昔人行乐地，半是鹭汀鸥渚。映水朱楼，踏歌画舫，寂寞知何处。天涯倦客，几时归钓春雨。

由于萨都剌是画家，因而摄取物象的能力很高，题画的能力也很强。在此词中，笔笔有物，字字有力。在上词中，提到的具体可感之物就有：周郎、清溪、小桥、白云、鱼、钟山、影、鹭汀、鸥渚、朱楼、画舫等。作者并非是将这些形象物以简单的组合，而是以其极深的内蕴相融合连贯。“清溪白云图”的原貌如何，不太清楚，但经他这一题咏，一个稍懂笔墨的人就可以描摹出画的原形。这个成功之处，要归结于作者在写实上所具有的特殊功底。

萨都剌的怀古词和游历之词也有同样的效果。“蔽日族旗，连云墙掳(槽)，白骨粉如雪”（《念奴娇·登石头城和东坡韵》）。用两种颜色的相互渲染（族旗与白骨），显现出了战事声势的浩大和战事后的惨景。“月户云窗，石田瑶草，丹鼎飞龙虎”（《酹江月·游句曲茅山》），把飞动的龙虎镶嵌在静止的丹鼎之上，再以旁景“月户云窗，石田瑶草”作为陪衬，天上地表，云龙月虎，户窗石草，都信手拈来，相映成趣，卓然生辉。这种集数量于一句之中的高超技艺，可算是妙手回春，巧夺天工。

萨都剌把一个画家的才华，注入词的创作之中，使其词表现出特有的气象，既不似风流自适的晏欧（晏殊、欧阳修）、平俗浅近的张柳（张先、柳永）、伤感酸辛的晏秦（晏几道、秦观）、雍容华贵的李清照（指其早期的创作）、曲丽精工的周邦彦、瘦硬清苦的姜白石、朦胧晦涩的吴文英；也不完全像豪放旷达的苏轼、雄深雅健的辛弃疾、凌云健笔的张孝祥、长于故国之思的王沂孙。他在某些方面能集诸家之长，而又具有其个性特征，构成自家的特有风貌，成其大家。萨都剌使不景气的元代词坛，放射出令人难以忘却的奇光异彩，是值得我们永远纪念和称道的。

本文发表于《西南民族学院学报（哲学社会科学版）》1994 年第 3 期。

当代回族小说的审美意象世界

◎马慧茹

中国小说流行于街头巷尾，语言表达、情节安排、内容意蕴都紧贴广大民众生活，与民众的喜怒哀乐的情感相契合。作为中国小说家族中的一员，当代回族小说的发生、传播、定形中的群体心理认同、传承与变异，高度凝聚回族民众原生态的生活、文化意识和群体心理，其中反复出现的许多自然景物或日常动物、器物，或者说审美意象，成为打动读者的最主要元素。

现代美学体系认为："审美艺术学的研究（即把艺术作为一种典型的审美活动而对它进行的研究），必然指向一个中心，这就是审美意象。"[1]也就是说，审美意象是作家对外在世界所提供的经验材料进行加工后的形象再现，由此引发的接受过程中所出现的细微复杂的思想感情世界。从历史的角度看，各个民族都有自己的文学传统，独特的民族文化会使文学创作产生习惯性的审美意象。阅读回族小说，回族作家常常借助一些既能反映回族文化特征又能表达创作主体情感意愿的意象，如月亮、水、土地等，进行象征寓意的抒写。这些反复出现的特定审美意象，让读者看到不同时代回族人民特有的审美情趣和心理定势。对这些意象分别加以分析，有利于深刻地把握当代回族小说的艺术特征，了解和认识回族作家的审美角度和创作心理，由此可以更进一步地解读作品的价值和意义。

一、象征希望观照信仰的“明月”

随着大量优秀回族小说的不断诞生，月亮早已成为一种具有民族象征性与隐喻意义的审美意象。[1]回族作家们把咏月这一文化传统与特定的民族历史结合起来，月亮这个可晴可晦、可圆可缺的自然物象，不仅隐喻着回族的沉重历史，还表现着回族人民无比崇高的宗教信仰，是高洁清透的象征，是苦难的肃穆关照。

凝聚中国传统审美情趣的“月”，在小说中首先是希望，是寄托。我们知道，回族群众开斋就要以看到新月为准。新月意味着新的开始。霍达《穆斯林葬礼》中的女主人公名字就是“新月”，运用“月”意象的地方更是数以千计，每次写到月，都充满着一种向上的心灵之光，一种超越精神的美感。

张承志笔下的“月”意象有更厚重的内涵。“瞬息的弦月”把大西北的黄土高原的广袤荒凉烘托无余；“一弯新月”就像黑暗中给人们亮出的一盏指路的明灯。使作品显出别样的意蕴。“新修成的大寺顶上的铜月亮。那青铜的半片月牙熠熠地亮着，使人心里充满欢欣和安慰。”“那三间破屋顶上也插着一柄铁铸地弯月亮”，“记得那天透过坍沓的顶棚，他看见了那个锈斑累累，残了一块的镰月。那牙铁月亮漆黑地立在上面，沉重而神圣。”[2]张承志通过一弯铜月亮，三间土坯屋顶上的深沉肃穆、凄美温馨的“残月”，指出坚守一种信仰的艰难与希望。如果说“残月”和“弦月”是对历史的沉重回忆，那么对张承志而言，“十五的满月”就是“圣光的照耀”，是所有穆斯林的心灵灯光。《心灵史》中的一首诗说：“圆月啊，你照耀吧，唯你有着皎洁的本质。”“今夜，淫雨之后的天空上/终于升起了皎洁的圆月 / 我的心也清纯 / 它朴素得像沙沟四下得荒山 / 然后，我任心灵轻飘 / 升上那清风和银晖 / 追寻着你依恋着你祈求着你怀念着你。”[3]（124-329）在这样的审美意象世界里，月亮不仅饱含了作者深厚的民族情结，把这个蒙受苦难的民族指引到一个更加崇高的精神境界，而且展现了作家对庄严、崇高、博大、深沉的美学风格的崇尚，对诗化、象征化的艺术手法的独特追求。

特定环境中特定审美意象的创造，是作家潜意识中移情的过程，在不自觉地对审美客体（月亮）进行想象、联想的同时，审美形象得到了积极的再创造。出自西海固的回族作家石舒清对“月”也是格外青睐。“月亮早就在天上了，只是随着夜的加深才正亮起来。”“月光下，一些沟谷和凹处更显得幽奥难测。”“我们就静静地立于月光下不知往哪里去。”大量“月亮”“月光”等“月”的意象，不仅衬托着当时当地的人和事，而且表现出作家对一些哲理性问题的思索。“月亮在天上显得安静，甚或是有些慈祥”“天宇浩渺而澄澈，几乎只有着一盘月亮的天宇让人心里空荡荡的，有些冰凉。”[4]（133）一些诗意的描写，在表达作者微妙情绪的同时，也为作品增添了较为浓烈的象征意味与神秘色彩。“一轮明月已挂在天边上，跟妈妈的脚丫子一样好看，我真想在这荒野里抱着月亮大哭一场”，“有一线月光从箍窖的哨豁眼里照射进来，映在墙上，把墙上一张‘看图课文’映得分外的亮”[5]（301~303）这些描写月亮的句子，跟作家熟悉的人物结合起来，虽然大多时候是为了故事情境的营造，没有特别确定的意义指向，但从文本整体来看，作家把心灵深处对人生的迷惘、对清洁精神的深沉追求的外在的认识和内在的理解，很自然地表露了出来。

二、洗洁心灵寄托后世的“清水”

回族作家以自己生活的社会环境和个人生活阅历作为创作的素材。由于“水”是回族人最圣洁的事物之一，回族一天要做五次礼拜，而每次礼拜前按规定要清洗身体不同部位，经常用水清洗身体成了回族生活的常态，也是讲究清洁、洁净的体现。同时，由于西北回族的居住环境比较干旱，水显得异常珍贵。因此，回族作家笔下常常出现“水”的意象。在有关西海固题材的回族小说中，水不仅是生命的甘露和永久的期盼，还是保持纯净信仰的佑护。

“水”的意象在张承志的《心灵史》中反复出现，成为凸显回族精神之美的重要载体。“水，是伊斯兰教净身进入圣域时的精神中介。水又是净身时洗在肉体上不可或缺的物质。”[3] (79) 在他看来，“无水无村窖雪度夏，而坚持宗教沐浴的回民却家家以水的清洁为首要大事；那些盛一瓢泥汤脏水的汉族人不能理解——为什么要留着那么干净的水洗澡。”[3] (8) 作家深情歌颂，水最清洁，水最珍贵，用最珍贵最清洁的事物洗去的是纤尘世俗，换来的是心灵的纯净和精神的高贵，这是最可贵的行为。

《穆斯林的葬礼》中《月落》一章，新月接受最后的洗礼，“清水静静地洗遍新月的全身，又从她的脚边流下‘旱托’，竟然没有一丝污垢，她那冰清玉洁的身体一尘不染!”[6]不仅充分表现着女主人公善良、美好、智慧的形象，也更加凸显了这个民族对水的“洁净”的至高无上的崇拜。

石舒清获鲁迅文学奖的作品《清水里的刀子》里，“水”的意象世界充满着象征和比喻，水是清洗躯体的洗洁剂，也是反观自我、洞察命运的一面镜子。当主人公马子善老人明白献祭的老牛已经看到了自己的死亡，“看到清水里的刀子后，就不再吃喝，为的是让自己有一个清洁的内里，然后清清洁洁地归去。原来是这样的一种生命。”“在他内部的视野里，就有一盆清得让人像涟漪那样微微颤栗的水。在这水里，慢慢就会生出一把世所罕见的刀子，在清水的深处像一种蕴藏的秘密那样不断地向你闪耀着银光。”“又想起槽里那盆净无纤尘的清水，那水在他眼前晃悠着，似乎要把他的眼睛和心灵淘洗个清清净净。”[7]整个小说的触发点在于一盆清水。清水的出现，让老牛看到了死亡，让老人理解了老牛对死亡的坦然。由此引申开来，感悟到一个人干干净净、身无罪孽、从从容容离开人世的可贵，于是，水有了一种神性的魅力，一个民族对生命的理解也由此展现出来。作家也从对平民的观照中发掘出人生的真谛——清水般的心灵!

青年作家了一容笔下的水往往成为救命的稻草，“他心里一遍又一遍地重复：水，是水！……他趴倒‘咕咕咕’贪婪狂醉地喝着柔甜的泉水”；有时候水是苦焦土地上苦涩命运的见证，“那学校沟底下的一大坝清水，竟是牲口都不愿饮的苦水”；有时候水神奇美丽，“远处，河水显得清澈、滑溜，在下午的太阳光下，像一面玻璃抑或镜子”“水凉森森的”[5]（21~298）特别在短篇小说《挂在月光中的铜汤瓶》中，一个用轮椅推着瘫痪的儿子尤素福四处求医、沿街乞讨的老人，“每当她用汤瓶里的水细细地倒出来洗着自己的时候，便希望这水能把自己的心和脑子也洗干净，好让自己远离浑浊、远离杂乱的意念，变得纯粹和清明起来。这样，她就可以一心一意地活下来照顾尤素福了。”[8]这里的水，跟张承志、石舒清等笔下的水一样，也有了奇异的神性，是治疗尘世伤痛、寻求来世的中介。

现代美学认为审美意象是知、情、意的统一，是作家通过作品和读者交融，共同创造的一个新奇的世界。从回族作家“水”的意象看，在知方面“水”成了智慧的藏身地，在情感上是与人、与现实、与来世联系的纽带，在意蕴方面连接了西北部的自然风物与社会风情，它不再是人类对抗的对象，而是人的生命的对应物。

三、苦苦求索精神寻根的“土地”

杨义先生在《重绘中国的文学地图》中指出，经典作品中总是重复着一个或多个具体的意象，重复的背后包含着民族的潜意识。人总会跟自己与生俱来的环境发生着关联，作家更是如此。“黄土高原”构成中国尤其是西北回族小说的一个重要意象，并潜移默化地影响着回族作家的创作。

从《黑骏马》《北方的河》到《心灵史》，张承志是一个脚踏大地的作家，热爱生活的土地，对西北黄土地极尽描写，“风土是不可思议的——我只能用散文或诗对它抒发一时的联想；我洞彻不了它。”[3]（8）“河沟的冰在远处环绕，犁沟翻起的土壤又重又厚，黑暗中的村庄还在沉沉酣睡，为明天的辛苦积攒着力气。”[3]（122）无比艰辛的生活情境，始终展现着一个感恩民族的虔诚心灵，凭借一种本民族特有的精神和心灵追求——宗教信仰，默默地与自然环境斗争、相伴，这是多么伟大的精神！《心灵史》中写到土地的地方太多了，土地展现出的面貌过于厚重了！“于是他们就在这种人世的绝境营造了精神的净土，并在这信任的土地上生息。他们热爱自己的土地，就像提炼了中国人热爱自己祖国的感情一样。”[3]（11）

从另外一个角度看，大西北的广袤黄土地造就了不少回族作家。荒凉沉寂、少有人烟的环境，让回族作家的想象得以延展。石舒清的小说集《赶山》《月光下的村子》《沉重的季节》等作品，就选择西北一隅的历史情境（主要是西海固地区），反映这片土地上生活的回族人民的种种现实，抒发对这片土地的热爱和深深的悲悯。其中短篇小说《锄草的女人》最具代表性，一位农村妇女在锄草，静默地与土地面对面交流，于是天人合一、物我合一的美妙境界出现了。在这个过程中，作家类似意识流一样的思绪也波动不止，他深深感慨于女人与土地的相亲相依。可以说，石舒清的小说主题往往是土地，那是一种对乡土的热爱，一种泯除物我之异、消除心手距离的精神追求。李敬泽在石舒清小说集《暗处的力量》的序言中说："土地，或者更具体地说是乡土，一直是石舒清的主题，从地理学的角度看，石舒清对土地的深情不可思议，因为那里是西海固，是中国最贫瘠的地方，干旱年复一年地煎熬着人、畜和草木。""那不仅是一片皲裂的大地，那还是一个精神充盈的价值世界，在天人之际自有不可轻薄的庄重。"[4]（8~11） 事实正是如此，石舒清对西北苍凉的大自然进行哲理地描绘，使对待土地的民族情感上升为对所有人精神世界的思索，从而跨越了民族的界限，反映出了一种人类对大美、大爱的追求，产生了强烈的艺术震撼力。

每个人经历的地方不一样，眼界高低不同，对脚下这块土地的理解和审美心理也会大相径庭。"我们骑着自行车一连走了四个多小时的砂石路，然后就开始爬山了。""狭窄的山路，不是晒干后变得石头一样磕磕绊绊的红胶泥块，就是一脚下去便再也看不见脚面的黄烫土。""西海固的山大多是这个样子的，没一点办法，风一吹，黄土就刷啦啦地往下淌。"[5]（170~291） 青年作家了一容用他个性化的语言朴实地将本土最真切的严酷环境描述出来，通过人物艰难的生存，表达出对脚下这片土地的爱之深、思之切、虑之深。

审美意象的选择全方位地影响、规范着作品的价值取向。除了"月亮""水""土地"这几种审美意象，当代回族小说中具有民族特征的意象还有汤瓶、石头、剪纸、礼拜、清真寺、白帽子、玉、胡子等。这些审美意象脱胎于回族生活中的衣食住行和工艺制作等物化形式及其生产活动，婚丧礼仪节日祭祀等日常的生活，透露着鲜明的回族文化基因。而且这些审美意象具有选择与组合的无限丰富性，共同组成了当代回族小说审美意象的长廊，使回族作家的作品既可以区别于其他民族的作品，展现民族内在的精神状态，又可以使小说展现出独特的民俗风景。

虽然回族作家对笔下的意象运用各不相同，赋予的意义也有所差别，但总的看来，还是贯穿着一种对民族的审视和理解，透射出一个民族对和平、顺从、美好、清洁、安然等精神信仰的追求。不管是细致还是繁琐的描写，在这些审美意象的选择与表述，不仅折射出一个民族面对苦难时的伟大灵魂与日常生死中安然淡定的超迈精神，同时也展现了回族作家们在创作过程中主动的民族认同意识，让读者在阅读时自然而然产生一种向心力。也就是说，作家们用朴素而沉静的心撷取这些审美意象，捕捉、表现在回族日常生活中所具有的独特的美时，我们看到的不仅有回族文学发展的明显线索，更能感受到回族人民的精神坚守和演进的艰难历程。

参考文献

[1]叶朗. 现代美学体系. 北京:北京大学出版社,1999:106.

[2]张承志. 牧人张承志. 北京:北京广播学院出版社,2004:114~119.

[3]张承志. 心灵史. 海口:海南出版社,1995.

[4]石舒清. 清水里的刀子. 银川:宁夏人民出版社,2008.

[5]了一容. 去尕楞的路上. 北京:人民文学出版社,2006.

[6]霍达. 穆斯林的葬礼. 昆明:云南人民出版社,2002:510.

[7]李敬泽. 1978—2008 中国优秀短篇小说《清水里的刀子·序言》. 北京:现代出版社,2009:222~223.

[8]了一容. 挂在月光中的铜汤瓶. 北京:作家出版社,2007:142.

马慧茹，北方民族大学文史学院副教授，陕西师范大学博士，主要从事文艺理论与批评研究。

本文发表于《大连民族学院学报》2012 年第 2 期。

论当代回族小说的审美品格

◎马慧茹

少数民族文学艺术是中国文化的重要组成部分，其中回族小说宛如一朵奇葩熠熠生辉。当代回族小说的艺术创作在审美多元化的大背景下，不仅积极参与本民族文化传统的承袭与建构，同时又尽最大努力，用艺术化的视角来审视广阔的时代风云，在一定层面上彰显出当代回族文化的独特形态和精神风貌，表达作家们对本民族文化的理解与认知。

审美品格是作者在作品中反映出来的审美情趣、审美理想等，借此给欣赏者带来一种情感升华的审美体验。在特殊的伊斯兰语境和历史氛围中形成的回族小说，从它一产生，便显示出纯净厚实、勤劳不息的民族精神，形成一种独具特色的审美品格。

一、朴素的现实主义追求

朴素是文学作品最能持久美丽的生命，是作家真正沉静下来的迹象。在我国这样一个多民族国家，随着全球化经济的发展，少数民族作家面临多重文化的冲击，由此而生的文化身份、文化立场的多向选择，使少数民族作家经受了长久的困苦煎熬，不少少数民族作家放弃了多年坚守的精神基点，要么通过自己的作品对原有的种种价值观念进行彻底的颠覆，要么对某些已经或即将失落的传统的精神价值进行偏执的固守，精神矢向在两极间摇摆，最终构不成具有时代深度的精神体系。而当代回族小说以民族性、地域性、平实性为价值取向，描写的几乎是本民族的平凡人物，在时代生活中产生的物质精神方面的冲突，由此来展现朴素而深刻的价值观。正如评论家雷达所说："朴素现实主义不事雕琢，以事物的本来面目和自然状态显现，作者平淡叙述，不在文字中做任何议论，不表任何情感，尊重眼中世相，尊重内心呼声，尊重人物本身；不做技术上的刻意处理，让一切按照人物自身命运的逻辑进行下去。"①

石舒清是当代回族作家群中一颗耀眼的星星。他早期的作品《恩典》《选举》等，不刻意去描绘历史的大事件，而是取材于生活周围的典型小事，写法上工笔细描，在旁人看来十分简单的小事，他却写得有声有色。《恩典》中，权高势重的王厅长和穷苦老百姓"马八斤"结成"亲戚"。作家石舒清抓住马八斤这样一个人物形象，通过细致地描写王厅长到来时前拥后呼的声势，以及马八斤在王厅长到来时的手足无措、自惭形秽，觉得自己是"那样的矮小，简直比地皮高不了多少"，最后躲到地窖里不见王厅长这个"亲戚"的自我痛恨，表达出作家对官员粉饰亲民形象的憎恶和对马八斤这样一个小人物的同情。石舒清的其他几篇作品，也无一例外地展示着作家对现实生活中小事的洞察，从平凡的事情上发掘出不平凡的意义。小说《低保》就是这样一篇朴素现实主义的佳作。低保本来是为穷困家庭实施的惠民政策，可到了基层，却成了权力运作的对象。作者波澜不惊地讲述了村长王国才在整理果园的过程中要求低保户全力出动，极大地满足了自己作为村长的权力欲望的故事。短小的篇幅，内敛的语言，现实主题却十分深刻。石舒清的朴素的现实主义追求，区别于其他作家写农村时一副苦大难多的样子，不是锋芒毕露地批判，而是用朴实和真诚的笔调写当下农民，特别是回族农民的真实处境和精神状态。

青年回族女作家马金莲的小说代表作《碎媳妇》，选用生活中最平实

---

①雷达：《近三十年中国文学思潮》，兰州：兰州大学出版社，2009年，第299页。

的细节，通过宁静、平淡的文字，用家常般的语言对雪花这个平凡的回族女子在婚前婚后的心理成熟过程进行描述：从在娘家的娇贵、任性、幼稚、质朴逐渐变得坚韧、成熟，甚至懂得协调婆媳、妯娌之间的关系。这对一个回族女子来讲是十分普通的人生历程，但在女作家笔下，通过娓娓的讲述，显示了不一般的人生力量，乡土生活的艰难与温情跃然纸上。同时她的另一篇出名的小说《掌灯猴》中，描写了非常平凡矮小、着装破旧的程丰年的媳妇，为了让穷日子有点节余，她白天忙乎完家里的事务，晚上就去村里待嫁的女子家，替做针线的待嫁女子掌灯，并且在自己的男人面前，她一直撒谎说自己做得一手好针线，剪得一手好衣裳样式……但实际上她是非常笨的女人，只会做挨打受骂、任人指使的掌灯猴。在她不断的撒谎中，她在丈夫面前赢得了一定的自尊，可事实上，她明白这是怎样一个虚幻的慰藉。女人在西海固地区生存的挣扎可见一斑。

李进祥的清水河系列小说《口弦子奶奶》《女人的河》《狗村长》《换水》及他的长篇小说《孤独无双》等都立足乡土，用质朴的语言叙述故事，其中的人物、事件和环境等都表现出了平凡回族人民的现实生活。尤其是《换水》，在广阔的农民工进城的大背景下，民族性和现实性有机地融合为一体。马清和杨洁是清水河底层的劳动人民，是进城务工的农民工。整篇小说的故事轮廓就是他们进城打工前“换水”（按规定清洗身体），历经多种艰辛之后又回到清水河的故事。他们干干净净来到城市，在城市里闯荡，挣扎在底层。当马清从脚手架上摔了下来摔残了胳膊，他们的艰难生活也就开始了。马清丢了活，杨洁开始挑着菜担去叫卖。生活的苦痛重压使“朴素”的妻子杨洁沉落，出卖肉体，最终二人染上一身脏病、选择“换水”后回到清水河那片净土中去。这样的小说“总能给人一种朴素和平实感，尤其是在他的小说的叙事、情节和人物的描写方面，让人能体会到一种‘清水出芙蓉，天然去雕饰’的平实与朴素。”[①]

---

①杨文笔:《当坚持成为一种风格——谈回族作家李进祥小说创作》,《昌吉学院学报》2009 年第 6 期。

可见，相对于描写凌乱不堪的现实或在欲海中起伏的社会精英，回族小说家们的选择似乎显得有些黯淡。他们描写的大多是最普通的农民，即使有精神信仰的领袖，他的生活起居跟一个普通的乡民没什么两样。回族作家用客观化的叙述态度对当代回族人民生活的现实问题进行了原生态描述，通过平铺直叙的描写再现日常生活，在看似平淡的生活中攫取人性的善与恶。即使作者进入小说中的场景，他也采用客观化叙述，隐晦地表达情感体验。这样的冷峻、客观、真实地展现了回族人的日常生活，让真实生活直接说话的朴素的现实主义美学理念，最大限度逼近了当代中国回族生活的现实层面、心理层面和情感层面，传达出了当代中国回族的审美心理与审美理想。也正因此，这些回族文学艺术更贴近回族人民的生活本真状态和纯洁的心灵、高洁的品格。

二、推崇洁净而崇高的精神信仰

回族人民格外重视外清与内洁，每天要“小净”，五次礼拜等，都是从身体和精神清洁着眼。清洁的精神、崇高的信仰是当代回族小说竭力呈现的一点。回族群众即使面对怎样的困苦和艰难，内心的圣洁、生活的清洁、还有坚定不移的精神信仰，高度凝聚着回族人民原生态的生活文化意识和群体心理，成为令读者震惊的审美品格。

张承志的《心灵史》通过对回族在困难中顽强生存、坚决抵抗、坚持信仰的历史抒写，告诉读者在悲苦环境下人的真实走向，唯有清洁的和崇高的精神信仰来抗衡争斗。在小说中，广袤的黄土大地、清洁的水源、皎洁的星月，这些象征性的意象，突出地表达了作者保持心中净土和追求崇高精神世界的信念。艰难困境中的回族们总是披星戴月地进行顽强地挣扎与反抗，而土地所象征的根属情怀与星月所带代表的精神向往，无一例外地反映出一种洁净和虔诚的信仰。同时，张承志反复重申“水”是穆斯林通往“清冽的幸福泉”的中介，是最清洁、最珍贵的事物，用这样的事物洗去人在尘世的世俗情怀，换来的是心灵的纯净和精神的高贵，这是最有意义的。

这一点在石舒清的名作《清水里的刀子》中显露无遗，让回族干干净净做人，不带一丝罪孽离开，是小说主人公从老牛之死中体悟到的。在《清水里的刀子》中，作者用搭救亡人之前要宰牲这样一个回族习俗应用到老人与牛的情感世界中，将“死亡”这一主题升华到精神领域。当主人公马子善老人明白献祭的老牛已经看到了自己的死亡，“看到清水里的刀子后，就不再吃喝，为的是让自己有一个清洁的内里，然后清清洁洁地归去。原来是这样的一种生命”“又想起槽里那盆净无纤尘的清水，那水在他眼前晃悠着，似乎要把他的眼睛和心灵淘洗个清清净净”。整个小说的触发点在于一盆清水。清水的出现，让老牛看到了死亡，让老人理解到老牛对死亡的坦然。由此引申开来，感悟到一个人干干净净、身无罪孽、从从容容离开人世的可贵，于是，水有了一种神性的魅力，一个民族对生命的理解也由此展现出来。作家也从对平民的观照中发掘出人生的真谛——清水般的心灵！石舒清将西海固特有的人与自然的合二为一，叙说得真真切切、深情义重。而人对生与死的超然态度，对生活的哲理性感悟，人的心灵超越、精神向往又在这样的语境中显得那么沉重。

查舜的《月照梨花湾》中通过一位普通老人的双眼，看遍半个世纪的回族历史，揭示出回族百姓日常生活所体现出的对宗教充满敬畏的情感，点明了回族小说的灵魂——宗教的向善因素和审美功能。作者在小说里有关梨花、月亮的大量描绘，对月夜朦胧的氛围的营造，映衬人们对于宗教信仰的圣洁情感，凸显回族人民的阔达、宽容、仁慈。当然，李进祥的《换水》，可以看作是回族人对洁净而崇高的精神追求面对当下无序生活的时候的无奈挣扎。李进祥说：“我信奉伊斯兰教，我的血液中就积淀有伊斯兰文化精神。所以我观察社会的眼光，感悟人生的心理，表达出来的文本中或浓或淡地渗透着伊斯兰文化精神。”[①]诚如张承志所言：“人要追求清洁的生存。”回族人在多年的历史坎坷中深深认识到，不论在现实世界

①郎伟:《以悲悯之心感受和描写世界——回族小说家李进祥访谈录》,《回族文学》2006年第4期。

如何苦难痛苦，生存条件如何恶劣折磨，只要人的心灵永远高洁，精神永不倒，就会得到幸福的生活，所以，回族人不但希冀现世的真善美的实现，在小说艺术中表现朴素的现实主义追求；同时他们也向往洁净的精神世界，希望通过现实中行善，遵守教规，清洁做人，以达到来世的永恒。

三、展现真善美的心灵世界

回族小说在创作中因其雄厚的中国文化和伊斯兰文化为根基，叙事铺垫中显出更宽广和丰富的内涵，但不论如何，回族小说中基本精神和价值取向不会变：向真、向善、向美。

对人的情感与心灵的再现与挖掘是历代中外文学共同的基点，回族小说也是如此，几乎所有的当代回族小说中展现的心灵世界都是纯净的、美好的、趋于宁静的。石舒清的小说《老师》中，回忆老师在乡村静夜中吹奏的笛声，悠扬细腻，灯光、火苗，温暖亲切。李超杰的小说《九妮》读后如春风拂面，亲切自然，将人的亲情美和孩童乐观乖巧的性格美原汁原味地展现，别有韵味。作品不但对本民族的心灵世界进行挖掘和抒写，而且极力在表现着整个人类共同拥有的美好情感和精神品质，如勇敢、坚韧、质朴、奋进等。

回族作家哈宽贵在这方面相对典型，他的小说《金子》《夏桂》等，不仅塑造了鲜明、生动的回族人民形象，展现主人公淳朴、单纯、善良的内心世界，并在小说领域内开了“回回写回回”之先声。比如《金子》这篇小说，用细腻的笔触塑造了一个本民族的独特人物形象——一个获得思想解放的回族妇女金子。这个普通的回族妇女在渺小而平凡的岗位上尽心尽力，甚至不惜与丈夫发生矛盾也要将大队的棉花保住，在暴风雨大作之时，她毅然冲上堤坝以身挡水。这是一个在当时新兴的回族农村妇女的形象，通过作者对她的心理、语言、动作等方面的细节描写，让读者感觉到她的思想觉醒是那么的坚定与执着，正如她的名字一样，她拥有金子般的心灵与品质。

霍达《穆斯林的葬礼》中塑造了梁亦清、韩子奇、梁君璧、梁冰玉、韩新月、楚雁潮等一系列栩栩如生、血肉丰满的人物，展现了奇异而古老的民族风情和充满矛盾的现实生活。韩新月作为作者深情倾注的主人公，纯洁明净，坚强不懈，敢爱敢恨，给读者一种向上的心灵之光，一种超越精神的美感，即使严重的身体病痛与身世之痛都没有压垮她。这个年轻的回族女孩子身上，表现出了一个民族对文化知识的期冀与奋进。《月落》一章中，新月接受最后的洗礼，“清水静静地洗遍新月的全身，又从她的脚边流下‘旱托’，竟然没有一丝污垢，她那冰清玉洁的身体一尘不染！”①一方面凸显了这个民族对“洁净”精神至高无上的崇拜，另一方面再次烘托主人公美好、善良、单纯、坚强的形象。作家霍达认为，在物欲横流、思潮汹涌的浮躁年代，作家尤其要独善其身，她坚信“有着卑劣灵魂的人写不出真善美的好文字”。她的作品，无疑阐释了这一点。

即使查舜的小说《穆斯林的儿女们》描写了不少回族青年在改革路途中遭遇的挫折与痛苦，然而还是较多地展现出一种优美的情怀，宁静的状态，写生活在贫瘠地域的人们的生活与爱情等，都看到一个个纯粹美好的心灵世界，并没有被物欲沾染。

一切得益于积淀深厚、汇集多方的回族文化。随着民族文化的相互影响与融合、世界文化的共存与对话等等，回族小说也在不断进行小说技巧、叙事风格等方面的审美嬗变，但三十多年中没有变化的是，其所着力表现的回族人们坚守的共同的精神世界与心灵园地。正如张贤亮评价当代回族文学时说，所有作品整体上体现出关于心灵、关于生命的“诗意和温情”。确实，当代回族小说作为一种对现实生活的艺术表达方式，表现在创作上，就是真实地反映了回族地区、回族人们的社会生活，展现出人性真善美的光芒，洁净的精神和崇高的信仰，由此获得丰沛的审美理想和审美价值。

本文发表于《名作欣赏》2011年第5期。

①霍达:《穆斯林的葬礼》,昆明:云南人民出版社,2002年,第510页。

清代回族诗人马世泰诗歌的地域风情和艺术风貌

◎马志英

关于马世泰的生平，《重修皋兰县志》中有简要记载：“马世泰字鲁平，回回籍。咸丰五年举人，绩学能文，操行不苟，主讲皋兰书院。勤于训迪，及门成就甚多。因病卒。”[1]（卷四） 马世泰一生致力于皋兰的教育事业，为陇右大地培育出许多品学具优的英才，尤其是其因材施教、砥砺品行等教育理念得到兰州回汉教育界人士的一致认可。作为优秀的回族文人，他著述丰赡，从著录可见到的有《日新堂诗文集》四卷、《四书集注解释切要》四卷，可惜多数湮没。现仅存《枳香山房诗草》稿本上下两卷，共收诗 284 首。上卷 120 首，下卷 164 首，内容大致可分为吟咏乡土风物、纪游怀古、品评诗文、馈赠亲友等[2]（153）。其中吟咏兰州风土人情的诗篇有 112 首，占总诗集的 1/3 以上。这些诗歌中渗透着诗人独特的民族情感和深沉的乡土情怀，散发着动人心魄的艺术魅力。

一、地理风光类

作为生于斯、长于斯的兰州回族，马世泰对皋州古城的名山大川、关隘亭阁、草木禽兽、历史文化、风土人情等有着深刻的了解和体会，并在自己的诗歌中将其深情描绘，展现了他独特的艺术个性与精神世界。

五泉山是兰州的名山之一，位于兰州城南皋兰山中部山阴。据传汉骠骑将军霍去病西征时，曾驻军皋兰山下，兵马饥渴，他抽鞭五处出泉，即甘露、摸子、掬月、惠泉、蒙泉，五泉山因此得名。五泉山重峦叠嶂，林木葱郁，清泉吐泻，让游人流连忘返。马世焘一生喜好游历名山大川，追求山水之乐。他曾多次登临五泉山，留下多首吟咏五泉山山水的诗篇，主要有《五泉怀古》《五泉飞瀑》《从祖游后五泉》等。五泉飞瀑是清代兰州八景的首景。马世焘在《五泉飞瀑》中描绘了五泉飞瀑秀丽奇特的景象："半空瀑布名岩侧，五泉之景真秀特。奔流直似落银河，天马行空岂可勒。客来为题飞泉诗，落笔神寒松烟墨。天惊石破泻秋涛，万重雪练谁能织。韩潮苏海助泉声，诗胆皆惊丧魄力。挥毫借以溯源流，龙口飞涎求渊识。"[2]（10） 诗歌交代了五泉飞瀑的具体位置和总体特征，并运用比喻、夸张等手法，描绘出五泉飞瀑凌空而下、清流交错辉映及势不可挡之状。其中"天惊石破泻秋涛"之句化用李贺诗句，一个"泻"字体现出强烈的动态美，把瀑布喷涌而出、一泻千里的景象描绘得极为灵动。《再登龙尾山望黄河》一诗中，对黄河水绕龙尾山的壮丽雄伟景观予以形象描绘："远望黄河来西北，星源之水九曲弯。振空浪涌从东去，地轴天飘神相助。"[2]（21） 还有《兰山竹枝词》其四："名山最爱五泉游，炎夏登临似早秋。烟水茫茫看不尽，一层楼外一层楼。"写出了五泉山烟水苍茫、层楼叠阁掩映生辉的美景。纵观这些诗歌，大都格调高绝，气象阔大，具有鲜明的西北地域文化色彩。

关隘是古代的重要防御设施，一般修筑在交通要道的险要之处。兰州地处黄河上游，是古代军事重镇，为兵家必争之地，曾建有重要关隘7座，其中最有名的是金城关，它曾是古丝绸之路上的控扼要冲和通道西域的一大要津。马世焘以赞誉之情描绘了金城关巍峨雄浑之气势："半枕石山半据河，金城关势最巍峨。行人莫谓广陵好，八月秋涛此处多。黄河曲折几弯弯，万里波流奔赴还。来抱金城斜作势，雄风不让古潼关。”[2](4)作为名震寰宇的一代雄关，“金城关汉置，隋有关官，唐因之，宋绍圣四年(1079年)重筑，明屡加修葺”[3]。它北倚高山，南临大河，曾是古代中原经兰州通往河西走廊的关口和军事要塞，同兰州城相辅相依。独特的地理位置，厚重的历史文化，使很多文人墨客对它吟咏不止。盛唐边塞诗人岑参远赴西域路过甘肃逗留金峰时，写下了著名的《题金城临河驿楼》：“古戍依重险，高楼见五凉。山根盘驿路，河水浸城墙。”[4]（172）他以边塞将帅的军事战略眼光描绘了雄关的雄伟形势和险要的战略地位。1887年，谭嗣同登上兰州“望河楼”极目远眺，壮怀激越，写下了这样的诗句：“金城置郡几星霜，汉代穷兵拓战场。岂料一时雄武略，遂令千载重边防。”[5]（172）在慨叹金城雄关宏伟苍劲的同时，也形象地说明了古代兰州雄踞西北的战略地位。雄弘的城关、壮美的山河助长了文人墨客的文思，激发了他们的诗情、才气，以笔墨为凭借，抒发了对兰州大地的赤子情怀。

建于明洪武五年(1372年)的镇远黄河浮桥是史籍可考兰州第一座比较固定的浮桥，历史上它曾起过重要的军事作用。此桥存在500多年，既确保了西北边疆的安宁，方便了丝绸之路的中西交通，也方便了人们的出行。马世焘的《浮桥》一诗对此予以肯定：“河势抱金城，蛟龙惊浪溢。上有古浮桥，天下名第一。联排二四船，长虹影最直。又如青龙形，远跨凤林侧。春涨泛无边，秋涛惊有力。稳如平地行，通衢接南北。车马任驱驰，征人俱安得。安用普济舟，风涛防不测。”[2]（2）诗的前八句以白描手法交代了镇远浮桥的形体特征与牢固程度，它气势雄浑与黄河相得益彰，号称天下第一桥，真是名副其实。后八句写此桥使天堑变通途，车马人行畅通无阻，给人民生活带来了极大的便利，解决了黄河南北通行的问题。

二、节日礼俗类

风俗属特定社会群体的类型化的生活现象，对风俗影响最大的因素是地理环境。《礼记·王制》云：“凡居民材，必因其天地寒暖燥湿，广谷大川异制，民生其间异俗，刚柔轻重，迟速异齐，五味异和，器械异制，及服异宜。”[6]（1338） 即是强调地理环境对民风民情所产生的决定性作用。生活在一定文化区域中的诗人受该区域文化因素的影响，常会自觉地认同与归属本地文化。兰州大地特有的文化风貌决定了马世焘诗歌审美创作的内涵与价值。他的很多诗歌具有“泛咏风土”的主旋律，在深情讴歌皋兰山水之美的同时，对这块土地上的民俗风情进行了浓墨重彩的描绘，尤其是对回族人民的衣食住行、精神信仰、日常礼俗做了民俗志般的深度描述，显露出独特的地域文化风情，笔调通俗清新，堪称是一幅反映清代兰州社会生活的绚丽画卷。

“一个民族的文化，往往凝聚着这个民族对世界和生命的认知和生命感受，也往往积淀着这个民族最深层的精神追求和行为准则。”[7]戴盖头及以纱遮面是回族妇女传承下来的民族服饰习俗。《古兰经》强调妇女的头发除了父母和丈夫外，不能让其他男子看见，故过去回族妇女外出时大都戴盖头或用面纱遮盖头部，这一点明显体现在深受宗教文化影响下的回族妇女身上。嘉庆《兰州风土志》记载：“妇女皆坐厂车出门，服饰鲜丽，面上却用乌纱罩之，可以见人，不令人见。”[8]（1338）《兰山竹枝词》第九首写回族妇女乘驴车回娘家的习俗：“瘦驴小小驾圈车，载得邻妻去母家。最是妇人多古道，至今障面用乌纱。”[2]（21） 透过这首诗歌可知，兰州回族妇女很重视“古道”，按伊斯兰教教义的要求装扮自己，出门时以纱障面，既能对异性起到掩饰作用，又可以防尘避土。

清代兰州人民的节日礼俗在马世焘的笔下也多有反映。如《灯节》一诗描绘了兰州人闹元宵的情景：“兰膏莲炬任相争，火树银花照眼明。金钱再买长春乐，玉漏休催不夜城。百道云霞星月影，九街楼阁管弦声。喧哗到处人无寐，闻说传柑倍有情。”[2]（117） 元宵节又名元夕、上元、灯节、灯市，是中国的四大传统节日之一。张灯夜游是其主要节俗活动，随着时间的推移，各地欢庆元宵的活动更加丰富多彩，尤其是明清时期的兰州地区，闹元宵的习俗十分兴盛。据《皋兰县续志》载，乾嘉时，兰州人于“元宵前后四日，作粉粢，馈元肴，夜烟灯、箫管、彩帐、锦屏、秧歌、社火、倀童、番鼓、侈丽甲于陇右”[3]。这正是对清代元宵时节兰州城火树银花不夜天的辉煌壮丽、人潮涌动、弦歌声声的承平热闹景象的生动再现。

再如《兰山竹枝词》描绘元宵佳节人们唱太平歌的情景：“金钱再买乐如何，路转星桥灯火多。的是人间春不夜，满城都唱太平歌。”[2]（21）此诗中提到的“太平歌”旧称“皋兰太平鼓武曲子”，兰州太平鼓具有鲜明的地域特色和悠久的历史，是一种鼓曲相配的民间曲艺。清时元宵节前后数夜，民众击太平鼓为节奏，伴以镲钹，引吭高歌，表达自己过节的喜悦之情。诗人选取满城都唱太平歌的片断，再现了清代兰州元宵节的盛况和这一独特的乡情民俗，此诗将唱太平歌的民俗上溯到道光间，作为地方历史文化资料的印证，其史学价值不容忽视。《艾虎》一诗描绘人们过端午节做艾人的习俗：“岂惟艾虎久传神，禳毒门前又作人。豹变形容装去似，鸡鸣时节采来真。自然蒲剑先为佩，不必兰汤再浴身。气味直如寻药客，鬓边应插榴枝新。”[2]（123）作品提到的艾人、艾虎均为旧时端午节驱邪辟祟之物，每到端午节时，人们习惯把艾草束成人形或剪彩为虎，粘以艾叶，用于驱邪辟祟。透过作品可知，道光年间兰州人民过端午节时除了悬挂艾人、艾虎之外，还有佩戴蒲剑、兰汤浴身等习俗，并且这些习俗流行变化的节奏非常快，令诗人有“豹变”的感叹，说明节俗已由原先充满神秘色彩的禁忌、崇拜中解放出来，向娱乐和礼仪的方向转化。

三、花卉民俗类

清代嘉庆、道光间，兰州城西龙尾山南麓及上沟、下沟等地遍布梨园，每到春天梨花怒放，为兰州十景中的“梨苑花光”胜景所在之地。马世焘有多首作品对此有所吟咏，如《兰山竹枝词》其三：“夭桃秾李满城栽，梨苑花光入眼来。别有动人春色好，碧桃开罢海棠开。”[2]（21）这首诗用白描的手法，勾勒出暮春时梨花争艳，桃李芬芳满城春的美景，抒发作者春日赏景的愉快心情。《梨花》一诗描绘了梨花淡雅素清的特色：“洗净人间脂粉气，无穷清丽影横斜。”[2]（87）此诗积淀着深厚的文化内涵和作家个人情感的物象，清丽雅致的梨花正是马世焘恬淡闲雅人格精神的自我写照。他以“穆教清真之理，融合儒家忠恕之道；用易学南华之精奥，阐扬天方性理之真谛”[2]（153），其磊落正义的襟怀为回汉世人所赞誉。左宗棠曾为其撰联：“钟鼎山林各天性，风流儒雅是吾师。”[2]（154）在表达欣赏倾慕之情的同时，也是对他恬淡本色品格的概括。

回族历来酷爱养花，无论是城市还是农村，凡是回民人家的庭院大都栽植多种花草，室内也多养盆花，以美化环境、净化心灵。马世焘的诗歌大量描绘了兰州回族百姓所喜欢养的一些花卉，如菊花、绣球花、夹竹桃等。

如《枳花》一诗介绍自己养枳花的情况：“一株仅见在吾家，窗外清香透绛纱。此地本来枳树少，经春都讶杏枝斜。橘逾淮北原无种，药采陇头也作花。留地阶前同爱护，椿萱堂下永清华。”[2]（86）诗中的枳花就是枳树花，在西北干旱地带只能在温室栽培，兰州露地栽培仅见此诗所言之树。诗人在自注云：“即药家所谓枳壳也。此树兰城甚少，吾家阶前有一。其花红白色，清香。”[2]（87）诗人给自己的书斋取名为枳香山书房，表达出自己对枳花的喜爱之情，此诗不仅透露了他的书斋枳香山书房得名由来，而且提供了兰州回族人引种枳树成功的史料。一定文化区域的诗歌集成，总能不同程度地体现出该地域人们的心态史和风俗史。马世焘的这些咏物诗不仅继承着传统的花卉民俗观念和感情，更将诗人独特的人格精神和人生感悟赋予花卉诗中，从而发展出兰州古城特有的花卉民俗风情。

四、农业生产类

我国有着源远流长的农耕文化传统，可以说农业是古人生存与生产的最先决条件，古代劳动人民围绕农事活动创造出许多农业节俗。马世焘的一些诗歌描述了清代兰州的农林业特色和农业习俗。如《土牛》一诗反映了清代皋兰人鞭牛始春耕的习俗：“祭重先农节始新，田牛出土励群民。木形休拟运粮计，铁像还同镇水神。头角峥嵘俨喘月，皮毛仿佛又耕春。卖剑高风今犹在，勤犁劝尔杏村人。”[2]（118）诗中提到的“田牛”是指用泥土制作的牛，古代有农历十二月制土牛以送寒气的传统，后来逐渐形成了在立春之日造土牛、鞭土牛以示迎春，象征春耕开始的文化习俗。鞭牛迎春的习俗由来已久，《后汉书·礼仪志》载："立春之日，夜漏未尽五刻，京师百官皆衣青衣，郡国县道官下至斗食令史皆服青帻，立青幡、施土牛，耕人于门外，以示兆民，至立夏。"[9]（卷四）以后一直沿用下来，清朝乾隆年间，把立春鞭土牛列为国家庆典。清康熙《济南府志·岁时》中说："立春日，官吏各具彩杖，击土牛者三，谓之鞭春，以示劝农之意焉。"[10]（91）可见"鞭春牛"的风俗经久不衰。在这首咏物诗中，诗人先点明请土牛的风俗价值——"祭重先农节始新，田牛出土励群民"。然后对土牛的外在形态进行描摹："木形休拟运粮计，铁像还同镇水神。头角峥嵘俨喘月，皮毛仿佛又耕春。"夸赞土牛制作精美，外在形态逼真动人，有以假乱真之效。最后托物言情，表达自己要像古人龚遂一样躬耕以俭约，起到劝民务农桑的作用。

《秧马》是一首歌咏农业生产工具的诗歌："土牛出罢共耕春，争说农家巧具新。四野如迎骑竹马，千畦常伴插秧人。牵缰凭线柳丝好，饮水投钱榆荚新。最好儿童游戏处，送蹄青草亦成茵。"[2]（119）据史料记载，秧马最早出现在北宋中期，主要使用地区为湖北武昌一带。苏东坡在游历武昌时看到遍野都是骑秧马的农夫，他十分欣赏，因而挥笔写下了著名的《秧马歌》。在《秧马歌》的小序中，他介绍了当时所见秧马的形状："以榆枣为腹欲其滑，以楸桐为背欲其轻，腹如小舟，昂其首尾，背如覆瓦，以便两髀，雀跃于泥中……日行千畦，较之伛偻而作者，劳佚相绝矣!"[11]（205）通过苏轼的介绍我们得知，腹如小舟的秧马工作效率较高，大大地减轻了弯腰插秧的劳苦，真可谓是"劳佚相绝"。马世焘的这首诗比较真实地反映了清代兰州农村用秧马作为插秧工具的历史事实。前四句诗叙述春耕伊始农家使用秧马的盛况，由"四野如迎骑竹马，千畦常伴插秧人"这两句的描述，可见当时秧马使用率之高。后四句描绘出农家人使用秧马插秧的愉悦心情，其中"送蹄青草亦成茵"这句，化用刘长卿"草色青青送马蹄"之句（《送李判官之润州行营》），勾勒出秧马才归去芳草就成茵及儿童们嬉戏玩耍的美妙场景。这首诗笔调幽默轻松，比喻隽永俏皮，令人有身临其境之感，字里行间渗透着诗人深深的乡土情怀和平民意识。这也说明诗人有着劳动人民的亲身经历和生活体验，故能在自己的创作实践中将其表现出来。

五、艺术风貌

不同的地域文化对作家的创作心理与审美情趣的影响自然不同，故而不同地域的文学作品风貌也有所差异。刘勰在《文心雕龙·隐秀》中云："朔风动衰草，边马有归心，气寒而事伤，此羁旅之怨曲也。"[12]（360）指出地理环境对作品艺术风格的影响。明人唐顺之亦对此有过论述："西北之音慷慨，东南之音柔婉，盖昔人所谓水土之风气，而先王律之以中声者……故其陈之则足以观其风，其歌之则足以贡其俗。"[13]（卷六）西北地域文化特征对马世焘诗歌的艺术形式有着明显的规定和熔铸。在西部雄奇壮丽的自然景观与各民族粗犷豪迈之气的濡染之下，生活在兰州古城的马世焘有着西北人所特有的开阔胸怀和豪放气度，这种豪放气度使他的诗歌充满了英风壮气，表现出一种雄浑壮丽的艺术特质。

纵观其诗集会发现，在题材、意象的选取上，他钟情于长河、高山、雄关、高塔等壮美的意象，他长于展示雄伟高大的画面。以他笔下的黄河为例："浑浑浩浩撼金城，势抱雄关便不平。二万里余虽遍绕，三千年后为谁清。浪翻白马天瓢倒，波滚黄云地轴惊。若使乘槎能得路，好凭矶石卜前程。"[2]（1）此诗的前四句写波涛滚滚的黄河遍绕金城雄关奔腾而去的壮观场景，突出黄河汹涌澎湃的气势；后四句更是大气磅礴："浪翻白马天瓢倒，波滚黄云地轴惊。"诗句凸显黄河奔腾时的浩大声势，并表现出诗人要在惊涛骇浪中搏击进取的自我期许。还有《再登龙尾山望黄河》一诗中，诗人登上龙尾山远眺之时，见远山如同一条青色蛟龙被九曲黄河环绕着，目送浩渺无垠、滔声震天的黄河奔流东去，诗人高唱："濯足清流振衣岗，此情此际欲翔翥。[2]（16）这种积极进取的情怀是兰州这方热土所赋予的，正如梵·高所说："艺术，这就是人被加到自然里去，这自然是他解放出来的。"[14]（212）再如《重阳节白塔登高》："好听马浪三秋壮，便览龙山万仞奇。任使满城风雨近，今宵归兴自迟迟。”[2]（5） 此诗写重阳节诗人登上白塔山巅，任风雨将近也要兴尽而归，足见其达观豪迈之性情。可以说，兰州山河的壮美与雄奇陶冶了马世焘的诗情画意，赋予了他雄豪粗犷，自信豪迈的个性特点，进而影响了其壮丽雄伟的文学风格。

作家的文学创作总是在一定的时空条件之下进行的，具体的自然环境、人文习俗都会对作家的创作产生影响。刘勰云：“窥情风景之上，钻貌草木之中，吟咏所发，志惟深远，体物之妙，功在附密。”[12]（417） 西北辽阔的土地，雄浑的大山，苍茫的云天及皋兰古城悠久的历史铸就了兰州人文化性格的质朴厚重。“其土高而水寒，其生物寡，其财确，其为人毅而近愚，食淡而勤生，士沉厚而少慧，屈之不挠。”[15]（卷下） 劳作在这块有着强大民族文化凝聚力和生存延续力的土地上的人们，大都勤劳简朴、内敛凝重。这种民风民气铸就了马世焘的文化性格，他能从日常生活中提取创作题材，诸如拣金者、打鱼人、采蕨者等普通劳动者形象，常是其着力讴歌的对象。

如《黄河滩上有披沙拣金者歌》：“黄河岸上积沙深，披拣人人费苦心。不有良工精抉择，焉能沙里来认金。”[2]（20） 这首诗以朴实无华的语言刻画了淘金者形象，对他们辛苦劳作的精神和劳动价值给予了肯定。再如《莲池渔人》写莲池渔人怡然自乐的打鱼情景：“莲池渔人不系舟，独坐舟中且独酌。舟浮往来无定时，渔人歌声还自乐。隔岸遥呼问渔人，须臾渡口夕阳落。莲池烟水竟茫茫，今夜扁舟何所托。渔人但笑而不言，余亦池边静领略。生涯本从浅处求，那有惊人风涛作。放舟芦花月明中，一任今夕秋风泊。”[2]（19） 莲池故址在今天兰州市小西湖公园一带，明代称为莲荡池，清光绪六年（1880 年）后改名小西湖，明清时曾被誉为兰州十景之一。此诗不仅描绘了“莲池夜月”的美丽景象，还借助莲池渔人形象表达了“生涯本从浅处求”的人生顿悟。还如《菊影》一诗，那稀疏零落的菊影，寄托着诗人“明日携樽去老圃，萧然意远夕阳中”的归隐理想，诗人要像陶潜一样，彻底放弃名利心而归隐田园，每日以酒遣怀，与菊为伴，在菊的幽香淡雅中陶冶性情。刘熙载曰：“咏物隐然只是咏怀，盖个中有我也。”[16]（704）菊花和古代君子一样道德高尚，义让群芳，这种人格明显带有回族清真教义的思想烙印，体现出西北穆斯林地域文化特质，并成就了诗人这种朴实无华的文学风貌。

综上所述，一定地域的文化特征不仅决定着诗歌的思想内涵和最终旨归，也影响着诗歌审美创造的姿态与价值。清代皋兰回回士子马世焘的诗歌，以描绘西北地区兰州古城的地域风光与各族人民的生产传统及文化习俗为主要创作内容，他将地域文化形象寓于诗歌的字里行间，将文化的空间因素融于诗歌意境的营造中，使其渗透出独特的西北地域文化气息。这种创作特征的形成主要有兰州地域文化风貌对其诗歌及其诗歌艺术形式的规定和熔铸，同时也与诗人深入接触劳动人民，了解民风、关注民情的亲身经历是分不开的。

参考文献

[1]张国常. 重修皋兰县志(卷四). 兰州:陇右乐善书局,1917.

[2]边尊义. 枳香山房诗草选注. 兰州:甘肃民族出版社,2003.

[3](清)黄璟修,秦维岳续修. 皋兰县续志. 清道光二十七年(1847 年)影印本.

[4]陈铁民,侯忠义校注. 岑参集校注. 上海:上海古籍出版社,1981.

[5]谭嗣同全集. 北京:生活·读书·新知三联书店,1981.

[6](清)阮元校刻. 十三经注疏. 北京:中华书局,1980.

[7]赵秀琴. 文化心理与瑶族居民建筑. 中央民族大学学报,2009(4).

[8]佚名. 兰州风土记.西北行记丛萃(第二辑). 兰州:甘肃人民出版社,2002.

[9](南朝·宋)范晔. 后汉书·礼仪志(第四). 北京:中华书局,2008.

[10]丁世良,赵放主编. 中国地方志民俗资料汇编(下). 北京:书目文献出版社,1995.

[11]王文浩辑注. 苏轼诗集(第六册). 北京:中华书局,1982.

[12]周振甫. 文心雕龙今译. 北京:中华书局,1986.

[13](明)唐顺之. 荆川集. 文渊阁四库全书. 上海:上海古籍出版社,1987.

[14][美]珍妮·斯东,欧文·斯东编. 亲爱的提奥——梵·高书信体自传. 平野译,成都:四川人民出版社,1983.

[15](宋)宋祁. 宋景文公笔记(卷下). 文渊阁四库全书.上海:上海古籍出版社,1987.

[16](清)刘熙载撰;袁津琥校注. 艺概注稿,北京:中华书局,2009.

马志英,北方民族大学文史学院副教授,陕西师范大学文学院博士研究生,主要从事先秦两汉文学研究。

本文发表于《北方民族大学学报(哲学社会科学版)》2013年第2期。

文化寻根　边缘体验

——裕固族作家铁穆尔及其散文创作

◎钱文霞

裕固族长期以来有语言无文字，其神话、古歌、民间传说、民间故事、叙事长诗等民间文学样式，都不同程度地承担了“记载”本民族历史的重任。新中国成立后才不断壮大的裕固族书面文学创作，其文学养分仍是裕固族口传文学，而这些不同形式的口传文学，无论抒情吟唱还是娓娓讲述，都注重交代事件的来龙去脉，形成了裕固族早期“韵文体”作品重叙述的传统。这种重叙述的民间文学传统也使得铁穆尔、达隆东智等裕固族当代作家的散文创作普遍重讲述、重情节。

裕固族作家铁穆尔的文学成就以散文最为突出，著有散文集《星光下的乌拉金》《北方女王》等。《苍狼大地》是铁穆尔的散文代表作之一，文章由五个小节构成，每个小节的开端都有一首尧熬尔古歌：

我祈祷那天边的大雁　带我飞向远方　寻找那梦中的草原

我祈祷那西伯尔①的苍狼　带我走出这森林　去寻找那梦中的草原

---

①西伯尔即西伯利亚。

我祈祷那阿鲁骨[①]的白马　带我越过那达坂　去寻找梦中的草原

我祈祷那托木察格的黑马　带我越过那戈壁　去寻找梦中的草原

我祈祷那阿尔泰的苍狼　带我穿过这泥沼地　去寻找那梦中的草原[②]

类似的古歌重复五次，意在表达“我寻找草原”这一简单的事实。其中的“我”不仅是历代尧熬尔古歌演唱者，更是铁穆尔自己。读过其作品或熟识铁穆尔的人都知道，铁穆尔作品中的“我”与现实生活中的作家本人有着高度的一致性，“我”即作家铁穆尔，这是铁穆尔作品具有强烈艺术感染力的一个重要原因。“我”最主要的动作是“寻找”，为了寻找“梦中的草原”，“我”先后借助大雁、苍狼、马及森林、达坂、戈壁、泥沼地等明显具有草原、游牧文化色彩和地域特色的意象。寻找动作所指向的对象就是草原，但这个草原已不是铁穆尔的家乡夏日塔拉草原，而是亚欧草原。

在铁穆尔的理解中，亚欧草原是古代游牧人的家园，是他的祖辈像候鸟一样东来西往的大地，也是草原英雄阿拉提、成吉思汗和铁穆尔的家园。所以，铁穆尔试图在这里找到尧熬尔人的根源。为此，铁穆尔长年背着行囊，在西北大地上孤身漫游，于莽苍大地寻找裕固族诞生、流徙和生存发展的蛛丝马迹，书写本民族的生存发展史和心灵史。

在散文《苍狼大地》中，他即以自己的游历为线索，阐述了位于亚欧大草原中心的贝加尔湖的来历，叙述了尧熬尔与布利亚特蒙古、唐古特[③]等民族的历史与文化、传统与现实、战争与和平、定居与迁徙、融合与疏离，展示了裕固族文化与北方游牧民族文化不可分割的血肉联系。

在文章的第三小节，铁穆尔提到了曾对他讲述苍狼传说的布利亚特蒙古人丹巴达尔基。老人告诉铁穆尔，如果有谁遇到苍狼，他的一生将充满奇迹。紧接着作者就以“我已经16年没有见到他，16年前我最后一次见

①阿鲁骨、托木察格均指产于中亚的名马。

②铁穆尔:《北方女王》,兰州:甘肃文化出版社,2008年,第18页。

③突厥语和蒙古语民族对藏族人的称呼。

到他，是我独自在夏日塔拉小村上学时”[1]追忆往事，重温我和老人的某种久远、神秘的缘分。他隐约觉得这个落落寡合、用毕生时间寻找某一神秘地方的老人和自己有相似之处。隐伏在内心深处的古代游牧人的习性和癖好，以及对本乡本土产生的莫名疏离感和陌生感，迫使他们不得不寻找并回归祖先在远古时代就已离开的土地——心灵故乡、精神家园、民族之根。只有在那里，他们的心才会平静下来。但丹巴达尔基老人，究其一生也没找到他曾对铁穆尔说过的那个神秘地方。所以，老人就如迷失了方向的漫游者一样，难以平静。老人没找到，自认为和老人有某种神秘、久远的缘分的铁穆尔能否找到？

铁穆尔始终相信苍狼的传说千真万确，那个能带领他到达心灵故乡的苍狼始终在草原深处漫游，并出乎意料地“存在于不可能存在的地方”。因此，他便不离不弃地寻找着，坚强而执着地跋涉在兴安岭—呼伦贝尔—乌兰察布—阿拉善—天山西端—准噶尔—伊犁—巴彦郭楞—哈拉沙尔—塔里木东缘—阿尔金山—柴达木—青海湖草原—甘南草原—唐古拉山草原—祁连山南北两麓—马鬃山……

不只是《苍狼大地》，铁穆尔的《童年》《遥远的黑帐篷》《奔向草原腹地》《北望阿尔泰》《焦斯楞的呼唤》《北方女王》《草原挽歌》《星光下的乌拉金》等散文作品，都通过对草原游牧生活的叙事和民族之根的积极追寻，试图以文学的形式复原裕固族独有的历史和心灵世界，富有独特的文化内蕴。

虽然寻根的方式和内容并不相同，但这种把自己的文化追溯到祖先光荣时代的文化寻根，是每一种文明、文化的第一要务。可以说，寻根这一蕴含着张力的“隐喻性概念”，其实质只是文化（身份）认同的一种方式。

借人类学的理解，每一个人类生物体演变为符合社会要求的文化人，难免要受到人类群体施加的种种社会文化的影响，即文化濡化，这是一个

---

①铁穆尔:《北方女王》,兰州:甘肃文化出版社,2008 年,第 19 页。

漫长的社会历史过程。与汉族作家相比，由于受历史渊源、地域环境、民族心理以及宗教、经济等多重因素的影响，生活在多元文化语境中的当代少数民族作家，不得不经历对多种文化及其能指形式——语言的选择、学习、继承和运用的影响，他们的濡化过程自然更为复杂。这种复杂状态，也导致少数民族作家“先赋角色”和“自致角色”的混杂与互动，正如铁穆尔所言：“我是一个受现代汉文化教育的北方游牧人的后裔，我属于游牧在夏日塔拉的尧熬尔鄂金尼部落，从小接触的是两种完全不同的文化，生活在不只是一种历史、一种群体、一种文化中。”①以集体无意识的方式渗透于少数民族作家幼年的民族民间文化教育，以及其成人后受到的学院精英教育，在不同时间段、以不同的方式濡化着铁穆尔，并不可避免地制约和影响着他文学书写的构思与价值趋向。

作为一位长期从事裕固族文化研究的民族知识分子，铁穆尔知道古歌这种口头演唱形式在裕固族传统社会、生活中的重要地位，也敏锐地感觉到了势不可挡的现代化进程对民族文化的冲击，了解曾为裕固族重要生活内容之一的古歌已岌岌可危。于是，在其《苍狼大地》《花斑乳牛》《长满狗牙草的冬窝子》等散文作品中，作者有意穿插大量古歌，自觉用文学的语言去记述文化的实事，书写裕固族文化历史和精神传统。由于迁徙、战争等诸多原因，裕固族的文字不幸失传。“尽管尧熬尔人的祖先在历史上曾经使用过几种文字，但是尧熬尔人的历史始终没有任何完整的汉字记载。”②口耳相传的史诗、古歌、民间故事等民间文学既是尧熬尔人补充历史记载空白的一种方式，也是铁穆尔等当代裕固族作家借以寻找民族之根、确证自我身份的一种能指形式，带有迫切的民族自省意识和归属情结。自然，对这些古歌的文字记录，不仅具有文学价值，还具有人类学、民俗学等学科的重要意义。也可以说，铁穆尔不仅在进行文学创作，也在

①铁穆尔：《星光下的乌拉金》，兰州：甘肃文化出版社，2006年。
②铁穆尔：《裕固民族尧熬尔千年史》，北京：民族出版社，1999年。

做民族志的撰写和口传文学的搜集整理工作。

而“歌谣的灵魂是忧郁的”[①]，祖先曾有的辉煌与饱尝的苦难，民族生活方式的变迁与传统文化的失落，现代文明的冲击和随之而来的污染、干旱、沙尘暴等环境问题，以及民众在社会变迁中的坚守与无奈，都使敏感的作者产生了一种奇怪而痛苦的错位感，这种“源于日益支离破碎的草原，源于一个古老的部族漫漶消失……”[②]的错位感以古歌的形式表现得更富质感——“无论我走到哪里，我都在为草原哭泣”[③]。可以说，在民族生活方式变迁和大量民族事项行将消亡之时，古歌对唤醒现代社会沉睡的族人，重塑民族心理意义重大。

另一方面，受过高等教育、熟读俄苏作品的铁穆尔，又不同于普通裕固族民众，在其“草原—城镇”的人生轨迹和“城镇—草原”的心路历程的双向对照中，“孤独”成了他最为深切的体验。在散文《腾格里达坂下》中，这种孤独感达到了极致。回溯半生的风雨岁月，铁穆尔觉得自己就像是那只传说中的乌鸦——它把自己的羽毛染白想混入鸽群中，不料被发现真相的鸽群排斥；它又想回归乌鸦群中，乌鸦们又嫌它不够黑而拒绝它。其散文《草原挽歌》进一步分析了他的尴尬处境，出生在草原，自幼习惯高山大河及马鞍生活的铁穆尔，极为厌恶一边享受城镇生活一边以“追忆”形式诉说乡愁的生活现状，渴求逃离。但离开草原太久的他已经渐渐失去了马背和草原，去做牧人又会失去现在的一切。这种源自文化身份认同的边缘体验与夹缝状态，不仅是铁穆尔、也是张承志、乌热尔图等以追溯民族之根、再造民族灵魂为重任的一批少数民族知识分子的共同体验。

但草原生活记忆与城镇（都市）现实，这两种异质性的存在，既带给了铁穆尔内心世界难以调和的矛盾，也使他的作品充满张力、呈现为一种独特的存在。对牧区生活的眷恋、追忆以及在城市生活的无奈便成了铁穆尔写

①尧熬尔俗语。
②铁穆尔:《北方女王》,兰州:甘肃文化出版社,2008年,第177页。
③尧熬尔古歌,转引自铁穆尔:《北方女王》,兰州:甘肃文化出版社,2008年,第171页。

作的另一条主线。同时，眷恋与追忆这种具有象征意义的“牧人情结”，也带给了貌似适应现代都市生活而实在其中挣扎的铁穆尔以勇气，使其为了梦中的草原而“独自在星光灿烂的草地上匆匆赶路”[①]，追寻不止。

参考文献

[1]叶舒宪主编. 国际文学人类学研究. 天津：百花文艺出版社,2006.

[2]叶舒宪等. 人类学关键词. 桂林：广西师范大学出版社,2004.

[3]叶舒宪. 文学与人类学——知识全球化时代的文学研究. 中国优秀博士学位论文全文数据库,2003.

[4]陶家俊. 后伽达默尔思潮的文学人类学表征——论读者反应论之后的文学研究. 民族文学研究,2009(3).

钱文霞，北方民族大学文史学院讲师，中央民族大学博士，主要从事中国少数民族文学研究。

本文发表于《宿州教育学院学报》2011 年第 4 期。

①铁穆尔：《北方女王》，兰州：甘肃文化出版社，2008 年，第 178 页。

《穆斯林的葬礼》之“新月”悲剧的互文性解读

◎钱文霞

在传统文化中，月亮自古与女性相关——同为阴性，表征内守、寒冷以及阴暗。在《穆斯林的葬礼》中，反复出现的“新月”意象与主人公新月构成了一种隐喻关系，其明净、清秀和凄楚与新月的聪慧、美丽与不幸异质同构。喻体、喻指浑然一体，成为联结人与物、感性和理性的桥梁，即将作者寄寓的物象提升至人生命运的高度，也加深读者于大喜大悲后的生命体验。“新月”这一意象因其不完满而令人感慨万千，更因其残缺而使文本充溢悲剧色彩。而在伊斯兰文化中，新月是崇高、清静和希望的象征，二者对“新月”的理解是截然相反的。

在文本中，与“新月”这一意象具有隐喻关系的主人公新月短暂的一生，经历了“幸福地出生—家庭的不幸—甜蜜的爱情—走向葬礼”这一悲喜交织的过程。它暗示着，作者笔下的“新月”意象是一种完全游离于这两种“新月”意象之外的第三种存在。这一现象揭示了《穆斯林的葬礼》与生俱来的间性特质。间性具有居间、中间、中介等多重意义。布伯认为在“我—你”的关系中永远存在一个距离即“之间”，这个“之间”仅在于双方之间而不能在发现的双方中发现。也即，你与我可以通过对话联系在一起，但彼此都保持自我特点，不会融为一体。实际上，二者因差异而进行对话时，应始终保持各自的独立性，继而会有相互融合后的重新生成，它表现为间性特质。

一、间性视角、民间土壤

通过文本细读，我们不难发现，《穆斯林的葬礼》正是作者多重身份（回族、知识分子、女性）的艺术追求，与《白蛇传》《牛郎织女》《梁山伯与祝英台》等民间爱情传说“棒打鸳鸯”式悲剧模式及其文化内蕴所进行的对话的产物。当然，这一对话是在双方既相互独立又相互融合的前提下进行的。

与生老病死一样，爱情是文学又一永恒的母题。古往今来，对爱情的思考与表现是许多艺术家乐此不疲的话题。描写爱情生活、展现爱情理想的作品也似乎层出不穷。喜剧也好，悲剧也罢，大众对这类作品的兴趣日益浓厚。然而，在文学传承中，爱情悲剧更以其撕裂人心的艺术感染力备受关注与青睐。《穆斯林的葬礼》同样关乎爱情。民间爱情传说《白蛇传》《牛郎织女》《梁山伯与祝英台》等所固有的“棒打鸳鸯”式悲剧模式在《穆斯林的葬礼》同样可见一斑。细心的读者甚至会发现，在文本中，男女主人公的心灵就是在梁祝空灵的旋律中紧紧地贴在了一起，新月去世多年后，她的爱人也同样以这首在中国人尽皆知的曲子寄托哀思。

依据结构—功能分析模式，《白蛇传》《牛郎织女》《梁山伯与祝英台》等民间爱情传说大多经历了男女相爱（许仙与白蛇，牛郎与织女，梁山伯与祝英台）—阻力产生（法海与雷峰塔，王母娘娘与天河，祝父与婚配）—劳燕分飞（以塔为界，隔河相望，违心出嫁）—幻化结合（雷峰塔倒，鹊桥，化蝶）四个阶段。

在中国，这一悲剧模式有其生长、发育的现实土壤——儒家思想及其文化。儒家思想及其文化致力于建设一个父慈子孝、兄良弟善、夫义妇听、长惠幼顺、君仁臣忠的社会。在这种环境下，男女婚配作为关乎种族繁衍的大事，就毫无疑问地纳入其管辖范围了。朱熹曾视“存天理、灭人欲”为儒家思想的精华，在他的理解中天理即三纲五常。受儒家思想制约的中国古代婚姻观是一种蔑视爱情、关注伦理的功利主义婚姻观。成家立业、传宗接代、维持社会稳定是其目的；强制包办是其唯一的方式；残酷无情是其最根本的特征；对美好爱情有朦胧渴望，并由此萌生追求意识的青年男女正是其压制、打击的对象。可想而知，在青年男女为争取理想爱情而进行的与儒家思想、文化的抗衡中，失败者只能是他们自己。不止古代，身为知识女性的霍达，在现代社会也同样感觉到了这种思想文化无所不在的渗透力。在《穆斯林的葬礼》中，身为新月“母亲”的韩太太在新月高考前就曾动过为新月“聘个人家儿”①的念头，在新月和楚雁潮相恋后，这种想法更为强烈：“……要是为主的能给你这条命，我就快快地找个回回人家打发你走……”②

然而，新月的悲剧爱情在继承这一悲剧模式的基础上又有所创新——以主人公的死亡落幕。在“棒打鸳鸯”式的悲剧模式中，爱情的反对者一般是实有其人的，如《白蛇传》中的法海、《牛郎织女》中的王母娘娘、《梁山伯与祝英台》中的祝父，而在《穆斯林的葬礼》中，它已虚化为一种宗教力量——回族不能与“卡斐尔”结婚的伊斯兰教教规。新月的母亲本能地反对新月与楚雁潮相爱：“你就不知道自个儿是个回回吗？回回怎么能嫁个‘卡斐尔’！”③信仰伊斯兰教的人被称为穆斯林，也即信仰和顺从真主的人们。回族与非穆斯林通婚，必须有一个前提条件，即非穆斯林一方，需要皈依伊斯兰教，并在生活上无条件地跟从穆斯林，同时这种通婚一般只允许非穆斯林女子嫁给穆斯林。于是回族穆斯林女孩儿新月与其汉族恋人楚雁潮的爱情注定要向悲剧靠拢。

①②③霍达:《穆斯林的葬礼》,北京:作家出版社,2008 年,第 43、430、430 页。

对新月的爱情而言，更为可怕的事情是这种教规已内化为韩太太的一种思维方式、处事原则——“我宁可看着你死了，也不能叫你给我丢人现眼！”[①]这正如《伏羲、伏羲》中，内化在主人公杨天青、王菊豆心底的“乱伦”伦理观念。他们爱情的真正阻力不是杨金山，也不是杨天白，而是这种“乱伦”思想，那鲜为人知的恐惧感、罪孽感不但束缚了他们的肉体，也桎梏着他们的灵魂。在《穆斯林的葬礼》中，通过积淀，宗教便内化为韩太太的心理，成为造成新月不幸的外部力量，赋予韩太太的干涉行为以力量和合理性，也使新月的反抗不仅针对宗教，也指向了宗教的代言人——自己的“母亲”，指向了亲情。

在传统的“父母之命、媒妁之言”婚嫁语境及儒家道德观念中，反抗父母即意味着忤逆、不孝。在古代，青年男女要结婚，必须通过媒婆的牵线搭桥与父母的认同才能实现。在《梁山伯与祝英台》中，虽然二人同窗多年，互相爱慕，但祝英台还是暗示梁山伯前来求婚，因为媒妁之婚才能得到父母的认同与祝福。然而，在梁山伯赶来时，祝父已经将英台许配给了马公子，爱情悲剧因为父母的意志而拉开序幕。受过新思想影响的楚雁潮也不得不遵从这一传统，请求韩太太首肯他与新月的爱情。“您以为我和她之间还会有什么……婚事吗？我是求您答应我把她娶走，去……生儿育女吗？命运对她并没有这么宽容，人间的许多美好的事物已经很难再属于她了！她是一个病人……她需要爱、需要力量、需要希望，为了她，我一切都愿意献出来，只要她不失去对生活的信心，只希望她能活下去！韩伯母，不要夺走她心中的这点儿希望，我求您！”[②]不谈婚姻，即便是爱情也要得到双方父母的认同，楚雁潮有勇气挣脱自己母亲的束缚，但面对韩太太的强硬，“他的心、他的全身、他的灵魂都在战栗！”[③]“一道人间天河横在他的面前，他怎么能离开新月，新月又怎么能离开他？两颗紧贴在

①②③霍达：《穆斯林的葬礼》，北京：作家出版社，2008年，第431、422、420页。

一起的心分开了还怎么能活下去!”[1]即使是被王母娘娘用天河隔开的牛郎与织女，也有鹊桥相会的那一天，可楚雁潮与新月的爱情却因人间这无影无形又无处不在的“天河”终成悲剧。既然紧贴在一起的心分开了便无法活下去，那么，死亡只能是这段爱情唯一的结局，新月由爱情走向葬礼便也在意料之中。不过，因为这一结局与读者善良的愿望相去甚远，取得了震撼人心的艺术效果。这在实质上与悲剧就是“将人生的有价值的东西毁灭给人看”[2]的美学特征不谋而合。

二、文本之间、互文解读

在韩太太近乎冷酷的反对与不惜一切手段的干涉中，曹七巧的影子若隐若现。这一发现提供了对文本进行互文性解读的可能。所谓“互文性”，就是指本文的“互本文”特性。在隐喻意义上，“互本文就像将原有文字刮去后再度使用的羊皮纸，在新墨痕的字里行间还能瞥见先在本文的未擦净的痕迹。”[3]对此巴尔特理解为：“在一个文本之中，不同程度地并以各种多少能辨认的形式存在着其他文本——先前文化的文本和周围文化的文本。“互文性”解读即借助一部文学文本和其他文本相互“应和”、相互联系的种种方法，来探寻文本间的相互作用，从而找到一条通向文本意义的道路。所以，将文本《穆斯林的葬礼》放在与《白蛇传》《牛郎织女》《梁山伯与祝英台》等民间爱情传说和《金锁记》等文本所形成的对话场中，分析此文本与其他文本经由对话而形成的间性现象，探讨这一现象在《穆斯林的葬礼》中是怎样表现的，进而探寻文本美学价值的思路是可行的。

提及间性，就不能忽略其对话特质。对话本身便暗含着一种双声现象，既反映自我的话语指向，又反映他人的话语指向。这种主体间通过话

①霍达:《穆斯林的葬礼》,北京:作家出版社,2008 年,第 420 页。
②鲁迅:《坟》,北京:人民文学出版社,1973 年,第 159 页。
③福勒:《语言学与小说》,重庆:重庆出版社,1991 年,第 136 页。

语交互确证的思想便是不同意识之间的对话交际，表现为人物组合在同一命题下的对立及联系，也即不同意识、思想的对立与交锋，而对立的根源却在于社会生活的多元性。进而言之，任何文化都不会是铁板一块，其中必然存在着内在矛盾与冲突，所以才会有不同话语生成的缝隙和空间。优秀的作家总是明白什么地方最有张力，也善于从这种缝隙和空间入手丰富自己的思考、充实自己的作品。现实的矛盾冲突会自然而然地体现在不同意识之间的交流中，并且也会在个人的自我意识中造成不可避免的冲突。

除了宗教因素，韩太太对新月爱情的阻碍与干涉，还基于其嫉妒心理。法海千方百计地拆散许仙与白蛇是因为他嫉妒他们甜蜜的爱情，鲁迅就曾这样说过："和尚本应该只管自己念经。白蛇自迷许仙，许仙自娶妖怪，和别人有什么相干呢？他偏要放下经卷，横来招是搬非，大约是怀着嫉妒吧，——那简直是一定的。"[①]《孔雀东南飞》中的焦母也容不得无可挑剔的刘兰芝。当然，焦母的嫉妒更是其寡居多年变态心理的一种表现，张爱玲小说《金锁记》中的曹七巧也一样。不同的是，她不仅嫉妒儿媳的幸福，也见不得女儿长安为爱陶醉的笑脸，因为她自己不曾拥有过爱情。

欧洲中世纪的教士、日本维新前的御殿女中（女内侍）、中国历代的宦官，那冷酷险狠，都超出常人许多倍……生活既不合自然，心状也就大变，觉得世事都无味，人物都可憎，看见有些天真欢乐的人，便生恨恶。尤其是因为压抑性欲之故，所以于别人的性的事件就敏感、多疑，欣羡，因而妒忌。[②]

由于自身的情爱得不到及时的释放，压抑了的情爱也只能被变态、扭曲地寄寓在子辈身上，于是，纯洁的母爱便渐渐发生异变。韩太太也是一个缺失爱情的女性形象，与韩子奇之间以"合伙过日子"[③]为目的的结合，以及婚后貌合神离的婚姻生活，加之其中的插曲——丈夫的别恋与背叛，都使本

---

①②鲁迅：《坟》，北京：人民文学出版社，1973 年，第 141、128 页。
③霍达：《穆斯林的葬礼》，北京：作家出版社，2008 年，第 471 页。

不知爱情为何物的她本能地排斥、蔑视爱情。“臊死我了……张嘴就是‘爱’，亏你还说得出口！”[1]内在精神的失衡导致她产生了人格障碍，使她逐渐不近情理、一意孤行，通过管教儿女的权力填补失落的情感。

《金锁记》等爱情悲剧中的权力指涉对象，她们对待干预的态度是愚孝与顺从。面对母亲的步步紧逼，长安选择了哭泣与忍让，她那些不满与委屈只能通过被压抑的曲调在夜间幽幽倾诉。“那呜呜的口琴忽断忽续，如同婴儿的哭泣。她接不上气来，歇了半晌。”而窗外“模糊的缺月，像石印的图画，下面白云蒸腾，树顶上透出街灯淡淡的圆光”[2]。文本从月亮写起，又以月亮结束，加深了悲剧的深刻性与一贯性。长安是其不幸爱情的被动承受者，在曹七巧毁了她的爱情后，她只能将自己关于爱情的那些零散回忆——“她的最初也是最后的爱”理解为“将来是要装在水晶瓶里双手捧着看的”。[3]这是一种目睹自己的所爱变成标本的无奈与疼痛。在曹七巧无所不在的控制、管束下，她已对爱情，甚至生命不再抱任何美好的幻想了，她很清楚，只要自己的母亲在，走进她感情、生活中的任何人，都不过是另一个童世舫而已。

但《穆斯林的葬礼》中，新月却毫不犹豫地选择了反抗，直至她生命的尽头。她不明白，自己的母亲为什么要夺走她所拥有的爱情，“实在说，我根本没想到我和他的爱情还要得到您的同意，我只认为爱是自发的、天然的、无条件的、神圣不可侵犯的……”[4]难道这是命运的安排——“把给了她的再夺走，把她的心折磨的千疮百孔，再让她在清醒的痛定思痛中等待着死？”[5]而“没有希望，没有爱的人生还不如死，死也许并不那么可怕吧？”[6]她不愿放弃爱情，哪怕以死为代价。也可以说，新月的不幸陨落并不等同于她爱情追求的失败。谁都有权利生活，有权利爱，

---

①霍达:《穆斯林的葬礼》,北京:作家出版社,2008年,第465页。

②③张爱玲:《中短篇小说》(1943年作品)，哈尔滨：哈尔滨出版社,2003年,第28、44页。

④⑤⑥霍达:《穆斯林的葬礼》,北京:作家出版社,2008年,第434、433、433页。

所以，在阻力重重的家庭、宗教环境中，她仍义无反顾、纯真热烈地去爱，去追求爱。在新月弥留之际时断时续的意识流动中，楚雁潮以及他们的爱情曾多次闪现："天亮了，她就可以看到楚老师了。她多想早一点儿看到他！"[①]"……我这眼睛怎么了？再也看不见哥哥嫂子了？……看不见楚老师了……"[②]"'楚……'她竭尽全力呼唤他……"[③]

通过文本细读我们发现，由于以其母亲为代表的反对力量的强大，新月的反抗似乎没有成功的希望，"妈妈不是说得清清楚楚吗？宁可让她死，也不……"[④]在情节的这一部分，身为爱情的维护者、追求者的新月和以其母为代表的爱情破坏者的矛盾冲突已达高潮。在黑格尔看来，悲剧就是两种伦理力量的冲突与和解，悲剧的产生与矛盾冲突是不可分割的统一体。因为悲剧根源于两种对立而又各具片面性的思想、观念的冲突，且悲剧主人公总是致力于达成自己的理想，冲突的对抗性、排他性以及冲突结果的唯一性便在所难免。于是，在新月和她母亲之间必须有一方做出妥协。至于这一方究竟是谁，作者无法也不能进行更深入的思考，但吸收多重艺术养分成长起来的霍达，深谙艺术规律，懂得怎样使悲剧更富感染力。所以，新月这个美丽、无辜的女孩就如"新月"这一意象所喻指的那样逐渐暗淡，过于仓促地结束了她短暂的一生。

死亡意象是悲凉的，可作家通过死亡做出的思考却是积极的：新月的陨落，使她的悲剧在冲突双方的对立统一中，获得了一种和谐的美。"爱"的力量消解了"怨"与"恨"，韩太太虔诚地为女儿祈祷，并以自己的眼泪思念女儿，感受爱。比例适度、和谐统一是西方传统美学观的特点，在其自身的发展中，和谐美又逐渐容含了对立统一的和谐这样一种内涵。而中国人历来崇尚大团圆的结局，古代悲剧多追求团圆之趣，并侧重以象征性的美满结局赞美死者、唤醒后人。《梁山伯与祝英台》中梁山伯与祝英台终双双化蝶、比翼双飞，《孔雀东南飞》中的焦仲卿与刘兰芝变

---

①②③④霍达：《穆斯林的葬礼》，北京：作家出版社，2008 年，第 500、501、501、496 页。

成了双飞鸟，汤显祖《牡丹亭》中的杜丽娘则死后复生并与柳梦梅结合。即使作品本身的结尾并不喜庆，在流传中也会被受众美化、喜剧化，读者对《白蛇传》改写与再创作便是一活生生的例证。五四以后，由于西方悲剧观的介入，我国许多作家也不觉推崇以悲做结的悲剧手法，巴金《寒夜》中的曾树生与汪文宣不得不分道扬镳，田汉《获虎之夜》中的黄大傻无奈中选择了自杀……身为知识女性的霍达也不例外——中国人崇尚大团圆，《穆斯林的葬礼》却一反传统，真主赐予人爱情，可新月的爱情却以悲剧告终。

无论从文化传统、文学土壤、艺术创新，文本间的相互作用，还是从宗教因素、人物心理、作者多重身份、美学倾向入手，“葬礼”只能是新月最好的归宿了。关于爱情的战争在她的葬礼中由喧嚣走向宁静，楚雁潮在她的葬礼中祭奠着自己的爱情，读者在她的葬礼中领略了悲剧艺术扑面而来的感染力，论者亦在她的悲剧中找到了文本的又一解读方式——间性视角、互文解读。

参考文献

[1]王瑾. 互文性. 桂林:广西师范大学出版社,2005.

[2]朱光潜. 悲剧心理学. 北京:人民文学出版社,1983.

[3]周宪. 超越文学:文学的文化哲学思考. 上海:生活·读书·新知三联书店,1997.

[4]马丁·布伯. 我与你. 北京:生活·读书·新知三联出版社,1986.

[5]刘俐俐. 文学“如何”:理论与方法. 北京:北京大学出版社,2009.

[6]马启成,丁宏. 中国伊斯兰文化类型与民族特色. 北京:中央民族大学出版社,1998.

本文发表于《吉林广播电视大学学报》2010 年第 2 期。

宁夏地域文学

镜像与民族：古典诗词中的贺兰山研究

◎左宏阁

贺兰山位于宁夏西北部与内蒙古阿拉善左旗交界处，南北走向，是“塞上江南”的天然屏障。自古至今，贺兰山麓经历过无数的血雨腥风，贺兰山见证了数不清的悲欢离合，引得古代无数文人对她歌咏，借她抒情。因此，她不只是一个地理区位，还包含着丰富的文学价值与文化内涵。

一

文学作为历史的一面镜子，必然会反映一定时期的社会历史状况。从有关贺兰山的诗词中，可以窥见不同时期中央政权与朔方（今宁夏地区）的边疆形势，以及中央与朔方地区各少数民族之间的关系。

今宁夏地区周朝时期的居民主要为猃狁，匈奴的一支；先秦时期为戎；秦汉时，主要为匈奴、羌；魏晋南北朝时期社会动荡，各少数民族纷纷内迁，当时居住在宁夏的少数民族主要有匈奴、鲜卑、羌、氐、羯、敕勒、柔然等；隋唐时期主要有突厥、敕勒、回鹘、吐蕃、羌等；两宋时期，主要有党项、女真、契丹、鞑靼等；元代主要有汉族、蒙古族、回鹘族等；明清主要有汉族、回族、蒙古族、满族等。由此可见，贺兰山地区一直是少数民族活跃的地带。

尽管贺兰山周边从周朝开始就有民族冲突发生，但诗歌中以贺兰山为描写对象，却是唐朝以后才有记载。诗歌中较早写到贺兰山的是盛唐王维的《老将行》：“贺兰山下阵如云，羽檄交驰日夕闻。节使三河募年少，诏书五道出将军。试拂铁衣如雪色，聊持宝剑动星文。愿得燕弓射大将，耻令越甲鸣吾君。莫嫌旧日云中守，犹堪一战立功勋。”[1]（111）这首诗描写的是一位久经沙场的老将听闻贺兰山下战争爆发，愿意举起宝剑，拉起燕弓，消灭敌人，保卫国家的壮举。王维生活的时代属于唐朝鼎盛时期，他曾于737年到凉州（今甘肃武威）河西节度使幕府慰问，路过今宁夏地区。这首诗虽不确指某场战争，但我们却能感受到即使是盛唐时期，贺兰山周围亦有战争发生。

之所以盛唐才有人描写贺兰山，是因为之前中原的历代王朝对贺兰山所在地区都没有过实际控制，中原的军队、官员、文人们都不能长久地在贺兰山麓停留，所以汉族典籍中流传下来的关于贺兰山的诗词较少。到了唐朝贞观四年（630年），“西北诸蕃咸请上（太宗）尊号为‘天可汗’”[2]（39）。李世民的《唐太宗灵州勒石诗句》“雪耻酬百王，除凶报千古”[1]（46）记录了此事。《旧唐书·李靖传》曰：“太宗初闻靖破颉利，大悦。谓侍臣曰：‘朕闻主忧臣辱，主辱臣死。往者国家草创，太上皇以百姓之故，称臣于突厥，朕未尝不痛心疾首，志灭匈奴。坐不安席，食不甘味，今者暂动偏师，无往不捷，单于款塞，耻其雪乎?”[3]（2480）太宗征服西北诸蕃以后，虽然也经常发生冲突，但总体上，宁夏地区较为稳定，直到盛唐末期。

“安史之乱”爆发以后，唐王朝出现了危机，肃宗在灵武即位后，朔方节度使郭子仪带领朔方军到中原讨伐叛军，宁夏地区军事空虚，吐蕃乘机攻陷了河、陇地区，大军长驱直入，最终顺利占领长安。由此，吐蕃与唐王朝之间展开了长达数年的战争。顾非熊的《出塞即事·其二》云：“贺兰山便是戎疆，此去萧关路几荒。无限城池非汉界，几多人物在胡乡。”[1]（217）由此可以看出，当时的唐朝国力衰微，整个北方处于吐蕃的统治之下。事实上，“安史之乱”以后，少数民族部落与唐朝之间的战争此起彼伏，杜甫的《送灵州李判官》可窥一斑，诗云：“犬戎腥四海，回首一茫茫。血战乾坤赤，氛迷日月黄。”[1]（135）唐代虽是我国历史上一个空前繁荣的朝代，在其长达近三百年的统治中，民族融合是社会的主流，但边境地区与少数民族的战争仍然未能避免。

宋辽金时期，随着西夏国的建立，民族矛盾尖锐复杂，各民族之间的混战异常频繁，而位于今宁夏的贺兰山麓，因其地理位置的重要，故而成了汉、党项、女真、契丹、鞑靼等各族势力争夺的焦点。金初人邓千江《望海潮·上兰州守》云：“看看定远西还。有元戎阃令，上将斋坛。区脱昼空，兜零夕举，甘泉又报平安。吹笛虎牙间。且宴陪珠履，歌按云鬟。未拓兴灵，醉魂长绕贺兰山。”[1]（291）该词书写了金人希图统一西夏的愿望。金人折元礼《望海潮·从军舟中作》：“西风晓入貂裘。恨儒冠误我，却羡兜鍪。六郡少年，三明老将，贺兰烽火新收。”[1]（293）该词中“贺兰烽火新收”表明贺兰山周边民族之间的冲突刚刚告一段落。

元明清三朝，今宁夏版图基本归于中央王朝，宁夏贺兰山以东地区成了对抗北方各部势力的第一线。明代加固了这里的长城，就是为了防止北方少数民族的侵扰。杨守礼《途中口占》曰：“庚子十月念七日，挝鼓扬兵入贺兰；筹边喜见重城固，报国羞称万户安。分付胡儿莫作恶，霜风烈烈阵云寒。”[3]（679）该诗通过描写军队气势的高昂，边防城池的坚固，反映了军队胜利在望的局势。清王士祯《漫兴》：“烽火传花马，将军发贺兰。天心诛叛亟，国法受降宽。衔帐青唐入，沙场白骨寒。”[4]（1256）该诗写边关战事时有发生，将军发兵于贺兰，统治者一心要消灭敌患，战场的惨烈状况可想而知。清张曜的《西征留别》从第一句“驻节频更”就可以知道当时贺兰山一带战事的频繁。[5]（1896）

二

宁夏地处我国西北部，贺兰山脉纵贯南北，承接了东来的暖湿气流，阻断了西北来的风沙与寒流。因此，宁夏在夏秋之际气候宜人，冬春时节偶有风沙，中南部风力较大，偶有风沙弥漫气象。黄河从宁夏北部川流而过，自古至今滋润着广袤的银川平原，使这里水草丰美。古代之所以战争不断，主要也是因为这里既是军事要地，又是美丽的水乡。古人吟咏贺兰山的诗歌表征了这一点。

由于气候的特殊性，古代文人会因创作的需要，选取不同的景物。从前引顾非熊的《出塞即事·其二》可见古代宁夏荒凉的一面，《出塞即事·其一》中说“塞山行尽到乌延，万顷沙堆见极边。”[1]（217）“路几荒、万顷沙堆”既有自然之景，更有诗人的渲染，意在为情服务。唐代韦蟾《送卢潘尚书之灵武》云：“贺兰山下果园成，塞北江南旧有名。水木万家朱户暗，弓刀千队铁衣鸣。心源落落堪为将，胆气堂堂合用兵。却使六番诸子弟，马前不信是书生。”[1]（256） 韦蟾卒年在873年前后，由诗词可知，唐朝中期以后，贺兰山的美丽已经远近闻名，灵武城内一片繁华景象，城内湖水环绕，树木茂盛。

元明清以后，宁夏的经济有了长足的发展，来此任职的文人武将，都用诗词对这里的生活环境进行了描述。元代贡泰父《题杨得章监宪贺兰山图》云：“太阴为峰雪为瀑，万里西来一方玉。使君坐对贺兰图，不数江南众山绿。”[1]（303） 贺兰山山势险峻，山顶常年积雪，远远望去，如同一方白玉自西而来，胜过江南众多山峰的绿色。这是贡泰父对贺兰山图的赞美。

明朱栴的《贺兰晴雪》：“嵯峨高耸镇西陲，势压群山培塿随。积雪日烘岩冗莹，晓云晴驻岫峰奇。乔松风偃蟠龙曲，怪石冰消卧虎危。屹若金城天设险，雄藩万载壮邦畿。”[2]（305） 朱栴，明太祖朱元璋第十六子，洪武二十六年（1393年）到宁夏。该诗以白描手法刻画了贺兰山的高耸，贺兰雪的晶莹，贺兰晓云的多姿，贺兰松风的美妙，贺兰怪石的奇伟。山光雪色，美不胜收。明李守中《从猎贺兰山宿拜寺口》：“山势盘旋天外尽，泉声呜咽耳边流。丹崖翠壁依依见，野寺苍岩处处侔。好似江南庐岳上，禅僧千百自春秋。”[2]（437） 泉声呜咽，丹崖翠壁，似江南庐山一样美丽。虽则贺兰山是壮美，庐山是秀美，但两处的僧人却是一样的心境。

清娄玠《舟行望贺兰山》曰：“四月临边塞，春风到贺兰。芙蓉青滴滴，榆柳荫团团。”[3]（1680）清王永祐《山屏晚翠》：“万里风烟落照长，贺兰西峙色苍苍。天从紫塞飞霞气，人在高楼望夕阳。远树连村迷晚翠，片云孤鸟荡山光。于喁樵唱归沙径，柏叶松花一市香。”[3]（1740）清谢威凤《登贺兰山·其一》“下车览风土，先上贺兰山。壁障开千里，黄河抱一湾。”[3]（1942）由这些诗词可知，当时的贺兰山麓四月就已经芙蓉滴翠，榆柳成阴，村村相连，鸟语花香，黄河环绕，渔樵唱晚。美丽的塞北水乡近在眼前。

三

宁夏地处汉族与游牧民族接壤的核心地区，肥沃富饶的银川平原是厉兵秣马的理想之地，而贺兰山的坚关险隘更成为中原地区赖以维系的屏障，于是征战杀伐接踵而至。中国封建社会中经历了许多兵祸连绵的乱世，中原王朝政权时有更迭，北方少数民族借机荡平异族，实现了部族的兴盛与繁荣。于是，在势力的角逐中，这片辽阔美丽的热土便成为多灾多难的主战场。

古人登高必赋，羁旅行思、壮阔胸襟、怀才不遇的幽怨、忧国忧民的抱负都能在空旷开阔的空间中得以舒展。贺兰山独特的地理位置，在文人的眼里便有了独特的寓意。诗人把对故乡的思念、对战争的怨怼，把报国之情、建功之志，用贺兰山意象表现出来，这里有对塞外苦寒的抱怨，也有对塞北江南的赞颂。

且看谭用之的《塞上》：“秋风汉北雁飞天，单骑那堪绕贺兰。碛暗更无岩树影，地平时有野烧瘢。貂披寒色和衣冷，剑佩胡霜隔匣寒。早晚横戈似飞尉，拥旄深入异田单。”[1]（267）诗人谭用之，唐末五代时人。汉北朔风呼啸，北雁南飞，孤独的诗人怎堪在这巍峨的贺兰山下绕行。碛漠荒岩中竟看不到一丝树影，沙石平地间还存留着战火烧出的层层深瘢。这些意象的叠加令人毛骨悚然，虽未着“荒、冷、寒、萧”诸字，却勾勒出一个意境直沁心骨的场景。一“冷”一“寒”将诗人凄凉心绪表露得淋漓尽致，冷的是那饱经风霜的躯体，寒的是那时乖命蹇的雄心。此时的诗人也只能像寻常校尉般提戈拥旄出入敌阵，但残酷的政治形势下，又怎能如齐将田单般收复故土、开疆拓宇呢？诗中融注了无奈的喟叹与满腔的愁怨。唐末藩镇割据，各地长官拥兵自重，农民起义军一时并起，中央政权难以维系，连年的征战杀伐造成“人烟断绝，荆榛蔽野”[6]（5398）的局面。诗人谭用之身处唐末乱世，纵有廓清环宇的壮志，也无奈以“异于田单”自轻，以抱怨与苦闷戛然收尾。

再看郭原的《重九》：“不随鸿雁向南飞，九日归期又竟违。愁对贺兰山色老，梦思甓社蟹螯肥。有霜何处开黄菊，无酒谁人送白衣。欲插茱萸怜短发，也曾醉帽落斜晖。”[2]（429）诗人看着远方鸿雁南飞，也只能望而兴叹。又逢重阳佳节，归期一拖再拖，这种漂泊倥偬的生涯只知其始，难见其终。望着贺兰山色，想着镜中霜鬓，不由心生苦闷。故乡甓社湖中肥美的蟹螯频频入梦，更增添了一段愁肠。“有霜何处开黄菊，无酒谁人送白衣”，诗人让满腔愁怨喷薄而出：冰霜苦寒难见黄花，路遥山远无心沽饮，欲插茱萸又担心短发萧疏、垂垂将老的自己难禁登高之苦，想起当年夕阳下把酒狂歌，不由心生吁嗟。

贺兰山，在无数诗人的咏叹中，将愁苦、感怀、伤逝、迷惘的情绪纷纷融入峰峦之间，但是在这坚关险隘中，绝不只有低吟与浅唱，于是在贺兰山下，又传来了民族自豪感之歌唱。元代马祖常《河西歌效长吉体》云：“贺兰山下河西地，女郎十八梳高髻。茜根染衣光如霞，即召瞿昙作夫婿。紫驼载锦凉州西，换得黄金铸马蹄。沙羊冰脂蜜脾白，笛中饮酒声澌澌。”[1]（299）描写贺兰山下黄河以西之地是个富饶的地方，18岁女郎用茜根做染料染出的衣服光亮如朝霞，织出的锦缎可以换回黄金。用骆驼载物进行贸易，用黄金来铸马蹄，沙毛山羊白如凝脂，蜂蜜质量上乘，美酒醇香宜人，美妙的音乐令人陶醉。整首诗通过对少女的赞美，使人感受到元朝时贺兰山下各民族百姓富足的生活。

明代朱㮵在就藩宁夏期间作了许多描写当地风物、景色的诗歌，其中以西夏八景诗最为人知，前引的《贺兰晴雪》便是其一。诗人登上贺兰之巅，俯瞰周遭山川景色，豪情壮志一时涌上心头。“嵯峨高耸”“势压群山”的贺兰山坐镇西北边陲，有着令人仰止的威严，恰逢积雪将融，曙光初照，更令此山熠熠生辉。诗人不禁赞叹道，“屹若金城天设险，雄藩万载壮邦畿”，此时的贺兰山已成为固若金汤的城池和雄壮邦畿的屏障。诗人作为皇族藩王，血液中流淌的民族自豪感在这里喷薄而出，那种廓清环宇的使命感也在此处表露无遗。

综上，从征战杀伐到团结并进，从凄凉无望到踌躇满志，贺兰山见证了千百年来宁夏地区的历史沿革与士人心态。无论是借景抒情，抑或是托物言志，贺兰山首当其冲地成为边疆诗人笔下的主要书写对象，我们从中可以清晰地感觉到和谐的多民族大家庭的来之不易。

参考文献

[1]杨继国,胡迅雷. 宁夏历代诗词集(第 1 册). 银川:宁夏人民出版社,2011.

[2](后晋)刘昫等撰. 旧唐书·太宗本纪(卷三). 北京:中华书局,1975.

[3](后晋)刘昫等撰. 旧唐书·李靖传(卷六十七). 北京:中华书局,1975.

[4]杨继国,胡迅雷. 宁夏历代诗词集(第 4 册). 银川:宁夏人民出版社,2011.

[5]杨继国,胡迅雷. 宁夏历代诗词集(第 5 册). 银川:宁夏人民出版社,2011.

[6](后晋)刘昫. 旧唐书·秦宗权传(卷二〇〇). 北京:中华书局,1975.

左宏阁，北方民族大学文史学院教授，主要从事古代文学研究。

本文发表于《北方民族大学学报（哲学社会科学版）》2014 年第 6 期。

论宋夏战争对北宋豪放词风的影响

◎郭艳华

在近170年的发展历程中，北宋先后处在和辽、金、西夏三个少数民族政权鼎足而立的政治格局中，与西夏之间的争战是北宋民族关系的主线之一。百年宋夏战争激发了北宋文士的忧患意识与爱国情怀，并在诗词创作中有着鲜明的体现。目前学界对宋夏战争与北宋文学风貌关系已经有所涉及，如张廷杰教授的《宋夏战事诗研究》一书，对与宋夏战争相关的北宋诗歌审美风貌进行了开拓性的探究；傅璇宗、蒋寅总主编的《中国古代文学通论》专列“宋代文学与民族关系”“宋代文学与西夏文化”两章，将宋夏民族关系视为影响北宋文学风貌的重要社会原因之一；刘扬忠先生的《宋代民族忧患意识及其文学呈现》、赵维江先生的《宋辽夏鼎立格局下的北宋文学进程》也都涉及宋夏民族关系对北宋文学的总体影响。这些著述对宋代民族战争与文学关系的研究基本上都处于总体关照阶段，未能深入到文体内部做更为深入细致的探究。比如学界对豪放词成因的探讨大都着眼于词体流变、创作主体的人格精神以及外部时代环境的变迁等方面，尚未涉及宋夏战争这一具体历史事件的直接影响。事实上，豪放词风在北宋形成并勃发不是简单的文学现象，而是政治现实与文学规律相互作用的必然产物，宋夏战争则是其中的重要环节。有鉴于此，本文欲对宋夏战争与豪放词风之间的关系做先期的轮廓性探讨。

一、宋夏战争对北宋文士精神的激发

词体在晚唐成熟，至北宋时期达到繁荣，其间经历了百余年的发展历程，表现男女恋情、离愁别绪的婉约词一直居于主流，直至北宋初年的范仲淹创作了描写边塞战争生活的《渔家傲》《苏幕遮》后，才开启了豪放词的滥觞。继范仲淹之后，关心国家安危、慨叹国耻国难的作品大量涌现。其中不论是浅吟低唱，还是雄肆高歌，都与历经百年的宋夏战争有着密切关系。北宋豪放词的作者多是经历宋夏战争，且关注现实政治、忧国忧民、积极有为的仁人志士，他们将忧国忧民的士大夫精神注入词体，以原本应歌娱乐的小词反映时代的风云变化，抒发振兴家国、维护民族尊严的英雄豪情，从而打破其娇娆柔媚之态，大大加强了词体的现实功能。

不同于汉唐时期的尚武精神，北宋一直推行崇文抑武的国策，文人往往集政治家、思想家、军事将领等多重身份于一身。作为国家的参政主体，文人始终关注西夏与北宋之间的矛盾冲突。在强烈的忧患意识与爱国情感的激励下，一些重臣兼文士，如范仲淹、韩琦、欧阳修、王安石、司马光、苏轼等都直接或间接参与边事，积极进言献策，发表对战争的见解与救国方略。欧阳修对宋夏战争所带来的社会影响做了这样的概括："从来所患者夷狄，今夷狄叛矣；所恶者盗贼，今盗贼起矣；所忧者水旱，今水旱作矣；所赖者民力，今民力困矣；所需者财用，今财用乏矣。"[1]（卷六四） 范仲淹更是"每感激论天下事，奋不顾身"[2]（8277） 司马光不仅有《论北边事宜》《远谋》等陈述自己对边事的意见的政论奏疏，而且明确提出"居其位者，必忧其事，食其禄者，必任其患，苟或不然，是为盗窃"[3]（卷一一五） 的立身标准，对士大夫们高扬自我的社会责任感提出了要求；理学家张载"为天地立心，为生民立命，为往圣继绝学，为万世开太平"[4]（卷一四） 的豪言壮语同样是宋夏战争背景下的时代呐喊，鲜明体现着宋代士人积极进取的精神品格。

文人自觉的参政意识与强烈的忧患意识使得时事政治自然而然成为文学表现的一大主题，北宋文集中谈及朝政史事、社会现实的比比皆是，尤其是对民族矛盾与冲突的全方位展现,更是成为北宋文学的一大特色。正如有学者所指出的那样："特殊的民族关系必然会从不同的方面影响到其（北宋文学）发展的趋势和基本特色。这种影响有时是直接的，有关民族关系的突然事变或重大事件，往往迅速地反映在文学创作中，成为作家们关注的焦点。"[5]（268）这揭示了北宋民族关系对于文学风貌的影响。宋夏战争贯穿北宋社会始终，宋夏之间的冲突与缓和是牵动北宋文士情感心理状态与创作价值取向的一条主线，不论是文人内敛理性审美心态的形成，还是战事诗的繁荣、边塞词的兴盛、政论文的繁多，都与宋夏战争有着必然联系。

二、宋夏战争与北宋豪放词风的初步发展

范仲淹是首开北宋豪放词风的词人，他虽然存词只有五首，但能够摆脱浮艳华靡的传统词风，将边塞将士戍边的情景，以及忧国思乡的深沉感情注入词中，以苍凉悲壮的意境首开豪放词的先河，大大开拓了词体的表现领域。范仲淹之所以能够在充满柔靡氛围的宋初词坛上另辟蹊径，这与宋夏战争有着密切关系。范仲淹一生正值宋夏关系最为紧张的时期，到他晚年时，宋夏矛盾愈趋激化。在国家命运受到严重威胁的紧要关头，其内心的爱国热情及忧患意识促使他不仅走上战场，同时用诗词记录了他在国家危亡时期的所闻、所见、所感。宋仁宗康定元年（1040年），范仲淹任陕西经略副使兼知延州（治所在今陕西省延安市），守边四年。在这期间，他以亲身体验，描写边塞生活，《渔家傲》《苏幕遮》两首作品就是他在西北军中的感怀之作。《渔家傲》一词正是借边塞凄清景色的描写，真切展现了边防将士们忧国怀乡的深情以及词人对离乡久戍边关将士们的深切同情。

"塞下秋来风景异，衡阳雁去无留意。四面边声连角起。千嶂里，长烟落日孤城闭。浊酒一杯家万里，燕然未勒归无计。羌管悠悠霜满地。人不寐，将军白发征夫泪。"词人通过南去衡阳、毫无留意的大雁，四面混杂的风声、战鼓声以及长烟落日笼罩下的孤城，真实展现出将士们亲历的恶劣环境。结语的“不寐”与“泪”字则一语双关，既反映出将士们“思乡”与“守边”的内心矛盾，同时也真实表现了他们在严酷战争中的无奈心理。

范仲淹的这首《渔家傲》首开豪放词的先河，在充溢脂粉气的初宋词坛独树一帜。这对于素以凄迷柔婉、缠绵蕴藉为本色的词体来说，大有拓展与超越之功。范仲淹之所以“深知边庭之苦”，就在于他亲身经历了战争的严酷，因而能以悲郁沉婉的笔触真切描写边塞的荒寒和士卒的不幸，这是没有边塞经历的词人所不曾也无法表现的。缪钺先生评价范仲淹：“平生忧乐关天下，经略边疆赋壮词。别有深情流露处，眉间心上耐寻思”[6]（243）。在这里，“忧乐”“深情”与“边疆壮词”紧密联系在一起，充分揭示了范仲淹以战事入词，加强词体言志内涵的精神实质，从而揭开了以苏轼、辛弃疾为代表的一派豪放悲壮词的创作序幕。

继范仲淹之后，许多词人都将宋夏战争所引起的社会反响引入词中，不论是征人戍怀、干戈相交，还是壮志未酬的情怀都饱含真情、感人至深，具有鲜明的时代感。就连以浪子词人著称的柳永也不禁以咏史怀古之作抒发对国家局势的忧虑。如刘潜《六洲歌头》中的“秦亡草昧，刘项起吞并。驱龙虎，鞭寰宇，斩长鲸”，把项羽从起兵到失败的曲折历程熔铸词中，借项羽的慷慨气概表达自己对英雄的崇敬与向往，其中不乏力主抗击外族的期待；沈唐《望海潮》中的“山光凝翠，川容如画，名都自古并州。箫鼓沸天，弓刀似水，连营十万貔貅，金骑走长楸”，将“川容如画”的中原大地与“刀弓似水”的战争场面做对比，从而流露出对不义战争的严厉谴责；蔡挺的《喜迁莺》以“霜天清晓，望紫塞古垒，寒云衰草”的边塞之景渲染战地的凄凉景象，不禁引发人们对于战争的思考；宰相寇准在《阳关引》中同样以“征鞍发，指青青杨柳，又是轻攀折”来指征战争给百姓带来的离乱与不幸。通过以上例句，我们能够深切感受到宋夏战争带给词人创作上的艺术敏感，这也潜在地推动着词体的内质演变。

由于“文与政通”这一先天性的历史局限，即使是香艳柔媚的词体，也必然会被强大的文学传统所“异化”，只有适应时代发展的需要，才会赢得自身的发展空间。对于词人来讲，任何人都很难超越那个特定的时代。尽管他们要谨守词体的创作规范，但也必然会迎合时代的需要，使词体更多地承担起社会功能，提升自我发展的生命力。因而咏史怀古也罢、直面战争也罢，都是词人拓展视野、扩大词体功能的重要手段。尽管北宋初期的词体生存依然呈现出一种多维、复杂的不稳定状态，但宋夏民族关系的变动发展已经为词体奠定了悲凉慷慨的基调，只是还停留在含蓄内敛、不够激越的历史阶段，而豪放词真正的成熟发展则是在北宋中后期，这依然与宋夏关系的发展密切联系在一起。

三、宋夏战争与北宋中后期豪放词风的进一步深化

北宋中后期是豪放词的深化期，同时也是宋夏战争进入白热化的阶段。宋仁宗后期（1040—1042 年）西夏元昊先后发动了三川口、好水川、定川寨战役，宋廷均以失败而告终。此后的庆历议和并未从根本上解决问题，宋夏两方依然在边界问题上互相纠结，不能达成一致，双方关系始终处在时和时战的不稳定状态中，朝廷上下为之深思殚虑。在风起云涌的政治潮流中，北宋文人逐渐从宋初承平的温柔乡中清醒过来，并开始通过变革寻求出路，随之出现了一批又一批主张改革的人士，王安石、苏轼等就是这一时期最具改革精神的文人。这种精神也必然会反映在文学创作中，豪放词正是在改革精神和爱国主义的高潮中进一步得到发展的空间。不论是为国立功的热望，对百姓深受战争之苦的同情，还是对战争的憎恶以及统一祖国的愿望，都开始大量涌现在词人笔下。较之前期豪放词风的含蓄委婉来讲，此期的豪放词的历史感与现实感得到进一步加强，并开始向诗风靠拢，深刻展现宋夏战争背景下的社会风貌与文人心态。

登临送目，正故国晚秋，天气初肃。千里澄江似练，翠峰如簇。归帆去棹残阳里，背西风，酒旗斜矗。彩舟云淡，星河鹭起，画图难足。

念往昔，繁华竞逐。叹门外楼头，悲恨相续。千古凭高，对此谩嗟荣辱。六朝旧事随流水，但寒烟、芳草凝绿。至今商女，时时犹唱《后庭》遗曲。

王安石的这首《桂枝香·金陵怀古》作于宋神宗治平四年（1067年）。就在此年，宋廷使臣种世衡对西夏发起突袭，一举攻占了绥州，边界气氛骤然紧张起来，双方矛盾进一步被激化。面对严峻的政治局势，宋神宗开始力图启用王安石等改革派，通过变法实现“富国强兵”，却受到司马光为首的保守派的阻挠，当国家处在危难之中却无力回揽之时，有志之士内心的苦楚可想而知。当王安石身处曾经繁华的六朝古都金陵，登高远眺，古今兴亡荣辱之事俱现眼前，不禁怀古而思今。面对西夏的攻势，怯懦多于强势——北宋朝廷更多时候是抱着不图恢复、苟安一时的态度。作品最后一句“至今商女，时时犹唱《后庭》遗曲”正是对此情状的有力回击，并以此告诫朝廷。显然，这首作品是以词体的婉约形制承载了诗歌的言志内容，寓含国家的盛衰兴亡之感，感情由沉婉逐渐过渡到苍凉悲慨，发人深省。

豪放词真正自成一家是在苏轼那里，并成为一种严肃自觉的创作。苏轼豪放词的内容主要是赤诚报国和壮志未酬的慷慨情怀，而这都与宋夏战争密切相关，《南乡子·赠行》《江城子·密州出猎》等作品都是宋夏战争背景下的感怀之作。

老夫聊发少年狂，左牵黄，又擎苍，锦帽貂裘，千骑卷平岗。为报倾城随太守，亲射虎，看孙郎。酒酣胸袒尚开张，鬓微霜，又何妨。持节云中，何日遣冯唐？会挽雕弓如满月，西北望，射天狼。

此首《江城子》作于宋神宗熙宁八年（1075年）春，正是西北边事最为紧张的时期。在这首作品中，苏轼以汉代大将魏尚自况，希望能够得到朝廷的重任，驰骋疆场，抗击侵凌边境的辽与西夏，扫平边患。结尾处的“会挽雕弓如满月，西北望，射天狼”，作者连用几个动词，通过塑造杀敌报国的英雄形象，深切流露出抵御外族侵略的忠义之情与重振山河的必胜信心。然而，苏轼的报国之志似乎只能是“纸上谈兵”，改革派与保守派在面对外族入侵的问题上始终意见相悖，苏轼也因始终主战而连遭贬谪，壮志未酬的悲愤之情不禁勃然而发。在《南乡子》一词中，作者营造了一个万舰待发、“旌旗满江湖”的壮阔场面，“帕首腰刀”的“丈夫”正整装待发，开赴战场。金戈铁马、鼓角齐鸣的壮观场面透显着排山倒海般的气势，可谓气势恢宏。与驰骋疆场的将士相比，苏轼只能自嘲是纸上谈兵的“迂儒”，悲怆之情流于笔端，并发出“若问使君才与术，何如？占得人间一味愚”的无奈与悲痛之声。历来学者大都以主体生命意识的呈现来关照苏轼豪放词的精神内涵，当我们拨开历史的面纱，才深深感受到苏轼激越奋发、豪迈壮烈的情怀，他的作品中，个人理想与国家命运紧密结合在一起，而宋夏战争无疑是这一情感的重要指向。

北宋后期词坛除了苏轼以词体反映边事之外，苏门后学如贺铸、晁补之、黄庭坚也直接或间接表达对宋夏战争的看法。黄庭坚不仅模仿苏轼的《江城子》，以“问持节冯唐几时来，看再策勋名，印窠如斗”（《洞仙歌》）来表达自己希望得到朝廷重用、杀敌报国的热望，而且在《鼓笛慢》中以“宣威西夏……封侯万里”来倾注自己欲建立功业的雄心壮志。此外在《水调歌头》一词中，他借用大汉王朝“堂有经纶贤相，边有纵横谋将，不减翠娥羞。戎虏和乐也，圣主永无忧”的太平繁荣景象，劝诫朝廷任用贤才，积极御敌。而一旦战事失利，“西夏宴喜”，宋廷则“顿冷谈席”（《雨中花》），文人的失望郁愤之情油然而生，最后只能以“争名争利休休莫。雪月风花，不醉怎生得”（《醉落魄》）的无奈伤感来聊以自慰。黄庭坚以词体表露自己的社会责任感与建功立业的个人理想，疏宕凛然，透显出浓重的士大夫情怀。

另一位在词中强烈表现战争倾轧下的内心悲哀与时代风貌的词人是以“贺梅子”著称的贺铸，他的《六洲歌头》《台城游》《天门谣》《水调歌头》《玉京秋》等词中所表达的壮怀都与宋夏时局有关，其中最具深远意义的是其代表作《六洲歌头》。此词作于宋哲宗元祐三年（1088 年）秋，此时恰值神宗去世，哲宗以幼龄即位，由高太后听政，妥协之风再次抬头，西夏也在宋廷的步步退让中取得葭芦、米脂、浮屠、安疆四寨。宋廷的妥协并没有换来西夏的满足，西夏反而步步南侵，继而遣使要求割让塞门、兰州，双方关系再度陷入僵局之中。面对如此境况，生性“豪爽精悍”的贺铸心中自然是充满郁勃不平之气。这首作品一改以往代言的方式，而是采用自叙，通过回忆当年和一群骁勇无比的侠士纵情壮游的经历，展现了义士们保家卫国的壮志和身体力行的热望，“笳鼓动，渔阳弄”直指危害宋廷至深的边关危机。然而，在一派主和的政治环境中，词人“请长缨，系取天骄种”的心愿只能落空。当年交结豪杰、壮志凌云的少年如今却锐气消磨，只有身上的佩剑在西风中发出怒吼。满怀悲愤的词人登山临水，将忧思寄于琴弦，把壮志托付给远去的鸿雁，想必也只落得“念天地之悠悠，独怆然而涕下”的悲哀境地了。然而这一悲哀已不再是个体的生命悲哀，而是整个时代孱弱无力的哀痛!

时代精神决定文学内容，宋夏战争作为影响北宋政治时局的主导因素之一，深刻影响着北宋词人的生存状态与审美心理。从不寐流泪的“白发将军”到“射天狼”的爱国志士，从“少年任侠”的英雄豪杰到“宣威西夏”的战地将领，一群心系国家命运的仁人志士谱写出一曲曲或悲壮苍凉，或豪迈劲健的慷慨悲歌，给满溢着脂粉气的北宋词坛平添了几分豪壮之气。“这种豪放词风所体现的阳刚之气和壮伟之美，无疑正是一个弱势民族在强族压迫下急需的精神素质。”[5]（273） 由此我们可以得出这样的结论：在统一的多民族并存的社会形态中，文学创作与民族关系始终处在一种互动关系中。正是由于民族间的各种交往关系，文学反映的内容范畴扩大了，风格更加多样化了，情感类型也愈发丰富了。文学自身为了适应社会生活的需要而不断创建新的表现领域与表达方式，北宋豪放词风正是宋夏民族关系影响下的文学产物，这充分体现了民族关系格局对于中国古代文学的深刻影响，值得我们进一步探究。

参考文献

[1](宋)欧阳修. 准诏言事上书. 欧阳文忠公全集. 文渊阁四库全书影印本.

[2](元)脱脱. 宋史·范仲淹传. 北京:中华书局,1985.

[3](宋)司马光. 上神宗论王安石·国朝诸臣奏议·文渊阁四库全书影印本.

[4](宋)张载. 近思录拾遗. 张子全书. 文渊阁四库全书影印本.

[5]傅璇宗,蒋寅. 中国古代文学通论. 沈阳:辽宁人民出版社,2005.

[6]缪钺.缪钺说词. 上海:上海古籍出版社,1999.

郭艳华，北方民族大学文史学院教授，首都师范大学博士，陕西师范大学中国语言文学博士后。

本文发表于《北方民族大学学报（哲学社会科学版)》2010年第5期。

论宋夏战争与北宋文学创作格局的形成

◎郭艳华

北宋是诗歌新变、词体成熟、散文繁盛的重要历史阶段，这一新型文学格局的形成深受特定民族关系格局的影响。在北宋 167 年的发展历程中，民族之间的纷争与融合成为社会政治生活的主导内容，而历经百余年的宋夏战争则是北宋民族关系的一条主线。北宋自始至终都没有摆脱过宋夏战争的困扰，文人也因此深受这场持久战争的影响。在宋夏战争的影响和支配下，北宋文人有了更多的时代感受与历史经验，文学创作因之有了更加广阔的现实内容和丰富的时代内涵。不论是战事诗的勃发，豪放词的成熟，还是政论散文的繁盛，都与宋夏战争有着密不可分的关系。正如有的学者所说的那样："北宋立国到靖康前的 170 年间，中国境内的民族关系格局大体呈宋、辽、夏三朝鼎立之势，这一局势从不同的方面影响到文学发展的走向，它对于实用主义文学观和北宋文学精神品格的形成间有着重要的影响，与文学审美风格的形成及变化之间也有着深刻的联系。"[1]历经百余年的宋夏战争无疑是支配北宋民族关系格局的主导因素，当我们把审视历史的眼光定格在宋夏对峙百余年，就会发现北宋文人的创作热情与文学的现实指向，是随着宋夏战争的发生发展而彼此消长，而且北宋重要的文人几乎人人都写过反映宋夏战争的文学作品，从而深刻影响着文学格局的分布与审美风貌的形成，由此可见民族关系格局对北宋文学时代精神内涵的深远影响。

一、宋夏战争与北宋“战事诗”的勃发

现实性与议论化是北宋诗歌的总体特点，这一诗学风貌的形成与特殊的政治环境有着密不可分的关系，而复杂的民族关系则占主导因素。在167年的历史进程中，北宋始终处在与辽、金、西夏这三个少数民族政权相互对峙的政治格局中。在此过程中，北宋与西夏的并立时间最为长久，且“双方处在交战和敌对状态的时间约占四分之三以上。”[2]宋夏战争持续的时间之久、规模之大、情况之复杂、斗争之惨烈，是以往战争中颇为少见的。仁宗朝是政治与文学变革的高峰阶段，也是宋夏战争最为严酷的时期。严重的边患危机激发了士大夫文人浓郁的忧患意识，他们积极上书谈论军事得失，寻求救弊之策，以致“天下言兵者不可胜计”，[3]（2）从而掀起了一股救弊时政、富国强兵的爱国热潮，饱读经书的儒学之士由此正式走向北宋的政治舞台。面对宋夏战争所引发的种种社会危机，北宋文人或娓娓叙说、或慷慨陈词、或滔滔雄辩、或精细剖析，将宋夏战争过程中的种种实况予以真实记录，从而形成了完整的“战事诗”。所谓的“战事诗”，是专指对特定作战双方战况的再现与持续描写，它具有双向性与延续性的特点，因此不同于一般意义上的边塞诗。自《诗经》开始，历代都有记录战争情况的诗歌，并形成了强大的边塞题材，但却没有任何一个时代的诗歌能够像宋夏战事诗那样，既全面系统，又真实动情地记录延续百余年的战争情况，因而较之前代的战争诗可谓有集大成之意义。

通过检阅《全宋诗》，可知和宋夏战事相关的诗歌近千首，内容涉及战争场面、百姓疾苦、文人忧患、边塞风光等各个方面，作品集中展现了历经百余年的宋夏战争给北宋社会带来的种种影响，具有以诗存史的现实价值。宋太祖、宋太宗、宋真宗三朝，北宋与西夏的战争历时22年。自景祐元年（1034年）宋夏交战至庆历四年（1044年）议和，两方战争更是

频繁爆发，屡战屡败的惨败结果让北宋朝廷不堪重负。仁宗、英宗时期是北宋民族矛盾进一步激化的时期，在与西夏之间的数次大规模战争中均以失败而告终。面对国家陷入空前的战争危机中，北宋文人开始将创作视野投向广阔的社会现实，宋夏战争所带来的冗官冗费、苟安积弱等困扰北宋社会的重大社会问题，都成为文人所关注的焦点。不论是范仲淹、韩琦、富弼这样主持过军国大政，且亲历边塞、曾领军与西夏战斗过的朝廷重臣，还是以欧阳修、苏轼为代表的文坛领袖，抑或是梅尧臣、苏舜钦这样的著名文士，无不对宋夏战事投向关注的目光，宋夏战争带来的种种社会危机成为当时文人儒士的中心议题，由此形成了政治与文学的交互渗透，宋夏“战事诗”正是在此背景下得以勃发，并成为北宋诗歌创作内容的重要部分。

宋夏战事诗的表现范围非常广泛，凡是和宋夏战事相关的内容都包罗其中。除了像以往边塞诗那样注重对军营生活和战地风光的描写以外，宋夏战事诗更加侧重于对战争过程中敌我双方的作战情况的再现，战争带给无辜百姓的灾难苦痛，以及对统治者无心作战、消极妥协态度的揭露与批判，这些内容都无不被诗人们广泛涉猎，随之诗歌也被大量的议论所占据，散文化的议论方式可谓无处不在。如梅尧臣《董著作尝为参谋归话西事》中以“大将罪专辙，举军皆感伤。归来出万死，羸马亦催藏”，揭示了英勇将帅无端获罪的不公待遇；其另一首《猛虎行》对朝中主和派不顾国家安危的丑恶嘴脸予以讽刺：“有虎始离穴，熊罴安敢当……当途食人肉，所获乃堂堂。食人既我分，安得为不祥。”诗人借对猛虎嚣张跋扈、任意横行的描述，揭露和痛斥权奸“当途食人肉，所获乃堂堂”的恶劣本质；石介在《寄赵庶明推官》中言道：“四十年来赞太平，君王耳畔管箫声。定襄地域俄连震，莱牧男儿忽议兵。明日边烽高百尺，同时御府出三旌。”指斥北宋朝廷大臣大敌当前却依然歌舞升平、不思进取，最终延误战机的轻敌行为；欧阳修的《寄秦州田元均》一诗中以“由来边将用儒臣，坐以威名抚汉军。万马不嘶听号令，诸蕃无事着耕耘”等句，对北宋朝廷不思进取、坐以待毙的消极懈怠予以尖锐的指责。此外，如梅尧臣的

《汝坟贫女》《田家语》《对雪》《猛虎行》，苏舜钦的《城南感怀呈永叔》《吴越大旱》《庆州败》《乙卯冬大寒有感》《舟中感怀寄馆中诸君》，宋祁的《感事寄子明中丞》，欧阳修的《食糟民》《边户》，韩琦的《荣归堂》，王安石的《收盐》《兼并》《感事》《河北民》，苏轼的《和子由苦寒见寄》《和王晋卿》《闻捷》《闻洮西捷报》《郭纶》《吴中田妇叹》《荔枝叹》《和子由蚕市》等代表作品，或再现战争的残酷场面，或揭露军队赏罚不公，或揭示战争给百姓带来的苦难，都无不与宋夏战争这一引发社会危机的核心问题息息相关。

在宋夏战争牵引下，北宋文人以诗文干预政治、反映社会现实的创作目的更加明确，作品的辐射面也更为广远。上到治国方略、军事部署，下到民生哀怨、百姓疾苦，都切实地拓展了议政诗文的深度和广度，从而形成有宋一代诗学风貌的主流特色。正如吉川幸次郎所说:“最早的《诗经》，唐代诗人杜甫、白居易等，无不以社会之良心自期。不过，在唐朝以前的诗里，这种意识是有限的，只有到了宋诗，尤其在大家的诗里，才显得普遍起来。宋代诗人而不作批判社会与政治之诗的，可说很少。”[4](26) 的确如此，那些引领北宋政治与文学革新方向的文人，如范仲淹、欧阳修、王安石、司马光、苏轼都亲身经历了宋夏战争最为激烈严酷的时期，他们对战争所带来的种种破坏性的后果都有着深切的感受。不论是亲历战争现场，记录实战情况，还是根据耳闻，抒发对战争的感受，都体现出北宋文人对宋夏战事这一重大历史事件的密切关注，因而具有极其重要的历史价值。不论是对战争性质的认识、军事见解的发表，还是对战争场面的再现，以及导致战争失败造成社会灾难深层原因的探寻，都一一涵涉在文人笔下，客观描述与主观批判交替进行，诗歌因此在一定程度上成为干预现实的工具。于是，唐诗那种以抒情见长的表达方式在宋诗中则被散文化的议论方式所替代。在以批判时政、歌咏民生为旨归的宋夏战事诗中，诗人们更是大发议论、纵横捭阖，将深沉忧愤、峥嵘跌宕的内心情感融注到理性的议论之中。可以说，宋诗议论化、散文化的艺术特质同样也是宋夏战争背景下的艺术产物。

二、宋夏战争与北宋豪放词风的全面建构

词体在晚唐成熟，至北宋达到繁荣阶段，其间经历了百余年的发展历程，表现男女恋情、离愁别绪的婉约词一直居于主流风格。然而随着宋夏战争的频繁爆发，士大夫文人创作视野和人生体验都因之发生了改变，并拓展了新的创作视域——边塞战争与军旅生活。于是关心国家安危、慨叹国耻国难的豪放之作开始不断涌现。其中，不论是浅斟低唱的沉吟，还是雄肆粗犷的高唱，都与历经百年的宋夏战争有着密切关系。北宋豪放词的作者多是经历宋夏战争，且关注现实政治、忧国忧民、积极有为的仁人志士，他们将忧国忧民的士大夫精神注入词体，以原本应歌娱乐的小词反映时代的风云变化，抒发振兴家国、维护民族尊严的英雄主义豪情，从而打破词体的娇娆柔媚之态，大大加强了词体的现实功能。对国家社稷安危的强烈关注使得北宋词人打破诗尊词卑的狭小观念，从而将创作目光投向风起云涌的广阔社会，与战争相关的边塞风光、登临伤别、怀古咏史、报国志向等内容开始涌现词坛，由此掀起了豪放词的创作高潮。不论是塞外边地的战争景象，词人对家国社稷的忧患情怀，还是政治理想与人生价值无从实现的内心悲怨，都开始大量涌现在词人笔下，词体这一风貌的转变与宋夏战争这一影响北宋社会方方面面的历史事件密不可分。

作为北宋豪放词的先驱，范仲淹一生正值宋夏关系最为紧张的时期，到他晚年时，宋夏矛盾愈趋激化。在国家命运受到严重威胁的紧要关头，其内心的爱国热情及忧患意识顿然勃发，他不仅走上战场、亲历战争，同时用诗文记录了他们在国家危亡时期的所闻、所见、所感。范仲淹虽然存词只有五首，但却能够摆脱浮艳华靡的传统词风，将边塞将士戍边的情景，以及忧国思乡的深沉感情注入词中，为宋词开拓了新的表现领域，《渔家傲》《苏幕遮》两首作品就是他在西北军中的感怀之作，真切展现了边防将士们忧国怀乡的深情，以及词人对离乡久戍将士们的深切同情，可谓在剪红刻翠的软媚词风之外另辟一隅。尽管词体的艳科性质和娱乐功能一直潜在地支配着北宋词人的创作观念，然而“文变染乎世情，兴废系乎时序”[5]（326）毕竟是一种客观存在的创作规律，没有一种文体能够逾越时代精神的影响而独立存在。继范仲淹之后，引时事入词逐渐成为一个时期普遍的创作倾向，并在其他词人笔下有了广泛的表现。如刘潜《六洲歌头》中的“秦亡草昧，刘项起吞并。驱龙虎，鞭寰宇，斩长鲸”，借项羽的慷慨气概表达自己对英雄的崇敬与向往，其中不乏力主抗击外族的期待；沈唐《望海潮》中的“山光凝翠，川容如画，名都自古并州。箫鼓沸天，弓刀似水，连营十万貔貅，金骑走长楸”，将“川容如画”的中原大地与“刀弓似水”的战争场面做对比，流露出对不义战争的严厉谴责，从而引发人们对战争的思考。虽然北宋前中期直接描写边塞风云的词学作品并不是很多，但“这种豪放词风所体现的阳刚之气和壮伟之美，无疑正是一个弱势民族在强族压迫下急需的精神素质。”[6]（273）由于词体声情体制的限制，表现重大社会历史题材的作品在北宋词的创作中数量有限，难与婉约词平分秋色，但这已经能够说明时代精神对文学体式的强大影响力，同时我们也能够深切感受到宋夏战争带给词人创作上的艺术敏感，这也潜在地推动着词体的内质演变。

北宋中后期是豪放词的确立和深化期，同时也是宋夏战争进入白热化的阶段。在经历了三川口、好水川、定川寨战役的惨败后，北宋词人逐渐从宋初承平的温柔乡中清醒过来，并开始通过变革寻求出路，王安石、苏轼就是这一时期最具改革精神的文人，这种精神也必然会反映在词体创作中。王安石以词体来咏史怀古，通过对历史的反思，表达革除时弊、重振国威的迫切愿望，其《桂枝香》《千秋岁引》就寓含此意。程千帆先生把王安石和范仲淹并列，认为“范仲淹和王安石等只是偶尔填词，范词现存5首，王词现存27首，但他们的艺术风格不同于晏、欧等词家，不妨说是苏轼开创豪放派的先驱和同调”[7]（11）。程先生之所以将范、王二人视为豪放词的先驱，正是因为他们以政治改革领袖的气魄冲破了词体纤柔狭小的牵绊，使其承载着更为广阔而实用的现实内容。正是在他们的带动下，豪放词开始在改革精神和爱国主义的高潮中得到进一步的发展空间。不论是为国立功的热望，还是对百姓深受战争之苦的同情，抑或是对战争的憎恶以及统一祖国的愿望等，都开始成为词人们所关注的现实内容。豪放词发展到苏轼那里，则呈现出自觉的创作状态。苏轼现存词340余首，豪放词虽只占其作品的1/5，但却能够打破词体固有的抒情程式和创作定势，用“以诗为词”的创作理念拓展了词体的表现范围。吊古伤今、政治抱负、指陈时弊成为苏轼豪放词的标志性内容，而这都与宋夏战争密切相关。其《南乡子·赠行》《江城子·密州出猎》《望江南·超然台作》等作品正是宋夏战争背景下的感怀之作。在《南乡子》一词中，苏轼虚构了一个万舰待发、“旌旗满江湖”的壮阔场面，“帕手腰刀”的“丈夫”正整装待发，开赴战场。与驰骋疆场的将士相比，词人只能自嘲是纸上谈兵的“迂儒”，悲怆之情流于笔端，并发出“若问使君才与术，何如？占得人间一味愚”的无奈与悲痛之声。此外，《满江红》中的“江表传，君休读，狂处士，真堪惜”；《行香子》中的“君臣一梦，今古空名”；《望江南》中的“休对故人思故国，且将新火试新茶，诗酒趁年华”等无不是激愤感伤之情的深情表露，映射出苟安局面下文人失落无望的内心悲凉。较之前期豪放词风的含蓄委婉来讲，苏轼笔下豪放词的历史感与现实感得到进一步加强，深刻展现宋夏战争背景下的时代精神与文人风貌，从而为词体创作开辟了更加健康、开阔的创作道路。

任何时代的文学都是记录这个时代历史动变的晴雨表，宋词创作同样如此。作为宋代社会文化形态的一部分，词体的创作主题与历史内涵都会受到现实政治格局的影响。由于政治与文学的亲缘关系，历经百余年的宋夏战争必然影响词人的审美心理与主题取向，从而“使北宋词在风花雪月、羁旅行役之外，又增加了边塞、和战、朝政、民生、学问、事功等经世济民的广阔内容。小词不再仅仅局限于一己小我之事，不再仅仅抒写个人情怀遭遇，它开始有了更深沉的思想性”[8]（5）。从不寐流泪的“白发将军”到“射天狼”的爱国志士，从“少年任侠”的英雄豪杰到“宣威西夏”的战地将领，一群心系国家命运的仁人志士谱写出一曲曲或悲壮苍凉，或豪迈劲健的慷慨悲歌，给满溢着脂粉气的北宋词坛平添了几分豪壮之气。不论是山河受创的家国之痛，壮志难酬的精神苦闷，还是激昂壮烈的民族精神，如奔腾不息的江河之水一样融贯于整个北宋词的发展过程之中，慷慨苍凉的词情也在时代矛盾的激流中愈加浓烈，发人深省。北宋豪放词的延续与不断发展亦说明时代精神对文学体式的强大影响力，而宋夏战争无疑是其建构与成熟的重要历史动因。

三、宋夏战争与北宋政论散文的繁盛

宋代散文是中国古代散文发展的顶峰，这已经是古今学界所公允的定论。从吕祖谦所编的《宋文鉴》、庄仲方所辑的《南宋文范》，以及今人所编的《全宋文》等散文总集来看，宋代散文数量繁富，佳作纷呈，风格流派众多，可谓集前代之大成。宋代散文之所以有着如此之高的成就和地位，除了以上数量和风格上的成就以外，还体现出强烈的政治色彩和时代特点，这依然与宋夏战事有着密切关系。宋夏战争所引发的社会矛盾积弊激发了北宋文人关注社会现实、积极参政的热情，其创作心态与价值取向因之发生了明显变化。他们“以通经学古为高，以救时行道为贤，以犯言纳说为忠”[9]（316），将道德精神的建构与政治理想的实践紧密结合在一起。文人一方面致力于探求政教根本，另一方面则担负起经国救世的社会责任，双方的合力造就了经学、史学、文学的相互渗透、彼此影响的繁盛局面。在此背景下，北宋文人士大夫开始要求用文学来反映现实，他们将深沉的忧患思想与高昂的士人风貌融合在一起，以积极有为的创作心态展现济世安邦的政治抱负与人格理想，经世致用的文学观念由此得到空前强化。由此，北宋文人对宋夏战事给予了高度关注，并以策论、奏议的形式发表和宋夏战事相关的各种见解，从而将政论性文体的创作推向高峰。

作为政治的参与者、文化的创造与传播者，以及文学的创作者，读书、治学、从政、议政成为北宋中期文人士大夫的主要生活内容，而如何挽救受到战争重创的国家危亡，成为当时文人儒士的中心议题。在强烈的忧患意识与爱国情感的激励下，一些重臣兼文士，如范仲淹、韩琦、富弼、欧阳修、王安石等都直接或间接参与边事，他们积极进言献策，发表对战争的见解与救国方略。欧阳修对宋夏战争所带来的社会影响做了这样的概括：“从来所患者夷狄，今夷狄叛矣；所恶者盗贼，今盗贼起矣；所忧者水旱，今水旱作矣；所赖者民力，今民力困矣；所需者财用，今财用乏矣。”[10]（323）范仲淹更是“每感激论天下事，奋不顾身”[11]（8277）；司马光不仅有《论北边事宜》《远谋》等陈述自己对边事意见的政论奏疏，而且明确提出“居其位者，必忧其事，食其禄者，必任其患，苟或不然，是谓盗窃”[12]（1255）的立身标准，对士大夫们高扬自我的社会责任感提出了要求；就连邵雍这位三十年居于洛阳“安乐窝”中潜心做学问的道学家，亦表露出“未得西羌灭，终为大汉羞。惭非班定远，弃笔取封侯”（《边塞四首》其一）的御敌决心；理学家张载“为天地立心，为生民立命，为往圣继绝学，为万世开太平”[13]（376）的豪言壮语同样是宋夏战争背景下的时代呐喊，鲜明体现着宋代士人积极进取的精神品格。欧阳修在《镇阳读书》一诗就以“平生事笔砚，自可娱文章。开口揽时事，论议争煌煌”来概括北宋中期文人的精神风貌。在揽时事、发议论的过程中，促成了种种或力主革新、或因循保守的政治见解层出不穷，而宋夏战争带来的种种社会危机成为当时文人儒士的中心议题，由此形成了政治与文学的交互渗透的局面。

据现代学者统计“以单篇文章或专题形式记宋夏之事的汉文西夏文献多存在于宋人文集以及宋人编著的一些历史文献中，这些文集和历史文献许多流传至今，所以被文集和历史文献所编入的汉文西夏文献也得以保存下来，为我们今天研究西夏提供了丰富的一手材料。”如范仲淹的《范文正公集》、胡宿的《文恭集》、宋祁的《景文集》、包拯的《孝肃包公奏议》、尹洙的《河南先生集》、欧阳修的《欧阳修全集》、夏竦的《文庄集》、韩琦的《韩魏公文集》、苏轼的《苏轼文集》、苏辙的《栾城集》等文集中都存有多篇与西夏相关的文献，存在于宋人文集中的这些文献多为宋臣上奏的各种奏议。[14]这些奏议的内容非常丰富，涉及宋夏关系中的政治、经济、军事、外交等领域的内容。在北宋对西夏作战期间，宋仁宗就向广大文臣们征询对夏良策，仅一年时间就收到近万条建策。存在于其他历史文献中的专题西夏文献主要有奏议、诏令和历史专题。明代黄淮、杨士奇所撰编集的《历代名臣奏议》350卷，其中宋代奏议约占7/10。奏议类文体作为大臣向皇帝进言的参政议政之辞，大多密切联系社会生活，是对当时政治现实的思考与反映，政治色彩很强。诏令专题最为集中的是《宋大诏令集·政事门》中的《西夏》部分，共辑录了北宋降于夏的66条诏令，这些诏令从不同侧面反映了宋朝封建中央集权政府对宋夏关系的态度和立场。奏议专题最为集中的是在《宋朝诸臣奏议·边防门》中的《辽夏》部分，收录了宋臣80篇左右的西夏专题奏议，宋臣主要围绕宋夏关系这一主题来申明各自的立场、观点，这些宋臣包括田锡、张齐贤、杨亿、庞籍、韩琦、范仲淹、欧阳修、富弼、司马光、余靖、苏辙、范纯粹、范纯仁、张舜民等。历史专题主要有《东都事略》卷一二七、一二八《西夏传》，《建炎以来朝野杂记》乙集卷十九《西夏扣关》，《宋朝事实类苑》卷七五《安边御寇·西夏》，《隆平集》卷二十《夏国赵保吉传》等。这些专题以叙西夏历史地理沿革为主，或详或略，内容多寡不一。综合研究这些单篇或专题文献，我们可以大致了解宋朝统治集团和一般文人对宋夏关系的基本立场和看法。深陷于内忧外患的困境之中，现实的难题摆在富有责任感和忧患意识的文人面前，他们必须直接面对并且思考这些现实存在的危机，并做出解答，而包含奏议、书说、诏令、传状等用来议政说理的散文无疑成为他们发表治国方略、针砭时弊的最强有力的阵地。

面对北宋王朝“武备废而不修，庙堂无谋臣，边鄙无勇将。将愚不识干戈，兵骄不识战阵”[15]（1525）的社会现实，以诗歌反映宋夏战争所带来的政局弊端和民生困厄，成为诗人们普遍的创作倾向。也正因如此，宋夏战争所辐射到的所有社会问题，北宋中期诗人都能够通过议论、散文为诗的方式予以真实再现。面对国家所面临的内外危机，文人笔下的中心议题就是如何促使朝廷勤政修德，妥善处理民族关系，并削减租赋，减轻战争给人民带来的负担，从而通过有利改革，达到富国强民的目的。其中王禹偁的《三谏书序》《端拱篇》《待漏院记》《御戎十策》《应诏言事疏》《唐河店妪传》等名篇；柳开的《代王昭君谢汉帝疏》《上言时政表》《默书》《与张员外书》《贺枢密副使富谏议启》等作品都直接针对民族战争引发的相关问题而发表见解和议论。随着宋夏战争的不断激化，谈论兵事成为北宋文人笔下的重要内容，并广泛存在于奏议、策论、札子、碑志、传记等各种文体中。韩琦的《陈用兵练卒疏》《请鄜庆渭三路添兵疏》；张方平的《平戎十策》；程颢的《论霸王札子》《谏新法疏》；程颐的《上仁宗皇帝书》；欧阳修的《论乞谕陕西将官札子》〈庆历三年〉、《论元昊来人请不赐御筵札子》；尹洙的《谏时政疏》《息戍》《兵制》；李觏的《富国》《安民》《强兵》《庆历民言》；司马光的《乞听宰臣等辞免郊赐札子》《辞免裁减国用札子》《论召陕西边臣札子》《论北边事宜》《论西夏札子》《谏西征疏》《西边劄子》《乞不拒绝西人请地劄子》《论召陕西边臣劄子》等奏札都是他对边患问题的认识和主张。此外，宋夏战事也促发了政论文的兴盛，如苏轼的《思治论》《进策》等文，希望通过富国强兵、巩固边防来挽救社会的政治危机；苏辙的《夏论》《周论》《六国论》《秦论》《唐论》《尧舜》《汉高帝》《汉文帝》《唐高祖》等文章，都是他回顾历史、感发现实的力作。秦观在作科举士子之时就已经对宋夏作战情况予以关注，创作了包括《将帅》《谋主》《兵法》《人才》《边防》在内的50篇策论文，主要内容针对北宋朝廷与西夏历次战争胜败得失而展开，对宋夏之间的关系形势作了客观深刻的分析，渗透着强烈的报国热情；陈师道的《兵法》《奇正》《将才》《将心》等文，都是从儒家经邦济世观念出发，评论时政得失，从政治、经济、军事等各方面提出了应对西夏的战略措施。可以说，不论是居庙堂之高，还是处江湖之远的北宋文人始终把国家兴衰、民族忧患、民生疾苦作为关注的重心问题，从而展现他们的济世情怀与忧患精神。通过聚焦宋夏战争的方方面面，北宋文人充分贯彻了要求文学反映现实、革除社会弊病的诗文革新主张，完全摒弃了宋初诗坛总体上内容空洞、言之无物的虚浮风气，从而为北宋文学开辟了全新的理论视野与创作格局。

历史上不乏战争，历朝历代都曾有过边关动荡的时期，但像宋代士人这样以如此饱满的激情和深沉的理性来凝视和思考战争事件的，可谓是一道独特的景观。当我们把审视历史的眼光定格在宋夏对峙百余年，就会发现北宋文人的创作热情与文学的现实指向，是随着宋夏战争的发生发展而彼此消长，而且北宋重要的文人几乎人人都写过反映宋夏战争的文学作品，从而深刻影响着文学格局的分布与审美风貌的形成。当我们以宋夏战争作为主线将北宋文学的发展进程贯穿起来，则真正窥见了北宋文人和他的时代是怎样的荣辱共存，这种民族忧患意识显示出了宋代文学区别于其他时代文学的主要思想特征，这是决定宋代文学史、思想史的重要发展线索，也是深入探求宋代文学精神底蕴的重要背景。由此我们可以得到以下结论：文学与政治有着紧密的亲缘关系，但绝对不是直线型、简单化的，而是以创作主体为核心中介，以文化思潮与审美风尚为依托，从而在一个立体化、复杂化的历史空间中相互影响、彼此制约，宋夏战争对北宋文学格局与审美风貌的影响就是最好的说明。

参考文献

[1]赵维江. 宋辽夏鼎立格局下的北宋文学进程，民族文学研究，2004(3).

[2]李华瑞. 宋夏关系史. 北京：人民出版社，1998.

[3]苏舜钦. 论西事状苏·苏舜钦集. 上海：上海古籍出版社，1988.

[4]〔日〕吉川幸次郎. 宋诗概说. 台北：联经出版社，1977.

[5]赵仲邑. 文心雕龙译注. 桂林：漓江出版社，1982.

[6]傅璇琮，蒋寅. 中国古代文学通论. 沈阳：辽宁人民出版社，2005.

[7]程千帆. 两宋文学史. 上海:上海古籍出版社,1991.
[8]朱崇才. 宋学与北宋词坛的新变及平衡.文学评论,2009(5).
[9](宋)苏轼. 六一居士集叙. 苏轼文集. 北京:中华书局,1986.
[10](宋)欧阳修. 准诏言事上书. 全宋文. 上海:上海辞书出版社,2006.
[11](元)脱脱. 宋史. 北京:中华书局,1985.
[12][15](宋)赵汝愚. 宋朝诸臣奏议. 上海:上海古籍出版社,1999.
[13](宋)张载. 张载集. 北京:中华书局,1978.
[14]胡玉冰. 汉文西夏文献述要. 宁夏大学学报,2003(1).
[15]赵汝愚. 宋朝诸臣奏议. 上海:上海古籍出版社,1999.

本文发表于《文艺评论》2014 年第 6 期。

家园意识与文学想象

——当代回族作家石舒清长篇小说《底片》的空间化写作特征

◎马慧茹

20世纪各民族文化与精神相互交叉渗透，世界各地已经是个多样化的空间。因此，地域、空间意识在文化交往中逐渐显现。空间理论在文化研究、社会理论等领域开始频繁出现，成为当代社会研究的一种新视角。现实中人们开始对作为生活环境的空间进行关注，并对出生地、生长地的生存环境及其结成的社会关系进行思考。最早提出空间与社会关系的福柯曾说过："后现代思想的兴起，极大地推动了思想家们重新思考空间在社会理论和构建日常生活中所起的作用，空间意义重大已成为普遍共识。"[1]后来，法国哲学家列斐伏尔在其名著《空间的生产》中提出人类生存的环境是无限广阔的。他的"空间认识论"认为：空间有可以感知的自然物质，也有对生活意识、观念建构的精神世界，还有在物质和精神之间结成的社会空间。这个社会空间打破传统空间理论的"二元论"，认为在物质与精神之外还应该存在一个无所不包、彻底开放的"他者化"空间，就是社会空间。社会空间由社会主体的人结成，是基于自然物质和精神世界两个空间生成的，并且同时产生社会。所以它是动态的、变化的，不断生产知识和想象，并形成各种各样、大小不一、形态各异的社会空间。人是这个空间一切动态与静态、真实与想象、具体与抽象的意义所在。正如他所说："我们关心的是逻辑——认识论的空间，社会实践的空间，感觉想象所占有的空间，包括想象的空间，如规划与设计、象征、乌托邦等。"[2]

就文化研究而言，具体到文学创作方面的重大转向是对地域环境、生态空间的观念形态的艺术化建构和表达。不论是社会的物质还是精神都应是构成社会空间并获得文化注视的领域。文化地理学在文化研究与文学创作领域的潮起潮落就是这一空间理论的拓展。大量有关地理、民族的历史记忆、宗教文化、生活习俗、语言使用等充满整个文学的知识生产过程。这些构成人类生存空间的事物同时成为作家进行反复文学书写的知识来源与构成体系，并因此形成独特的民族文学图景与艺术风格。"在空间上,我们与外部世界之间的差异导致了我们对自我的体认。在时间轴上，当下的变化催生了我们对自己过去的体认和怀旧，对传统流失的忧患和反思。"[3]文学活动是反映现实、照亮现实的一面镜子，反映出人们在一定精神高度上对世界的认识和把握，同时也是社会空间继续生产新的意义的社会活动。一定程度上，它的存在是对空间及其构成社会关系的折射和反思。尤其是全球化背景下，都市与乡村的界限越来越模糊，人们内心记忆中淳朴家园的逐渐消失与都市文化的四处蔓延，许多作家通过文学活动建立一个可以自由往来的心灵家园。

当代都市生活的一个重要表现是空间蔓延和时间加速，信息交互迅捷、琐碎，很多人在精神上表现出支离破碎。相对于都市空间文学表达的无根状态，少数民族作家，尤其是成长在较为闭塞地区的回族作家，反而更能够表达一个独立自主的"乡土空间"，建构文本中的一种"家园感"，提供给感受到失落感的人们"一种追根溯源的虚构，一种缅怀失落之本原的怀旧情绪"[4]。处于中国西北腹地的回族聚居区，许多地方常年干旱、缺水、交通不便。一方面是物质条件的落后，另一方面却是因此保持完好的生活习俗、宗教信仰、精神世界。在这样充满生存矛盾和精神张力的空间中，孕育了许多文笔细腻生动、叙述自然朴素、情感温良洁净的作家，诞生了大量具有独特审美差异性的文学作品。如张承志从都市文化中挣脱，极力在偏远的乡土之中寻得失落的精神家园；霍达在都市文化中试图找寻过去与现在、回族与其他民族之间的共通点；还有查舜、李进祥、马金莲等回族作家对不同时代背景下，乡村与都市空间的客观描写与冷静思考。但是，在这些作家作品中，石舒清及其小说无疑是个典型。他自开始创作就清醒且理性地思考故土与城市在空间上的交互变化，及其引发的一系列矛盾冲突和精神焦虑，运笔细致、情感沉静、思考深刻。难能可贵的是，随着近年回族作家队伍的壮大，许多回族作家或转型或淡化乡土写作，进入城市空间进行思索，唯有石舒清在富有民族特色、地域特色的“空间化”写作方面，一如既往地坚守、探索。一如他的长篇小说《底片》，与他的其他作品《清水里的刀子》《暗处的力量》等相比，这部作品对“社会空间”形态的文学建构更为独到和精准，小到自然生物或者个人的心灵空间描写，大到一个家庭或者一个家族的生活空间叙述，甚至一个民族的历史、社会空间反思，皆能在这一个个串联的小故事中生动显现。

列斐伏尔认为在特定的空间中，人们总是因为社会关系、家族血缘、生产方式等结成生动、丰富的空间生活，人们的存在也因为这种空间构成显得生气蓬勃。虽然他认为任何文本和话语无法完全把握人类社会空间性的全部，但是有价值的文本和话语总会在某种程度、某些方面，提供一种探究社会空间的窗口，引发人们对一定社会关系、社会生产的关心和思考。《底片》这部洋溢着童真气息和乡土情怀的西北回族民风传奇，具体由 7 个部分 63 个小短篇构成，每一个小故事都是对旧物、旧人、旧事等的回忆与惦念。这是作者石舒清忆物、忆人、忆事小说叙述模式的发源点。这些内容以家族中几代人物、纪念物、事件等构成，是对宁夏西海固地区回族生活历史（朴素的现实主义与崇高的宗教信仰）的深情赞歌。他以家族为主线展开对过去生活的叙事，用记忆中的旧事物反衬、预示和象征生存空间的转移和变迁，从不同侧面，精心构造一个于现代文明中如海市蜃楼般的“心灵空间”，是对个人身份的找寻和认同，对家族情感的怀念与回忆，对民族文化传统的感念与反思。

一、记忆空间的家园意识

描写、叙述“过去发生的事”几乎是每个作家文学创作的必要内容，因为记忆往往构成作家独特的审美经验世界，成为他创作丰富、生动的意象世界的基石。优秀的作家总是能将经过岁月检验和冲刷的人、事、物经过放大、焕新等，呈现给读者，并且用艺术化的符号、技巧锤炼其中的真、善、美，送至读者的内心深处。

《底片》的写作可以看作是石舒清记忆中那儿时、少时痛并快乐着的生活纪念。多年前的家族亲人、家务琐事、社会生活动态都在一个个短小精悍的叙事故事中鲜活地再现出来。《黄花被》中作者将一件生活中并不起眼的一床棉花被，放在一个特殊的历史时期中，令其带有某种象征意味地出现在家庭生活中，并以其为线索展开一段“1973 年”后辛酸甜蜜的历史回忆。劳改十年后的爷爷在众人“想哭的心情欢乐着”的情绪中归家了，面对家的破落唯有落泪。一床八成新的铺满“素淡温暖的小黄花”的绸被子被送来，一家人在此后的十多年苦难期，总是能感受到点滴的欢乐和希望。当作者成为城里人内心感到，对“小黄花”的“记忆恢复得竟会那般迅疾”，“眼里也悄然地蓄满了泪花”。这是一种对记忆深处那段苦难但欢乐的童年历史刻骨铭心地表达。那些成长历史中的记忆空间，正是作家得以“心声心画”的根源和母题。

其他如《老木床》《大立柜》《信件》等篇章同样寄寓了作者脉脉温情中对过去那些苦难却充满人情味的成长历史的回顾和体味。“以它的结实与宽厚默默地承受和担待了许多”的老木床，在儿时记忆中，充当着家庭特殊时期的“老人”身份。“浓缩记忆”的这张老木床就是一个“很有分量”的家庭成员，天寒地冻时一家人都挤在这张老木床上，它提供的是生存的依靠；后来结实的老木床拆开来还充当村里人“停埋体”的物件，总是在清洗后“像村里一个年高德劭的老者”“尽心尽力尽职尽责”地送走一位位亡人，“默默地驮着亡人和活人的一切”；老木床也为爷爷提供着困苦岁月中亲情与血缘连接的慰藉，像青海血脉中两位老人短暂地来往，留下的仅有老木床上的温度。这个小短篇，语言极其朴实，内容十分简单，就在极简的字里行间透露出回族原乡文化传统中的深情厚谊，表达一种对乡土家园的亲近和尊崇。

“空间理论”的另一位代表，美国后现代地理学家爱德华·索雅，认为列斐伏尔的第二空间是生产知识的空间，是用注意力、构想进行话语建构的空间。他阐释或发展了这一空间，更确切地说是哲学家、艺术家等个性化的创作者的创造性想象领地，他们在此自由结合想象与地理学，然后形成自己的创作理念，投射现实经验世界。于是这种空间就让文学活动等具有了本土地域性、民族文化学、文化地理学等更具体的特征。当代许多回族作家的文学表达没有刻意的描摹和细致的绘制，就是朴素的不能再朴素的书写，简单、朴实，却表达了一种对当下生活变化的反思。透过本土化、民族化的描写，是“对自己过去的体认和怀旧”，这不正是作家对现代社会个体进行自我身份的追寻和认同表达吗？石舒清在《天堂的礼物》中，记忆里那座恢弘的清真寺落成（上梁）时就像一次极为庄严肃穆的宗教仪式，极有讲究。人们沉浸在巨大的欢喜和愉悦之中：“这个记忆太深刻了，无疑是一次乡村盛宴，是一次狂欢。”然而，多年后当“我”再回去：“寺还是那个寺，不足三十年，它已经衰败了许多，瓦脊间长出草来。瓦也一阵强风就能吹破似的。和我记忆的不同，它一点也不雄伟，倒好像一个穿着旧棉袄晒日头的老人，我想着它上梁那天的情景，想着洋糖、核桃、花生从高处落下来，现在就是往地上抛撒这些，人们也不会稀罕了”。清真寺意味着回族民众对本族文化的传承和坚守，对民族个体身份认同的需求。作者在字里行间流露出，对现代转型后的乡村生活、回族文化与记忆空间的差异，充满忧思。并且是“对传统流失的忧患和反思”这一深切思想正是在记忆空间与现实空间的不断碰撞中显现出来。回族文化重善德、尚清洁、富地域特色，回族人在传统道德理性之外，又构建了一个充满精神力量的想象飞地。正是这个飞地为回族文学世界提供了自由而独特的驰骋空间。

在《奶奶家的故事》《母亲家的故事》《邻居家的故事》等系列中，石舒清同样采用简单叙事手法，用多个故事片段连接起来构成一部家族史诗，甚至将邻里关系都看作是家族中的一部分展开叙述。这些记忆的片段在多年后还能那么深刻清晰地再现，得益于作者在记忆的空间中，一遍遍清洗记忆，过滤杂质，清醒自我。这种对民族生存环境与历程的朴实勾画，是石舒清的小说《底片》的独特之处，也是作家在现代生活中的自我确认的方式之一。这点非常契合索雅在列斐伏尔的理论基础上提出的“第三空间”理论，空间是具有物质属性和精神属性双重意义，并催生出多重复杂的“第三空间”，在他看来：“空间具有它的物质属性，但是它绝不是与人类、人类实践和社会关系毫不相干的物质存在，反之正因为人涉足其间，空间才对我们现出意义”。[5]他认为“空间”是在人类集体性和社会性的更广阔语境中产生和形成的。什么是第三空间？“空间既被视为具体的物质形式，可以被标示、被分析、被解释，同时又是精神的建构，是关于空间及其生活意义表征的观念形态。索雅提出的第三空间正是重新估价这 二元论的产物，据索雅自己的解释，这一理论把空间的物质维度和精神维度均包括在内的同时，又超越了前两种空间，而呈现出极大的开放性，向一切新的空间思考模式敞开了大门。”[6]由记忆中的人、事、物及其故事构成的“第三空间”，毫无疑问是这种极具开放性的广阔空间中的一个。用文学叙述空间，并在叙述中从记忆的空间进入，构建一个记忆中的新的想象性世界，反观过去，反思当下，更充满了一种创造性的可能性。石舒清文学世界构建的这个心灵家园，是对当下民族文化的一种新的缅怀方式和传播形式。

为什么在都市繁华的背后还要回忆过去，细述过去？无非是触觉敏感的作家感受到了现实快速的变化令人难以抓住精神的根基，难以感到存在的意义。所以通过最能组构无限广阔空间的文本，纵横时空，反思现实，回归传统，旨向未来。文化地理学代表人物之一麦克·克朗，就是把文学作品里的这一家园的空间结构，归结为因为现实中“家园的失落”或者是家园感的难寻。文本中的“家园”写作是围绕一个“本原的失落点”叙写“回家的旅程”。虽然，如今的“小黄花”也不如那时的“小黄花”那么温暖珍贵，如今的野菜也不如记忆中那么酸涩的甜蜜，还有很多的故事暗示能否重返记忆中那个美好的家园，是存在疑问的，“家园既经失落，即便重得，也不复可能是它原来的模样了。所以，在这一结构中构建的‘家园’空间，可视为一种追根溯源的虚构，一种追缅失落之本原的怀旧情绪。”“由此而言，文学中空间的意义，较之地点和场景的意义远要微妙复杂得多。”[7]

由是观之，和很多其他回族作家一样，张承志从北京到大西北，马瑞芳从山东到青海等，是从信仰高度探寻和回归精神家园；查舜从改革前到改革后，是从历史的选择证明乡土民族的家园可贵；李进祥、冶进海、马金莲等回族作家或从乡村到城市，或从家外到家内，都在书写本民族那片宁静、高洁的“家园”空间。如今，石舒清更是用《底片》再一次印证他记忆中的家园空间，是应该给予珍视的想象空间。在那里他有甜蜜的童年时光，也有成年离乡后的忧愁。“乡愁”不是单纯地怀念，而是为短暂逃离当下生活、城市光景所编织的一个梦境。费孝通先生曾说“乡土社会是阿波罗式的”，是现实生活中的美好与光明。表现在社会生活中，就是“靠亲密和长期的共同生活来配合各个人的相互行为，社会的联系是长成的、熟习的，到某种程度使人感觉到是自动的。只有生于斯、死于斯的人群里才能培养出这种亲密的群体。”“空间的位置，在乡土社会中的确已不太成为阻碍人了解的因素了。”[8]家族、民族早已成为多民族一体化的中国乡土社会中，维系家园情感的基本单位，回族人民因为先天血缘和宗教信仰又使得这种情感更为牢固和亲密。但是，就像克朗曾指出的，旧时的村庄人人相熟，村落与社群，哪里都是宁静平和的公共空间；而今的城市，人人都是陌生，钢筋混凝土的高楼大厦，到处都是喧嚣骚动。“数不清的故事不断地证明着返家是多么困难。的确现代故事总是设法说明现在的一切无法回到过去的样子。通过这种结构所创建的‘家’的概念可以称作是怀旧小说，充满了对过去的回忆。”[9]作为有自觉的作家，石舒清在这种乡愁中看到了乡土生活的贫瘠落后，但也深情地向往那样淳朴洁净的家园空间，这种家园意识成就了他得天独厚的文学想象世界。于是，便有了用“回忆”“记忆”建构自己精神家园的可能性。

二、乡土空间的诗意书写

文学想象是构成文学诗意化空间的主要手段，由现实经验和情感体验构成的文学写作总是将现实生活描摹得意义丰满，留给读者不尽的想象空间，在这个想象空间中，每个人的思绪腾飞翻滚，编织着自己更美好灿烂的人生。列斐伏尔坚信空间不是“空洞”的，而是发生着任何关系变动和实践体验的“蕴含某种意义”的空间。在他看来：“空间不仅是物质的存在，也是形式的存在，是社会关系的容器。”[10]由此，文学属于一种社会生产活动，一种媒介方式，本身就在通过于言语建构文本，同时又通过文本表达自己的言说内容，一个个不同时代、不同社会人群的意识形态和信仰的空间也由此建立。文学的诗意空间书写，是把作家及其民族的文化惯例统统表现出来，并且有意无意地对这个惯例进行肯定或者颠覆。建构在这样的空间意识下，石舒清等回族作家的创作，对看似枯寂的乡土空间的描写，就显得内容丰富，意义深远。

石舒清依托极具西北特色的故乡——回族聚居区西海固作为地理背景，不仅是地理学意义上的符号，也是作者记忆和想象中的精神家园。但凡对回族作家及其文学有所了解的人都知道，许多优秀的回族作家都不是在描写璀璨夺目的都市繁华，或者时代更替的大主题，而是往往着眼于一方荒凉贫瘠的水土，一片深情款款的家园情怀，却焕发出震撼人心的精神力量与温暖朴实的人性美好。因为在这片饱含曲折的大地上，对生存其中的人们而言，“栖居于想象的空间，人类才继续从事神话的劳作，让人类的诗性智慧不至于随着世俗化的历史进程而花果飘零。即使是生活在一个生命不复圆满的破碎世界，诗人们也希望去抓取其中一丝已然黯淡的灵韵，一缕缥缈的诗意。”[11]克朗认为可以在文本内部许多方面探究文学和地理的关系，如在想象性的情节、人物等方面探寻“一种家园感(senseofhome)”，并围绕整个这个点，将故事的展开设置得曲折多难，历经坎坷，主人公的遭遇越是激动人心、令人扼腕，这种回归时的幸福感就越强，而这种家园感也随之增强。这是许多回族作家作品诗意化书写的重要原因。但是，石舒清的文学世界并没有遵循这个规律，却也提供了一种诗意的世界。他用回族文化的谦和、温情这一面，展现了古老文化孕育下，一个诗意民族，在独具特色的历史地理背景下，提供给他的诗人的书写空间。所以，回族特殊的历史文化背景下地理环境、人文历史、宗教信仰、生活习俗等共同构成石舒清文学创作的“回族乡土空间”，也是他诗意化描写的主要场域。虽然回族聚居区偏远、干旱、交通不便，生活在这里的人们长久以来怀有对自然的敬畏，但对生命的爱护和对精神世界的坚韧，使得基于此种文化背景下的文化、文学展现出一种独特的人文情怀和生命关怀。回族文化表达出生命的敬重，对世俗生活的重视，对精神世界荡涤的清洁观等，为生活在这里的人提供了自然朴实的生活理念、崇高而洁净的心灵世界。这些内容同时谱写了一曲诗意昂然的“乡土交响乐”!

在西北，在宁夏，一切大自然风土中的特有物都成为他诗意书写的生命对象。“20世纪末期，学术界的‘空间转向’使诸学科呈现交叉互渗的态势，人类生存对地理环境天然的依存关系，激发和塑铸了人类的空间意识，也为文学与地理学的有机融合提供了潜在的可能。‘新文化地理学’把空间作为一种社会、文化和地域的多维存在，重视对地方独特的社会环境和文脉的研究，把地点感的研究转向‘地点身份’的研究，注重空间景观的符号学意义和象征学意义。”[12]迈克·克朗曾在《文化地理学》一书中提出“文学景观”的概念。文学诸如“小说、诗歌、戏剧、传奇”等体裁，用各种各样的方式和手法，解说地理空间中的一切事物，并赋予其符合学和象征学的意义。他特别提到比如文学作品中有特色背景的地域描写，是地理学研究的“一个丰富多彩的资料库”。从而，石舒清笔下的雨水、黄土、瓦房、村落、动植物等生活事象，是与回族人生命息息相关又深刻影响生活世界的重要部分，是在既贫瘠却又生动的乡土景观中，最具丰富象征意义和无限想象空间的“有意味”的审美意象。作者对这些记忆犹新、体悟深刻的意象描写，充满童趣、充满感情，不但展现一方水土一方人的特有风貌，而且将自己的“地点身份”建立在这些空间景观之上。

其中，有一种是带有深刻情感体验的审美意象。《雨毡》开篇便说：“我们这里素来被称作是一个十年九旱的地方。”但是在作者记忆中：“小时候并不缺雨。”雷雨，暴雨，绵绵秋雨，有时没完没了停不下来，结果是间间房屋漏雨。可是这种下雨防雨接雨的记忆却给人们留下多少感动和满足，例如“我”在冰雹中被柳阿訇救起的时刻，“水”除了是人们赖以生存的源泉，也成为少年时期的“我”得以再生的渊源。“水”在儿时的记忆空间同时成为一个民族特有的生命之源。《痕迹》中，“露宿”山村时感受到的月夜静谧、月清如水，“星光月辉”“落下来”的夜晚，人们总是“会睡得通透，清足”。家屋后的雨炮，作者再回忆起来都是围绕着它的“花开花谢，蜂舞蝶飞”，还有它孤寂且坚定的站姿，为儿时的伙伴们提供了那么多快乐和满足。多年后代表童年快乐纯真的雨炮和杏花彻底消失，作者不仅感慨：“正是这种不断地变化和无声无息地消失，使我们感到岁月的丰富和寂寞。”小说中，还有对如防空洞、乡村电影等意象的审美表达，诗意书写，同样填补着人们多年后童年逝去、故土离别的伤痛和寂寥，是作为社会主体的现代人自我确认的最好方式。

还有一种是提供给人们深刻人生经验的意象。《四十房土蜂》中，家里养土蜂、割蜂蜜，正如文中所言养土蜂是可以养出许多人生道理的：“父亲说，土蜂这种东西，灵性得很。有些人家是越养越多，有些人家是越养越少。我家就经历了一个由少到多，再由多到无的过程。这样一个轮回下来，人会明白许多东西，但也似乎越发地不明白了。”分窝时老蜂对幼蜂的驱逐和赶杀，分窝时永不回头的倔强，割蜜时活着和到蜜泥里的牺牲，采花中背负沉重花粉摇摇晃晃地也要飞回家，暴雨中悉数遇难的蜂子。文中最后“父亲说到蜂子，很是深情。他说见过比人勤劳的蜂子，没见过比蜂勤苦的人。”养蜂是过去农村家庭常见的劳作，多少老一辈人都在养蜂中悟得生命的玄机。这种自然生物的辛勤和奉献历来被人们津津乐道。在条件艰苦、生活不易的回族家庭，人与蜂生命相系，甚至可以说人的命运和土蜂一样，短暂而勤于奉献。这是这个古老民族得以维系的生存理念，也是民族个体保持自我的精神向度。《母亲家的故事·赢草》中，“母亲多次讲起过这两则关于草的故事”，一个是偷抢爷爷铲的草把子，多年后成了爷爷的儿媳妇受尽了生活的折磨；一个是骗抢盲瞎的虎儿奶奶的草把子，感觉墙就想要倒下来砸到她。浅显的道理呼之欲出，回族人的自省、反省时时存于心间，一代代传承下来。“社会空间与自然场所的鲜明差异表现在它们并不是简单的并置：它们更可能是互相介入、互相结合、互相叠加——有时甚至互相抵触与冲撞。”[13]可见，背负厚重历史和丰富情感的民族，善于从平常微小的生活中发现总结人生的经验和哲理，并在日常生活的言行、习俗及宗教活动中将之代代传递，形成美好的民族文化品质。石舒清的小说基本是如此，他的《清水里的刀子》《开花的院子》《小青驴》《低保》等皆是如此。所以说，变动不居的社会生产活动中，空间也是具有强大变动性的知识和行为生产活动，一切社会因素无论物质还是精神，或者社会矛盾和冲突，都会在此交织，在此衍变。

从以上简单的空间意象的构建，可以发现，作者的回忆，作者记忆中亲人的回忆，用一件件生活琐事和一次次情感碰撞，网连成一幅幅现出人生道理的哲理画卷。就是在这种日积月累的实践生活中，回族人民从维系生存的空间景观里，获得了大量丰富、生动的经验和感受，并赋予它们以符号学意义和象征学意义，转化为回族生活理念、风俗习惯、心理定势的内隐基质。回族作家石舒清生于斯，长于斯，将民族文化深层积淀恰如其分地运用到自己的文学空间，让这一空间不断充实、完满，展现独特审美韵味。这种特点同样体现在其他回族作家的创作中，清水、黄土、月亮、清真寺、宗教壁画等等，太多对于回族人来说有着特别意义的空间景象，频繁出现在回族小说、诗歌等文学作品中，也逐渐成为回族文学特有的标识和特征。“文学不是举起一面镜子来观照世界，而是一张纷繁复杂的意义之网。任何一种个别的叙述，都难分难解牵擎到其他的叙述空间。”“文本就这样组成了一张观念和观念之间的大网，就在这大网之中，它确立了自己观照世界的方式。”[14]所以，有些回族作家用回忆历史的方式大气磅礴地歌颂民族精神（张承志），有些回族作家用纠结着矛盾冲突的情与理，思考民族文化的走向（霍达），有些回族作家用朴素自然的哲理意蕴彰显民族乃至人类共通的真善美（石舒清），有些回族作家用都市与乡村不可跨越的障碍书写对清水河家园的眷恋(李进祥)，有些回族作家用冰凉现实主义敲醒迷茫中行走的现代人（冶进海）。每个作家在自己的世界设立了独具个性的文学景观，同一个民族的作家又因相同的血缘亲情，组构了一个富有民族特色又沟通无限的文化观念意义空间。

由此可见，文学与空间、景观的关系是互相包含、互相推动的。回族作家的文学创作是对现实空间开放性、无限性的证实与促进，这有利于回族作家在纷繁复杂的现代生活中坚持自己的理想，找对自己的方向。石舒清，就像中国的沈从文穷尽一生都在用文学的诗画方式，建构诗意的湘西世界；也像英国的哈代执着一生用文学怀念民风淳朴的“威塞克斯”一样，地理、空间、文化和文学的结合，是他写作的广阔语境，也是他在现实中寻梦和实现梦境的园地，更是一个作家民族文化、地域文化身份的彰显和标示。这些成就了石舒清的文学文本在当代文坛生产多元性和异质性空间的创作成就，也代表了新世纪以来回族作家发展的新景象。

参考文献

[1][4][11]吴冶平. 空间理论与文学的再现. 兰州：甘肃人民出版社，

2008.

[2][5][13]〔法〕列斐伏尔. 空间的生产. 见杨小彦.城市生长的隐喻. 读书,2006(2).

[3]周宪. 全球化与文化认同·中国文学与文化的认同. 北京:北京大学出版社,2008.

[6][7][10][14]朱立元. 当代西方文艺理论. 上海:华东师范大学出版社,2005.

[8]费孝通.乡土社会. 南京:江苏文艺出版社,2011.

[9]〔英〕迈克·克朗. 文化地理学. 杨淑华,宋慧敏译. 南京:南京大学出版社,2005.

[12]汤晓青. 多元文化格局中的民族文学研究. 北京:中国社会科学出版社,2010.

本文发表于《北方民族大学学报 (哲学社会科学版)》2014 年第 3 期。

宋夏战争与北宋文人的“倦客”情怀及文学呈现

◎郭艳华

“倦客”情怀是古代文人在经受去国怀乡、仕途蹇滞、羁旅漂泊，以及战争流离这些无力把握的人生遭际后，其政治与人格理想受到挫败所生成的精神与情感状态，深切展现了古代文人在封建专制体制下的生存境遇与悲剧体验。自南朝文人鲍照以“倦客”形象自居之后，后世文人不断延续这一情感心理，至北宋而蔚为大观，范仲淹、欧阳修、司马光、苏轼、苏辙、曾巩、秦观、贺铸、周邦彦等均以“倦客”自居，从而成为一种独特的文化现象。“倦客”情怀之所以在北宋得以普遍存在，除了社稷安危、仕途沉浮、羁旅行役、思家念亲等因素之外，与北宋边患频仍、积贫积弱的现实政治环境息息相关。北宋167年发展历程中，民族之间的纷争与融合始终是其社会政治生活的主导内容。在与辽、金、西夏对峙过程中，历经百余年的宋夏战争是北宋民族关系格局的一条主线，同时也是北宋各种社会矛盾的集中点。面对宋夏战争给北宋社会带来的种种困境，北宋文人另一方面以“先天下之忧而忧”的人格风范担负起匡救时弊的社会责任，一方面也深切流露出经受边患战争的倦累心绪，济世之志与“倦客”情怀随之成为北宋文人普遍的双重文化心理。透过这一特定的时代心理，我们可以看到北宋文人在风云变幻的民族关系格局中艰难跋涉的心灵印记，以及特殊的民族关系格局对北宋文人人格精神和创作风貌的深远影响。

一

北宋文人“倦客”情怀产生的原因是多方面的，如政治党争、仕途沉浮、人生际遇等因素，而民族边患战争无疑是其中非常重要的因素之一。宋夏战争的激化和宋朝的败北，以及朝廷妥协苟安的厌战心理，给力行“修身、齐家、治国、平天下”的文人以沉重的精神打击，并带给他们充满忧患而迷茫悲痛的人生体验，“倦客”情怀由此而不断滋生。王水照先生认为，宋代文人是“集官僚、文士、学者三位于一身的复合型人才”，[1]（27）这就是说，宋代士人既是参政主体和学术主体，同时也是文学主体，而这种“复合型人才”局面的出现，正值宋夏战争全面爆发时期。严重的民族危机不但激发了北宋士大夫阶层的忧患意识，也使其产生了浓重的耻辱感与挫折感，文人在文化上的优越感也开启了他们的民族自尊心。于是，北宋群臣开始广泛关注朝廷军事问题，上书谈论军事得失，寻求救弊之策，以致“天下言兵者不可胜计”，[2]（2）从而掀起了一股救弊时政、富国强兵的爱国热潮，饱读经书的儒学之士由此正式走向北宋的政治舞台，真正成为北宋社会的政治主体，他们开始敢言直行，遇事争先，不苟同时俗，传统的士人精神开始得到复苏和践履。然而在伸张各自救国图存理念的同时，围绕主战与主和问题而产生政治分歧，由此将宋初以来的政治党争推向了高潮，且“历代党争的层次与内涵，似乎都不及北宋党争来得丰富和深沉”[3]（1）。之所以如此，民族危机所引发的社会矛盾是导致北宋长期党争的主导原因，这也是不同于以往朝代党争的本质所在。北宋王朝消极应对民族边患的态度，使得自立自强、昂扬进取的士人主体精神与政治疲弊、矛盾丛生的社会境况之间的矛盾愈加强烈而不可调和。因探寻国家出路而生发的朋党之争，“往往将有志向的士大夫拒于仕门之外，他们大都空有报国之心，却无报国之门，所以他们的人生价值从社会责任的角度看就大打折扣了。”[4]一些文人士大夫面对无用武之地的境遇，甚至背弃宋廷而效命于西夏，由此可见北宋文人内心对成就功业的渴望。然而身处严峻的民族边患之中却无寸铁之力，使得积压在北宋文人内心的骚怨郁愤的不平之气，终究转化为失落悲郁、沉痛叹惋为主要心理特征的“倦客”情怀。

北宋王朝建立伊始就处在复杂的民族关系格局之中，在东北和华北，先有由契丹建立的辽，后有由女真建立的金，西北则有党项族建立的西夏，其中北宋与西夏对立时间最为长久。宋太祖、太宗、真宗三朝的五六十年中，与西夏的战争历时 22 年之久。真宗、仁宗、英宗三朝的近 70 年间，北宋朝廷一直深陷于与西夏的争战之中，国力也因此日益衰落。王安石曾在《上仁宗皇帝言事书》中这样描述北宋朝廷因民族关系导致的深重矛盾：“内则不能无以社稷为忧，外则不能无惧于夷狄，天下之财力日以困穷，而风俗日以衰坏。”[5]（410）尤其是在庆历和议之后，北宋朝廷再次以因循苟安的状态处理与西夏之间的关系。因而在宋神宗即位后，他所面对的是一个民族矛盾更加严重，到处千疮百孔的社会局面。面对危机四伏的时局，宋神宗已经深刻认识到因循苟安只能让北宋朝廷最终归于覆灭。出于对自我统治地位的维系和巩固，宋神宗不得不一改北宋以往苟且偷安的统治策略，力图通过改变军事战略来摆脱生死存亡的困境，宋朝对夏的防守战略在宋神宗即位后开始得到改变。在几次主动军事进攻之后，北宋朝廷在一定程度上扭转了在西北边防中的被动局面，但最终还是难逃惨败于西夏的结局。随着主战派与保守派的激烈争论，宋哲宗始终在战与和之间徘徊不定，最终在元祐时期形成了以绥抚为主的对夏政策。接下来的徽宗共执政 25 年，其在位前期尚能够本着主动出击的态度应对西夏，并取得了诸多胜利。然而，随着金兵南下，宋徽宗又开始一味妥协，北宋也最终覆灭在金人手中。南宋偏安后，由于地理关系，双方很少再发生直接联系。南宋开始在风雨飘摇中垂死挣扎，而西夏也在南宋建立不久被蒙古所灭，其与北宋之间长达一百多年的战争也由此落下了帷幕。

在宋夏对峙争战过程中，北宋王朝一直奉行“守内虚外”的国策，这是导致战争不断失败的根本原因。在屡次受挫之后，北宋朝廷的进取之心渐次消减，最终只能以妥协苟安作为解决问题的唯一途径。再加上军制腐朽、用人不当、训练无素等原因，使得北宋的边事问题不但得不到缓解，反而陷入到无可挽回的恶性循环当中。到宋仁宗继位之时，北宋王朝已危机四伏，正如李焘在《续资治通鉴长编》所记述的那样：“从来所患者外藩，今外藩叛矣；所患者盗贼，今盗贼起矣；所忧者水旱，今水旱作矣；所仰者民力，今民力困矣；所急者财用，今财用乏矣”[6]（233），即使如此，“守内虚外”的政治军事策略也始终没有改变过，最终也就形成了“今之政失于宽而蔽于姑息，今之君臣弛于务而幸因循”[7]（2711）的局面。这种政治氛围的直接后果，就是造成了“士君子务以恭谨静慎为贤”[8]（4556）的保守内敛，以及“人人因循，不复奋勉”[9]（18）的消极心态。对于用屈辱求和换来的暂时安定，宋人将其称之为“本朝百年无事”“承平百年”或“百年无心腹患”“百年无内乱”，非但没有以此为耻辱，反而将其视为难得的盛事，甚是让人费解。可以说，北宋三朝清静无为的治国之策虽然对宋初的经济发展、政治安定有促进作用，但这种柔静苟安的政风最终催生了种种弊端和危机。面对如此状况，宋初统治者不仅没有采取任何措施去激励士人积极有为的斗志，反倒营造“保境息民，不欲生事”[9]（10013）的苟安氛围。一些上书指斥弊政的文人，不但不会受到重用，反而会因此遭受贬谪的厄运。如陈恕指出“国用军需，所费浩瀚”[7]（815）、田锡指出“军兵数广，支用处多”[7]（563）的现实问题，王禹偁也在《端拱箴》《三谏书序》《御戎十策》《应诏言事疏》等著作中，提出了重农耕、节财用、任贤能、抑豪强、谨边防、减冗兵冗吏等有利于国计民生的主张。这些反映民疾、讽刺时政的谏言者不但不会受到朝廷的肯定嘉奖，反而遭受“颇为流俗所不容，故屡见摈斥”[9]（6982）的贬谪打压，这种严酷的生存境遇在北宋中后期尤为普遍。

仁宗朝是宋夏战争形势最为严峻的时期，为了解决日益严重的边患危机，朝臣们围绕主战和主和的不同政见而分裂为两派。范仲淹所倡导的庆历新政之所以会失败，其原因正是因为受到以夏竦为首的保守派的大力攻击，由此正式拉开了北宋党争的帷幕，并成为不可遏制的政治纷争。至宋神宗时期，随着边患问题日益复杂，民族危机不断加重，北宋朝廷也由此陷入到极其困顿不堪的境遇中。面对“内则不能无以社稷为忧，外则不能无惧于夷狄，天下之财力日以穷困，而风俗日以衰坏”[10]（1）的严峻局势，形成了以王安石为首的改革派和以司马光为首的保守派。为了实现各自的政治主张，两派之间尖锐对立，从而形成了严酷的党争局面，并一直延续到哲宗和徽宗两朝。在连绵不断的边患战争和激烈严酷的党争的双重倾轧下，北宋文人的生存境遇与精神状态因之发生了巨大改变，正如有的学者所概括的那样：“被贬谪、被流放成了北宋后期文人士大夫政治生活中的家常便饭。这种严酷的现实严重挫伤了他们奋发有为的士气，使他们内心基调变得低沉和悲凉。他们面对充满矛盾的社会现实和举步维艰的政治处境，明显地表现出一种忧谗畏讥的恐惧心理，进而表现出魄力与勇气的淡化，以及入世意志的悲观。”[11]（11）事实上，这种失望悲观的心理不仅仅是不堪政治遭际的心理折射，更是一种民族自强信心丧失后的心理状态。在历经了反复无常但又无力挣脱的民族危机后，文人内心升腾起一种浓郁的“倦客”情怀。范仲淹、欧阳修、苏轼、苏辙、司马光、黄庭坚、曾巩、秦观、贺铸这些占据政坛和文坛的主流文人都无不以“倦客”自居，显现出忧心社稷、壮志难酬的失落悲惋意绪。

北宋文人普遍的“倦客”心态，正是北宋王朝以苟且偷安的消极态度处理民族边患，使得文人对国家命运前途深感无奈而绝望的心理写照。在此心理状态下，文人开始逐渐与皇权疏离，由外部事功转向内心世界的探索与体味，从而获得内在生命的体验与寄托。北宋文人的“倦客”情怀也直接导致了文学功能与创作方向的改变，正如罗宗强先生所揭示的那样：“影响文学思想演变最重要的还是古人心态的变化，社会思潮对于文学的影响，最终还是通过士人心态的变化来实现。文学毕竟是人学，描写人的生活、人的理想、人的心灵，社会上的一切影响，终究要通过心灵才能流向作品。”[12]（8）对于北宋末世文人而言，政治的巨变、理想的失落、人生的虚无，让他们深感大厦将倾前的恐惧与不安，这种受伤的心灵体验最终必然流向作品之中。他们在对外在现实政治、自身生存状态，以及生命本体意义进行思考的同时，其审美心理和审美观念也在发生着潜在的变化，孱弱的时代氛围已经成为一种情感意识被固定在审美意识之中，寂寞寥落、感伤凄美的艺术氛围也因文人的“倦客”情怀而透显出理性的思致与深远的意蕴。

二

丹纳在论述时代的精神气候对艺术品审美风貌的作用时说：“每个形势产生一种精神状态，接着产生一批与精神状态相适应的艺术品”。[13]（62）这说明艺术家和其作品都不是孤立存在，而是与特定的时代环境密切相关。古代文人的“倦客”情怀及其在创作中的呈现，正是特定时代环境给予创作主体的情感心理写照。在文学史上，南朝文人鲍照大致最早以“倦客”自居。他在《代东门行》一诗中云：“伤禽恶弦惊，倦客恶离声。离声断客情，宾御皆涕零。涕零心断绝，将去复还诀。一息不相知，何况异乡别。”鲍照将乱离中的孤苦心态予以沉痛地展现，开启了后世文人以“倦客”形象表达自我政治失意的先河。自此之后，文人们渐次开始将自己历经仕途蹭蹬、家国离乱、羁旅漂泊的内心倦累之感付诸于文学创作之中。文人们或直接以“倦客”自居，如孟浩然就以“惜尔怀其宝，迷邦倦客游”（《送席大》）、“倦客厌出门，疲马思解鞍”（《赠姚岱别》）展现作为布衣文人漂泊无依的失落之感；宋代文人余靖以“红尘倦客游，彩衣归故山”（《送林秀才归南海》）抒发仕途蹭蹬的沧桑之感，而宋庠则用“临邛久倦客，彭泽赋归来”（《有邑子夜宿话余先畴芜废》）表露身心倦累之后的处世之意；或以倦游、倦行、倦旅、倦闻间接表达仕宦沉浮、家国离乱过程中的漂泊流离，如“平生倦游者，观化久无穷”（陈子昂《登泽州北楼宴》）、“倦游寂寞日，感叹蹉跎年”（张籍《病中寄白学士拾遗》）、“闭眼即关门，人间事倦闻”（释齐己《倦客》）等等；抑或借以倦鸟、倦鹊、倦马、倦鸦这些迷离困倦的意象，喻指经受仕途坎坷、人世沧桑后疲困倦累的自我形象，如“跳鳞避举网，倦鸟寄行查”（刘禹锡《晚岁登武陵城顾望水陆怅然有作》）、“兴尽无人楫迎我，却随倦鸦归薄暮”（王安石《春日晚行》）、“空余倦鹊求枝宿，更剩残蜩抱朴吟”（胡宿《落叶》）、“客涂见月凡几圆，倦马声饥奴色槁”（强至《随次元韵鄙思不休辄复自和》）等等。文人之所以产生如此强烈而普遍的“倦客”情怀，大都是因为身处国家离乱与仕途蹭蹬中，无法实现治国平天下的政治理想所致。至北宋，以宋夏战争为主导的民族边患致使北宋王朝陷入积贫积弱的现实境遇中，而统治者退避苟安的态度则消磨了文人士大夫内心炙热的济世之心，现实与理想之间的巨大落差使得北宋文人内心孤独无望、凄迷感伤的倦怠意绪日益积聚，“倦客”情怀随之更显浓郁，并最终影响着北宋文人的创作心理与审美取向。

事实上，“倦客”情怀在中晚唐至五代时期已经成为文人逐渐退避政治的文化心理趋向。安史之乱所造成的种种社会乱象使得文人身处干戈扰攘、生命危困的生存状态之中，忧叹社稷无望、抱憾人生苦短、感慨世事炎凉的浓郁感伤氛围漫溢于各体文学创作之中，凄迷感伤、寂寥落寞的艺术氛围深切展现了末世文人内心对于现实政治与无常人生困累与倦怠，这种低迷的士人精神状态一直延续至宋初社会。宋初士风是在革新五代萎靡颓废士风基础上建立起来的，但却并未从根本上得到改变。究其原因无外有二：首先是五代时期混世苟活、明哲保身之萎靡士风在宋初得以自然延续；其次则是宋初统治者守内虚外的政治策略助涨了因循保守、静默消极的士风，文人在流连光景、读书酬唱、优游宴饮的浅淡生活中，其心理状态也趋于“万事不关思想内，一心长在咏歌中”（《依韵奉和见贻之什且以答来章而歌盛美也》）、“朝退归来只在家，诗书满架是生涯”（《偶书口号寄秘阁侍郎》）的保守内敛。随着民族边患危机的日益加重，文人的忧患意识渐被激发，他们冲破因循苟安的积习，力图通过多方改革改变被动挨打的局面。然而，改革思潮最终在强大保守势力的压制下归于沉寂，这对全力构建国泰民安社会图景的文人士大夫来讲无疑是心理重创，“倦客”心态也就油然而生。范仲淹是最早以“倦客”自居的北宋文人，他虽然以“先天下之忧而忧”的人格风范扭转了宋初因循静默的消极士风，然而，作为政治改革领袖人物，范仲淹比一般士人更加深切地体会到统治者的消极无为、政治党争的严酷倾轧，以及边患战争屡战屡败叠加在一起后给予的心理打击与内心失落，这在其《试笔》一诗有着直接的表露：“车马纵能欺倦客，江山犹可助骚人。懒如叔夜书盈几，狂似渊明酒满巾。况有南窗姬《易》在，此心那更起纤尘。”作者虽然极力以陶渊明的淡然心境，以及《易经》中的生命观来慰藉自己内心的失落，但依然难掩遭受政治打击后的“倦客”心态。在经历仕途坎坷之后，范仲淹的心态已由参与宋夏战争时期的积极昂扬转向失望、苦闷以致沮丧。范仲淹这种因民族忧患和仕途浮沉所产生的“倦客”情怀，同样也体现在一代文坛领袖和政治改革家欧阳修的身上。

欧阳修是庆历新政的有力支持者，随着庆历新政的失败，他也遭受到被贬谪的命运，其政治态度由新政前的积极热情而转入苦闷彷徨之中，并深感自己对命运的无力把握，倦苦迷茫的“倦客”情怀也随之而来。在欧阳修的《文忠集》中，“倦客”一词出现了三次，且均为其遭受贬谪打击后内心徘徊失意情绪的展露。如“清谈不倦客，妙思喜挥翰。壮也已吏隐，兴余方挂冠”（《寄题洛阳致政张少卿静居堂》）、“朝云来少室，日暮向箕山。本以无心出，宁随倦客还”（《南征回京至界上驿先呈城中诸友》）、“马卿已倦客，严安犹献书。行矣方于役，岂能遂归欤”（《罢官后初还襄城敝居述懷十韵回寄洛中旧僚》）。欧阳修在推行政治改革的过程中士气如虹，遭受保守势力作梗和打击之后，则变得身心俱疲。“隐”

“出”“归”这些浸润着道家出世无为思想的字眼，无疑流露出诗人空落无依的落寞心绪。理想与现实之间的骤然反差使其内心充满了无限矛盾与忧思，历经家国羸难与政治沉浮之后，倦怠疲困的心理也慢慢滋生蔓延，最终凝结为幽独冷寂的“倦客”形象。欧阳修的“倦客”心态，不仅是面对年华逝去、宦海浮沉的悲叹沉吟，更是强烈的民族忧患意识与社会责任感被压抑后的无奈与失望。事实上，内心的倦怠疲困并不是那些身居要位的政治家们的特殊遭际，而是面对民族忧患却无所适从的文士们普遍具有的心理状态。宋庠、宋祁兄弟是北宋中期著名的政治家兼文学家，和欧阳修关系极为密切。尽管他们的作品还带有宋初承平社会的安乐习气，但面对内忧外患的社会矛盾，他们“开始摆脱升平气象下的富贵态和空虚感，在诗中表现一种忧患意识或人生悲剧意识”。[14]（193）之所以出现这样的转变，与其所处的时代环境密切相关。宋祁、宋庠所处的时代，正是北宋朝廷全面陷入边患频仍、危机四伏的时期，同时改革与保守两种势力也围绕战与和的问题争执不下。文人无论持有何种政治态度，都难以摆脱身世沉浮与仕途动荡，这已成为普遍的社会现象。在此背景下，广大文人士子虽时刻心系社稷安危，但在弥漫着保守苟安氛围的政治环境中，他们始终处在有志难伸的压抑状态中，漂泊羁旅之痛与民族家国之忧交织在一起，使得文人身心都饱受折磨，“倦客”情怀也随之喷涌而出，这在他们的作品中有着鲜明的流露。如：

倦客睢园完，迎家越绝长。聊甘都罚掾，羞比入赀郎。汗竹书縢密，炊菰宴具香。兰台英藻盛，方信乃宗强。

——宋庠《送从兄秘校咸赴衢州都掾》

悲秋葆发生，倦客厌离身。九奏庄禽眩，千钧楚俗轻。媒劳伤偃蹇，岁宴恨峥嵘。谁讶游都久，方归谷口耕。

——宋祁《偶书》

红尘倦客游，彩衣归故山。凛凛朔风劲，携手江之干。江声万雷震，帆影孤鸿翻。修途南尽海，冰雪凄人肝。不但川陆险，所思在承颜……

——余靖《送林秀才归南海》

这些作品的抒情主体都以“倦客”自居，他们或是期待“兰台英藻盛”的君臣之遇，或是感叹“岁晏恨峥嵘”的年华逝去，或是抒发“冰雪凄人肝”的沉郁悲凉。内心无法抑制的倦累难道只是因为对功名的追寻和对时间的感叹吗？当然不止于此。事实上，没有什么事情能够比解决边患危机、恢复国家的安定更为让他们身心交困。宋庠在其《晚坐观风亭三首》其三中，就将自己的倦客心态与对西北边患的忧虑紧密联系在一起，诗云：“戍楼西北最凌空，倦客凭阑八月风。一曲黄河连野浊，半规残日背人红。山林枉负沉冥志，刀笔终无尺寸功。犹喜不迷存阙地，绛英瑶斗虎牢东。”身处西北边地凌空而起的戍楼，诗人看到的不是将卒保疆卫国的身影，而是一片萧瑟冷寂的残败景象，这正是边地防备空虚，朝廷不务战事的写照。面对此番不堪入目的场景，诗人内心的忧虑不安愈加浓重，不禁发出“山林枉负沉冥志，刀笔终无尺寸功”的悲叹。自己空有一番报国的热情，却最终无力可施，就像一只被束缚起来的猛虎一样。在朝廷上奉行苟安政策的因循氛围中，又有多少和他一样的报国志士承受着志不能伸的压抑呢？长此以往，朝廷的命运将归向何处？诗人将自己的命运前途与国家的命运前途紧紧地联系在一起，然而，朝廷不思进取、妥协苟安的态度让文人们看不到任何希望，他们在这双重的压力和折磨下心生倦累，内心也陷入难以自拔的悲凉郁愤之中。司空见惯的苟安之境和已然习惯的落寞心绪，使诗人将塞外的荒凉之景与内心的郁愤之情合二为一，淋漓尽致地展现了积郁内心的“倦客”情怀。

北宋后期，随着政治改革的不断失败，民族边患问题的日益加深，再加上党争的激烈严酷，多重矛盾交织在一起，使得北宋王朝开始步入苟延残喘的衰败境地。这种严酷而又无力的政治现实严重挫伤了文人内心的济世热情，取而代之的是悲凉沉郁的失意与绝望。面对无力回挽的社会现实和举步维艰的政治处境，以及忧谗畏讥的恐惧心理，文人内心的无限辛酸与苦累也只能以一个“倦”字来概括。“世路早令心似灰”与苏轼“心如已灰之木，身似不系之舟”（《自提金山画像》）的人生感受如出一辙。作为走在时代前沿的政治家与文人，这样的感受不是苏轼个人的心灵表白，而是整个时代精神和文人心灵历程的总体写照。正因如此，“倦客”情怀在北宋后期文人那里出现的频次尤为普遍，除了苏轼、苏辙以外，司马光、黄庭坚、曾巩、秦观、贺铸这些占据政坛和文坛的主流文人都以“倦客”自居。如“玉枕醉人从独卧，金羁倦客听先归。须知会府闲时少，况复边城乐事稀”（司马光《陪诸君北园乐饮》）、“倦客再游行老矣，高僧一笑故依然”（苏轼《书普慈长老壁》）、“夕阳芳草自天涯，倦客何须感物华”（吕陶《寓意》）、“眼前所识皆庸我，天下为忧可语谁。倦客维扬每自悲，有时双泪等闲垂”（王令《答刘成父四愁诗》）、“故多物外趣，足慰倦客心”（曾巩《谷隐寺》）、“倦客西来厌马鞍，为予休辔小长安”（黄庭坚《呈王明复陈季张》）、“萧条安化驿，倦客思悠哉”（张耒《至安化驿先寄淮阳故人》）、“倦客当老秋，忽忽少佳意”（秦观《酬曾逢原参寥上人见寄山阳作》）、“当时节物此山川，倦客登临独惘然”（贺铸《九日登戏马台》）。以上作家都是把持北宋后期政局方向和文坛发展的主流文人，无一不表露出浓重的“倦客”情怀。

对于北宋文人而言，政治上的建树和文化上的建构是他们实现自我人生价值的两条途径，曾经的政治改革点燃了他们的政治理想，让文人们有了能够治国、平天下的希望。然而，无法根除的边患危机，长久因袭的苟安政策，以及危及生命安全的残酷党争，让北宋后期文人感到了前所未有的不安和恐惧，如何安顿一己受伤的心灵成为他们普遍关注的问题。吕陶诗中的“无计可能逃世网，有心刚欲慕诗家”（《寓意》）；王令作品中的“眼前所识皆庸我，天下为忧可语谁”（《答刘成父四愁诗》）；曾巩笔下的“但恨绁尘羁，无繇数追寻”（《谷隐诗》），均明显流露出对世事变幻无常的无奈与感喟。就连王安石这样激起时代风云的改革弄潮儿，面对无力回挽的政治局势也不禁发出“赋敛中原困，干戈四海愁。此时无一盏，难遣壮图休”（《何处难忘酒》）的忧叹，更何况是那些无力施展自我政治抱负，却依然要被牵扯进政治党争的文人呢？在与政治现实产生格格不入的矛盾后，文人会很自然地去寻找内心超脱的途径，无外有以下三种方式：其一是投身自然，借助伤春悲秋的咏叹来寄托内心的感伤，正如曾巩《谷隐寺》一诗中所说：“故多物外趣，足慰倦客心。”张耒在“积水连天阔，青山送客来”（《至安华驿先寄淮阳故人》）的开阔高远之中排解内心的悲戚；贺铸则以“黄华半老清霜后，白鸟孤飞落照前”（《九日等戏马台》）的落寞之景来表达自己内心的幽独之情，从中获得心灵的依托。其二是遁入佛禅之境，让忧惧纷扰的内心获得暂时的安宁与皈依，苏轼在遭受命运的劫难之后，依然能够有“惟有两株红杏叶，晚来犹得向人妍”（《书普慈长老壁》）的赏心悦目，正是借助佛禅思想所达到的内心超然之境。其三则是纵情声色，以逍遥享乐的世俗心态来掩饰国运衰败所带来的内心忧惧，如毛滂的《忆秦娥》所云：“醉醉，醉击珊瑚碎；花花，先借春光与酒家。夜寒我醉谁扶我，应抱瑶琴卧。清清，揽月吟风不用人”。如此逍遥陶醉的享乐生活，与晚唐五代文人颓靡的生活状态几无二致。在饱经战争离乱、命运无常的人生际遇之后，文人对北宋朝廷已经完全丧失了信心，前途的渺茫、生命的无依让他们前所未有地感到内心的空虚与无望，唯有怀抱瑶琴、揽月吟风、流连声色才能让他们远离现实，将自身置于不问世事、明哲保身的狭小天地中。

长期无法改变的内忧外患、积贫积弱的社会现状，使得北宋文人无法像唐人那样自信张扬，而是保持着内敛深微的心理状态，悲剧心理也始终潜伏在他们的内心深处，这也就是北宋在立朝之初，适应女乐声伎的词体能够找到生长土壤的原因所在。那些优美迷离的感伤曲调，触动着北宋文人内心的忧伤与迷惘，从而产生一种与时代氛围相契合的情感体验。与此同时，北宋词人也在词体创作中搭建了一个人生理想难以实现的凄美世界，那便是借助揭示男子在追求爱情过程中种种彷徨、失意、苦闷的心理过程，疏泄词人自身理想失落和价值迷茫的愁苦心绪。晏殊、柳永、欧阳修、苏轼笔下的情感世界无不打上了难以拂去的政治烙印，这也就是描写男女恋情、离愁别绪的婉约词能够始终占据词坛主流而不被撼动的根本原因。到了北宋后期，词人面对无力改变的社会现状和自身命运，他们内心的悲剧心理更加浓重且无法掩饰，词体也就成为他们宣泄内心压抑与失意的最好方式。于是，苏轼笔下“老夫聊发少年狂，西北望、射天狼”（《江城子》）的气壮山河再次被一幕幕爱情悲剧所取代，且悲情色彩要比之前的爱情婉约词更为凄迷感伤，而极度悲戚的背后正是国运将逝、日落西山的无望与无奈。

缪钺在《论宋诗》一文中这样评价宋人的审美观念：“宋代国势之盛，远不及唐，外患频仍，仅谋自守，而因重用文人故，国内清晏，鲜悍将骄兵之祸，是以其时人心，静弱而不雄强，向内收敛而不向外扩发，喜深微而不喜广阔。”[15]（40） 的确如此，我们在北宋文人笔下很难看到汉唐盛世时期激动人心的时代精神与英雄气概，而是充溢着内敛深微、悲观失望的“倦客”情怀，从而透显出苟安环境下颓靡无力的时代氛围。这种普遍的“倦客”情怀使得北宋文人的关注目光从外部现实世界转向自我的内心世界，通过心理调试去适应贫弱无力的社会现实，同时极力去寻找个体生命和精神的寄托。这种心态转向表现在文学创作中则是：文学主题开始由经世致用的现实取向向陶冶心性、回避世俗纷争的愉情功能过渡；文学形式的选择由议论化、理性化的品格向文字化、含蓄性倾侧；文学的情感特质则以旷达平和的内敛美，以及无法掩饰的悲情之美为主导取向。世风、士风和文风往往相辅相成，北宋后期世风的衰落、士风的低迷、文风的凋敝无不与民族关系的走向密切联系在一起，而宋夏关系的梏结无疑是影响这多个层面交错发展的关键环节。由此我们可以得出以下结论：在古代统一的多民族并存的社会形态中，民族关系格局与文人的创作价值取向始终处在一种互动关系中。正是由于汉民族与其他少数民族之间的融合与纷争，使得文人士大夫的社会角色、价值理想、人格心态，以及创作价值取向都发生了潜移默化的变化。因此，深入发掘宋夏战争与北宋政治格局、文人人格精神，以及文学创作风貌之间的关系，对于研究民族融合与文学风貌的有机联系有着深远的意义，值得学界做更加深入的思考与探究。

参考文献

[1]王水照. 宋代文学通论. 郑州:河南大学出版社,1997.

[2](宋)苏舜钦. 论西事状·苏舜钦集. 上海:上海古籍出版社,1981.

[3]沈松勤. 北宋文人与党争. 北京:人民出版社,1998.

[4]吕变庭. 北宋士大夫的人格特征. 北方论丛,2005(2).

[5](宋)王安石. 临川先生文集. 北京:中华书局,1959.

[6]洪本健. 欧阳修诗文集校笺. 上海:上海古籍出版社,2009.

[7](宋)李焘. 续资治通鉴长编. 北京:中华书局,2004.

[8](宋)范仲淹. 答手诏条陈十事·范文正奏议(上). 文渊阁四库全书本.

[9](元)脱脱. 宋史. 北京:中华书局,1977.

[10](宋)王安石. 上皇帝万言书·王文公文集. 上海:上海人民出版社,1974.

[11]郭学信. 略论北宋后期士风的变化. 华东理工学院学报,2004(4).

[12]张毅. 宋代文学思想史. 北京:中华书局,1995.

[13][美]苏珊·朗格. 情感与形式. 北京:中国社会科学出版社,1986.

[14]谢思炜. 宋祁与宋代文学发展·唐宋诗学论集. 北京:商务印书馆,2003.

[15]缪钺. 诗词散论. 西安:陕西师范大学出版社,2008.

本文发表于《北方论丛》2014 年第 5 期。

文学镜像中的宁夏民族关系管窥

◎左宏阁

宁夏位于中国版图的正北方，行政区划的西北东北部。贺兰山雄踞于宁夏西北部，南北绵延200多公里，它阻断了南方的暖湿气流与北方的冷空气的交汇，形成东西差异极大的地理地貌。东部黄河在宁夏北部从中卫到石嘴山，由南向北，顺势而下，纵贯全境，使得这里阡陌纵横，沟渠相连，素有"塞上江南"之称；西部是著名的腾格里沙漠。贺兰山成为腾格里沙漠与银川平原间的天然屏障。六盘山盘踞于宁夏南部，古称陇上，山势狭长，山路崎岖，是古代中原与北地的天然关卡。

宁夏历史文化悠久，以西夏安宁而得名。唐代属关内道；宋代属西夏；元代设西夏行省，不久改为宁夏行省，治所为宁夏路（这是宁夏一名的来历）；明代属于陕西省，改宁夏路为宁夏卫；清代叫宁夏府，属甘肃省；民国初设甘边宁夏护军使，后设宁夏省；新中国成立后曾并入甘肃省，1958年成立宁夏回族自治区。

宁夏全区除汉族外，还有其他46个少数民族。如果把民族高校、民族预科这样的少数民族聚居群体计算在内的话，全区常年生活着全国56个民族。根据第六次全国人口普查，宁夏全区常住人口为630.135万人。

这是一个民族和睦的大家庭。然而，这个大家庭，在3万多年的历史进程中，却经历了太多的战争与磨难，无数次的冲突与融合，经过祖先们不懈地努力，使得今天的宁夏充满生机和活力。所以，我们在感受幸福生活的同时，也不能忘记古人的努力。在这里，我们从古代文人作品中探讨一下历代“宁夏”的变化，以此作为史之佐证。

一、文学镜像中的民族冲突

今之宁夏，在古代毗邻中原，是汉族与少数民族统治集团频繁争夺的重要地区之一。尤其是萧关（在今宁夏固原市内），它是古代中原通向塞外的重要北部关口。中原人在守住萧关的同时，更要保证北部大片疆土的和平安定，这样中原人才能安居乐业。唐朝以后，萧关还是丝绸之路的重要转运站。

地理位置如此重要，汉族与少数民族统治集团必然都想把它据为己有，相互间的征战杀伐可想而知。有了边疆战争，就有了边塞诗。当然，边塞诗中所描绘的战争与和平等，都会有些夸张，都会融进诗人的主观感情，但它作为史之佐证还是值得借鉴的。

边塞诗，是人们站在中原的角度，对描写中原以外周边地区诗歌的统称。因为中国流传下来的主流文化是汉族文化，其他民族的文化也有流传，但不能与汉族文化相抗衡。由于中原国家经济发展、社会变动等情况不断变化，周边地区的各民族政权也就与中原国家政权或争战冲突或和平共处。作为中原北大门的萧关及北方的宁夏，就成了这种冲突与和平的晴雨表。所以从写宁夏的边塞诗中，能透视出古代中国历朝历代国家经济社会状况，更能透视出今之宁夏各族人民在古代经历了怎样的冲突与融合，使得今天的宁夏人更能珍惜今天的美好生活。

关于描写宁夏的古代边塞诗，《诗经》中就已有描述——这是我国现存最早的诗歌文献记载。其中《诗经·小雅·采薇》中说：“靡室靡家，猃狁之故。不遑启居，猃狁之故。”[1]描写的就是周王朝与北部的少数民族猃狁之间发生的战争冲突。猃狁，匈奴的一部分。《史记·匈奴列传》中记载：“匈奴，其先祖夏后氏之苗裔也，曰淳维。唐虞以上有山戎、猃狁、荤粥，居于北蛮，随畜牧而转移。——逐水草迁徙，毋城郭常处耕田之业，然亦各有分地。”[2]历史学家常说猃狁长期威胁西周王朝的北部边境，所以周王朝经常派兵安边。其实中原人占据着肥美的土地，大好的河山，所处的位置是风水宝地，衣食无忧。而少数民族占有的多是未开垦的蛮荒之地，尤其是北部的猃狁部族，需要强大自己的部族，需要为子孙后代创造好的环境，所以入侵中原是他们最好的选择。而中原人怎肯把自己创造的果实拱手让人，所以“岂敢定居？一月三捷。”“岂不日戒？猃狁孔棘!”“一月三捷”就是一月多次交战。“猃狁孔棘”就是猃狁情况很危急。说明猃狁力量也很强大，而且也是不屈不挠，使得周朝军队时刻警惕。

《诗经·小雅·出车》曰：“王命南仲，往城于方。出车彭彭，旂旐央央。天子命我，城彼朔方。赫赫南仲，猃狁于襄。”“春日迟迟，卉木萋萋。仓庚喈喈，采蘩祁祁。执讯获丑，薄言还归。赫赫南仲，猃狁于夷。”《出车》所描写的是大将南仲率军出征，告捷而还的情景。“往城于方”“城彼朔方”都告诉人们所去之处为北方。南仲带着威武的军队，打败了猃狁，“猃狁于襄（除）”，“猃狁于夷（平）”。最后“执讯获（馘）丑，薄言还归”，生者抓来问讯，死者割其左耳，获胜而回。

这个北方是哪里呢？《诗经·小雅·六月》给了我们明确的答案，“猃狁匪茹，整居焦获，侵镐及方，至于泾阳。”“匪茹”是不自量力之意，“焦”“获”均为周之地名。“整居”是整顿军队并占领之意。“镐”，周代地名，在今宁夏灵武一带，此处不是周都镐京。“方”，朔方，古时称

①本文中所引诗歌均出自杨继国，胡迅雷主编:《宁夏历代诗词集》，银川：宁夏人民出版社，2011年。注释由作者添加。

②(汉)司马迁:《史记·匈奴列传》，北京：中华书局，1982年，第2879页。

北方为朔方。“泾阳”，周地名，在今甘肃平凉西部。周之大臣尹吉甫奉命出征猃狁。“薄伐猃狁，至于大原。”“大原”，古地名，据顾炎武《日知录》记载：“大原‘薄伐严狁，至于大原。’毛、郑皆不详其地。其以为今太原阳曲县者，始于朱子，而愚未敢信也。古之言大原者多矣，若此诗则必先求泾阳所在，而后大原可得而明也。《汉书·地理志》：‘安定郡有泾阳县，开头山在西，《禹贡》泾水所出。’《后汉书·灵帝纪》：‘段颎破先零羌于泾阳。’注：‘泾阳县属安定，在原州。’《郡县志》：‘原州平凉县，本汉泾阳县地，今县西四十里泾阳故城是也。’然则大原当即今之平凉，而后魏立为原州，亦是取古大原之名尔。计周人之御严狁，必在泾、原之间。若晋阳之太原，在大河之东，距周京千五百里，岂有寇从西来，兵乃东出者乎？故曰‘天子命我，城彼朔方’。而《国语》‘宣王料民于大原’，亦以其地近边而为御戎之备，必不料之于晋国也。又按《汉书》贾捐之言，‘秦地南不过闽越，北不过大原，而天下溃畔’。亦是平凉而非晋阳也。”[①]这里顾炎武论证得很严密，我们也就可以肯定地说，“大（古读太）原”在今宁夏固原、甘肃平凉一带。而尹吉甫还师之处为“来归自镐，我行永久。”意即尹吉甫还师是从今宁夏灵武一带班师还朝，可见周朝势力范围已基本包含今之宁夏全部。

关于这场战争，史书上确有记载。尹吉甫是周朝大臣，他的文韬武略、治国安邦的能力得到周宣王的赞美。《史记》中也有周朝伐戎的记载：“初，周襄王欲伐郑，故娶戎狄女为后，与戎狄兵共伐郑。已而黜狄后，狄后怨，而襄王后母曰惠后，有子子带，欲立之，于是惠后与狄后、子带为内应，开戎狄，戎狄以故得入，破逐周襄王，而立子带为天子。于是戎狄或居于路浑，东至于卫，侵盗暴虐中国。中国疾之，故诗人歌之曰‘戎狄是应’，‘薄伐猃狁，至于大原’，‘出舆彭彭，城彼朔方’。周襄王既居外四年，乃使告急于晋。晋文公初立，欲修霸业，乃兴师伐逐戎翟，

---

①(清)顾炎武著，黄汝成集释:《日知录集释》，上海:上海古籍出版社，1985 年，第 15~16 页。

诛子带，迎内周襄王，居于洛邑。”[1]可见，周朝与戎狄之间，时常有战事发生，但大部分时间是和平共处的。

从周朝到元朝，宁夏境内时而归中原统辖，时而为少数民族统治，频繁更迭，战事不断。现存的古长城遗址见证了这些历史的变迁。《饮马长城窟行》这一乐府古诗，牵动了多少人的心，使无数文人墨客用其倾诉战争的残酷及人民遭受的苦难。长城绵延数万里，东起今辽宁丹东虎山，西至甘肃嘉峪关。宁夏境内只是其中一部分，而这一部分长城见证的历史沧桑可能最古老。“长城窟”是长城边的泉眼。汉乐府中《饮马长城窟行》“青青河畔草，绵绵思远道”。整首诗通过征人思妇的相思之情，反映了战争给人民带来的苦难。这个“远道”应指哪里呢？陈琳《饮马长城窟行》有“饮马长城窟，水寒伤马骨。往谓长城吏，慎莫稽留太原卒！”“水寒”说明此长城窟在北方并且离“太原”不远。这个“太原”是指秦郡名，其地在今山西省。全诗用夫妻传书的形式揭露出修建长城给人们造成的灾难。“生男慎莫举，生女哺用脯。君独不见长城下，死人骸骨相撑拄？”成了世代流传的名句。

南北朝时期北周的王褒在其《饮马长城窟行》中有“屯兵戍陇北，饮马傍城阿。”“陇北”，陇山以北。陇山，古称陇坂、陇坻、陇头等，即今宁夏固原六盘山，陇山地处宁夏南部，位于今陕西、宁夏、甘肃三省交界处，主峰在宁夏固原、隆德两县境内，海拔2000多米，山体近似于南北走向，长200多公里。应该说，汉乐府的《饮马长城窟行》咏今宁夏固原地区是值得肯定的。所以《民国固原县志》卷十《艺文志·韵语》收录了汉乐府的《饮马长城窟行》；《宣统固原州志》卷八《艺文志》中收录了陈琳的《饮马长城窟行》，同样，王褒的《饮马长城窟行》也被收录在《宣统固原州志》卷八《艺文志》中。王褒在诗中描述了驻守陇北，随时准备出战的情景。“战垣临八阵，旌门对两和。屯兵戍陇北，饮马傍城

①（汉）司马迁：《史记·匈奴列传》，北京：中华书局，1982年，第2881~2882页。

阿。”“临戎常拔剑，蒙掀屡提戈。秋风鸣马首，薄暮欲如何？”随时发生的战事让守边士卒时刻警惕。

隋朝明余庆《从军行》“三边烽乱惊，十万且横行。风卷常山阵，笳喧细柳营。剑花寒不落，弓月晓逾明。会取淮南（河西）地，持（特）作朔方城。”明余庆，平原鬲人，明克让之子，官至司门郎，越王侗称制，为国子祭酒。此诗写靖边、定边、安边发生战乱，十万大军纵横杀敌。阵法整齐，鼓乐阵阵，最后平定三边，建成北方城市。常山阵：首尾呼应的阵法，阵势如常山之蛇，故名。常山蛇，古代传说中能互相救应的蛇。细柳营：汉周亚夫军营。这里巧妙用典，对战争场面极力渲染，使战斗场景的惨烈、壮观如在眼前。由此，我们也能感受到古人为争权掠地给百姓带来的灾难。

唐朝李世民《唐太宗灵州勒石诗句》中说：“雪耻酬百王，除凶报千古。”这是唐朝皇帝李世民打败北方突厥军队后勒石记功留下来的残句。仅此残句，也能精炼地概括出战后百官朝贺的场景。史书记载，初唐时期边事仍然不断：唐高祖武德元年（618 年）九月，唐太宗与薛仁杲战，“仁杲请降，俘其精兵万余人，男女五万口。”武德“七年秋，突厥颉利、突利二可汗自原州入寇，侵扰关中。”武德八年（625 年）八月，颉利可汗率兵十万大掠朔州。突厥兵在灵州（今宁夏灵武）被任城王李宗道击败。武德九年，突厥又进犯原州、灵州、泾州等地。四月，唐将李靖与颉利可汗在灵州激战，突厥兵退走。唐太宗贞观元年（627 年）“突厥颉利、突利寇泾州。乙亥，寇武功。”唐太宗即位伊始，就在殿廷教阅军马，奖赏士卒，为反击突厥做战斗准备。①

贞观四年（630 年）二月，“李靖又破突厥于阴山，颉利可汗轻骑远遁”，三月“大同道行军副总管张宝相生擒颉利可汗，献于京师。”自是“西北诸蕃咸请上（太宗）尊号为‘天可汗’”。②勒石记功即指此事。

随着唐朝的日益强大，北方战事便日益减少，守边便成了将士们的重

①②（后晋）刘昫等撰：《旧唐书·太宗本纪》卷三，北京：中华书局，1975 年。

要任务。骆宾王《宿温城望军营》："虏地寒胶折，边城夜柝闻。兵符关帝阙，天策动将军。塞静胡笳彻，沙明楚练分。风旗翻翼影，霜剑转龙文。白羽摇如月，青山断若云。烟疏疑卷幔，尘灭似销氛。投笔怀班业，临戎想召勋。还应雪汉耻，持此报明君。"温城，即温池城，今宁夏中卫。全诗用形象的比喻，巧妙的夸张，展现夜宿军营，所见所感。表现自己投笔从戎，报效明君的志向。其中"风旗翻翼影，霜剑转龙文。白羽摇如月，青山断若云。烟疏疑卷幔，尘灭似销氛。"写军营习武的壮观场面，气势宏大，想象丰富。

宋代整个北方被西夏等统治，战事连连。张舜民《峡口山》："青铜峡里韦州路，十去从军九不回。白骨似沙沙似雪，凭君莫上望乡台。"峡口山，山名，在今宁夏青铜峡市峡口镇。宋元丰四年（1081 年）张舜民随高遵裕征西夏，宋军将领刘昌祚攻破西夏军十万多，至灵武城下，"兵几入门，遵裕嫉其功，驰使止之，昌祚按甲不敢进。遵裕至，围城十八日，不能下。夏人决黄河七级渠以灌营，复钞绝饷道，士卒冻溺死，遂溃而还，余军才万三千而已。"①作者便在灵武城下写了这首诗。宋军将士十人从军九人战死疆场，"白骨露于野"，任凭狂风肆虐、白沙摧残，沙骨融为一体，茫茫一片，诗人看了心生酸楚，不禁感慨万千。

西夏张元《题好水川》："夏竦何曾耸，韩琦未足奇。满川龙虎辇，独自说兵机。"张元，原为宋人，因在宋朝屡试不第，投靠李元昊，深得李元昊信任，官至国相。好水川，在今宁夏隆德西。夏竦、韩琦，北宋大臣。庆历元年（1041 年）二月，张元在好水川之战中大败韩琦等人率领的宋军。这里，张元虽是在嘲笑夏竦、韩琦，实际上也折射出宋朝军事上的薄弱。正因如此，宋夏战争持续时间既长又惨烈，给当时百姓带来了深重灾难。

在古代诗人眼里，"大原""陇上""灵州"都是少数民族经常侵扰之地，也是充满杀伐之地。他们在诗里除表现战争之外，会用很肃杀的景

①（明）陈邦瞻撰：《宋史记事本末》，北京：中华书局，1977 年，第 390 页。

物来衬托塞外的荒凉、异域的恐怖、环境的恶劣。沈佺期《塞北》其二“胡骑犯边埃……朔风吹汗漫，飘砾洒轒辒……冰壮飞狐冷，霜浓候雁哀。”汗漫：广大，漫无边际；砾：小石，碎石；轒辒：“古代兵车的一种，用于攻城。《孙子·谋攻》：‘修橹轒辒。’杜牧注：‘轒辒，四轮车，排大木为之，上蒙以生牛皮，下可容十人。往来运土填堑，木石所不能伤。今所谓木驴是也。’”[①]诗意为：胡人骑兵侵犯边境……北风呼啸，漫天遍野，碎石飞舞洒向战车……极寒天气令飞狐战栗、令侯雁哀鸣，更何况来自中原的将士呢？塞北风沙弥漫、冰天雪地的场景，被沈佺期描绘得形象生动，读后犹如身临其境。

二、文学镜像中的民族交融

历代战争，都是由于统治者争城掠地、抢夺财物、占有百姓。不论中原霸主还是少数民族首领，无一例外。因此，我们今天回顾历史，就要公平公正地、辩证地看待历史上发生的一切。其实，正因为有他们的战与和，才有了我们今天的56个民族，才有了我们今天的多元文化，才有了我们今天赖以生存的版图。各民族先以被动的方式聚到一起，经过长期共处，自觉不自觉地达到了民族融合。

我们从史料中得知，周朝既有对“大原”的讨伐，也有对“大原”的安抚。《国语·周语上》曰：“宣王既丧南国之师，乃料民于太原。仲山父谏曰：‘民不可料也！夫古者不料民而知其少多，司民协孤终，司商协民姓，司徒协旅，司寇协奸，牧协职，工协革，场协入，廪协出，是则少多、死生、出入、往来者皆可知也。于是乎又审之以事，王治农于籍，搜于农隙，耨获亦于籍，弥于既蒸，狩于毕时，是皆习民数者也，又何料焉？不谓其少而大料之，是示少而恶事也。临政示少，诸侯避之。治民恶事，无以赋令。且无故而料民，天之所恶也，害于政而妨于后嗣。’”[②]从“夫古者不料民而知其少多”看，料民类似于今天的人口普查，否则何以

①《辞海》(1979年版缩印本)，上海：上海辞书出版社，1980年。
②《国语·周语上》，上海：上海古籍出版社，1978年，第24~25页。

仲山父谏之，认为不能把人口少的事公之于天下？《史记·周本纪》中也有记载："宣王既亡南国之师，乃料民于太原。仲山甫谏曰：'民不可料也。'宣王不听，卒料民。"[①]试想，人口普查何以用得着周天子亲自去查，这个"料民"还应理解为慰问、看望更贴切一些。应该是周宣王对这一带进行巡视、安抚，不过无济于事，西周很快衰落。

到了汉朝，民族间的交往、融合进一步加强。汉高祖与匈奴冒顿和亲，"使刘敬结和亲之约。"[②]以后，汉代与匈奴间时而和时而战。汉文帝十九年"今单于反古之道，计社稷之安，便万民之利，亲与朕俱弃细过，偕之大道，结兄弟之义，以全天下元元之民。和亲已定，始于今年。"[③]汉文帝时，"其秋（指元狩二年）……于是汉已得浑邪王，则陇西、北地、河西益少胡寇，徙关东贫民处所夺匈奴河南、新秦中以实之，而减北地以西戍卒半。"[④]

汉武帝时期，实行扩边与"和亲"相结合等一系列政策，使得边疆稳定。这在乐府民歌中也有体现，如乐府民歌《上之回》（汉铙歌十八曲）（选一）"上之回，所中益，夏将至，行将北，以承甘泉宫。寒暑德，游石关，望诸国，月支臣，匈奴服。令从百官疾驰驱，千秋万岁乐无极。""上之回"，皇上到回中地。回中地在安定郡（今宁夏固原境内）。《汉书·武帝纪》曰："（元封）四年冬十月，行幸雍，祠五畤。通回中道，遂北出萧关……"[⑤]皇上之所以"望诸国"，是因为此时北方各国均已臣服。"月支臣，匈奴服。"汉朝民族融合力度进一步加大。

"和亲"一词在先秦即已出现，《左传·襄公二十三年》中记载："中行氏以伐秦之役怨栾氏，而固与范氏和亲"。[⑥]这里的"和亲"有和睦相亲

①（汉）司马迁：《史记·周本纪》，北京：中华书局，1982年，第145页。
②④（汉）司马迁：《史记·匈奴列传》，北京：中华书局，1982年，第2894、2909页。
③（汉）司马迁：《史记·孝文本纪》，北京：中华书局，1982年，第431页。
⑤（汉）班固：《汉书·武帝纪》，北京：中华书局，1962年，第195页。
⑥杨伯峻：《春秋左传注·襄公二十三年》，北京：中华书局，2009年，第1074页。

之意。到了汉代，“和亲”内容扩大，用于与少数民族联姻的场合增多，政治目的加强。联姻可使汉朝与周边诸国保持一定时期的安宁，国家可以休养生息，百姓可以安居乐业，虽然短暂却也起到了一定的作用，各国的社会状况都得到了发展。从某种意义上来说，这也有利于社会的进步与和谐。只是中原君王用牺牲女子幸福的方式来换取边疆的稳定，把国家安定的重担压到弱女子身上，而不是采取其他切实可行的方式解决问题，值得我们思考。如昭君出塞等，她一人出塞，同时会带去大批的中原人，与异族结合，而这个民族融合的过程，给像呼韩邪单于一样的人带来的是快乐，给王昭君及其随行人员带来的却是痛苦。令狐楚写的《王昭君》：“锦车天外去，毳幕云中开。魏阙苍龙远，萧关赤雁哀。”历代诗人咏昭君的诗很少有表现其快乐的。《汉书·匈奴传》曰：“竟宁元年，单于复入朝，礼赐如初，加衣服锦帛絮，皆倍于黄龙时。单于自言愿婿汉氏以自亲。元帝以后宫良家子王嫱字昭君赐单于。单于欢喜，上书愿保塞上谷以西至敦煌，传之无穷，请罢边备塞吏卒，以休天子人民。”①王昭君出塞后两年，呼韩邪去世，按照匈奴的风俗“父死，妻其后母，兄弟死，皆取其妻妻之”。②昭君只得嫁给呼韩邪的长子复株累若单于雕陶莫皋。王昭君出塞，为汉朝带来五十年的安宁，功劳卓著。到王昭君出塞时，汉朝已有十六位女子嫁与异族。

到了东汉末年，皇权衰微，诸侯混战，董卓作乱。导致中原一片残破。待董卓被杀以后，他的部下抢掠中原妇女到塞外，无疑这些妇女成了民族融合的载体。如蔡琰的《悲愤诗》曰：“马边悬男头，马后载妇女……”《胡笳十八拍》之一：“冰霜凛凛兮身苦寒，饥对肉酪兮不能餐。夜闻陇水兮声呜咽，朝见长城兮路杳漫。”可见古代民族融合是伴随着战争、抢掠以及百姓的痛苦而完成的。《后汉书·列女传》载：“文姬‘博学有才辨，又妙于音律。适河东卫仲道。夫亡无子，归宁于家。兴平中，天下丧乱，文姬为胡骑所获，没于南匈奴左贤王，在胡中十二年，生二

①(汉)班固:《汉书·匈奴传》,北京:中华书局,1962年,第3803页。
②(汉)司马迁:《史记·匈奴列传》,北京:中华书局,1982年,第2879页。

子。曹操素与邕善，痛其无嗣，乃遣使者以金璧赎之，而重嫁于祀。'"[①]蔡琰被掠到南匈奴，嫁给了左贤王。南匈奴是匈奴族中与汉族亲近的匈奴部族。南匈奴部众主要在北地、朔方、云中、五原、定襄、雁门、上谷、代郡等地，即在今甘肃庆阳、宁夏、山西、陕西、河北省北部、内蒙古呼和浩特至包头一带。

五代十六国和南北朝时期，是民族矛盾最为激烈时期。因为汉族人偏安一隅，留下来的写"宁夏"的诗歌数量极少，所以，对这一时期的民族融合本文将不赘述。

唐朝李世民的《饮马长城窟行》："塞外悲风切，交河已结冰。瀚海百重波，阴山千里雪。回戍苍烽火，层峦引高节。悠悠卷旆旌，饮马出长城。寒沙连骑迹，朔吹断边声。胡尘清玉塞，羌笛韵金钲。绝漠干戈戢，车徒振原隰。都尉反龙堆，将军旋马邑。扬麾氛雾静，纪石功名立。荒裔一戎衣，灵台凯歌入。"李世民勒石记功，诗中"绝漠干戈戢，车徒振原隰。都尉反龙堆，将军旋马邑。""戢"，收敛，收藏。"原隰"，平原和低凹之地。"龙堆"，白龙堆的略称，古西域沙丘名。"马邑"，古县名，在今山西北部，曾为唐初将军李靖的驻军地，此处借指将军大本营。这四句意为大漠各种武器入库，原野到处活跃着车马行人。都尉回到了幕府，将军回到了营帐。而"荒裔一戎衣，灵台凯歌入。"两句更是把唐朝统一北方的欢悦与气势表现得惟妙惟肖，所有边远之地都穿着同一种军装，表明所有边远之地都归唐朝管辖，在灵州勒石记功，奏凯而还。这是帝王才有的气魄和胆识，也是李世民为唐朝蓬勃发展奠定的开端。《旧唐书·本纪第二·太宗李世民上》记载："是岁（贞观三年），户部奏言：'中国人自塞外来归及突厥前后内附、开四夷为州县者，男女一百二十余万口。'"[②]《旧唐书·本纪第二·太宗李世民下》记载："贞观六年'党项羌前后内属者三十万口。'"[③]人口的内附和外迁，带来的必然是各民族的融合。

---

①(宋)范晔:《后汉书·列女传》,北京:中华书局,第2800页。
②③(后晋)刘昫等撰:《旧唐书·太宗上》,北京:中华书局,1975年,第37、42页。

从此以后，诗人眼里看到的在北方“宁夏”的杀伐减少，笔下也就少了战争的描写，而更多的是为国守边、报效国家等情感的抒发。如卢照邻《上之回》曰：“回中道路险……单于拜玉玺，天子按雕戈……”展现出匈奴单于归顺唐朝的历史现实。李乂《奉和幸望春宫送朔方大总管张仁亶》“勿谓公孙老，行闻献凯归。”李乂在赞美张仁亶到朔方后会很快凯旋，我们从中也能感受到当时人们对边塞立功的赞美和渴望。

张说《将赴朔方军应制》：“恭凭神武策，远靖鬼方人……连年大军后，不日小康辰。”开元十年（722年）“闰五月壬申，兵部尚书张说往朔方军巡边。”[①]即开元十年，唐玄宗下诏命张说为朔方节度大使，并去朔方巡视边防。唐方镇有朔方，开元九年（721年）设立，治所在灵州（今宁夏灵武西南）。“鬼方”，是商周时位于我国西北方的少数民族，这里指代北方少数民族。张说用“远靖鬼方人”“不日小康辰”来表明自己的态度与决心，也可看出唐朝北部的和平安宁的状态。“安史之乱”爆发，唐肃宗能在灵武即位，更是证明了唐朝时宁夏不但太平，而且经济、军事实力都很强，这也是安史之乱能被平息的前提和基础，因为宁夏成了平定安史叛军的大后方。

三、文学镜像中的民族和谐

今之宁夏，除汉族外，主要为回族，有200多万，占宁夏人口总数的34.77%。自唐代丝绸之路开始，陆续有大量波斯人及中亚各族穆斯林到长安经商，宁夏为必经之路，他们中的有些人便留了下来。加之元朝、明朝派驻大批回回军入宁夏，所以，宁夏的民族成分便形成今天的格局。

唐代以后，由于各族百姓的建设，宁夏越来越呈现出它的魅力。美丽的景物，丰富的物产，独特的环境，无一不是诗人笔下的素材，为我们后人留下了宝贵的文化财富。武元衡《津梁寺采新茶》：“灵州碧岩下，荑英初散芳。涂涂犹宿露，采采不盈筐。阴窦藏烟湿，单衣染焙香。幸将调鼎味，一为奏明光。”“荑英”新生的草，这里指茶叶的嫩芽。灵州新茶

①（后晋）刘昫等撰：《旧唐书·玄宗上》，北京：中华书局，1975年，第183页。

采摘时的“采采不盈筐”，透出嫩芽的新、细、小，芳香而诱人。由韦蟾的《送卢潘尚书之灵武》“贺兰山下果园成，塞北江南旧有名”可知，唐朝时，贺兰山下就已经瓜果飘香，远近闻名。

那么，宁夏的这个基础是怎么来的呢。李益《登夏州城观送行人赋得六州胡儿歌》：“六州胡儿六蕃语，十岁骑羊逐沙鼠。沙头牧马孤雁飞，汉军游骑貂锦衣。云中征戍三千里，今日征行何岁归。无定河边数株柳，共送行人一杯酒。胡儿起作和蕃歌，齐唱呜呜尽垂手。心知旧国西州远，西向胡天望乡久。回头忽作异方声，一声回尽征人首。蕃音虏曲一难分，似说边情向塞云。故国关山无限路，风沙满眼堪断魂。不见天边青作冢，古来愁杀汉昭君。”李益在诗中告诉我们，这里有各族百姓共同生活。“六州胡儿六蕃语”，各个民族都有自己的语言，他们与汉朝（代指唐朝）军人和平共处。汉军也穿着“貂锦衣”，与“胡儿”无异。汉军、胡儿一起为征人送行，“胡儿起作和蕃歌，齐唱呜呜尽垂手。”汉、胡各族融为一体的场景，是边塞诗中少有的佳作。而“十岁骑羊逐沙鼠”与高适的《营州歌》“胡儿十岁能骑马”有异曲同工之妙。夏州，在今陕西横山县西。营州，在今辽宁朝阳。不同地区的少数民族少年有着不同的生活方式，但都表现出天真烂漫、勇敢顽强的特点。

司空图《河湟有感》就更能体现出民族融合的情况。“一自萧关起战尘，河湟隔断异乡春。汉儿尽作胡儿语，却向城头骂汉人。”萧关是中原的关口，为了保卫萧关，历史上各个朝代都会迁徙大量百姓到萧关内外，战时充军，闲时耕种。久而久之，这些中原人已与关外人融为一体，甚至语言也发生了变化。“汉儿尽作胡儿语，却向城头骂汉人”用凝练的语言道出了这种融合的后果，即迁徙到边塞的汉族人已和当地的少数民族和谐相处，融为一体。甚至不知道自己原来是汉族人的后代，竟与胡儿一起向着城头骂汉族人。虽然，司空图看到这种现象倍感伤心，但从另一角度讲，表明了迁徙的汉族人与当地少数民族和睦相处的景象。

北宋沈括《凯歌》（二首其一）：“灵武西凉不用围，蕃家总待纳王师。城中半是关西种，犹有当时轧吃儿。”沈括后知延州（今陕西延安），加强对西夏的防御。元丰五年（1082年）宋军在永乐城之战中被西夏所败，沈括受连累被贬。“灵武”，今宁夏灵武。“西凉”今甘肃武威。两地是西夏的重要属地。“蕃家”，西夏羌人的首领李继迁原为宋朝都知蕃落使，宋人称羌人为“蕃”。“关西种”，陕西关中一带的人。宋时，灵武有许多从关西迁来的居民；“轧吃儿”，当时方言，即口吃的意思，这里指说话不流畅。轧吃，小孩学语时语言蹇涩不流利的样子。西夏居民，除党项、汉族外，还有回纥、吐蕃等，“轧吃儿”当指这些民族的居民。这些民族间由隔阂与障碍，到互融相通、相互依存。

马祖常的《河西歌效长吉体》：“贺兰山下河西地，女郎十八梳高髻。茜根染衣光如霞，即召瞿昙作夫婿。紫驼载锦凉州西，换得黄金铸马蹄。沙羊冰脂蜜脾白，笛中饮酒声澌澌。”年方十八的女郎梳着高高的发髻，用茜根做染料染出的衣服光鲜亮丽，可以招徕释迦牟尼做夫婿。这里极言少女的美丽和手巧。少女织出的锦缎可以换回黄金，养的沙毛山羊白如凝脂，采的蜂蜜质量上乘。整首诗虽然只写少女的美丽、勤劳，但从中我们已经能感受到元朝时期贺兰山下百姓富裕的生活，他们不但勤于劳作，而且善于经营，用骆驼载着物品进行贸易，从而换来美好的生活。“葡萄怜美酒，苜蓿趁田居。少妇能骑马，高年未识书。清明重农谷，稍稍把犁钥。”（马祖常《灵州》）“钥”，同“锄”。葡萄美酒飘香，苜蓿绿遍田野。少妇都能骑马，那这里的人们除老年、小孩外应该都能骑马。这里的人们既重视游牧，也重视农耕，所以这里才富庶而安乐。

明清以后的诗对宁夏富裕生活的描写越来越多，在这里便不再引例。总之，古代宁夏是个充满生机和活力的地方，有着悠久的文化，勤劳善良的各民族人民在这里繁衍生息，为中华民族的形成做出了不可磨灭的贡献。

孔子说：“裔不谋夏，夷不乱华，俘不干盟，兵不逼好。”① “为政以

①杨伯峻：《春秋左传注·定公十年》，北京：中华书局，2009年，第1578页。

德，譬如北辰，居其所而众星共之。”①孔子的美好理想在中国的历史长河中时而实现、时而打破，历史一直是和、分交替。民族融合也就此消彼长，原因众多，既有战争带来的强迫性，如蔡琰等人的被掠，也有个人意愿的主动性，如呼韩邪单于的亲汉。汉末魏晋南北朝更是各民族之间广泛融合的时期。随着东晋的南迁，北方先后由汉族和匈奴、鲜卑、羯、氐、羌等少数族建立政权，大量少数民族南迁，并接受汉族文化。最有名的是北魏孝文帝的改革。整个民族融合的过程既有战争也有和平，在这里我们不对历史功过进行评述，我们只就古代诗人咏宁夏的诗歌进行一下分析。诗歌中有些是夸张、想象的，有些是写实的。所以，我们分析时，只能把它作为历史的佐证。有些能用史实去证明，有些可能在史书上没有记载。我们读过这些作品之后，也能对古宁夏的民族关系有个大概的了解。

今天的宁夏，在经历了历史的沧桑之后，变得更加厚重、更加坚强。新中国的民族政策，自治区的成立，让宁夏人充满自信。西部大开发的东风，已经刮到了宁夏各地，已使宁夏南部山区逐渐摆脱贫困。生态移民、特色产业为宁夏的持续发展奠定了基础。红寺堡移民村的建设已成为国家示范的“黄河善谷”，引来众多企业家带来资金、带来项目，建起适合这里生态环境的工厂，解决了移民工程中的就业问题，也就从根本上解决了南部山区百姓的贫困问题。他们不再靠天吃饭，他们可以用自己的双手创造财富。南部山区的生态也将得以恢复，又将变成秀美的山川。

参考文献

[1]马平恩. 固原史话. 银川：宁夏人民出版社，2009.

本文发表于《西南民族大学学报（哲学社会科学版）》2014年第7期。

①杨伯峻：《论语译注·为政》，北京：中华书局，1980年，第12页。

论当代宁夏回族作家的意象书写

◎乌兰其木格　王引萍

“意象”作为文学表象和深层意蕴的美学复合体在东西方的文学理论中都有过详尽的探讨。在中国古代美学建构中，有关意象的论述层出不穷。意象的概念最早见于《易传·系辞》，而在随后的一系列具体论述中，则以刘勰的《文心雕龙·神思》和司空图的《二十四诗品·缜密》为代表性的篇章。总体而言，在古代文论的体系内，认为“‘意象’就是指诗人的主观情志与客观景物在审美感兴中相碰撞而产生的‘意中之象’或‘心中之象’或‘人心营构之象’。它源于物，孕于心，是审美主客体意向性结合的一个产物。”[1]（108~109） 而在西方文学理论谱系中，对意象的探讨则更为具体和深入。概而言之，西方理论认为意象不是一种图象式的重现，而是理智与感情等复杂经验的交融和各种完全不同的观念的联合。但无论东方还是西方，都认同意象的创作来源于作家对宇宙世界的直观经验材料的艺术加工变形，用以传达复杂的思绪和体悟，构建起文本的血肉情感及信仰的世界。具体到回族作家的创作，由于自觉的民族意识和独特异质的民族文化及宗教坚守令回族文学的意象书写传达出鲜明的民族性和宗教性特征。回族文学的意象书写，一方面反映出回族文学在伊斯兰文化影响下的独特的艺术品性，另一方面则在文本叙事功能中传达着回族的生命状态及精神向度。

一、自然意象：贫瘠的土地与宗教化的人生

辽阔的大自然孕育着万物。人类的物质文明与精神文明在人与自然的相互作用中逐渐形成。在文明产生的过程中，不同的地域环境孕育出形态各异的文明板块，因此，自然意象的选取既包含着当地民众的生活和生产方式，同时也折射出不同的道德伦理观和艺术审美观。西部大地雄浑壮丽而又苍凉贫瘠的地域环境养育着这方水土上艰难求生的人们。尤其在“苦甲天下”的西海固地区，大自然充分施展了它狰狞残忍的一面。出生于西海固的回族作家石舒清在《西海固的事情》中曾哀伤地写道：“纵目所及，这么辽阔而又动情的一片土地，竟连一棵树也不能看见。有的只是这样只生绝望，不生草木的光秃秃的群山，有的只是这样的一片旱海。”[2]（4）确实，干旱、少雨、多风沙、多荒漠的环境意味着农业和畜牧业发展的困难。然而生活在此地的回族人赖以生存的方式却只能是农业和畜牧业。这注定了回族民众付出超负荷的艰辛劳作却收获微薄的残酷现实。物质匮乏造成的人生悲剧与苦难生活成为西海固作家群难以忘怀的童年记忆和生存体验。酷烈的自然环境作为压迫性力量，与人类展开了搏斗。回族作家对贫瘠的黄土高原的展示是为了凸显回族坚韧不屈的民族品性，强调人的内在精神力量。所以漫天黄沙的高原并不令人厌恶，甚至在情感上，宁夏的回族作家对他们的生身之地充满了感念与眷顾。在精神维度上，这片绝境成为灵魂栖居的桃源圣地。虔诚的回族穆斯林用伊斯兰文化战胜了现实的贫瘠窘迫，守护着精神上的富足。可以说，黄土高原承载着回族人的精神伟力，在与它的对抗过程中民族的顽强坚韧和血性尊严得到彰显。而且，强悍沉默的回族人常怀对真主的感恩之心，黄土高原上的哪怕是一场雨雪，或者是一个风调雨顺的好年景，都会令他们由衷地感念真主的慈悯。孤独而倔强的回族人不贪婪不痴妄，他们对黄土高原的贫瘠心知肚明，但怀恋和皈依却是他们的集体选择。虔诚的回族穆斯林舍不得出走，因为一旦搬离他们的“桃花源”，他们恒久的坚守便面临着商业文明的侵蚀。在物欲的"得"与精神的"失"之间，他们用实际的践行，给出了自尊而血性的答案。宁夏回族作家们对黄土高原倾注了一腔柔情，因为在他们心里"那不仅是一片皴裂的大地，那还是一个精神充盈的价值世界，在天人之际自有不可轻薄的庄重。"[3]（2） 黄土高原的意象，凝结着西部回族民众的强韧气质和清洁的精神坚守，使民性与自然风土完成了从对峙到融合的嬗变过程。

回族文学在自然意象的选取时，回族作家对月亮意象可谓偏爱备至。在回族作家笔下，文学中月亮早已成为一种深具民族象征性与隐喻性的审美意象。皎洁的月亮与神圣的宗教信仰紧密相连。伊斯兰教主张宇宙万物皆为真主所造，而万物所呈现出的美好亦与万能的真主密切相关。此外，月亮的温润宁静与回族人含蓄安顺的内在气质相吻合，而月亮的清冷寂寞又与回族孤寂苦难的族群记忆相契合。"'月亮'的色、形、质，分别负载了中国回民尚洁、喜白、思乡、念亲与坚忍内隐等独特的民族心理、民族性格及民族精神，'月亮'便成为回民心象的最恰切的载体。"[4]（109） 总之，月亮意象的美学感悟内涵与回族的历史、文化、心理、民性有着诸多的相通性。从而促使回族作家将月亮意象纳入文本写作中，并赋予其伊斯兰文化的意蕴与美学内涵。经由月亮意象，读者可以触摸到回族文学最根本的精神体温。

例如，查舜在长篇小说《穆斯林的儿女们》中多次书写月亮意象。他笔下的月亮如同黑暗路途上的一盏明灯，指引着穆斯林在信仰的道路上不屈不挠地前行。暴虐而黑暗的政治环境，贫瘠而艰难的生存境遇，孤苦而坎坷的寻梦之旅造成了回族现世生活的诸多磨难。层出不穷的苦难向民族群体和个人袭来，折磨着他们的身体与灵魂。然而，回族穆斯林因为拥有虔诚的宗教信仰实现了灵魂的救赎和苦难人生的超越。默默无语的月亮以它的神圣肃穆诉说着真主的慈悯，支撑着梨花湾的回族人坚韧地奋斗和拼搏。人性在神性光辉的照耀下，获得了身与心的宁静和谐。同样，在石舒清的文学世界中，他除了让月亮意象承载着宗教意蕴外，更寄托着作者对西海固民众艰难生存的痛惜和哲理性感悟。挂在无垠天际的月亮如同慈祥安静的智者或和蔼可亲的母亲，安抚着弱小无助者的灵魂伤痛，解答着现世人生的迷惘，诠释着穆斯林民众灵与肉的苦痛。

水是回族作家在自然意象中选取的又一个审美意象。干旱皴裂的西部大地对水无比珍重，在世俗的意义上，水是人畜不可或缺的生活必需品。由于极端缺水，西海固人对水可谓倍加珍惜，舍不得一丁点儿的浪费。并不多见的下雨和下雪的日子成为西海固人的节日。从宗教层面来说，人们满怀欣喜地收集大自然的馈赠，感念着真主的慈悯。水是穆斯林民众遵循真主规约，达到“外清内洁”要求的重要中介物。因此，水意象在回族作家笔下具有了传达民族宗教情感与特定民族心理的意象功能。这也解释了回族穆斯林在珍惜每一滴水的同时却毫不吝啬地用它来洁净身体的原因——他们可以忍受口腹的焦渴，却不会对伊斯兰教规定的“净礼”有丝毫的懈怠。比如李进祥的短篇小说《换水》仔细地摹写了马清、杨洁夫妇对身体的清洁，他们沐浴的程序也是严格遵照伊斯兰教的规约来进行的。而在石舒清的《节日》中，途经拱北的路上有一条清冽的小河，朝拜的信徒需要在河边将一路的污浊洗去，在清洁身体的同时，也将内心的私心杂念淘洗干净，然后才能清洁地去拱北拜谒。

综上所述，黄土高原、月亮、水等自然意象的书写，不仅真实地反映了西部自然环境的酷烈贫瘠和回族穆斯林生活的艰难困苦，也同时传达出西部民性不绝望、不虚无的人生态度。他们视俗世的苦难为精神的试练场，并保持着内心的充盈。

二、宗教建筑意象：虔诚的信仰与生死的彻悟

回族文学在文本内部矗立着一座座肃穆的清真寺。清真寺是回族民众开展宗教活动，接受经堂教育，增强民族认同，涵养宗教心性的重要场所。在西海固大地上，几乎每一个有回族居住的村庄至少都有一座清真寺。正是在清真寺里，一代代的回族穆斯林感受着伊斯兰教的博大和神圣，调试着世俗生活带来的身心疲惫，净化着躁动迷离的心灵。清真寺寄寓着永恒、神圣的宗教精神，回族作家赋予它承载民族历史，传达民族精神和民族情感的功效。古原在其短篇小说《老待》里讲述了黑大庄人对清真寺的舍命守护。“文化大革命”中疯狂的革命小将们来到黑大庄准备拆除清真寺，这样的举动惹怒了一贯隐忍的回民。他们“暴怒了，一个个眼珠子瞪得血红，寺里木梆一响，从家中拿来锋利斧头、长把铁锨，冷视小将们如何妄动。”[5]（201） 在回族的历史发展中，这样的冲突并不鲜见。几百年来，习惯隐忍的回族为了守教护教进行了不屈不挠的斗争，哪怕付出生命的代价也毫不退缩，他们的血性悍勇在维护宗教信仰的行动中淋漓尽致地表现出来。

呈现回族穆斯林宗教信仰的意象除了清真寺外还有神圣的拱北和埋葬普通穆斯林的坟院。在中国内地拱北主要为苏非学派的传教师、各门宦的始祖、道祖、先贤等的陵墓。回族人将拱北视为神圣不可亵渎的所在。“回族人常常会给一些自己从未见过的亡者上坟，譬如一个因反抗强权而不幸殉命的人，譬如一个德高望重的销声匿迹的身心修炼者，即使故去数百年了，他们也会循迹而至，在他的坟头默默地跪上一跪，念诵一段经文，以表达一个后来者的念想和敬意。”[6]（256） 拱北中的亡人在活着的时候用自己的生命和常人难以忍受的灵肉磨难守护着信仰，保持着对真主的虔信。而后代信众因此受到鼓舞，他们在敬意中也坚定了自己的宗教修持。拱北崇拜已经成为回族人宗教生活的基本内容之一，他们不远千里万里地去拜谒拱北。“穆斯林顺从并追随所信仰的安拉的召唤，跟从圣徒，并把追求和捍卫自己信仰的抽象意义转变为跟从圣徒与崇拜圣徒的行为实践——无论是亡故的还是在世的。”[7]（128） 庄严肃穆的拜谒仪式浸润着回族穆斯林对先贤的敬仰之情。

如果说拱北寄托着回族人对宗教的虔敬，那么埋葬普通穆斯林的坟院则表达着人们对生的思索和死的体悟。回族人的坟院常常聚集在一处，它们一般建在靠近清真寺或挨近住户区的地方。回族人对死亡地看待鲜少恐惧，因为对伊斯兰教的笃信，人们对死亡采取了达观的态度。死亡被称为归真，意为回归到真主那里，所以死亡并不是生命的彻底消亡，而是现世生活的结束，后世生活的开启。“两世吉庆”的观念让回族穆斯林与汉族人的生命观迥然不同，与其他民族相较，具有鲜明的异质色彩。主流汉文学对墓园的描写，总是充满着难言的惆怅，汉族作家在书写死亡时，常常怀着深深的绝望，对死亡的想象亦是狰狞冰冷的。在中国古代文学中，无论是《聊斋志异》还是《金瓶梅》，死亡后阎王殿内的恐怖气氛和对亡人的严酷惩罚成为一种文化传承下来。在汉族人的观念中，死亡是人生最大的苦难，由此也导致了绝望和虚无主义的弥漫。而在日常生活中，汉族人有意无意地淡忘这个生命必将面对的结局。尤其在欢乐的时刻，“死”字成为敏感字眼，是必须禁忌的话题。孔子的名言“未知生，焉知死”道出了儒家文化对生的眷顾和对死亡问题的悬置。然而回族文学则直面死亡，在回族作家的思维观念中，死亡不与绝望和恐惧相连，而是呵护及涵养生命的特殊方式。古原的《清真寺背后的老坟院》里的那片与庄子共始终的老坟院成为兰风奎阿訇每次礼拜完必去的地方。在坟院里，他沧桑而不幸的心灵获得了救赎并滋生出顽强存活于世的意愿。石舒清对坟院的书写也是不遗余力。在他搭建的文学楼台中，坟院成为他念兹在兹的心爱之所。他用宗教的信仰之光化解了死亡的疼痛，获得了超越的视角，安抚着灵魂的焦灼。

由于虔诚信主，回族作家对死亡的书写充满温情的观照。在他们的文本世界里，坟院与回族民众的居所紧密结合在一起。亡人与活人毗邻而居，走出坟院，则是鸡鸣狗叫的烟火人生。生与死的界限不再分明，死亡意味着另一种生活方式的开启。而坟院则成为活着的人缅怀亡人，思索生与死，现世与彼岸的媒介之一。因此，清真寺、拱北、坟院等场所与回族人的生活紧密相关，是他们敬畏真主，养护高洁心性的精神温床。

三、动物意象：人性的异化与生命的超越

毋庸置疑，人类的日常生活总与各种动物相伴随。在回族文学的建构中，总少不了各种动物灵动奔突的身影。动物不仅是西部回族人生产和生活中密不可分的伴侣，而且它们还在不同维度诠释着生命的异化与超越。回族文学动物意象书写的主旨在于探查人性、反思人生，并试图通过伊斯兰精神实现俗世人生的超越，进而达到对自然万物的深切理解和体恤。通过动物意象的探查，可以寻觅到有效抵达回族文学独特精神世界的路径。

首先，回族文学通过动物意象来批判政治文化对人性的戕害。“意象具有直感性和生动性，但真正使其具有意义并发挥作用的，并不在于此，而在于它是一个心理事件与某种文化要素的奇特结合。表面看来，作家似乎是可以随心所欲地选择、营造意象，但实际上，意象的背后隐含着深邃的文化语境，它潜在地制约和影响着作家的创作力。”[8](4) 回族文学的动物意象潜隐着宁夏回族作家对历史上荒谬政治和经济压迫导致的人性变异的深深忧惧。揭示出特定时代的历史文化对普通回族穆斯林生命与灵魂的荼毒。“文化大革命”时期，在高度的政治化语境中，人性也被塑造和改写。回族作家借助狗这种动物来揭示权势对人性的戕害。现代文学传统中，狗这种动物成为象征奴才嘴脸，谄上欺下的恶人形象代表。尤其在鲁迅的动物意象谱系中，他写得最多的动物就是狗。“对狗，他穷追猛打恶骂，一生乐此不疲。他最早刻意写狗应该是在《狂人日记》中，小说中的‘赵家的狗’是作为‘吃人者’的形象登场的，它的眼光，它的叫声，笼罩全篇，渲染出一种阴森可怖的氛围。”[9](64) 此外，在鲁迅笔下，他对“叭儿狗”“丧家犬”“宠犬”之类深恶痛绝。可以毫不夸张地说，鲁迅一生都在进行着“打狗”的事业。在对狗的穷形尽相描摹中，鄙弃它们所象征的那类丧失独立人格，极尽奴颜婢膝丑态的人格范式。回族作家李进祥继承了鲁迅式的批判，他通过花狗（李进祥《关于狗的二三事》）狐假虎威的行径指斥政治特权影响下狗性和人性的扭曲变形。瘦小的、见了人就夹紧尾巴的花狗给村里人的印象是驯良的，然而当它获得了庇护——仗着比它威武的黑狗的势，在猝不及防中，穷凶极恶地扑咬着弱小的马强。此时的花狗与它的主人会计达到了惊人的一致。可以说，令人望而生畏的大黑狗隐喻着小村里权势最大的村长；而孱弱的花狗则象征着身有残疾不甚强大的会计。黑狗的彪悍虽然令人恐惧，村长的权威也对弱小者形成了精神压迫，但这种压迫却是摆在明处的；而花狗和会计的凶恶却更具隐蔽性，他们平日里以驯顺的面目出现，一旦获得权势，便会暴露出他们骇人的劣根性。李进祥通过对花狗的贬斥，揭示出在极左思潮的浸润下，在权力的掌控中，社会上一类人表现出的双重面相——对强者奴颜婢膝的奉承巴结；对弱者毫无怜悯的欺压迫害。

其次，回族文学通过动物意象来讽喻金钱物欲对人性的异化。随着商业时代的到来，人们在享受物质文明的同时，也不可避免地被金钱物欲所裹挟。膨胀的金钱欲求使回族穆斯林遵从的价值操守失去了原有的规范效用，进而导致了一幕幕人生悲剧的发生。执着描写清水河边回族民众生活的痛与苦，变与常的李进祥在温情描述昔日乡村社会优美、温馨、和谐的生存环境时，也无奈地揭示出商业社会金钱物欲对老乡村儿女们良善人性的无情摧毁。曾经珍重的道德伦理及和谐的人际关系在这样的冲击下无可挽回地走向了没落。《遍地毒蝎》中的蝎子既能给乡民带来金钱实利，同时也给他们带来了嫉妒、贪婪的人心和死亡的阴影。毒蝎预示着金钱对良善人性的毒害和腐蚀。小说结尾，到处爬行、无处不在的毒蝎则给这种泛滥的现状敲响了警钟。作家忧心忡忡地揭示出物欲社会中人性泯灭的残酷现实。同样，《屠户》中那头用牛血掺和饲料喂养起来的黑犍牛也隐喻着商业社会金钱欲望导致的生命之殇。最终，黑犍牛在嗜血之瘾的疯狂驱使下吃掉了屠户寓寄无限希望的儿子。对商业社会的疑惧与质疑，使得蝎子和黑犍牛等动物具备了价值评判与反思人性的功能。血腥的悲剧告诫着世间的人们不能任由贪婪人性的恶性膨胀，不然终将付出沉重的代价。

最后，回族文学通过动物意象来敬畏真主，获得生命的超越。回族文学动物意象的书写还有另外一条更为重要的路径——礼赞生命，敬畏真主。正是这一坚守，使回族文学动物意象的书写与主流汉文学在精神维度上表现出不同的审美特色。“西部宗教作家常常通过富有宗教意味的动物书写，来表达西部人对宗教信仰的虔诚，对灵魂意义的追问，对生死命题的思考。”[10]（34） 伊斯兰文化的浸润，令回族作家对高洁的生灵充满了由衷的挚爱和探求的热情。内心深处的宗教情怀使生于世间的穆斯林在人性向恶还是向善的十字路口中不至于迷失心性，误入歧途。尽管在商业社会中这种坚守显得极其艰难，然而在与充满神性的高贵生命的比照中，回族穆斯林执拗地守护着信仰，获得了生命的安详。在狂飙突进的五四时代，以“立人”为主旨的鲁迅在其杂文《一点比喻》中写到一只领头的山羊带着一大群胡羊浩浩荡荡地奔赴屠宰场的场景。这群柔顺的、待宰的羊群讽刺封建礼教驯化出的顺民形象。批判他们麻木不仁、毫无价值的死。然而回族文学在描写羊和牛这两种动物时则与鲁迅式的书写全然不同。同样是面对死亡，同样是温驯的羊和牛，回族作家对它们进行了深情的礼赞。这些被献上祭坛的动物承担着现世的穆斯林与真主沟通的神圣使命，它们的安详肃穆在某种程度上正是西部回族民性的写照。虔诚的穆斯林要时时遵守宗教规约，一旦发现自身存在不符合教规的思想和言行时，便需要深刻的反省和忏悔。石舒清的小说《节日》中的主人公环环媳妇就是一个通过舍散羯羊来求得真主宽恕的穆斯林。作为一个普通的农村妇女，她敬畏真主，安顺度日。但是她的丈夫环环却在世俗欲乐中快速的沉沦，并毫无心理障碍地触犯伊斯兰教的诸种禁忌。环环媳妇规谏着丈夫，同时她自己也在一次偶然事件中窥见深埋在心底的贪婪欲望。这个发现震惊了她的灵魂，然而令人欣慰的是，她对这种人性暗影非常警觉，她为自己的想法而愧疚，并决心去拱北舍散一只羊来救赎丈夫和自己的灵魂。同样担负着救赎灵魂的动物还有《清水里的刀子》中的老牛。文本中那头任劳任怨的老牛被赋予高贵的神性内涵，当它知道生命行将结束的时候，“就不再吃喝，为的是让自己有一个清洁的内里，然后清清洁洁地归去。”[11]（303） 作者通过老牛的灵性及它对死亡的通达理解，启悟着生者如何坦然地面对生命与死亡的重大人生课题。

总而言之，生活在宁夏的回族作家通过一系列具有地域色彩和宗教意蕴的意象书写呈现出回族文学的艺术特色和价值坚守。清洁的自然意象、宗教建筑意象和动物意象与生活在黄土高原上的回族穆斯林休戚相关。这些自成谱系的意象折射出回族文学对宗教文化的认同，对西部大地上生命的热爱以及对自然万物的尊重尊崇。尤其在虚无主义和庸俗主义盛行的当下社会，回族文学执着寻觅生命尊严和寻求灵魂安慰的努力令人钦佩。高洁意象的营构与回族穆斯林的精神品性紧密相连，从而不仅使回族文学充溢着来自俗世的烟火气息，同时又弥散着来自真主的光辉。

参考文献

[1]张燕玲. 中国古代文论中的“意境”“境界”“意象”辨析. 北京科技大学学报,2006(1).

[2][6]石舒清. 西海固的事情. 北京:北京十月文艺出版社,2006.

[3][11]石舒清. 暗处的力量. 石家庄:花山文艺出版社,2001.

[4]马丽蓉. 20世纪中国文学与伊斯兰文化. 合肥:安徽教育出版社,2000.

[5]古原. 斋月和斋月以后的故事.银川：宁夏人民出版社,2012.

[7]施津菊. 中国当代文学的死亡叙事与审美. 北京:中国社会科学出版社,2007.

[8][9]靳新来. “人”与“兽”的纠葛——鲁迅笔下的动物意象. 复旦大学博士学位论文,2004.

[10]金春平. 边地文化视野下的新时期西部小说研究. 南京师范大学博士论文,2011.

乌兰其木格，北方民族大学文史学院教授，北京师范大学现当代文学专业博士，主要从事中国现当代文学研究。

本文发表于《北方民族大学学报（哲学社会科学版）》2014年第3期。

石舒清作品的生态意蕴

◎周清叶

按照王诺的界定，“生态文学是以生态整体意义为思想基础，以生态系统整体利益为最高价值的考察和表现自然与人之关系和探寻生态危机之社会根源的文学”。[1]（11） 从总体上看，石舒清的短篇小说算不上传统意义上的生态文学作品。但钱理群先生说过：“好的文学作品总是包含着多重的，甚至是开掘不尽的意义的，有的意义是可以意会不能言传，有时连作者自己也说不清。作品的价值是要在读者的创造性阅读中去实现的。也就是说，文学的本体性决定了对它的理解、阐释必然是多元，甚至是无穷尽的，而且随着阅读对象、时间、空间的变化而不断地发展。”[2]阅读的魅力正在于此。细读石舒清作品，我们发现其中自然而然流露出的生态思想使他和于坚、徐刚等其他同样具有生态意识的中国当代作家遥相呼应，为中国当代文学贡献了一抹珍贵的绿色。

一、曾经的西海固

正如有人批评的那样，宁夏作家写城市生活题材的作品太少[3]，石舒清所讲述的故事绝大多数都发生在曾经的西海固。而笔者认为比之众多肆意描写都市人无止境欲望的作品，石舒清笔下的西海固犹如福克纳小说中

“约克纳帕塔发式”的文学世界或沈从文笔下的“湘西世界”，自有其存在的自足性。

毫无疑问，石舒清和众多中国知识分子一样，在理性上是欢迎工业化和现代化的，但是进入无意识领域，进入情感和审美层面，就有一种难以割舍的乡土情结，在传统美的一去不复返中产生一种深深的失落感。对他们而言，失去的不仅是传统的美感和文化，同时失去的还有一种精神故乡。工业文明为我们带来了物质生活的极大进步，但与此同时，也相应地带来了一系列问题，尤其是人与自然、人与他人、人与其自身的三重疏离。当然，石舒清笔下的大自然与陶渊明诗歌中的桃花源、沈从文《边城》中的湘西世界中大自然的气象颇不相同，陶渊明、沈从文等人描绘的是单纯清秀、质朴淡雅、秀丽明媚的自然景象。而山大沟深、气候干旱、自然条件恶劣的西海固和生活其间的人们却也使得石舒清成为独特的这一个“地方风景的记录人”。也正是在这个意义上，石舒清说一个作家有没有依托的背景是很重要的，有了就是咬定青山，没有就是浮萍无根。他还自称有西海固这样一块富足阔大而又深远的背景，实在是自己的福祉。

有一种观点认为：作家总是生活在过去，是过去的生活经验和心理情感一直影响着他的创作；20 世纪 80 年代的小说大家汪曾祺也说过“写小说就是写回忆”。我们知道，西海固位于中国西部宁夏回族自治区南部的地带，历史上向有“苦瘠甲天下”之称，当代则又因严重超载的人口压力，致使十分脆弱的生态系统雪上加霜：年降水量只有 300 毫米左右，蒸发量却是降水量的 10 倍。由于自然条件十分恶劣，西海固地区植被匮乏，早在 1972 年就被联合国粮食开发署确定为不适宜人类生存的地区之一。石舒清就出生于宁夏海原县的一个回族家庭，事实证明，物质贫穷的故乡已然成为他富足而深厚的创作立足之点。

于是，怀着坚定的自尊，石舒清书写着那一片皲裂的大地上的“吾土吾民”，也让我们看到了立足于“本土经验”所表现出的西海固的生态环境和人文环境。《旱年》中写到大旱之年只有有本事的萨利哈一汽车一汽车从县城高价买水来浇果园。而大旱之年的人活得更为艰难，《歇牛》中的马清贵老人赶着牛在干旱得要冒烟的土地上犁地，意识中歉收、10 个儿子、越来越值钱的遥不可及的儿媳妇等诸多问题终于将他压垮在劳作中。而生存于这贫瘠土地上的人们在更多时候表现出的却是坚忍，《家事》中的祖太太近 100 岁了，“一床被子补补缝缝，盖了近 80 年，一个人把手来拎，拎不动的。”贫穷与饥饿深深印入她的记忆，“刚刚吃过饭，问她吃了饭没有呢，委屈地说，没吃，谁给着吃呢。”《牛头》中小个子女人因为不小心烤焦了节日里生产队发的一只牛头而被丈夫用鞭子抽打面部。《牺牲》则讲述了一个真实、惨烈的故事：依然是大旱之年，饿极了的二十几个孩子去偷邻村的豆子，被发现之后奋力逃跑的恐慌深深抓住了“我”。瘸腿的舍巴被抓住了。两村村民为此矛盾对峙，在村外河滩相遇。因为对方须发皆白的村长老人带着一千多男人主动问候“色俩目”，并且舍巴也哭着说出了偷豆的过程，使得本村不得不担负赔偿的责任。这在那个饥饿的年代引起了很多人的不满，舍巴的父亲居然当场将 12 岁的儿子活活打死。竟然没有人去阻拦！小说结尾还补充道：“就在那个 1973 年，我们村里家家户户东拼西凑，但还是饿死了两个人。”在《打折的棍子》里还记录了 1973 年村民李德华因偷村里 20 斤谷子而被判 10 年劳改。不小心让擀好的面被羊吃了的姑姑险些被自己的哥哥打死，姑姑为此自罚待在院门外整整一夜。这是小说，但也是历史。读者可以清楚地看到干旱、饥饿曾经是西海固人多么深刻的苦痛记忆！

当然，贫穷的西海固也有着自己的价值准则，石舒清曾说自己对整个人类的认识就是从认识西海固人开始的。马清贵老人再苦再累也要给儿子们娶妻成家的家长责任意识；小个子女人挨打之后却在工作组人员面前矢口否认，内心更多的是自责，因为她有一个大家庭，有公婆，有两个小叔子，还有 11 个孩子，而“大家都是馋疯了的，大家都想吃肉”；姑姑因为疏忽而让羊吃了面，感觉自己“把死的罪都犯下了”。我们不能简单地批评这些妇女不觉悟，正是她们陪着西海固一代又一代的男人们吃苦耐劳、忍辱负重！《牺牲》中邻村村长老人并未得理不饶人，“我们确实很羞愧，豆子种上原本就是人吃的，又是不明理的娃娃干的事，要在往年，娃们揪着吃几个豆角子我们屁都不放一个，我们实在是舍了脸才来跟你们说这个事”。《恩典》中勤苦的小木匠马八斤拒绝感恩戴德地给什么厅长做“亲戚”，他宁愿自食其力、过他原来安静的生活，等等。

当然，在石舒清小说中，相对偏僻闭塞的西海固也面临着现代化进程的挑战。《选举》里连国家主席和总理的名字都不知道的小村鸡肠子河，居然也有人提议“选着撇了去，我们不叫巴掌脸当村长了”。但结尾，“要是现在谁还想在鸡肠子河弄起一次选举之类的会议显然只能是妄想了”。村民们关心的是救济粮是否能发放到手，而不是村长是否称职、是否公正廉洁。“一切都似乎悄悄下沉着，远逝着，一切都那么的无精打采，奄奄一息，在这里，时间似乎不再流动，时间在这里死了。”

时间当然没有死。贫困总是与恶劣的自然生态环境相联系。1983 年以来，政府在西海固地区实施了旨在根本改变贫困农民生存条件的带有扶贫开发性质的生态移民。据说西海固有望从“苦甲天下”变为“塞上江南”。在《颜色》中石舒清也曾表达了对村子被迁的感受——“想到今后自己若真无这样一个村子可以怀念和回归，会是很寂寞很怅然的。”然而，不管未来宁夏发展成什么规模和局面，西海固的贫困和生活于其间的男女老少的悲喜荣辱都在石舒清的乡土文学中得以保存下来。在经济相对落后的宁夏加快发展步伐的今天，当新世纪的中国文学不可避免地走向世界一体化进程的时候，石舒清以他清澈深邃的目光，满含深情地为我们保留了西海固曾经的影像，这是十分宝贵的。

二、纯洁的关系

拉曼·塞尔登说：“如果我们考虑一下就会发现，我们的人生是为实现我们自身与周围充满生机的宇宙之间的纯洁关系而存在的。”[4]（551）比较有意味的是，在中国当代文学中，那些具有生态意识的作家们几乎都是自小在乡村长大的，也许只有乡村才能在作家们心灵中留下大自然深刻而持久的记忆，并潜移默化地影响他们一生。石舒清也不例外，乡村生活经历对他影响甚为深远。他的作品沉静、从容、深邃，以“对平凡事物的惊异”表现了对宇宙间所有生命的高度尊重。

作家张炜曾说过除了没有对神、对大自然的敬畏，当代文学还缺少与大自然中的其他生灵之间的联系，好像这个时期的人是真正的孤家寡人，是天地间的独夫。这多么可怕：人处于可怕的孤独状态。阅读石舒清作品，我们发现了人与大自然的许多心魂交流，人与其周围动物、植物的关系总是令人怦然心动、幡然醒悟。

首先，对动物的亲近与尊重。西塞罗强调尊重一切生命，因为动物与人一样，都应当具有生命的尊严，而不应该被辱没。施韦策从生态整体观出发，提出了“敬畏生命”伦理。他认为人类的同情如果“不仅仅涉及人，而且也包括一切生命，那就是具有真正的深度和广度的伦理。”[5]（103）在传统文学如《格林童话》中，我们看到的动物形象总是狐狸是狡猾的，狼是凶狠的，等等，需要注意的是这种描写背后暗含的是对大自然的歧视。我们知道所有动物在大自然中都各有其不可替代的美，可是到某些作者的笔下却成了所谓丑恶或阴暗的象征。从生态意识角度讲，这就是人类迷误的物种歧视。在石舒清的笔下我们看到的往往是动物本身丰富各异的品格与美：羊吃草时总是神态安详得令人感动，小青驴走起路来像船姑娘一般妖娆（《小青驴》）。《圈惶》中甚至提到人们认为院中有长虫是好事，尤其不能侵犯它、驱赶它，直到长虫爬进了灶洞，家人也并未对长虫武力报复赶尽杀绝，而是听从建议，养了些猫。利用自然界的食物链，让猫吃了紧邻后院的苜蓿地里大量的黄鼠，使长虫没得吃，只好迁徙搬家，一走了之。

作品中的人不仅不戴歧视的有色眼镜看待动物，不轻易伤害动物，甚至很多时候还把对动物的了解与感情自然地与人联系起来相提并论。《猫事》中“我”因为无意中发现可怜的病小猫与儿子的某种相似而顿生心酸与柔情。《家事·四十房土蜂》中，村民们对蜜蜂的生活习性了然于胸，作者的描绘详细而逼真，让人有一种深入蜜蜂世界的亲切感、真实感。“父亲”还由衷地感叹蜜蜂的治理能力与合作能力都超过人，提起蜜蜂总是很深情地说：“见过比人勤苦的蜂子，没见过比蜂子勤苦的人。”

同样，动物不仅促使人思考，更会给人的生活和生命带来诸多感动。脚夫哥会依偎在骆驼儿层棉被似的脖颈处度过寒冷的风雪夜。（《驼粪》）小猫蜷曲或展开身体，舒坦地睡在被阳光照亮的大床上，会让人无来由地感到温馨与安宁、迷离与踏实，就像生活醇厚又恬淡的滋味。难怪越来越多的人热衷于养宠物，而科学试验也证明动物能够帮助聋哑儿童康复训练、能有效改善抑郁等心理痼疾。蜜蜂会“劫富济贫”似的成群迁往哑巴家里去，也会因感应到“我”家短时间三位老人“归真”而得了瘟疫一样一窝窝死去。作品《清水里的刀子》则细腻而深邃地写了一头用来搭救亡人的牛与人的情感交流，牛的智慧与不言的淡定在马子善老人心中激起了感动、敬畏、忏悔的层层情感涟漪，也在打动读者的同时促使我们思考人与牛、生与死的命题。像《羊难》所写的那样，40 万只羊因口蹄疫而被屠杀，羊的主人们哭声震野。绝不仅仅因为它们是财产，更因为像母亲在羊鱼贯而入圈时立在一侧的点数“这是我黑眼睛，这是我猫耳朵，这是我猴脸脸儿……”在西海固农民的心里，它们可都是有名有姓的。人的感受、同情自然而然地就扩展到了动物身上，看到小鸡从蛋壳里出来会让人产生巨大的喜悦感和奥妙感。发现长虫偷吃了鸡蛋、被剪掉嘴的母鸡实属被冤屈，外奶奶说起长虫一次次来吃蛋的时候，这只孵蛋的母鸡不知怎样地被惊恐了一场，都似乎要抹起眼泪来，俨然不把母鸡当母鸡，而是引为同类、感同身受。这都恰如其分地体现了施韦策提出的生态伦理学的基本道德原则：成为思考型动物的人感到，敬畏每个想生存下去的生命，如同敬畏他自己的生命一样，如体验他自己的生命一样体验其他生命。

总之，读石舒清笔下这些与动物有关的故事，我们会切实地感受到像美国思想家摩尔说的那样，人“并不是一个堕落的神，而是一个有出息的猿”[6](377)，我们和那些动物的确“本是同根生”。所以，我们看到在《被吃的婴儿》中家人对刚刚产下羊羔的老羊母子悉心照料，但小羊羔终于抽搐了起来。于是爷爷洗了小净，默念了一会儿经文，开始救牲——就是不要让非死不可的生命自行死掉，“而是以真主的名义把它宰掉，让它死后归落在端庄的道路上。”宰之前，爷爷用手蒙住了小羊羔的眼睛，这个细节连同《清水里的刀子》中马子善老人叮嘱儿子宰牛前用白毛巾蒙上牛的眼睛一样，温柔、细腻、体贴、感人。《古兰经》中规定可以吃应该吃的动物，但要尽量减轻给它们造成的痛苦，这一点与生态主义关于食用动物的主张完全一致。

其次，在干旱缺水的西海固，人们把为数不多的植物看得尤其宝贵而格外珍惜。《残片童年·两棵树》中描述了祖太爷种下的两棵榆树，目睹了这个家的富足与贫寒，唯有它们坚定又无言地矗立着，像个能够永久的事物。而群鸟隐没在树冠里传出的激越鸣叫像光雨一样落下来，风在树里发出的雄浑声音则仿佛是树的享受，是树在用有力的声音与风作沉稳睿智的交谈。树里的风声雨声鸟鸣声显示了大自然的蓬勃生命与高度和谐。更可贵的是在那些饥馑的岁月里，父亲会爬上树摇下榆钱儿给人们吃，这一幕仿佛神话中的情景一般存在于“我”的记忆中。那两棵树还寄托着父亲母亲年轻时的感情生活。但它们却被生产队挖走了。那天夜里，一家人都没有睡，立在树下张望。树静静恭立，但却让人感觉到悲苦与苍凉，风使叶子发出疲倦而茫然的叹息声，让人觉得它像一头已经被牵到屠宰场的牛。树倒下的瞬间，大地久久战栗。全家失声痛哭，撕心裂肺的痛楚！那两个黑暗阴森的大坑像一张巨兽张开的大嘴，此时“月光使大地惨白如纸”。失却了两棵百岁老树，家非家矣。“我”无法冷静地详述，因为那太残忍。多年以后终于写下了给两棵树的祭文——在“我”的意念里，它们曾是童年天堂里的事物。在作者饱含深情地追忆中，寄托着严厉的生态揭露和生态批判。队长等人对树的暴行实际上表现了他们的自私、冷酷。代表大自然的树是美的，而为所欲为的人却使大自然退化、变丑，甚至遭遇毁灭之灾。

在《果园》里，年轻的耶尔古拜夫妻俩正是从人的剪指甲和理头发悟出了修剪果树的必要性。在他们的眼中，每一棵果树都是有生命的。“有一棵小杏树，瘦高的身材，像个稚气的中学生，它先是一条边枝上小心地开出几多花来，其余的枝都还孤寂着，没得到音信似的。”运用拟人的手法使树和人的生命相联结。在劳动间隙，女人喜欢坐在田埂上目光信马由缰地看着这些树，而树也仿佛有了生命似的在盯着她，于是就生出了许多趣味来。女人与树的互看、交流充满了生命的律动，即使只有她一个人，果园里也仿佛异常热闹喧腾，那些果树使得女人情感丰盈、思绪纷飞。

毫无疑问，石舒清对大自然的描写准确、细腻，诗意盎然，感人至深，这是因为他对大自然的仔细观察和由衷热爱。在作品中，动物、植物的美是大自然的自在呈现，而自然之美对人心的净化作用也显而易见。作者对每种自然生命都充满着欣赏之情，而每种生命也无不自得其乐，充分地展示出它们的自足性。在这种境界中，人还有什么理由奢谈征服与利用？人必然返回到众生一体的体验中，与动物植物一起，获得质朴而丰盈、清澈而深邃的生命领悟，过一种精神丰足与安适的生活。

掩卷深思，诚如鲁迅先生所说的，中国社会上的状态，简直是将几十世纪缩在一时。在石舒清的小说中，我们既看到了前现代所带给人们的物质匮乏，也看到了西海固给我们带来的具有后现代意味的启示：人类的同情心可以使我们超越自身的局限性，站在生态整体的高度去认识和关怀自然万物，如《古兰经》所倡导的那样，去过一种简单、简化、朴实、淳朴的生活。同时，作品中没有令人反感的生硬说教，只有细腻温婉的描述促人思考。身处偏远地区的回族作家石舒清用低调而踏实有力的创作实践帮助我们思考和回答一个问题，即，在新的形势下，“民族文化如何能以开放的心态面对世界，在世界多元化的交融中如何保持个性，如何跟上时代发展的步伐，如何在融合的趋势下与时俱进并充实与光大。”[7]

参考文献

[1]王诺.欧美生态文学.北京:北京大学出版社,2003.

[2]钱理群.读出新意.名作欣赏,2007(9).

[3]武淑莲.宁夏作家创作倾向研究——以石舒清、郭文斌、火会亮、古原的小说个案为例.宁夏师范学院学报(社会科学),2010(4).

[4][英]拉曼·塞尔登编,从柏拉图到现在.刘象愚等译.北京:北京大学出版社,2000.

[5]施韦策,敬畏生命.陈泽环译.上海:上海社会科学院出版社,1996.

[6]何怀宏主编.生态伦理——精神资源与哲学基础.石家庄:河北大学,2002.

[7]刘茂海.论全球化视野下民族文化发展的战略选择.北方民族大学学报(哲学社会科学版),2009(6).

周清叶，北方民族大学文史学院讲师，主要从事中国现当代文学研究。

本文发表于《北方民族大学学报（哲学社会科学版）》2011 年第 6 期。

女性文学

从《女狱花》《黄绣球》中的女性形象看晚清女性意识的新变

◎王引萍

晚清时期，由于西学东渐文化思潮的涌入，致使长期以来束缚女性的封建礼教规范受到前所未有的冲击。随着救亡图强的需要、女权思想的萌发，在充分吸取古代小说思想艺术精髓的基础上，“以女性为主要描写对象的小说创作成为一时盛景”[1]（1538）。其中女作家王妙如的《女狱花》与男作家颐琐的《黄绣球》是“当时妇女问题小说”[2]（121）的代表作。它们“真实而形象地描写了新女性的先驱人物冲破封建礼教走向社会的艰难和曲折”。[3]（310）小说从不同层面描绘了晚清时代的社会风貌，成为反映近代中国妇女生活的一面多棱镜。

查阅《女狱花》《黄绣球》所塑造的十几个女性人物，可以发现新女性形象占据其约 3/4 的分量。她们以鲜明独特的个性追求和自强自主的人格魅力，突破了以往对旧式女子的传统抒写，使文本在描摹女性的文化长廊里占有举足轻重的地位。作者通过对新女性追求解放过程的描述，全面展示了新女性的日常生活和社会活动，反映了晚清女性观念的渐变过程，揭示了晚清先进知识分子新颖独特的进步女性意识，说明传统的女性观念在晚清时代遭到了部分的拒斥和崭新的变革。

一、《女狱花》《黄绣球》中崭新的女性形象

探查晚清以前的小说文本，我们发现这些作品几乎很少描写到那些走出闺阁，参与社会生活的女性形象，即便偶有涉及也多是女扮男装的一次探险之旅，当她们的问题得到解决之后，便很快回归家庭，继续扮演贤妻良母的传统角色。由于作者长期以来受“男主外，女主内”的封建教条影响，致使小说中的女性形象基本上为佳人淑女、贤妻良母、妓女淫妇或侠女英雄等类型。与此不同的是《女狱花》《黄绣球》中的女性则勇敢地走出家庭，走上社会，成为具有独立意识和爱国意识的新女性。

《女狱花》中才貌双全的沙雪梅被许配给迂腐的书呆子为妻，其夫常用封建礼法限制她的自由，甚至诬陷她别有私情。忍无可忍的她最终爆发出反抗的怒火，将其夫误杀，进了监狱。但她并不为自己的行为后悔，她对狱友说：“男贼待我们何尝有一些配偶之礼”“我劝众位同心立誓：从此后，手执钢刀九十九，杀尽男贼方罢手。”①（第 4 回）她读过斯宾塞的《女权篇》，认为女性卑下的地位是男性压制的结果。出狱后与张柳娟等人采用激进的革命手段争取女权，虽然这一偏执的思想和激烈的手段已注定了失败的结局，但她渴望自由平等的志向和反抗意志却值得称颂。许平权有同样的理想和愿望，但主张采取教育的方式，以平和稳妥的改革方式来实现。为此她游学世界，学习师范，回国后创办学堂，教育女性，宣扬女性独立自强的理念。经过数年不懈的努力，达到了女界文明，男子“亦大半敬爱女子”的理想结果，为女性争取到应有的部分权利。精通中医的董奇簧认为男女有别的陈腐规范导致女性患病却得不到妥善救治的惨痛现实，于是自愿肩负起救治女性的责任，出国学习西医技能。归国后，开办医学堂，为我国医学事业做出了重要贡献。女作家文洞仁则立志独身以便

①本文所引《女狱花》原文皆出自王妙如:《女狱花》,南昌:百花洲文艺出版社,1993 年。

自由地著书醒世，用笔墨唤醒民众。她们的行为均体现了女性独立意识的初步成熟，令读者心生赞叹钦敬之情。

《黄绣球》中的绣球不满于传统的贤妻良母的性别规定，渴望融入社会，做出为国为民的大事业。受热忱新派的丈夫影响加之对罗兰夫人的衷心敬仰，她毅然决然地反抗传统道德束囿，为了实现“绣成一个全地球”①的美好理想，她改名绣球，带头放脚并积极宣传不缠足的好处。但她所倡导的变革举措和秉持的思想理念却因触犯封建传统的价值规约而被捕入狱。难能可贵的是，绣球并未屈服反而更加坚定了改革社会的志向。她出狱后以北美女杰为榜样，积极创办女学，大兴文化教育，将自由村改造成焕然一新的自由文明的新世界。面对顽固势力的肆意破坏，她组织义勇军和女军与其抗争，实现了地方自治，成为中国“20世纪的女豪杰”。(第30回）此外，与绣球一样积极参与社会活动的女性还有毕去柔、施太太、李振中等。其中精通西医、受西方文化教育的毕去柔尤为令人称道。她不仅在祖国创建医院治病救人，还参与了兴女学和地方自治活动。她的行为举止处处体现着女性自立自强的人格魅力。总之，文本中所塑造的新女性群像不仅具有强烈的爱国热忱，同时也折射出“当时新女性艰苦活动的真实姿态”[4]（121）和她们崇高的人生追求。

由此可见，《女狱花》《黄绣球》中的女性形象不再是恪守礼教、依附男性的卑弱女子了，彼时的她们自觉地承担起女性解放与社会进步的职责，以救国救民为己任，胸怀大志，立志自强，在社会乃至世界上求取新知、拼搏创业，以崭新的女杰面貌活跃在社会时代的大舞台上，从边缘逐渐走向了前台。印证了西方著名女权主义者西蒙·波娃的那句名言：“女人不是天生的，而是后天造成的。”

二、《女狱花》《黄绣球》中新颖的女性意识

《女狱花》《黄绣球》浓墨重彩地塑造了上述女杰形象，她们突破了男

---

①本文所引《黄绣球》原文皆出自颐琐:《黄绣球》,北京:中华书局,1960年。

尊女卑的传统性别观念，走出幽闭的状态，在社会上与男性一样读书办学、治病救人，参与或主持社会活动，勇于追求属于女性的事业。这种独立自主的精神启蒙鼓舞了读者大众，同时也表明了受时代思潮熏染的作家有别于传统的女性。

（一）对女性独立解放的提倡

封建社会的女性没有独立的人格尊严和社会地位，因为以男权为中心的社会制度使男性为中心的思想文化得以规范化、现实化，从而形成了男主女从、“夫为妻纲”，歧视并限制女性的文化环境。长期生活在这种氛围中的女性不把自己当成一个独立的社会角色去认识社会并参与社会文化的建构运作，而是以男性的观点为自己的观点，把自身看作男性的隶属。一生困守于家庭，过着缠足、操持家务和生儿育女的生活。她们没有独立的人格，只能依靠丈夫和儿子的成就来照耀自己的人生，连最为期盼的婚姻也掌握在父母媒妁的手中。与之对立的是，《女狱花》和《黄绣球》的作者则并不认同这种陈腐的性别设定，他们在文本中公然反对缠足与包办婚姻，提倡放足和兴女学等崭新的女性诉求。

我们知道，“由男性统治者畸形的审美观所造成”[5](249) 的缠足陋习，到清末已有千余年的历史，这一陋习在国人的心目中根深蒂固。他们认为，如果女子不缠足，便不受欢迎，甚至被视为另类，要面临嫁不出去的危险和尴尬。晚清以降，一些先进男性从同情女性、救国保种的政治目的出发，以政论、告示的形式对缠足陋俗进行了猛烈抨击。王妙如和颐琐则利用小说这种通俗易懂的形式，借笔下的女性人物之口表达了反对缠足的观念。例如《女狱花》中雪梅说：“只因为有了男人要娶小足的陋习，父母就硬了心肠，把我们一双圆兜兜光滑滑的天足，用布裹起来，受这无罪的非刑。”(第 4 回)《黄绣球》中绣球因婶娘给她裹脚时“血肉淋漓”的痛苦经历使她深感“女孩子不是人”！受罗兰夫人启发，她有了男女平等的意识，放开了小脚，而且号召村里的女子一起放脚。这些抒写从女性立场出发，结合她们的切身体悟，表达了女性反抗压迫，谋求解放的殷切愿望。

《女狱花》《黄绣球》中女性独立自主的意识，还表现在对自由婚姻的渴求方面。文本中雪梅由父亲包办的婚姻悲剧折射出作者对包办婚姻的否定态度。正如本回评语所说："婚姻不自由，最为男女之大魔障，而于女子为尤甚。世间不乏才女，每被蠢夫压制，以致抑郁而死。"（第3回）平权则因父母开明，与志同道合的黄宗祥感情渐深，约定"女学振兴之后"结婚，婚后，夫妻二人组建了一个和睦美满的家庭。作者通过新旧婚姻生活的对比，赞赏两情相悦、自由自主的理想婚姻模式。《黄绣球》也通过绣球表达了反对包办婚姻，主张自己择偶的新观念。当她听到尼姑的死讯时说："这是在勉强要替他择配上来的，若是说随他两个自己去配人，我晓得这两个年轻轻的一定不死。我们中国风俗，只把男女的婚姻大事任着父母做主，父母又只听着媒人的话说……自古至今，也不知害死多少女人。"（第23回）

《女狱花》《黄绣球》中女性的觉醒与独立解放，突出表现在对"女子才不如貌"旧式认同的大胆反叛及积极创办女学堂两个方面。《女狱花》中平权主张以教育的方式平和地实现女性解放。她说"女子不读诗书，性灵锢蔽"，"一无学问，愚蠢不亚于马牛"。因此，当务之急是使女性受教育。她游学回国后，在男友帮助下兴办女学，主张女性要争取经济独立，摆脱对男性的依赖地位。由于她切切实实地担负起启蒙教育女性，宣传自立自强等新思想的实践行动，终于在数年后为女子争取到平等权利，实现了女性解放的诉求。《黄绣球》中的绣球也主张以平和革命的手段争取女性解放。她在丈夫黄通理、县官施有功等开明男性的支持下，联络毕去柔等女性大兴女学，开发女性的智力，宣传女性应有独立自主的抱负。从而使自由村和邻村的女性走出家庭，走进学堂或走上社会，为改变自己的地位和社会进步而努力奋斗。

（二）对男女平权的颂扬

在"男外女内"的男权社会，女性总是幽居家庭，深居简出，处于被歧视、被压抑的地位。她们被剥夺了各种权利，婚姻上没有自主权，经济上不能独立，更没有接受教育或参与社会公共生活的权利。“三从四德”的“从”字便表现了女性对男性的依附和服从，反映了女性无权卑下的社会地位。而在许平权、黄绣球等女杰形象身上作者赋予了女性新的价值标准，体现了男女平权的时代新变。

在《女狱花》《黄绣球》中“女主内”已经不再是女性的人生追求了。她们勇敢地走出家庭，与男性一样积极地参与社会活动，承担社会责任。作者总是把许平权与黄宗祥、黄绣球与黄通理放在同等重要的地位来加以表现。小说中，无论家庭生活还是社会生活的呈现上均没有着力强调男尊女卑或男强女弱的性别不平等，而是努力构建男女平等的格局，女性和男性一样，拥有相同的责任与权利。平权与宗祥同样具有留学海外和婚姻自主的权利；平权、绣球与宗祥、通理一样从事教育及女性解放事业，甚至同样承担救国救民的责任。不仅文洞仁、沙雪梅与男性一样从事文学创作，董奇簧、毕去柔与男性一样开医院、当医生，而且平权、绣球与男性一样负责学堂的管理工作、担任学堂的教习……对这种男女平权（女性与男性同样具有教育权、婚姻自主权、职业权与事业权）的现象，作者都给予了充分肯定。王妙如对“男尊女卑人权缺”的现实非常不满，她借平权批驳了父亲“女子无才便是德”的旧观念，主张女孩和男孩一样读书识字，成就事业。颐琐也通过绣球指出：既然男女都是国家百姓，那么，男子有读书的权利，女子也有读书的权利；男人有再娶的权利，女人也有再嫁的权利。

以上说明作者主张女性与男性一样具有接受教育、婚姻自主和参与社会事务、成就事业的权利；男性能在社会上建功立业、救国救民，女性同样能在社会上取得杰出的成就。“这种容忍女权思想的环境构建，反映了女权思想在近代中国已有一定程度的理解和接受”[6]（1537）。虽然平权、绣球等女性的政治理念存在过度理想化的倾向，但这正是作者对男尊女卑之封建伦常的颠覆，对男女平权这种新型两性关系的呼吁与向往。同时，作者也为生活在晚清的女性指出了一条争取自身权利、实现人生价值的另一种路向和可能。

（三）对女性社会角色及其价值的认同

毋庸讳言，部分明清小说中一直存在着陈腐的性别歧视观念，认为女性是“红颜祸水”，误国误民的始作俑者。就连初步具有进步女性观的施耐庵，也仍然摆脱不了这种陈旧观念的桎梏，在其思想深处贬斥女性，充满了“厌女症”的特质。潘金莲、阎婆惜、潘巧云等美丽女子均为恶德败行的淫妇。正是因为她们，才逼迫得英雄走投无路，进而落草为寇。即便像杜十娘、林黛玉、王熙凤等具有反抗意识的女性，也大都恪守男权社会赋予女性的价值窠臼：婚姻、家庭，这是女性存在的全部意义。晚清以前的旧小说家总是用单一的视角来塑造女性，缺乏先进的指导思想。在文人们的观念中，女性只有家庭角色的定位，几乎看不到女性的政治诉求和为人类社会的发展所做出的贡献。

《女狱花》《黄绣球》的作者则突破了传统的价值取向，对女性的角色和价值进行了新的描写与建构，与潘金莲、王熙凤等不同的是，许平权、黄绣球等女性已不再是祸乱家国的“祸水”，或只承担传统旧式妇女的贤妻良母角色，而是积极参与社会活动，与男性一样为国家的建构做出重要贡献的女中豪杰。平权受父母的支持，兴办女学，利国利民。绣球也说：“一个人不能做点事，不能成个人，才怕人笑话。”所以她“要在本分之外，再做些事业”。（第2回）如果说董奇簧、毕去柔的主要贡献是兴建医院，治病救人，那么，平权、绣球的主要贡献则是兴办女学。在作者看来，提倡女学以救国强国不只是男子的责任，同样也是女子的责任。而平权、绣球之所以最终能够取得事业上的成功，主要依靠的是女性的能力与智慧。自然，也与许杰、宗祥、通理等开明男士的支持密切相关。这些男性没有尊男卑女的旧意识，没有强迫女儿、妻子恪守旧礼教，而是鼓励她们走出家庭，融入社会，帮助她们成就事业。由于绣球在自由村和邻村兴办女学，创造了新的社会价值，促进了社会的文明进步，所以被赞为

“一枝自由花，插到那里开到那里”。（第 27 回）可见作者肯定了女性的社会作用和自身价值。他借绣球指出：“女人也是一个人，岂可看轻。”（第 13 回）这里女人也是“人”的思想凸现了晚清女性自尊自强的自我意识，也表现了作家对女性价值的重视和认可。

女性的生活状况，曾被视为衡量一个社会文明程度的标杆。因此而言，以上女杰们的言行说明王妙如和颐琐都摆脱了封建礼教的束缚，主张女性与男性一样发挥社会作用。他们认为新女性既能在家庭中做一个好女儿、好妻子、好母亲的固有角色，又能在社会上获得事业的成功，做一个好教习、好医生或社会事务的组织者、管理者。作者表达了小说家们对新女性的呼唤与期盼，更反映了晚清妇女生活形态和女性意识从传统向现代的转变。正如夏晓虹先生所说：“伴随着妇女观念所发生的变化，晚清人心目中的理想女性也开始更新”，当时“接受新思想的知识者，对贤妻良母的囿于家庭已很不满足！”[7]（101）

三、《女狱花》《黄绣球》中女性意识的形成原因

上述新颖的女性意识之所以出现在《女狱花》《黄绣球》中并不是偶然的，作为具有崭新意识形态的小说，是一定的文学传统、文化背景（时代精神或民族心理）的积淀和启迪之后形成的，同时也是作家思想观念与创作动机的集中展现。

（一）文学传统的积淀

我国古代文学历来就有塑造光彩照人的女性形象的美学传统。如《陌上桑》中的秦罗敷、《孔雀东南飞》中的刘兰芝、《霍小玉传》中的霍小玉、《西厢记》中的崔莺莺、《女状元》中的黄崇嘏、《雌木兰》中的花木兰、“三言”中的苏小妹、《杨家府演义》中的穆桂英、《桃花扇》中的李香君、《红楼梦》中的林黛玉、《再生缘》中的孟丽君等，都是女性形象画廊里的佼佼者。在古代小说中，唐传奇、“三言二拍”、《杨家府演义》《红楼梦》等都有强烈的女性意识，体现着鲜明的尊重女性、尊重爱情的意识，特别是近代小说的先声《镜花缘》，也流露出为女性扬名立万而创作的冲动。“与《红楼梦》不同的是，《镜花缘》中还主张设女学，开女科，让女子和男人一样受教育，一样发挥社会作用。”[8]（377）而且武则天的雄才大略本身就说明女性可以胜任社会职务，女儿国的国王、大臣都由女性担任，君子国的女性不缠足穿耳，反映了作家可贵的平等观念和进步的女性意识。可以说，上述女性意识和关于女性解放的主张，对后代小说产生了一定影响。《女狱花》《黄绣球》继承了这一传统，把女性的才能与价值作为继续挖掘的创作题材。平权、绣球等形象便是作家献给女性的新颂歌，是中国文学史上结出的新硕果。

（二）文化背景的启迪

任何时代的文学都是社会生活的反映，必定受当时社会思潮和女性观念的启发。在救亡图强及西学东渐思潮的影响下，“晚清的妇女观念开始出现与传统背离的若干倾向”，“三纲五常、男尊女卑的旧礼教，在这个时代受到了前所未有的质疑与挑战”[9]（56）。同时,有识之士也开始关注男女平等的问题。陈虬指出：“泰西男女入学，故材亦相等”，中国“无故自弃其半于无用，欲求争雄于泰西，其可得乎？”[10]（77）谭嗣同宣布：“男女同为天地之菁英，同有无量之盛德大业，平等相均”[11]（304）。康有为认为：“男女虽异形，其为天民而共受天权一也……以公共平等论，则君与民且当平，况男子之与女子乎！”[12]（130）梁启超批驳了“女子无才便是德”的旧思想，谴责了“毁人肢体”的缠足恶俗，郑重提出女学与国家强弱密切相关。“女学最盛者，其国最强，不战而屈人之兵……女学衰，母教失，无业众，智民少，国之所存者幸矣！”[13]（43）在维新志士的努力下，1898年在上海创办了第一所国人自办的女学堂。在学堂创办期间，维新派的妻子在丈夫支持下，成立了中国女学会，李闰（谭嗣同夫人）、黄谨娱（康广仁夫人）、李惠仙（梁启超夫人）等发起人联络了一批女志士，参与了女学堂的筹建管理工作[14]（71~73）。康同微、康同璧姐妹受父亲康有为影响，于1895年兴办了“粤中不缠足会”，并“参加主持、现身说法”[15]。他们创办的女学堂和不缠足会以解放女性、救国强国为目的，启迪了国人与女性的觉醒，很快流播于各大城市，促使晚清时代女性生活和角色发生了重大变化，兴起了一股女性解放的思潮。应该说上述主张和思潮，对《女狱花》《黄绣球》的女性意识都有重要的启迪意义。于是小说突出地描绘了平权、绣球等新女杰形象，这在中国小说史上是值得重视的。她们的出现迎合了晚清国人的心理，给急于救国的先进男性以希望，表达了他们精神层面的需求。

（三）作者思想及创作动机的影响

上述女性意识也与作者的思想和创作动机有着密切的联系。《女狱花》的作者王妙如，幼聪慧，嗜书史，23岁时和罗景仁结婚，夫妻关系和睦，[16]（253）但作为女性她深感女性社会地位之低下。景仁写的跋和评语证明，她是一个主张女性解放、改革现实社会的新女性。她说："近日女界，黑暗已至极点，自恨弱躯多病，不能如我佛释迦，亲入地狱，普救众生，只得以秃笔残墨为棒喝之具。"俞佩兰在《女狱花》序中指出："至于创女权、劝女学者，好比六月之霜，三秋之燕焉……且讲女权、女学之小说，亦有硕果晨星之叹。"可见她写作的主旨是期望以小说唤醒女性，进而提倡女权。俞叙还赞道："西湖女士王妙如君，以咏絮之才，生花之笔，菩萨之心肠，豪杰之手段，而成此《女狱花》一部，非但思想之新奇，体裁之完备，且殷殷提倡女界革命之事。"[17]（121~122）这种新颖的思想和创作动机直接影响了小说的女性意识。《黄绣球》作者经林薇先生考证，"颐琐当为梁启超的化名"[18]。梁氏既是晚清改良维新思想的代表，又是提倡男女平等、呼吁女性解放以智民强国的进步人士。中国的长期贫弱使他倡导兴女学的重要性，《变法通议·论女学》指出"吾推及天下积弱之本，则必自妇人不学始"，"妇学实天下存亡强弱之大原也"。《戒缠足会叙》谴责缠足为"残忍酷烈轻薄猥贱之事"，《记江西康女士》为女性树立了讲学问做事业的新典范。《倡设女学堂启》讴歌"男女平权，美国斯盛；女学布濩，日本以强。"以上思想观念必然对《黄绣球》产生重要的影响。可见当时的进步小说家，在晚清这一社会转型的历史时期，用敏锐的审美视角，发现了以前常遭贬损和谴责的女性也具有和男性一样的才能，她们担负着强国保种的政治使命，觉醒的女性不再囿于家庭，而是为社会的崛起、国家的建构做出积极贡献的新女性形象。对新女性所从事的妇女解放事业的礼赞，对她们所秉持的新女性观的认同，不仅折射出晚清社会崭新的审美观与女性观，而且证明不论男作家还是女作家，都具有新颖的女性意识。

参考文献

[1][6]李剑国，陈洪．中国小说通史．北京：高等教育出版社，2007.

[2][4]阿英．晚清小说史．北京：东方出版社，1996.

[3]郭延礼．中国近代文学发展史（第三卷）．北京：高等教育出版社，2001.

[5]夏晓虹．晚清社会与文化．武汉：湖北教育出版社，2000.

[7][9]夏晓虹．晚清文人妇女观．北京：作家出版社，1995.

[8]武润婷．中国近代小说演变史．济南：山东人民出版社，2000.

[10]陈虬．陈虬集．杭州：浙江人民出版社，1992.

[11]谭嗣同．谭嗣同全集．北京：中华书局，1981.

[12]康有为．大同书．沈阳：辽宁人民出版社，1994.

[13]梁启超．饮冰室文集．北京：中华书局，1989.

[14]马庚存．中国近代妇女史．青岛：青岛出版社，1995.

[15]康同璧．清末的不缠足会．中国妇女，1957(5).

[16]欧阳健．晚清小说史．杭州：浙江古籍出版社，1997.

[17]陈平原，夏晓虹．二十世纪中国小说理论资料（第一卷）．北京：北京大学出版社，1989.

[18]林薇．《黄绣球》的作者是谁？．社会科学战线，1991(3).

王引萍，北方民族大学文史学院教授，主要从事明清小说研究。

本文发表于《北方民族大学学报（哲学社会科学版）》2013年第5期。

女性文学批评的几个关键问题思考

——从“对话与参与”的角度谈起

◎吕　颖

新时期初期，西方女性主义理论尚未引入本土，中国女性文学批评处于自然发展状态，男性批评者是否对女性文学批评进言，完全出于男性学者自身的学术兴趣，并未因是否介入女性文学批评而受到非议或指责。然而，从西方女性主义理论开始引入中国本土之后，这种状况发生了微妙的变化，中国女性文学批评与西方女性主义批评的对话开始出现。虽然，这种对话多是以中国单向借鉴与学习为主，但由于西方女性主义理论强调女性视角、女性意识、女性主义立场，也导致中国女性文学批评界开始对性别身份的空前关注，而且基于女性被歧视与被压迫的共通心理，在批判男权中心文化这一点上，中国女性文学批评界自觉自愿地认同了西方女性主义理论。

其实，早有学者警醒地提出：“中国诗学应该在整体上反省自己的知识形态并寻找出路，以中国智慧的特质与西方对话，而不是以化归的方式向西方认同。”[1]但是，这样的警觉意识并未引起足够的重视，中国女性文学批评界不仅以归顺的方式认同了西方女性主义，而且忽视与抵制中国本土男性批评者对女性文学批评的质疑与批评。在经过了一番匆忙的西方女性主义理论恶补和本土女性批评者彼此追捧的炒作之后，她们遗憾地发现，身处主流批评领域的男性批评者大多以看客的姿态，冷眼观瞧女性批评者自造的热闹场面，这导致了本土女性批评者们严重的心理失衡。基于崭新的女性主义立场，本土女性批评者们得出结论：来自男性主流批评的冷眼观瞧与漠视抵制，是对女性文学批评的性别歧视，反映了主流对边缘的排斥。

巴赫金早就说过，人类的思想具有对话的本质，真正的思想只有在对话中才能产生和存在，“思想只有同他人别的思想发生重要的对话关系之后，才能开始自己的生活，亦即才能形成、发展、寻找和更新自己的语言表现形式、衍生新的思想……恰是在不同声音、不同意识互相交往的连接点上，思想才得以产生并开始生活[2]（114）。所以，中国女性文学批评不仅要重视与西方女性主义批评的对话，更应该对本土男性批评者的对话与参与给予高度重视。中国女性文学批评不应该只是本土女性批评者的独白，因为“独白原则最大限度地否认在自身之外还存在着他人的平等的以及平等且有回应的意识，还存在着另一个平等的我（或你）”[3]（386）。可以说，中国女性文学批评正是由于缺乏与本土男性批评者的对话意识，致使中国女性文学批评缺乏来自外部的多样性与异质性的冲击，才导致了对西方女性主义某种程度的盲从与认同。从女性文学批评发展的状况来看，“克服单性别主体的偏激、偏颇、偏狭的思想，确立两性的‘主体间性’，在男女两性之间形成一种互为主体的对话关系，是近期女性文学研究探讨的一种新思路”[3]笔者从“对话与参与”的角度入手，思考了本土女性文学批评中存在的几个关键问题，对于这些问题的思考，或许对形成更切合本土实际的女性文学批评思路，能够产生某些启示作用。

一

对于女性文学批评而言，如何理解“对话”的含义，是两性之间的批评对话能否正常进行的第一个关键问题。

对话与交流是贯穿于人类行为活动中的基本精神特性，不仅个体的人之间要用言语进行直接对话交流，人类的各种活动都具有对话与交流的功能，可以说“一切都是手段，对话才是目的。单一的声音，什么也结束不了，什么也解决不了。两个声音才是生命的最低条件，生存的最低条件”[2]（340）。但是，对于“对话”不能仅从简单狭隘的角度去理解，对话并非你有来言，我必有去语，对话是精神交流与思想交锋的总体行进过程，或是激烈的言来语去，或是长久的倾听之后，在关键之处的插话。对话者身份自由，话语可少可多，未必都是批评之语，也不可能皆是溢美之词。所以，从对话的性质来看，可有内部对话与外部对话之分。

所谓内部对话，主要是指女性文学批评者们之间的对话，由于性别立场相同，理论观点相似或相通，对话大致可能出现以下几种形式：一是应和，主要由于彼此理论思考的相互启发而产生；二是追捧，基于同一理论思考的理路，是对走在理论思考前沿的批评家表达敬意；三是炒作，由于某些理论观点达成共识，为了加强理论的权威性而极力喧嚣；四是发泄式哄抬，或许是由于某一批评者对性别歧视的有力还击，圈内出于性别的共同兴奋感而产生的共鸣。但是，需要正视的是，如果只有顺向、同向的思考对话，即使有多少种内部对话形式，都意味着女性文学批评只是在进行圈内的学术信息交流。对话显然不能仅仅局限于女性批评者内部，真正的对话应该是一种艺术，是内外联通的多向度、多层次的沟通与交流，既“可以听到自己时代的对话，或者说得确切些，是听到作为一种伟大对话的自己的时代，并在这个时代里不仅把握住个别的声音，而首先要把握住不同声音之间的对话关系、它们之间通过对话的相互作用”[2]（117）。如果女性文学批评只是限于内部对话，那么女性文学批评学术水平的提高、学术视野的拓宽、精神高度的抬升、思想深度的掘进，都将因为缺乏内外联通的多向度、多层次的沟通与交流，而存在着潜在危机。

所谓外部对话，主要是指与女性文学批评者圈外批评者之间的对话。

之所以强调女性批评群体与外部的学术对话，“这是因为对话遵循的是问—答逻辑，也就是说，在对话中没有任何权威，在问—答逻辑中真正居于权威地位的是问题本身的呈现及其解决，此问—答逻辑对对话中的任何一方都具有规范和矫正的作用。换言之，对话的真正目的是为了达到互证、互识”。[4]当然，由于对话者处于女性主义批评者圈外，所以身份驳杂，难以完全列举，大致不外以下几种：一是真正的大男子主义者，对女性文学批评的存在睥睨有加，即使对话也主要是鄙薄。对于这样的对话者，有力的还击当然必要，但更为重要的是以严谨的学术理性扎实地从事女性文学批评工作，气愤不能改变大男子主义者的立场，只能延误女性文学批评学术水平的提高，招致更严厉的挑剔与苛责；二是出于以往一贯的学术观点，对女性主义未必存在性别歧视，只是不够了解，出于学术思考的审慎，对女性主义批评提出某些质疑，对于这样的对话者，冷静地面对问题，平等的学术交流，是最基本的对话方式；三是既有成熟的学术立场，又有对女性主义相当充分的了解，还有大男子主义倾向，不仅代表男权文化的主导性立场，而且能敏锐地发现女性主义的弱点，这样的对话者与其说是女性主义者的对手和敌人，莫若说是最具实力的对话者。这样的对话者，不仅需要女性主义者拥有雄厚的学术储备，清晰的学术思考理路，而且要求女性主义者能够直指对话者的性别歧视根源，并且需要真诚地面对女性主义自身的弱点。这样的对话，才能使女性主义者在不断的历练与挫折中，以最快的速度提升精神高度，掘进思想深度，为女性文学批评以及性别文化的发展，做一些有益的工作，而非抱着女性主义的西式武器四处出击；四是站在中国民族文化的立场上，既有对民族文化的清醒认识，又有对女性主义充分的了解，愿意借鉴女性主义的理论优势，但不苟同于西方女性主义的立场，这样的对话者不仅有着对民族文化与文学立场的必要坚守，也是对西方女性主义理论盲目崇拜的一种必要的提醒；五是男性的女性主义者，或者虽然不自称女性主义者，但是不仅基于对性别歧视的清醒认识，而且基于学术借鉴的需要，成为女性主义者最坚定的男性同盟者，这样的对话者既能给女性文学批评带来性别公正，又能给女性主义者带来必要的学术理解与支持。与这样的男性伙伴为消除性别歧视与性别压迫现象而合作，不仅是对女性文学批评最有力的支持，也是人类伙伴关系未来发展的总体趋势。

从文学批评的历时性来看，文学批评不仅仅是特定时代女性主义者与非女性主义者之间的争斗，更是人类通过文学批评的方式共同寻找精神真理的过程，而“真理不是产生和存在于某个人的头脑里的，它是在共同寻求真理的人们之间诞生的，是在他们的对话交际过程中诞生的”[2]（114）。所以，从外部对话的角度而言，与女性主义者的对话者多是非女性主义者，质疑多，追问多，批评多，共识少，理解少，这应该是男性批评者与女性主义者对话的常态，只要女性主义者能够端正对话姿态，在对话过程中不是总以被歧视、被压迫的弱势身份进行反击，那么平等沟通对话、学术切磋互进的可能性就始终存在，在共同寻找精神真理的过程中，通过不同向度的对话，最终达到的终极精神目标与精神指向应该是同一的。

二

对于“性别身份”如何理解，是两性之间的批评对话能否正常进行的第二个关键问题。

西方女性主义理论的引入，使中国女性批评者在文学批评者身份的基础上，又拥有了新的“性别身份”。男性批评者难以主动与女性主义批评者展开对话，既有文化背景与学术因素，更多的原因恐怕是对女性主义理论不够了解，与女性主义批评者之间无法正常有效地展开对话。作为中国女性主义批评非主流、边缘化的性别身份，作为学术研究的新视角，暂时不被主流批评界所了解、所认同，处于被冷眼观瞧的境地，是比较正常的。女性主义批评者的性别身份即使暂时不被首肯，完全可以通过积极的建设性行为，清晰完整地表述与性别身份有关的思想，而不应该通过弱者反击的方式强调性别歧视的存在，以期引起重视或引起轰动。希望被了解、被重视，是正常的学术要求，但是受不了委屈、耐不住寂寞、渴望通过弱者反击的方式被主流批评界所接纳与认可，却是学术上急功近利的典型表现。

从西方女性主义的立场出发，强调女性视角、女性意识、女性立场，强调对男权中心文化的批判与解构，强调与主流对立的边缘化姿态，这是与西方文化理念和政治机制密不可分的一种性别政治理论。从西方女性解放的历程来看，西方女性在经济、政治、文化地位上与男性的权利平等，每一步都是通过反抗与斗争而获得的。基于二元对立的思维模式，西方女性对来自男性个体的性别歧视与来自男权中心文化的性别压迫，都充满了警觉与抵抗的意识；从我国妇女解放的道路来看，妇女政治、经济地位的改善，是因为新民主主义革命的胜利，通过国家权威立法的形式给予了妇女在经济、政治地位上的平等，中国妇女对于新社会给予的社会地位具有相当的满足感，而且基于阴阳和谐的传统文化理念，中国两性之间缺乏性别对抗意识，“中国古文化对妇女的歧视不是决定论式的和普遍化的。在现实的层面上，总留有回旋的余地和家庭内的阴柔空间，乃至道观尼庵中的自由天地；而在思想层面上，则都是以阴阳互补、相济为前提的，因而伏下了重构和重新解释的各种可能”[5]。故此，西方女性主义理论进入中国本土之后，虽然仍具有反对男权中心文化的思想性，但是“无可否认，女权批评在有限的专业领域范围内在某种程度上解构了男权制度确立的象征秩序，但是它也仅仅是改变了专业性的提问方式和思维方式”[6]，这是我们应该正视的现实。所以，在中国进行女性文学批评时，不必处处以西方女性主义理论作为衡量标准，对西方女性主义亦步亦趋，“西方女性主义的本土性决定了它的局限性：它不是放之四海而皆准的真理”[7]。中国有自己源远流长，独具特色的文化传统与思想资源，近现代以来中国的女性解放走出了独特的发展道路，取得了巨大的成就而且具有自身独特的优势。我们不仅要用西方女性主义理论阐发中国的女性问题、文学文本和文学理论，也要积极建构中国本土的性别诗学理论，并逐渐尝试用中国的性别诗学理论和中国的文化理念去阐发西方的女性问题、文学文本和文学理论，进行中西方女性文学在思想方法与理论观点上平等的交流与对话，“中国当代文化、当代文论的重要任务，就是要利用‘他国化’这一规律，实现‘西方文论的中国化’，而要实现‘中国化’，首要的不是处处紧追西方，而应处处以我为主，以中国文化为主，来‘化西方’，而不是处处让西方‘化中国’”[8]。只有这样，才能逐步摆脱在文化交流中，西方女性主义理论独霸天下，中国女性文学批评处于弱势地位被动接受影响的局面。

性别歧视是历史的遗存，任何人都无法否认这一明显的现实。但是，人类正在通过现实努力，尽力改善两性之间的不平等状况。作为女性批评者，如果只是通过强调性别对立和强调性别歧视，那只是一种更为激烈的反向方式，强化了性别不平等的状态。不是“炫耀”和控诉被歧视、被压迫的现象，就能改善性别不平等的状况，女性地位的改善和女性性别身份的被认可，均来自健康的心态和积极的建设性行为。

三

如何理解西方女性主义与本土女性文学批评的关系，是批评能否健康发展的第三个关键问题。

从社会性别研究的角度来看，男女性别的不平等存在于整个社会文化体系发展的整体过程中，男性和女性都会受到社会文化的规约，从出生到接受性别歧视的思想和行动完全是社会化的结果。因此，把女性主义运动看作是女人反对男人是幼稚和错误的，所以美国女权主义理论家贝尔·胡克斯早就说过：“像妇女一样”男性也被社会化了，被动地接受性别歧视的意识形态。[9]所以，女性主义不应该反对男性个体和解构人类文化，而应该反对和终结男权主义的性别歧视和压迫。所谓解构男权中心文化，深入思考就会发现这是一个无法深究的文化悖论。因为人类几千年的文化史，基本是男权中心文化的历史，包括女性主义理论也是男权中心文化并不牢固认同的产物，诚如朱迪斯·巴特勒所言：“性别不应该被建构成一个固定的认同或者多种行为仿效的代理所在，相反，性别迟早是一种不牢固组成的认同，以行为的重复在外部空间组成。”[10]可以说彻底解构男权中心文化将意味着人类处于历史与文化的虚无之中,那么何来建构女性主义文化的原料？所以解构男权文化的姿态，究其根源是出于一种强烈挤进主流文化核心的渴望，但采用的却是一种以弱者身份进行反击的变态方式——一旦不被主流批评界所认同，就是性别歧视，来自主流批评的言论过于刻薄，就是性别压抑，似乎只有女性主义者苦大仇深，备受摧残，把所有的现实性别歧视都附加于学术研究之中，很容易导致女性用放大镜扩大性别歧视的程度，从而导致学术研究缺乏起码的理性思考成分。

如果文学批评话语适合本土文学的发展，对文学创作的阐释合理适度，是很少有人站出来质疑的。但是中国在吸收、借鉴西方女性主义理论时，始终存在着本土适用性问题。“多年来，在我们的女性文学研究实践中，有一个值得反思的倾向，即比较多地倚重于具有完整的体系的西方女性主义理论，而相对轻视对本土思想文化传统中有关性别问题的理论资源的开掘整理和重新认识。其实，虽然中国确实不具有像西方女主义那样有关性别问题的系统理论，但并不等于说在我们悠久的历史文化传统中就不存在对性别问题富于深度的思考和带有一定理论色彩的阐述。”[11]所以，对于来自与女性主义不同立场的质疑与批评，不能仅仅站在被迫害、被歧视、被压迫的立场上自以为是，拿着西方女性主义的理论武器，做着对中国女性文学批评削足适履的蠢举，长此以往，只能深陷西方女性主义的理论陷阱难以自拔，而完全疏离中国女性文学批评的目的。

四

如何对待女作家创作，是女性文学批评能否提升理论水平、拓展学术视野、保持生命活力的第四个关键问题。

批评也是创作，但女性文学批评必须以女作家的创作为前提，所以是戴着脚镣的舞蹈，然而现在的批评意欲挣脱批评与创作生命之根的联系，只想翩然独舞，拿着女性主义的尺子量长比短，批评者之所以无视女作家的感受，认为批评的臧否与女作家无关，就是潜藏在批评者意识深处的权威意识在作怪。自以为是的权威意识导致批评者可以以女性主义理论为利器，任意剖析和阐释女作家的文本，其结果是导致了女作家群体性地对女性主义批评表示抵制与漠视。这足以证明，女性主义批评的尴尬局面是由于自以为是的权威意识和盲目西化的女性主义立场造成的。作为中国女性文学批评，本土女性文学的现实存在是批评的立足点，不应该以性别身份向主流批评邀宠，更不应该靠西方女性主义批评混事，我们不仅要超越对西方女性主义理论的顶礼膜拜，还要超越男/女二元对立的性别模式，把女性文学批评领域的批判与建设结合起来，这样“女性文学理论批评就有可能摆脱二元对立的思维，远离平庸，避免低水平的重复，出现更多、更有创造性的论著。创造性，这是女性文学理论批评的生命线，是葆有其生命和活力的根本，只有创造，才能使其有更多的超越，并将其推进到一个新的境地。这有待于女性学人的努力，也有待于男性学人的积极参与，当然这也是两性学人的共同期待！”[12]

总而言之，在如何看待男性学者对女性文学批评对话与参与的问题上，女性主义批评的确存在着诸多问题，在文学批评过程中执着于权威意识的偏执，自以为是的女性主义立场，都造成了女性主义批评的严重失误：渴望女性主义者圈内对话的言来语去，不愿意与男性批评者进行外部对话，一方面是不希望来自于西方女性主义的弊病遭受批评，更重要的是希望制造女性主义批评的热闹场面；强调“性别身份”，是以西方女性主义的理论武器树立批评的权威地位，希望引起主流批评界的注意，并获得认可；自以为是地漠视女作家对女性主义批评的群体性抵制，无疑是站在女性主义批评权威的高度对女作家的性别霸权与性别歧视。可见，在对西方女性主义盲目地追随与认同过程中，女性主义批评不仅严重地偏离了中国女性文学的实际，而且严重违背了批评的职责与目的。

在女性文学批评从边缘走向中心的过程中，仅仅挥舞着西式的女性主义武器上路是不行的，制造哗众取宠的热闹场面不重要，重要的是以扎实的理论建构与深入的理论思考逐步确立女性文学批评的学术地位与学术体系。“中国的女性文学研究是不能仅仅依靠西方女权主义文学理论的本质主义的规定的，而必须回到中国的社会现实和文化现实中来，必须在中国社会现实和文化现实的基础上感受和理解中国女性的解放之路，必须在中国社会现实和文化现实的基础上感受、理解和阐释中国的女性文学作品。……没有中国化的西方化起到的只是圣化西方的作用，只是将西方文化当成包治百病的灵丹妙药而顶礼膜拜的作用，而不是促进中国文化和中国社会的具体发展的作用”。[13]所以，借用西方女性主义的理论只是权宜之计，中国女性文学批评的理论体系必须自己建构。如果能心平气和地把女性文学批评看作一项必须做好的工作，旨在与女性文学创作形成良性互动，为本土女性文学创作提供批评的借鉴与营养，那么，在借鉴西方女性主义理论之时，就会更加注重本土的特点与需求，更加考虑自己的国情。对于身处主流批评领域的男性批评者，是否能够参与女性主义批评的对话，学术地位的高低、参与人数的多少都不重要，重要的是能与他们展开真诚的对话。其实，无论是顺言还是逆语，作为女性主义批评者都应当认真反思，而不该固守弱势地位，强词夺理或变态反击，男性学者的对话与参与是在为女性文学批评的更好发展提出有益的意见，对此我们需要保持清醒的认识。

参考文献

[1]曹顺庆，吴兴明. 替换中的失落. 文学评论，1999(4).

[2]〔苏联〕巴赫金著，巴赫金全集：第5卷. 白春仁，顾亚铃译. 石家庄：河北教育出版社，1998.

[3]王春荣，吴玉杰. 反思、调整与超越：21 世纪初的女性文学批评. 文学评论，2008(6).

[4]黄念然. 对话：比较诗学研究的一个基本维度. 外国文学，2004(6).

[5]张祥龙."性别"在中西哲学中的地位及其思想后果. 江苏社会科学，2002(6).

[6]陈晓明. 反抗与逃避：女性意识及对女性的意识. 文论月刊，1991(11).

[7]鲍晓兰. 西方女性主义研究评介？北京：生活·读书·新知三联书店，1995:5.

[8]曹顺庆. 文学理论的"他国化"与西方文论的中国化. 湘潭大学学报（哲学与社会科学版），2005(5).

[9]〔美〕贝尔·胡克斯，女权主义理论从边缘到中心. 晓征、平林译. 南京：江苏人民出版社，2001:33.

[10]〔美〕朱迪斯·巴特勒. *GenderTrouble*（性别的困境）：*Feminismand-Subversion of Identity*（女性主义与认同颠覆）. NewYork:Routledge，1990:140.

[11]乔以钢. 漫谈女性文学研究的若干问题. 扬子江评论，2008(1).

[12]陈骏涛. 沉潜中的行进——2003—2008 女性文学理论批评若干著作的笔记. 南方文坛，2010(1).

[13]王富仁. 从本质主义的走向发生学的——女性文学研究之我见. 南开学报（哲学社会科学版），2010(2).

吕颖，北方民族大学文史学院教授，硕士生导师，山东师范大学文学院博士。

本文发表于《北京行政学院学报》2011 年第 6 期。

缺失、认同与建构

——论新时期女性文学批评

◎吕　颖

新时期以来，中国的女性文学批评经过20余年实践，已经逐步形成一个独具特色的学术领域。女性文学研究者们在对西方文学理论资源拿来与借鉴的基础上，结合中国文学的实际进行实践，大量的研究成果越来越展示出这一领域的学术生机，并且已有越来越多的学者开始对女性文学批评给予了程度不同的关注。但在国内学术界似乎也形成一种模糊的认识：中国女性文学批评就是对西方女性主义批评的中国化阐释。虽然已有研究者提出了关于中国女性文学研究学科建设的相关思考①，但女性主义文学研究的相关思考却扰乱了这一问题可能解决的正确思路。笔者认为，当前的女性文学批评走入了学术研究的误区，及时盘点我们现有的理论资源，追问和反思我们的学术研究现状，走稳、走好中国本土的女性文学研究之路，不失为一种明智的选择。

---

①乔以钢在《南开学报》1999年第2期发表了《关于中国女性文学研究学科建设的思考》一文，刘思谦在《职大学报》2003年第1期和第3期发表了《女性文学研究学科建设的理论思考》的长文，较系统地探讨了中国女性文学研究学科建设的问题。

一、缺失：中国女性文学批评实践的主要偏误

西方文学理论资源的引入是对中国传统文学研究模式的巨大冲击，为中国本土的女性文学研究提供了卓有成效的研究视角，经过20余年的积累，女性文学批评已成为参与并重构中国当代文学与文化的重要力量之一。但是女性文学批评在实践中也存在着自身的缺失与偏误：

第一，注重批评操作，缺少理论建构意识。由于中国的历史文化语境缺少女性文学研究的理论自觉，所以历史悠久、体系庞杂的西方各种理论的引入，尤其是女性主义理论的引入，使中国的女性文学研究既有了可借鉴的资源，也产生了对西方的西方话语的过分迷恋。在女性文学批评实践中，注重运用西方女性主义理论对本土文本的阐释和作家研究，缺乏对本土资源必要的重视，对于近代尤其是五四以来积累的大量性别研究资源、马克思主义妇女解放思想、共产党妇女解放政策和理论等，都缺少必要的整理总结和专门研究。这不仅造成西方理论本土化过程中的水土不服，而且致使本土丰富的性别资源被弃置。对此，我们必须给予高度重视，“因为如果仅仅从西方女性主义资源入手，是难以解释中国许多复杂的历史问题与现实经验的”[1](264)。

第二，注重性别内容的考察，欠缺艺术形式的探索。在西方，某些女性主义批评者“利用本文考察社会与心理的联系，提出作品忽视了什么，或者仅仅片面地把作品的职能理解为证实一部受忽视或曲解的文化史”[2](272)的做法，曾遭到过批评。但是国内部分学者由于接受女性主义理论时的盲从，在本土的批评实践中再次重蹈覆辙。因执着于女性文本中性别内容的文化批判，欠缺对文本美学价值的探寻，简单化西方化的阐释结果，使批评如隔靴搔痒，女作家们漠然视之。实际上，女性批评不仅应该关注文本的性别内容，“同时应该是一种美学批评，通过一种界定而凸现女性文学区别于男性文学的写作基础与美学形态”[3]。只有如此，才有可能对文学现实真正产生影响力。

第三，批评目标定位单一，批评视野偏狭。国内女性文学批评盲目跟

从西方女性文学批评的路向，执着于男女二元对立的思维模式，强调文本的性别内涵，忽视种族、文化、阶级等多重因素对于女性作家作品的复杂影响，使女性文学批评的对象范畴从20世纪80年代广泛关注社会生活的所有女性创作，极度减缩为具有鲜明女性主义意识的女性文本。但是“孤立地研究女性，会强化这样的信念，即男性的历史与女性的历史毫不相干”[4]（156），这不仅导致女性作家关注社会生活的探索和宽阔的写作视野被忽略，导致女性写作缺乏对中国现实变化的回应，缺少对女性生存处境足够的关注，而且导致批评对引入种族、文化、阶级等多元视角，分析和调整女性文学批评的目标和定位，缺乏明确的理论自觉，长此以往开放的女性文学批评势必日益走向狭隘与困顿。

第四，对女作家的个人化和边缘化写作，女性文学批评表现出了双向的迷误。一方面，作为精英的批评家们苛刻地挑剔现实的种种肤浅、平庸与媚俗，缺乏对文学现实的潜心研究与文本细读，多采取批判的姿态，致使批评无法与创作对话，批评意见成为学术圈内相互间的信息传递；另一方面，由于部分批评者对个人化和边缘化写作持赞赏态度，言称个人化写作“更大胆地裸露了那些人们只能想不能看或只能意淫不能直面、正视的女性的隐私层面”[5]，故而使“女性意识”更多地被误解成对自然性别差异的意识，女性的性别独特性得到了强调而社会主体意识则往往被忽略、淹没。评论界的错误导向，致使个性化写作的结局，只能是落入被传统文化意识所歧视和被商业化传媒机制所窥视的双重陷阱。

批评实践中存在的种种问题，不仅反映了国内学术界由于长期偏狭的理论视野，而对汹涌而来的西方文学理论资源缺少辨识力的盲从，更为严重的是，民族虚无主义的态度，致使中国自近代以来已经积累的较为丰富的性别研究资源，自西方文学理论资源进入国门之后几乎被弃置，女性主义批评似乎已成为研究中国女性文学必走的唯一的道路。

作为强势文化的西方重要理论资源，对处于东方弱势文化语境中的中国，具有覆盖性的影响，这在短期内是正常的。如果没有不同文化之间的相遇、碰撞和融合，只是闭关自守本土资源，中国女性文学批评的确很难有新的发展和突破，只能导致文化上的自闭和排他性，结果必然会导致本土文化的停滞、衰微。但是，如果被动接受成为惯性，亦步亦趋变为自然，我们就无法在吸收与消化中形成自己的理论品格，被强势理论长期覆盖的结果，我们就无法从自卑中走出来，更勿奢谈建构中国的女性文学理论体系了。

二、认同：对西方理论资源的追随与接受

作为中国女性文学批评的重要理论资源，西方女性主义在建构之初是具有地域性、历史性和有限性的，但在全球化的潮流中，女性主义在世界范围内广泛传播，曾经是“西方的、白人的、中产阶级妇女”的女性主义正在成为全世界男女共享的思想资源。但是一种理论如果在人们的盲目接受中变成一种包罗万象的意识形态，一种新的宗教，那么这种理论既具有了普适性和终极性，当然也就必然存在着可质疑和可解构之处。

新时期女性文学批评的产生和发展，主要是受西方女性主义批评的影响。新时期女性文学批评在国内开始逐渐产生影响，始于20世纪80年代中期，前期工作主要是翻译、介绍西方女性主义文学批评，国内的女性文学批评尚未形成规模。新时期女性文学批评的兴盛在20世纪80年代后期，以女性为主体的学者产生了一批重要的女性文学批评论著，其中李小江的《夏娃的探索》，孟悦、戴锦华的《浮出历史地表》引人注目。在这一时期，女性主义文学批评论文也大量增加。在新时期思想解放刚刚开始之时，缺乏理论积累和理论自觉的女性文学研究领域，由于西方女性主义理论的引入，导致了运用女性主义理论的自觉与热情，但也显示了理论译介和运用的不成熟与盲目性，由于我们的自身匮乏与借鉴热情，使我们尚无力对以拿来为主的女性主义文学研究进行反思，更无力对西方女性主义的理论弱点进行必要的质疑，“于是，这些断章取义、为我所用的国外理论，便在西化的总体氛围中，被绝对化，乃至神圣化或普泛化，成为相对于中国社会现实的‘真经’了。”[6]

在20世纪80年代后期至20世纪90年代中期，女性文学批评在结合中国的女性文学实际，运用女性主义理论进行批评实践和理论探讨方面有了新的进展，大致可分为三个方面：一是阐发理论的哲学基础和产生发展的现实依据；二是批评文学中的男性中心主义；三是追溯女性的文学传统，探索女性意识及女性文学的特殊性，界定女性主义文学批评。[7]这一时期的女性文学批评已开始产生越来越大的影响，当然也存在许多可待克服的缺点：虽然能够从中国现实的复杂性和女性意识的角度对女性主义进行阐发，但是对女作家张洁、王安忆、张抗抗等多人的创作强行归于女性主义麾下，似显牵强；将女性主义理论与现实主义原则相结合，强调内容批评，注重女性形象的主题和类型分析的文化批判态势，成为女性主义文学批评的主流，但缺少对文本结构、语言、叙事等艺术形式的批评，因而不具有美学批评的实践理性和理论自觉；能够为历史上被歪曲、被误解、被冷落的女作家正名，质疑文学史上普遍认为的女性作家的偏狭，声称"最能代表她们的创作成就与特点的是那些与男作家不同的，被社会的文学观念批评为狭隘偏激的作品"[8]，但却因过于强调女性意识、女性心理及其女性文学的特殊性，从而忽略了性别意识与种族、阶级、文化、时代的复杂纠缠关系等等。

20世纪90年代中期以来，由于世妇会的召开，形成了女性文学批评的新高潮，使女性文学批评进一步深化。一是对于西方女性主义批评的评介进一步深化；二是国内女性主义文学批评进一步拓展、深化，具体表现在几个方面：重新审视西方女性主义批评对于我国女性文学批评的意义；总结新时期以来女性创作，评价20世纪90年代以降的女性创作；开始对女性主义文学批评家的关注；关于女性主义的"论争"拉开了序幕。[7]这一时期的女性文学批评的发展，虽然颇有进展，但是女性主义批评的局限性也日益彰显。首先，本应是多维度、多层次的女性文学批评几乎已成为女性主义批评的独家天下，并且对西方女性主义批评不加甄别、不加批判地生搬硬套，使中国女性文学批评多向度的发展可能性受到遏制，"在面对中国文学的观照中做出了削足适履的蠢举，即从西方女性主义社会性别理论出发，对中国的女性文学做出了基于性别差异的价值判断。这种片面性的判断抹杀了中国女性文学诱导因素的丰富性，使我们的批评实践陷入了形而上学的怪圈”[7]；其次，对女性创作的批评，着重从女性意识、女性视角、女性话语出发，强调了两性之间的对立，引起了评论界与作家们的抵触情绪，对女性文学所谓的针对性批评，显得有些无的放矢；再次，由于女性主义批评注重性别向度的批评，忽视了意识形态批评，“影响了文艺批评的真正价值和常规值”[3]，导致女性文学批评价值评判的倾斜与紊乱。

20世纪90年代末至今，随着女性文学批评的深化也出现了一些新的特点：一是由于西方女性主义社会性别理论的引入，女性文学批评已被纳入社会性别理论框架之内，从单纯的文学研究走向文化研究；二是女性文学研究的学科建设已初具规模，并且成为这一时期学者们关注的焦点；三是由于西方后现代女权主义的话语转向，中国女性文学批评也在借助后现代理论，寻找新的女性话语生长点，性别诗学成为中国女性主义批评新的学术目标。我们与西方女性主义批评的学术时间差在缩小，但由于追随西方已成为学术研究的惯性，缺少理论创新，我们自身的学术焦虑并没有减轻；虽然构建女性文学研究学科的设想已提出，但是转变为现实的过程仍然步履维艰；后现代多元化的学术语境为女性文学研究提供了宽松的文化土壤，但是受西方后现代女权主义的影响，中国女性文学研究仍然循着西方的路径前行，再次展开了新一轮后女权主义批评的话语阐释。

西方女性主义批评对中国女性文学研究的视野拓展、思路更新具有重大的影响作用，对于现阶段中国女性文学研究而言，的确是一种有效的途径。但是我们必须清醒地认识到，女性主义“从使用的语言到行为方式到社会组织，忽视或者有意淡化‘本土’因素，企图在一面‘女人’的旗帜下掩去任何具有本土色彩的主体意识，同当年老殖民主义在‘文明’的旗帜下强行剥夺你的主体身份如出一辙”[9](159)。所以，我们有必要付出更大的努力去认识西方女性主义理论对于中国本土的局限性，发现和梳理具有中国本土特色的女性文化传统、文学理论资源和文学创作实际，并整合马克思主义妇女的理论，绝不能片面倚重女性主义理论。只有确立多样化的女性文学批评方法，多维度的女性批评视域，才能使中国的女性文学研究拥有良好的发展前景。

三、建构：女性文学批评学的走向

从 20 世纪 80 年代的方法论热、批评热，中国的批评学建设从 20 世纪 90 年代开始已有了初步的进展，十几年来已有了一些关于批评学的理论著作和相关教材。但这些论著作为普泛性的批评理论，只是将批评作为有史以来就存在的学术现象，逐渐形成批评学理论的思考理路来进行的。女性文学批评作为近 20 年来才出现的特殊文学批评现象，并未作为特殊的研究对象而占有一席之地，这实际上反映出男性文化始终占统治地位的学术界长久以来自然形成的学术惯性与惰性。

从中国女性批评的研究现状来看，由于受西方女性主义理论的影响，女性批评的多维研究方法受到抑制，多向度的批评前行可能性，变成了女性主义的一条“通天大路”。虽然性别诗学作为中国女性文学批评的未来美景，“是对文艺作品和批评话语作性别向度的理论评析，建构一种面向未来，关注两性新型审美关系的跨世纪意识”[10]，但它对于我们解决现实的实践问题而言，只是审美乌托邦，是审美畅想的彼岸。对存在的现实而言，我们需要做的是具体而微的实际工作，并且“我们的‘本土’研究，不仅是对‘全面西化’的抵制，对女权主义企图‘放之四海’的一元化倾向也起到了一定的校正作用。”我们的研究目的，“并不是要标新立异迎合任何‘主义’，而是为了更现实有效地服务于生活在这块土地上的(女)人们”[9]（160）。所以，关于中国女性批评学的构想，就是面对日益走向昌盛的中国本土女性文学批评的理论思考。从现有批评学的普泛性出发，向女性文学批评学的特殊性挺进，在女性文学批评的理论视域内，翻检女性文学批评的过往历史，有针对性地建构起女性文学批评学的理论大厦，填补女性批评学的理论空白，使女性批评有家可归，是我们应做的扎扎实实的现实工作。“尽管我们的批评理论和批评实践还不发达，但建立文学批评学却是一种合乎逻辑的必要选择，这种自觉自主的学科意识必然会推动批评实践的发展。”[11] (39)

从初步的构想来看，女性文学批评学的研究对象应该是有实际意义上的女性文学批评活动存在之后，一切女性文学批评活动的总汇。女性文学批评的历史并不长久，而且存在着被边缘化和被忽略的状况，但女性文学批评的特殊之处，在于强调以性别界分的丰富复杂的内容，当然由于女性文学批评正处于发展与生成状态，所以女性文学批评的形式尚且不够丰富。

批评学的历史背景在一般的批评学建构中是可以省略的，因为在原有历史传承的基础上建构批评学，不必专门对历史背景进行阐释。但是女性写作与女性批评作为特殊的文学存在，是有别于普适性的文学存在的，所以强调女性文学批评建构的思想资源，女性的生存状况、文化状况，对于建构具有针对性和特殊性的女性文学批评学具有重要的意义。

女性文学批评的重要对象之一是女性文本，对女性文本的界定既要强调女性的性别属性又要强调女性文本的超性别意识，从而使女性文本的界定既符合性别范畴又具有弹性的阐释空间；从文体的角度，既要肯定女性文体对历史文体的继承，又要从女性思维的特殊性，阐释女性文体对传统文体的超越，对女性语言的特殊性存在，对女性文本体现出的特有价值观念，应该给予足够的重视。对女性创作的批评是女性文学批评的重要场域，对女性创作批评的剖析与再批评，是建构女性文学批评学多元、开放领域的重要组成部分，也是关注女性文学批评发展前景的重要视域。

女性文学批评家既是从事女性文学批评的主体，也是女性文学批评学的研究对象，女性文学批评家不仅包括女性而且包括从事女性文学批评的男性批评家，所以对女性文学批评家的行为准则、心理素质、心理特征的分析，则不仅要观照其普遍性，也要考虑其特殊性。

批评方法论就是在研究文学批评现象时，所运用的批评方法的系统理论体系。女性文学批评的方法论是跨学科的理论体系，女性文学批评的方法分为不同的层次，女性批评学的科学性就体现在不以已有的批评学体系为满足，强调批评学与女性批评学的共通性与差异性。

女性批评学的特殊之处，就在于强调了女性作为性别在文学批评学理论建构中的特殊意义，对传统批评学的普适性进行大胆的质疑，同时对女性文学批评这一特殊领域的研究更加具体和更加具有针对性，并且对普通意义上的批评学理论没有覆盖到的研究领域，将进行新的批评学理论探索。

女性批评学理论的建构，客观上将对中国文学批评的发展起到积极的促进作用，并且对我国批评学理论的单一性起到丰富和补充的作用，对我国女性文学批评学的理论空白进行填补。女性文学批评学健康积极的发展，对认识女性文学存在的价值，具有深刻的历史意义和长远的发展意义。

从一定意义上说，女性文学批评学的建构首先有赖于学术界性别观念的更新。女性批评学作为人文科学的一个分支，与人类性别问题密切相关，所以它不可能类同于传统意义上具有普泛性的批评学。正因为如此，学科建构所要面对的问题就可能来自方方面面。因而，与其他新兴学科的建构相比，女性文学批评学的建构在某些方面也许是更有难度的。

参考文献

[1]杨莉馨. 异域性与本土化:女性主义诗学在中国的流变与影响. 北京:北京大学出版社,2005.

[2]〔美〕桑德拉·吉尔伯特,苏珊·格巴. 镜与妖女:对女性主义批评的反思. 见张京媛. 当代女性主义文学批评. 北京:北京大学出版社,1992.

[3]王侃. 当代二十世纪中国女性文学研究批判. 社会科学战线,1997(3).

[4]李银河. 妇女:最漫长的革命. 北京:生活·读书·新知三联书店,1997.

[5]王宏图. 在禁忌的门槛上:私人经验和公共话语. 南方文坛,1993(7).

[6]陈顺馨,戴锦华. 妇女、民族与女性主义. 北京:中央编译出版社,2004.

[7]陈厚诚，王宁. 西方当代文学批评在中国. 天津：百花文艺出版社，2000.

[8]严平 .略谈近七十年来中国女性小说的发展. 批评家，1989(4).

[9]李小江. 女性/性别的学术问题. 济南：山东人民出版社，2005.

[10]林树明. 性别诗学：意会与构想. 中国文化研究，2000(1).

[11]潘凯雄等. 文学批评学. 北京：人民文学出版社，1991.

本文发表于《山东师范大学学报（人文社会科学版）》2006 年第 6 期。

试论“三言”中的妇女主题

◎王引萍

妇女问题，从来就是一个重要的社会问题。自有文学史以来，许多作家都创作过反映妇女生活和命运的作品，塑造了不少动人的妇女形象。晚明杰出的通俗文学家、短篇小说艺术巨匠冯梦龙便是其中之一。他不仅提出了比较自觉、进步的妇女观，而且在他编写的“三言”中，从不同角度，比较全面深刻地反映了那个时代广大妇女的生活和心态，描绘了她们的优良品质和聪明才智，表现了对妇女问题的深切关注。这在当时的文化背景下，有着值得肯定的进步意义。可以说，在文学反映妇女主题的问题上，既是前人优良传统的杰出继承者，又对后代作家产生了一定的影响。笔者认为，认真分析“三言”中反映妇女生活的作品，不仅对深入研究冯梦龙及其“三言”很有必要，而且对研究那个时期的文学现象具有一定的促进作用。本文想就“三言”中的妇女主题做些探讨，以求教于专家学者。

一、从不同角度肯定和赞颂妇女的聪明才智与过人见识

“男尊女卑”“女子无才便是德”是封建社会束缚女性的主要思想，在这种思想影响下，妇女被视为男子的附属品和传宗接代的工具，很少有受教育的权利和参加社会实践的机会，更无施展才能的场合，从而形成了

男子在才智上高于女子的表面现象。即使女子本身，也多受这一观念的影响，大都妄自菲薄，轻视自己——这是妇女解放的严重障碍。所以，一些进步的民主主义思想家，极力肯定女子的聪明才智，一些进步的文学家则精心塑造智勇过于男子的妇女形象。著名文学家冯梦龙对那种蔑视妇女才智的现象尤为不满，他说："语有之，'男子有德便是才，女子无才便是德。'其然，岂其然乎？……无才而可以为德，则天下之懵妇人毋乃皆德类也乎？"[1]（652）基于此，他在"三言"的不少作品中，一反"女子无才便是德"的传统观念，塑造了不少可敬可爱的女性形象，从不同角度，肯定和赞颂了妇女的聪明才智与过人见识，描绘了她们具有丈夫气的肝胆相照的壮烈行为，用生动鲜活的艺术形象驳斥了"惟女子与小人难养也"[2]"妇人见短"[3]（88）等谬论，大胆地为妇女正名，显示了朴素的民主主义思想和进步的女性观。这在轻视妇女的封建社会是进步的，在妇女解放问题上有着重要的社会意义。

《苏小妹三难新郎》（《醒世恒言》卷十一）塑造了一个使夫权社会里的大文豪——须眉男子非常敬佩的巾帼才女苏小妹。她不仅才华出众，而且谈吐不俗。"因其父兄都是大才子，目见耳闻了不少诗词歌赋"，十岁便能做"词意俱美"的词。这说明，只要有受教育的机会，女子也能学得很出色。其父叹道："可惜是个女子，若为男子，可不是科制中一个有名人物！"小妹的哥哥——杰出的文学家苏东坡也很钦佩她的才华："吾妹敏悟，吾所不及！若为男子，官位必远胜于我矣！"可见小妹不能做官，不是她没有才能，而仅仅因为她是女子而已。众所周知，封建社会的登场赴试，是男子的特权，妇女只要步出闺门，便触犯了礼教。即使她们有"远胜于"男子的才学也不能攀桂折枝，有所施展。本篇的可贵之处，在于塑造了苏小妹这个才华不亚于男子的女性形象，充分肯定了她的才能和智慧，并从参政角度触及了封建社会在男女地位上的不平等现象，直接为女子的地位鸣不平："聪明男子做公卿，聪明女子不出身，若许裙钗应科举，女子那见逊公卿？"这既表达了对埋没女子聪明才智的社会现实的不满，又在一定程度上赞扬了妇女的才智，表现了渴望男女平等的进步意识。

在封建社会，人们习惯在“丈夫”之前冠以“大”字，在“女子”之前加个“弱”字，似乎“大丈夫”定能顶天立地，“弱女子”只能任人宰割。但在“三言”中，女子不尽是任人欺凌而只知道逆来顺受的弱者了。《万秀娘仇报山亭儿》（《警世通言》卷三十七）中的万秀娘就是不甘受人欺凌，立志报仇雪恨的女性。大难当头，她临危不惧，闻变不惊，在仇敌面前强颜奉承，凭自己的胆识和才智与其巧妙周旋，以便伺机报仇，终于惩罚了凶手。作者对她的胆识和毅力表示称赞：“生报仇万秀娘坚忍”。《沈小霞相会出师表》（《喻世明言》卷四十）中的闻淑女更是个有勇又有谋的妇女形象。我们知道，明代嘉靖年间的忠奸斗争特别激烈，严嵩把持朝政，顺我者昌，逆我者亡。沈鍊因反对严相获罪，故难免被斩，这是当时的一个惨案。明代江盈科的《沈小霞妾》记述了这个题材，但描写简单，对闻氏的才智也没有突出的描绘，如差人去杀沈小霞，沈小霞自己发现，设计躲避也是沈小霞提出的。[4]冯梦龙改写的《沈小霞相会出师表》，则将这一切归于闻氏，着力渲染了闻氏智斗解差的细节，进一步突出了闻氏的智慧和胆量，使这个敢于斗争、善于斗争的女性形象跃然纸上，让这个地位卑微的妇女在严酷的政治斗争中充当了一个重要角色，充分表现了赞颂妇女才智，肯定妇女胆识的主题。在那个把女人当作男人的附庸和玩偶的时代，冯梦龙怀着喜爱、崇敬的心情塑造了这个目光敏锐、谋略、胆识在男人之上的妇女形象，的确是富有深意的，他曾叹道：“豪杰憔悴风尘之中，须眉男子不能识，而女子能识之。其或窘迫急难之时，富贵有力者不能急，而女子能急之。至于名节关系之际，平昔圣贤自命者不能周全，而女子能周全之。岂谢希孟所云‘光岳气分，磊落英伟，不锺于男子而锺于妇人’者耶？”[5]（132）《李秀卿义结黄贞女》（《喻世明言》卷二十八）则塑造了一个具有经营才能，善于应付意外事变的黄善聪。编著者一开篇就表明他要为妇女说话：“暇日攀今吊古，从来几个男儿。履危临难有神机，不被他人算计？男子尽多慌错，妇人反有奇权。若还智量胜蛾眉，便带头巾何愧?”接着说：“常言：有智妇人，赛过男子。古来妇人赛过男子的也尽多。”还列举了历史上代父从军的花木兰，假扮秀才做郡掾而“吏事精敏”，成绩卓然，“胥徒畏服”的黄崇嘏等，说明女子也有做事的才能。我们知道，明代中叶以后，我国的工商业有所发展，千里跋涉经商比在家中坐吃山空要辛苦得多，赚点钱既要有一定的经商才能，又要付出一定的代价。本篇不但以现实主义手法反映了商人的生活，而且通过艺术描绘肯定了女子经营实业的才能和应变能力。《蔡瑞虹忍辱报仇》（《醒世恒言》卷三十六）又塑造了一个治家能手蔡瑞虹，因她聪颖而有见识，所以，父亲遇事常和她商量，听取她的意见，作品对她的才能见识和忍辱报仇的精神进行了肯定和歌颂。

“三言”在热情肯定一般女性的才智和品德的同时，还描绘了最被人蔑视的妓女阶层的才能和智慧。如《杜十娘怒沉百宝箱》（《警世通言》卷三十二）中深谋远虑、智斗鸨母的杜十娘，《卖油郎独占花魁》（《醒世恒言》卷三）中“吟诗作赋”，“琴、棋、书、画无所不通”的莘瑶琴，《赵春儿重旺曹家庄》（《警世通言》卷三十一）中谋略见识过人、助夫做官、重振家业的赵春儿，《单符郎全州佳偶》（《喻世明言》卷十七）中艺才出色的扬玉等。对这些误入风尘，但品德高尚，才智非凡的妓女，编著者都表示了特有的尊重和称赞，认为她们之中“出色的尽多”。[6]（286）

上述作品在“三言”中占有一定的比例，其宗旨在于通过这些生动鲜活的艺术形象说明妇女在文才、胆识、谋略、口才、艺术、管理才能等方面并不低于男子，甚至还有不少“有智妇人，赛过男子”。[7]（250）表现了编者渴望男女平等的思想，抨击了“男尊女卑”之类的传统观念，显示了编著者对妇女才能和智慧的深刻认识。虽然以前不少进步作家都描写过女子的才能和见识，取得了一定的艺术成就，但像冯梦龙这样从不同角度热情肯定妇女的聪明才智与过人胆识，直接为女子的地位鸣不平的作家还是少见的。冯梦龙这种热情赞扬妇女才智和胆识的思想意识，不仅体现在“三言”中，也体现在他编辑的《情史》《太平广记钞》《智囊》和《智囊补》中。

二、热情肯定妇女对自主婚姻的执着追求

以爱情为基础的自主婚姻在古代是不多见的，“古代所仅有的那一点夫妇之爱，并不是主观的爱好，而是客观的义务；不是婚姻的基础，而是婚姻的附加物。”[8]（130） 因为封建社会的道德观和婚姻观都在束缚着妇女的人身自由和爱情婚姻自由。明代程朱理学更是灭绝人性，统治者自身的生活荒淫无度，却又大力宣扬“存天理，灭人欲”。生活于晚明的冯梦龙，受到“异端之尤”李贽为代表的进步文化思潮的熏陶和汤显祖及其《牡丹亭》的影响，接受了新兴市民阶层思想意识中的进步因素，提出了“男女相悦为婚”[9]（814） 的观点，主张女子自择佳婿，并以赞赏的态度塑造了不少大胆追求自主婚姻的新女性。

“三言”中的一些未婚女子勇敢地冲破了封建礼教和婚姻制度，用进步的思想意识选择自己的终身伴侣。《宿香亭张浩遇莺莺》（《警世通言》卷二十九）中的李莺就是一个大胆追求自主婚姻的新女性。她对自主婚姻的追求，全部包含在她那坚定而勇敢的性格之中。她自幼爱慕邻居青年张浩，趁家人外出之机，来到张浩园中，表达了自己的“素心”，与张订了终身。后来，当她得知张为父所逼与孙氏定亲，自己面临被抛弃的命运时，她既不哭哭啼啼，抑郁自尽，也不屈从于命运的摆布，而是镇定自若地向父母说明了情况，以“此愿若违，含笑自绝”的方式取得了父母的支持。然后，她来到县衙，递上状词，把她和张浩未经“父母之命，媒妁之言”的私约，大胆地陈诉于官，以“文君心喜司马，贾午志慕韩寿，此二女皆有私奔之名，而不受无媒之谤”名垂青史自比。认为“女非媒不嫁”这种至论“亦有未然”，在爱情婚姻上应当“所归得人”“礼顺人情”。这样李莺凭着她的才智与雄辩赢得了胜利。对此，编撰者热情地赞颂道：“当年崔氏赖张生，今日张生仗李莺。同是风流千古话，《西厢》不及《宿香亭》。”《张舜美灯宵得丽女》（《喻世明言》卷二十三）中的刘素香，也是个具有叛逆精神的新女性。其敢作敢为，大胆追求婚姻自由的勇气和魄力，在编撰者的艺术描绘中得到了生动的表现。她不但机智地自择佳偶，而且不以财势作为衡量男人的标准。为了“免使两地永抱相思之苦”，她毅然决然地和意中人私奔，虽然途中失散达三年之久，但二人都能彼此思念，矢志不渝，终于幸福地团聚了。正所谓：“间别三年死复生，润洲城下念多情。今宵燃烛频频照，笑眼相看分外明。”《吴衙内邻舟赴约》（《醒世恒言》卷二十八）中的贺秀娥又是一位很有主见的新女性。作品通过心理和言行的细腻描写，突出地表现了她对幸福生活的热切渴望和执着追求。她听见父亲“夸扬吴衙内年轻美貌，学问广博，许多好处”，“便怀着爱慕之念”，第二天就“悄悄走到遮堂后，从门缝中张望”。看到吴衙内本人，更是动了私心，想道：“这衙内果然风流俊雅。我若嫁得这等样丈夫，便心满意足了……”又想道：“今番错过此人，后来总配个豪家宦室，恐未必有此才貌兼全！”左思右想，“恨不得三四步撵至吴衙内身边，把爱慕之情一一细罄”。为了自己的终身幸福，她果断地“题诗一首”，趁无人注意之时抛给吴衙内，约他到自己房中幽会，“各道想慕之情”。虽然他们的婚姻也经历了一些坎坷，但经过他们的积极抗争，终于得到了父母和社会的认可。

从以上几位女性身上，可以看到不少现代人的色彩，她们的爱情婚姻也不乏“现代性爱”的特点。她们一旦爱上某个男子，便直率爽快地表白，大胆执着地追求，必要的时候还能挺身而出进行积极、正面的抗争。恩格斯说过：“由爱情而结合的婚姻被宣布为人的权利”。[10]（135）上述女性正是在争取做人的权利中，显示了她们超越前人的性格力量，正因为她们具有前人少有的积极主动的精神和大胆勇敢的气概，她们才决定了婚事发展的方向。一旦自己的婚事受到阻挠，她们不是自叹薄命或屈从于别人的摆布，而是凭着自己的力量进行抗争，最终过上了梦寐以求的幸福生活。她们那种建立在彼此“爱慕”“相悦”基础上的自主的幸福婚姻是社会文明进步的一个方面。

“三言”中，不仅那些未婚女子在相爱过程中居于主动的地位，不受封建礼教和婚姻观念的束缚，而且一些已婚妇女也冲破了封建礼教和贞操观念的禁锢，大胆地追求幸福的新生活。《勘皮靴单证二郎神》（《醒世恒言》卷十三）中美丽娇艳的韩玉翘，在“年方及笄”之时被选入宫中，做了道君皇帝的妃子。她渴望幸福的婚姻生活，可是在那个“三千宠爱偏在一身”的宫廷里，她没有丝毫的幸福。虽然她整天过着锦衣玉食的物质生活，但内心却没有幸福快乐的感觉，她不愿忍受这种孤单寂寞的冷宫生活，不甘老死深宫，向往能“嫁得一个良人”，“偕老百年”。一次到二郎神庙许愿，见了神像，便祷告能嫁得一个似尊神模样的丈夫，“也足称平生之愿”。尽管她在追求幸福的过程中受到不良之徒的欺骗，但正由于她敢于追求，才得遂平生之愿，最后嫁了一个远方客人，“尽老百年而终”。《小夫人金钱赠年少》（《警世通言》卷十六）中的小夫人，也是个大胆追求幸福生活的已婚妇女，受媒人欺骗的她，嫁给了“须眉皓齿”，年已六十的老头张员外，婚后，“张员外心下欢喜，小夫人心下不乐”。面对不幸的婚姻，她不但生前主动追求张胜，而且“死后犹然相从”，表现了女性对幸福生活的渴望与执着追求。

综上所述，“三言”中这些女性虽然个性各异，经历不同，但都向往和追求理想的婚姻生活。这显示了女性自我意识的萌动觉醒，体现了她们力图摆脱任人摆布的命运和把握生活航向的主体力量。她们那种敢于追求和抗争的勇气，不但为唐传奇中的崔莺莺所不具，而且在明中叶以前的小说中也是很少见的。可以说，她们是明中后期那个新的历史条件下更主动、更勇敢的反抗封建礼教的新型女性。她们的觉醒表现了女性意识发展的一个层次，带有新生产关系萌芽时期要求个性解放的时代特征。作品对她们的肯定（对那些已婚妇女虽有指责，但更多的是同情和理解）则说明冯梦龙是一位具有市民阶层思想意识和进步女性观的作家。

三、多侧面地反映妇女的不幸遭际和悲剧命运

在以母性为中心的原始社会，妇女还处于比较自由和受尊敬的地位。

随着私有制的出现，妇女的地位发生了变化。正如恩格斯所说：“母权制的被推翻，乃是女性的具有世界历史意义的失败……”[11]（111）我国封建社会的女性更是可悲，封建礼教对她们的要求更为苛刻，这使她们在情感和精神世界里，要承受比男子更复杂、更细致、更具体的折磨，甚至经常在被伤害、被屈辱中生活，无数善良无辜的妇女被吞噬了生命。作为一位体恤人民疾苦的进步文人，冯梦龙在妇女的苦难史上倾注了大量的情感和笔墨。

遍观“三言”中的妇女群像，幸运者、善终者毕竟是少数，大多数人的命运还是相当悲苦的。她们虽然靠自己的力量拼命挣扎，但不幸的命运却常常降临到她们头上，因为社会的基本形态还是封建经济，封建制度和封建统治阶级的思想意识仍占主导地位，市民阶层虽已壮大，他们的意识还是微弱的，正在萌芽的民主主义思想还不能彻底摆脱封建社会的羁绊，形成系统的具有支配地位的资产阶级民主主义思想体系。在这种条件下，“历史的必然要求和这个要求的实际上不可能实现之间”时时发生着“悲剧性的冲突”，[12]（346）悲剧的承担者主要是那些地位低下的女性。如《崔待诏生死冤家》（《警世通言》卷八）就深刻地反映了下层妇女璩秀秀的悲惨命运。咸安郡王相中了秀秀的手艺，把她买到郡王府里当养娘。她为了能和所爱的人生活在一起，趁机和崔宁逃到外地过起了自食其力的新生活。然而在那个不容她获得自由幸福的社会里，她的行为已违抗了当时的封建制度和封建秩序，所以郡王发现他们后，将秀秀活活打死，把崔宁罪仗发遣。《闹樊楼多情周胜仙》（《醒世恒言》卷十四）则形象地揭露了封建婚姻制度和家长制给女性造成的悲剧命运。在封建时代，婚姻中起作用的不是个人感情，结婚“仍然是一种由父母安排的权衡利害的事情”。[13]（123~124）周胜仙爱上了开酒店的范二郎，但她父亲嫌范二郎门第太低，认为这是“辱门败户”的勾当。为了攀高结贵，他坚决阻挠女儿的婚事，一手造成了女儿的爱情悲剧。《赵太祖千里送京娘》（《警世通言》卷二十一）通过赵京娘的命运，把批判的锋芒指向封建道德和传统观念的深层积淀中。

京娘被强盗掳掠而去，幸遇赵公子相救，送回家中。可她的父母、兄嫂却按世俗的偏见——男女同行必有私情对她的贞操表示怀疑，用冷言冷语奚落她，挖苦她，使她有口难辩，非常痛苦。为了表白自己的贞节，她竟然自缢而死。在封建社会，有多少女性，为了恪守对她们及不公道的贞节要求，为了有一个受人赞誉的好名声，把自己的生命看得如此轻贱，动辄去死。可悲的是，她们并不把死当作一种无谓的牺牲，而看作是达到某种道德境界的阶梯，似乎为实现自身的道德完善去死就找到了人生的最终寄托。《十五贯戏言成巧祸》（《醒世恒言》卷三十三）则深刻地反映了女性在夫权社会里的处境，批判了封建机构的黑暗腐败。乍看陈二姐的命运似乎是戏言和偶然的巧合造成的，其实这种偶然之中包含着必然性的因素，即陈二姐的悲剧命运有一定的必然性。借钱归来的刘贵和陈二姐开了个玩笑，说那十五贯钱是把她卖给别人得来的。陈二姐虽稍有疑惑，但还是相信了。因为，在那个社会，妇女的命运掌握在男人手中，买卖妇女的行为是合法的、司空见惯的事情，何况刘家也的确穷困好久了，刘贵又说得合情合理，为人妾的陈氏能不相信吗？为了让爹娘知道她的下落，她当晚出走，不料丈夫被偷钱人杀死。第二天邻居追上陈二姐后，发现她和带有十五贯钱的男子同行，便将他们送到官府。那个“只图了事”的府尹根据男女同行非奸即盗的荒谬逻辑，认定陈二姐伙同奸夫谋杀了亲夫，劫夺钱财。在昏官的严刑拷打下，无辜的陈二姐和崔宁含冤被杀。《杨思温燕山逢故人》（《喻世明言》卷二十四）从另一角度再现了妇女被异族掳掠的不幸。众所周知，封建社会中任何社会性的灾难，首当其冲的受难者是妇女，战争给妇女造成的灾难不只是生活的艰辛，更痛苦的是要蒙受比死亡更可怕的耻辱，承受那些道德品质恶劣的男人的欺凌。这使她们具有了双重的悲剧，一个是时代的悲剧，一个是作为女人这种特殊性别的悲剧。因为她们是落在别人手中的女人，正是她们的花容月貌，使她们格外不幸。深陷异族的郑意娘在死忘与耻辱之中选择了死亡。

封建社会的妇女，还有一种悲惨遭遇，就是被出或被弃，这是当时常见的现象。男子可以三妻四妾，眠花宿柳，女子却不能有半点越轨行为。因为“多妻和偶尔的通奸，则仍然是男子的权利……女性大抵被要求严守贞操”[14]（101），如果有了通奸之类的“不贞”行为，就被认为是做丈夫的耻辱，面临残酷的处罚，甚至被出或被弃。“七出”之第三条规定丈夫有休弃失节妻子的权利。《简帖僧巧骗皇甫妻》（《喻世明言》卷三十五）就形象地揭示了妇女被丈夫休弃的情形。一位奸诈、好色的和尚看上了皇甫松的妻子杨氏，为了得到她，设计叫人送简帖儿和金钗子等礼物给杨氏。皇甫松为此怀疑妻子的贞节，认定她与和尚有私情。盛怒之下，他大施男人的威风，对妻子大打出手，打不出结果便告官处理。官府的办案者听取了他的一面之词，刑讯恐吓杨氏。他们虽然也认为证据不足，不能为杨氏定罪，但却在“听从夫便”的原则下断了休弃。本篇不仅鞭挞了简帖僧的阴险和奸诈，也批判了皇甫松对待妻子的专横、粗暴的夫权主义，而对杨氏的不幸遭遇则充满了同情。妇女被弃的情形还有种种，《金玉奴棒打薄情郎》（《喻世明言》卷二十七）中的金玉奴之所以“被弃”，不是她有什么缺点和不贞行为，而是因为高中后的丈夫想另攀高枝。出身卑贱的金玉奴聪明美丽，“诗赋俱通”。其父仗着女儿才貌和自己富有，“立志要把她嫁个士人。”这样，“衣食不周，无力娶妻”的穷书生莫稽怀着“一举两得”的心情，“俯就”金家。婚后，金玉奴恨自己家门不好，一心要“争个出头”，将希望寄托在丈夫身上，劝他刻苦读书，不惜钱财为他购买书籍。因为她知道，夫荣妻贵，丈夫的荣辱升降直接影响着她的命运。然而，她始料不及的是，在她资助下才敲开了仕途之门的莫稽，却因地位变了有了新想法：“早知今日富贵，怕没有王侯贵戚招赘成婚，却拜个团头做岳丈，可不是终身之玷。”在这种心理作用下，自私的莫稽在赴任途中，将才貌双全的妻子推入江中，对这种卑劣行径编撰者进行了应有的谴责和批判。《王娇鸾百年长恨》（《警世通言》卷三十四）中的王娇鸾是由于男子朝秦暮楚、见异思迁而被弃。她的悲剧，固然可以归咎于男方的始乱终弃、贪图富贵，但也有一定的社会原因。“男女有别”的戒律把女子的活动范围限制在“深闺”，所谓“养在深闺人未识”。她们没有社交自由，没有结识了解男了的机会。不少渴望幸福的女子常常对首次遇见但并不了解的男子产生爱慕之情，想得到爱情和婚姻。这是过分禁锢造成的现象。这样的爱情和婚姻在重视财富和美色的社会里是很难持久的，何况在妻子要对丈夫片面守节的封建社会，道德的压力是沉重的。“失节”的女子很难在社会上生活，因为她若活下去，免不了嫁人，但同时又无法摆脱对丈夫的负疚感，而一旦被丈夫知道，便是她终身的不幸；从爱情方面讲，她渴望真挚的爱情，而她痴心等待的人，却在得到她后又抛弃了她，痛苦和绝望可想而知。以上种种使王娇鸾只有一死了之。在那个社会，女性被弃，造成悲剧结局的事例，相当普遍，这是封建礼教摧残妇女的又一表现。

另外，《况太守断死孩儿》（《警世通言》卷三十五）通过邵氏的一生，真实地反映了男权社会里寡妇的命运。丈夫去世时只有二十三岁的邵氏，从“一女不更二夫”等封建观念出发，把苛刻的伦理道德规范看成天然的品性，自觉自愿地按妇女的“品德”为丈夫守节。后来，在他人的阴谋勾引下，人性的力量使她冲破了那种“品德”的限制与仆人私通了，这让流氓无赖抓住了把柄，对其进行无休止的纠缠和诈骗。恼怒羞愧中，她杀死了破坏她名节的人后引颈自尽，为的是“谢我亡夫于地下”。作品并没有赞颂邵氏的所作所为，也没有过多的责备她，只是通过她的命运揭示了封建道德观对寡妇的摧残，形象地说明：“孤孀不是好守的。替邵氏从长计议，倒不如明改个丈夫，虽做不得上等之人，还不失为中等，不到得后来出丑。正是：做事必须踏实地，为人切莫务虚名。”可见，作者体会到了节妇的苦处，认为寡妇应正当改嫁，不要为“务虚名”而苦苦守节。

“三言”不仅真实地反映了普通妇女的遭际和命运，还深刻地反映了呻吟在娼妓制度下妓女们的悲苦与艰辛。比起其他妇女，被生活所迫而沦为娼妓的女性痛苦尤甚。可以说，她们是妇女中最悲惨的一部分。她们是女人，却又不是一般意义上的女人。“妓女”这一界定，就把她们的命运推向了悲剧的极端。使她们被视为贱流，被当作商品公开出卖。世俗的偏见又认为“烟花之辈，少真多假”[15]，“娼无定情，其情伪也、强也”[16]（23），是“以利相交者”[17]。但冯梦龙摆脱了积淀已久的世俗偏见和封建士大夫对妓女的轻薄歧视态度，以同情和崇敬的心情塑造了不少有情有义、有美好追求的妓女形象。如受尽鸨母的辱骂、殴打与欺骗而仍然终于爱情的玉堂春；苦心追求正常生活与真挚爱情却被封建社会吞噬了的杜十娘；受尽肉体和灵魂的折磨而追求平等、真挚爱情的莘瑶琴等。对这些身陷娼门却真情犹存的妓女，冯梦龙都给予人格上的肯定和歌颂，这与他在《情史》中对妓女从良愿望给予深切的同情和歌颂是一致的。因为冯梦龙所重的是“情”，所以，即使是妓女，只要她们有情有义，他便进行热情的肯定和赞扬。通过表现和歌颂妓女对“真情”和理想生活的追求，抨击了摧残她们的残酷无情的社会现实，体现了朴素的人文主义思想倾向。

总之，“三言”是描写妇女生活的作品，通过众多女性的不同遭遇，从广阔的范围内真实地反映了当时妇女的人生遭际与悲剧命运，既写出了她们最深重的灾难和深重的悲哀，又写出了深刻的社会根源。编撰者以愤怒的笔墨谴责了封建统治阶级、封建婚姻制度、封建礼教和种种社会恶势力对她们的迫害和摧残。虽然她们的遭遇不同，结局各异，但由于她们所处的文化背景特别接近，所以她们的命运往往异中有同，她们的遭际都生动地反映了当时妇女的解放程度和在解放过程中所遇到的种种障碍，深刻地揭示了封建社会及其灭绝人性的礼教与婚姻制度给广大妇女造成的精神创伤和毒害程度，有力地显示了文学作品反映生活、批判现实的积极作用。尽管在“三言”以前，许多进步作家都描写过反映妇女悲惨命运的作品，塑造了不少动人的女性形象，借以表达对妇女的同情。但像冯梦龙这样通过众多的女性形象，多侧面地反映女性的不幸遭遇和悲剧命运、从不同角度揭露女性所受的压迫和戕害的通俗文学家还是比较少见的。由此，我们认为，“三言”不仅显示了冯梦龙思想中的民主主义因素，也显示了他对妇女问题的普遍关注、对女性的深切关怀和同情。

四、形成“三言”中妇女主题的诸多因素

文学是特定时期社会生活在作者头脑中形象反映的产物，进步的思想意识既属于个人，又属于时代，它常常是一定时代和思潮下的产物，是一个时代社会与文化革新的体现。冯梦龙所处的晚明时期，正是明王朝处于盛极而衰、风雨飘摇的时代。随着内乱外患的进一步加剧，统治阶级的腐败无能，理学、道学的虚伪性也日益暴露。与此同时，由于商品经济的日渐繁荣，它所孕育的资本主义生产关系萌芽已在某些地区和行业中出现，城市日益发达，新兴的市民阶层不断壮大，争取独立的社会地位和个性自由、反对封建礼教对人性的摧残和束缚，已成为市民的强烈呼声。这一切为新的与传统儒学相抵触的民主主义思想的出现和发展提供了最适宜的土壤。于是，思想界出现了怀疑传统教条、反对礼法束缚、要求重视人的价值、要求人性解放、大胆肯定人的地位和欲望、以“人欲”抗“天理”、猛烈抨击程朱理学的“异端”思想。“异端之尤”的启蒙思想家李贽以大无畏的叛逆精神，不仅从哲学、政治和伦理道德观念等方面对当时作为统治阶级思想的儒家思想、宋明理学进行了尖锐的批判，而且在妇女问题上，也提出了比较丰富的反封建的思想观点。他从人伦关系的角度，肯定了妇女在人类社会中的重要作用。他在《焚书·夫妇论》中指出：“夫妇，人之始也。有夫妇然后有父子，有父子然后有兄弟，有兄弟然后有上下。”[18]（88）在人伦关系中他把“妇”放在“人之始”的地位上来论述，一反几千年来“妇者伏于人也”[19]（88）的传统，显示了一种新的观点。对妇女的才能他也提出了与传统不同的思想，认为女子也很有见识，男女在智力上是平等的。他在《焚书·答以女人学道为短见书》中说：“谓人有男女则可，谓见有男女岂可乎？谓见有长短则可，谓男子之见尽长，女人之见尽短，又岂可乎？”[20]（88）并列出历史上的例子驳斥“妇人见短”的谬论；周文王把自己的妃子太姒作为“四友”之一，与其他三位名臣并列；武王则把自己的王后邑姜视为十大治臣之一，这说明她们的远见卓识和治国才能是令人敬服的；还有一些妇女则文才过人，如唐代女诗人薛涛，她住在蜀地，但

其诗作却名扬四方，以致使当时诗坛的“杰将”元稹赞佩不已，为能见到这位女才子，他从家乡河南不远千里去四川“与之相见”。对此，李贽评论道：对这类女子，“恐当世男子视之，皆当羞愧流汗，不敢出声矣……今反视为短见之人，不亦冤乎？”[21]（88）他在《初谭集·夫妇》中也列举了许多“才智过人，识见绝甚”的妇女，对她们的才智韬略和勇敢无畏的精神，做了热情而高度的赞扬，并明确指出：“男子不如也！”[22]在道德婚姻问题上，李贽突破了最为理学家所强调的封建节烈观念。程颐曾谴责寡妇再嫁是“失节”，认为“饿死事极小，失节事极大”[23]（155），李贽却反对不许寡妇改嫁的观点，他在《藏书·司马相如传记》中热情称赞寡妇卓文君不待“父母之命，媒妁之言”而私奔司马相如为善择佳偶，认为妇女追求幸福生活是合理的：“徒失佳偶，空负良缘，不如早自抉择。”同时李贽还痛斥了“存天理，灭人欲”的理学说教，指出“穿衣吃饭，即是人伦物理”[24]，人的欲望应该得到满足。这种“异端”学说强烈地冲击了千百年来早已渗透人心的封建礼教，对人们的觉醒起了一定的促进作用。正是在以李贽为代表的明末进步文化思潮的影响下，出现了兰陵笑笑生、汤显祖、冯梦龙、凌濛初等一批具有先进思想的作家，诞生了一些描绘妇女生活，反映妇女命运的作品。如果说笑笑生的《金瓶梅》主要是从丑恶、虚假的角度塑造了被封建社会扭曲了的女性形象，那么以“情”反“理”的汤显祖则在《牡丹亭》中，以极大的热情和大量的笔墨，从真、善、美的高度精心塑造了一位崭新的女性形象——为情而死又为情而生的“有情人”杜丽娘。通过这个形象，突出地表现了“情”对“理”的冲击，生动地反映了青年女子在封建礼教压抑下的内心苦闷和对自由爱情的向往与追求。

冯梦龙生活在这样一个时代里，不能不受到社会现实的变革和先进思想家、文学家的深刻影响。他“酷嗜李氏之学，奉为蓍蔡，”[25]（112）并尊称李贽为“李卓老”，[26]对具有“异端”思想的李贽推崇备至，非常敬佩他反封建的叛逆精神。冯梦龙青年时期，李贽正在湖北讲学，“儒释从之者几千、几万人”，“一境如狂”。[27]冯梦龙三十多岁时，也到湖北麻城一带讲授过《春秋》，必然部分地接触到李贽的学说。而与冯梦龙情谊非比寻常的梅之焕、梅之熉诸人，又是李贽密友梅国祯的后人，与冯梦龙友好的袁中郎，也是李贽的崇拜者，在和他们进行思想交流的过程中，冯梦龙必然受到李贽思想的熏陶与影响。对于汤显祖，冯梦龙不仅重订和修改过汤显祖的《邯郸梦》和《牡丹亭》，而且称赞汤显祖为“千古逸才”[28]，对汤显祖的《牡丹亭》评价颇高。可见冯梦龙不但非常熟悉汤显祖的作品，了解汤显祖的思想，而且必然受到汤显祖的影响。正是在这样一种时代氛围和文学思潮的影响下，比较接近人民，体恤人民特别是妇女疾苦的冯梦龙便将他的笔墨和眼光转向了女性，他编撰的“三言”、《情史》《太平广记钞》《智囊》《智囊补》等作品，都以大量的篇幅，广泛涉及了社会各个阶层妇女的生活遭际，肯定了妇女的才情和品德，并在前言、眉批、夹评、后评之中提出了一些比较进步的思想见解，表达了自己对妇女阶层的深切关注和深刻认识。我们说，冯梦龙对妇女生活的普遍反映，对妇女问题的重视以及对女性的尊重和赞扬，这种进步的思想意识，除了李贽以及当时文学思潮的影响外，也与冯梦龙本人的生活经历和思想基础有密切的关系。冯梦龙曾经生活在商品经济发达，市民阶层众多的苏州，这使他广泛接触了民主思想浓厚的市民阶层，了解了市民的生活、理想和追求，受到市民思想的熏陶，也受到当时各种新思潮的冲击和影响。而冯梦龙本人又是个放荡不羁、不拘礼法，言行每出于名教之外的狂生。科场上的多次失意使他经常到歌楼酒场排遣心情，这又开阔了他的视野，使他由学舍走向更广阔的生活，也曾经“逍遥艳冶场，游戏烟花里”[29]（3）。这种涉身烟花的长期经历，使冯梦龙结交了一些青楼女子，并与当时一名歌妓侯慧卿相好，且有白首之约。这段经历使冯梦龙广泛接触了当时社会的形形色色人物，看到、听到不少的东西，特别是熟悉了妇女的生活状况，了解到妇女的处境、感情和愿望，这对他关注妇女命运起了一定的促进作用。冯梦龙还曾在崇祯年间担任福建寿宁县知县，是为人称道的有政治抱负和政治才干的地方官。乾隆《福宁府志》卷十七《寿宁循吏》篇称赞冯梦龙任县令时:“政简刑清,首尚文学,遇民以恩,待士有礼”。[30]在任期间,他写了一部别具一格的志书《寿宁待志》,其内容除记载寿宁县的历史、地理、政治及风土人文外,还用大量篇幅为冯梦龙宦游福建时施政活动与政治思想的实录,保存了许多珍贵的资料。其卷上《风俗》篇记载:“闽俗重男而轻女,寿宁亦然,生女则溺之。”对这种民俗陋习,冯梦龙特别痛心:“访得寿民生女多不肯留养,即时淹死,或抛弃路途,不知是何缘故?是何心肠?一般十月怀胎,吃尽辛苦,不论男女,总是骨肉,何忍淹弃。为父者你自想,若不收女,你妻从何而来?为母者你自想,若不收女,你身从何而活?”为了制止这种残杀女性的现象,社会责任感极强的冯梦龙采用告谕的形式,亲自起草了一篇为女子争生存权的《禁溺女告示》,特“设历禁,且捐俸以赏收养者,此风顿息。”《寿宁待志》还记载:“大家非大故不出妻,小户稍不当意如弃敝屣,或有急需,典卖其妻,不以为讳,或赁与他人生子,岁仅一金,三周而满,满则迎归。”对这种对待妇女的极不人道的现象,冯梦龙特别愤慨,他感叹道:“微独轻女,女亦自轻,悲夫!”正是有感于种种不合理的社会现象,有感于广大妇女艰难、屈辱的生活境遇,作为一位父母官——小小县令,冯梦龙从道义和政令上,去启发、规定人们要革除轻视妇女,损害妇女的行为与陋习。

作为一个具有进步思想的通俗文学家,他则改定、编撰、创作了大量妇女题材的作品。尊重女性,赞扬女性,替妇女受压迫、被侮辱的地位鸣不平的作品,在冯梦龙的所有作品里,占有相当大的比重,戏曲、小说、民歌里都可见到。一百二十卷的“三言”基本上代表了冯梦龙在这方面的成就,它肯定妇女的见识,赞美妇女的才智,主张女性在爱情婚姻上的自主与平等,呼吁女性的尊严和权利,同情妇女的命运与处境。这种进步的思想意识,不但是冯梦龙对妇女问题一贯思考的结果,而且是他整个社会政治思想的一个重要组成部分,它反映了冯梦龙作为一个思想启蒙者的新兴意识,体现了他对封建传统观念的大胆叛逆。它的产生和出现,同明代中后期进步的思想文化潮流,进步的文学家是密切相关的,与其思想的先导李贽更是一脉相承的。它在很大程度上传递着时代的信息，闪烁着时代的色彩。

五、历史局限和进步意义

冯梦龙和其他文学家一样，也有其历史和阶级的局限性，这种局限性也同样反映在“三言”中一些妇女问题的作品里。由于社会的发展在当时还没有达到旧制度的基础崩溃之时，还不具备在思想上与旧的伦理道德观念完全决裂的条件，加上冯梦龙生活在封建社会，自幼受到系统而完整的传统文化教育，深受儒家思想的感染和熏陶，他不可能彻底地摆脱封建意识的影响，不可能彻底地背离名教。因而“三言”中妇女主题的作品不可避免地存在着封建伦理纲常的说教和陈腐保守的思想意识，这主要表现在：

一些作品从封建伦理道德出发，反复宣扬和强调“妇道当从一”“烈女不更二夫”之类的传统观念，塑造了不少“节妇烈女”形象，对她们的贞节言行表示肯定和赞扬，如《金玉奴棒打薄情郎》（《喻世明言》卷二十七）、《宋小官团圆破毡笠》（《警世通言》卷二十二）、《陈御史巧勘金钗钿》（《喻世明言》卷二）、《蔡瑞红忍辱报仇》（《醒世恒言》卷三十六）等。个别作品中的女性形象，其举止并非循规蹈矩，而言谈却是道学口吻，如《庄子休鼓盆成大道》（《警世通言》卷二）中的庄子妻田氏；有的作品则嘲讽和谴责了不能恪守封建道德的妇女，并采用因果报应的艺术手法对她们进行了不同程度的惩罚，如《蒋兴哥重会珍珠衫》（《喻世明言》卷一）等。

有的作品支持男子纳妾，承认一夫多妻的合理性，甚至以欣赏的态度描写二女同侍一夫而和睦相处。如《玉堂春落难逢夫》（《警世通言》卷二十四）、《单符郎全州佳偶》（《喻世明言》卷十七）等，在妻妾关系上也表现了冯梦龙存在着封建的嫡庶观念；某些作品则宣扬了“前世姻缘一线牵”的宿命论思想。

有些作品则将女性冲破礼教束缚而追求自主婚姻的抗争和统治阶级庸俗的男女偷情相混淆。如《闲云庵阮三偿冤债》（《喻世明言》卷四）就渲染和强化了陈玉兰冲破礼法束缚，为争取恋爱自由而进行的幽会，认为是不光彩的事情。

以上种种局限和不足将“三言”中某些反映妇女问题的作品打上了儒家伦理观念的烙印，使冯梦龙的妇女观最终局限于儒家的思想体系。尽管如此，“三言”在妇女问题上的基本态度还是进步的，有关妇女主题的作品，主导倾向是好的。其中表现了民主主义的思想倾向，如赞扬女性自择佳偶，主张爱情婚姻自由，呼吁提高妇女地位等，这种进步意识的出现，在当时的文化背景下具有值得肯定的历史意义。我们知道，在封建宗法社会中，妇女的命运十分悲惨，她们作为社会成员和真正的人的价值长期受到压抑和损害。宋明时期，以“程朱理学”为核心内容的封建礼教对妇女的束缚和残害更加严重，明朝统治者又不遗余力地加强女教，表彰“妇德”，幻想以此禁锢妇女的身心。朱棣帝后撰《内训》一书，他将其“颁赐”臣民，又命人编辑完成了一部《古今烈女传》，并自制序文，刊印颁行。这两部书轰动一时，流传极广。《明史·烈女传》三卷，记录节妇烈女约三百人，“视前史殆将倍之”，同时，晚明时期，社会上又“淫风”甚盛，笑谈一类的书，都是以“性”玩笑为中心。在这封建思想统治最严密的时代，针对这种虚伪的封建说教和残酷的社会现实，李贽、汤显祖等正面提出了“异端”思想，反对理学，主张妇女的平等、自由。志在醒天醒人的冯梦龙正是站在了这样一个时代的高度，在他那初步的民主性新思想的基础上，大胆冲击传统观念，热情歌颂爱情，多方面地反映妇女问题，倾注自己对妇女命运的普遍关怀和深切同情。这说明冯梦龙是一位顺应历史潮流的文学家。从他的文学观可以看出，他特别重视和强调通俗文学的社会意义和教育作用。他在署名“可一居士”的《醒世恒言·序》中说：“以醒天之权与人，而以醒人之权与言。”认为文学具有“醒人”以至于“醒天”的重要作用。他把“三言”分别命名为《喻世明言》《警世通言》《醒世恒言》，就是想通过这些通俗易懂的文学作品来劝喻、警戒和唤醒世人，使人们从中得到感悟和启迪，获得教益和借鉴。所以，“三言”对妇女问题的关注和反映，其中表现的民主思想和进步的女性观，在唤醒妇女的自我意识，启发她们摆脱不幸的境遇、争取应得的幸福和权利，唤起社会对妇女问题的关注和重视，还给妇女以真正的地位等方面，不仅在历史上起过一定的作用，也影响了许多进步的文学家。我们在凌濛初的“二拍”和曹雪芹的《红楼梦》里，就可感受到与“三言”在思想、感情上的继承关系，所以说“三言”在妇女问题上的进步意识和反封建倾向，有着重要的历史意义和现实意义，它在文学史上的地位值得人们重视和肯定。

参考文献

[1]冯梦龙. 智囊·闺智部总叙. 郑州:中州古籍出版社,1986.

[2]孔子. 论语·阳货.

[3][18][19][20][21][22]陶春芳. 女性的过去和现在. 北京:北京出版社,1985.

[4]谭正壁. 三言两拍资料(上册). 上海:上海古籍出版社,1980.

[5]冯梦龙. 情史·卷四“情侠类”总评. 沈阳:春风文艺出版社,1986.

[6]冯梦龙. 警世通言. 杭州:浙江古籍出版社,1997.

[7]冯梦龙. 喻世明言,杭州:浙江古籍出版社,1997.

[8][10][11][13][14]马克思恩格斯列宁斯大林论妇女,北京:人民出版社,1978.

[9]冯梦龙. 情史·卷二十四“情迹类”《选婿窗》评语,沈阳:春风文艺出版社,1986.

[12]马克思恩格斯选集(第四卷),北京:人民出版社,1972.

[15][17]冯梦龙. 警世通言·卷三十二,杭州:浙江古籍出版社,1997.

[16]冯梦龙. 情史.“情贞类”“张小三”评语,沈阳:春风文艺出版社,1986:23.

[23]二程遗书·卷二十二,参见李晓东. 中国封建家礼,西安:陕西人民出版社,1986.

[24]罗国杰. 李贽伦理思想新探. 社会科学战线,1988(1).

[25]许自昌. 樗斋漫录卷六. 见冯天瑜. 明清文化史散论. 武汉:华中工学院出版社,1984.

[26]冯梦龙. 古今谭概·许子伯哭批注.

[27]王凌. 冯梦龙与李贽. 福建论坛,1987(4).

[28]冯梦龙. 墨憨斋重定三会亲风流梦传奇小引. 北京:中国戏剧出版社,1984.

[29]王挺. 挽冯梦龙诗. 见缪泳禾. 冯梦龙和三言. 上海:上海古籍出版社,1979.

[30]高洪钧. 冯梦龙生平拾遗. 天津师范大学学报,1984(1).

本文发表于《西北第二民族学院学报（哲学社会科学版）》1991 年第 7 期。

罅隙中的女性新变

——论《海上花列传》中青楼女子的时代新变

◎乌兰其木格　王引萍

翻阅中国古代堪称经典的四大名著，可以发现其中的女性形象的书写几乎无一例外地被打上了深刻的男权烙印。文学革命未发生之前，男女两性的性别认同基本上是由儒家道德体系所决定的。在这些文学作品中，或隐或显地流露出封建社会为女性妇德构建出的种种要求、训诫及掌控。《水浒传》中的市井女子如此，《红楼梦》中的贵族女性依然如故。但这种状况在 19 世纪末 20 世纪初期的狭邪小说《海上花列传》中却得到了部分的改观。这部出版于 1894 年的长达 40 多万字的长篇小说中，作者韩邦庆赋予他笔下的女性形象颇具现代意味的性别观念和人生理想。虽然这种变化并不彻底甚至显得十分微末，但毕竟在近代西方文明的熏染下，开始了蹒跚而曲折的前行。晚清时代是一个众声喧哗的价值多元时代，在民族救亡启蒙的语境下，知识分子一方面试图在古老的中华大地上建立起自由民主的崭新国度；另一方面则大肆鼓吹具有现代品格和健全心志的新型国民的出现。而女性由于担负着生育和教育下一代的“国民之母”的重任，所以她们也被纳入了国家—民族的宏大建构中。晚清女界改革与政治改革相伴相生，女性议题首次被置放在国家民族的大背景中，新的变化催生出时人对女性身份地位的重新审视。虽然青楼女子因身份的敏感和特殊性而不具备充当新型国民的资格，但是时代风气和文化却不可避免地裹挟着每一个置身其间的个体。与传统的描摹青楼女性的文本不同，韩邦庆在“平淡近自然”的艺术追求中，有意识地让他笔下的女性呈现出颇具现代意味的女权意识及性别认同。作者用史家笔法为百年前的一群上海青楼女子作“列传”，所描述的是“十九世纪末浮沉于早期上海的一群妓女与嫖客的日常交往的事情。从《海上花列传》伊始，海派小说的叙事形象开始建立，也可以说关于女性的叙事形象开始建立”[1](83)。小说通过对这些女性蓬勃的物质欲望和都市生活经验，来细致地书写青楼女子经由私人空间进入社会公共空间的摩登生活。为读者提供了青楼女子鲜活而颖异的世俗欲望和精神状态。由于家长里短、吃喝玩乐和情爱荣枯的温婉叙述，使这部小说的女性形象相较于晚清社会流行的被置于国家—民族建构中的“新女性”形象多了几分真实蔼然感。虽然这部小说的女性主义还远未达到与西方现代女权主义所倡扬的女性解放相比肩的地步，但它已经为女性关注自我，注重身体的物质享乐，追求心性的自由及一定程度上解构男女两性的依附关系开启了一扇小小的窗。

一、冲破妇德的重围

19 世纪末的大上海浸淫在欧风美雨的洗礼中。历经东西方文化冲突的晚清文人们正处于敏感、活跃、勇敢、怀疑的巨大思想动荡中。西方的价值观念冲决着千百年来占据统治地位的儒家伦理道德观念，加之商业化、物质化的西式生活方式对中国沿海城市的全面渗透，促使晚清社会中的女性具有了崭新的、异质的生活理想。掌握文化知识的女性与开明男性一起，鼓吹妇女解放运动，她们要求女性自觉担负起女子对国家传种改良的国民义务，提倡女性走出家庭的束缚为实现国家的建构而奉献出女性的力量。在这样一种社会风尚之下，虽为特殊阶层的青楼女子们也不可避免地受到时代风气的熏染，她们在自身能力的范围内，努力追求个人利益的最大化。韩邦庆及时捕捉到这些青楼女子的现代新变，记录了她们对传统妇德或主动或被动的放弃，书写出她们跳出贞操道德和家庭伦理的层层枷锁后愉快地拥抱西方商业文明的诸种情态。

在上海这个殖民化的大都市中，青楼女子因特殊的身份反而比传统女性更容易接纳西方的物质文明。彼时的她们，少了传统妓女不言阿堵的清高，多了金钱利益上的计谋盘算。倌人寡情，只为钱财的社会现实令混迹风月场中的晚清文人发出人心不古、世风日下的慨叹。《海上花列传》的作者没有回避青楼女子的世俗追求，如实呈现了这些女性对金钱利益的孜孜以求。为了占有更多的财富，她们甚至会巧设计谋，布下陷阱，对多年的恩客也毫不手软。而且，这些女性对自己的身份、欲求不再遮遮掩掩，反而大胆表露，勇敢追求。沪上的青楼女子们视自己的身体为商品，大大方方地“做生意”。道德上的负累更是微乎其微，在她们的语言表述和行为举止中传达着这样的理念——她们的“生意”和男性的“生意”没有本质上的不同，所以男性没有权利在道德层面上对她们指手画脚。尤为特殊的是，《海上花列传》中的女子投身于欢场并不都是出于被迫和无奈，她们出卖身体的背后，也没有多少不得已而为之的血泪史。相反，许多女性自愿地选择了这样的生活方式。比如从乡下走入大上海寻找哥哥的赵二宝。二宝和母亲的日子虽说不宽裕，却没有到了山穷水尽、无以为生的地步。赵二宝主动挂牌招客，完全自愿陷入由丰厚物质织就的情色罗网里。她狂热地迷恋大上海灯红酒绿、夜夜笙歌的享乐生活，为了不再回到乡村过刻板平庸的日子她义无反顾地留了下来。无独有偶，她的好朋友张秀英也是如此，只因偶然的机会进入上海，从此迷失在物质的诱惑里无力自拔，所以她便毫不犹豫地做起了身体生意。当然，从传统的道德伦理方面来考量，她们的行为不值得倡扬。但不可否认的是，她们是一群开始正视自身欲望的女性，她们并不打算因袭合乎传统妇德的贤妻良母的命定角色，而是魄力十足地自主选择了她们认为适意的生活方式。

商业思潮的涌动，亦改变了青楼女子和妓院老鸨的关系。从韩邦庆的描绘中，我们可以得知她们之间的关系变得比较松散，形式也多样。许多妓女与妓院经营者已经不复传统的依附和被依附的关系，更类似于现代意味的生意伙伴的合作关系。金钱上，她们遵照事前的约定分成。有了矛盾，红倌人甚至可以斥责鸨母，据理力争地维护自身的利益。闹翻了，还可以算完银钱走人，另觅出路。《海上花列传》中的青楼女子有了一定的知名度和独立的经济能力之后，大都有自立门户的打算，自己充当老板，不再受雇于人。黄翠凤赎身后便走上了这样一条发展之路，她不愿依附一个男人生活，更不愿给人做妾，而是勇敢地选择了独立谋生。还有许多诸如赵二宝这样的女子，她们从挂牌营业伊始，便是自己的老板，不必受老鸨的管制和剥削，初具职业妇女似的独立自主性。

走出家庭，融入社会的青楼女子用自己的身体和脚步丈量着每一条艰难开拓的道路，努力拓宽属于她们的生存空间。这些女人经常和客人们去游园或参加聚会等社交活动，成为城市的自由游荡者。生活空间的拓展意义非凡，它意味着女性对传统礼教规范的僭越。空间扩展同时暗示着女性精神和思想的敞开，从而带来个体的逐渐醒觉，最终达到自我独立和自我解放的目的。虽然青楼女子的城市游走有将自身物欲化和商品化的危险倾向，但是作为用身体和男性“做生意”的女性来说，她们的游走却在无形中颠覆了传统的“男主外，女主内”空间活动模式的规约，挣脱了长久以来女性一直被束缚在家庭闺阁的幽闭状态。青楼女子积极主动介入城市空间的目的便是为了充分地享受城市生活的乐趣。据记载，当时上海妓女的活动范围已延展至大戏院、西餐厅、弹子房、跑马场、公共园林、茶楼酒肆等城市各个娱乐休闲场所。韩邦庆在《海上花列传》中多次描写到妓女们坐着华丽的马车去张园游玩的情形。比如第八回黄翠凤与罗子富坐着四轮马车，风驰电掣地去游园。据资料记载，开埠后，上海的张园一直是个热闹的所在，“每值春秋佳日，游人纷织，而夏日尤胜。午夜以后，好游者喜乘马车纳凉，罔不麇集于此，虽格于捕房之禁令，十二时即须闭园，而园外之草地上络绎风驰电掣而来，凉露宵深，依依不去，此中以挟妓来游者尤居多数。”[2]（22）青楼女子们如水般地融入到上海的都市生活中，她们与男子并相杂坐、谈笑风生，享受着新兴娱乐业带来的诸种便利，炫耀着女性的美丽姿容和华贵的衣饰。通过消费享乐，女性自身的欲望在一定程度上得以释放，隐含着女性对自由平等的两性生活的热望。青楼女子作为女性解放的“开路先锋”，确实在潜移默化中影响着其他女性群体的穿衣打扮，激发了她们挣脱闺阁枷锁，融入社会公共空间的欲念。

父权传统的掌控下，在漫长的中国古代社会里均是由男性的话语权利操纵着整个语义系统。男性创造了女性的语词，创造了女性的价值和她们的行为规范。总之，男性创造了有关女性的一切，同时也便塑造规定了女性的一切。在话语使用上，男性更是为女性设置了诸多的清规戒律。“内言不出，外言不入”“七出”等律例，剥夺了女性发出自己声音的权利。女性在这种系统中被遮蔽和埋没，一如她们的经济、政治处境，均带有边缘化的特征。在男性话语原则的严密监视下，女性总体上处于失语的焦灼状态。但《海上花列传》中的女子们却敢于反叛这一金科玉律，在男人们的世界里，她们凭借一张利嘴，游刃有余地表达自身的意愿，反击男人们的话语压迫，维护自身权益。譬如第九回“沈小红拳翻张蕙贞，黄翠凤舌战罗子富”一回，便淋漓尽致地书写了青楼女子在咄咄逼人的男性话语体系面前的不甘示弱。黄翠凤伶牙俐齿的一番论辩，使她的恩客罗子富甘拜下风，承认自己的嘴是说不过黄翠凤的。话语权的部分拥有，看似简单，却蕴含着复杂而微妙的情势，只有否定男性的话语权，拒绝男性的话语规范，才能开启女性对男性中心的社会积习，对整个男性统治秩序的反动和叛逆。唯其如此，女性才能保有自身的独立和自主，才能打破男权稳固有序的话语剥削。

二、追逐物欲的享乐

19世纪末的大上海如同被西方社会强行注入大量激素填充起来的巨型婴儿。他先天带着农业社会的固有胎记，而后天西方资本主义的催熟又使之看起来显得过度肥胖，一时间给国人带来亦东亦西，不伦不类的怪异感觉。但无论接受与否，其商业气息已经渗透到生活的各个方面。在上海，人们的生活环境、生活方式与传统农业社会相较显示了巨大的不同。随着中外贸易的迅猛发展，商业繁荣、百货繁复、商贾云集、洋货充盈已经成为晚清上海最重要的标签之一。它的城市景观和消费娱乐空间呈现出向所有人敞开的态势，不论身份贵贱高低，只要拥有金钱，具有消费能力，便可以消弭阶层的差距、权势的悬殊、声望的高下，自由游弋在大上海的花花世界里。彼时，商业贸易活动成为人们经济活动和社会活动的中心，它激荡、诱惑着所有侧身其间的人们。“做买卖”的商业思维深入人心，生意人的社会地位不再卑贱，反而受到人们的普遍尊敬。商业的强势介入，改变了传统社会沿袭的生活观和义利观。由儒家的“重义轻利”价值观转变为“重利轻义”的实用观。在现实生活中，金钱变得至关重要，它的多寡，代表着地位的高低，身份的尊卑和享乐生活的程度。商业观念的深入人心，使青楼女子学会了用商业的眼光来衡量一切，包括男女之间的情感。如何最大限度地享受商业时代带来的好处，成为她们生命中的重中之重。小说中的当红倌人们在金钱的攫取方面毫不手软。沈小红短短几个月便花费掉王莲生两千多洋钱；黄翠凤一年仅仅出局一项便可以赚到三千多，嫖客们为讨她欢心，更是花费大把金钱在她身上。罗子富当初迷恋她时，送的一个金臂钏就价值一千多洋钱。周双玉因当不成朱淑人明媒正娶的妻子便立即断了与对方的情感纠葛，狠狠地敲了一万洋钱来弥补自己的损失。深谙金钱重要性的上海妓女与晚清以前的同行们相比没有了情感上的期期艾艾，更不会为负心的男人舍弃性命。一旦自身的利益受到损害，她们会毫不妥协地与恩客们斗争，用金钱的索取，换得心理上的平衡，为今后的生活提供物质上的保障。这些青楼女子明白在唯利是图的风月场所中，男人们逢场作戏般的感情是不可靠的，只有抓到手的金钱才是安身立命的根本。所以，一旦感情受挫，她们唯一能够想到的便是用金钱来安抚内心。

《海上花列传》中的青楼女子在上海的商业消费浪潮中随波沉浮，充分享受金钱消费带来的生活便利及身心愉悦。有了金钱，便可兑现物质上的享乐，体会消费的快感。饮食上，她们除了享受传统的中餐外，来自异域的西餐也成为她们喜爱的食品。“吃大菜”成为上海滩的新时尚，小说第十九回写众人为商人黎篆鸿祝寿，所吃的便是“外洋所产水果干果糖食暨牛奶点心”。席终之后，“各用一杯牛奶咖啡，揩面漱口而散”。此外，西洋的香槟酒这些怡情悦性的高档消费品也已经进入了妓女们的日常生活，成为寻常的饮品。上海商业化都市的繁荣在第六回吴雪香和葛仲英到大马路亨达利洋行购物中得到充分体现。韩邦庆对亨达利洋行内奇巧颖异的商品进行了细细地描摹：

一眼望去，但觉陆离光怪，目眩神惊；看了这样，再看那样，大都不能指名，又无暇去细细根究，只大略一览而已，那洋行伙计们将出许多玩意儿，拨动机关，任人鉴赏。有各色假鸟，能鼓翼而鸣的；有各色假兽，能按节而舞的；还有四五个列坐的铜铸洋人，能吹喇叭，能弹琵琶，能撞击金石革木诸响器，合成一套大曲的；其余会行会动的舟车狗马，不可以更仆数。[3]（44）

葛仲英选取了齐备的应用物件，吴雪香则精心挑选了还是奢侈品的手表，这些都由葛仲英买单，让洋行伙计送货到家。此外，《海上花列传》中的女子不仅外出选择光顾西洋商行，而且她们的闺房内部装潢也开始仿照西洋的式样，力图达到富丽堂皇的效果。阔大的穿衣镜，舒适的沙发，华丽的吊灯等现代化的西洋家具无不具备。物质上的充裕不仅方便了青楼女子的日常生活，更满足了她们的虚荣心，使她们体味到商业社会的诸种好处。

小说中，韩邦庆仿照《红楼梦》对女性日常生活琐事的细节描写，也详细交代了这些青楼女子的饮食起居，行动坐卧。尤其对她们的穿衣打扮更是不厌其烦地一一呈现。服饰除了具有原始的遮羞避寒功用，还隐含着当时的社会文化和人们的社会心理。在摩登现代的上海，青楼女子通过炫人耳目的奇装异服吸引众人的关注，引领着上海的都市审美时尚。当然，对服饰的倾情投入与青楼女性的职业特点紧密相连。作为一个以貌娱人、以色侍人的群体，天生美貌固然重要，但后天的装饰打扮也是必不可少的。要想在竞争激烈的行业中脱颖而出不费心思计谋是不行的。因之，服饰上的花样翻新、穷极巧靡显得尤为重要。城府极深的黄翠凤为了吸引更多的恩客，便抓住一切机会展示自己的魅力。尤其坐马车兜风前总不忘精心修饰："拣一件织金牡丹盆景竹根清杭宁绸棉袄穿了，再填上一调膏荷皱面品月缎脚松江花边夹裤，又鲜艳，又雅净。"如此一来，果然效果奇佳，竟至于让风月老手罗子富失态到"呆着脸只管看"的地步。除了中国传统的服饰，西洋做工精良的衣料布匹在青楼女子中也大受追捧。为了求新求异，达到鹤立鸡群的效果，她们中的许多人纷纷采用西洋面料来裁制衣服。乡下姑娘赵二宝和好友张秀英初入上海之时，便对上海的流行服饰目眩神迷，心向往之。她们迫不及待地买来了西洋的云滚茜纱面料，还穿上了蓝洋布背心，招招摇摇、快快乐乐地跌进令人目迷五色的都市生活里，不能自拔也不愿自拔。

华丽的服饰，多变的发型，加之价值不菲的金银珠宝的佩戴，使上海的青楼女性身上体现出商业繁华的胜景。她们通过奢靡富丽的装饰来彰显自己的富足和美丽，成为城市中一道独特而又不容忽视的景观之一。不管良家妇女对青楼女子的态度如何，却在实际生活中有意效仿她们艳丽奢华的穿衣打扮。抛弃传统妇德观念，行走在社会公共空间的青楼女子潜移默化地引领着上海女性的时尚之风，她们自身便也成为开风气之先的一个群体，并在这个过程中享受商业社会带来的乐趣，肯定自我和自由的价值。

三、婚姻关系的建构

封建文化对传统女性的规约，主要经由性别角色的规定来达成。正是性别角色的不同体现了父权文化对女性的设计，如将两性性别角色关系的认识寓于乾坤阴阳等本体论的思想中，其隐含的文化意味昭然若揭，那便是天尊地卑、阳主阴次，男女的地位从而被强行确立。完整的一套规范女性思想行为的文化体系在历代封建父权文化的演绎中更加完善和缜密，甚至发展到推举几个女性代言人来规谏同性从而达到更加隐蔽地束缚女性的目的。这样的合谋具有强大的榜样作用，同样也为文化压迫罩上了一层甘愿如此的粉饰面纱。千百年来，女性接受的教育便是知晓身为女性的天然附属性，即在家从父、既嫁从夫与夫死从子的“三从”理念。在这种规约中，她们的活动范围只是家庭闺阁。角色也被规范为单一的家庭角色——女儿、妻子、母亲。因此“中国的妇女解放实质上就是女性角色的解放。女性只有通过打破由父女、夫妇、母子组成的，以男性为目的、女性为手段的不平等关系集合体，才能摆脱单一的家庭角色，追求自由的多元化角色。”[4]青楼女子的特殊身份使封建的文化规范发生了裂变，她们的人生至少在一定程度上摆脱了父女、夫妇、母子的角色定位，活动空间也从家庭的四角庭院扩展到繁华都市中的各种休闲娱乐场所。在大上海这个物欲高涨的地带，青楼女子的身体是男性乐于利用和消费的物品，在这里，性与商业意识相伴相生，彼此纠缠。也正是这一新变，当男性用充满情欲的目光窥探女性身体的同时，青楼女子可以凭借个人好恶自由决定是否接纳，而不必有身为妻子不得不如此的压迫感和无奈感。在《海上花列传》里，许多女性均可以相对自由地支配她们的身体，部分体现了个人具有的自由和自主。虽然青楼女子的身体依然没有跳出被物化和被商品化的厄运，但是她们秉持的却是等价交换、自主互利的原则。与传统的婚姻内被规定和被强迫的角色定位明显不同。这方面具有代表性的便是沈小红与王莲生的情感关系，他们在一起长达四五年之久，王莲生在情到浓处时也提出过要纳沈小红为妾，但自由惯了的沈小红却有意推诿，不愿受家庭生活的限制。更为大胆的是，沈小红在王莲生之外，还暗中与年轻英俊的武生小柳儿关系暧昧。她用从王莲生处得来的金钱贴补情夫，养起了小白脸。显然，她认为她的身体和情感除了赚取金钱谋生外，亦有自由自主的支配权，正视女性自身的欲望，享受生命的欢娱。为了这种自由，她甘愿放弃传统的家庭依附关系，不愿成为妾室，也不想遵循妻子必须贞洁自守的规约。

值得注意的是，《海上花列传》中的青楼女子们对那些心存幻想、欲要长久地跟定特定客人的天真想法充满了鄙薄。理智清明的她们早已窥破了男女情爱的虚妄和短暂，明白欢场中的男子都是不可靠的，他们的誓言更不能当真。如果哪个女子真相信了他们的话，不仅金钱利益受损，还徒然成为别人的笑料。赵二宝、周双玉、李淑芳三人都曾有过与嫖客缔结姻缘的向往，但是没有一个能达成心愿，最终全都落了空。相较之下，大多数青楼女性则是明敏与睿智的。她们早早打消了那份为人妻为人母的心，周旋在不同的男人间只为了赚取钱财，不愿空妄地投入过多的感情，从而减少了情伤的负累，落得自在悠闲的生活。这一切背后潜隐着青楼女子对传统两性关系的怀疑、嘲讽和弃置的心态。她们用鄙薄的态度来看待爱情，看待家庭与婚姻，看待幸福，当然，也重新审视男人与女人错综复杂的两性关系。

《海上花列传》中的青楼女子形象与传统的妓女形象相较，呈现出颠覆性的巨变。传统的青楼女子如霍小玉、杜十娘等，她们钟情一个男子时便将全部身心都投入了进去，苦苦地痴恋。当遭遇到背叛时，明知道自己所托非人，却依然痴情不改，甚至还要赔上自己的身家性命。说到底，她们依然期盼着有一个男人来依附，当这种依附断裂成空之时，便觉得自己的生命也没了意义，所以她们的选择往往是决绝的、悲剧性的。而《海上花列传》中的女子面对男性和情爱的时候，却保持着一份清醒和算计。她们精刮地投入，细细地计谋，真真假假，虚实相间地与嫖客们玩着“拟家”的游戏。即便是周双玉和朱淑人这一对情窦初开的少年爱恋，也夹杂着金钱利益上的揪扯，当双玉意识到淑人的背叛时，她立即收回了曾经的期盼和不切实际的想法，转而为今后的生计打算，抓住有利时机，狠狠地敲了朱淑人一笔洋钱。曾为人称道的陶玉甫与李淑芳的生死爱恋似乎谱写了妓女与嫖客之间真诚爱恋的传奇，但是深较起来，却也并不是那么纯粹和超然。其间依然夹杂着各自的心思和计谋。陶玉甫始终不能娶李淑芳为妻，除了家庭的阻碍外，他自己对这桩冒天下之大不韪的婚姻也没有表现出多少坚决的勇气。他的懦弱和犹疑是导致情人郁闷而死的关键因素之一。同样，李淑芳在投入真情的时候，也没忘维护妓院的经济利益，她将年幼无知的李浣芳推荐给陶玉甫，要他看顾好她，此举巧妙地保证了妓院客源的稳定，使妓院不会因她的去世而蒙受生意上的损失。

诚然，在一个整体上均是男权主导的社会语境下，青楼女子逃不脱本质上对男性的依附关系。但在传统父权文化和西方资本主义商业文化的互相撕扯中，却给青楼女子留出了一块既背离传统，又不完全靠近西方文明的可争议地带。这个地带狭小紧窄，犹如一道罅隙，然而却提供了一条女性从私人空间过渡到公共空间，从物质世界行进到精神世界的路径。为即将到来的真实的女性自我叙事开启了一扇弥足珍贵的窗。

参考文献

[1]姚玳玫. 想象女性:海派小说1892—1949的叙事. 北京:中国社会科学出版社,2004.

[2]胡祥翰. 上海小志. 上海:上海古籍出版社,1989.

[3]韩邦庆. 海上花列传. 北京:人民文学出版社,1982.

[4]刘光宇,冬伶. 女性角色演变与中国妇女解放. 山东师范大学学报,2000(2).

本文发表于《海南师范大学学报（社会科学版）》2014年第3期。

新时期以来宁夏女性诗歌纵览

◎吕　颖

一、引言：在朔方优雅地吟唱

本文所指的宁夏女诗人是指出生在宁夏或在宁夏生活相当长的时间，并且写了大量诗歌的女性诗人。出生于20世纪50—60年代的宁夏女诗人有陈幼京、范一凤、聂秀霞、梦西、王慧、唐晴、李壮萍、羽萱等；出生于20世纪70年代的宁夏女诗人有瓦楞草、郭雅妍、牛丽健、胡琴、王江辉、姚海燕、常越、高丽娜、紫艺、林一木、朱敏、查文瑾、武碧君、周瑞霞等；出生于20世纪80年代的宁夏女诗人有马晓雁、杨燕、杜玛丽、许艺、马玉文、王妍、赵雅榛、董雅慧等。

宁夏女诗人作为宁夏新时期文学的重要群体，她们的诗歌体现了既与时代比较趋同又与时代疏离的诗学取向。20世纪50—60年代出生的女诗人大多数于20世纪80年代开始创作，她们的诗作反映了“文化大革命”时代精神浩劫的文化生态，用含泪的字写生命的诗：有宁夏地域写意、季节思语、回族宗教习俗、风情展示，爱情和亲情也在她们的诗句中暖意盎然，这一代女诗人对于生命的吟咏深沉执着。20世纪70年代出生的女诗人对生命体验开始变得细腻而奇特，在动植物与个体生命的联系上开始了生命本质性的思考，诗歌的审美感和色彩感越来越强，与此同时，历史感和空茫感交错纠结。20 世纪 80 年代出生的女诗人对于爱情、青春、理想多有个性化阐释，诗作的形式美感增强，但是对生命本体的思考和探寻尚缺乏深度。

二、托物寄情：倾注深挚情愫

托物寄情诗，是宁夏女诗人写作较多的一类，此类诗歌主要呈现了诗人对自然之物和生存环境的深挚情感，它不仅以迥异的方式呈现了自然之物的奇异美感，而且对短暂而漫长、开阔而封闭、真实而虚渺的诸种环境倾注了难以言说的情愫。这类诗歌数量较多、质量较高。

书写缥缈和空茫的事物，在托物寄情诗歌中是颇见功力的。陈幼京的《雾》和查文瑾的《写给空茫》都很有特点，可以对赏。陈幼京是新时期第一位宁夏女诗人，才华横溢，英年早逝，她在《雾》中写道："爱你的说你深沉……厌你的说你迷离……既然谁也无法消灭你 / 那就有你的存在的意义。"[1]作者生活于"文化大革命"时代，身负"右派"女儿的特殊身份，该诗映射出生命存在的虚渺与坚韧，将生命不能承受之轻——"雾"，以举重若轻的形式呈现出来。查文瑾在《写给空茫》中写道："没有什么美比得上这个欲雪欲雨的夜晚 / 一切的疯都呼之欲出 / 又绝望成一地即将空茫的雪。"[2]（212）此诗最震撼之处是以疯狂写安静，真正的疯狂是雪静静地落下，给树披上雪装的声音，而这声音恰恰是无声的，这种感触的捕捉堪比陈幼京写"雾"的存在似有若无，却具有无法消弭的生命力量。

瓦楞草的《我和树》、常越的《我听见》都是写人与树的关系，可作互文式阅读。瓦楞草在《我和树》中写道："也许，在片刻自我消灭后 / 我睁开眼睛死而复生 / 在复生前，我与树同亡……它的灵魂注入 / 我的脚，我的眉毛，我的眼睛，我的心……我们合二为一 / 好吧，树 / 就这样活下去。"[3]（12）。写人和树的生命同生共死，是物我合一的状态。常越在《我听见》中写道："我的耳朵里慢慢长出一棵树 / 春去秋来，一些汗水和忧郁 / 留在远山的小溪旁。"[4]耳朵里长出的树是真实世界的虚幻之思，只不过是无声的岁月和过往的漫漫记忆而已。这两首诗歌通过书写人与树的生命和情感交换与交融关系，呈现了物我类同或物我合一的状态，让读者获得了不同寻常的审美感受。

故乡与他乡是人在生存中必然面对的两种基本生存环境。新时期以来，社会生活环境急剧变化，人们无法逃避环境的变迁。李壮萍的《在田野上》、羽萱的《往回走的人》、瓦楞草的《鹰》是比较有特色的诗作。李壮萍在《在田野上》中写道："整个田野 / 只有我一个人在歌唱 / 天穹下四处都是回声……但整个田野空空荡荡 / 只有我一个人手舞足蹈 / 在回到拥挤的城市之前 / 我忍不住 / 又大喊了几声。"[5]久居城市，已经习惯了拥挤和克制，在空旷的田野上自由地放声呼喊，让人欢欣雀跃。远离城市，一个人手舞足蹈充分证明了自然与田野才是人心灵自由的故乡，城市只是人寄居的他乡。羽萱在《往回走的人》中写道："虽然也穿着很现代的衣服 / 却无人知道我是往回走的人 / 一直向着那遥远的古代 / 踽踽行进。"[6]正是由于没有精神归属感，所以希望通过精神的执守与穿越向古典回归，找到属于自己的精神原乡。瓦楞草在《鹰》中写道："以神的姿态站在高处……你偶尔借助羽翼飞向更高……有人问你这座城市的真相……你和你的祖先曾经目睹一切 / 这种情形由古至今，从未更改。"[7](5) 从空间上说，以鹰俯瞰一切的视角审视人类，在时间上以岁月的流逝为线索，对人类的存在做了洞悉式审视，人类认为翻天覆地的改变，在鹰的眼中一切亦如从前。

在托物寄情的诗歌中，查文瑾的《崭新》、赵雅榛的《行走在月亮上的羊》，在艺术形式的呈现上非常有特色。在《崭新》中，作者把生命了无牵挂的轻盈和初生般的新鲜赋予残雪、芦花、阳光、树梢、麻雀等意象，正因为"崭新，是没有被我看过的一切"[3](1)，因而单个意象的叠加被勾连成整体而崭新的意象共融存在，让人不由得对其重新审视。赵雅榛在《行走在月亮上的羊》中呈现了奇幻的童话色彩和神秘感："行走在月亮上的羊 / 上面一个太阳 / 底下一弯新月……一声响雷凌空劈下 / 领头的羊变成了天使。"[8]羊的倒影、胡子、麦茬、裙摆、私语都被拉长，是唯美奇妙的艺术变形，而霹雳使羊变成天使，这种通过魔幻手法产生的非现实感，使得审美意象的形式发生了质变，表现手法让人称奇。

三、地域风情与人文情怀：书写生命体味

该类诗歌涉及地域风情和人文情怀，在地域、民俗等与生命、情感之间欲说还休的复杂关系中，书写生命体味，这类诗歌中有不少是颂歌和哀歌。

陈幼京的《朔方情诗》[9]（38）与林一木的《西夏王陵》都饱含深情地书写了对宁夏这片土地的情感，一为颂歌一为哀歌。在《朔方情诗》中，绿色的希望、金色的满足、殷红的爱、黑紫的恨、淡黄色的欢乐、深蓝色的坚强、灰白色的失望和透明的哀伤，变成金色的希望与得到满足的绿色，纷呈的色彩与感情的呼应关系丰富而饱满，是诗人用生命之笔写下的对于这片土地的深情。林一木在《西夏王陵》中写道："没有谁，比一个贺兰山下的土著 / 更懂得沉默的含义 / 没有谁比一个西夏国的后裔 / 更懂得隐姓埋名的孤独。"[10]沉默与孤独是西夏王陵留给人最深重的历史与文化感伤，成吉思汗用铁血骑兵消灭了一个民族，西夏文字和西夏民族从此被苍茫的大地所吞食，我们最终破解了他们天书般的文字，却再也无法找到这个民族沉默千年的后人，这是无法言说的哀痛。

在宁夏这片土地上，回族特有的民俗不仅是地域特色，更是民族信仰和宗教精神的呈现，此类诗作以梦西的《斋月》和周瑞霞的《洁净的白色》为佳。梦西在《斋月》中写道："封锁喉咙 / 拒绝轻飘的果实/ 诱惑水性的欲望 / 以新月为坐标 / 前进或者停止 / 其间的白与昼 / 朝霞与落日……我的举意源于心灵的泉……我举意吉祥 / 吉祥。"[11]根据伊斯兰教法的规定，伊斯兰历每年九月为斋戒月，凡符合条件的穆斯林都应全月封斋，这种斋戒方式不仅是对生存意志的考验，更是源于心灵的善念——感恩众生，普爱万物。对于穆斯林而言，这是身体和灵魂的双向净化和升华，充满了宗教的神圣感和使命感。与伊斯兰教的生存考验相对应，周瑞霞的《洁净的白色》用简洁而高贵的白色书写了死亡的纯粹："没有花色，没有图案 / 高贵挺立得像雪峰 / 一日五次，只将头颅叩向西山 / 爷爷是白色的……爷爷去世时只用了三尺白布 / 包裹着爷爷清洁的全部。”[12]这是对伊斯兰教葬礼和精神的色彩呈现，具有浓郁的回族特色和宗教的神圣感。

四、自我与他者：编织生命之网

此类诗作涉及的是自我的存在与他人的关系。这类诗辐射的角度颇多，大致分为爱情关系、自我与家人的关系、自我与他人的关系三个方面。首先，各种形式的爱情诗。女性对爱情的渴望和迷恋及伤痛的感受远胜于男性，爱情诗是宁夏女性诗歌的华彩乐章，从不同维度呈现了爱情的五味杂陈。古往今来，中国女性的爱情表白以含蓄缠绵见长，但是陈幼京的《浪花姑娘》和武碧君的《人间五月》两首执着热烈的爱情诗，充分体现了当代女性对待爱情勇敢而坦诚的情态。《浪花姑娘》如是曰：“浪花在海湾里徜徉 / 爱上了礁石那顽固而粗糙的形象……她一头扑进礁石的怀里 / 坚硬的礁石立刻撞碎了浪花姑娘……刹那间她化作泪珠一串串 / 每一颗泪珠都闪烁着爱情的光芒。”[13]纯洁热烈的爱情与粗粝冷漠的现实对撞，爱情的执着化为一串串爱的泪珠，这是悲剧性的爱情结局。与之相对，武碧君的《人间五月》写出了偶然收获的美好爱情：“你随意地走来 / 我便迷醉在花香中忘了疼痛 / 口噙一瓣玫瑰幸福得花儿一样……你的心跳让我的青春激流荡漾 / 我相信纯净的姑娘是为幸福而来 / 让我们在有限之生无限热爱……”[12]爱不是刻意地求取，而是缘分的相遇，爱的炽烈是因为彼此灵魂的燃烧和希望之星的放飞，所以，这幸福确如人间五月天。爱情表述在艺术上颇具特色的当推胡琴的《开花的指头》和王江辉的《明亮的忧伤》。《开花的指头》中写道：“寂寞的灯光 / 从静脉血管流出 / 暖在掌心 / 成了针的眼睛……看到了一掌开满鲜花的指头 / 恰是她深深爱着的那个男子 / 牵过她的那只左手。”[14]诗人用艺术变形的手法，让一只左手开满鲜花，呈现已经失落的爱情，新颖别致。王江辉在《明亮的忧伤》中说：“有时我忘了 / 我是一个古典的女子……为了穿透岁月 / 你省略了所有关于爱的语言……但是你不知道 / 那些如影随形的忧伤 / 对我来说——始终如 / 倒影在湖水里的星座 / 忽明忽亮。”[15]这是具有“穿越剧”色彩的诗歌。没有任何爱语的表达是中国传统爱情的呈现方式，由于没有直白的语言明证，爱的确定性又令人生疑，所以诗人是忧伤的。忧伤的色调原本应是暗沉的，爱情的忧伤却是明亮的，这是以反写正的特殊反衬。

其次，自我与家人的关系，是除了爱情之外被倾注情感最多的关系。王慧的《月光之后》、查文瑾的《雪糕》很有特色。王慧在《月光之后》中写道："一切的月光之后 / 一只孤独的猫头鹰在叫 / 已有好几个晚上，它在等谁……哦，母亲你离我有多远 / 在地球对面，还是宁静的大海？"[16]母亲给人的感觉本该是温暖的，然而此处作者对母亲的思念以如此阴森的方式呈现，别有一番感觉。查文瑾的《雪糕》如是写道："孩子，用一根雪糕的钱 / 买了两根小的雪糕 / 分给瘦小的伙伴一根……小伙伴说，妈妈几年前回了南方 / 等妈妈下次回来 / 我也一定请你吃一次雪糕。"[3]这里，孩子之间友爱的分享以母爱的缺失为参照，对友爱和母爱而言，这都是以最让人心痛呈现方式。

最后，以多种方式展现自我与他人的关系。陈幼京在《序诗》中写道："上帝给我一支灵魂的笔 / 大地给我一张生命的纸。"[9] (1) 诗人将灵魂之笔和生命之纸写就的文字献给了"你"，这个"你"是不确定的，如果写给恋人就是小境界，如果写给崇敬的人、物或地方，那就是用大手笔做文章，是用生命的血泪写成的感人诗章。杨春晖在《单纯的夜晚》中写道："站在天空下 / 所有的人都遗忘了年龄 / 等待星星从高处落进眼睛……这真是一个单纯的夜晚 / 人们好久都保持着仰望的姿势 / 看烟花绽开、熄灭。"[17]仰望苍穹，忘记自我与他人的存在，诗人对这一忘情忘利瞬间的捕捉和呈现，让人不由得感叹作者哲人般的精神高度。

五、反躬自省：追寻生命价值

此类诗作大多涉及哲理和玄思，往往是生命观和价值观的呈现，是反躬自省时必须面对的现实，是诗人面对自己内心时敏锐而警醒的状态，是真实而犀利的瞬间。这类女性诗歌写得较少，但不乏佳作。

成长和拼搏是每个人生命之旅中必然经历的，这是生命必答的考卷之一。唐晴在《落难的王》中写道："落难的王，逃亡/不是放弃自己的权利……落难的王只需要两个结局/不是战死/就是辉煌地杀回去。"[18]虽然身处蛮荒之地，内心仍然烈焰熊熊，雄心壮志的奋斗无非是最好的结果和最坏的结局。羽萱在《坚持》中写道："经历了很久的黑暗/对于每寸亮光……我们都会倍加珍惜/慢慢走出那道门槛/尽管没有看明媚的阳光/但那些暗夜已被关在门外。"[19]在通往成功的途中，每个人都经历过苦难和黑暗，只有在艰辛环境中隐忍与坚持的人，才持有生命的坚韧和对光明的珍惜，也才能最终获得上苍的救助。常越在《风和幻想》中写道："我走在回家的路上/只要风和幻想……如何寻觅万物之中的我并不重要/我已在要与不要之间轻轻穿过/就像风穿过十字路口/此刻，哪怕是大风天降/吹散我所有的幻想。"[20]心与幻想之物随风飘舞，梦想的种子弥散宇宙，呈现了道家"自乐其志，空灵澄澈""青山得去且归去"的高尚人格与洒脱心态。赵雅榛在《我在乎的》中写道："其实，我在乎的只是一双眼睛/一双世人无法看透的眼睛……我在想，如果有一天这双眼睛不再开启/那么我丢失的不只是一枚钥匙/而是我自己。"[21]这双眼睛不是肉眼而是心灵之眼，若无心灵之眼，人将沦为行尸走肉。

李壮萍的《有一些想法在路上产生》、高丽娜的《如果》、杨燕的《那扇门》写得都较有分量。在《有一些想法在路上产生》中，作者写道："我一步一步走下去/这些想法就伴随我/把前方的路延长/直到又有一些想法产生。"[22]路上的想法像冒泡一样不断产生，路程生动地延伸，这是典型的意识流式写法，散淡而传神。高丽娜在《如果》中写道："如果星光只闪耀一次……如果合欢树只开一次花……如果雪花只有一次飞舞……如果生命只有一次绽放。"[23]每一种假设都充满了不可能，每一种假设背后都藏着一个美好的愿望，诗人的想象独特而微妙，却指向对生命价值最高境界的顶礼膜拜。在《那扇门》中，杨燕说："门内有一个乞丐的肉体/赠我以悲悯的施舍/有一个天使的魂灵/赐我以虔诚的洗濯。"[24]（747）那扇一个冬天都虚掩着的门，并非真实之门，而是欲望之门，这是对生命的诱惑与考验，是矛盾的两极，是精神的砥砺，充满了哲理和玄机。

著名美学家宗白华说："愈进化愈高级的艺术，所凭借的物质材料愈减少。到了诗歌造其极。所以诗歌是艺术中之女王，艺术是自然中最高级创造，最精神化的创造。"[25] (7) 宁夏女性诗歌以精练的语言呈现了生活的方方面面，以独特的审美形式折射出生命存在的价值，充分证明了宗白华先生所言不虚。

参考文献

[1]陈幼京. 雾.朔方,1982(6).
[2]瓦楞草. 我和树. 朔方,2012(4).
[3]查文瑾. 纯棉. 武汉:长江文艺出版社,2012.
[4]常越. 我听见. 朔方,2013(11).
[5]李壮萍. 在田野上. 诗歌月刊,2011(9).
[6]羽萱. 往回走. 朔方,2011(1).
[7]瓦楞草. 词语的碎片. 银川:宁夏人民出版社,2014.
[8]赵雅榛. 行走在月亮上的羊. 朔方,2010(11).
[9]陈幼京. 春花秋叶. 银川:宁夏人民出版社,1992.
[10]林一木. 西夏王陵. 人民文学,2009(7).
[11]梦西. 斋月. 朔方,2011(3).
[12]周瑞霞. 洁净的白色. 朔方,2011(5~6).
[13]陈幼京. 浪花姑娘. 朔方,2015(2).
[14]胡琴. 开花的指头. 朔方,1998(6).
[15]王江辉. 明亮的忧伤. 红豆,2009(5).
[16]王慧. 月元之后. 朔方,2004(3).
[17]杨春晖. 单纯的夜晚. 六盘山,2011(2).
[18]唐晴. 落难的王. 朔方,2011(5~6).

[19]羽萱. 坚持. 绿风,2009(2).
[20]常越. 风和幻想. 新消息报,2013-11-11.
[21]赵雅榛. 我在乎的. 朔方,2011(5~6).
[22]李壮萍. 有一些想法在路上产生. 诗歌月刊,2011(9).
[23]高丽娜. 如果.梁祝,2014(1).
[24]杨梓. 宁夏诗歌选. 银川:阳光出版社,2015.
[25]宗白华. 美学与艺术略谈. 北京:北京大学出版社,1987.

本文发表于《北方民族大学学报(哲学社会科学版)》2015年第2期。

中国文学中叛逆女性形象的演变

◎王引萍

傅立叶说过妇女的解放程度是衡量社会发展的一个尺度。这一尺度与人类文化、经济、政治的各个侧面都有着千丝万缕的联系。在中国文学史上，许多同情女性的作家，在他们的文本中都程度不同地表现了对妇女问题的关注和思考，塑造了难以计数的女性形象。这样便出现了刘兰芝、崔莺莺、杜丽娘、林黛玉、黄绣球等有理想、有追求，具有一定反叛精神的女性形象。由于她们所处的社会与文化背景不同，她们的理想和追求、反抗传统的深度和强度也出现了差异，这种差异不仅显示了中国文学中女性形象演变的轨迹，而且具有一定的文化意义，表现了女性自我意识的觉醒及封建桎梏下妇女解放的趋势。本文从文本入手，将女性形象的演变，女性解放和封建社会与文化演进联系起来，用女性主义视角对古代文学中的女性形象及其演变轨迹进行探讨，分析女性形象演进中女性角色及精神追求的变化与启示。鉴于篇幅的限制，本文所论女性主要是文学史上具有典型意义的叛逆女性。

中国文学中第一个具有典型意义的女性形象，应是汉乐府《孔雀东南飞》中的刘兰芝。婚前她是个熟读“诗书”的少女。婚后为人妻的她辛勤劳作，孝敬公婆。和当时的妻子们一样，她恪守“妇道”，把束缚看成是当然的品性，失去了“自我”，加上夫妇之爱给了她很大安慰，所以，享受和维护这门婚姻，是她生活的主要理想。然而在传统伦理观念占主导地位的汉代，丈夫的态度并不能改变妻子受人摆布的地位，尽管兰芝“女行无偏斜”，婆婆依然不满意。这使她心情悲苦，向丈夫诉说自己的处境，焦仲卿劝说母亲，母亲却以“爱护”儿子为借口，逼他休妻另娶。理想的破灭，现实的残酷，使兰芝有所觉醒，为维护自己人格的尊严，她毅然出走回了娘家。在婆婆看来，兰芝在也不对，走也不对，她说：“此妇无礼节，举动专自由。”这说明了兰芝反抗意识的觉醒。不料她回家才十几天，代行父权的兄长就逼她嫁给太守的儿子。她掌握不了自己的命运，便下了死的决心。婚期前一天，她与仲卿约定以身殉情，随后她“举身赴清池”，以死表达了自己的抗争。

兰芝的悲剧，反映了中国封建宗法社会中妇女不能把握自己命运的不幸处境。汉代虽然进入了封建社会，但各项制度中仍有奴隶制的残余，封建礼教和家长已在决定女性的命运，《大戴礼记·本命》中规定：“妇有七去：不顺父母去，无子去，淫去，妒去，有恶疾去，多言去，窃盗去。”《礼记·内则》也规定：“子甚宜其妻，父母不悦出。”所以，在当时出妻现象屡见不鲜。曹丕的《出妇赋》、曹植的《弃妇诗》以及民间流传的弃妇诗如《白头吟》《怨歌行》等，都不同程度地揭示婚姻制度和传统伦理给女性带来的不幸和痛苦。在众多感人的诗歌中，《孔雀东南飞》塑造了兰芝这个敢于抗争命运的女性。她标志着先秦汉魏六朝文学史上女性形象塑造的突出成就，让我们看到了当时妇女觉醒和解放的程度。虽然她以死反抗的做法悲壮刚烈，但从现代意义上去解读，还是蕴含着一些不够坚强的成分。其一，她对婆婆和哥哥所代表的旧礼教的反抗，采取的是殉情式的消极反抗，缺乏正面抗争的勇气，她只是以死摆脱环境，而不是主动地改变环境。其二，她与仲卿的感情是婚后产生的夫妻之情，他们的婚姻并不是以自由恋爱为基础，而是“父母之命，媒妁之言”的结果。（这从县令和太守派媒说亲；兰芝哥哥逼嫁可以看出）其三，她的被迫回家和以死抗争，反抗的仅仅是婆婆、哥哥等家长，就其实质来说，反抗的是封建的宗法制度和婚姻制度。由于她对生活的认识是直觉的，所以她反抗的只是剥夺她生活权利的个人，对现存制度还是自觉认同，觉得自己没有违背它："守节情不移""谓言无罪过，供养卒大恩"。这些都使人不免感到一种女性的悲哀。而这又说明在当时的文化背景下，妇女的解放还局限在婚姻上"从一而终"的旧礼教的大格局之中。尽管如此，在新与旧相对混沌的汉末建安时代，兰芝身上确实闪烁着抗争命运的光辉，她的抗争是中国女性为争取自由幸福与解放而作最后一跃前的有力助跑。从女性视角对兰芝进行分析，我们看到民间既对她怀有深切的同情和肯定，又在一定程度上仍然拘泥于传统的男权观念形态。

中国文学中第二个具有典型意义的叛逆女性，要算元代王实甫笔下的崔莺莺了。元朝统治者虽然实行了野蛮、残酷的统治，但在思想控制上，相对逊于前代。在婚姻方面，蒙古族的婚姻习俗在一定程度上冲击了唐宋以来的婚姻制度，这使元代女性在精神上得到了有限的"解放"，反映到女性题材的文本中，就是她们不甘心屈从家长安排的命运，开始追求人格的独立和以感情为基础的婚姻。这方面最有代表性的便是《西厢记》中的莺莺。她结束了兰芝为代表的旧时代，开辟了人类生活的新阶段：感情的产生从婚后提前到了婚前，莺莺开始追求自由恋爱、自主婚姻了。这使她以鲜活的艺术生命力，奠定了自己在文学史上的意义。

莺莺不再像兰芝那样忠于婚姻，而是一个憧憬、追求爱情的少女。她本由父母做主许配给门当户对的郑尚书之子郑恒。郑恒是母亲的侄子，作为亲戚，莺莺必然知道一些郑恒的人品、才气等，她对这位父母选择的对象很不满意，渴望寻找一个自己喜欢的人。为此她与贫寒的张生佛殿相逢、一见钟情，甚至私自结合。这里，感情的发展是自然而然的，爱情的召唤已胜过了封建礼教的束缚、门第观念的羁绊。同时还冲破了与郑恒的包办婚约，从而否定了"从一而终""父母之命"的封建秩序——这是莺莺对兰芝的巨大突破。虽然崔张感情的产生是“一见倾心”式的，但这种感情是发自内心的选择，是真情实感的流露。这样崔张自由选择的爱情便和“男女授受不亲”的礼教、“父母之命”的婚姻秩序发生了难以避免的冲突。众所周知，莺莺从小接受的是传统文化的教育，而我国传统的文化思想充满了礼的说教。文化程度越高的人，受礼教的影响也就越深。因此，对莺莺来说，要争取恋爱自由、婚姻自主，就必然和自己思想中的传统观念发生一定的冲突。表现在言行上就难免有矛盾、作假、犹豫甚至反复。“赖简”一折是最有力的证明。在母亲赖婚之后，莺莺一方面因为母亲拆散他们而内心不满，另一方面又怕母亲而不敢行动。但心里不由自主地思念张生，她求丫头红娘去张生处问病，看到张生回信却向红娘发脾气。她用诗约张生月夜相会，张应约前来，她不但不认账，还把张教训了一顿。经过几次反复之后，莺莺终于冲破了封建意识的束缚，和张私自结合。像莺莺这样违背“父母之命”，追求以爱情为基础的幸福婚姻的女性，与以前的女性相比较，无疑是前进了一步。恩格斯说过：“由爱情而结合的婚姻被宣布为人的权利。”[1]（135）莺莺正是在争取人的权利的过程中，显示了她超越前辈的性格力量。不过，促成崔张结合的关键人物是丫鬟红娘。另外，莺莺的反抗也是不彻底的，当母亲逼张赶考时，她只是内心不满，并没有公开反对，因为她渴望母亲对张生的认可。她虽然对科举功名表示了蔑视：“但得一个并蒂莲，煞强如状元及第。”但并未排除“将相出寒门”的想法，何况“一举及第”、夫荣妻贵也是莺莺对张生的期望。这些都反映了莺莺的妥协和对男性的依附。试想，如果张生金榜无名，不仅相国夫人不会认同这门婚姻，张也无颜返回成亲，他曾发誓“金榜无名誓不归”，这样“皆大欢喜”必将成为泡影。如果说王实甫的创作旨意在于对封建礼教的突破，表现“愿普天下有情的都成了眷属”的理想，那么张生在科举上的成功可视为作者突破礼教大门的敲门砖。在当时力图打开礼教大门也许只能以礼教本身的准绳和尺度去叩击，所以我们发现莺莺的反抗在一定程度上超越了传统，在一定程度上又囿于传统。

崔莺莺之后对女性形象有所突破的，应是明代汤显祖在《牡丹亭》中塑造的杜丽娘。她为追求痴心的爱情和理想的生活，所经历的梦幻生死的故事，是那么奇特、浪漫、深刻、感人。当然这并非作者的奇思遐想，而是来自人们对青春的珍惜和对女性的同情。明中叶以后，一方面是上层社会的寻欢作乐，纵欲无度；另一方面是以男权为中心的统治阶层对女性的严厉禁锢，特别是在“存天理，灭人欲”的理学教条倡导下，思想禁锢达到了骇人的程度。统治者在用程朱理学禁锢女性的同时，又用太后、皇妃的《女鉴》《内则》和《女训》来教育女性。而最为直接、生动、具有强烈教育意义的举措便是大量树立贞节牌坊。与此同时，随着商品经济的发展和资本主义生产关系的萌芽，出现了一些关注和同情女性的有识男性，他们反对封建桎梏对女性的束缚，谴责传统的“父母之命，媒妁之言”，宣扬婚姻自主。李贽就热情称赞卓文君和司马相如的自主行动，并赞赏侠女红拂的私奔之法：“奇！这是千古来第一嫁法。”之后，谭元春也肯定地说：“文君奔相如是上上妙策。”[2]（385）丽娘就是这种新旧思想意识交替时期的形象。

与莺莺不同，丽娘从小被禁锢在深闺之中，按照封建淑女的模式来培养。她不能擅自出入，甚至白天打瞌睡，衣服上刺绣成对的花鸟，都要受到父母的斥责。可怜她长到如花岁月竟不知道家中有一座风景优美的后花园。为了把女儿培养成标准的淑女，杜宝聘请了腐儒陈最良做家教，想从儒教经典方面进一步约束丽娘的身心，使她具备“后妃之德”。而聪慧过人的丽娘却违背了封建教育的常规，按照自己的感受理解作品。她认为《诗经·关雎》不是歌咏后妃之德的，而是礼赞自由相亲的鸟儿、浪漫结对的君子和淑女，可以说，《关雎》唤起了她的初步觉醒，对所处环境的不满：“关了的雎鸠，尚然有洲渚之兴，何以人而不如鸟乎！”接着与丫鬟春香到后花园游玩。姹紫嫣红、群鸟争鸣的春光，使她感到青春的美好和短暂，联想春花秋月中才子佳人成就佳偶的故事，想想自己，不禁感叹：“年已及笄，不得早成佳配，诚为虚度年华，光阴如过隙耳？”对“佳配”

的渴望困扰着丽娘的身心，使她梦到一位书生对其爱抚的情景。甜蜜的梦境令她眷恋和神往，甚至在梦醒之后公然违背母亲的禁令，来到太湖石畔寻梦。她那番“花花草草由人恋，生生死死遂人愿，便酸酸楚楚无人怨”的感叹，正是礼教束缚下的女性对恋爱自由、个性解放的强烈呼唤！但梦境再美，毕竟是虚幻的，于是她竟死于寻梦觅爱的徒然渴望中。而丽娘的可贵之处不仅在于她为情而死，还表现在死后面对阎王据理力争，对柳梦梅一往情深，为情而生，更表现在金銮殿上的大胆抗争，当皇帝用“不待父母之命，媒妁之言，则国人父母皆贱之”的封建教条指责她时，她理直气壮地回答“保亲的是母丧门”，“送亲的是女夜叉”。当父亲要她离开柳梦梅才肯认她时，她毫不犹豫地表示了追求爱情的决心，使皇帝也为之感动，以致亲自主婚。

如果我们把杜丽娘和崔莺莺比较一下，便可发现，丽娘为情而死、又为情而生的大胆执着的追求与反抗精神，明显地高于曾经犹豫不决的莺莺。这使她在文学史上闪耀着自己的光彩，成为封建桎梏下女性解放的又一个追求者。汤显祖通过这一形象肯定了人的自由权利和爱情的崇高，有其崇尚个性解放和至真之情，反对理学禁锢的文化意义。但是，如果用“父母之命，媒妁之言”的婚姻模式来解读丽娘的爱情婚姻，仍可发现其中的问题。如果说莺莺是借助于红娘，那么丽娘则是借助于梦境和皇帝，从实质上说，二人都有“媒妁”的参与和促成。此外，丽娘曾鼓励柳梦梅追求功名富贵，最后也是以“金榜题名”团圆收尾，这又表现了她思想意识中陈旧的依附心态。当然，这些都不足以损害她的典型意义。据说《牡丹亭》一问世，就在广大女性中产生了强烈的共鸣。相传娄江女子俞二娘读了《牡丹亭》，因伤感自己的身世断肠而死；杭州女演员商小伶也因婚姻不自由，演出《牡丹亭》时，触景伤情而昏死在舞台上。许多青年女性，从丽娘身上看到了自己的影子，可见丽娘形象的典型性和感染力是多么强烈。

杜丽娘之后，作家笔下的女性形象又有了新的变化。其中最有突破意义的当是曹雪芹塑造的林黛玉。可以说，她是封建社会广大女性痛苦生活的总结，在某种程度上也是新女性的萌芽。虽然她经常流泪，显得“多愁善感”，但她性格的内在本质与前辈们相比还是要进步一些。其一，莺莺与张生的恋爱是靠红娘的帮助，而黛玉和宝玉的恋爱则完全由自己做主；丽娘与梦梅的爱情发生在虚幻的梦境，黛玉和宝玉的爱情则发生在现实生活中。而且黛玉因失去父母而寄住贾府，生活环境是“一年三百六十日，风刀霜剑严相逼”。这种处境的恋爱体现了对真挚感情的热切渴望和执着、勇敢的追求精神。其二，黛玉和宝玉的爱情打破了“郎才女貌，一见倾心”的模式。建构在长期了解、思想和情趣一致的基础上，展示了爱情生活的新境界。虽然才貌之爱也是宝黛爱情的重要内容，但促使宝黛定情的决定性因素，主要是思想和志趣的一致。其三，莺莺和丽娘并未否定仕途道路，甚至把婚姻成功的希望寄托在男方的一举及第上，而黛玉却不曾劝宝玉去立身扬名，也从不与他谈“仕途经济”的“混账话”，所以宝玉“深敬黛玉”，对她情有独钟。其四，黛玉和宝玉追求的是纯洁、高尚的精神之爱，突破了以往那种情欲之爱。他们由耳鬓厮磨至互认为知己，直到爱情被破坏，始终纯洁无瑕。这个思想境界也是高于崔、杜的。其五，莺莺、丽娘的诗才一般，她们学习文化知识的目的，主要是为了培养“妇德”，而黛玉的诗才极高，她不擅女工，却是小说中吟诗最多的女子。不仅用诗词表达对爱情的渴望和追求，而且用来表现自己的人生理想和创作才能。以上几点决定了黛玉的抗争对象不仅是封建礼教和婚姻制度，甚至是封建的生活理想和人生道路。虽然她的爱情不幸以悲剧告终，但这一悲剧显示了封建末世各种制度的不合理，反映了“历史的必然要求和这个要求的实际上不可能实现之间的悲剧性的冲突。”[3]（346）与以前的“大团圆”结局相比，具有深刻的社会内容。另外，曹雪芹创作《红楼梦》的时候，封建社会已进入晚期，江南一带资本主义经济因素和思想因素有了进一步发展。因而在黛玉身上，似乎可以看到资产阶级人文主义的投影，看到一种对新的自由生活的憧憬：“愿侬此日生双翼，随花飞到天尽头，天尽头，何处有香丘？”固然，这种美好自由的生活包含着黛玉日夜渴望的婚姻幸福，还有什么？很模糊，什么时候能寻到？也难以断定，而黛玉却在企盼着、追寻着。这也许是新思潮的召唤，尽管还不太成熟，反映在黛玉身上并不是那么鲜明，但与崔、杜相比，黛玉无疑是妇女解放途中的又一个新人。不过，黛玉虽然向往幸福的生活，但受传统文化影响的她仍未摆脱女性通过婚姻对男性的人身依附，她和崔、杜一样将人生的全部希望和追求寄予美满的婚姻、理想的郎君，然而在男权、宗法社会中又有多少女性能获得理想的婚姻？最后在宝玉与宝钗成婚之时，黛玉悲伤地离开人世，而不是从痛苦中解脱出来，走向社会，实现自己的社会价值。她的死从表层看是对爱情的执着追求，但却深藏着从一而终的理念和对男性的依附心态。这是封建文化背景下广大女性的悲哀！

中国文学发展到晚清，民族危机的刺激，变革图存的需要，西方文化的传入与影响，使文学也发生了空前的变化。出现了不少为女性解放和社会进步而奋斗的女性，其中最具代表性的是颐琐《黄绣球》中的黄绣球。著名学者阿英指出：《黄绣球》“是那个时代妇女问题小说中的代表作”，“是当时妇女问题小说的最好作品，主要由于这部书保留了当时新女性艰苦活动的真实姿态，当时社会中新旧斗争经过，反映了时代的变革。”[4]（121）

黄绣球不像她的前辈只关注个人的婚姻幸福，而是受西方妇女解放思想影响而觉醒，带头放脚、创办女学的新女性。作为女性，小时候为缠小脚所受的痛苦及不能像男孩一样读书的无奈，使她深感“女孩子不是人！”婚后的生活虽然幸福，但她不满足传统“女子的本分”——生儿育女、操持家务，她对父权制[5]（1~3）社会为女性规定的这种角色很不满意，渴望走出家庭，做些事业：“几时世界上女人也同男人一般，能够出出面，做做事情，就好了。”当她听丈夫说世界上也有女子做事时，异常高兴，并梦见罗兰夫人给她讲授男女平等的道理和记载有 25 位杰出人物的《英雄传》，这使她“仙佛点化似”地觉悟起来，决心干一番事业。于是她放了双脚，又劝说周围的妇女放脚。虽然因此被抓入狱，但出狱后，她又以北美女杰美利莱恩为榜样，走教育救国之路。她捐款并广泛募捐，联络留学归国的毕夫柔创办了“城西女学堂”。她还感化了两个尼姑，将觉迷庵捐作学堂教室，并把女人缠足放足的利害同婚姻卫生、体育胎教、养成做国民之母才能遗传强种的道理编成弹词，让她俩到处说唱，使那些官绅女眷深受启发，有的捐钱办学，有的则兼任女学堂的教习。

随着阅历的丰富，绣球的思想日趋成熟，她认为女人之所以瞒夫藏私是因为权不平等，男人压制女人造成的，也是女人“不要好”的结果。所以，她反对男人对女人的压制。主张男女“平等平权”“男人可以读书，女人也可以读书，男人读了书可以有用处；女人读了书也可以想出用处来。”反对女人服从男人，主张女人团结起来，“争出个做女人的权来。”她认为男子能再娶，女人也能再嫁，反对守节。认为守节是男人对女人的“压制束缚”，作为女人，“要破去那压制，不受那束缚，只有赶快讲究学问的一法。有了学问，自然有见识，有本领。”她兴办女学的目的就是为了让女同胞学些知识、本领，为自己争取应有的权利。本村风气开通、女界面貌改变后，她又到愚顽封闭的邻村去办学，经过努力，邻村也旧貌换新颜。不料自由村却发生了变故，后继县令“猪大肠”以种种借口摧毁自由村的教育。绣球又提议大家学习“匈牙利国人的法子”，争取自治自主，她联合大众，与丈夫分别组织义勇队和女军，最终斗败了昏官，实现了地方自治。

作为女性，黄绣球也主张婚恋自由，她听到两个尼姑因逼嫁而撞死的事说：“这是在勉强要替他择配上来的，若是说随他两个自己去配人，我晓得这两个年轻轻的一定不死。我们中国风俗，只把男女的婚姻大事任着父母做主，父母又只听着媒人的话说，泥住了男女不见面，拘定了门当户对，十人有九成为怨偶，倒把什么巧妻常伴拙夫眠的话，归到缘分上去，又是什么月下老人暗暗牵红丝注定了的，自古至今，也不知害死多少女人。”她不仅对婚恋问题认识深刻，而且从家庭走向社会，打破了传统、单一的家庭角色（中国传统文化的核心是宗法等级人伦。女性一般幽居在家里，成为与父亲、丈夫和儿子分别相对的女儿、妻子和母亲的家庭角色。女性的活动空间基本上是在家庭、家族和亲戚之中)，开始追求自由、平等的多元化角色。她曾说："只要人能独立自由，自由又能自尊，不论男女人人都是平等。""女人也是一个人，岂可看轻。"此外，绣球还有一定的民族意识和国家意识，她认为"人民不能离族以居"，中国人应该爱国、爱同胞。

上述可见，黄绣球初步摆脱了女性对男性的依附，具有女性之为"人"的自尊自强意识。她的理想较之林黛玉等人显然要丰富、崇高得多，在林黛玉等女性心目中，婚姻是她们人生的幸福之本，她们生活的唯一出路是找个如意的郎君，结一门称心的婚姻。而寻找婚姻只是形式，寻找男性为人身依附，则是她们的实际心态。绣球不同，她反抗的出发点已不再是为了个人的婚姻，而是为了社会进步和妇女解放，甚至为此不惜钱财，日夜操劳。其反抗精神是千百年来传统文化重压下广大妇女要求身心解放的概括和升华。说明女性解放必须把个人追求同社会进步相联系，作为女性必须增强独立自主意识。从她身上，我们不仅看到封建制度及其男权文化必然瓦解的趋势与人类文明的进展，看到妇女的觉醒和解放又向前迈进了一步，也看到男性观念的解放，丈夫的理解、支持及社会的文明进步，也是妇女走出家门，成就事业的关键一环。

值得关注的是，《黄绣球》"属于启蒙运动的小说范围之内"。[6]（1）近代在思想启蒙运动和西方女权运动影响下，妇女解放运动蓬勃展开。不少男性（也包括少数女性）为了社会进步和妇女解放东奔西走，兴办女校或女报，提倡男女平等，反对缠脚，宣扬妇女解放。黄绣球形象就是这种时代因素的结晶，她"不是从琐碎的个人欲望中，而正是从他们所处的历史潮流中得来的。"[7]（107）由于颐琐把先进人士热爱国家的民族意识，关心社会进步和妇女解放的时代精神，融注在绣球形象中，从而使这个形象具有了一定的时代感。她的出现对当时女性摆脱封建束缚，参与社会活动，为社会进步和妇女解放贡献力量，实现自我价值，具有一定的启迪和激励。即使在今天也有一定的现实意义。当代女性生活在文明进步的时代，更应当“有成就一番事业的雄心壮志”，而不能“只想做个贤内助，希冀从丈夫、子女的成就中得到满足”[8]。

刘兰芝—崔莺莺—杜丽娘—林黛玉—黄绣球的演变轨迹，形象地展现了男权社会中妇女解放的趋势和人类文明、文化的演进。在这一演变过程中，女性形象中的男性意识逐渐被女性的自我意识所取代。她们的个性一个比一个坚强，她们的思想一个比一个成熟，她们的抗争锋芒也从家长制转向了整个制度，由反抗包办婚姻到反对整个封建主义。从爱情的角度看，她们从忠于婚姻——忠于爱情；从一见倾心式的恋爱——相互了解式的恋爱，由依靠“红娘”——依靠自己。从关注的焦点看，她们则从关注个人的婚姻幸福——关心社会进步和妇女解放。从女性角色的演变看，她们从女儿角色的顺从——女儿角色的反叛；从传统的女儿、妻子、母亲角色——摆脱单一的家庭角色，走向社会追求自由、事业的多元化角色。这些都反映了生活中许多女性艰难抗争而取得的胜利，而人类文明则在这艰难而沉重的步履中得到了发展。如果联系这些女性形象出现的时代，便可看出，这正是中国封建社会与文化状态由兴盛到衰亡的变迁过程，而这些女性自我意识的逐渐觉醒正和封建男权文化的日趋消解形成了反比例。

参考文献

[1]中华人民共和国全国妇女联合会. 马克思恩格斯列宁斯大林论妇女. 北京:人民出版社,1978.

[2]刘士圣. 中国古代妇女史. 青岛:青岛出版社,1991.

[3]马克思恩格斯选集(第四卷). 北京:人民出版社,1972.

[4]阿英. 晚清小说史. 北京:东方出版社,1963.

[5]康正果. 女权主义与文学. 北京:中国社会科学出版社,1994.

[6]阿英. 晚清文学丛钞(小说第一卷,上册). 北京:中华书局,1960.

[7]北京大学中文系文艺理论教研室. 马克思恩格斯列宁斯大林论文艺. 北京:人民文学出版社,1987.

[8]陶春芳. 改革开放与女性角色. 光明日报.1992-4-12.

本文发表于《中南大学学报(社会科学版)》2003年第4期。

文本考证

《女神》与中外文学作品及文艺思潮之比较

◎张鸿才

郭沫若的《女神》是五四以来我国第一部具有独立特色、影响极为深广的新诗集，它讴歌了彻底的不妥协的反帝反封建的革命精神，是“五四”时代精神最为集中、最为强烈的表现。作者以其对宇宙、对人生的哲理思考与独自的审美反映，以诗人主体精神与五四时代精神的完美结合，及其对现代化、民族化新诗体式的创造，成为开一代诗风、为现代中国新诗奠基的第一部“才配称新”[1]的新诗集。有关《女神》的思想性及艺术性，以往虽有较多的论著，但探讨得仍然不够深刻、不够透彻。笔者以为，若能用比较文学的方法对《女神》进行探讨，将会更为全面、更为鲜明、更为具体、更为生动地表现出《女神》的时代意义及其独特的艺术风格。

一、《女神》与《呐喊》《尝试集》

郭沫若的《女神》给我国新诗带来了灿烂希望，它和伟大的鲁迅的小说集《呐喊》并峙着，像通向现代文学大道的两座壮丽的拱门：《呐喊》表现了深刻的思考，《女神》则洋溢着青春的热情；《呐喊》是成年的艺术，而《女神》则属于青年。

鲁迅是伟大的思想家兼文学家，一部《呐喊》不仅震撼了五四，而且随着岁月的流逝，《呐喊》深刻的思想内容及其艺术魅力越来越被人们所认识和理解。郭沫若是杰出的诗人，不是诗人兼思想家，他的《女神》得力于激情，却缺乏能够与他的强烈激情并驾齐驱的思想力量。在诗歌领域里，他的才能是那样卓越，但是在思想领域里，他并不比自己的同辈人高出很多。他不像鲁迅那样对于中国的社会、中国的历史、中国的人民都有深刻的、独到的认识，也不像鲁迅对人生有过那样艰难的探求和深沉的思索。《女神》虽也辉耀着理性的光彩，但那光彩是闪闪烁烁的，时强时弱、时隐时现的，不像《呐喊》那样强大而一贯。但五四时期，《女神》对读者的吸引力并不在鲁迅的《呐喊》之下，它以激昂的反抗情绪和炽热的爱国感情征服着青年们火热的心，找到了与作者“振动数相同”的人，也找到了与作者“燃烧点相等”的人。但是，当那特定的青春洋溢的年代过去之后，《女神》就不像当年那样令人心神激荡了。因此，人们在肯定《女神》巨大历史价值的同时，有时会觉得作者才华过于外露，感情过分洋溢，会认识到《女神》的有些诗句欠推敲、欠斟酌，不够精粹，青年的艺术和成年的艺术毕竟不同。但是，我们也可以从另一个角度设想：如果没有鲁迅和他的《呐喊》，我们的五四新文学将会群龙无首；如果没有郭沫若和他的《女神》，我们的五四新文学将为之大大减色！鲁迅和郭沫若都是五四的光荣，他们都是五四新文学的奠基人。《呐喊》和《女神》都是五四文学革命的创作实绩，都是新文学的奠基之作，我们应该这样认识这两部伟大的作品。

胡适在1920年3月出版的《尝试集》，是中国现代文学史上的第一部白话诗集。作者把中国古代诗人陆游的诗句“尝试成功自古无”转为“自古成功在尝试”，从而为诗集取名《尝试集》。这本诗集分第一编和第二编，共收入45首诗，其中有7首是旧体诗词，其余全用白话诗。这些白话诗，句不限长短，声不拘平仄，音节比较自然，开始打破旧诗格律的一些束缚。胡适诗作以说理或即物感兴居多。无论是写鸽子的如意（《鸽子》)、乌鸦的狂傲(《老鸦》),或者是写蝴蝶的孤单(《蝴蝶》),实际上都寄托着一个个人物在不同境遇中的不同情怀。《尝试集》中诗篇的思想内容并不引人注目,有的诗表现了对封建黑暗社会的诅咒和对资产阶级民主的向往;有的诗表现了对劳苦大众有限的一点同情;还有的诗揭露了反动军阀乱兵扰民,给人民带来了灾难,其写作意图是可取的,但却愤激到忘记了民族界限,远离了爱国主义,违背了“五四”的根本精神。郭沫若《女神》的思想高度和艺术感染力,远远超过了胡适的《尝试集》,使得《尝试集》除了出版时间早于《女神》,是“五四”时期第一部白话新诗集以外,其他许多方面都无法与《女神》这个艺术珍品相比较。

二、《女神》与《草叶集》

在五四新文学广泛吸收外国文学营养的洪流中,《女神》受到了惠特曼《草叶集》多方面的深刻影响。郭沫若自己说过:“惠特曼的那种把一切的旧套摆脱干净了的诗风,和五四时代的狂飙突进的精神十分合拍,我是彻底地为他那雄浑的豪放宏朗的调子所动荡了。”惠特曼的诗是一种摆脱羁绊的自由体,雄浑粗犷,属于积极浪漫主义的豪放派风格,他直接给郭沫若提供了最亲切的艺术经验,郭沫若以源源不绝的灵感,写出了《凤凰涅槃》《天狗》《立在地球边上放号》等许多诗篇。可以这样说,如果没有《草叶集》,郭沫若就写不出《女神》来!如《凤凰涅槃》中的“凤凰更生歌”同惠特曼的《神秘的号手》中的“欢乐赞歌”的格调极为相似;《地球,我的母亲!》同惠特曼在《大路之歌》中对“大路”“地球”的歌赞,存在启迪与孕育的关系。郭沫若的那种“狂暴”的“抗天拒俗”的“至大之声”,像前进车轮“鞺鞑的进行调”和“鼓舞调”……这种艺术风格是顺应时代的需要而产生的,又反过来最充分地表现了五四狂飙突进的时代精神。郭沫若称颂惠特曼是“太平洋一样的惠特曼”,向他遥祝“晨安”;歌颂他是“反抗王道堂皇的诗风”的“文艺革命匪徒”,并把他与罗丹、托尔斯泰相提并论。惠特曼无拘无束的自由体形式,大大促进了中国新诗的诗体大解放。

在《草叶集》和《女神》中,都塑造了一个极为突出的抒情主人公形象。郭沫若在《女神》中写出了一个真实的“我”，一个“赤条条的我”。他坦然地描写了“我”的种种情感：甘美的爱、灿烂的希望、火一样的焦心、众多的烦恼、无限的凄楚……他大胆地表现了对于“自我”的态度：“我是个偶像崇拜者”，“赞美我自己”，“崇拜我”；“我又是个偶像破坏者”，“我的我要爆了”。在“五四”的诗坛上，这样一个真实感人表现了深刻的内心矛盾和丰富的情感活动的“自我”形象是从来都没有过的，一个敢于如此崇拜“自我”，又如此否定“自我”的诗人更是没有过的。惠特曼在《草叶集》中塑造的“自我”，是一个基本符合生活真实的诗人形象：“我”不仅有可爱、完美、圣洁的一面，也有“粗暴、肥壮、多欲”的一面；在歌唱“我”灵魂伟大的同时，又描绘了“我”是一个“不关心别人”的“囚徒、梦想家、无赖”。惠特曼在《草叶集》中塑造“自我”的根本目的不在于歌唱自己，而在于歌唱“人”，一个“大写的人”，在于通过揭示“自我”的一切而去揭示人的一切，进而充分肯定人的价值。这是一个美丑并存的人的真实形象的概括。而《女神》中的“自我”，既是诗人本身，又不仅仅是诗人本身。

另外在格式方面，《草叶集》和《女神》根据表达内容的不同需要，创造了变化多样的格式。在《草叶集》中，诗人在每一个短句中是自由的，在某些诗的全篇结构上却要遵循一定的规律。诗人运用了同词起头、同句起段以及平行句、重叠句等方式，创造了较为多样的格式，在参差的长短句中，暗含着走向整齐的倾向；《女神》在格式上，变化中寻求整齐、舒展中寻求凝练的倾向比《草叶集》明显得多，这与中国古典诗歌和民歌的传统显然有着紧密的联系。

三、《女神》与泛神论

泛神论是流行于16—18世纪西欧的一种哲学学说，其代表人物是荷兰的哲学家斯宾诺莎（1632—1677年）。泛神论哲学的基本观点是：神是非人格的本原，这个本原不在自然界之外，而是和自然界等同。斯宾诺莎认为，神绝不是人，而是自然本身，它既没有理智，也没有意志。把自然创造本原归于自然本身，从而否定了神的主宰，具有唯物主义倾向。在当时反对宗教神学统治的斗争中起到了进步作用，成为唯物论和无神论的先导。郭沫若对斯宾诺莎的泛神论思想有独特而重要的发挥。在《女神》中，他强调自我表现，一切自然都是自我主观精神的扩张，这种以自我表现为中心的泛神论，与他的自我表现的艺术观是一致的。自我被提到了神、宇宙的总能量、万能的创造者和破坏者的绝对高度。不过这种泛神论不同于斯宾诺莎的纯哲学的泛神论，只能是一种“诗人的泛神论”，从来没有形成严格的哲学的逻辑体系，郭沫若也从来不是一个真正意义上的哲学家。作为诗人，他把自己与天地、与整个大自然、与整个人类社会融为一体：天是神，地是神，海是神，一切的自然现象都是神，作为自然中的人是神，诗人自己也是神。郭沫若突出自我表现、自我创造的泛神论，在一定程度上与“五四”时期个性解放、人格自由、崇尚自我的时代精神是相吻合的。他的泛神论思想的积极作用，主要是加强了他的诗歌自我表现的艺术主张，有助于他的早期诗歌创作。在《女神》诗集中具体表现如下。

（一）扩大了题材范围

在我们面前，《女神》中的诗歌“展开了一个辽阔而丰富的新的世界”[2]；“在一种泛神主义外衣之下歌颂了自己要歌颂的一切”[3]。由于把自我提高到本体和神的地位，又经过主观精神的扩张，达到了主体与客体的交融、人与自然合一的境地。所有的一切，在泛神论者看来，都是浑然一体而密不可分的。自然界和人类社会多种多样的客观事物和现象，都成为诗人自我表现的对象，而且都被赋予了人的感情，超越时空，达到了永恒和无限。自我既在于一切个别事物，又超越于一切个别事物。这就为诗人个体的心灵自由和情感驰骋提供了极其广阔的天地。这也便是《女神》中创作题材大为扩展、诗意形象丰富多彩的重要原因。可以说，没有泛神论，《地球，我的母亲!》《凤凰涅槃》《梅花树下醉歌》等诗篇就很难产生。

（二）有助于《女神》的主人公——巨人式形象的典型塑造

郭沫若突出自我表现、自我创造的泛神论，有助于作者主观精神突入时代的现实核心，从而更有力地概括出时代的特征，更鲜明地反映了时代精神；又有助于浪漫主义创作突破自身经验的实感，甚至突破时代、人生的局限，进到一种开阔高远、意蕴无穷的境界，从而大大增强了诗人综合概括的能力，创造出巨人般的非凡形象和忽古忽今在虚幻境界中活动的“内在典型”。诗作中所写的“我”的形象，分明是觉醒了的诗人自己，也是一切“偶像破坏者”的化身，是“五四”时代觉醒的“民族精魂”，又是泛神论物我一体的“大我”的形象。这些形象都灌注了“五四”时代的革命精神。

（三）有助于在诗歌创作中艺术想象力的尽情发挥

五四新文学运动初期，尤其是新诗，致命的弱点是缺乏艺术想象力。正如闻一多在其《冬夜评论》中所言：诗中很少有“浓丽繁密而且具体的意象”，“淡而寡味”，有时“野俗得不堪”。郭沫若从浪漫主义出发，十分重视艺术想象力在自然美转化为艺术美中的创造作用，他曾把艺术想象力看作是诗人创作一首好诗的生命的一部分，并将它包含在内容范围之内。郭沫若的泛神论使诗人能够在那种“我与天地并生，与万物为一”，“物我无间”，“一切和谐”(郭沫若《三叶集·致宗白华》)的境界中，把自然万物引为抒情对象，在无限广阔的领域里自由地驰骋浪漫主义艺术想象力，从而极大地开拓了《女神》的抒情天地。《女神》中那些抒写自然风物的诗篇，不独能够以自然景物的异乎寻常的规律、体积、伟力，以及它们所表现出的大时代“自我”形象的巨大性和超常性，使读者感到惊奇而引起崇高美的艺术感受，而且由于人和自然在诗中强烈到合二为一的境地，人的本质力量对象化为巨大物体，而使读者感到震惊和自豪。由于诗人把自己的生命、感情以及内心的感受、幻觉都赋予了他所抒写的大自然，所以自然景物被描绘得色彩斑斓，声调铿锵，能与诗人同呼吸共忧乐，并能给读者以动感、力感和情感。

但是，诗人的泛神论也给《女神》的创作带来了一定的思想局限，有一定的消极作用。在“五四”以前，郭沫若在他的那些泰戈尔式的诗歌作品中，有求得刹那间精神上的满足或逃离现实沉浸于大自然的美的消极反抗情绪，甚至幻想在爱情中解脱精神上的苦闷。这其中除旧民主主义思想的局限外，就有泛神论的消极影响。当“五四”退潮时，诗人于现实生活中遇到挫折，有幻灭的苦闷时，就往往祈求上苍和思索心中的道德规律。直到1923年，由于现实斗争的影响，郭沫若才与泛神论告别，摆脱了它的消极影响。

综上所述，在中国现代诗歌创作中，《女神》从形式到内容都具有开创性的彻底的革新精神。《女神》不仅如同鲁迅的小说一样震撼了“五四”时代的文坛，而且为“五四”以后新诗的发展奠定了良好的基础。更值得注意的是，从《女神》问世（1921年8月）到现在的九十多年中，《女神》的影响范围已从诗歌扩大到小说、散文、戏剧等众多文学艺术领域，《女神》的读者范围已从中国扩大到国外许多国家，《女神》中的许多诗被译成多种外文在全世界流传。可以说，《女神》是郭沫若六十多年创作生涯中始终未能逾越的诗歌成就的光辉顶点，是一座巍峨的艺术高峰。尽管《女神》也有局限性，但无损于它的光辉形象，它将会继续照耀着中国的诗坛，郭沫若也将因《女神》而永垂不朽！

参考文献

[1]闻一多.《女神》之时代精神.创造周报(第4号),1923-6-3.

[2]冯至.我读《女神》的时候.诗刊,1959(4).

[3]周扬.《郭沫若和他的〈女神〉》.解放日报(延安),1941-11-16.

张鸿才，北方民族大学文史学院教授，主要从事现当代文学、俄苏文学研究。

本文发表于《西北第二民族学院学报（哲学社会科学版)》2007年第4期。

《屈原列传》通解

◎李增林

屈原者，名平，楚之同姓也。为楚怀王左徒。博闻彊志，明于治乱，娴于辞令。入则与王图议国事，以出号令；出则接遇宾客，应对诸侯。王甚任之。

上官大夫与之同列，争宠，而心害其能。怀王使屈原造为宪令，屈平属草稿未定。上官大夫见而欲夺之，屈平不与，因谗之曰："王使屈平为令，众莫不知。每一令出，平伐其功，曰：'以为非我莫能为也。'"王怒而疏屈平。

[通解]

《屈原列传》：《史记》列传第二十四为屈原和贾谊的合传。本篇以宋庆元、黄善夫刻本为底本，对其中讹误之处则参其他本子改正。

楚之同姓：屈原，名平，字原。《尔雅·释地》说："大野曰平，广平曰原。"名平、字原，字义相应和。楚国王姓芈。春秋初年，楚武王熊通的儿子熊赀后为文王，另一儿子名瑕，封于屈邑。瑕的子孙因之以屈为氏，后人又以氏为姓，屈氏屈姓是楚王族中的三大姓之一。屈原是屈瑕的后人。王逸《离骚序》说："屈原与楚同姓，仕于怀王，为三间大夫。三间之职，掌王族三姓，曰昭、屈、景。屈原序其谱属，率其贤良，以厉国士。入则与王图议政事，决定嫌疑；出则监察群下，应对诸侯。谋行职修，王甚珍之。”

楚怀王：楚威王的儿子，名熊槐。据《史记·楚世家》记载：“十一年，苏秦约从（徙）山东六国共攻秦。楚怀王为从长，至函谷关。”其在位共三十年（前328—前299年）。

左徒：楚国官名，在楚王左右参与内政外交，起草诏令，职务相当重要。又据《史记·楚世家》记载：“考烈王以左徒为令尹，封以吴，号春申君。”从黄歇由左徒晋升为令尹看，左徒是仅次于令尹的官职，相当楚国在春秋时代的莫敖。令尹乃楚相，莫敖相当于副相，左徒也可看作楚国晚期的副相。

按，据王逸《离骚序》所言三间之职责观之，三间大夫，相当于秦汉以降的宗正。宗正，由皇族中人员充任，为皇族内部事务机关的长官。姜亮夫《屈原赋校注》说：“古同姓则共居，昭、屈、景三姓盖为同姓之三支，而居不相远。三间大夫，盖即里乡大夫之掌宗姓者耶？则掌王族之言为不诬。”

余认为司马迁《史记》本传言，屈原任左徒居王左右，参与国家内政外交；王逸《离骚序》言，屈原为三间大夫，虽然也居王左右参与国家的内政外交。然而，身为三间大夫的屈原尚有重任，即掌管昭、屈、景三姓王族的内部事务，“序其谱属，率其贤良，以厉国士。”三间大夫不似左徒专以朝廷内政外交大事为务，也不似左徒可以晋升为令尹，据此推论屈原先为三间大夫，而后晋升为左徒。

博闻彊志：见闻广博，记忆力强。彊，同强；志，同诘记。明了治乱：明了古往今来治乱兴亡的道理。娴于辞令：对于交际应酬的言词，很熟练，很擅长。娴，熟习，擅长；辞令，指下句言“接遇宾客，应对诸侯”的言词。

按，“博闻彊志，明于治乱，娴于辞令。”此数语亦为屈原善于以形象思维和生动美妙的语言表现思想感情，创做出富于个性的抒情诗章做铺垫。

“入则……出则……”句的“入”“出”：指在朝廷内和对外。在朝廷与国王谋划、讨论国事。图，谋划；议，讨论、商议。出号令：代表国王发布政令。对外就接待各国的使节，或出使他国，应酬他国的君主。接遇，接待。应对，应酬。

任之：信任他，倚重他。

按，怀王信任屈原这样有才华而忠贞之贤臣，正说明前期的怀王乃有兴复楚国之志，非庸碌之君。

上官大夫：复姓上官，与靳尚为二人。

按，传后曾指出“用事者臣靳尚”。又刘向《新序·节士》有言：“货楚贵臣上官大夫、靳尚之属。”（此见本书所选《屈原小传》）可见上官大夫与靳尚确系二人。同列，同等官阶；心害其能，内心嫉妒屈原的才能。

造为宪令，草拟制定国家极重要的法令；属（zhǔ），连缀的意思，做文章连字为句，联句成篇，故古人将写文章叫“属文”；属草稿，即起草稿。宋庆元、黄善夫刻本“稿”下有“二”字，据杭州刻本、蜀本删。姜亮夫《屈原赋校注》认为，此“二”非数字二，乃稿字之重写，应属下句。

上官大夫见而欲夺之：日本泷川资言《史记会注考证》说：“陈子龙曰：上官欲预闻宪令，以与机事，非窃屈平之作以为己作也。”

按，此说可取。前文明确指出“怀王使屈原造为宪令”，而未命上官起草。上官即使夺取屈原所作而为己作，也毫无意义，反会遭楚王斥责其违命；文中明确指出，在屈原起草宪令未定稿之时，更是尚未得到楚王认可的保密阶段，上官欲预先刺密，企图在一些违背法度的事情上采取对策。屈原“不与”，即不给他（看），不给他泄漏。屈原不能泄密是理所当然的。

《惜往日》中曰：“惜往日之曾信兮，受命诏以昭时。奉先功以照下兮，明法度之嫌疑。”“秘密事之载心兮，虽过失而弗治。心纯庬而不泄兮，遭谗人而嫉之。君含怒而待臣兮，不清泛其然否。”余以为读此段诗文有利于理解“夺稿”之含义。

又按，夺，易也，与也，许也。《论语·子罕》：“三军可夺帅也，匹夫不可夺志也。”夺，即改变的意思，上官大夫见到屈原所拟的宪令草稿，想改变其内容，屈原不愿意。故而发生冲突，上官大夫嫉恨在心，遂谗害之。此解亦较顺妥。

因谗之：上官就在楚王耳边说屈原的坏话。因，遂，就。

“王使屈平为令”的令和“每一令出”的令，都是指平时“以出号令”的令，非指屈原正在起草的宪令。

伐其功：自谤其功。“曰：‘以为非我莫能为也’。”此句“曰”的主语是屈原，引号内是假托屈原的话。“以为”二字与自我称述语气不符，故后世学者或疑“曰”为衍文，或疑“以为”为衍文。此二疑皆可成立，二者必居其一。余同意后者。

疏屈平：疏远了屈平。

按，此“疏”与前文“甚任之”的“任”相照应，既表现了屈平政治生活遭遇的不幸，也表现了楚怀王虽怀兴复楚国之志，然而，他不善于明辨真伪、是非，左右摇摆，喜怒无常。这正是屈原生活的具体政治环境。疏，即不亲近、不信任，甚或罢免了屈原的左徒之职，或免去左徒仅任三间大夫。

又按，对于此“疏屈平”是否免去左徒要职的问题，学术界看法不一。余以为在《传》文的第二段（即叙赞《离骚》的一段文字）之后，第三段转回叙述屈原遭遇时说：“屈平既绌。”明确指出已经“绌”了。绌，同黜，是罢易的意思。应理解是指第一段“疏屈平”之“疏”的含意，即免去了左徒要职。

“屈平既绌”以后，《传》文交代秦惠王以齐楚联盟为患，故派张仪设诡计去秦相楚，事在怀王十六年。怀王十八年听信郑袖释去张仪时，《传》文述：“是时屈平既疏，不复在位”，更明确指出疏屈平即免其左徒要职，不再在其左徒之位了，亦即“既绌”之意。

陈子展《楚辞直解》说："此云王怒而疏屈平，疏之谓不亲之，非必谓其即去位也。洲不复在位则已在怀王十八年矣。"陈说可参考，然而，不一定为是。

由上所考"既绌"，肯定在怀王十六年（前313年）之前，即屈原40岁之前。怀王十八年所述"既疏，不复在位"，是强调当楚国外交斗争的关键时刻，屈原早就被罢免，不再在左徒之位，无法发挥其独有的作用。如果理解为"疏"不亲近在先，而怀王十八年方才被免去左徒之职，则无法解释怀王十六年之前"屈平既绌"的"绌"字含义。

《史记》的人物传记，多不记传主的生年月日。然而，学者们依据屈原作品提供的线索已推知之。关于屈原的生年月日，由于推算方法的不同，结论也不尽相同。详见拙作《〈离骚〉通解》（上卷）。当前学界通行郭沫若的主张，屈原生于周显王二十九年、楚宣王三十年（即前340年）正月初七（《屈原研究》）。胡念贻在《楚辞选注及考证》中，推算屈原生于周显王十六年、楚宣主十七年，即前353年正月二十二日。余以为胡念贻的推算更为可取。

按，据《史记·楚世家》记载，怀王十一年，苏秦（当作李兑）约从山东六国攻秦，楚怀王为从约盟长，甚至起兵至函谷关。此时正是楚国的盛世。可知怀王早期曾有奋发图强，更张国势的宏志；而使屈原为造宪令，也说明怀王本来亦有继承悼王重用吴起变法图强以法治国的愿望。根据怀王的思想状况分析，启用屈原为左徒，当在其为从约盟长之际或稍前。怀王十一年（前318年），屈原约35岁，那么，屈原始任左徒应在35岁之前。屈原任三间大夫更应在任左徒之前，可能是二十几岁。屈复《楚辞新注》认为，屈原为左徒在怀王十一年。那么屈原是参与了怀王为从约盟长的政治活动的。屈原被疏，免去左徒之职，最晚不过40岁，即怀王十六年（前313年）。

余认为屈原作《离骚》当在怀王二十四年至二十七、二十八年间（前305—前302，或前305年—前301年），当为屈原48岁或五十一二岁。

(说见后文)。

以上为屈原传的第一段，介绍屈原的身世、卓越的才华，政治上的作为、贡献和不幸蒙谗被疏的遭遇。

《离骚》曰：“帝高阳之苗裔兮，朕皇考曰伯庸。”“纷吾既有此内美兮，又重之以修能。”“乘骐骥以驰骋兮，来吾导夫先路。洲初既与余成言兮，后悔遁而有他。”“众女嫉余之蛾眉兮，谣琢谓余以善淫。”《抽思》曰：“昔君与我成言兮，曰黄昏以为期。羌中道而回畔兮，反既有此他志。”《惜往日》曰：“惜往日之曾信兮，受命诏以昭时。奉先功以照下兮，明法度之嫌疑。国富强而法立兮，属贞臣而日埃。秘密事之载心兮，虽过失而弗治。心纯庞而不泄兮，遭谗人而嫉之。君含怒而待臣兮，不清激其然否。”等等。屈原在这些诗句中所反映的思想内容，无不印证了本段所记的史实。

屈平疾王听之不聪也，谗谄之蔽明也，邪曲之害公也，方正之不容也，故忧愁幽思而作《离骚》。《离骚》者，犹离忧也。夫天者，人之始也；父母者，人之本也。人穷则反本，故劳苦倦极，未尝不呼天也；疾痛惨怛，未尝不呼父母也。屈平正道直行，竭忠尽智以事其君，谗人间之，可谓穷矣！信而见疑，忠而被谤，能无怨乎？屈平之作《离骚》，盖自怨生也。

《国风》好色而不淫，《小雅》怨诽而不乱，若《离骚》者，可谓兼之矣！上称帝喾，下道齐桓，中述汤武，以刺世事。明道德之广崇，治乱之条贯，靡不毕见。其文约，其辞微；其志洁，其行廉。其称文小而其指极大，举类迩而见义远。其志洁，故其称物芳；其行廉，故死而不容。自疏濯淖污泥之中，蝉蜕于浊秽，以浮游尘埃之外，不获世之滋垢，皭然泥而不滓者也。推此志也，虽与日月争光可也。

[**通解**]

疾：借做嫉，痛恨。聪：《说文》为“察也。”《广韶》为“明也。”

王听之不聪：是说楚王听信人言，不能明察其是非善恶。谗谄之蔽明：是指谗言和阿谈谄媚的言辞蒙蔽了楚王的理智。邪曲之害公：是指不正派的小人，以私利而伤害公家的利益。邪，不正；曲，不方。方正之不容：是说正派的君子不能容身于朝廷。幽思：深思、沉思。

《离骚》者，犹离忧也：司马迁对《离骚》的解释与刘安、王逸的解法一致，是说离别的忧愁。（见拙作《〈离骚〉通解·小序》）

按，由“屈平疾王听之不聪”，至“《离骚》者，犹离忧也”，为此段第一层意思。指出了屈原作《离骚》是有其复杂的社会原因和具体的政治背景的。司马迁用一动词“疾”字，带四个排比句为宾语，不仅增强了语言的气势，更重要的是简洁概括了丰富的社会、政治背景；这一“疾”字指明，屈原是因为痛心、怨恨楚国在列国兼并或兴或亡的历史关头，所存在的王听不聪、谗谄蔽明、邪曲害公、方正不容的黑暗邪恶现实，故而忧愁深思创做出表现个人主体思想感情的《离骚》。

《离骚》是发抒自己由于欲离别楚王、朝廷，即离别祖邦而产生的“去”与“留”之矛盾心境和为国而忧愁之思想情绪的作品。

“夫天者，人之始也。”到“未尝不呼父母也。”司马迁有与屈原相似的遭遇，他按捺不住自己对屈原的同情，正面出来表示看法，进行议论。

天者，人之始：古人认为有了天才有一切，天是造物主，是人类的原始。父母者，人之本：人是父母所生，所以说父母是人的根本。人穷：人遇到困窘。反：同返。反本：反顾根本，追念根本，追念天和父母给自己的恩惠和呵护，呼天、呼父母实则希望能得到护佑帮助。

劳苦倦极：肉体之过劳称劳苦；精神之过劳称倦极。疾痛惨怛（dá）：肉体之伤痛称疾痛，心灵之伤痛称惨怛。

“屈平正道直行”，至“盖自怨生也。”司马迁紧接上面议论，以人之常情来分析屈原。

正道直行：道理正大，行为正直。竭忠尽智：竭、尽，同意，即尽忠、尽智，奉献一切。事其君：侍奉楚王，为王驱使。谗人：说人坏话的小人。间（jiàn）：离间，挑拨离间。可谓穷矣：这正可说是遇到困窘了。此“穷”与前面“人穷则反本”之“穷”相照应。由此可见司马迁文思之缜密。

信而见疑：真的被怀疑为假，是为非。忠而被谤：忠心的被诽谤为奸诈。见、被，同意。信，诚也，实也。

屈平之作《离骚》，盖自怨生也：屈原创作《离骚》，究其原因是由怨愤而产生的。《离骚》不是有闲文人的无病呻吟之作。

按，屈原《惜诵》曰：“惜诵以致愍兮，发愤以抒情。”与司马迁的分析相吻合。

又按，自“夫天者”始至“盖自怨生也。”乃司马迁进一步由屈原的遭遇所引起的内心冲突，分析《离骚》产生的原因。此为本段第二层意思。以下称赞《离骚》的成就，以及取得成就为原因，为第三层意思。

“《国风》好色而不淫”三句：《诗经·国风》中的诗歌，大量描写男女爱情，却并不至于荒嬉无度；《诗经·小雅》中的诗歌，反映了抱怨批评朝政的情绪，却也不至于公然叛乱。像《离骚》这一作品，可说兼有《国风》和《小雅》的优点了。

按，此对《离骚》的评价实为儒家诗教的观点。然而，《离骚》怨灵修、斥群小，上下求索，三次求女，确实又可见到与《诗经》作品的渊源关系。此就研究中国文学史的诗歌创作发展看，对后人有所启发。

上称帝喾，下道齐桓，中述汤武：上、中、下，指历史时期，如言远古、中古和近古。称、道、述，皆称赞叙述之意。《离骚》曰：“凤凰既受治兮，恐高辛之先我。”高辛是帝喾的号，相传是黄帝的曾孙。我国传说中的三皇五帝之一帝。《离骚》曰：“宁戚之讴歌兮，齐桓闻以该辅。”齐桓是春秋五霸齐桓公。《离骚》曰：“汤禹俨而祗敬兮，周论道而莫差。”汤，指商汤；武，指诗中所言之周，即周文王、周武王。《离骚》称赞叙述历史上圣君、贤王治国的功业。

以刺世事：以，即以之。用古代帝王、禹汤、文王、武王治理天下的历史业绩来讽刺当世的社会现实。按，此指出《离骚》，其言古而为刺今。

明道德之广崇：此“明”是动词，阐明。道德，秦汉以来有广狭二义，与先秦老、庄所谓的道德含义不同。广义的道德，指朝廷在政治上的方针和举措；狭义的指个人的才艺和品行。此处道德兼有二者。《离骚》通过反复抒发情怀，阐明了以法治国、举贤任能、励精图治的政治主张和修洁德操、提高才艺，重视个人修养的观点。广崇：广大崇高，即今日所言伟大、崇高。道德之广崇乃言道德之重要意义。

治乱之条贯：承前句，是“明”的宾语。即阐明了兴盛衰亡相互转变的规律和关键。条，条理，引申为规律；贯，串也，连也，通“关”。通、闭门户之机关，即今日所言关键。

靡不毕见（xiàn）：承前句“道德之广崇，治乱之条贯”，无不都表现出来。见，同现。强调阐述得详尽成功。

按，明道德之广崇数句，照应了第一段言屈原“博闻疆志，明于治乱。”

其文约：他《离骚》的语言简洁。其辞微：他《离骚》的词语隐晦含蓄。其志洁：他的志趣高洁。其行廉：他的行为很方正。廉，方正，有棱角。

其称文小而其指极大：此说他《离骚》中常使用一些描写细碎事物的词语，而它的含义却非常重大。称，举用，使用。文小，文本无大小可分，这里是说描写、叙述似乎无关宏旨的细小烦琐事物的文字，如多有叙写花、鸟、草、木之类的文字。

指，同旨，用意，想法。其指极大，它所寄托的思想都关系国家和社会的大事，故言非常重大。

举类迩而见义远：此说他《离骚》中列举的切近身边习见的一些事情，而它所表现出的思想意义却很深远。此“见”，仍同现。

“其志洁……故死而不容”二句：意思说由于他的志趣高洁，所以他在《离骚》中多称用香花香草以比喻美好事物；由于他的行为方正而不苟且，所以他至死不为世俗小人所容。

自疏：自己疏远，脱离。濯淖（náo）：同污泥。濯淖污泥四字连用，乃同义反复，强调言其肮脏。自疏濯淖污泥之中，说屈原自己远离于肮脏的世俗之外。

按，“自疏”，多断为上句，即说“死而不容自疏”，宁死而不容自己远离楚国。王念孙在他的《读书杂志》中认为此处断句应为：“其行廉，故死而不容。自疏濯淖污泥之中……”杨树达的《古书句读释例》亦主此说。“自疏”被断在上句者，强调屈原不愿离开祖国，然“濯淖污泥”四字皆名词，难以为解。故或解濯为洗濯之濯，或解濯淖为“濯踔”之假借。这样解法均似不妥，故余从王说，“自疏”二字断在下句。

蝉蜕于浊秽：像蝉脱皮一样超脱浊秽世俗，一尘不染。浮游尘埃：即超脱浊秽的意思。不获世之滋垢：不为世俗所砧辱，不为世俗所污染。王念孙解“获者，辱也，言不为滋垢所辱也”。（《读书杂志》）

皭（jiao）然：洁白发亮的样子。皭，同皎。泥（ni）：此处作动词，污染。滓：黑色，泥之黑色称滓。不滓：不被黑泥所污染。

推此志：推论这伟大崇高的志趣。虽与日月争光可也：即使与日月争比光辉也不过分。虽，纵然，即使。

以上为第二段，分析屈原代表作《离骚》的产生、内容、艺术特点，评价其伟大成就。《史记·太史公自序》曰：“作辞以讽谏，连类以争义，《离骚》有之：作《屈原贾生列传》。”可见司马迁是由于《离骚》取得作辞讽谏、连类争义的光辉成就，故而为屈原立传。司马迁为了突出《离骚》在屈原一生中的地位和价值而写在了前面，并不说明“王怒而疏屈平”之后，屈平立即写《离骚》。

宋洪兴祖《楚辞补注》引录班固《离骚序》云：“昔在孝武，博览古文，淮南王安叙《离骚传》，以《国风》好色而不淫，《小雅》怨诽而不乱，若《离骚》者可谓兼之。蝉蜕浊秽之中，浮游尘埃之外，皭然泥而不滓，推此志，虽与日月争光可也。”而刘勰的《文心雕龙·辨骚》亦云：“昔汉武爱骚而淮南作传，以为《国风》好色而不淫，《小雅》怨诽而不乱……虽与日月争光可也。”其中“泥”写为“迫”，“滓”写为“细”，无“推此志”三字。班固和刘勰均自称引用淮南王刘安《离骚传》语。

按，洪兴祖《楚辞补注》曰：“岂太史公取淮南语以作《传》呼？”余答曰：然也。乃司马迁引录淮南王《离骚传》语，而班固与刘勰所述是节录的。应说刘安是我国历史上较系统深入研究《离骚》的第一人，是将作家的人格与作品的风格联系在一起进行研究的第一人。司马迁又是历史上第一位为文学家、诗人作传者。陈子展《楚辞直解》说：“《离骚》做出之酝酿与动机虽或权舆于此，但非必作于厥初见疏生怨之时。抵以此文反映作者一生及其时代之大事，而为一大杰作，太史公特先揭出之，固亦立《传》之微旨所在也。”此说当是。

屈平既绌，其后秦欲伐齐，齐与楚从亲。惠王患之，乃令张仪详去秦，厚币委质事楚，曰：“秦甚憎齐，齐与楚从亲；楚诚能绝齐，秦愿献商、於之地六百里。”楚怀王贪而信张仪，遂绝齐，使使如秦受地。张仪诈之曰：“仪与王约六里，不闻六百里。”楚使怒去，归告怀王。怀王怒，大兴师伐秦。秦发兵击之，大破楚师于丹、淅，斩首八万，虏楚将屈匄，遂取楚之汉中地。怀王乃悉发国中兵以深入击秦，战于蓝田。魏闻之，，袭楚至邓。楚兵惧，自秦归。而齐竟怒不救楚，楚大困。

明年，秦割汉中地与楚以和。楚王曰：“不愿得地，愿得张仪而甘心焉。”张仪闻，乃曰：“以一仪而当汉中地，臣请往如楚。”如楚，又因厚币用事者臣靳尚，而设诡辩于怀王之宠姬郑袖。怀王竟听郑袖，复释去张仪。是时，屈平既疏，不复在位，使于齐；顾反，谏怀王曰：“何不杀张仪?”怀王悔，追张仪，不及。

其后，诸侯共击楚，大破之，杀其将唐眛。

时，秦昭王与楚婚，欲与怀王会，怀王欲行，屈平曰：“秦，虎狼之国，不可信。不如毋行!”怀王稚子子兰劝王行：“奈何绝秦欢?”怀王卒行。入武关，秦伏兵绝其后，因留怀王，以求割地。怀王怒，不听。亡走赵，赵不内。复之秦，竟死于秦而归葬。

[通解]

屈平既绌：承前文“王怒而疏屈平。”

齐与楚从亲：齐与楚两国合纵而相亲。从，读作纵。

“惠王患之……厚币委质事楚”，明言秦使张仪去秦事楚之阴谋。

惠王，秦惠王，名驷，公元前337至前311年在位；患之，因齐楚合纵相亲而忧愁。

张仪，魏人，战国后期著名纵横家，力主“连横”之说，深受秦惠王的宠信；（《史记》有《张仪列传》）详去秦：假装背叛秦而离去。详，读做佯，即阳，表面上，假装。

按，《史记·楚世家》记载：“秦惠王患之，乃宣言张仪免相，使张仪南见楚王。”实际是秦国的阴谋。

厚币，丰厚的礼物；委，交付，献上；质，信物。

按，洪亮吉《春秋左传话》僖公二十乓年“策名委质”句下引服虔注曰：“古者必先书其名于策，委死亡质于君，然后为臣，示必死节也。”一说，质，同货，见面礼。前说更得。

厚币委质：古时向君主献厚礼，作为表示献身效忠的信物。事楚：为楚国做事，即背秦而做楚臣。

“曰：‘秦甚憎齐……’”此为张仪诡诈的设词。诚能绝齐：真的能与齐国绝交。商、於（wu）：秦地名。约当今陕西商县至河南内乡一带地区。

“楚怀王贪而信张仪……大兴师伐秦”，言楚怀王中张仪之计的经过。怀王本来贪心，竟相信张仪所言。

按，据《史记·楚世家》记载，怀王听信张仪，“宣言吾复得吾商、於之地。群臣皆贺，而轸独吊。”怀王不听轸的谏阻，竟封张仪为楚相，与齐绝交。

使如秦受地：派使臣前往秦国接受秦所许诺割让的商、於六百里土地。前“使”，动词；后“使”，名词。如者，往也。诈之曰，诡诈地说。如今日言要流氓地说，要赖皮地说。

“秦发兵击之……楚大困”，叙述丹淅之战、蓝田之战等楚军屡遭挫败。

丹、淅：《资治通鉴》作丹阳。丹水源于陕西商县西北，东流入河南；淅水源于河南卢氏县，南流，在淅川县南合于丹水。秦楚战于丹水之北，淅水之南。屈匄（gai）：楚将姓屈，名匄。

汉中地：汉中地原属楚，丹淅之战，楚大败为秦所攻占。秦所设的汉中郡，当约今陕西汉中、安康一带和湖北西北部地区。

悉发国中兵：调动全国的兵力。悉，全，尽；悉发，全部动员。蓝田：秦县名，地当今陕西蓝田西。

魏闻之，袭楚至邓：据梁玉绳《史记志疑》考证，魏应作韩。此似不可从。

按，《史记·楚世家》记为“韩、魏闻楚之困，乃南袭楚，至于邓。”，“魏”前应加“韩”，非韩错为魏。《楚世家》是以记载楚国的历史为任务的，《屈原列传》是以记载屈原的历史为主要任务的。司马迁根据不同篇章的写作要求，楚国的战争史应当准确详细地写入《楚世家》，而《屈原列传》简略叙及，故余认为韩非错成了魏。

邓，地当今河南邓县。齐竟怒，不救楚：齐国终究因楚绝齐而恼怒，不去援助楚。

按，《史记·楚世家》记载此段史实较详尽。张仪离秦巧施诡计，事在楚怀王十六年（前313年）。此时屈原约40岁，已被免去左徒之职。丹淅之战，在楚怀王十七年春（前312年）。蓝田之战，约在楚怀王十七年后半年。

“明年，秦割汉中地与楚以和……追张仪，不及”，再叙怀王在外交斗争中的庸碌失策，和楚朝臣贪婪误国。

明年：据《史记·楚世家》载，当为楚怀王十八年（前311年）屈原42岁时。秦割汉中地与楚以和：《史记·楚世家》记，秦使使约复与楚亲，“分汉中之半以和楚。”总之，秦表示愿意割出一部分汉中土地给楚国作为代价，与楚和好。

以一仪而当汉中地：用我一个张仪而抵（换取）汉中一片土地。当，抵，顶，价值相当。如楚：至楚。

因厚币用事者臣靳尚：用厚赂买通当权的楚臣靳尚。厚币，用如动词厚赂。《战国策·楚策》记，靳尚与张仪有私交，以后与张仪一同离楚，被魏臣张旄所杀。

设诡辩于怀王之宠姬郑袖：《史记·张仪列传》记曰：“楚怀王，至（按，承《传》前文，指张仪使楚而至）则囚张仪，将杀之。靳尚谓郑袖曰：‘子亦知子之贱于王乎？’郑袖曰：‘何也？’靳尚曰：‘秦王甚爱张仪而必欲出之。今将以上庸之地六县赂楚，以美人聘楚，以宫中善歌讴者为媵。楚王重地尊秦，秦女必贵，而夫人斥矣卫不若为言而出之。’于是郑袖日夜言怀王，曰：‘人臣各为其主用。今地未入秦，秦使张仪来，至重王。王未有礼，而杀张仪，秦必大怒攻楚。妾请子母俱迁江南，毋为秦鱼肉也。’怀王后悔，赦张仪。”《史记·楚世家》怀王十八年和《战国策·楚策》所记略同。仪放出后，乃“因说楚王以叛从约，而与秦合亲，约婚姻。”

按，《离骚》“惟夫党人之偷乐”，“凭不厌乎求索”，“背绳墨以追曲”，“闺中既已邃远兮，哲王又不寤”，等等诗句，皆与以上史实相合，说明《离骚》当作于怀王十八年之后。

“是时，屈平既疏”至“追张仪，不及”数句所记，与《楚世家》所记相同。皆记张仪被放走后，屈原出使齐国归来谏楚王。怀王悔，追张仪不及。

按，《张仪列传》亦记此事，然稍有出入，乃当怀王将释走张仪之前屈原谏曰：“前大王见欺于张仪。张仪至，臣以为大王烹之，今纵弗忍杀之，又听其邪说，不可。”怀王拒谏，“卒许张仪与秦亲”。

由上可见《史记》一书，在三篇史传中，皆记叙了屈原谏楚王释放张仪为非的历史事实。如若以近代以来屈原“否定论”者廖季平等人，以及近年日本学者三泽玲尔诸人，抓住一点不及其余的研究方法，根据某些个别枝节出入而论定屈原其人其事之不存在，则《楚世家》《张仪列传》所

记史实均不可信。此显然是荒谬的。（参见郭沫若《屈原研究》）

又按，既“疏”了，既“不在位”了，又“使于齐”，又能谏重大国事，何也？林云铭《楚辞灯》说：“愚按使齐，必以见欺于秦为谢，再修前好。独使屈子者，以绝齐时群臣皆贺得地，惟轸独吊，而轮又往仕秦，则无可使，故不以见细而不用，则前此之谏绝齐盖可知矣。屈子未反，举朝又无一人谏王释张仪之非，则其党于靳尚亦可知，所以谓之党人。”此说当近是。

据刘向《新序·节士》篇（即《屈原小传》）所记载，屈原曾两次使齐。

第一次使齐约在楚怀王合纵六国之时，“屈原为楚东使于齐，以结强党。”此次屈原出使齐国应在楚怀王十六年之前。李长之《中国文学史略稿》（第一卷）认为，“屈原在楚怀王十二年（前317年）使齐，为的是巩固齐楚邦交，这是怀王为纵约长的第二年。”屈复《楚辞新注》力主怀王十一年屈原任左徒。使齐时屈原应为36岁。正在左徒任上。此说近是。

第二次使齐，当在怀王十八年，因楚被秦欺以六里之后，楚伐秦数败，“是时，怀王悔不用屈原之策，以致于此，于是复用屈原，屈原使齐。”

据林云铭和刘向的分析、记载，可知怀王十八年被欺绝齐之后屡遭惨败，回头欲与齐重修前好，自然乃悔不用屈原联齐抗秦之策；而当时朝内又无人可使，故不因屈原被免去左徒之职而不用。何况屈原早年就出使过齐国而卓有勋绩。即允许屈原再次参与联齐抗秦之政事，则屈原使齐顾反，谏“何不杀张仪？”实由自然，合情顺理。

“其后，诸侯共击楚，大破之，杀其将唐昧。”据《史记·楚世家》记载，其后乃屈原谏杀张仪之后十年，即怀王二十八年（前301年），屈原52岁。“秦乃与齐、魏、韩共攻楚，杀楚将唐昧，取我重丘而去。”

按，唐昧：楚将。《荀子》《吕氏春秋》及《汉书古今人表》皆作唐蔑。梁玉绳《史记志疑》、张文虎《校刊史记札记》皆考证“唐昧”应作“唐眛”。余考昧，《广韵》莫佩切，去队明，即音（mèi）。眛，《集韵》莫结切，入屑明，即音（mìe）。蔑，《广韵》莫结切，入屑明，即音

(miè)。可见眛（miè），是“蔑”的同音假借字。故黄本“昧”当为“眛”字之误。

“时，秦昭王与楚婚”至“怀王卒行”数句，记叙怀王欲赴会武关时，屈原再谏阻行。

时：当时，那时。指《史记·楚世家》所记楚怀王三十年（前299年），秦昭王八年，是时屈原54岁。

秦昭王：即秦昭襄王，名则，秦武王异母弟，在位五十六年（前306—前251年）。秦惠王卒于楚怀王十八年（前311年），其子名荡立，为武王。武王在位四年（前310—前307年），即怀王十九至二十二年。

与楚婚：秦与楚早已结为儿女亲家。怀王二十四年，秦昭王二年昭王女嫁怀王子。

欲与怀王会：怀王三十年，秦昭王伐楚，取八城，同时投书邀请怀王会盟于秦的南关——武关。

怀王欲行：在秦的高压与巧言相诈之下准备成行。屈平曰：“秦虎狼之国，不可信，不如无行！”

按，《史记·楚世家》记载阻王行乃昭雎所谏，与此处语句相异而意相同。司马贞《索隐》认为二人同谏，郭沫若《屈原研究》指出“这是司马迁惯用的详略互见的笔法。”此说为是。

绝秦欢：断绝与秦的友好关系。欢，友好。

“入武关”至“竟死于秦而归葬”数句，交代怀王不听忠谏的后果，证明屈原谏阻之忠贞和正确。

武关：秦的南关，地当今陕西商县东南。

秦伏兵绝其后，因留怀王以求割地：《史记·楚世家》怀王三十年，记载“昭王诈令一将军伏兵武关，号为秦王。楚王至，则闭武关。遂与西至咸阳。”“秦因留楚王，要以割巫、黔中之郡。楚王欲盟，秦王欲先得地。楚王怒曰：‘秦诈我，而又强要我以地！’不复许秦，秦因留之。”

绝其后：即断其后路。因留怀王：即就势拘留怀王于咸阳。

亡走赵，赵不内。复之秦，竟死于秦而归葬：据《史记·楚世家》顷襄王二年（前297年）记载，楚怀王逃归，但被秦发觉，堵截追捕。怀王又从小路逃亡到赵，准备由赵归楚，初登位之赵惠王不敢接纳。怀王又欲逃到魏国，半途被秦使追上，再次被押解到咸阳，怀王遂发病。顷襄王三年（前296年），“怀王卒于秦，秦归其丧于楚。”亡走：逃亡。内：同纳。

以上为第三段，记叙怀王疏细屈原，而信奸党，屡为强秦所欺骗、所挫败，致使强盛的楚国损兵折将，国土沦丧，而自身客死于秦。以事实证明屈原政治与外交主张是念君利国的。

长子顷襄王立，以其弟子兰为令尹。楚人既咎子兰，以劝怀王入秦而不反也。屈平既嫉之。虽放流，睠顾楚国，系心怀王，不忘欲反，冀幸君之一悟，俗之一改也。其存君兴国，而欲反覆之，一篇之中，三致志焉。然终无可奈何，故不可以反。卒以此见怀王之终不悟也。

人君无愚智、贤不肖，莫不欲求忠以自为，举贤以自佐；然亡国破家相随属，而圣君治国，累世而不见者，其所谓忠者不忠，而所谓贤者不贤也！怀王以不知忠臣之分，故内惑于郑袖，外欺于张仪，疏屈平而信上官大夫、令尹子兰。兵挫地削，亡其六郡，身客死于秦，为天下笑。此不知人之祸也。《易》曰：“井渫不食，为我心恻，可以汲。王明，并受其福。”王之不明，岂足福哉！

令尹子兰闻之，大怒，卒使上官大夫短屈原于顷襄王。顷襄王怒而迁之。

[通解]

长子顷襄王立，以其弟子兰为令尹：据《史记·楚世家》记载，楚怀王被拘留于秦的第二年（前298年），齐滑王归为人质的楚太子熊横，立为顷襄王。“秦要怀王不可得地，楚立王以应秦。秦昭王怒，发兵出武关攻楚。大败楚军，斩首五万，取析十五城而去。”

顷襄王：怀王的儿子，熊横，在位三十六年（前298—前263年）。顷襄王任用他的小弟子兰为令尹。令尹，楚官名，相当于宰相。

楚人既咎子兰，以劝怀王入秦而不反也：楚人甚怨恨子兰，因为子兰劝怀王入秦而终于不得归。姜亮夫《屈原赋校注》说："既，尽也。既咎子兰为句，言楚人皆以子兰为咎。以劝句，则疏释所以咎子兰之故。"可参考。咎：怨恨、责怪、怪罪。

按，既，为"太"字之义。《荀子·子道》："今汝衣服既盛，颜色充盈。"既，训"太"与"甚"同义。（见《古书虚字集释》）

屈平既嫉之：屈平甚为嫉恨子兰的误国。此"屈平既嫉之"句承上句"以劝怀王入秦而不反也"，以"之"指代上句。

"虽放流……卒以此见怀王之终不悟也"，此节既言屈原流放中眷顾楚国，系心怀王的情思，更言怀王之昏庸不悟。

虽放流：虽然被流放在外。

按，《礼记·大学》："唯仁人，放流之，迸（bǐng）诸四夷，不与同中国。"郑玄注曰："放去恶人婚嫉之类者，独仁人能之。如舜放四罪而天下咸服。"孔颖达疏曰："言唯仁人之君能放流此蔽善之人，使迸远在四夷，不与同在中国。若舜流四凶，而天下咸服是也。"据此可见在《史记》之前"放流"二字即被用为放去、放逐之意。朱熹《四书集注》进而解放流的"迸"字曰："迸，犹逐也。"余以为据《传》文"虽放流，睠顾楚国，系心怀王"，可知屈原在怀王朝被放逐。

又按，对于屈原的被放逐问题，历来研究者认识不一，然大略可归为两种见解：或认为屈原曾遭一疏、一放，或认为两次遭放逐。虽看法不一，但对顷襄王时屈原被放逐于江南，均无疑义；关键分歧是怀王朝屈原是遭疏，还是曾被放逐。

"被疏"说，如班固《离骚赞序》、王逸《离骚经序》等，均认为"王怒而疏屈原""王乃疏屈原"。屈原遭疏，"以忠心见疑，犹愁幽思，而作《离骚》"，"执履忠贞，而被谗邪，忧心烦乱，不知所诉，乃作《离骚》"。王夫之《楚辞通释》曰："原虽被谗见疏，而犹未窜斥，原引身自退于汉北。"姜亮夫等皆认为屈原在怀王朝仅只是"被疏远之，非放逐之也"（《屈原赋校注》）。郭沫若《屈原研究》说："'放流，就是'放浪'，并不是‘放逐’。”

“放逐”说，如司马迁《报任少卿书》指出：“屈原放逐，乃赋《离骚》。”又在《太史公自序》中指出：“屈原放逐，乃著《离骚》。《屈原列传》中明确指出，屈原“虽放流”而“蜷顾楚国，系心怀王”，“一篇之中三致志焉”。显然言明“放流”，即“放逐”的不同表述。西汉末的刘向《新序·节士》中又明确记载，楚怀王时，在内外政治斗争中，“屈原遂放于外，乃作《离骚》。”宋洪兴祖《楚辞补注》甚至认为屈原于怀王十六年被流放，至十八年被召用。业师陆侃如、冯玩君《中国诗史》亦主此说，认为屈原被放，“事在怀王十六年……因为《抽思》说：‘有鸟自南兮，来集汉北。……惟郢路之辽远兮，魂一夕而九逝。’这便是自叙流放。”他们认为，顷襄王怒而迁之是第二次放逐。

蒋骥《山带阁注楚辞》不仅认为屈原在怀王朝遭“斥疏”流放于汉北，而且绘出怀王时斥居汉北的地图。林云铭《楚辞灯》认为屈原在楚“复倍齐合秦”的怀王二十四年被放逐于汉北，至怀王三十年返回朝廷。游国恩、陈子展亦皆主此说。

陈子展《楚辞直解》说：“愚以为屈原流放于怀王二十年前后，果于二十七年被放，至三十年复见，可与《卜居》三年之文有合，亦与《传》叙原谏王入武关之事有合，再迟则两皆不合矣。”游国恩《论屈原之放死及楚辞地理》中说：“按屈子初放之时，当在怀王二十四年。”“追怀王二十四年，复背齐而合秦。时秦昭王初立，厚赂于楚，楚往迎妇。斯必又因党人得志，连横之势复张之故。而屈子君臣之间早有瑕衅；上官之徒，久怀怨愤，则其因绝齐而又谏，因屡谏而愈樱众怒，进而逐之朝外，以杜其阻挠，其必在斯时矣。”（《楚辞论文集》）此说当是。

余以为屈原在怀王二十四年之前“疏”“细”是免去了左徒之职，或复为三间大夫，或不为三间大夫。然而，由于他是楚齐最早的友好使者，即蒋软《山带阁注楚辞》“楚世家节略”一段按语说的“原始为楚东结齐援，诚良策也。十八年使齐之行，殆以原素睦于齐，欲令谢过以复旧好”。

他在外交上一直是坚持联齐抗秦的代表人物，所以每当齐秦楚三国关系转化之际，楚齐急需联盟之时，屈原虽非左徒而仍被召使齐；每当合秦背齐之时，屈原则受到排挤、打击，以至于被“疏”“绌”。

怀王二十四年（前 305 年，屈原 48 岁）。楚怀王“倍齐而合秦”，受秦昭王厚赂，与秦结成儿女亲家。这自然是亲秦“连横”派党人得势，而主张联齐抗秦的屈原则据理屡谏，贪愚、骄矜、无主见的怀王盛怒之下放逐屈原，以绝言路。林云铭《楚辞灯·怀襄事迹考》在怀王二十四年条下曰：“狗利弃信，所以速祸。况秦为虎狼之国，非可以婚姻结乎？屈子以彭咸死谏为法，必越谏而被远迁，绝其言路。《离骚》里的“荃不察余之中情兮，反信谗而斋怒。余固知謇謇之为患兮，忍而不能舍也。”“伤灵修之数化”，“愿依彭咸之遗则”等等诗句所言，与此吻合。

怀王二十五年，秦楚又盟于黄棘，秦复归还楚上庸之地。楚与秦联盟更为紧密，亲秦势力更为嚣张，此时屈原已在汉北谪逐之中，怀王二十六年，齐、韩、魏恼怒楚背叛合纵而伐楚。楚不得已而使太子入质于秦而请救。怀王二十七年，楚太子私斗杀秦大夫而逃归楚，秦楚关系又开始紧张。怀王二十八年，秦乃与齐、魏、韩共攻楚，杀楚将唐昧，取楚重丘之地。林云铭《楚辞灯·怀襄事迹考》曰：“怀王此时当思屈原之言而召回，但未复其位。”《传》虽失载，林说近是。

怀王二十九年，秦复攻楚，楚军死者二万，楚将景缺被杀。怀王仍使太子质于齐，（或派屈原随太子使齐）以谢过复好，以求与秦抗衡。此时屈原当已在朝中。怀王三十年屈原再次谏阻怀王赴武关与秦结盟。

综上可见，屈原第一次被流放的时间为怀王二十四至二十七、二十八年，即前 305—前 302 年，或前 305—前 301 年，屈原 48~51 岁，或者 52 岁。屈原在这四五年中流放地点在汉北，或又自窜于沅湘一带。《抽思》《思美人》《离骚》《天问》等忧愤深广、情绪激昂，言忠谏、叙遭逐，求索斗争，依思彭咸，针砭时弊。当为此时期之作品。

蜷顾楚国，系心怀王：眷恋顾念楚国，心中惦记怀王。蜷，同眷。

不忘欲反：不忘怀国事，希望回到朝中尽心出力。冀幸：希望、盼望。君之一悟：君王能够一下子醒悟。俗之一改：世俗一下子改好。

存君：挂念君王。存，通忖，思念。兴国：振兴楚国。欲反覆之：打算把楚怀王和楚国从危亡衰败的形势和处境中挽救过来。之，代词，指代君王和国家所处的局势。反覆之，将危亡衰败的局势，扭转过来，成为清明强盛的局面。

一篇之中：指《离骚》篇中。三致志：再三地表达出这种心情和意志。志，心志。

然终无可奈何，故不可以反：然而终究对改变现实无能为力，所以不能返回朝中恢复左徒的重职。

卒以此见怀王之终不悟：终于从这件事上看出怀王终究没有觉悟过来（而自食其果）。

“人君无愚智……岂足福哉”，这一小段，是《传》作者直接出面议论抒情。司马迁与屈原有相似际遇，按捺不住感情的波动，抒发了在困窘境遇下，有志难伸的痛苦和对屈原的同情，鞭挞“不知人”的统治者。

无愚智、贤不肖：无论愚蠢或聪明、贤明或不贤明。肖（xìao），善良。求忠以自为：找得到忠心的人来为自己办事。举贤以自佐：拔举贤能的人来辅佐自己。

相随属（zhǔ）：相随连，连绵不断。属，连也。圣君治国：圣明的君主，政治清明天下太平的国家。圣君与治国对称。累世而不见（xiào）：连续多代而未从出现。见，同现。“……者，其所谓……也”：言其缘由。这是因为君王所谓的忠臣其实并不忠贞，所谓的贤能其实并无贤能的缘故。

以不知忠臣之分（fèn）：因为不懂得怎样的人才是忠臣。分，本分，职分。内惑于郑袖：在朝内被郑袖所迷惑。外欺于张仪：在外被张仪所欺骗。令尹子兰：子兰于顷襄王时任为令尹，司马迁写《传》时，以其后职而称之也。

兵挫：军败。挫，败。地削：领土被削减。削者割也。亡其六郡：丢掉汉中一带六郡。身客死于秦：自己流落外乡，死在秦国。流落在外为客。

不知人之祸：认不清人的灾祸。不知人，即不能知人善任。

《易》曰："井渫不食"数句，是《易经·井卦》九三爻辞。渫（xiè）：清洁，引申为淘净。恻：悲伤。汲：汲用。比喻有贤能之人可以任用。

王明，并受其福：君王圣明，善于任用贤才，使政治清明，不仅君王，大家都会享受其带来的幸福。并，大家。

王之不明，岂足福哉：君王不圣明，难道还谈得上获得幸福吗？此乃司马迁饱含愤懑之情的针砭之语。

按，"虽放流"至"岂足福哉"，这一段文字，应直承于楚怀王"竟死于秦而归葬"句之后。

姜亮夫《屈原赋校注》以为"此远承上文作《离骚》而言。"又认为"'卒以此见怀王之终不悟也'，当直承令尹子兰闻之大怒一段，则脉络清矣。"陈子展《楚辞直解》则认为"自虽放流以下，暗用追溯法。"余以为以上二解，均似未妥。

盖据此节上下文意辨析，确实写到屈原放逐中"存君兴国"，"一篇之中三致志"，是言其诗作、人品，然而，司马迁以此反衬昏庸怀王之至死不悟，更进而推广论之，鞭挞那些"不知人"之君主。

又按，姜亮夫认为"自'终无可奈何'以下，至'岂足福哉'又是偏激之笔，不合文律。"此说亦有待讨论。司马迁作为严肃的历史学家，汉代以来即有定评，被誉为具有"良史之才"的"实录"家，被尊为"史圣"，尊为我国传记文学的"开山祖师"，这首先肯定的是他在传记文学写作上的开创之功。

赵翼《廿二史札记》曰："古书凡记事立论及解经者，皆谓之传，非专记一人事迹也。其专记一人为一传者，则自迁始。"赵翼的这一论断是正确的。虽有人指出《穆天子传》是战国史官专为一人所作的传。但是，杜预《春秋集解后序》孔颖达《正义》引《晋书·束哲传》称："《周王游行·记》五卷，今谓之《穆天子传》。"晁公武《郡斋读书志》也说："《穆天子传》本谓之《周王游行记》。”可见，在司马迁之前以“传”名者是罕见的，而写人物。更无所谓人物传记的既成文律可言。

余认为在1346字之屈原传中有不到二百字的抒情、议论，这应说是以记人叙事为主，辅之以议论、抒情，这正是司马迁人物传记的特点，亦可说乃其所创之文律。再由《史记》之后的各代作者人物传记的写法观之，此已成为我国人物传记的一种传统手法。

姜亮夫《史记·屈原传疏证》，在疏证“《离骚》者，犹离优也”至“虽与日月争光可也”一段之后说：“史公于忠贞奇节之士，如伯夷叔齐及屈原诸传，皆以苍茫郁勃之气，发为调境自咨之文，不能悉以文章规矩相绳。”此评价是正确的，仅最后所指的“文章规矩”，应是所谓的“文章规矩”而已。所谓的“偏激之笔”应说是司马迁以自身与屈原相同的遭遇感受，以历史学家总结历史经验教训的态度，饱含浓郁感情发表了关于君主“不知人”之精彩议论，深切感人而针砭时弊。

其实，《史记》中何止《屈原列传》，诸如《伯夷列传》《孟子荀卿列传》《刺客列传》《游侠列传》《货殖列传》等等，亦多具此特点。记人叙事为主，而辅之以抒情、议论，深受历代古文家们之推崇。鲁迅《汉文学史纲要》指出：司马迁的《史记》，“惟不拘于史法，不囿于字句，发于情，肆于心而为文，故能如茅坤所言：‘读《游侠传》即欲轻生，读《屈原》《贾谊传》即欲流涕’……”鲁迅称赞《史记》为“史家之绝唱，无韵之《离骚》”。此为公允而科学之评价。

“令尹子兰闻之大怒”应直承接“屈平既嫉之”之后。

按，屈原与楚人非常怨恨子兰劝怀王入秦而不反，加之《离骚》之作，使子兰闻之大怒。《太史公自序》说：“作辞以讽谏，连类以争义，《离骚》有之：作《屈原贾生列传》。”太史公认为屈原作《离骚》并非藏之囊箧，束之高阁，而是有为而作，是用来作辞讽谏、连类争义的。《离骚》广用比喻讽刺朝政。呼出：“世涵浊而不分兮，好蔽美而嫉妒。”写道：“余以兰为可恃兮，羌无实而容长，委厥美以从俗兮，苟得列乎众芳。川兰芷变而不芳兮，荃蕙化而为茅。”王逸《楚辞章句》认为，此兰指子兰。总之，《离骚》针砭时弊，为正义而争斗的思想遭到楚国党人的强烈反对，令尹子兰闻知屈原对己之嫉恨和《离骚》之作，也自然大怒。

卒使上官大夫短屈原于顷襄王：终于唆使上官大夫在顷襄王耳边诽谤屈原。短，诽谤，说坏话。顷襄王怒而迁之：顷襄王大怒放逐了屈原。事当在顷襄王三、四年间（前 296—前 295 年），当为屈原五十七八岁间。

以上为第四段，再叙屈原虽遭放逐而满怀忖君兴国之情思，怀王至死不悟。顷襄王时屈原再遭放逐之不幸。作者正面议论不辨忠奸，是有史以来君王亡国破家的主要原因，谴责了两代楚王的昏庸和奸佞小人的误国。

按，清末我国出现疑古派，近代以来所出现的“屈原否定论”即其影响之下的产物。廖季平早年在《楚辞新解》中提出“屈原并没有这个人”（见谢无量《楚辞新论》中引文），二十年代，胡适的《读〈楚辞〉》（见《胡适文存二集》卷一），三十年代何天行的《楚辞新考》（1948 年中华书局重印更名为《楚辞作于汉代考》），均发展其观点。近年来日本少数学者，亦相继对屈原及其作品提出种种怀疑和否定，三泽玲尔的《屈原问题考辨》（见《重庆师院学报》1983 年第 4 期）、《楚辞生成过程展望》（原文载于《现代学院大学纪要》第 32、33 号，1988 年 12 月 25 日）即其代表。

然而，屈原其人之真实、其生平事迹大略之明晰，以及《离骚》等作品创作个性之突出、风格之统一、背景之可信，艺术成就之高超，尤其随着地下出土器物、帛画、帛书等等的大量发现，为验证其诸多文化内容和细节提供了较科学的依据。这些对“屈原否定论”者的种种怀疑与臆断假设，给予有力否定。

明朝董份说：“太史公笔端固好，而网罗遗文，摭拾今古，当武帝好文之世，才士毕集，著作皆可观览，而太史公特总其成，所以尤不可及，即屈原一传见之矣。”（转引自明凌稚隆《史记评林》卷八四）他肯定司马迁收集和保存史料之功。

历代学者公认，《史记》的资料来源是多种渠道的。

首先，是先秦典籍，正如司马迁所说："百年之间天下遗闻古事靡不毕集太史公。"他能"厥协六经异传，整齐百家杂语"。其次，他的资料来自国家的文献档案，即"石室金匮之书"。最后，司马迁特别重视游历、交往、亲身考察体验所得的活材料。他"考信"和"实录"的处理史料的写作原则受到历代学者的称赞。《屈原列传》历史资料的信实，是无可非议的。

然而，被"屈原否定论"者抓住不放，又确实难以解释的无非是传文的两个小枝节问题：一个是对"疏""细""放流"的字义解释；一个是存在"文义不连属"，语句"或有抵悟"。此前者，余在前文已疏解，后者主要指"虽放流"至"岂足福哉"一段的安排承接问题。

余亦以为，此处是有所疏漏的，应是直接承前"竟死于秦而归葬"一句之后，而且"虽放流"前应加"屈平"二字。"令尹子兰闻之大怒"三句，应直接承连在"屈平既嫉之"之后。姜亮夫《屈原赋校注》中指出："此盖古人文法未甚缜密之处。或史公杂采传记未加调整，此固不容阿讳。然避因此而谓原传为矛盾不成理，亦未免于俗见。"此说极是。

如前所叙，《史记》资料之来源渠道较多，而司马迁能"网罗天下放失旧闻，考之行事"，"厥协六经异传，整齐百家杂说"。《屈原传》有"文义不连属，分或有抵牾"的现象，此恰说明司马迁并非虚构杜撰，创作小说故事，而是重视不同来源，不同出处之客观历史资料的铁证。

人皆共知，当《史记》编撰未竟之时，司马迁因李陵事件而惨遭宫刑之祸。如果披阅《报任少卿书》，即可感知司马迁是在何等奇耻大辱的境遇之中完成他个人首创的通史巨著的。司马迁说，他当时"肠一日而九回，居则忽忽若有所亡，出则不知其所往。每念斯耻，汗未尝不发背沾衣也。"然而，他要学习孔丘、屈原等圣贤，发奋著书，"以舒其愤，思垂空文以自见"。他特别指出：著此书"则仆偿前辱之责，虽万被戮岂有悔哉？然此可为智者道，难为俗人言也。”

司马迁在此种境遇和精神状态之中，他不可能从容撰史。虽然他已有经过考信之原始资料，而未必可能均被整理精当，缜密组织。文字比较粗糙，文义不连属，亦非《屈原传》一篇。再者，记人叙事之中多出抒情性之议论，正是“以舒其愤”，“通古今之变，成一家之言”之必然结果。学术界对此早有定评。

金人王若虚《史记辨惑》早已指出《史记》中文字的自相抵悟之处。特别是清代，朴学发达，如王鸣盛《史记商榷》、梁玉绳《史记志疑》等等数十卷，都指出了《史记》文字自相抵悟，或一些细节的可疑之处。多认为《汉书》讲究文字典美和节次文雅，却不大考虑是否切合实情，不大重视生活和细节的真实；《史记》却追求如实再现历史，追求逼真描摹当时情景。《史记》多有文学韵致，有重复和重沓，更富有感染力。历代的研究家们，并不因为一些细小枝节的粗疏可疑，而怀疑整个某一历史事件或某些历史人物的真实性、可靠性。

如果按照“屈原否定论”者的观点，文中出现某些粗疏或间有枝节的抵悟，即认为所叙整个历史事件或人物为“子虚乌有”，即不存在整体的真实性和本质的真实性的话，那么，难道班固的《汉书》依据《史记》材料，在语言上多所删改，务趋简严，去其抵悟之后，此一相同之历史事件或历史人物却又真实可信哉？郭沫若在《屈原研究》中讲得极是。他说：“《屈原传》在细节上纵使有疏失和为后人所窜改的地方，而在大体上是不能推倒的。更何况屈原的存在与否和《屈原传》的可靠与否也没有必然的关系，譬如从前的人说地球是方的，那自然是不可靠，然而我们不能因此就怀疑地球的存在。”

其实，司马迁距屈原的时代仅 130 余年。在司马迁之前即有距屈原 70 余年的贾谊。他写有《吊屈原赋》，其赋体仿效楚辞，词句亦近骚体；还有建都在楚末旧都寿春的淮南王刘安，他作过《离骚传》。司马迁正因贾谊投书吊过屈原，而又因其有相似遭遇，故将屈贾二人合为一《传》，

《传》中并收录了《吊屈原赋》全文。司马迁正是因为《离骚》能“作辞以讽，连类以争义”，所以撰写《屈原列传》，并将刘安《离骚传》的精华部分录入《传》中。辛亥革命距今已百年，能否在今日由某位历史学家杜撰一位本不存在的辛亥革命人物而使智者相信认定？此答案当不言而喻。

本文发表于《西北第二民族学院学报（哲学社会科学版）》1996年第2期。

《全唐文》诏令奏议类文辩证

——以陈贞节、畅当文为例

◎王　东

《全唐文》共一千卷，是清代嘉庆年间继《全唐诗》后又一部官修唐人总集。由于书出众手，主事者亦迫于期程，在一定程度上不得不放弃质量；再加上修撰者假公济私，利用修书之便，进行自己的学术研究，如徐松趁此便从《永乐大典》中录出《宋会要》[①]。因此，《全唐文》的疏漏、讹误便不可避免。《全唐文》成书后，陆心源撰《唐文拾遗》《唐文续拾》，陈尚君先生撰《全唐文补编》对其续补；讹误方面，清人劳格、近人岑仲勉、今人陈尚君先生等先后撰文辨正[②]。进来偶翻《全唐文》所收诏令奏议类文章，发现问题较多，现以所收陈贞节、畅当文章为例，考辨如下，以请教于大方之家。

---

①关于《全唐文》疏漏原因，具体见陈尚君：《述〈全唐文〉成书经过》，《复旦大学学报(社会科学版)》1995年第3期。

②(清)劳格：《读书杂识》卷八《读〈全唐文〉札记》(清光绪四年刻本)，岑仲勉：《唐人行第录》附《读〈全唐文〉札记》(上海古籍出版社，1978年)，陈尚君：《再续劳格〈读全唐文札记〉》(此文收入《选堂文史论苑》，上海古籍出版社，1994年)。

一、陈贞节文考辨

陈贞节，《旧唐书》无传，《新唐书》卷二百有传，曰："陈贞节，颍川人。开元初，为右拾遗……迁太常博士……贞节以寿卒。"①此传省略部分则以奏议连缀，以致具体生平不详。除此之外，陈贞节曾于景云二年（711年）为尚乘局直长张游恪作墓志铭，于铭文中署作汝南处士，其又于开元十二年（724年）为李寂作墓志铭，于铭文中署做太子司议郎。②因此可以推出，陈贞节于景云二年时尚未做官，但此时已较有名气；开元初，为右拾遗，后迁太子司议郎、太常博士。《全唐文》卷二八一共收其文章七篇，分别为《请罢隐章怀懿德节愍四太子陵庙疏》《诸太子庙不合守供祀享疏》《太庙迁祔议》《请除则天帝号表》《明堂议》《论肃明皇后请别立庙议》《驳孙平子请祔孝和皇帝议》。

《请罢隐章怀懿德节愍四太子陵庙疏》（以下简称《请罢陵庙疏》）一文曰：

王者制祀，以功德者犹亲尽而毁，四太子庙皆别祖，无功于人，而园祠时荐，有司守卫，与列帝侔。金奏登歌，所以颂功德。《诗》曰："钟鼓既设，一朝飨之。"使无功而颂，不曰舞咏非度邪？周制：始祖乃称小庙。未知四庙欲何名乎？请罢卒吏，诏祠官无领属，以应礼典。古者别子为祖，故有大、小宗。若谓祀未可绝，宜许所后子孙奉之。③

《请罢陵庙疏》不见于唐代其他文献，《新唐书·陈贞节传》曰："开元初，为右拾遗。初，隐、章怀、懿德、节愍四太子并建陵庙，分八署，置官列吏卒，四时祠官进飨。贞节以为非是，上言……"④"上言"内容就是《请罢陵庙疏》之内容，文字丝毫不差，可知此为《全唐文》所

---

①《新唐书》，北京：中华书局，1976年，第5693~5697页。

②这两篇墓志铭分别见于《唐代墓志汇编》，上海：上海古籍出版社，1992年，第1123页；《续编》，上海：上海古籍出版社，2001年，第499页。吴钢先生将其收入《全唐文补遗》第一辑与第六辑。

③(清)董诰辑：《全唐文》，北京：中华书局，1983年影印，第2846页。

④《新唐书》，第5693页。

本，题目则为《全唐文》撰者所加。

再考《诸太子庙不合守供祀亨疏》（以下简称《诸太子庙疏》）曰：

伏见章怀太子等四庙，远则从祖，近则堂昆，并非有功于人，立事于代，而寝庙相属，献祼连时，事不师古，以克永代，臣实疑之。今章怀太子等乃以陵庙，分署官僚，八处修营，四时祭享，物须官给，人必公粮，合乐登歌，咸同列帝。谨按周礼，始祖以下，犹称小庙，未知此庙，厥名维何？臣谓八署司存，员僚且省，四时祭祀，供给咸停。臣又闻盘石维城，既开封建之典；别子为祖，非无大小之宗。其四陵庙等应须祭祀者，并令承后子孙，自修其事。崇此正典，冀合礼经。①

此文《通典》卷四七《皇太子及皇子宗庙》亦载，《诸太子庙疏》与《通典》所载文字完全相同，可知此为《全唐文》所本，题目亦为《全唐文》撰者所加。

试比较这两篇疏文，《请罢陵庙疏》曰："以功德者犹亲尽而毁，四太子庙皆别祖，无功于人。"《诸太子庙疏》则曰："远则从祖，近则堂昆，并非有功于人。"《请罢陵庙疏》曰："而园祠时荐，有司守卫，与列帝侔。"《诸太子庙疏》则曰："四时祭享，物须官给，人必公粮，合乐登歌，咸同列帝。"《请罢陵庙疏》曰："周制：始祖乃称小庙。未知四庙欲何名乎？"《诸太子庙疏》则曰："谨按周礼，始祖以下，犹称小庙，未知此庙，厥名维何？"《请罢陵庙疏》曰："古者别子为祖，故有大、小宗。若谓祀未可绝，宜许所后子孙奉之。"《诸太子庙疏》则曰："别子为祖，非无大小之宗。其四陵庙等应须祭祀者，并令承后子孙，自修其事。"语句表达尽管不同，但意思相同。但二者亦有不同之处，如《请罢陵庙疏》"王者制祀，以功德者犹亲尽而毁""金奏登歌，所以颂功德，《诗》曰：'钟鼓既设，一朝飨之。'"则《诸太子庙疏》无。《诸太子庙疏》"立事于代，而寝庙相属，献祼连时，事不师古，以克永代，

---

①《全唐文》，第 2846 页。

臣实疑之”，则《请罢陵庙疏》无。总的来说，二者部分文字略同，文意则基本相同。再从主旨，颇为吻合，疑二者来源于同一篇文章。

今检《唐会要》卷一九《诸太子庙》，曰：

开元三年，右拾遗陈贞节以诸太子庙不合守供祀享，上疏曰：“王者祀典，义存德坊，犹且远庙为祧，去坛为墠，亲尽则毁，此皆为继体之君焉，苟非斯文，并从咸秩。伏见章怀太子等四庙，远则从祖，近则堂昆，并非有功于民，立事于世，而寝庙相属，献祼连时，事不师古，以克永世，臣实疑之。今章怀太子等，乃以陵庙分署官僚，八处修营，四时祭享，物须官给，人必公差，合乐登歌，咸同列帝。夫金奏所以颂功德，登歌所以扬辉光，以感神祇，以和邦国，故诗曰：‘钟鼓既设，一朝飨之。’锡有功也。若使无功而颂，无德而扬，乃以姑洗为宫，蕤宾为羽，声含六代，或类五郊，奏《咸和》以降神，歌《肃雍》以延祉，是使舞咏非虔，金石乖仪。谨按周礼始祖以下，犹称小庙，未知此庙，厥名维何？臣谓八署司存，员僚且省；四时祭祀，供给咸停。臣又闻盘石维城，既开封建之典；别子为祖，非无大小之宗。其四陵庙等，应须祭祀者，并令承后子孙，自修其事，崇此正典，冀合礼经。”上令有司集群官详议奏闻。①

由此可以发现，《请罢陵庙疏》“王者制祀，以功德者犹亲尽而毁”“金奏登歌，所以颂功德，《诗》曰：‘钟鼓既设，一朝飨之。’”的语句《唐会要》中则曰“王者祀典，义存德坊，犹且远庙为祧，去坛为墠，亲尽则毁”“夫金奏所以颂功德，登歌所以扬辉光，以感神祇，以和邦国，故诗曰：‘钟鼓既设，一朝飨之。’”而《陈贞节传》“初，隐、章怀、懿德、节愍四太子并建陵庙，分八署，置官列吏卒，四时祠官进飨”就是《通典》《唐会要》“今章怀太子等乃以陵庙，分署官僚，八处修营，四时祭享”的改写。比较三篇文章，可以得出，《陈贞节传》所载乃是对《唐会要》的改编。《廿二史札记》卷一八《〈新书〉详载章疏》曰：“此

①（宋）王溥：《唐会要》，北京：中华书局，1955 年，第 380~381 页。

皆因旧疏繁芜而删存其要语者也。”[①]因此，可以明确地说，《唐会要》此文为《新唐书·陈贞节传》的本段文字所本。再拿《通典》与《唐会要》进行比较，《通典》的此段文字乃为《唐会要》所载奏疏的节录。由此可以推出，《全唐文》的《请罢陵庙疏》《诸太子庙疏》为同一篇文章的节改选，而内容完整的奏疏应存在于《唐会要》卷一九《诸太子庙》中。

再看《太庙迁祔议》，此文应出自《文苑英华》卷七六三《太庙迁祔议》。《文苑英华》于文题下标明“陈贞节、苏献等议，开元四年”[②]。《通典》卷五一《兄弟不合继位昭穆议》《唐会要》卷一二《庙制度》《册府》卷五八八亦载。《通典》曰：“大唐开元四年，太常卿姜皎及礼官、太常博士陈贞节、苏献等上《七庙昭穆议》曰……”[③]《唐会要》略同，所上《七庙昭穆议》内容与《太庙迁祔议》同，这里不但出现了姜皎，而且将之排于最前。《册府》卷五八八曰：“姜皎为太常卿，玄宗开元四年七月戊子勅：‘宜令礼官上《七庙昭穆议》。’皎及礼官奏议曰：‘《礼》，天子三昭三穆，与太祖为七，昭穆迭毁，而太祖常在圣人之典也。若礼名不正，则奠献无序矣。’太常博士陈贞节、苏献等奏议曰：‘谨按孝和皇帝在庙，七室已满……’”[④]我们再来看《七庙昭穆议》的内容，“王制，天子七庙，三昭三穆，与太祖为七，昭穆迭毁，而太祖常存圣人之大典也。若礼名不正，则奠献无叙矣。谨按孝和皇帝在庙七室已满……”据此，疑本文乃两篇奏议的拼合，前半部分姜皎奏议略写，而将陈贞节等奏议详录于后。因此，《通典》《唐会要》将姜皎排于前，而《文苑英华》及《全唐文》将其全归为陈贞节名下，则为偏颇。

最后考其余四篇文章。《请除则天帝号表》，《旧唐书》卷二五《礼仪志》《册府元龟》卷五八八、《唐会要》卷一五《庙议》亦载。本篇文

①(清)赵翼:《廿二史札记校证》,王树民校正,北京:中华书局,1984 年,第 382 页。

②(宋)李昉等:《文苑英华》,北京:中华书局,1966 年,第 4008 页。

③(唐)杜佑:《通典》,北京:中华书局,1988 年,第 1246 页。

④(宋)王钦若等:《册府元龟》,周勋初,武秀成等点校,南京:凤凰出版社,2006 年,第 6741 页。

字与《旧唐书》所载完全相同，而与《册府》《唐会要》略异，由此推断，《旧唐书》所载为其所本。但《旧唐书》曰："时太常卿姜皎复与礼官上表曰……"①《册府》卷五八八亦同，二者均未提及陈贞节之名。《唐会要》曰："开元四年十二月，太常卿姜皎与礼官陈贞节等上表曰……"②因此，本篇文章作者应为姜皎、陈贞节等人。因《旧唐书》《册府》均曰"姜皎复与礼官上表"，陈尚君先生因而将其归入"姜皎"名下，将其重复收入《全唐文补编》，并拟题为《则天皇后升祔不称圣帝奏》③。

《明堂议》出自《文苑英华》卷七六二，《唐会要》卷一一《明堂制度》《旧唐书》卷二二《礼仪志》《册府》卷五六四亦载。《唐会要》曰："开元五年正月，幸东都，将行大享之礼，太常少卿王忠仁、太常博士冯宗、陈贞节等，咸以则天所造明堂，有乖典制，奏曰……"④《旧唐书》卷二二《礼仪志》曰："五年正月，幸东都，将行大享之礼，太常少卿王仁忠⑤、博士冯宗、陈贞节等议……"⑥《册府》卷五六四略同。因此，此篇作者应为王仁忠、冯宗、陈贞节等。

《论肃明皇后请别立庙议》出自《册府》卷五八八，《旧唐书》卷二五《礼仪》《新唐书·陈贞节传》亦载。《新唐书》曰："贞节奏言……"似为陈贞节一人所写，但《旧唐书》曰："贞节等又以肃明皇帝不合与昭成皇后配祔睿宗，奏议曰……"⑦《册府》卷五八八亦同。因此，此篇奏议作者不应为陈贞节一人。《驳孙平子请祔孝和皇帝议》出自《册府》卷五八八，《唐会要》卷一七《庙灾变》《新唐书·陈贞节传》亦载。《唐会要》曰："太常博士陈贞节、冯宗、苏献等议曰……"⑧《新唐书》《册府》略同。因此，本篇文章作者应为陈贞节、冯宗、苏献等。据上所

---

①⑥⑦《旧唐书》，北京：中华书局，1975年，第951、873、951页。
②④⑧《唐会要》，第325、280、354页。
③《全唐文补编》卷三〇，北京：中华书局，2005年，第354页。
⑤"王仁忠"，《册府》卷五六四同，《唐会要》卷一一《明堂制度》作"王忠仁"，李邕《李北海集》有《赠安州都督王仁忠神道碑》。因此，"王仁忠"是。

载，这四篇奏疏非陈贞节一人所写，《全唐文》凡例曰：“表、疏联名同进无可考信为何人作者，以首例一人为主。陈振孙《书录解题》云：‘旧例修书止署官高一人名衔。’今用其例。”据此，《请除则天帝号表》应改题姜皎作，《明堂议》应改题王仁忠作，而《全唐文》将其全记在陈贞节一人名下，此自乱其例。

根据以上所述，《全唐文》所载陈贞节之奏疏，《请罢隐章怀懿德节愍四太子陵庙疏》《诸太子庙不合守供祀享疏》为同一篇文章，是原奏疏之删改，应换为《唐会要》卷一九《诸太子庙》篇所载；《太庙迁祔议》疑前半部分乃姜皎所作，收入之时应加以说明；最后，按其凡例，《请除则天帝号表》应改题姜皎，《明堂议》改题王仁忠。

二、畅当文考辨

畅当，《全唐文》卷五一六曰：“当，河东人，户部尚书璀子。第进士，贞元初为太常博士，终果州刺史。”[①]《旧唐书》无传，《新唐书》卷二百有传，此介绍盖据《新传》而来。《全唐文》收其文章二篇，为《丧服议》《除服议》。

《全唐文·丧服议》曰：

子为母齐衰三年，盖通丧也；太子为皇后服，古无文。晋元皇后崩，亦疑太子服。杜预议：“古天子三年丧，既葬除服，魏亦以既葬为节。皇太子与国为体，若不变除，则东宫臣仆亦以衰麻出入殿省。”太子遂以卒哭除服。贞观十年六月，文德皇后崩，十一月而葬，太子丧服之节，国史不书。至明年正月，以晋王为并州都督。既命官，当已除矣。今皇太子宜如魏、晋制：既葬而虞，虞而卒哭，卒哭而除，心丧三年。[②]

按此文见于《新书》卷二百《畅当传》，《唐会要》卷三八《服纪下》亦有略载。《新传》曰：“昭德皇后崩，中外服除，皇太子、诸王将服三

---

①②《全唐文》，第 5243 页。

年，诏太常议太子服。当与博士张荐、柳冕、李吉甫曰……”[①]省略部分则为《丧服议》原文，文字丝毫不差。因此，此文当录自《新书·畅当传》。但《旧书》卷一四九《柳冕传》曰：“二年，昭德王皇后之丧，论皇太子服纪。左补阙穆质请依礼周期而除，冕与同职张荐等奏议曰……”[②]因此，《旧书·柳冕传》亦载此事，并附有其奏疏。据《新传》，《丧服议》之奏疏是畅当与柳冕等所为，那《旧传》柳冕之奏疏与《新传》所载有何区别呢？《旧传》曰：

准《开元礼》，子为母齐缞三年，此王公已下服纪。皇太子为皇后丧服，国礼无闻。昔晋武帝元皇后崩，其时亦疑太子所服。杜元凯奏议曰：“古者天子三年之丧，既葬除服。魏氏革命，亦以既葬为节。故天子诸侯之礼尝已具矣，恶其害己而削去其籍。今其存者唯《士丧礼》一篇，戴圣之记错杂其内，亦难以取正。皇太子配至尊，与国为体，固宜卒哭而除服。”于是山涛、魏舒并同其议，晋朝从之。历代遵行，垂之不朽。臣谨按实录，文德皇后以贞观十年九月崩，十一月葬，至十一年正月，除晋王治为并州都督。晋王即高宗在藩所封，文德皇后幼子，据其命官，当已除之义也。今请皇太子依魏、晋故事，为大行皇后丧服，葬而虞，虞而卒哭，卒哭而除，心丧终制，庶存猒降之礼。[③]

按此文《全唐文》卷五二七收为柳冕作，题作《皇太子服纪议》。把此文与《丧服议》比较，可以发现，后者比前者内容更加翔实，多出的内容有“准《开元礼》”“故天子诸侯之礼尝已具矣，恶其害己而削去其籍。今其存者唯《士丧礼》一篇，戴圣之记错杂其内，亦难以取正”等。二者有些文字尽管不同，但其实是表达不同，意思完全一样，如《新传》“盖通丧也”，《旧传》则曰“此王公已下服纪”；《丧服议》“杜预议”，

①《新唐书》，第5717页。
②③《旧唐书》，第4031、4030~4031页。

《旧传》则曰“杜元凯奏议曰”；《丧服议》“心丧三年”，《旧传》则曰“心丧终制，庶存畎降之礼”。因此，《旧传》所载实为《新传》所本，而文字差异多为《新传》改写，《全唐文》据《新传》录入，则大为失妥。关于此奏疏题名，《新传》为“当与博士张荐、柳冕、李吉甫”，《旧传》曰“冕与同职张荐等”，《唐会要》卷三八《服纪下》为“摄太常博士柳冕等七人奏请”，《旧传》与《唐会要》并无畅当之名，据此，领衔者当为柳冕，《全唐文》将二篇重复收入，畅当一处应删去。再考《除服议》，其曰：

《礼》有公门脱齐衰，《开元礼》，皇后父母服十三月，从朝旨则十三日而除；皇太子外祖父母服五月，从朝旨则五日而除。恐丧服入侍，伤至尊之意，非特以金革夺也。太子公除，以墨惨奉朝，归宫衰麻，酌变为制可也。①

按此文《新书·畅当传》亦载，且文字丝毫不差，当为《全唐文》所本。但《旧书·柳冕传》亦有相似文本，其曰：

准《礼》，三年丧，无贵贱一也。岂有以父母贵贱而差降丧服之节乎？且《礼》有公门脱齐缞，《开元礼》，皇后为父母服十三月，其禀朝旨十三日而除；皇太子为外祖父母服五月，其从朝旨，则五日而除。所以然者，恐丧服侍奉，有伤至尊之意也。故从权制，昭著国章，公门脱缞，义亦在此，岂皆为金革乎？皇太子今若抑哀公除，墨惨朝觐，归至本院，依旧缞麻，酌于变通，庶可传继。②

按此文《唐会要》卷三八《服纪》下亦载，文字相同。与《除服议》比较，后者多出“准《礼》，三年丧，无贵贱一也。岂有以父母贵贱而差降丧服之节乎？且《礼》有公门脱齐缞”“故从权制，昭著国章，公门脱缞，义亦在此”，其余文字基本相同。因此，《旧传》之奏疏为《新传》

①《全唐文》，第 5243 页。
②《旧唐书》，第 4031~4032 页。

之本，《全唐文》据《新传》录入，失妥。再看题名，《新传》曰“乃诏宰臣与有司更议，当等曰”，《旧传》曰“宰臣以穆质所奏问博士，冕对曰”，《唐会要》为“宰臣以穆质所奏召问礼官，而不言质名，礼官柳冕、张荐对曰”，《旧传》与《唐会要》亦无畅当之名，领衔者当为柳冕，据此，《全唐文》宜改题柳冕。由上可知，畅当《丧服议》《除服议》二篇均来源于《新唐书》，原奏疏应为《旧书·柳冕传》中所载，《丧服议》与《皇太子服纪议》为重复收入，归为畅当尤显不妥。

三、结　语

关于《全唐文》本文收录讹误的分析，中华书局影印本《全唐文·出版说明》将之归为六种类型，那就是：作者张冠李戴，姓名舛误，题目误夺，正文讹脱，重出和互见，误收唐前后文。[①]再看诏令奏议，此类文章在《全唐文》中占有很大比重，由所收陈贞节、畅当等人文章来看，主要存在如下几个问题。

首先是署名问题。这不可简单地归结为姓名舛误，因奏议类文章很多是合奏，《全唐文》凡例曰“以首例一人为主”，但史料记载的不同，往往首例一人亦不同，甚至有比较大的差别，如上文所举畅当之奏，在《旧唐书·柳冕传》及《唐会要》根本无畅当之名。面对诏令奏议类文，《全唐文》编撰者往往根据一种史料便定作某某人，缺乏综合考虑，这样往往出现偏颇。

其次，由于后世文献录入的诏令奏议多为节录甚至改写，《全唐文》编者往往没有进行比勘，找出较为完整的诏令奏议，这亦与《出版说明》之“正文讹脱”有较大区别。上文所列陈贞节《请罢陵庙疏》《诸太子庙疏》，《请罢陵庙疏》是《新唐书》改写文，编者没有细致勘别，把这篇文章与另一篇节选文重复收入，而较完整的文章实际在《唐会要》中。除此之外，如卷二一《赐高丽莫离之及吐谷浑等大首领爵赏制》，《册府》

---

①《全唐文·出版说明》，第2~3页。

卷九六四及卷九七四均载，《全唐文》据卷九六四录入，相较《册府》，《全唐文》“天亡骄子，胡运其终；国有忠臣，汉封斯在”数句，[①]但卷九六四有删削情况[②]，因此，卷九七四所载才是完整的奏疏。

又如《全唐文》卷四七七杜佑《御夷狄论》，核其文字，当出自《新唐书》卷二一五上《突厥传》。[③]其文《通典》卷一七四亦载，[④]比较二篇，《突厥传》曰：“秦以区区关中灭六强国，今竭万方之财，上奉京师，外有犬戎凭陵，陷城数百，内有兵革未宁，三纪矣。岂制置异术，古今殊时乎？周制，步百为亩……”《通典》曰：“或曰：‘昔秦以区区关中灭六强国，今万方财力，上奉京师，外有犬戎凭陵，城陷数百，内有兵革未宁，年将三纪，岂制置异术而古今殊时者乎？’答曰：‘按周制……’”《突厥传》曰：“地利耗，人力散。”《通典》则曰：“地利损耗既如此，人力散分又如彼。”另《通典》多出“道释之教渐起，浮华浸盛”“以今准古，损益可知”“复溉田四千五百余顷。关中沃衍，实在于斯”等。因此，《新书·突厥传》乃是对《通典》此文的删改，《全唐文》编纂者据《新唐书》录入，亦为误矣。

另外，《全唐文》对其所选文章偶尔存在删削情况，如卷三七八刘贶《武指》篇，该文亦见于《通典》卷二〇〇，比较二篇，《武指》曰：“自昔议边者，推高于严尤、班固。严尤议曰御匈奴自古无得上策者云云。……”[⑤]但《通典》严尤、班固二者原话俱在，疑纂者感觉二者原话较长，故用“云云”代替。作为文章总集，擅自删削原文，甚为不妥。因此，节录或改写文、编纂者之删削文，亦是重修者要考虑的问题。

---

①《册府元龟》，第11276页。

②按此奏疏卷九七四归入中宗景龙年间，卷九六四为开元三年八月，是。岑仲勉、陈尚君均指出《全唐文》卷一六《劳契丹李失活诏》非中宗，乃玄宗所作，进而指出该文出处《册府》卷九七四有脱文。其实，《册府》本卷脱文就在《赐高丽诏》之左。岑、陈之辨，参见《唐人行第录》，第286页；《选堂文史论苑》，第120页。

③《新唐书》，第6025页。

④《通典》，第4563页。

⑤《全唐文》，第3840页。

最后是张冠李戴的问题。这似乎是大型总集不可避免的毛病，从劳格、岑仲勉、陈尚君辩证来看，奏表类文章却比较突出。如卷七二九收李景俭《谏宣宗为郑光辍朝疏》一篇文章，中华本影印《全唐文》出版说明中说："合数人为一人。卷七二九李景俭小传曰：'景俭，宪宗朝官，侍御史，大中时累迁御史大夫。'下收《谏宣宗为郑光辍朝疏》。按此疏见《旧唐书·李景让传》，当为李景让作。小传误合景俭、景让之仕为一，'宪宗朝'句属景俭，'大中时'句属景让。"[①]按此是从小传角度来说，从撰者角度看，考李景俭，《旧唐书》卷一七一、《新唐书》卷八一均有传，《旧书·李景俭传》称其为汉中王瑀之孙，与窦群、元稹、李绅善，长庆初因使酒谩骂宰辅被贬，后以此不得志而终，《新书·李景俭传》亦同。由《新》《旧》传可以推知，李景俭应于长庆年间去世。通检文献，《谏宣宗疏》《唐会要》卷二五、《册府元龟》卷五九三题作"李景俭"，《旧唐书》卷一八七下《李景让传》《新唐书》卷二〇六《郑光传》《太平御览》卷二二五、《册府元龟》卷五一五则作"李景让"。李景让，由《旧书·李景让传》可得知其为李憕之孙，大和中为尚书郎，开成二年（837年）为中书舍人，同年出为华州刺史，四年入为礼部侍郎，大中十一年（857年）转御史大夫，《新书》卷一七七《李景让传》略同。《旧传》曰："景让有大志，事亲以孝闻，正色立朝，言无避忌。为大夫时，宣宗舅郑光卒，诏赠司徒，罢朝三日，景让曰：'国舅虽亲，朝典有素，无容过越。'乃上言曰……"[②]由上可知，《谏宣宗疏》乃李景让所作，《全唐文》撰者根据《唐会要》《册府》卷五九三把其定为李景俭所作，殊不知，大中末李景俭早已去世。

又如卷一六《赠拓跋思泰特进制》《褒天竺国使臣诏》《劳契丹李失活诏》，卷一七《宴集日本国使臣敕》《赐突厥书》，陈尚君先生曰："以

①《全唐文·出版说明》，第4页。
②《旧唐书》，第4891页。

上五篇为玄宗开元五年五月至九年六月颁，皆出《册府元龟》卷九七四，因刻书明刊本有脱文，冒顶而误归中宗。岑仲勉仅指出《劳李失活》《颁突厥》二篇。”[①]按《册府》卷九七四曰：“景龙二年十二月丙申，宴坚昆，使于两仪殿，就其家吊焉。四月己亥，右卫大将军员外置、同正员蒙池都护十姓可汗阿史那怀道加特进禄料，并依品给。”[②]“十二月丙申”过后又到“四月己亥”，中间应有阙文。“景龙九年”为本卷结束年，下卷九七五开卷为“开元十年”。至此，可以确定，《册府》卷九七四“景龙二年十二月丙申”“四月己亥”中间必定有脱文，“自四月己亥”始均为开元年间事，而开元年号就在脱文中漏去。《全唐文》编纂者未注意到脱文现象，认为所述为景龙年间事，从而归为中宗名下。检宋刻本《册府》[③]，亦脱。因此，可以确定南宋时，《册府》已出现脱漏现象。因此，奏表中撰者张冠李戴亦是重修者重点考虑的问题。

王东，北方民族大学文史学院讲师，南京大学博士，主要从事中古文献及目录学研究。

本文发表于《中国典籍与文化》2013年第3期。

---

①《选堂文史论苑》，第120页。

②③（宋）王钦若等：《宋本册府元龟》，北京：中华书局，1989年影印本，第11275、3872页。

《唐书直笔》及其与《新唐书》关系考

◎王　东

《唐书直笔》，北宋吕夏卿撰。是书分为五个部分，首先从《帝纪》《列传》《志》三个方面对《新唐书》书法进行探讨，充分体现了吕夏卿《春秋》笔法修史原则。而后于《摘繁文阙误》中对《旧书》讹误进行辨正。最后为《新例须知》，对比《旧唐书》，对《新书》志、传增减作了详细罗列。吕夏卿乃《新书》主要撰者之一，关于《唐书直笔》，现存版本情况，修撰于何时，欧阳修、吕夏卿对之如何取舍，能否称之为《新书》凡例，学界均尚未有充分认识。

一、《唐书直笔》版本考

关于《唐书直笔》，《四库全书总目》卷八八曰："据晁公武《读书志》，是书乃其在书局时所建明。前二卷论纪、传、志，第三卷论《旧史》繁文阙误，第四卷为《新例须知》，即所拟发凡也。惟晁氏作'《唐书直笔》四卷、《新例须知》一卷'，而此本共为四卷，或后来合并欤？"[①]考《郡斋读书志》卷七曰："《唐书直笔》四卷……此其在书局时所建明……《唐书

①(清)永瑢等:《四库全书总目》,北京:中华书局,1965年,第752页。

新例须知》一卷……”[①]并无分卷情况介绍。孙猛先生于《郡斋》此条注曰：“《四库全书总目》卷八八著录本与陈氏所见相同，俱并《新例须知》充第四卷，非原帙矣。”[②]按《直斋书录解题》卷四《正史类》曰：“《直笔新例》四卷，修书官温陵吕夏卿撰，纪、传、志各一卷，末一卷摘《旧史》繁阙，又为《新例须知》附于后，略举名数如目录之类。”[③]可见陈氏将《新例须知》作为附录，未记人卷数，孙猛理解为误。由上可见，《唐书直笔》在流传过程中，其卷数及书名发生较大变化。

考《唐书直笔》现存版本，主要有武英殿聚珍本、《小万卷楼丛书》本、《丛书集成新编》本、明影宋钞本、明钞本、清钞顾锡麒校跋本、清钞本、《择是居丛书》本等。

武英殿本题名《唐书直笔》，共分为四卷，将《帝纪》部分平分为上下两卷，《列传》《志》《摘繁文阙误》合并为第三卷，《新例须知》为第四卷。此本为馆臣校注本，其校注以双行小字附于文中。

从内容来看，殿本有多处讳改，如将“夷狄”讳改为“外国”或删去，“范晔”讳改为“范蔚宗”，但其校注纠正了是书诸多错误，如卷一《帝纪·命将征伐》曰：“《高祖纪》书曰：‘武德二年七月，秦王献窦建德、王世充之俘于太庙。’”馆臣校注曰：“案：‘高祖’旧讹‘高宗’，今校改。”

将殿本与《文渊阁四库全书》本相较，《四库》本仅作几处文字修改，如卷一《帝纪·立太子》曰：“其德足以奉祼匕而失爱君亲，罹于非命，书‘杀’，迫也。”“祼匕”，各本同，疑《四库》本感觉语意不通，便修作“宗社”。殿本后流传较广，《小万卷楼丛书》据其刊印，后《丛书集成新编》又以《小万卷楼丛书》本铅印。

与影宋钞本相比，殿本讳改较多，且分卷不同，因此，遭到张钧衡强

①②（宋）晁公武撰，孙猛校证：《郡斋读书志校证》，上海：上海古籍出版社，2011年，第298页。

③（宋）陈振孙：《直斋书录解题》，上海：上海古籍出版社，1987年，第107页。

烈批评，其于《择是居丛书》本《唐书直笔》跋曰："聚珍本经馆臣删节'夷狄'等字，几至文理茫昧，又分并卷第，迥殊原书。"①

明影宋钞本、明钞本、清钞顾跋本、清钞本均藏于国家图书馆，前三钞本均半页十四行，行二十五字，且字体相似，应属于明影宋钞本。明影宋钞本为李世倬抄录，周叔弢曾收藏；明钞本为瞿镛藏本；清钞顾跋本为顾锡麒藏本，后为函芬楼所藏，顾氏跋曰："今借善本细为勘校，其中稍有删节则遵借本之旧。"顾氏所曰善本乃殿本，其对比殿本，在影宋本上进行仔细勾画，甚连殿本避讳；清钞本半页十行，行二十字，为沈树镛藏本。

关于瞿镛藏本，孙猛于《郡斋读书志》卷七《唐书直笔》注中提及，曰："公武所见《直笔》《须知》分二书者，后世尚有传布。瞿镛《铁琴铜剑楼藏书目录》卷一二有明影宋钞本、陆心源《皕宋楼藏书志》卷三八有旧钞本，俱作《唐书直笔》四卷、《新例须知》一卷，其《直笔》子目为：《帝纪》第一、《列传》第二、《志》第三、《摘繁文阙误》第四，《新例须知》附于后。"②考国图四种钞本，均题名曰《唐书直笔新例》，版心题曰《唐书新例》，子目与孙猛所曰相同，但《新例须知》题曰《唐书新例须知》，且均将《唐书新例须知》第一条《高祖至哀帝二十帝十四世享国二百八十九年》误置于《摘繁文阙误》卷后、《唐书新例须知》题名前。因此，此四种钞本均未将《唐书新例须知》单独置作一书，孙猛理解为误。此四种钞本与《择是居丛书》本无论从分卷还是文字，均高度一致，如《摘繁文阙误·太宗纪》曰：

八月甲子即位，《旧》载"八月癸亥，高祖传位于皇太子，太宗即位于东宫。"不书位，实曰高祖以癸亥诏太宗以甲子即位。

按，"不书位，实曰"，明影宋钞本、明钞本、清钞顾跋本、清钞本、《择是居丛书》本同，殿本作"实则"。

---

①张钧衡《择是斋丛书》本《唐书直笔》，现南京图书馆、国家图书馆均有藏本，下文所引《唐书直笔》均为是本文字。

②《郡斋读书志校证》，第 298 页。

又如《唐书新例须知·高祖至哀帝二十帝十四世享国二百八十九年》曰：

穆宗：子即位……哀帝：子继故即位。

按，“子即位”，明影宋钞本、明钞本、清钞顾跋本、清钞本、《择是居丛书》本同，殿本作“子继故”；“子继故即位”，明影宋钞本、明钞本、清钞顾跋本、清钞本、《择是居丛书》本同，殿本作“子即位”。

因此，国图四钞本与《择是居丛书》本为同一版本系统。

关于《唐书直笔》卷数，国图四钞本及《择是居丛书》本无明确分卷，仅分子目，《直斋书录解题》将其子目《帝纪》《列传》《志》《摘繁文阙误》各视作一卷，《新例须知》作为附录，因此，记为四卷本。疑《通志》卷七〇《艺文略》“《唐书直笔新例》四卷”亦与此同。但《通志》卷六五《艺文略》：“《直笔新例》一卷，吕夏卿撰。”[①]《宋史》卷二〇三《艺文志》曰：“吕夏卿《唐书直笔新例》一卷。”[②]《廿二史考异》亦曰：“夏卿学长于史，贯穿唐事，夏卿有《唐书直笔新例》一卷。”[③]考《宋诗纪事》卷一六曰：“夏卿又纂《新书》纪、志、传义例，摘二公繁文阙误，目为《唐书直笔新例》一卷。”[④]此书内容较少，且无明确分卷，故有学者将其整体视为一卷。后武英殿刊刻是书时，因帝纪部分内容相对较多，故平分为上下两卷，将内容较少之志、传、摘《旧书》繁文阙误合并作一卷，附录亦作为一卷，此为武英殿四卷本。至此，可以断定《四库总目提要》卷八八卷数著录应为误。

关于书名，国图四钞本均作《唐书直笔新例》，《遂初堂书名·史学类》《通志》卷七〇《艺文略》《宋史·艺文志》均同，疑此为是书初刻本状态，后《直斋书录解题》简称为《直笔新例》。因《新例须知》似为附录，后人便将其与前文分开抄录，便形成《郡斋读书志》“《唐书直笔》四卷”“《唐书新例须知》一卷”之著录状态。到殿本刊刻时，视《新例

①(宋)郑樵:《通志》,清浙江书局本。
②(元)脱脱等:《宋史》,北京:中华书局,1977年,第5086页。
③(清)钱大昕:《廿二史考异》卷七八,南京:凤凰出版社,2008年,第878页。
④(清)厉鹗:《宋诗纪事》卷一六,上海:上海古籍出版社,1983年,第397页。

须知》为附录，直接题名为《唐书直笔》，疑《文渊阁书目》卷二《史部》著录"《唐书直笔》一部一册"亦是此种情况。因殿本影响较大，此名便渐渐传播开来。

二、《唐书直笔》修撰考

关于《唐书直笔》修撰时间，王鸣盛曰："夏卿与宋、欧等同修《新唐书》，而此书所述体例与《新唐》多不合，俱属自出意见。不知是同修之时夏卿建议如此，宋、欧不用其言邪？抑书成后夏卿不服，别作此例邪？观其卷尾一段，纠《旧书》之谬而云'《唐书》著于五代幅裂之际，成篇匆遽，殊未详悉，故有诏纂辑十余年矣'云云，则其为同修之时，夏卿建议如此，而其后不用可知。"①王鸣盛指出二者多不合，进而提出《直笔》成书年代之疑，并确认撰于同修《唐书》之时。刘丽、张剑光先生曰："一方面，由于《新唐书》出于众手，且前后主要负责人发生了变化，因而在编写过程中，书法上出现了较大的问题。吕夏卿对此提出了批评建议，然并未得到欧阳修的采纳，遂退而将其建议辑为《唐书直笔》一书。另一方面，吕夏卿将自己的这些看法应用于由他撰写的《新唐书》世系诸表和赞、论之中。"②故刘、张认为《直笔》是吕氏与欧氏意见不合的产物，当撰于欧阳修主撰《新书》之时。

吕夏卿于1047年6月后入撰，欧阳修于1054年，二者相差近8年。若《直笔》为欧阳修入局后，与欧氏意见不同乃修，则于是书中应有所提及。从题名来看，《直笔》称《玄宗纪》为《明皇纪》；《直笔·列传》"论议"条称《货殖》《郊祀》，核《新书》《货殖》为《食货》，《郊祀》并入《礼仪》；另外，《帝纪·宰相复拜》"杀大臣"条曰："《中宗纪》书曰：'天授二年十月，左相岑长倩赐死。'"张钧衡注曰："此作《中宗纪》，当是夏卿修史时所改书，后别创《武后纪》。"若欧氏立《则天皇后

①（清）王鸣盛：《十七史商榷》卷九二，南京：凤凰出版社，2008年，第672页。
②刘丽，张剑光：《〈唐书直笔〉与〈新唐书〉的书法探究》，《郑州大学学报（社会科学版）》2008年第1期，第104页。

本纪》，吕氏坚持认为此纪不当立，则于此应有所思。因此，《唐书直笔》修撰之时，纪、志之名皆未有定。

若欧氏已经入局修撰，且撰写出一定内容，吕氏作为副手，对其内容定有知晓，从《直笔》内容来看，行文与欧氏绝不相同，如《帝纪·立皇后》“皇后共承宗庙”条：“《太宗纪》书曰：‘武德九年八月，立皇后长孙氏。’……《肃宗纪》书曰：‘至德元年四月，立皇后张氏。’”《新书·太宗本纪》曰：“（武德九年八月）丙子，立妃长孙氏为皇后。”《肃宗本纪》曰：“（乾元元年三月）戊寅，立淑妃张氏为皇后。”①另外吕氏出现较多错误，现举例如下：

《帝纪·即位》：《哀宗纪》书曰：“景龙四年六月，温王即皇帝位。”

按“景龙四年”为中宗之时，“温王”即重茂，非朱温。归为哀宗，误。

《帝纪·内禅》：《高祖》《高宗纪》书曰：“武德九年八月，皇帝传位为太上皇。先天元年八月，皇帝传位为太上皇。”

按“先天元年”为玄宗之时，此为“高宗”，误。

《帝纪·宰相复拜》：《德宗纪》书曰：“建中元年五月，汾阳王郭子仪薨。贞元五年八月庚戌，西平王李晟薨。”

按“元年五月”，《新纪》卷七作“二年六月”，是。

因此，吕夏卿史料掌握不够准确，且并不知《新纪》内容。欧阳修撰本纪前，史料掌握必然足够且准确，或有凡例、样稿，作为副手之吕夏卿必然知之，便不会出现如此多讹误。据此推测，《直笔》应撰于吕夏卿入局后，在史料陆续搜集、整理之时，其对《新书》修撰的思考。刘丽、张剑光曰：“吕夏卿采用《春秋》书法，针对《新书》中存在的书法问题所提出的批评，表现了他对唐史编撰的新要求。”②显为误矣。

关于《直笔》具体成书年代，现无明确史料记载，但根据所附《新例

①《新唐书》卷二、卷六，北京：中华书局，1975 年，第 27、160 页。

②刘丽，张剑光：《〈唐书直笔〉与〈新唐书〉的书法探究》，《郑州大学学报（社会科学版）》2008 年第 1 期，第 100 页。

须知》，可以略窥一二。

《新例须知》乃分条撰写，首先列出诸帝人名及诸王、宰相、列传、文武官等人数，并分类统计；然后列出十道州县、田亩数、税赋、兵数及废传与增传之具体人名。考其《新添传》，《新例须知》按类列出，分为后妃、宗室、诸帝公主、列传、忠义、孝友、隐逸、循吏、儒学、文艺、方技、列女、外戚、宦官、夷狄、奸臣、叛臣、逆臣等十八类。除诸帝公主外，每一类均具体列出新添人名，其中宗室三人、列传一百三十一人、孝友一十六人、隐逸五人、循吏六人、儒学十二人、文艺十八人、列女二十二人、外戚一人、奸臣三人、叛臣一人、逆臣一人。其所列人名，基本为《旧传》所未有，《新传》所增立。偶有例外，如后妃类之郭贵妃，《旧书》卷五二下有传，此应为吕夏卿审核不细所致。总的来说，吕氏所列人名是准确的。

再考其废传类，吕氏曰“废传六十一”，核其所列人名，实为六十二人。首先考《旧书》列传类畅璀、赵国珍、韦元甫、裴胄、卢惎、姚令言、张光晟、源休、蒋镇、洪经纶、彭偃、李若初、于颀、卢征、郑元、薛伾、阎巨源、李佑、董重质、张正甫、徐晦、卢商二十二人，《新书》以裴胄附裴漼，以李若初、于颀、卢征附刘晏，以卢商附郑肃，以徐晦附欧阳詹，以李佑、董重质附吴少诚，以姚令言、张光晟、源休、洪经纶、彭偃并入《逆臣·朱泚》、蒋镇并入《叛臣·乔琳》，只废畅璀、赵国珍、韦元甫、卢惎、郑元、薛伾、阎巨源、张正甫八传。《旧书·良吏》之李君球、杨茂谦、阎济美三人，《新书》杨茂谦附韦景骏，李君球《谏高宗伐高丽疏》别载《高丽传》，阎济美被劾事并入《卢坦传》，废李、阎二人。《旧书·酷吏》之周兴、万国俊、来子珣、王弘义、罗希奭五人，王弘义《新书》有单传，以周兴、来子珣附来俊臣，以罗希奭附吉温，只废万国俊。《旧书·忠义》之李公逸、张善相、李玄通、冯立、谢叔方、成三郎、尹元真、薛愿、袁光庭、邵真十人，《新书》以李公逸、张善相附李育德，以李玄通附王行敏，以冯立、谢叔方附敬君宏，以薛愿附庞坚，以袁光庭附程千里，以邵真另附李惟岳，只废成三郎、尹元真二传。《旧书·孝友》之王君操，《新书》附张琇。《旧书·文苑》之孔绍安、庾抱、郑世翼、张蕴古、卢照邻、杨炯、骆宾王、邓玄挺、乔知之、富嘉谟、李拯十一人，《新书·文艺传》以庾抱附贺德仁，以郑世翼附崔信明，以张蕴古附谢偃，以卢照邻、杨炯、骆宾王、邓玄挺附王勃，以富嘉谟附尹元恺，以孔绍安冠其孙若思前，改列《儒学》，只废乔知之、李拯二传。《旧书·方技》之许胤宗、乙弗弘礼、张憬藏、张文仲、尚献甫、金梁凤、叶法善、僧玄奘、僧神秀、僧一行十人，尚献甫《新书》有单传，以许胤宗、张文仲附甄权，以乙弗弘礼、张憬藏、金梁凤附袁天罡，以叶法善附薛颐，只废玄奘、神秀、一行三传。①吕氏所列六十二人，《新传》实际只废十八人，相差甚大。

那为什么增传如此准确而废传相差较大？可以推测，吕氏入局以后，便与宋祁对比《旧传》，确定《新传》所废增，所增之人，宋祁后一一撰写，所废之人，宋祁在撰写过程或因某种原因，便未废掉。再以《新例须知》“列传”条人数统计为例，吕夏卿对后妃、公主等人数进行了分类统计。如“后妃三十三人”，《新传》目录三十四，增宋若昭五姊妹，实际共三十八人。“公主二百十四人”，《新传》目录二一一人，玄宗实际三十女，非二十九女，因此，实有二一二人。②“列女四十七人”，按《新传》目录，窦伯女、仲女合为一传；内容上，卢甫妻李附王泛妻裴，以邹保英妻奚、古玄应妻高、卫州女子侯、滑州女子唐、青州女子王五人附杨烈妇，实际应为五十四人。“忠义五十人”，目录五十九人，冯立附敬君弘，郎岌、燕钦融附王同皎，沈盈、颜泉明附颜杲卿，郭昈、郭航附高沐，实为六十六人。“孝友二十六人”，目录为二十六人，合；内容上，王遇、王遐附支叔才，王君操、赵师举、同蹄智寿、徐元庆、余常安、梁悦、康

①对于《新》《旧唐书》传主废增上，殿本《唐书直笔》卷四馆臣有注，但有一定讹误，本人在对比《新》《旧唐书》基础之上，进行纠正补充，做出如上所考。

②后世对此有争议，详见《廿二史考异》卷五一，南京：凤凰出版社，2008年，第613页。

买得附张琇，何澄、李兴附侯知道，实三十七人。“卓行五人”，目录七人。“隐逸二十三人”，目录二十五人。“循吏十九人”，目录二十六人。“宦者二十一人”，目录二十一人，合。“酷吏十六人”，目录十六人，合。由上可以看出，《新传》传主人数除《循吏》《酷吏》《宦者》相合之外，一般均增；或目录合，而实际增。据上可推，吕夏卿入局以后，便与宋祁等制定《新书》凡例，后宋祁在撰修过程中，随着史料丰富，便陆续添加。宋祁于皇祐元年（1049 年）六月被命为《新书》刊修官，三年（1051 年）二月便出知亳州。因此，《新例须知》当写于皇祐三年前后。

由此可以得出，《新例须知》乃吕夏卿与宋祁等人为《新唐书》撰写的凡例，而《直笔》应是吕氏对《新书》书法思考。

那《直笔》是否与《新例须知》写于同一时间呢？《直笔·列传》“皇后传”曰：“《旧史》文宗不立后妃，武宗王贤妃事阙。今取《杨嗣复传》事，立贤妃传；据李德裕《两朝献替记》德妃暴薨事，备《王德妃传》，则叙事之体具矣。”按《新书》文宗之妃传亦缺。考《旧书》卷一七六《杨嗣复传》，提及文宗妃杨氏之事，语焉不详，疑《新书》无它史料相益，故不书。《新例须知·新添传》“后妃”条，亦无文宗妃杨氏。据此，疑书《新例须知》之时，发现杨氏史料缺乏，故不予立传。据此，《直笔》应早于《新例须知》。

三、《唐书直笔》与《新唐书》关系考

关于《新唐书》与《唐书直笔》关系，《郡斋读书志》曰：“此其在书局时所建明，欧、宋间有取焉。”[①]《四库全书总目》袭用晁公武观点，曰：“据晁公武《读书志》，是书乃其在书局时所建明，欧、宋间有取焉，所有未符乃欧、宋所未取者。”[②]据此，吕夏卿建议被《新书》有所汲取。后《小万卷楼丛书》与《择是斋丛书》本《直笔·跋》均曰：“今观其书，发挥体例，谨严精核，征之《唐书》，合者十之八九，盖深见取于欧宋

①《郡斋读书志校证》，第 298 页。
②《四库全书总目》卷八八，第 752 页。

也。”则吕氏之建议又被欧、宋广泛采纳。

但钱大昕《跋〈唐书直笔新例〉》曰：“《唐书直笔新例》，宋史臣吕夏卿撰。今以《新书》考之，殊不合……它如书即位、书内禅、书立皇太子、书立皇后、书宰相拜复、书命将征伐诸条，以本纪考之，无一同者。”①二者又殊不合。由此看，《直笔》与《新书》关系后世意见不一。那具体如何呢？

首先来看欧阳修，据笔者考证，欧氏对《直笔·帝纪》是有所汲取的，如：

《帝讳》：帝讳之例，始于范蔚宗、陈寿，古今之通制也。《史记》、《汉书》不载帝讳，失于简略也。汉高祖以刘季称，光武以文叔称，然则帝之有字尚矣。唐高祖字叔德，刘昫之书不载之，阙文也。

按《史记》叙古史亦书帝名，如卷一《五帝本纪》曰黄帝姓公孙，名曰轩辕；卷六《秦始皇本纪》曰其名政；卷七《项羽本纪》曰项籍字羽。其余不书帝名者，疑司马氏亦不知。而后书当朝之事，《史记》《汉书》均不书帝名，此显为当朝者讳。后世修史，书帝名者原因有二：一是范晔、陈寿等史乃为后世所修，不必为帝者讳；二是史官发现不书帝名者缺憾较大，故书之。《新书》《旧书》方面，均书帝名，但《旧书》本纪不书字，《新书》仅有高祖字叔德，高宗字为善，其余疑为欧氏所不知，故不书。这是欧阳修采用吕夏卿观点的表现，因仅知二帝之字，故书。以此看，这不是自乱其例。

又如：

《命将征伐》：裨校之属，虽有功，书元帅之名，重兵柄之分也。《德宗纪》书曰：“建中二年十一月，宣武节度刘洽破淄青李纳之军于徐州。”不书神策将曲环名，一军政于刘洽也。

按本纪以简练文笔进行编年记载，大的战役便只书统帅，如《新纪》

①（清）钱大昕：《潜研堂文集》卷二八，载《钱大昕全集》第九册，南京：江苏古籍出版社，1997年，第465页。

卷五曰："（天宝十五载）五月丁巳，鲁炅及安禄山战于滍水，败绩奔于南阳……（六月）丙戌，哥舒翰及安禄山战于灵宝西原，败绩。"[①]均书与安禄山战，考《旧书》卷二百上《安禄山传》曰："（天宝十五载）五月，南阳节度鲁炅率荆、襄、黔中、岭南子弟十万余，与贼将武令珣战于叶县城北滍河，王师尽没……（六月）会哥舒翰自潼关领马步八万，与贼将崔乾祐战于灵宝西，为贼覆败，翰西奔潼关，为其帐下执送于贼。"[②]则与鲁炅、哥舒翰作战的是武令珣、崔乾祐，《新纪》均书作安禄山。本条吕氏所举之例，按《新书》卷七《德宗纪》曰："（建中二年）十一月辛酉，纳寇徐州，宣武军节度使刘治败之于七里沟。"[③]考《旧纪》卷一二曰："（建中二年）十一月辛未，宣武军节度使刘洽与神策将曲环大破李纳之众于徐州。"[④]则为刘洽与曲环共同主战。因此，《新纪》与吕氏之议合。

再如：

《失礼过举礼》：举难行之事，以便世益民，则书。《明皇纪》书曰："开元二年秋七月，焚珠玉锦绣于殿庭。"《德宗纪》书曰："大历十四年闰月，罢剑南贡春酒，放舞象荆山之阳"者是也。

按《新书》卷五《玄宗纪》曰："（开元二年）七月乙未，焚锦绣珠玉于前殿。戊戌，禁采珠玉及为刻镂器玩、珠绳帖绦服者，废织锦坊。"[⑤]《旧纪》卷八将"焚珠玉锦绣"系于"六月"，《新纪》修作"七月乙未"，并增"戊戌"之事。卷七《德宗纪》曰："（大历十四年闰五月）癸未，罢梨园乐工三百人、剑南贡生春酒……丁亥，出宫人放舞象三十有二于荆山之阳。"[⑥]对于"举难行之事，以便世益民"，欧氏对照《旧纪》，不但书，而且有所增益。可见欧氏赞同吕氏之议。

---

①《新唐书》卷五，第152页。
②（后晋）刘昫：《旧唐书》卷二百上，北京：中华书局，1975年，第5371页。
③《新唐书》卷七，第187页。
④《旧唐书》卷一二，第330页。
⑤《新唐书》卷五，第123页。
⑥《新唐书》卷七，第184页。

因此，欧阳修在一定程度上是采纳吕夏卿建议的。

列传方面，《直笔·列传》共列出二十七条，宋祁亦有所汲取，如：

《特传》：备贤愚，纪成败，功高行称，特传。若魏文公、裴度、陆贽、韩愈、李德裕皆特立一传。

按，《新书》特立一传有：卷八四《李密传》、卷九七《魏征传》、卷一五四《李晟传》、卷一五七《陆贽传》、卷一七三《裴度传》、卷一七六《韩愈传》、卷一七八《刘蕡传》、卷一八〇《李德裕传》。韩愈《旧书》非特传，可见，宋祁应采纳吕氏之议。

又如：

《宗室》：凡列传之类有六，冠以后妃，尊也；次宗室诸王，亲也；列以僭国，受命之始也。序以一时之君臣，善恶之总也；继以四夷，王化之及也；终以逆臣，成败之归也。

按，《新书》列传顺序依次为《后妃传》《宗室传》《诸帝子传》《诸帝公主传》《僭国传》《诸大臣传》《四夷传》《奸臣传》《叛臣传》《逆臣传》，与吕氏所曰基本吻合。

因此，吕氏之《直笔》，欧、宋是严格看待，有所汲取的。但欧、宋二人对吕氏之议放弃较多。从放弃条目内容来看，欧、宋不得不如此。

首先吕氏之说过于繁杂，实际操作极为困难。如《帝纪》“太子继承皇位”条，吕氏曰：“继世而立，书‘即位’，用常文。书曰：‘皇太子即位于柩前。’书‘柩前’，示承顾命之重也。继故而立，其贼不讨，则为子之谊轻，不称‘太子’，无嗣父之道也……涉权宜而逼大体，则书‘践阼’，而不称‘太子’。传袭计定，人无异志，则书‘践阼’，而不称‘皇帝’，若让不忍嗣然。”按“即位”为常文，如《后汉书》述历代皇帝，均曰：“即皇帝位。”《新书》《旧唐书》述诸帝表述略有变化，有“即皇帝位”“即位于某地”“即位于柩前”等，根据行文需要，灵活而定，一般不加“皇太子”。若按吕氏所说，首先要分清“即位”与“继故”，然后考虑是否“践阼”，是否“人无异志”，是否要加“太子”。繁缛之规定，在实际操作中只有将之放弃。

又如同卷“立废太子”条，吕氏曰：“太子，社稷之系，父在，不得以‘君’称，书名，从臣下之辞。人神所归，则书‘立’……立不以正，非天下之心所在，则书‘子’，从私恩也。《高宗纪》书曰‘永隆元年八月，立子哲为皇太子’是也。”按吕氏之议，要分清是否“人神所归”，若是则书“立”，但下文“立不以正”之“李哲”，亦书“立”，自相矛盾矣；若不是，吕氏又提出要书“子”。吕氏所提涉主观标准，且标准不清，操作起来存在一定困难。考《新纪》，均曰“立某某为皇太子”。

废太子方面，吕氏亦于同卷曰：“德或无良，虽嫡亦绌，先书‘废’，从天下之志也……嬖夺其恩，废不以过，后书‘废’，非得罪于天下，天下不知太子之废也……其德足以奉宗社而失爱君亲，罹于非命，书‘杀’，迫也。”吕氏提出先书“废”、后书“废”及“杀”的区别，其判别标准为“德或无良”“嬖夺其恩”“失爱君亲”，均具极强主观性，繁杂不说，操作起来亦存困难。

其次，吕氏因过于追求《春秋》笔法，从而导致纪事模糊，如《帝纪》卷吕氏曰：“命将权钧力齐，则不书统帅之名”“僭窃之国，因其下一时之计则地，以众书”“疆寇夷定，则先地后灭，略将以明威”，《列传》卷之“谥赠之数，非功德不书，惩及幸也”。按照吕氏之议，则“不书统帅之名”“非功德不书”等忽略，均会造成史实缺憾，不可取。考《新书》，基本书之。

有时，吕夏卿为了追求《春秋》笔法，过于强调不同，有画蛇添足之嫌。如《帝纪》卷曰：“瘝官不书君命，惩滥恩也。”吕氏言下之意，非“瘝官”则书君命，若如此，君命得反复提及，明显有画蛇添足之嫌。又如《帝纪》卷曰：“征伐巡守，得礼书帝，失礼书诏，逾宿则皆书至。《明皇纪》书曰：‘开元十一年正月，皇帝北巡守。三月，皇帝至京师。’得礼也。《太宗纪》书曰：‘贞观十九年二月，诏亲征高丽。二十年，皇帝至自高丽。’失礼也。”这里，无论“皇帝北巡守……皇帝至京师”，还是

"诏亲征高丽……皇帝至自高丽""皇帝"一词均不用书。考《新纪》，帝做某事，名均略，吕氏此举亦有画蛇添足之嫌。按《春秋》笔法简语中尚褒贬，吕氏一味追求褒贬，从而至此。而此议，有顾此失彼之感。

有时，吕夏卿缺乏通盘考虑，《直笔》中亦会出现用例不当情况，如《帝纪》卷曰："方镇叛亡之人，书'归'，以明同恶。"并举出裴志清背叛朝廷，归于田承嗣之例，用"归"。但与此同时，吕氏亦曰："方镇效顺，举族还朝，书归地。"举出张茂昭以易、定来归之例，亦用"归"。裴志清与张茂昭二者性质显然不同，同用"归"，明显不当。

又如《帝纪》卷曰："皇后共承宗庙，海内之母。立以德，不以爱，正家之道也；先书君命，正也。《太宗纪》书曰：'武德九年八月，立皇后长孙氏。'先书'立'，德选。《肃宗纪》书曰：'至德元年四月，立皇后张氏。'同文。张氏虽以凶终，然其恶不累，故用异例……以爱夺权，以计得众，立非恩德，则从自立文。"按《新唐书》"立皇后"均曰"立某某为皇后"。吕氏曰"先书'立'，德选"，那不以德选如何书写呢，吕氏未说，而所举张氏之例又曰"然其恶不累，故用异例"。下文"立以嬖"条曰："《中宗纪》书曰：'神龙元年，立妃韦氏为皇后。'"难道韦氏亦为异例。明显，吕氏考虑不周。

总的来说，《唐书直笔》是吕夏卿按照《春秋》笔法做出的思考，亦反映宋初修史倾向。《春秋》笔法一尚简，二尚褒贬，通观全书，吕氏褒贬之规定过于繁杂，具有不可操作性，再加之存在众多不足，从而欧、宋不得不放弃其大部分建议。但欧、宋之汲取反映其对《春秋》笔法的思考与赞同，可以说，此书是《春秋》笔法修史发展至北宋，史官从史例角度对修史做出的系统总结。

本文发表于《中国典籍与文化》2015 年第 1 期。

“咽咽学楚吟”而“得《骚》之骨”

——李贺的屈宋接受

◎祁国宏

李贺是中唐诗坛一位全力从事诗歌创作的专业诗人。据《新唐书》载：“（贺）每旦日出，骑弱马，从小奚奴，背古锦囊，遇所得，书投囊中。未始先立题然后为诗，如它人牵合程课者。及暮归，足成之。非大醉、吊丧日率如此。过亦不甚省。母使婢探囊中，见所书多，即怒曰：‘是儿要呕出心乃已耳。’”①也许只有通过诗歌创作，他才能体验到精神的愉悦，才能确证自我存在的意义。以此，李贺的诗歌堪称精工细雕，语词奇崛且色味艳异，意境凄迷而泣鬼惊神。古今的诗评家多注意到了李贺诗歌与楚骚之间的密切关系，发表过不少灼见，从李贺与屈原的身世、思想及其作品的意旨神理等方面作过深入的探讨。而笔者以为李贺之所以倾心楚骚而着力学习其命意、造境和辞彩，至为关键的一点即是他迷醉沉浸于诗歌世界的这种精神状态，与楚骚反复致意而迷离惝恍的幻化诗境极为契合，尤其与屈原创作《离骚》《惜诵》《远游》等篇章时思飞天外的巫士式思维极

①欧阳修:《新唐书》卷二〇三，北京:中华书局，1975年，第5788页。

为接近。因此，楚骚在李贺看来就是一座辉煌神秘的文学殿堂，充满着现实世界中所没有的绮丽景象，飞动着诗人轻灵而自由的灵魂，喷发出绵绵不尽的哀怨、愤恨和不平。这种气息都非常合于李贺的气质，闻起来简直是沁人心脾，既入于脏腑又渗透血骨。从此意义上说，唐代学习接受楚骚的诗人中李贺是最为自觉的一个，其诗歌也是最能够体现出楚骚奇思万端而惊采绝艳总体风貌的一个。明人陆钿说“李长吉得《骚》之骨”，诚哉斯言。

一、李贺的楚骚评论

唐代是一个激情飞扬的时代，唐人渴望建功立业的热情和理想远甚于其学术兴味，所以，唐代的楚辞研究也便处于一个低谷状态，几乎没有留下什么像样的研究成果。但唐人对楚辞作品其实是非常熟悉也非常重视的，这从他们的诗文作品屡屡称引屈宋及大量化用其辞赋语词即可窥一斑。惜乎唐人或是不屑于或是无暇于从事故纸堆中的楚辞研究，像李白、杜甫、韩愈这样的诗文大家对屈宋楚骚亦仅有片言只语地评说，而且这些评说往往都是在他们表达自己某种诗文主张时因涉及楚骚而发表的意见，并非专门之论。后人能够看到的唐代楚辞研究成果，除了依托《文选》一书而留存的部分唐人注解外，其他评论性资料大多以零星的即兴评说形式存在于唐人的诗文作品之中。相较之下，李贺应算是一个特例，因为从其留存至今的楚辞评论来看，其形式内容与同时代其他诗人的楚辞评论判然有别。以下试详说之。

(《离骚》)感慨沉痛，读之有不欷歔欲泣者，其为人臣可知矣！

《天问》语甚奇崛，于《楚辞》中可推第一，即开辟来亦可推第一。贺极意好之。时居南园，读数过，忽得“文章何处哭秋风”之句。

(《九章》)其意悽怆，其辞瓌瑰，其气激烈。虽使间有重复，然临死时求为感动庸主，自不觉言之不足，故重言之，要自不为冗也。

《远游》篇仅铺叙畅达，托志高远，取其意可也，若以文论，尚不尽屈氏所长。

《卜居》为《骚》之变体，辞复宏放，而法甚奇崛。其宏放可及也，其奇崛不可及也。

读此（指《渔父》）一过，居然觉山月窥人，江云罩笠，光景宛宛在目。

宋玉赋当以《招魂》为最幽秀奇古，体格较《骚》一变。予有诗云“愿书汉戟招书鬼，休令恨骨埋蒿里”，亦本之。

以上七条针对楚骚的评述见于明蒋之翘《七十二家评楚辞》。蒋之翘将自司马迁以下至明时计七十余家评论楚骚的意见进行了搜罗编辑，分载于其校定本《楚辞集注》各篇之中。此即所谓《七十二家评楚辞》，堪称明以前楚辞评论资料之总汇。笔者所引出自《楚辞评论资料选》一书。据李贺这些对楚骚的评论来看，他确乎是唐代着意研究过屈宋作品的诗人。蒋之翘《七十二家评楚辞》的资料来源今虽难考知，但相信他定有所本。就其中所收唐人的楚骚评论而言，除另有贾岛的一段评说外[①]，就只有李贺这七条了。由此亦足见李贺对楚骚抱有非同寻常的态度，或许其实际的评骚言论当不至蒋之翘所搜集之数。仅观留存于今的这些评说，显然与多数唐人一般性的抑扬毁誉有所不同。

其一，李贺对楚骚所发表的意见表现为一种较专门的评论形式，是他用心研读楚骚作品后所得情感感染和审美感受之真实表达，更倾向于较纯粹的文学批评。这与此前王勃、李白、杜甫、李华、萧颖士等人针对楚骚发表看法有较大不同。因为后者往往只是在一些阐述表达其文学主张的诗文中或推崇或贬抑屈宋辞赋，他们的主要目的不是为了阐述对屈宋楚骚的理解，而是借抑扬屈宋楚骚来表明各自的文学立场及其对待文学遗产的态度。换言之，李贺的楚骚评论带有较浓厚的学术色彩，从而与同时代多数诗文作者片言只语地附带性谈及楚骚作品相区别开来。

其二，李贺对屈宋骚辞的论评涉及范围较广而且具体。现存的七条评说分别针对《离骚》《天问》《九章》《远游》《卜居》《渔父》《招魂》等而发，基本涵盖了屈宋的主要作品。合理的推测是李贺既然对这些

①收于《七十二家评楚辞》之贾岛评骚意见，蒋之翘应是本之于《二南密旨》，张伯伟《全唐五代诗格校考》中有论。

作品发表过意见，当然也就十分精熟屈宋的全部作品了，同时也应会针对屈宋的其他作品有所评论，只可惜未能留存下来。这也与唐代其他涉及楚骚的评说不同。从《唐代文学思想中屈宋评价的抑扬变化之迹》及其他一些章节中引用过的唐代楚骚评论诗文来看，它们多数情况下都是以“楚辞”“离骚”或“屈宋”来指代楚骚作品，常将屈宋的全部作品当作一个整体来概括其风貌特色，像李贺这样针对屈宋作品具体篇目进行评说的几近于无。可以说李贺的楚骚评论是剖析一个个明确的对象，表达自己对某篇具体作品的阅读感受；而同时代人的楚骚评论则往往是与“风雅”传统相对应的“楚骚”进行大体的笼统言说。

其三，李贺的楚骚评论涉及作品语词特色、结构章法、体貌风格及思想情感等诸方面。如“《天问》语甚奇崛，于《楚辞》中可推第一，即开辟来亦可推第一；《九章》其辞瓌瑰；《卜居》辞复宏放”等，即是评说楚骚语词特色的。这里的“奇崛”“瓌瑰”和“宏放”，颇类于刘勰所言之“瑰诡慧巧”“耀艳深华”及“标放言之致”之意。[①]如“(《九章》)虽使间有重复，然临死时求为感动庸主，自不觉言之不足，故重言之，要自不为冗也；《远游》篇仅铺叙畅达”，前句指出《九章》各篇具有回环往复的结构特点，并说明这是作者强烈情感的自然表达，并非赘辞拖沓。李贺的意见同于司马迁所言“一篇之中三致志焉”的看法[②]；后句认为《远游》篇铺叙畅达，同样是概括其结构章法特点。如“《卜居》法甚奇崛。其宏放可及也，其奇崛不可及也。宋玉赋当以《招魂》为最幽秀奇古，体格较《骚》一变”两句，分别强调了《卜居》的“奇崛”和《招魂》的“幽秀奇古”，表明李贺注意到了楚骚此种别具一格的体貌风味。再如说《离骚》“感慨沉痛，读之有不欷歔欲泣者，其为人臣可知矣”，说《九章》“其意

---

①刘勰《文心雕龙·辨骚》云：“《远游》《天问》，瑰诡而慧巧，《招魂》《招隐》，耀艳而深华；《卜居》标放言之致……”此当为李贺所本。

②《史记·屈原列传》云：“屈平既嫉之，虽放流，睠顾楚国，系心怀王，不忘欲反，冀幸君之一悟，俗之一改也。其存君兴国而欲反覆之，一篇之中三致志焉。”此当为李贺所本。

悽怆”而“其气激烈”，则主要揭示了楚骚作品蕴涵的思想情感，指出屈子眷恋故国而刚直忠贞的高尚人格及其“发愤以抒情”而表达出的无限悲凉激烈之气。

其四，由李贺的楚骚评论，可见他最为称赏楚骚“奇崛”之气，并着意学习汲取此种“奇崛”之气。在李贺的七条楚骚评论中，两次用到“奇崛”，它们是“《天问》语甚奇崛，于《楚辞》中可推第一，即开辟来亦可推第一。贺极意好之。时居南园，读数过，忽得‘文章何处哭秋风’之句”，和“《卜居》法甚奇崛……其奇崛不可及也”。前句用“奇崛”形容《天问》篇的语言特色并极力推扬，称自己诵读之际灵感突发而得佳句。可见李贺完全为《天问》瓌诡奇异的语言形式所征服，整个身心都沉浸于诗句所渲染的特别氛围之中，以此才会触发自己的创作冲动。后句以“奇崛”说明《卜居》篇的体貌风格，进而称这种层层叠进而让愤恨情绪恣肆流泻的手法令人惊异，达到了一个很难仿效的高度。还有一次用到“幽秀奇古”，即“宋玉赋当以《招魂》为最幽秀奇古，体格较《骚》一变。予有诗云‘愿书汉戟招书鬼，休令恨骨埋蒿里’，亦本之。”此句又是概括《招魂》篇的风貌，所用“奇古”一词当与“奇崛”相近，皆是指楚骚作品所独具的惊采绝艳与浓厚楚风之特色。而且李贺这次又交代出一句自己本于《招魂》而创作的诗歌，可见研习楚骚已成为他获取创作资源的一种方式了。所有这些都表明楚骚的“奇崛”之气对李贺吸引力最大，对其诗歌创作的影响也最为明显。

二、“《骚》之苗裔”的同异之辨

接受美学理论认为所有接受活动都须具备接受主体、接受对象及接受关系三要素。而接受活动的主体应当为接受活动的发动者，接受对象即是主体所指向的目标，接受主体与接受对象互动形成的联系纽带就形成了二者之间的接受关系。据此，李贺因其对屈宋楚骚的钟情而具有了指向楚骚而发起接受活动的强烈内驱力，其具体的接受关系除了前文已述及的楚骚评论，即通过对屈宋作品进行阐释而达到理解接受之目的而外，更重要的应当是通过其具体的诗歌创作来学习、仿效并汲取屈宋作品的语词风采和神理气味。对此，同时代人杜牧在李贺辞世十五载后为其诗集作序时概括道：

云烟绵联，不足为其态也；水之迢迢，不足为其情也；春之盎盎，不足为其和也；秋之明洁，不足为其格也；风樯阵马，不足为其勇也；瓦棺篆鼎，不足为其古也；时花美女，不足为其色也；荒国陊殿，梗莽邱垅，不足为其恨怨悲愁也；鲸呿鳌掷，牛鬼蛇神，不足为其虚荒诞幻也。盖《骚》之苗裔，理虽不及，辞或过之。《骚》有感怨刺怼，言及君臣理乱，时有以激发人意。乃贺所为，无得有是？贺复能探寻前事，所以深叹恨古今未尝经道者，如《金铜仙人辞汉歌》《补梁庾肩吾宫体谣》，求取情状，离绝远去，笔墨畦迳间，亦殊不能知之。贺生二十七年死矣，世皆曰："使贺且未死，少加以理，奴仆命《骚》可也。"①

自杜牧此言一出，后人凡评李贺诗者无不随声附和，"《骚》之苗裔"亦几成通识定见。这足以表明李贺的诗歌创作确实深受屈宋楚骚影响而带有较鲜明的楚骚气味。然而围绕杜牧对"《骚》之苗裔"所作的具体阐发，后世却见仁见智而看法不一。争论的焦点在于李贺诗歌是否内含楚骚之理，李贺诗歌的意蕴与体貌究竟当如何理解等，总体上对杜牧的意见多由从不同角度出发而有所驳议。

先是宋刘辰翁《笺注评点李长吉歌诗》云："旧看长吉诗，固喜其才，亦厌其涩，落笔细读，方知作者用心。料他人观不到此也，是千年长吉犹无知已也。以杜牧之郑重，为《叙》直取二三歌诗而止，始知牧亦未尝读也，即读亦未知也。微一二歌诗，将无道长吉者矣。谓其理不及《骚》，未也，亦未必知《骚》也；《骚》之荒忽，则过之矣。更欲仆《骚》，亦非也。千年长吉，余甫知之耳。诗之难读如此，而作者常呕心何也？"又云："樊川反复称道，形容非不极至，独惜理不及《骚》，不知贺

①杜牧：《李长吉歌诗叙》，载陈治国编：《李贺研究资料》，北京：北京师范大学出版社，1983年，第3页。

所长正在理外，如惠施‘坚白’，特以不近人情，而听者惑焉，是为辨。若眼前语，众人意，则不待长吉能之，此长吉所以自成一家欤!”[①]刘氏以李贺知音的口气感叹千年以来无人读懂长吉诗，只有自己才真正理解李贺。他认为杜牧评价贺诗理不及《骚》是不对的，“奴仆命《骚》”亦不尽恰当。言外之意似杜牧既未完全理解李贺歌诗，也未真正理解楚骚，所以才会做出此种不合适的简单比附。刘氏自己的看法是李贺诗歌创作学《骚》非学其理，因为“贺所长正在理外”。其诗歌创作亦是特意舍弃习见常用之语词物景而代之以奇诡惊骇之意象，以此才达到了超越“《骚》之荒忽”的艺术境界，才成就了李贺诗歌自成一家的地位。

明代李维桢《昌谷诗解序》则持更大的反对意见，他说：“杜樊川《序》谓《骚》之苗裔，令未死，且加以理，可奴仆命《骚》，未为不知长吉，亦未为深知长吉。诗有别才，不必尽出于理……《骚》诣绝穷微，极命庶物，力夺天工，浑成无迹。长吉则锋芒太露，蹊径易见，调高而不能下，气峻而不能平，是于《骚》特长拟议，未臻变化，安得奴仆《骚》也?”[②]李氏认为李贺诗歌有学《骚》之处，亦堪称独自成家，但较之于《骚》仍有很大距离。一是琢磨太过而不如楚骚之浑然天成，二是一味高峻而不如楚骚之低昂多变。以此，杜牧以“理不及《骚》”评李贺歌诗既已不当，而谓其“少加以理可奴仆命《骚》”便尤为荒谬。

明清之际的贺贻孙《诗筏》又云：“杜牧之作李长吉序……谓长吉诗为‘骚之苗裔’一语甚当。盖长吉诗多从风、雅及《楚辞》中来，但入诗歌中，进成创体耳。又谓‘理虽不及，辞或过之，使加以理，奴仆命骚可也’数语，吾有疑焉。夫唐诗所以？绝千古者，以其绝不言理耳……楚骚虽忠爱恻怛，然其妙在荒唐无理，而长吉诗歌所以得为《骚》苗裔者，正当于无理中求之，奈何反欲加以理耶？理袭辞鄙，而理亦付之陈言矣，岂

---

①刘辰翁:《须溪集》卷六,影印文渊阁《四库全书》本。

②杜牧:《李长吉歌诗叙》,载陈治国编:《李贺研究资料》,北京:北京师范大学出版社,1983年,第37页。

复有长吉诗歌？又岂复有《骚》哉？”在贺贻孙看来，楚骚之妙即在荒唐无理，李贺诗歌正可谓得其无理，所以才可称之为“《骚》之苗裔”。与他持相同观点者还有稍后的舒梦兰，其《古南余话》卷三云：“（长吉）善学《楚辞》，试将《招魂》《大招》中‘些’‘只’语助一一点去，以七字断句，不全似长吉乐府之声乎！樊川谓其少理，盖不能读《骚》。《骚》正越理摅情，贵声情而略词理者。有娀之女可求乎？鸩可为媒乎？鱼可媵乎？天可冲乎？水中可筑室而芙蓉可为裳乎？其理安在？”[①]其实，从刘辰翁和李维桢反驳杜牧的言论中已隐隐流露出对楚骚之理该作何解的疑问，认为从“理”的角度比照楚骚与贺诗是不适当的。而到了贺贻孙和舒梦兰这里，他们反驳杜牧而明确声称楚骚与贺诗最大的相同点正在于“贵声情而略词理”。也正是从此意义出发，可将贺诗看作是学习接受楚骚的成功典范。然而人们的意见总是难于一致起来，宋琬在《昌谷注叙》中又提出李贺诗歌学《骚》的主要体现即是以一颗屈原式的孤忠之心而抒其哀愤忧国之情，其理正同于楚骚。然而世人皆不深察，以为李贺诗歌是“呕心作诡谲之辞”“神鬼悠谬不可知”，实在是对李贺的巨大误解和谗毁。杜牧“可谓爱贺矣，然犹以为理所未及，虽爱亦谗也”[②]。宋氏的看法可谓是对此前众家评说的一大反驳，回到了杜牧的思路上但并不认同杜牧“理不及《骚》”的说法。

综括以上论争，笔者以为各家都有自己的道理，并不能简单地认定孰是孰非。这样的争论亦有助于我们更好地理解李贺诗歌与楚骚之间复杂的接受关系。因为围绕此命题之所以会出现如此之多的不同看法，这本身即表明楚骚作用于李贺诗歌创作的影响力不局限于某一个方面，而是从辞采形式到思想内容皆有浸染，是一种整体体格上的学习和接受。由于以上各家评说的角度和侧重点有所不同，从而在理解李贺诗歌与楚骚间的关系时

---

①转引自钱钟书：《谈艺录》，北京：中华书局，1984年，第367页。

②杜牧：《李长吉歌诗叙》，载陈治国编：《李贺研究资料》，北京：北京师范大学出版社，1983年，第45页。

产生一些歧见也就在所难免了。不管杜牧对“《骚》之苗裔”的阐述有无偏差，也不管后世围绕此命题展开的讨论有无对错，我们认为所有的意见都是有价值的。因为这些意见可启发人们从多方面去探析李贺诗歌，更好地读懂李贺诗歌。诚如清人姚文燮所说：“杜牧之言贺理不及《骚》而为《骚》之苗裔也，是不必以《骚》抑贺也；又谓少加以理可奴仆命《骚》也，是又不必以贺抑《骚》也。《骚》理何必皆贺，贺理何必皆《骚》也？”[①]以此，关乎“《骚》之苗裔”的同异之辩可视为一条前人于无意中挖掘而成的通道，它可指示我们更方便准确地进入李贺的诗歌世界。

三、李贺诗歌的屈宋接受表现

李贺钟爱楚骚而其创作亦深得楚骚之赐，对此不仅前人多有评说，李贺自己在诗歌中也屡屡言及。如“《愣伽》堆案前，《楚辞》系肘后”（《赠陈商》，见《全唐诗》卷三九一）、“斫取青光写《楚辞》，腻香春粉黑离离”（《昌谷北园新笋四首》其二，见《全唐诗》卷三九一）、“咽咽学楚吟，病骨伤幽素”（《伤心行》，见《全唐诗》卷三九一）、“坐泛楚奏吟《招魂》”（《南园》，见《全唐诗》卷三九四）等，夸张地表现了他对楚骚须臾不离的痴迷程度，同时还将自己的诗歌创作径直称之为“楚辞”。李贺诗歌到底体现出了对屈宋楚骚怎样的继承和接受呢？前人所谓“《骚》之苗裔”的具体根由是什么呢？这些皆须从李贺的诗歌作品中去求得解答，而且只有从具体作品中寻绎到的接受关系才最为真实可靠。

其一，奇诡浓丽而又哀婉寒峭的采。李贺诗歌用语新奇独特，带有韩孟一派的苦吟作风。李贺的诗歌创作态度由《新唐书》载其母称“是儿要呕出心乃已耳”可以想见一二。李贺的苦吟一旦与其对楚骚的爱赏结合起来，很自然地就形成了奇诡浓丽而又哀婉寒峭的辞采。如《苏小小墓》一诗：

幽兰露，如啼眼。无物结同心，烟花不堪剪。

草如茵，松如盖。风为裳，水为珮。油壁车，夕相待。

---

①姚文燮：《昌谷诗注自序》，引自陈治国：《李贺研究资料》，北京：北京师范大学出版社，1983年，第43页。

冷翠烛，劳光彩。西陵下，风吹雨。[1]

全诗传达出一种幽幽冷气，让人心生寒意。然而这种寒意并不是作者刻意渲染的，而是在描写幽兰、烟花、绿草、青松、翠烛等一系列色彩鲜明的物象时不经意间从字里行间渗漏出来的。换言之，该诗最为成功之处即是其辞采。全诗的意境氛围之所以揪心冷峭，主要是因为作者选取了一些在他看来蕴意指向一致的语词，并将它们巧妙地搭配组织起来，从而使诗句凝成一个整体，产生了强烈的审美冲击力。李贺此诗的做法，显然就是对屈子《九歌》，尤其是《山鬼》篇的一种学习。相类似的诗例在李贺诗集中随处可见，如其乐府诗《十二月乐辞·三月》："东方风来满眼春，花城柳暗愁几人。复宫深殿竹风起，新翠舞襟静如水。光风转蕙百馀里，暖雾驱云扑天地。军装宫妓扫蛾浅，摇摇锦旗夹城暖。曲水飘香去不归，梨花落尽成秋苑。"[2]诗中写春色满眼、花城柳暗、竹摇深宫、暖雾驱云、曲水飘香、梨花落尽等等，辞采绚烂堂皇，令人目不暇接。但同样表现的却不是欢情而是哀愁，字面的热闹背后深藏着冷寂。此种堆积繁盛艳丽语词而实质上是为写凄凉无奈的笔法当是源于《招魂》，该诗中"光风转蕙百馀里"即本于《招魂》，"风光转蕙，泛崇兰些"一句，此亦可看作李贺诗歌辞采受楚骚影响的注脚。再如《雁门太守行》一诗中的"黑云压城""甲光向日""燕脂夜紫"等，色彩皆极为刺目，是作者苦心锻炼出的句子。而这层层光影散射出的苍凉和悲壮，又能给读者以深刻感动。叶葱奇评此诗云："很像屈原《九歌》中的《国殇》。杜牧说贺诗是'《骚》之苗裔'，所见甚确，集中像这一类的诗实在都是胎息《楚辞》，而很能得其神理的。"

奇诡浓丽而又哀婉寒峭的辞采是李贺诗歌学习并接受楚骚而表现出来的基本特征，因此我们读李贺诗歌首先也便会感受到它们在辞采方面与楚骚的相近相通，往往在五彩斑斓的绮丽语词外衣下窥到诗人内心世界的寂

①《全唐诗》卷三九〇。
②叶葱奇疏注：《李贺诗集》，北京：人民文学出版社，1980 年，第 24 页。

寞伤感。如“羲和敲日玻璃声，劫灰飞尽古今平”（《秦王饮酒》，见《全唐诗》三九〇）、“衰兰送客咸阳道，天若有情天亦老”（《金铜仙人辞汉歌》，见《全唐诗》卷三九一）、“南风吹山作平地，帝遣天吴移海水。王母桃花千遍红，彭祖巫咸几回死”（《浩歌》，见《全唐诗》卷三九〇）、“星依云渚冷，露滴盘中圆。好花生木末，衰蕙愁空园。夜天如玉砌，池叶极青钱”（《河南府试十二月乐词·七月》，见《全唐诗》卷三九〇）等。李贺诗歌中喜用的意象有蕙、兰、露、竹、月等，这与楚骚多写草木霜露或烘托气氛或寄寓比附有一致之处。特别是当用到“蕙兰”“杜若”“木叶”“兰风”等语词时，结合整首诗的意蕴来看，它们显然是李贺从楚骚中借用而来。从一定意义上说，这些诗歌即因为此类借用而沾染上了楚骚惊采绝艳的凄迷色彩。沈德潜《说诗晬语》云：“李长吉诗，每近《天问》《招魂》，楚《骚》之苗裔也；特语语求工，而波澜堂庑又窄，所以有山节藻棁之诮。”[①]施补华《岘傭说诗》又云：“李长吉七古，虽幽僻多鬼气，其源实自《离骚》来，哀艳荒怪之语，殊不可废，惜成章者少耳。”[②]他们都注意到了李贺诗学《骚》语而成其新异哀艳之辞采特色的一面，同时也指出其因“语语求工”而不如楚骚之浑整天然的不足。

其二，出人意表的构思和奇崛险幻的意境。李贺被称之为“鬼才”，一个原因是其笔下多荒怪幽冷之气，另一个原因是其诗歌构思往往能独辟蹊径而出人意表，从而营造出幻化莫测而恣肆奇崛的诗歌意境，引领读者精骛八极而心游万仞。这与楚骚中描写乘风腾云而上天入地等幻思游历的手法类似，都会使读者在称奇之余感受到作者内心涌动着的巨浪狂涛。先让我们来看一篇李贺的《李凭箜篌引》：

吴丝蜀桐张高秋，空白凝云颓不流。江娥啼竹素女愁，李凭中国弹箜篌。
昆山玉碎凤凰叫，芙蓉泣露香兰笑。十二门前融冷光，二十三丝动紫皇。
女娲炼石补天处，石破天惊逗秋雨。梦入坤山教神妪，老鱼跳波瘦蛟舞。

①②丁福保辑：《清诗话》，北京：中华书局，1963年，第538、989页。

吴质不眠倚桂树，露脚斜飞湿寒兔。[1]

这首诗是《李贺诗集》之首篇，也是能够很好地体现其新颖构思和奇崛诗境的一篇。诗篇起首描绘出一幅开阔辽远又凄凉清冷的图景，给人以壮美之感。你看那秋天高远的长空之下，李凭如痴如醉地弹拨箜篌，声震林越而响遏行云，连江娥素女听了也一下子便愁绪满怀而泪洒竹枝。“昆山玉碎凤凰叫，芙蓉泣露香兰笑”，这句的拟人手法即表现出李贺想象力之丰富惊人，极精准灵妙地形容出音乐之幽美清越，给人以强烈的审美感受。同时，从此句始，诗人的思绪不知不觉间进入到了幻想世界，笔下所出现的人物景象全都来自于神话传说，与现实有着明显的距离。诗中先后写到天门前冷光消融，紫皇亦为乐声感动，女娲炼石补天而石破天惊，极其夸张地表现李凭弹奏箜篌的饱满高昂和激烈有力。接着诗人又以“梦入”两字转入到另一层想象空间，在那里似乎看到的不是李凭而是神仙在弹奏，鱼蛟随着音乐的节奏翩翩起舞；夜已深沉露湿寒兔，然而月宫中的吴质却为音乐所陶醉而斜倚桂树不能入眠。这样就将李凭的音乐才能刻写得出神入化而无以复加。从整体上来读这首诗，一方面我们可看到李贺创作构思的奇异和诗境的奇崛，那些繁复的幻化景象也只有楚骚可与之相比；另一方面我们也能够感受到诗句字里行间渗出的一股愤激之意，诗人为什么要写乐声使“江娥啼竹素女愁”呢？为什么要用“芙蓉泣露”“石破天惊”和“老鱼瘦蛟”这样一类骇人耳目的语汇呢？这其实即是诗人黯然心境的无意流露。

李贺诗集中类似于《李凭箜篌引》的诗作甚众。沈德潜说“长吉诗依约楚《骚》，而意取幽奥，辞取瓌奇。”[2]所谓“意取幽奥”，主要当指新颖别致的构思和奇崛险幻的意境。诗人往往能以超绝的想象将现实、传说和神话熔铸到一首诗当中，使之成为一个独立自主的审美对象。以此，在李贺诗歌中我们常能读到出其不意的幻怪之语，如“东指羲和能走马，海尘

①《全唐诗》卷三九〇。
②沈德潜:《唐诗别裁集》卷八，北京：中华书局，1975年，第126页。

新生石山下”（《天上谣》，见《全唐诗》卷三九〇），写仙人从上天俯视人间须臾千年的巨大变化，想象十分奇特。李贺另有“遥望齐州九点烟，一泓海水杯中泻”（《梦天》，见《全唐诗》三九〇），其构思亦同于此。再如“思牵今夜肠应直，雨冷香魂吊书客。秋坟鬼唱鲍家诗，恨血千年土中碧”（《秋来》，见《全唐诗》三九〇）、“秦王骑虎游八极，剑光照空天自碧”（《秦王饮酒》，见《全唐诗》三九〇）、“空将汉月出宫门，忆君清泪如铅水”（《金铜仙人辞汉歌》，见《全唐诗》卷三九一）等，诗思的新奇夸张皆富于独创性，确有李贺式的“幽奥”之色。若从李贺诗中抽出一篇最能代表其心裁独出之构思的，笔者以为莫过于《罗浮山父与葛篇》[①]了。此诗题材无甚特别之处，不过是写一块葛布而已。但诗人却从织布时的江雨与和暖的兰台风写起，表明葛布的不凡来历；次写洞中老仙送布于人而织布的鬼工吝惜啼哭，极言葛布的不同寻常；接着以蛇毒湿洞与鱼立不食形容天气酷热，此时用这样素洁如天的葛布剪裁为衣当是何等的美妙呵！全诗纯粹出于诗人的丰富想象之中，将江雨细风、老仙鬼工、蛇毒湿洞、江鱼衔沙和箱中一尺天等奇幻意象，以拟人、夸张、比喻等手法围绕葛布组织成为一个整体。作者创作此诗之精妙构思一如纺织葛布之巧夺天工，可谓煞费苦心而周折不少。而若从李贺诗中抽出一篇最能代表其意境奇崛险幻的，又莫过于《苦昼短》一篇了。此诗从长短不一而多四字句和问句的形式，以及强烈的怀疑精神等来看，应当是受屈原作品尤其是《天问》的不少沾溉。诗人以邀劝太阳跟自己一同畅饮美酒写起，使诗作染上一层浓重的浪漫色彩。诗人激烈地宣称自己不知天高地厚，只知寒暑易节人寿不永，不管贵贱贫富都将终老死去，哪里有什么神君和太乙的保佑呢？更惊人的想象是诗人要斩杀驾日之龙而食其肉，从而使长昼亘古，再也没有黑夜和生老病死之困。根本用不着去服食什么黄金白玉，刘

①诗云：“依依宜织江雨空，雨中六月兰台风。博罗老仙时出洞，千岁石床啼鬼工。蛇毒浓凝洞堂湿，江鱼不食衔沙立。欲剪箱中一尺天，吴娥莫道吴刀涩。”见《全唐诗》卷三九一，叶葱奇疏注：《李贺诗集》题为《罗浮山人与葛篇》。

彻、嬴政不都枉然死于求仙问道吗？诗人以腾挪险幻之思构造出了一个奇崛非常的诗境，使人心生惊悸和震撼。有论者以为此诗是讽刺宪宗好神仙的，而笔者倒更愿意视其为诗人抒发人生苦短而无可奈何的生命之痛的，是诗人对生命存在本质的一种形而上的追问。

其三，幽怆寂寥的悲愤情感。李贺诗歌创作宗师屈宋而仰范楚骚，以奇诡寒峭的语词、丰富奇异的想象和新颖的构思，创设出一种奇崛华美而又变幻莫测的艺术境界。然笔者以为除了这些形式特点外，李贺诗歌之所以被公认为"《骚》之苗裔"，还在于其对楚骚文学精神的接受，即抒发作者幽怆寂寥的悲愤情感。李贺诗云"天荒地老无人识"，①此约略可概其诗歌多幽怨愤慨之根由。清张澍曰："余读长吉之诗，窃以为似扬雄之文也，其幽思诘屈，奇采陆离，寄兴无端，《离骚》与伍。世之论者，辄议其险怪难解，有心雕缋，则惑之甚。夫以昌谷之才，髫龄惊众，而媢忌者流沮其进用，使之阸塞不伸，情菀志懑，发为歌诗，舒写郁抱，宜其龙腾虎攫，波诵云诡也。"②这正可看作是对"天荒地老无人识"的解说。李贺自称是唐宗室郑王后裔，此与屈子为楚王同宗类似，这一点让他们自己心中会产生较常人更多一些的社稷忧患感。然而李贺生年潦倒穷困，没有取得过什么像样的政治地位，此与屈子遭谗被逐亦有近似之处，但笔者以为实则更类同于宋玉的"贫士失职而志不平"之情形。以李贺之诗才和甚高的自我期许，对照其落拓的现实境遇，自然会有满腔的怨愤从笔端喷涌而出了。

李贺多次在诗中强调自己"唐诸王孙"的出身地位，明显带有以此为荣的自豪和自命不凡之意。其《南园十三首》其五云："男儿何不带吴钩？收取关山五十州。请君暂上凌烟阁，若个书生万户侯。"《马诗二十三首》其五云："大漠沙如雪，燕山月似钩。何当金络脑，快走踏清秋。"

---

①李贺:《致酒行》,见《全唐诗》卷三九一。

②《养素堂文集》卷三十四《李长吉诗跋》,引自《续修四库全书》,上海:上海古籍出版社,第1507册,第129页。

皆表露了诗人昂扬向上的精神风貌，渴望建功立业而一展抱负。但早已败落的家境和因讳父名而不得参加进士考试，使李贺的热情和理想遭遇到了寒流，诗人的敏感便一下子将他推入了精神的苦闷深渊。试看这些诗句，“我有迷魂招不得，雄鸡一声天下白。少年心事当拏云，谁念幽寒坐呜呃？”（《致酒行》，见《全唐诗》卷三九一）、“园中莫种树，种树四时愁。独睡南床月，今秋似去秋。”（《莫种树》，见《全唐诗》卷三九二）、“落莫谁家子，来感长安秋。壮年抱羇恨，梦泣生白头。”（《崇义里滞雨》，见《全唐诗》卷三九二）、“秋风吹地百草干，华容碧影生晚寒。我当二十不得意，一心愁谢如枯兰。”（《开愁歌》，见《全唐诗》卷三九二）、“驱马出门意，牢落长安心。两事谁向道？自作秋风吟。”（《京城》，见《全唐诗》卷三九三）细细读来，相信我们会被李贺的愤恨不平之气和落寞寂寥之意所淹没的。

若要更深地理解李贺在抒写幽怆悲愤情感方面接受了楚骚的影响，最好来读读他的《公无出门》一诗：

天迷迷，地密密。熊虺食人魂，雪霜断人骨。

嗾犬唁唁相索索，舐掌偏宜佩兰客。帝遣乘轩灾自息，玉星点剑黄金轭。

我虽跨马不得还，历阳湖波大如山。毒虬相视振金环，狻猊猰貐吐馋涎。

鲍焦一世披草眠，颜回廿九鬓毛斑。颜回非血衰，鲍焦不违天。

天畏遭衔啮，所以致之然。分明犹惧公不信，公看呵壁书《问天》！①

此诗开首即描绘了一幅极恐怖的场景：天上飘飞着断人肌骨的霜雪而昏昏沉沉，地上爬行着食人魂魄的恶兽而密密麻麻，猛犬被啸嗾纵使着扑向一个个善良无辜的人。接着诗人写自己跨马他方，所见更是百倍地险绝艰难。人们幻想着也许能够得到天帝的护佑而免除灾殃，但天帝原来却也是欺软怕硬之辈，他非但不帮助善良弱小，相反竟与毒虫怪兽们一起来折磨天下百姓。颜回安贫乐道而困顿早夭，鲍焦与世无争而穷苦潦倒，这其

---

①见《全唐诗》卷三九三。

实都是上天故意所为！最后诗人以极度愤激的语调喊出："分明犹惧公不信，公看呵壁书《问天》！"表现出对上天不公的强烈抗议和指斥。

李贺此诗在很多方面体现了对楚骚的接受，语汇方面如"熊虺食人魂"化自《招魂》"雄虺九首，往来倏忽，吞人以益其心些"；"嗾犬唁唁"化自《九辩》"猛犬狺狺而迎吠"；"佩兰客"化自《离骚》"纫秋兰以为佩"等。构思方面如极言天地四方之恶显然系借鉴《招魂》之法；跨马巡游的情形又当受屈骚多写游历景象的启发。当然，最主要的还应是对楚骚"发愤以抒情"文学精神的接受。诗人将胸中的孤愤与绝望、压抑与窒息、抗争与呐喊，以楚骚式的超现实手法，出之以荒怪而又凄厉的意象，营造出惊心动魄的诗境，表现出一种极其强烈的反庸俗反现实的冲击力量。"公看呵壁书《问天》"一句，即流露出李贺对屈原悲剧的深切同情和对楚骚写恨精神的完全认同。

北宋道潜有诗称赞李贺曰："少年肯事事，苦学志独强。《风》《骚》拟屈宋，妙处相颉颃。"[①]李贺的一生虽然短暂却取得了不凡亦不朽的诗名，实在是因为他胸中郁积了太多的幽忧、头脑中充满了太多的幻梦使然。这同时也使他异乎寻常地偏好楚骚，在自己的诗歌创作中学习、仿效并融合楚骚的手法和意趣。对此，明王文禄《诗的》说："李长吉鬼才，非也，仙之奇才也。法楚《骚》，多惊人句，无烟火气，在太白之上。"[②]语虽太过，但却不无道理。清张谦宜《絸斋诗谈》亦云："骚学不深者，莫惹昌谷派，恐学他一片墨晕耳。"[③]同样是强调李贺诗歌深染楚骚气息。

祁国宏，北方民族大学文史学院副教授，南京大学文学博士，主要从事先秦两汉文学研究。

---

①道潜:《观明发画李贺高轩过图》,载《参寥子诗集》卷十,《四部丛刊》三编。
②引自《楚辞评论资料选》,第 103 页。
③张谦宜:《絸斋诗谈》卷二《统论》下,引自《续修四库全书》第 1699 册,第 635 页。

论延安文艺的本质特征

◎张鸿才

延安文艺是在中国共产党领导下的人民大众改天换地的革命斗争中产生和发展起来的革命文艺，是中国五四新文艺发展史上的丰碑，也是马克思主义文艺理论在我国特殊条件下的成功运用和重大发展。延安文艺既是具有明确的纲领和组织、具有自觉的队伍和活动的文艺运动，也是具有共同艺术主张的文艺思潮和拥有大量优秀作品、有着自己独特面貌的文艺形态。它不仅从理论上明确地解决了新文艺发展史上长期以来试图解决却没有解决的一系列重大理论问题，而且从文艺实践上开了一代新风。它在我国新文艺发展史上所占的承前启后的显著地位，是有目共睹的。因之，重视延安文艺的研究，对认真总结我国新文艺的历史经验，对在新的历史条件下正确认识和评价毛泽东文艺思想，以及更好地推动社会主义文艺事业的繁荣和发展，都有着积极的意义。这无疑是一个很重要的课题。在这里，我们试图先就延安文艺的本质特征问题，进行初步的理论探讨。

一

以辩证唯物主义与历史唯物主义的世界观和方法论为指导思想观察并

反映现实，这是延安文艺的一个本质特征，也是无产阶级革命文艺之前的所有文艺不可能具有的特质。当然，这却不能理解为延安文艺采用的是辩证唯物主义与历史唯物主义的创作方法，世界观并不等于创作方法，把二者简单地等同起来加以看待的先例，在20世纪20年代苏联“无产阶级文化派”所掀起的文艺运动中曾经发生过，那是一种抹杀文艺特性的庸俗化的错误做法；也不是说所有的文艺家和文艺作品，都完美无缺地贯彻了辩证唯物主义与历史唯物主义的世界观和方法论。而是说，从总体上看，从基本面貌上看，延安文艺是以辩证唯物主义与历史唯物主义，作为文艺家在观察生活、反映生活、表现思想感情诸方面的指导思想。

正因为延安文艺为先进的科学的世界观所武装，所以它具有“较大的思想深度和意识到的历史内容”。[①]恩格斯早在19世纪50年代末所企盼的“戏剧的未来”，其实也就是无产阶级文艺所应具有的品格。“较大的思想深度和意识到的历史内容”，应该说在延安文艺中得到了越来越充分的体现。过去时代的优秀文艺作品，也曾部分地具有这个特点，但不是自觉地追求，不是普遍性的特点，只有在苏联社会主义文艺，我国延安文艺才成为一种普遍性、根本性的特点。

这是一种在社会变革时期，文艺所重视的追求。在社会矛盾冲突激烈的变革时期，文艺必然要求增强自身对社会的积极影响作用，对社会现实的关注便会日益强烈。但是过去时代的进步文艺家，或由于自身生活接触范围和视野的限制，或由于历史的阶级的局限性，在对社会矛盾和社会发展的观察、描绘上，不能不造成许多缺憾。对于掌握了和接受了辩证唯物主义与历史唯物主义世界观和方法论的革命文艺家，先进的科学的指导思想就为他们深入地认识社会，从历史发展的眼光观察社会矛盾，提供了广阔的可能性，他们的社会视野，无疑大大地扩大了。我们回想一下从“五四”新文艺发生到延安文艺出现的历程，便会明显地感到，虽然新文艺最

---

①恩格斯:《1859年5月18日致拉萨尔书》(全文),载杨柄:《马克思恩格斯论文艺和美学》,北京:文化艺术出版社,1982年,第415页。

初就承担着反帝国反封建主义的任务，是新民主主义革命的活跃的有成效的一翼；但是那时的许多文艺家是与实际革命脱离的，他们较多关注的是自己亲历的或接触较多的社会问题，以及社会生活的某些侧面；而广大劳动群众的生活和斗争，还未能进入他们的视野。甚至到抗日战争爆发后，许多文艺工作者来到延安，还在自己原来熟悉的题材和人物上兜圈子，造成了与延安现实的严重不协调。毛泽东《在延安文艺座谈会上的讲话》（以下简称《讲话》）的发表，使这种情况有了显著的变化。

《讲话》中阐述的工农兵方向、文艺与生活、文艺与政治的关系问题有一个共同的旨归：要求文艺家关注现实、关注当前的政治变动、关注人民大众的解放事业。在《讲话》精神的指引下，延安和各革命根据地的文艺工作者同人民大众的结合，进入了一个新的阶段，五四新文艺的一些缺点从根本上得到了纠正，资产阶级、小资产阶级文艺观点得到了较为彻底的克服。中国共产党所领导的文化生力军，终于冲破各种阻隔，将自己的活动中心由畸形发展的大都会——上海——移到了革命圣地——延安。“拿枪的军队”和“文化的军队”[①]结合起来，避免了由原来的分离所造成的许多弊端，真正走上了和新的斗争、新的时代、新的群众融为一体的康庄大道。一批文艺家开始努力全面真实地反映现实，在历史的发展中描绘人民群众的革命斗争，极力追随时代前进的步伐，反映人民群众的思想感情和愿望要求。这样的努力，无疑会促使他们的作品在反映社会生活面上，在揭示现实关系上，都有“较大的思想深度和意识到的历史内容”。革命文艺家首先创作的一批新成果，是描写工农兵英雄模范人物的特写和报告文学作品。丁玲的《田保霖》、欧阳山的《活在新社会里》这两篇描写新人物的报告文学作品，曾经使目不暇接的毛泽东“在洗澡后睡觉前一口气读完”，并且激动地要“替中国人民庆祝，替你们两位的新写作作风庆祝”[②]。艾青的长诗《吴满有》也是根据真人真事创做出来的。这批真

①毛泽东:《在延安文艺座谈会上的讲话》。

②毛泽东1944年7月1日致丁玲、欧阳山的信，见《延安文艺丛书·文艺理论卷》，长沙：湖南文艺出版社，1987年，第75页。

人真事作品的出现，反映了文艺家对陕甘宁边区涌现的英雄模范的崇敬之情。而小说创作中的《高干大》《洋铁桶的故事》《种谷记》，以及戏剧创作《血泪仇》《白毛女》等描写工农兵生活的优秀作品，把人民群众对新生活的渴望，把英雄人物在对敌斗争中所显示出来的英雄气概，作了生动有力的表现。

随着历史前进的步伐，文艺家关注并描绘了建立革命根据地的斗争、抗日战争、民主改革、解放战争、土地改革等一系列重大历史事变和社会事变。几乎所有的重要历史发展阶段，和这些历史发展阶段的重要生活方面，都或直接或间接地在延安文艺中得到了描绘和表现。我们可以说，延安文艺是一部我国革命根据地人民在中国共产党的领导下，经过土地革命战争、抗日战争和解放战争的血与火的洗礼，不断艰苦奋斗，求生存、求解放、求幸福的形象历史。我们可以借用毛泽东在评价《红楼梦》时的一句话，不读《红楼梦》就不能了解中国封建社会，而说不读延安文艺就不能真切地了解我国革命根据地人民在翻身求解放的历程中所遭受的苦难和奋起抗争的英勇姿态，是至为确切的。延安文艺是革命根据地广大人民在土地革命战争、抗日战争和解放战争这段历史时期内现实斗争的伴生物，是革命根据地广大人民群众思想、情感、幻想的真实记录。由于革命文艺家不仅仅是在时间概念上对现实生活的追随，而最根本的是由于具备了历史的发展的眼光，扩大了社会生活的视野，追寻生活的某些本质方面，从而使其创作在真实反映生活上达到了新的高度，具有“较大的思想深度和意识到的历史内容”。

对于一部文艺作品来说，什么是它的“较大的思想深度”？我以为，所谓“思想深度”，就是指作品所描写所反映的有限的个别事物，不能仅停留在这个别现象上，而应揭示出与社会生活的深层联系，与人生存在、人生追求的内在联系，不仅给人以情感的满足，还应给人以思想上的启迪。对于关注、描绘、反映社会生活的作品，这种思想深度的追求，就蕴含在对社会发展规律的把握之中，就蕴含在对社会生活的某些本质方面的揭示之中，也同样蕴含在对社会人生某些重要现象的直觉之中。在这里，自觉意识起着重要作用。所谓“意识到的历史内容”，就是指对社会现实清醒的历史的认识，对现实关系的深刻把握。“较大的思想深度和意识到的历史内容”，是互相依存的，是从不同方面共同强调的，都是指向对作品的思想、社会价值评价的。延安文艺也正是由于它是以辩证唯物主义与历史唯物主义的世界观和方法论为指导思想，从而获得了“较大的思想深度和意识到的历史内容”，当然对于文艺作品来说，它的思想认识意义，并不是先进的科学的世界观和方法论的演绎和图解，也不是有关社会、有关历史的正确结论的简单的搬入，它应当是与审美情感、审美形象血肉一体的产物。延安文艺的许多优秀作品，就生动地说明了这一点。

二

延安文艺的另一个本质特征，是文艺作品和人民大众的革命斗争生活血肉相连。毛泽东遵循文艺的普遍规律，回答新时代对文艺的要求，揭示出了无产阶级革命文艺的特殊规律，他从文艺与生活的辩证的审美关系出发，提出了文艺为人民大众服务的方向；而又通过辩证地解决文艺与生活的审美关系，阐明了文艺创作的基本规律，指出了文艺应当如何为人民大众服务。延安文艺就是在毛泽东文艺思想哺育下成长起来的革命文艺。它远非过去时代那种沉溺于个人哀怨中的旧文艺所可比拟，而是勇于直面人生，对人生进行自觉的探索和追求。其中的许多优秀作品，把个人的命运和阶级的命运联系起来，和人民大众的革命事业联系起来，去探求生活的真理，叙人民大众之事，抒人民大众之情，表现出革命战士对伟大的生活变革的审美体验。

延安文艺以新的人物、新的生活、新的世界展现在读者和观众的眼前，令人耳目为之一新。就拿20世纪80年代后期出版的16卷本大型系列丛书《延安文艺丛书》来说，这套由老延安金紫光、雷加、苏一平主编的丛书，在一定程度上反映了延安文艺创作的部分[①]优秀成果，辑录了近700万字的文艺作品。这些作品的题材，有关抗日战争、解放战争以及军民关系内容的，有关农村土地斗争及其他各种反封建斗争内容的占了丛书所收作品的绝大部分。与此相联系，人民群众在文艺作品中取得了主人公的地位。我们自然不能简单地以题材和主人公的身份来论述文艺的性质，但也不能不注意到不同阶级、不同文艺思潮，也都在题材和主人公的身份上有着不同的选择与关注。封建文艺主要描写的对象是帝王将相、才子佳人；资产阶级文艺主要描写的是反封建的斗士和冒险家，也不可否认过去时代的进步作品也有描写劳动群众的，但是他们多作为被侮辱、被损害者，是被怜悯、被同情的对象。即使是我国五四时期的新文艺，工农群众也未真正成为描写的中心。《讲话》发表以后，文艺家的创作题材和作品的主人公身份有了很大的改观，出现了崭新的局面。人民大众的革命斗争生活成了文艺家描写的主要题材，推动历史前进的人民群众成了作品中的主人公。不是少数或一部分文艺家及其作品是这样做的，而几乎是绝大部分文艺家及其作品是这样做的。这样做的结果，一方面在反映社会生活的视野上有了很大程度的扩大，另一方面在题材的多样化上无疑却有着相应地缩小和单一。在这里，我们无需论述其功过，而是必须看到，正是这种题材和主人公的整体变化，使得延安文艺突出的不同于任何时代的文艺。诚如毛泽东在著名的关于平剧《逼上梁山》的一封信[②]中所指出的："历史是人民创造的，但在旧戏舞台上（在一切离开人民的旧文学旧艺术上）

①据《延安文艺丛书》编委会顾问、著名诗人艾青介绍，《延安文艺丛书》收录的作品，占延安时期在延安及陕甘宁边区写作、发表、演出、展览和出版的文艺作品总量的5%~10%。

②毛泽东看了由杨绍萱、齐燕铭编导，中共中央党校俱乐部演出的平剧《逼上梁山》后，于1944年1月9日写了这封信，请中央党校副校长彭真转交给编导者。收信人为杨绍萱和齐燕铭。杨绍萱当时是中共中央党校研究员，齐燕铭当时是中共中央党校教务处文教科科长，杨、齐二人当时都并不在延安平剧院工作。"文化大革命"期间，此信曾在1967年5月25日《人民日报》上发表，报纸编辑人员把这封信竟说成是写给延安平剧院的，信中"郭沫若在历史话剧方面做了很好的工作，你们则在旧剧方面做了此种工作"一句被删掉。在纪念毛泽东《在延安文艺座谈会上的讲话》发表四十周年的时候，《人民日报》又于1982年5月23日重新发表了此信的全文。

人民却成了渣滓，由老爷、太太、少爷、小姐们统治着舞台，这种历史的颠倒，现在由你们再颠倒过来，恢复了历史的面目。”①

延安文艺正视现实生活中形形色色的矛盾斗争，不仅着力刻画出了反动阶级的凶狠和奸诈，也开始注意到了发掘人民群众的革命要求与美好情操，以及反映人民群众身上的某些弱点，表现出新时代人民文艺的光辉。延安文艺的代表作之一歌剧《白毛女》，不仅形象地展示出农民和地主阶级之间尖锐的矛盾，而且还表现出“旧社会把人逼成鬼，新社会把鬼变成人”的深刻而又新颖的主题。在这样的基础上，刻画了喜儿不断发展的反抗性格，显示出她的反抗和复仇精神的时代的根据，真实地再现了典型环境中的典型人物。这样，就既能深深地激起人们对地主阶级的仇恨，而且又使人们感受到整个旧社会崩溃前夕的时代的氛围，觉察出在中国共产党的领导和影响下，人民群众的革命精神必然要得到高扬。让我们再以赵树理的小说为例，说明延安文艺对人民大众的革命斗争生活独到的艺术表现。他笔下的农村生活画卷不同于过去那些描写农村的文艺作品，从生活习俗到思想感情以至气质神态，都是地地道道的北方农村的农民，既真实地再现了农村复杂的矛盾、农民贫困的生活和落后的意识，又揭示出了农民的革命要求和觉醒过程，显示出新的生活真理和时代亮色。在《小二黑结婚》中，以金旺为代表的恶霸受到了惩处；二诸葛和三仙姑，这两个具有不同性格的落后农民，成了人们嘲讽的对象；而小二黑和小芹坚强不屈的斗争，在民主政权的支持下，终于取得了胜利。从这一对青年男女争取婚姻自由的斗争过程中，反映出了正在前进中的中国社会风貌和新一代农民的成长，从一个重要侧面歌颂了民主政权的威力，表明实行民主改革的重要意义，揭示出个性解放必须和社会变革结合起来这样一个颠扑不破的真理。在《李有才板话》中，作品不仅仅揭示了封建地主凶狠狡诈的本质，还深刻地描绘出农民群众在党的影响下已经开始觉醒。李有才和围绕

①毛泽东1944年1月9日致杨绍萱、齐燕铭的信，见《延安文艺丛书·文艺理论卷》，长沙：湖南文艺出版社，1987年，第70页。

着他的“小字辈”人物，尽管还受着严重的压抑，却都迫切要求冲破封建罗网，积极地争取翻身解放，在农村的民主改革中发挥着重要作用。小说塑造的章工作员和老杨同志这两个对立的形象，是来自生活的重要发现，具有深远的典型意义，形象地表现出阎家山农民能不能翻身，关键在于党的领导。《李家庄的变迁》在广阔的背景上描写了一个村庄从大革命失败后到抗战胜利的近二十年的变化，通过这个过程中的几个典型事件，刻画出主人公铁锁的成长道路。铁锁在党的培养下，从一个具有自发反抗要求的农民，逐渐成长为自觉的革命战士，他的成长道路具有深刻的典型性，显示出中国革命的发展历程。郭沫若对赵树理的创作给予高度的评价，他在1946年8月撰写的《〈板话〉及其他》一文中说：“我是完全被陶醉了，被那新颖、健康、素朴的内容与手法。这儿有新的天地，新的人物，新的感情，新的作风，新的文化。谁读了，我相信都会感着兴趣的。”[①]赵树理扎根于农民之中，他所塑造的农民形象，和阿Q、闰土、祥林嫂、爱姑等有着血缘关系，但又有鲜明而崭新的特点，他的小说被读书界誉为处于新民主主义革命浪潮中中国农村的一面镜子。

延安文艺的许多代表作家、代表作品的成功经验，充分地证明了优秀的革命文艺来自对人民大众革命斗争生活的深刻而独特的审美体验。毛泽东在《讲话》中指出：“中国革命的文学家、艺术家，有出息的文学家、艺术家，必须到群众中去，必须长期地无条件地全心全意地到工农兵群众中去，到火热的斗争中去，到唯一的最广大、最丰富的源泉中去。”[②]这是革命文艺创作规律最基本的出发点。然而，有了丰富的生活经验和斗争经验，并不一定就能打开文学艺术原料的矿藏，这里还有一个文艺的特殊对象以及对之进行艺术把握和处理的问题。文艺家必须把注意力放在文艺的特殊对象上，其中心是作为一切社会关系的总和的人。“这个了解人熟悉

---

①《中国解放区文学书系·文学运动与文学理论编(二)》，重庆：重庆出版社，1992年，第1645页。

②毛泽东：《在延安文艺座谈会上的讲话》。

人的工作却是第一位的工作。”[1]文艺家不仅要善于观察生活，而且还要去体验生活，这样才能从中摄取具有特征的形象。同时，又不能停留在对表面现象的认识上，还要进行研究和分析，挖掘出它们的深刻含义，获得自己对生活真理的独特感受和发现。在社会生活中，人不是孤立的人，而是处在各种社会联系中，在一定时代的社会环境中活动。因此，需要“观察、体验、研究、分析一切人，一切阶级，一切群众，一切生动的生活形式和斗争形式，一切文学和艺术的原始材料，然后才有可能进入创作过程”[2]。特别值得我们重视的，是努力去表现新的人物、新的生活和新的世界。现实生活中美好与丑恶、高尚与低劣，总是相比较而存在，相斗争而发展的，革命文艺家应当把人民心灵中美好的、高尚的东西发掘出来，赞美它、歌颂它，给人们以感染和激励。延安文艺的创作实践，正是体现和丰富了这一规律。

三

高度强调文艺作品对人民群众的思想教育作用，也是延安文艺的一个本质特征。延安文艺的创作者们，都受一种明确的创作思想指导，为工农兵创作，为工农兵服务。他们严格遵循毛泽东在《讲话》中指引的道路，使创作服从于一定时期的革命需要，服从于一定时期的政治路线。所以，延安文艺及其各种实践活动，有着明确和鲜明的教化目的，积极地以共产主义思想，或者以新民主主义思想、社会主义思想教育人民群众，要求文艺家成为人类灵魂的工程师，要求文艺作品成为革命的教科书和生活的教科书。毛泽东在《讲话》中提出了政治标准第一、艺术标准第二的文艺批评标准，促使着这种倾向进一步向前发展。文学艺术的组织工作者，各类艺术作品的创作人员，广大的读者群，都很少把文艺看成单纯的审美创造，而较多地把它看成革命斗争的工具，看成是团结人民、教育人民、打

①②毛泽东:《在延安文艺座谈会上的讲话》。

击敌人、消灭敌人的有力武器。因此，面对一部文艺作品，首先想到的是它的思想内容如何？对人们有什么教益？一些在追求思想教育作用，同时也重视艺术创造的文艺家，把二者看成辩证统一的关系，做到了革命的思想内容和尽可能完美的艺术形式的结合。当二者不能很好结合的时候，人们宁可在艺术形式上少些努力和追求，而不肯在思想内容上掉以轻心、马虎从事。我们不是肯定和推崇这种创作态度，而是力图说明这样的客观事实：延安文艺高度强调文艺作品对人民群众的思想教育作用。当延安文艺的这一本质特征不违反艺术创作的规律时，当文艺作品的思想教育作用是渗透在艺术形象的血肉中，同艺术创造和艺术发现密不可分时，艺术作品的思想价值有力地辉耀着它的艺术价值。当延安文艺的某些作品尽管艺术性差一点，只要对人民群众能够起到思想教育作用，当年的读者和观众还是欢迎这些作品的，并对较差的艺术表现给予谅解。这样的文艺现象，今天的年轻人似乎感到不可理解、不可思议，其实，这样的文艺现象在世界文艺发展史上和国际无产阶级文艺运动中，是并不鲜见的。19 世纪俄国激进的革命民主主义者车尔尼雪夫斯基创作的长篇小说《怎么办?》，苏联无产阶级文学奠基人高尔基在 1905 年写的长篇小说《母亲》和短篇小说《一月九日》，这些作品在政治思想上所起到的唤醒群众、教育群众的巨大作用，和它们在艺术上所达到的高度，存在着不小的矛盾。车尔尼雪夫斯基的小说，人们不是普遍认为有些概念化的东西吗？但在俄国文学史上和世界文学史上必须大书特书。普列汉诺夫认为高尔基的《母亲》和《一月九日》是文学性不高的作品，而对高尔基要求很严格的列宁，却给予《母亲》和《一月九日》以很高的评价。这就是列宁和普列汉诺夫在评价高尔基小说时分歧之所在。历史证明谁的评价正确呢？历史证明还是列宁的评价是正确的，经得住时间的考验。我这样说，并不是要为延安文艺中那些粗糙的、概念化的、图解性的作品辩护，而是说不要无视延安文艺所起到的巨大历史作用，以某些作品中所谓的艺术性差去贬低延安文艺，不要由于自己不能从整体上认识和理解延安文艺而去贬低它。

优秀的延安文艺作品，在配合当时的革命任务上，在长时期对人民群众发挥积极的思想影响上，都堪称难得的宝贵精神食粮。它在提高我们民族的自信心上，它在促进群众的阶级觉悟和斗争精神上，它在集体主义和共产主义思想的宣传上，都发挥了特有的巨大力量。延安文艺中的代表作品如：丁玲的《太阳照在桑干河上》，周立波的《暴风骤雨》，欧阳山的《高干大》，柯蓝的《洋铁桶的故事》，马烽、西戎的《吕梁英雄传》，柳青的《种谷记》，草明的《原动力》，以赵树理为代表的“山药蛋派”小说，以孙犁为代表的“荷花淀派”小说，李季的《王贵与李香香》，阮章竞的《漳河水》，田间的《赶车传》，冼星海的《黄河大合唱》，古元的《减租斗争》《运草》《区政府办公室》，贺敬之、丁毅的《白毛女》，马健翎的《血泪仇》，等等。这些作品的价值，首先不在于艺术上的独特发现和重大创造，而在于它们发挥过巨大的团结人民、教育人民、打击敌人、消灭敌人的作用。试以《白毛女》为例来说明这部作品对人民群众的思想教育作用。作品揭示了农民和地主阶级的矛盾，点起了广大农民向封建地主阶级复仇的火焰，集中而强烈地反映了农民在抗日战争时期减租减息的基础上焕发出来的彻底革命精神，表现出中国广大农民与封建地主阶级不可调和的矛盾的本质，因而起到了振聋发聩、惊世骇俗、动员广大农民迅速投入到土地改革高潮中去的巨大社会作用。当年《白毛女》在解放区各地农村演出时，台下人山人海、万头攒动，甚至连房顶上、墙头上、树杈上、草垛上都挤满了看戏的观众。戏演到高潮时，台下时而是一片哭声，时而是一阵怒吼；戏散演员卸妆后，扮演黄世仁的演员每每被观众打得鼻青脸肿。《白毛女》在部队演出时，有一个苦大仇深的新战士，竟端起步枪准备向台上的黄世仁瞄准射击，幸亏被连长及时发现劝止住了。《白毛女》一场戏演完以后，工农兵群众的斗争热情，往往就像干柴遇到烈火一样，顿时熊熊燃烧起来。甚至连一些群众自编自演的小戏，在那个时代也能起到对人民群众的思想教育作用。例如：村子里演《参军》，当天就有几十个青年报名参军；演《减租》，农民兄弟们纷纷涌向地主的大院，要求地主立即减租；演《交公粮》，很快就有许多群众踊跃向农村基层政权交公粮。以上事例说明这样 个道理：我们衡量一种文艺的价值，应该具有科学的历史的观点，即把那种文艺放到它那个时代去考察，看它是否描写了那个时代的真实生活？是否表现了那个时代人民群众的审美意识？是否推动了那个时代生活的进程？正如车尔尼雪夫斯基所说：“每一代的美，都是而且也应该是为那一代而存在的”①。延安文艺是延安时代中国社会和中国历史的产物，它描写了那个时代的真实生活，表现了那个时代人民群众的审美意识，推动了那个时代生活的进程，发挥了巨大的精神力量。在这里，我们特别要提出的是爱国主义精神和集体主义精神在延安文艺中高扬。

爱国主义精神，一直是我国古典文学的优秀传统，也是“五四”新文艺的突出内容，在延安文艺中有了新的发展。这也是当时我国人民面临民族生存危机的现实存在，所激起的精神需求。不愿做亡国奴，不愿祖国继续受帝国主义列强的蹂躏，不愿祖国长期落后贫穷的思想情绪，渗透在许多作品中，有的化成对民族英雄和英勇战斗的歌颂，有的化成对民族传统和历史的赞美，有的化成对人民摆脱贫困的憧憬。在所有爱国主义思想的抒发上，延安文艺的创作者们都力图把它和阶级意识的觉醒结合起来，把祖国的独立和民族的解放、阶级的解放结合起来。因此，它和狭隘的民族情绪、沙文主义精神是有着质的不同的，它是属于共产主义思想体系内的爱国主义。高扬民族自信心，高扬民族优秀传统，一洗在半殖民地半封建社会压抑下造成的民族自卑心理，却又没有陷入盲目的自尊中，而是清醒地正视祖国的积弱，正视国民精神中的痼疾，努力于民族的解放和阶级的解放，努力于人民当家做主的新中国的建立，努力于民族的振兴。延安文艺中的爱国主义内容和爱国情结，在许多作品中被展示得那么充分！那么深沉！那么雄浑！那么强烈！

和爱国主义精神同样突出的是，延安文艺作品中充沛的集体主义精

---

①［俄］车尔尼雪夫斯基:《艺术与现实的审美关系》,北京:人民文学出版社,2009年。

神。“五四”新文艺强烈表现的个性解放的主题，随着资产阶级右翼与封建势力的妥协，随着无产阶级领导的新民主主义革命斗争的发展，愈来愈淡薄。大量的觉悟的知识分子，投身到工农革命斗争的行列，把他们要求个性解放的愿望，与阶级的解放、民族的解放统一了起来。曾经与个性解放相联系的个人主义不再受到推崇，反而受到了严厉的批判。所以，人们不难发现，曾在外国资产阶级文艺、我国五四新文艺中十分突出的个性解放的主题，在延安文艺中衰落了，与个性解放相伴随的个人主义思想失去了存在的地位。也不能说，个性解放的主题在延安文艺中完全不复存在了，只能说它被阶级的解放和民族的解放的主题压倒了，不再占有显赫的地位，即使一些微弱的个性解放的呼声，也都与个人主义思想有了决裂。延安文艺中普遍高扬的是集体主义精神。任何个人都只是阶级的一个成员，民族中的一分子，个人的命运和幸福都与阶级、民族的命运紧密地联系在一起。人的社会属性的一面，在延安文艺作品中得到了全方位的揭示，而人的自然属性的一面相应地受到了淡化甚至排斥。集体主义，不仅反映在民族解放和阶级解放的斗争中，也反映在人民群众的生产活动中。许多作品描绘了人民群众抛弃旧的生产方式和生活方式的过程，实质上就是与私有观念、个人主义告别，转向集体主义观念的过程。这个过程无论是多么的痛苦和艰难，在延安文艺作品中都是被胜利完成了的，最终都以高扬了集体主义精神作结。也不能不看到，这种集体主义精神，虽然在思想范畴上是属于共产主义思想体系的，是先进阶级世界观的组成部分，但是由于理解上的狭隘和其他方面的限制，常常把它和个性解放处于对立的地位，这就无疑是片面的，同样也是对集体主义精神活力的削弱，这也影响了延安文艺人物形象在个性化方面的丰富多样性。

四

延安文艺的本质特征还体现在人民群众登上了文艺舞台，直接参与了文艺创作这个历史性的创举上。文艺本来是在劳动者创造社会财富的实践活动中产生的，它应该为从事劳动的人民群众所享用、所主宰。然而，在剥削阶级掌权的社会里却为少数人所占有，助兴于他们的灯红酒绿之间和饭饱茶余之后，而给予文艺以生命的劳苦群众，反倒被拒之于文艺的大门之外，无权问津，更没有权利直接参与。延安文艺则不然，它随着社会环境的彻底翻新，一举打破了历史不公正的安排，使文艺归之于广大的人民群众，把劳动者推上了文艺创作的大舞台。当年在陕甘宁边区勃然兴起的新秧歌、街头诗、群众歌咏、新木刻、戏曲改革、秧歌剧、翻身歌谣、陕北说书、社火、吆号子、窗花剪纸、文艺墙报等形式的文艺创作和文艺运动，真是千姿百态，蔚为大观，盛况空前。当时卷入到文艺运动里的除了少数是文艺工作者外，更多的则是战士、农民、工人、店员、干部、学生。在他们中间，有老有少，有男有女。正是由于有广大劳动群众的直接参与，延安时期的革命文艺才生机勃勃、云蒸霞蔚、气象万千。这是新文艺运动在"五四"时期和左联时期所未有的文艺盛景，是中国文艺史上所未有的文艺盛景，不仅开了几千年文艺史的先河，也对新中国成立以后发展社会主义文艺产生了深远的影响。

劳动群众直接参与文艺创作这一历史性的创举，突出地表现在新秧歌运动、秧歌剧、翻身歌谣、陕北说书、社火等群众性的文艺活动中。

新秧歌运动是延安文艺座谈会以后，陕甘宁边区人民群众政治文化生活中的一件大事，参加人数之众、演出次数之多，都是创历史纪录的。据当时的资料记载，秧歌队的足迹几乎遍及边区每一个乡镇和山村，平均每 1500 人中就有一个秧歌队，观众竟达 800 万人次以上。1944 年春节，延安新秧歌运动达到高潮。各机关、学校都派出了自己的秧歌队，延安城共有 40 多支秧歌队上街演出，出现了锣鼓喧天、万人空巷的文化盛举。当西北党校秧歌队和延安市南区秧歌队赴柳林区农村演出时，满山遍野的群众远道而来冒雪观看，并一致称赞说，今年秧歌闹美了。林默涵在《延安市民的秧歌队》一文中描绘道："秧歌队声势浩大，阵营华丽，演出九天，并向毛主席、朱总司令献了旗，还自己排演了十多个节目……他们表现了新生活，宣传了新事物，是老百姓自己改造民间秧歌的先声。”[①]新秧歌运动在边区境内普遍开展，有的地方，连三四十岁的农村妇女也参加演出。富县一个劳动模范的妻子，成了当地著名的新秧歌队的领头人。这在20世纪40年代中国偏僻的山区，是极为少见的事。而且越是劳动英雄、生产模范以及他们的妻子儿女，在新秧歌运动中越是积极活跃。可见，新秧歌运动的开展，在很大程度上使文艺和人民群众创造历史的雄伟斗争紧紧地结合起来了。它的影响所及，从陕甘宁边区到全国其他抗日民主根据地，甚至在国统区，都引起了强烈的反响。这是延安文艺座谈会以后，陕甘宁边区文艺战线上最先出现的重大成果。这一成果的取得有其历史的必然性，同时也经过了一个由小到大、在实践中不断改进，进而发展壮大的历史过程。

轰轰烈烈的新秧歌运动，开创了人民文艺的新阶段，带来了群众性秧歌剧创作的新局面，产生了一大批新的秧歌剧剧目，呈现出繁荣多姿的可喜景象。群众创作的秧歌剧，大都是集体智慧的结晶。因为新秧歌运动差不多和边区广大农村的生产自救、变工互助、改造二流子、识字扫盲、减租减息、锄奸反霸、反对封建迷信活动同时兴起，各地党政部门都把新秧歌运动直接纳入宣传教育工作的范围。而且延安文艺座谈会以后，在提倡面向工农兵的同时，也提倡工农兵自己写自己，自己演自己。所以各村的秧歌队都根据本村本地活生生的事实材料，创作本村本地自己的新秧歌剧，作为自我教育的教材。在此情况下，就产生了群众集体创作的特有方式。

这些群众集体创作的秧歌剧，首先是大量的反映变工互助、劳动光荣、二流子转变、大生产运动等内容的。例如，延安郝家桥秧歌队集体创作的《二流子转变》，延安军法处秧歌队集体创作的《钟万财起家》，庆阳三十里铺农民集体创作的《麻子变工》《务棉》《夫妻开荒》《劝二流子务正业》，清涧机关春节秧歌队集体创作的《访白德》，马栏整训班集体创

---

①艾克恩编纂：《延安文艺运动纪盛》，北京：文化艺术出版社，1987年，第488页。

作的《组织起来》，延安中学秧歌队集体创作的《植棉》《棉花咋价打卡》等，这些秧歌剧，都是围绕着劳动生产这一中心课题而创做出来的。劳动人民以主人公的身份表现自己的劳动生活，这是过去任何文艺作品中所不曾有过的新生事物。这种文艺现象，只能是在中国共产党领导下新的民主社会的产物。其次是表现拥军爱民、锄奸防奸的主题。如留政秧歌队集体创作的《军民联欢》《史屹塔坦白》，中央党校秧歌队集体创作的《王荣贵受伤》，马栏整训班集体创作的《大家来锄奸》，清凉山秧歌队集体创作的《劳军》，延安中学秧歌队集体创作的《模范抗属张金兰》等。反映拥军爱民内容的秧歌剧，大都显示了军爱民、民拥军、军民鱼水一家人的红火热烈的气氛；反映以锄奸防奸为内容的秧歌剧，重在教育那些阅世不深、偶然失足青年。

群众集体创作的秧歌剧另一个主要内容就是，歌唱减租、识字运动和丰衣足食，宣传民主选举、民主建设、破除迷信和讲究卫生，反对包办婚姻等表现边区新人新事新风尚的。如延安文化乡群众秧歌队集体创作的《丰衣足食》，延安化学工厂工人集体创作的《工厂是咱们的家》，靖边杜子栋秧歌队集体创作的《不识字的害处》，延安市北郊秧歌队集体创作的《反巫神》，延安市桥镇乡群众秧歌队集体创作的《蛮婆冥命》《货郎担》《买卖婚姻》，庆阳三十里铺黄涧秧歌队集体创作的《妇女识字班》，靖边张家畔妇女秧歌队集体创作的《识字好》，延安保安处工作人员秧歌队集体创作的《妯娌要和》等。这些剧目的思想内容与陕甘宁边区当时所发生的社会变革密切联系在一起，在表现边区新生活上大都有着兴高采烈的欣喜笔调，在表现新旧思想斗争时，大都以喜剧方式给革新者以赞美，给守旧者以嘲笑。延安文艺座谈会以后的陕甘宁边区秧歌剧，对于发动生产运动、支援抗战、加强军民关系、服务于人民自卫战争以及宣传一定时期内党的革命任务，都起到了相当大的作用，收到很好的效果。有相当数量的剧作，在《讲话》精神的指引下，朝着革命的政治内容和完美的艺术形式相结合的方向努力。其中有些比较成熟的、经得起历史考验的优秀剧作，为我国新歌剧的诞生做了有意义的探索。

在抗日战争、解放战争中，陕甘宁边区还出现了数以千计的翻身歌谣，其中大量的是在人民群众中长期流传的“无名氏”的作品。歌谣，它是人民心声的自然流露，是人民群众时代生活的一面镜子。作为延安时期的翻身歌谣，有别于历史上的旧民歌，也和革命根据地草创时期的红色歌谣有所不同。它继承了民歌优秀的历史传统和根据地红色歌谣的战斗风格，是在抗日、民主的新的时代环境中出现，在民族民主革命节节胜利的特定历史条件下成长起来的。农民歌手孙万福、李有源、汪庭有等人，就是翻身歌谣众多作者中的杰出代表。孙万福创作的歌谣“高楼万丈平地起/盘龙卧虎高山顶/解放区的太阳红又红/咱们的领袖毛泽东”，后来经过边区群众在传唱过程中不断加工，就逐渐成为一首完整的陕北民歌。歌词形象生动，比喻真切，表现了解放区人民对领袖的无限热爱。农民歌手李有源，是《东方红》的最早词作者。“东方红太阳升/中国出了个毛泽东/他为人民谋幸福/他是人民大救星。”这四句简洁凝练的歌词，情感深厚，语言朴实，表达了劳动人民对自己领袖无比崇敬的革命深情。这支歌，以后又经过专业工作者加工整理，增加了二、三两段歌词，后来成为全国人民所咏唱的《东方红》歌曲。农民歌手汪庭有是著名民歌《绣金匾》的词作者，从这首歌中，我们可以感受到劳动人民对于革命领袖，对于革命军队，对于革命政权和革命根据地的深深的爱。翻身歌谣从总体上说来是比较成熟的，这是因为它是在富有民间文艺传统的陕北民歌的基础上，扩大和发展起来的。加之边区人民长期在党的领导下进行革命斗争实践，群众的思想素质和艺术素质都比较好，这就决定了以孙万福、李有源、汪庭有的创作为代表的陕甘宁边区翻身歌谣，具有思想内容扎实、艺术风格朴素、时代气息强烈的特点。

陕北说书是一种有说有唱的曲艺形式，在陕北农村中有着广泛的群众基础。但是，旧的陕北说书，由于受历史条件和社会因素的制约，在书词内容上带有比较浓厚的封建意识。从陕北土地革命开始，由于社会生活内容的变化，说书匠们试着编一些反映人民革命和穷人翻身的新说书。其中成就最大的，要算盲艺人韩起祥了。由于他的坚持不懈的努力，才使得陕北说书真正成为人民新文艺的一部分，并且产生广泛影响。韩起祥的创作才能和演唱技巧都很出色，在陕北说书这一民间艺术领域起了模范带头的作用。他的代表作《刘巧团圆》，就是表现边区人民为反对封建思想束缚，为反对买卖婚姻，为争取民主自由生活而斗争的一曲颂歌。它在延安演唱后，一时引起极大的轰动，颇受群众喜爱。继以反对买卖婚姻为题材的《刘巧团圆》编说成功之后，韩起祥又编写了以妇女翻身、争取民主权利为主要内容的《张玉兰参加选举会》，同样取得很大的成功，成为当时听众最欢迎的篇目之一。韩起祥的陕北说书，曾经对陕甘宁边区民间文艺活动产生过很大的影响。

在其他由劳动群众直接参与的文艺活动方面，陇东新宁县刘志仁领导的南仓社火，是轰动了整个陕甘宁边区的，甚至在其他革命根据地和国统区，也享有不小的名气。社火，是陇东地区逢年过节民间自发的文艺活动。原来只以戏剧人物化妆，借助于高跷、跑旱船等艺术手段，做简单的表演动作，不说唱。刘志仁的南仓社火，因为是表现自编自演的新内容，对形式也做了改造，既化妆表演，也又说又唱又伴奏，相当于陕北一带的秧歌，群众都叫它“新故事”。从 1939 年到 1946 年，他们年年编、年年演，每年都增加一些新的节目。著名的“新故事”有：《新开荒》《新小放牛》《新阶段》《保卫边区》《四季歌》《百团大战》《放脚》《反特务》《边区政府好》等。内容都是反映边区的新人新事新气象的，群众通过看社火，能使自己从中受到许多教育和启发。

延安时期群众性文艺运动的实践证明，劳动群众不仅有文艺创作的热情，也具有文艺创作的才能，从上文列举的许多具体事例中我们已经看得非常清楚。由此，我们还可以进一步思考：既然劳动群众中潜藏着文艺创作的丰富矿藏，劳动群众中也潜藏着大批文艺人才，那么，这种潜藏只要被发现、被利用，文艺创作的能量就一定会充分释放出来，一定会有更多更好的佳作名篇问世。在某种意义上说，这可以说是延安时期劳动群众直接参与文艺创作所提供的一条经验。这是有历史原因的。因为从当时的情形看，抗日战争和解放战争迫切需要发动和组织广大人民群众，而广大人民群众在政治上、经济上的地位发生变化之后，也确实在文化上迸发出了空前的积极性和创造性，他们对文艺创作产生了浓厚的兴趣。在这种情况下，延安及各抗日民主根据地的党政部门，较多地注意劳动群众直接参与文艺创作这一新生事物，有意识地鼓励和扶植他们的文艺活动，是完全应该的。事实上，延安及各根据地的群众文艺创作活动是蓬勃发展的，取得了很显著的成绩。正是因为这样，我们才敢于这样说：群众性的文艺创作在很大程度上，决定了延安文艺的整体面貌。

作为意识形态的文艺，它不只有舒心悦目的作用，更重要的还在于反映一定阶级、阶层、人群乃至时代的愿望和要求。延安时期的文艺，由于劳动群众对创作的直接参与，就大大加重了后者的分量。大半个世纪过去了，当我们今天翻开那些出自劳动群众之手的文艺作品，认真加以鉴赏，还仿佛身临其境，再度感受到那个时代脉搏的跳动。20 世纪 30 年代，鲁迅希望有更多工农出身的文艺家活跃在文艺战线上，无非是想使文艺在形式上向大众化迈进的同时，内容上也能加进劳动群众的喜怒哀乐，反映他们的要求与愿望。但历史把他的希望之付诸实现，安排在他去世之后的延安时期，这就是大批劳动群众对文艺创作的直接参与。显然，延安文艺已不仅仅是鲁迅所希望的那样，而是对鲁迅所希望的，早已大幅度、大跨度地向前超越！

劳动群众直接参与文艺创作是延安文艺的本质特征之一，也是人类文艺史上罕见的新生事物。在欧洲曾经出现过红极一时的文艺复兴，但它并没有劳动群众对文艺创作的直接参与，而且代表的也只是新兴资产阶级的利益和要求。如果说，文艺复兴是资产阶级文艺史上的里程碑，那么，由劳动群众直接参与创作的延安文艺，就是世界无产阶级文艺史上盛况空前、气象万千的新阶段。

五

与以上本质特征相联系的是，延安文艺创造了自己独特的审美价值。这表现在两个层面上：一是大众化艺术形式的确立，二是崇高美在延安文艺整体中的显现。

文艺大众化经过了五四时期与左联时期的酝酿，延安文艺在抗战初年迎来了文艺大众化的新时代。抗战伊始，延安的各种以通俗形式出现的大众文艺作品纷纷问世，这些以宣传抗日动员群众为目的的小型通俗文艺，获得了与根据地群众广泛的交流。延安文艺在文化闭塞落后的环境中，充任了思想宣传、文化启蒙与艺术启蒙的多重角色。根据地农民普遍没有文化，他们对文化的接触，就是流行了千百年的旧戏文、小唱本之类。五四以来的新文艺作品，与根据地广大人民群众可以说仍是十分隔膜的。延安文艺在发生阶段，它以通俗文艺形式表现了新的时代生活内容，为根据地老百姓开了一扇呼吸新鲜文化空气的窗口，把老百姓开始从旧文艺的接受圈子中争取到了新文艺阵营，延安文艺很自然地获得了广泛的群众基础。人民大众对新文艺的接受，并不单纯只是为了接受思想教育，接受新文艺成了他们乐此不疲、不可缺少的文化生活。延安文艺的内容大多表现的是他们熟悉或亲历的生活，采取的是为他们所能接受的艺术形式，使他们对新文艺产生了特殊的亲切感和新鲜感。延安文艺的大众化取向契合了根据地接受主体的文化心理，这是它产生文艺效应的重要原因。

延安文艺深深植根于丰厚的陕北大众文化与民间艺术土壤中，创造了一批又一批具有陕北地域性风格特色的作品。像诗歌创作中，严辰的《新婚》、李季的《王贵与李香香》、贺敬之的《送子参军》、张志民的《死不着》均采用陕北民歌“信天游”形式，创造了反映现代劳动人民生活的长篇叙事诗，将短小的民歌形式改制成既具叙事性又具抒情性的长诗，这在中国诗歌发展史上是一个很有意义的探索。还有阮章竞运用陕北多种民间歌谣、小调，结合古典诗歌的传统艺术形式，创作的《漳河水》《圈套》，都是植根于民间艺术沃土上开出的艳丽花朵。延安文艺中长篇叙事诗的创作，代表了整个中国新诗发展史上叙事诗创作的最高成就，是大众化形式美的成功体现。

延安文艺的艺术形式大众化这一主导审美形式的确立，与延安文艺中大众化形式的多方面探索以及艺术形式的丰富性是分不开的。延安文艺的一个最独特之点，是它形成了一场具有广泛群众性基础的群众文艺运动。而在这一场群众性文艺运动中出现的丰富多彩的大众化文艺形式，赋予了这场文艺运动以蓬勃生机。在延安文艺的各种样式中，戏剧艺术形式最为多样，成就最为显赫。五四以来的话剧、传统京剧、现代题材的京剧、地方新旧秦腔、活报剧、秧歌剧、新歌剧、地方的眉户剧等，成了延安文艺中最有影响力、最受群众喜爱的艺术。如深受陕北群众欢迎的由柯仲平、马健翎领导的民众剧团，在运用秦腔表现现代生活的艺术创造中，开创了将传统戏曲改编为现代戏的先例。马健翎这位陕北乡土戏剧艺术家，延安时期就创做出秦腔现代戏和新编秦腔历史剧 15 种，眉户剧 5 种，改编秦腔传统戏 10 种，还创作小话剧、活报剧、歌舞剧近 10 种。其中他的代表作新秦腔剧《血泪仇》与《穷人恨》，在延安与各革命根据地演出时，深受广大观众称赞。马健翎成功地利用戏曲形式表现革命现实斗争生活，对抗日战争、解放战争以及新中国成立后革命现代戏的繁荣发展产生了积极影响，他的艺术实践有力地显示了艺术大众化价值。

在延安戏剧艺术形式大众化实践中的另一朵奇葩，则是新歌剧的诞生。这一崭新的艺术品种正是在文艺大众化形式与文艺民族化形式的结合上产生的。延安秧歌剧对新歌剧的产生有重大影响。秧歌剧具有浓厚的地方色彩，表演自由活泼，不受程式限制，具有唱、舞接近传统的戏曲的特点，用它表现现代生活，为广大群众喜闻乐见。它以独具的地方性、文化性、娱乐性、群众性，加上它所表现的生活内容的现实性，成为延安时期最为普及、最受宠爱的艺术。当年在延安演出的秧歌剧《兄妹开荒》《牛永贵挂彩》《刘二起家》等，是老幼皆知、轰动一时的作品。延安秧歌剧运动，充分展示了大众化艺术的审美价值，成为中国现代文艺史上绝无仅有的文化现象。延安的秧歌剧艺术，直接诱发了我国新歌剧第一部成功作品《白毛女》的诞生。鉴于本文第四部分已对延安群众性秧歌剧创作做了适当论述，拙著《延安文艺论稿·总论篇》在《论延安文艺的革命现实主义特色》一章中，也将对新歌剧《白毛女》在诞生过程中对大众化艺术形式、民族形式、外来艺术形式的综合利用及改造机制予以详细评价，这里就不复赘述。

延安文艺的大众化审美价值，是与大众化艺术形式同新的文艺内容之有机融合分不开的。大众化艺术形式与表现大众生活内容的统一，是延安文艺大众化审美风格形成并牢固确立的重要原因。五四新文艺具有鲜明的社会性、平民性，它的文艺形式是与主要表现知识分子和小市民生活的内容相统一的，文艺作品中以表现不幸人生与精神创伤为重要内容的悲剧情调与艺术风格也是协调的。左联时期的普罗文艺希望用大众化形式表现大众斗争生活的愿望最终没有成功实现，左翼文艺家笔下的人物和生活内容是无产阶级的，但是在艺术形式上，有的生搬硬套外国普罗文艺形式，有的仍没有脱离自己原有的一套，造成了形式与内容的错位脱节。延安文艺的艺术理想是要用新的大众化形式，表现崭新的生活内容。文艺家主体在艺术实践中不断努力汲取大众化艺术形式的营养，既熟悉表现对象的生活，也熟悉表现对象的艺术，自觉调整心理机制与艺术表现机制，很好地完成了运用大众化艺术形式表现新生活的任务。譬如，延安文艺整体风格的崇高美，喜剧多于悲剧，这与文艺家对新生活本质主流的认识，与表现在作品中的充满生机的生活变革，与人民大众不同于过去的精神面貌都是和谐一致的。像《白毛女》将“白毛仙姑”这样一个具有迷信色彩的悲剧故事，改编为充满坚强的抗争精神，最终喜儿在阳光下把冤伸的喜剧结局，这样一种艺术形式的处理，不仅符合老百姓的文化心理习惯，又表现了解放区新与旧、光明与黑暗的矛盾斗争的起伏消长，反映了人民群众的坚定信念与美好理想，构成了一曲悲欢交织的讴歌新时代的复合乐章。在对新歌剧人物的塑造中，精心选择不同情调、不同情感色彩的地方曲调，来表现不同人物的命运变化与斗争品格，收到了借助音乐形象来刻画人物的极好艺术效果，达到了新歌剧形式美与思想美的艺术统一。

延安文艺的整体美学风格显现出一种不同于五四以来其他阶段各种文艺的鲜明特色，它在20世纪三四十年代社会剧烈变革中孕育成一种崭新品格，这就是以史诗性笔调在暴风骤雨般的历史巨变中表现出来的壮阔美；在映现劳动人民由奴隶变成主人的翻身解放中所谱写的英雄颂歌，呈现出的那种人格美与力量美；在对新生活的诗意展现与未来理想的瞩望中，艺术格调与色彩上所呈现的热烈明朗、刚健浑厚的粗犷美。这些美学色调共同构成了延安文艺崇高美的总体美学品格。

延安文艺崇高美的总体美学品格，最为鲜明的首先是以史诗性笔调在历史巨变中表现出来的壮阔美。民族抗战洪流与新旧社会制度变革的革命风暴所产生的恢宏广阔的艺术画幅，构成了延安文艺史诗性崇高美的鲜明特点。这一特点的显现不突出表现在单个的文艺作品中，而是一种整体的文艺风貌的显现。这种史诗性在文艺题材、主题上，集中表现为文艺的社会性与当代性。可以这样说，在中国现代文艺史上，还没有哪一个时期的文学艺术，像延安文艺这般集中而迅速地反映当代社会的重大问题。特别是它对中国新旧社会制度变革中农村抗日民主政权的建立、锄奸、复仇、减租减息、土改清算、建立农村合作社等一系列反映农民政治经济翻身的重大事变的关注与展现，构成了现代中国农村社会变革时期的气势恢弘的艺术史诗。在对这些重大事变的展现中，体现了艺术上的壮美与历史真实的统一，它在现实的变动发展中，真实深刻地表现了中国共产党领导下人民群众的伟大创造力，以及对中国革命斗争胜利前景的真实本质的历史把握，显示出延安文艺深远的历史境界与宏伟气魄。

延安文艺的崇高美紧密地联系着新型人物的精神品格。一大批新人形象在砸碎封建锁链、从奴隶到主人的翻身解放中，呈现出崭新的人格美与人民大众创造精神的力量美。对“人”的解放的关注与探索，曾是“五四”新文艺最富时代意识与先锋精神的主题，但五四新文艺的启蒙者的这一热烈主张与严峻现实邂逅相遇时，无一不感到探索的困惑。20世纪30年代左翼文艺开始转向“阶级解放”的主题，将个性解放追求中的自我关注转向探索社会解放的群体社会斗争。但是由于历史条件的限制与对社会实际斗争的隔膜，左翼文艺家未能很好地实现这个主题的转变。延安时期党领导的革命事业日臻成熟与不断发展，使根据地内广大农民逐步具备了阶级自觉意识与社会主人公的使命感。“咱们闹革命，革命也是为了咱!”这就是一种充分体现了阶级自觉意识与人的自觉意识的新的人格精神。延安文艺中新型人物再不是一群背负着沉重精神枷锁的麻木愚钝形象，而是一批掌握了自己命运，在社会变革中显示出巨大力量，成为社会主人公的形象。像王贵从一个地主的长工、旧社会的放羊娃成长为革命战士的历程，就有力地显示了社会解放斗争对人的影响与改造，又表现出劳动人民觉醒后所焕发的改造社会、改变自我命运的人格力量。这就是延安文艺在艺术地展现人与社会的关系中，对人的观念，显示了符合现代社会发展的深刻意义。

延安文艺在展示严酷的斗争生活中，把对中国人民坚毅乐观的民族性格与对光明前途的憧憬始终联系在一起，这样一种对生活的执着信念与审美理想，构成了艺术崇高美的内容。当我们的祖国河山破碎，大片国土被日寇蹂躏，人们就要沦为亡国奴的时候，冼星海在延安创作的《黄河大合唱》，就成为发自整个中华民族内心深处的雄壮呼声。它的音节雄浑而多变，富于情感的词句，像风暴，像波涛，震撼人的心灵。它有时作船夫的挣扎，有时作河东父老的哀号，有时作黄河的怒吼；歌声时而呜咽，如泣如诉，时而悠悠然，如读悠闲的田园诗，时而奔腾激越，又有黄河之水天上来的神奇之感。它成功地表现了中华民族威武不屈、奋斗不息的伟大气魄，它所产生的崇高美，能给人以崇高美感，对激发我们民族自信、自尊、自重、自强，具有极大的鼓动力量。与这种崇高审美品格相一致的，便是延安文艺的艺术风格总体上呈现的热烈明朗、刚健浑厚的审美特色，亦即粗犷美。延安文艺崇高美品格的确立，必须具有与这种英雄风格相适应的基调。高尔基认为：“最深刻、最鲜明、在艺术上十分完善的英雄典型是民间创作、劳动人民的口头创作所创造的。”[1]延安民间文艺中纯朴、刚健、爽朗、简洁的大众风格，劳动人民斗争生活与新的精神面貌，都给了文艺家以深刻的启迪。何其芳把这种“启迪”称作是“给艺术本身换了新的血液，新的面貌”[2]。延安民间文艺中健康朴实的传统与劳动大众新的生活，对延安文艺整体风格的形成是有直接影响的。

作为延安文艺的创作主体，在对新的生活表现中倾注理想激情，对生活未来前景的乐观态度与美好展望，也是构成延安文艺热烈明朗、刚健浑厚风格的重要因素。正如“五四”新文艺在冷静地谛视人生、深刻的理性批判中形成的忧郁悲凉的艺术风格一样，延安文艺的艺术风格与它所表现的新的时代生活也形成了艺术内容与艺术形式风格的和谐统一。忧郁悲凉的笔调不可能描摹20世纪三四十年代根据地人民的普遍觉醒和壮阔激昂的英雄时代。延安文艺呈现的崇高人格精神与壮美品质，映现的是我国根据地人民走向新生，走向美好未来的一派崭新的人民觉醒的精神面貌。从思想史和美学史的角度看，延安文艺特具的崇高美的总体美学品格的形成，是马克思主义美学思想在中国革命根据地得以实践的结果；而延安文艺崇高美的总体美学品格及其表现形态，对马克思主义美学思想的不断丰富和进一步发展，无疑会起到巨大的推动作用。

本文发表于《西北第二民族学院学报（哲学社会科学版）》1994年第2期。

---

①高尔基：《苏联的文学》。
②何其芳：《关于群众艺术化问题》。

唐代屈宋接受之地域性考论

◎祁国宏

宋人黄伯思《新校楚辞序》云：“盖屈宋诸骚，皆书楚语、作楚声、纪楚地、名楚物，故可谓之楚辞。”①从古人一些对楚骚风格独标的情辞及内容特点进行探讨的评论中，往往可见他们对其地域性特征的认识。而所谓唐代文学屈宋接受的地域性，最主要的就是指唐代诗文作家或因其本身即生于楚地，或因其在较长一段时间内留滞楚地，或因其短时间内漫游经行楚地，从而受到楚文化的浸染和熏陶，在其诗文作品中表现出对屈宋其人的追念和怀思，在其具体的文学创作活动中表现出对屈宋辞赋的有意学习和效仿，写出了一些内含楚骚遗韵的诗文作品。

其一，生于楚地之作家的屈宋接受。

唐代的楚地本土作家，据陈尚君《唐诗人占籍考》所列有 120 多人，其社会身份地位差异很大，各自的文学成就亦大小悬殊。纵观这些楚地诗人的文学成就，较知名者有岑参、戎昱、张继、孟浩然、韩翃、张祜、郑谷、李群玉、段成式、李宣古、秦韬玉、胡曾、齐己和皮日休等。其他大

①(宋)吕祖谦等编:《宋文鉴》卷九十二《新校楚辞·序》,北京:中华书局,1992 年,第 1307 页。

多数诗人都诗名不显，往往仅存诗数首或一首。此外，在《全唐诗》中无诗作存留而在《全唐文》中有作品著录的楚地文人较知名者尚有刘蜕。大体而言，屈宋辞赋的诞育盖得益于楚地独特的地理、气候、民俗风物，及因之而长期形成的文化精神和文化氛围等条件，反过来它又以其悲壮哀怨的情辞和风格高标的文学成就给后世以莫大影响，尤其是对楚地文学的沾溉滋养之功甚大，推动了楚文化和楚文学的巨大发展，并使其成为了古代文化史和文学史上最重要的一个组成部分。因此，我们认为无论是作为楚文学史发展链条上的一环，还是作为整个中国古代文学史发展链条上的一环，唐代楚地作家的诗文创作都先天的必然地要染上屈宋辞赋的浓重色彩。而这种色彩，从唐代文学屈宋接受的整体角度而言，就是一种明显的地域性特征。当然，有些诗文作家虽占籍属楚地，但其主要文学活动却是在楚地以外的其他地区，如边塞诗人代表岑参、“大历十才子”之一的韩翃等，因之他们诗文创作中的楚文化色彩便淡一些，对屈宋辞赋的接受也就少一些。不过总会有某种屈宋式的楚文学因子渗透在他们的诗文当中，如岑参便在诗文中称引过屈骚和宋玉，即“帝城谁不恋，回望动《离骚》”“城边宋玉宅，峡口楚王台”“楚王犹自惑，宋玉且将归”等。唐人殷璠《河岳英灵集》认为岑参诗“语奇体峻，意亦造奇”[①]也可谓揭示了这一点，因为屈宋作品的“瑰诡慧巧”和“耀艳深华”也正是奇丽、怪奇的一种表现，这说明文学的地域性特点也自有其微妙而不易察觉的渊源和传承关系。至于其他不仅生于斯长于斯，而且其主要的文学活动也多限于楚地境内的诗文作家，屈宋于他们而言即是最熟悉也最亲近的古人，为屈宋遭遇鸣不平的叹惋之声便常常出现在他们的笔端，仅孟浩然就有3首哀悼屈子的诗作，郑谷、胡曾、李宣古等也皆有此类诗作。下举数例：

为多山水乐，频作泛舟行。五岳追向子，三湘吊屈平。

(孟浩然《经七里滩》)

---

①(唐)殷璠:《河岳英灵集》卷中,引自《唐人选唐诗》,上海:上海古籍出版社,1978年,第81页。

树白看烟起，沙红见日沉。还因此悲屈，惆怅又行吟。

（张祜《洞庭南馆》）

凄凉怀古意，湘浦吊灵均。故国经新岁，扁舟寄病身。

（郑谷《南游》）

襄王不用直臣筹，放逐南来泽国秋。自向波间葬鱼腹，楚人徒倚济川舟。（胡曾《咏史诗·汨罗》）

愤声高，怨声咽，屈原叫天两妃绝。

（李宣古《听蜀道士琴歌》）

正是因为楚地本土诗文作家与屈宋之间存在着这样一种因地域关系而产生的情感认同，所以其诗文创作同时也便表现出对屈宋辞赋更自觉的学习和接受。这种接受最直接的体现是，唐代楚地本土作家的诗文中大量而频繁地出现屈宋作品中的语词物象，如地名类的苍梧、巫山、洞庭、湘水等；草木类的枫、橘、兰芷、藤萝等；人物类的帝舜、湘妃等。这是因为唐时虽上距屈宋时代几近千年，但地理气候条件及自然生态并未发生很大变化，生活在这样一种大致相同环境中的作家，当后来者面对前贤辞赋中熟悉的物象时自然会倍感亲切，因而也就更易于引用化用它们到自己的诗文中。此其一。屈宋辞赋总体上有别于《诗经》的质朴、简洁和明快，表现出浓浓的哀感悱恻和反复唱叹，其主旨常流露出怀乡恋土和高蹈适意的归隐情怀，其情感抒写常表现出重个性挥洒的主观特征，其用词造句常显现出清艳婉茂的色彩，所有这些在唐代楚地本土作家的诗文中亦得到了较明显的体现。如孟浩然“弃置乡园老，翻飞羽翼摧。故人今在位，歧路莫迟回”、张祜“乡心日云暮，尤在楚城边”、胡曾“谁念都门两行泪，故园寥落在长沙”等，便颇同于《哀郢》“鸟死反故乡兮，狐死必首丘”和《九辩》“憭栗兮若在远行，登山临水兮送将归”的基调。

楚地本土诗文作家中，较集中地体现了唐代文学屈宋接受地域性特征的当属李群玉、齐己和刘蜕，因为他们的作品既一再称引屈原、宋玉，又多方面借鉴屈宋辞赋的表现手法、汲取其精神蕴意。李群玉在《进诗表》

中自谓："以居住沅湘，宗师屈宋，枫江兰浦，荡思摇情。"[①]表明了他对屈宋的自觉接受。据笔者检索唐诗所得数据，李群玉称引宋玉及引用化用宋玉辞赋的诗作计有18首，与其全部268首存诗的比例为6.7%，在包括李白、杜甫、李商隐等二十名选作定量分析的诗人中排第一位。此外，他还有数首咏及屈骚的作品，如"落日潇湘上，凄凉吟《九歌》""楚客罢奇服，吴姬停棹歌。涉江无可寄，幽恨竟如何"，表达的也是对屈子千古沉冤的哀痛之情。齐己虽为诗僧，但对屈宋亦怀有深情，屡有或感叹或称赏屈宋的诗作，如"君不见楚灵均，千古沉冤湘水滨""可怜宋玉多才思，不见天门十六峰"等。刘蜕在《全唐文》中有文一卷，其《古渔父四篇》和《吊屈原辞三章》即是有意学习屈子风神的专门制作。如《哀湘竹》《下清江》《招帝子》等篇其实就是骚体诗，句中杂用"兮"字，错落有致。刘熙载谓其"学《楚辞》有深致"，"颇得《九歌》遗意"。[②]

其二，过境楚地与留滞于楚地之作家的屈宋接受。

籍贯不属楚地却因贬谪、赴任过道及漫游等各种原因而短期经行楚地或长期留滞楚地的诗文作家，他们在楚地创作的诗文作品往往带有较浓烈的楚骚色彩，遂形成了唐代文学屈宋接受地域性的另一种表现。同时代人即已注意到了此种现象，如权德舆在其《送张校书归湖南序》中就说："献岁南征者，以寓环堵于长沙故也，亦将参质文于屈宋，详岁时于荆楚。"[③]在《送张评事赴襄阳觐省序》中又说："群贤以地经旧楚，有《离骚》遗风，凡今宴軷歌诗，惟楚词是敩。"[④]

唐代早期流贬到楚地的知名文士有王昌龄、张说、张九龄、崔成甫、李白、贾至等，仕宦或漫游楚地的有杜甫、刘长卿、戴叔伦等。以下举其诗文一二以言之：

---

①（清）董诰：《全唐文》卷七百九十三，北京：中华书局，1983年，第8318页。
②（清）刘熙载：《艺概·文概》，南京：江苏古籍出版社，2001年，第75页。
③《全唐文》卷四百九十一，第5017页。
④《全唐文》卷四百九十二，第5025页。

枫林已愁暮，楚水复堪悲。别后冷山月，清猿无断时。

（王昌龄《送张四》，见《全唐诗》卷一四三）

咿嚘不可信，以此败怀王。客死峣关路，返葬岐江阳。啼狖抱山月，饥狐猎野霜。一闻怀沙事，千载尽悲凉。

（张说《过怀王墓》，见《全唐诗》卷八六）

意神奇之可接，陟彼峻隅；想风景之不殊，翦为茂草。司马公又以为岘山故事，感羊祜以兴言；湘水遗风，怀屈原而可作：况登高能赋，得无述焉？

（张九龄《岁除陪王司马登薛公逍遥台序》，见《全唐文》卷二九十）

我是潇湘放逐臣，君辞明主汉江滨。天外常求太白老，金陵捉得酒仙人。

（崔成甫《赠李十二白》，见《全唐诗》卷二六一）

何事长沙谪，相逢楚水秋。暮帆归夏口，寒雨对巴丘。帝子椒浆奠，骚人木叶愁。惟怜万里外，离别洞庭头。

（刘长卿《巡去岳阳却归鄂州使院留别郑洵侍御侍御先曾谪居此州》，见《全唐诗》卷一四七）

昔人从逝水，有客吊秋风。何意千年隔，论心一日同。

（戴叔伦《湘中怀古》，见《全唐诗》卷二七三）

泛览这些诗文，可谓楚风扑面，其中除了有同于屈宋辞赋中的地理、人物和草木等物象外，亦多有对屈宋其人的怀悼和对其文创作手法的学习。王昌龄在楚地滞顿时间较长，其诗作哀怨凄切之音甚重。清人沈德潜评曰："深情幽怨，意旨微茫，令人测之无端，玩之无尽，谓之唐人骚语可。"[①]张说由朝廷高官而贬往楚地，其际遇与屈子有更多相似之处，发而为文也便多悲怨凄清之声。《唐诗纪事》因评其楚地诗作云："谪岳州后，诗益凄婉，人谓得江山助云。"[②]这种种说法其实就是对刘勰"屈平所

①(清)沈德潜:《唐诗别裁集》卷十九,北京:中华书局,1975年,第263页。
②(宋)计有功:《唐诗纪事》卷十四,北京:中华书局,1965年,第196页。

以能洞鉴风骚之情者，抑亦江山之助乎”的搬用。唐人当时在评说屈宋辞赋时亦多类似议论，如王勃《越州秋日宴山亭序》称：“南国多才，江山助屈平之气”。李华《登头陁寺东楼诗序》云：“屈平、宋玉，其文宏而靡，则知楚都物象，有以佐之。”由此而言，正是因为屈宋作品本身具有浓厚的地域特点，从而使后世文学对它们的接受也表现出了较明显的地域特点。

唐代中晚期流贬留滞楚地的知名文士有崔湜、吕温、杨凭、韩愈、元稹、柳宗元、刘禹锡、吴融等，仕宦或漫游楚地的有张谓、郎士元、孟郊、窦常和许浑等。以下试再举其诗文以觇之：

暮雨朝云几日归，如丝如雾湿人衣。三湘二月春光早，莫逐狂风缭乱飞。

（杨凭《春情》，见《全唐诗》卷二八九）

猿愁鱼踊水翻波，自古流传是汨罗。蘋藻满盘无处奠，空闻渔父扣舷歌。

（韩愈《湘中》，见《全唐诗》卷三四三）

神明固浩浩，众口徒嗷嗷。投迹山水地，放情咏《离骚》。

（柳宗元《游南亭夜还叙志七十韵》，见《全唐诗》卷三五）

昧者理芳草，蒿兰同一锄。狂飙怒秋林，曲直同一枯。嘉木忌深蠹，哲人悲巧诬。灵均入回流，靳尚为良谟。我愿分众泉，清浊各异渠。我愿分众巢，枭鸾相远居。此志谅难保，此情竟何如。湘弦少知音，孤响空踟蹰。

（孟郊《湘弦怨》，见《全唐诗》卷三七二）

宋玉含凄梦亦惊，芙蓉山响一猿声。阴云迎雨枕先润，夜电引雷窗暂明。

（许浑《早秋韶阳夜雨》，见《全唐诗》卷五三五）

较之唐代早期，唐代中后期往来楚地及长期滞留楚地的文人更多一些，他们在楚地创作的诗文作品量也更大一些。以上引例只是选取了少数有代表性的作家的一两篇诗作，若能通读有过流寓楚地经历之唐代文人的全部诗文，仅凭诗文标题和行文中繁多的富有楚地特色的语词即能初步断定它们是创作于楚地的作品，进一步的内容分析往往便印证了我们的判断。因为这些诗文不仅大量描写了楚地风物，同时它们还自然而然地接受了以屈宋辞赋为代表的楚文化和楚文学的影响，染有较深的楚骚特色。正如韩愈在《祭河南张员外文》中所言："南上湘水，屈氏所沉。二妃行迷，泪踪染林。山哀浦思，鸟兽叫音。予唱君和，百篇在吟。"①凡经行楚地或留顿楚地的文人，他们首先会感于楚地风光物态之独特，次之自然就会想到屈宋辞赋对此地域人情风习之抒写，因此，其一旦有所触动而吟咏为文则必然会使用他们较为熟悉的得自于书册典籍的楚骚意象，必然会借鉴学习楚骚惯用的比兴手法。如果再考虑到这些经行或留顿楚地的文人，往往都是流贬官员或穷困不得志者，楚地于他们而言既是远离家乡尤其是中原的异方，而且还具有现实和文化传统上的双重蛮荒之义。那么，屈宋辞赋务于哀伤悱恻的抒情模式，也就同时必然要为这些在楚地创作的迁客词人们当作可心可意的养料所汲取了。清人程学恂评韩愈《八月十五夜赠张公曹》云："此诗料峭悲凉，源出《离骚》，入后换调，正所谓一唱三叹有遗音者矣。"②评其《感遇四首》其二云："第二首直用《楚辞》语，明其所感同也。满怀郁郁，感时伤老。"③，这些可谓都是对唐代楚地流寓诗文屈宋接受地域性的一种揭示。

正如唐人所言："沅、湘间沉怨抑激，有屈原遗风。"④"其君子好义而尚文，其小人力耕而喜斗。而其俗信巫鬼，悲歌激烈，呜呜鸣鼓角鸡卜以祈年，有屈宋之遗风焉。"⑤因此，以外乡人身份而进入楚地的各种文人，其在楚地创作的诗文也就有了"屈宋之遗风"。从上引张谓、窦常、吴融、许浑和韦庄等人的吟咏中，我们已能感受到这种文学接受中所表现

①《全唐文》卷五百六十八，第5750页。
②③钱仲联：《韩昌黎诗系年集释》，上海：上海古籍出版社，1994年，第263、372页。
④(唐)元稹：《授齐煚饶州刺史王堪沣州刺史制》，见《全唐文》卷六百四十九，第6582页。
⑤(唐)李远：《送贺著作凭出宰永新序》，见《全唐文》卷七百六十五，第7950页。

出的地域性特点。如果再加上柳宗元“投迹山水地，放情咏《离骚》”而在楚地创作的诗文，则唐代文士因经行或留滞楚地而自觉学习接受楚骚的地域性特点会得到进一步证实，因为柳宗元对楚骚的接受不仅是唐代文人中最明显最深刻的一个，甚至也是整个楚辞接受史上最深刻的一个。若要追问其亲近屈骚、接受楚辞的原因，非常重要的一点就是贬官南楚的经历使然。

本文发表于《名作欣赏》2010年第35期。

唐诗屈骚接受的定量分析与考察

◎祁国宏

唐诗中的屈骚遗味甚为浓厚，从初、盛、中、晚四期的唐诗中我们或可听到同情屈子遭放沉冤的叹喟，或可听到称美屈子孤傲高洁的颂声，或可听到借替屈子鸣不平而指斥昏暗现实的愤慨，或可听到视屈子为同道中人而低诉一怀辛酸的悲吟。翻拣唐诗四处都能看到屈子的身影，看到唐人诗歌创作中对屈骚文句意旨的有意学习和借鉴。通过检索《全唐诗》，笔者得到几组数据，可资以对唐代诗歌的屈骚接受进行定量分析，并从不同角度考察比照唐代诗歌的屈骚接受情状。

先来看《全唐诗》中称引屈原的具体诗作。为求简明计，下表拟只列出《全唐诗》中称引屈原的诗人时代分布、诗作总量及不同称引语词等数据。此外，关于唐诗分期，笔者主要采用罗宗强先生的说法，同时又有所折中。[①]以此，下表中的数据统计便以初盛唐、中唐、晚唐三段来进行。

---

①罗宗强先生在《隋唐五代文学思想史》中，将唐代的文学发展划分为七个时期，即初唐、盛唐、转折前期（玄宗天宝中至代宗大历中）、转折后期（代宗大历中至德宗贞元中）、中唐（德宗贞元中至穆宗长庆末）、晚唐前期（敬宗宝历初至宣宗大中末）、晚唐后期。笔者此表合初盛唐及转折前期为一个时期，转折后期与中唐为一个时期，晚唐前后期为一个时期。

表 1　唐诗称引屈原的诗人及诗作分布

唐诗称引屈原情况		唐诗分期					
称引语词	诗作篇次	初盛唐		中唐		晚唐	
		诗人数量	诗作数量	诗人数量	诗作数量	诗人数量	诗作数量
屈原	31	5	6	9	10	14	15
屈平	21	5	9	7	8	4	4
灵均	45	1	1	11	21	17	23
屈子	2	0	0	0	0	2	2
屈大夫	4	1	1	1	1	2	2
楚大夫	3	1	1	0	0	2	2
三闾	16	1	1	5	5	9	10
吊屈、悲屈、叹屈	13	2	3	5	5	5	5
骚人	16	3	4	5	5	6	7
汨罗	13	1	1	5	5	6	7
楚臣、楚客	20	2	4	9	13	2	3
湘累	1	0	0	0	0	1	1
小计	185	22	31	57	73	70	81

说明：

1. 表中数据系笔者检索北大《全唐诗》电子版，并对照中华书局《全唐诗》（1999年1月第1版）所得。

2.《全唐诗》中指称屈原的语词较为复杂，故表中所列不可能穷尽唐诗中全部称引屈子的诗句。如“楚大夫、骚人、汨罗、楚客”等条目，在唐诗中皆有较高的出现频率，笔者只取自以为系直接称引屈原的诗句，余者皆不录。如“骚人”共检得40余条次，表中只列出十五条；“楚客、楚臣”共检得百余条次，表中仅列出20条。这些未摘列的诗作诗句，大多也与屈子有较密切的关系，只不过其指称屈子的意义不够显豁而已。

3. 由于同一诗人可能会以不同的语词多次称引屈原，如杜甫便分别用过“屈原、楚大夫、骚人、汨罗”等指称过屈子，故表中的诗人数量小计一栏所列数字要高于实际称引屈原的诗人数，但诗作总量不会变化。亦即表中所列为称引屈原的人次数，实际的诗人数量为初盛唐12人、中唐33人，晚唐46人。

由上表统计数据，并结合唐人称引屈原的具体诗作诗句，我们可以初步得到以下几点认识：

其一，唐人诗作中称引屈子较为常见，已形成了具有某种共性意义的文化现象。换言之，唐诗中出现的这些称引屈子的诗作，大体上表达的都是对先贤屈原的追思情怀和颂美之意，以具体的语言艺术创设了富含多种意蕴的文学情境，并借此塑造了一个唐诗中的屈原形象。这个形象的正面意义通常包括高洁忠贞、忧国怀乡、乱世独醒、上下求索、以身殉志等节操和品质。如：

尝闻履忠信，可以行蛮貊……北渚吊灵均，长岑思亭伯。

（刘禹锡《游桃源一百韵》）

灵均说尽孤高事，全与逍遥意不同。

（汪遵《渔父》）

万古汨罗深，骚人道不沉。明明唐日月，应见楚臣心。

（王鲁复《吊灵均》）

行客谩陈三酎酒，大夫元是独醒人。

（洪州将军《题屈原祠》）

屈子生楚国，七雄知其材。介洁世不容，迹合藏蒿莱。

（王毂《古意二首》其一）

曾食灵均之肉兮，个个为忠臣。又想灵均之骨兮终不曲。

（贯休《读离骚经》）

以上诗例大都直接称美屈原，指出其正道直行品格之可贵，表达了诗作者们对屈子的深切尊崇和敬仰，也表明了唐人对屈子精神遗产的积极肯定和接受。

其二，唐诗称引屈原的语词较为丰富多变。一方面说明唐人对屈子的历史掌故甚为熟稔，所以在他们的诗歌创作过程中往往能信手拈来；另一方面，这也表明唐人诗作中对屈原的称引内涵丰富，指向多端。除上文所引诗例表达的直接颂美之外，尚有感叹屈子无辜蒙冤而忧愤难解等意，从

“伤屈、吊屈、叹屈”等称引语词也可感受到这一点。如：

秋入楚江水，独照汨罗魂。手把绿荷泣，意愁珠泪翻。

（孟郊《楚怨》）

栖栖王粲赋，愤愤屈平篇。各自埋幽恨，江流终宛然。

（元稹《楚歌十首》其一）

襄王不用直臣筹，放逐南来泽国秋。自向波间葬鱼腹，楚人徒倚济川舟。

（胡曾《咏史诗·汨罗》）

节分端午自谁言，万古传闻为屈原。堪笑楚江空渺渺，不能洗得直臣冤。

（文秀《端午》）

诸如此类的诗例在唐诗中可谓比比皆是，诗人们其实往往是在嗟咏屈子遭际的同时来抒发自己的幽怀，都是借屈子的杯中之酒来浇自己的满腔恨愁。又如：

笑矣乎，笑矣乎。赵有豫让楚屈平，卖身买得千年名。

（李白《笑歌行》）

屈原沉湘流，厥戚咸自贻。何不若范蠡，扁舟无还期。

（吴筠《览古十四首》其一）

长笑灵均不知命，江蓠丛畔苦悲吟。

（白居易《咏怀》）

这些诗例又是从另一角度来解读屈子，即与正面颂美屈原精神、感叹屈原遭遇相反，诗作者们上承班固、扬雄的观点，认为屈原孤高自许而抱愤沉江的行为不足效法，是咎由自取不知权变。从“唐诗称引屈原数据库”的全部诗例来看，唐诗中像这样从反面解读屈原的诗作虽非主流，但也占有一定比重，是唐诗屈原接受不可忽略的一个方面。

其三，就表1所列初盛唐、中唐及晚唐三阶段来看，唐诗中称引屈原的诗人诗作数量明显呈随时代推移而上升之势。就称引人次言之，初盛唐、中唐、晚唐三阶段在其诗作中称引屈原者分别为22人次、57人次和70人次；就诗作数量言之，此三阶段称引屈原者分别为31首、73首和81首。比较即可得出如下数据：中唐比初盛唐多出35人次，诗作多出42篇次；晚唐比中唐又多出13人次，诗作多出8篇次。中晚唐以后称引屈原的诗人数量及诗作数量皆远远超过初盛唐时期，如果再考虑到唐约300年（618—907年）的历史中初盛唐时期占一半以上的时间[①]，则更能够说明中晚唐诗人对屈原的情感较之初盛唐诗人要浓烈得多。若再比较一下中唐和晚唐，则晚唐诗人诗作中对屈原的称引又多于中唐，但只是相对数量要稍多一些而已，其差别并不像与初盛唐相比之下的那样悬殊。为什么唐人诗作中对屈原的称引会呈现出这样一个随时代推移而明显增多的变化趋势呢？社会原因是唐帝国由强盛走向衰弱直至最后的分崩离析，必然要影响到经济、政治、文化等各个方面，人的精神风貌更是难以逃过这一必然规律的制约。所以，唐诗在初盛唐时的雄浑高歌和风雷激荡在中唐诗歌中便渐渐成了稀缺元素，到晚唐诗歌中即成绝响而难觅其踪了。以此，初盛唐人一心向往的是建功立业，而雄健的时世也为他们提供了这样一种可能，故而其诗歌中很少出现屈原忧愤悲吟的形象也就容易理解了。而中晚唐诗人则不同，经"安史之乱"后的唐王朝虽维持了百余年，但元气大伤而千疮百孔，士子们的个人际遇和人生理想也难以与初盛唐时相比。屈原谗于群小而惨遭逐放沉江的悲剧一生，对中晚唐诗人有着很深刻的现实意义，往往能够引起他们感同身受的共鸣；屈原忠贞刚直、乱世独醒、忧时伤国等品格，同样也能够激发起中晚唐诗人的广泛认同。此外，从文学思想自身发展来看，中晚唐的诗歌美学理想也与初盛唐时异趣。简言之，初盛唐时对风骨兴象的追求已慢慢谈出诗坛，代之而起的是中唐时"崇尚高情、丽辞、远韵"的诗风，和晚唐时"追求细美幽约的情致""追求奇艳清丽

---

①本文的初盛唐时期指从唐高祖武德初至代宗大历中，即618—773年，大约150年，而唐王朝的整个统治时间尚不足300年。

的诗风”。[①]尽管屈骚中也有壮美，但其惊采绝艳的风貌往往在注重诗文辞采之时更能引起人们的注意。因为以上这些要素，中晚唐诗作中随之便大量出现了对屈原的颂美和对屈骚的赞扬。中晚唐时仅专门悼念屈子的诗作即有数首，与初盛唐时的空白形成了鲜明对照。如皎然《吊灵均词》[②]，又如李德裕《汨罗》[③]，再如齐己的《吊汨罗》[④]，在某一特定时期的诗歌创作中如此较集中地以屈原为抒写对象，不仅是唐代屈原接受史上的独特景观，甚至也可说是历代屈原接受史上较有特色的现象。

以下我们换一角度，看看在唐诗中称引屈原的具体是哪些诗人，以及这些诗人称引屈原的诗作篇次。据检索《全唐诗》，我们可知称引屈原的唐代诗人分布极其广泛，如宋之问、骆宾王、王维、李白、吴筠、刘长卿、钱起、韩愈、孟郊、卢仝、李德裕、王建、郑谷、文秀、陆龟蒙、罗隐、韦庄、齐己……由此串名单可见这种分布上的广泛不仅表现在唐朝初、盛、中、晚的时代方面，也表现在朝野之别的社会地位和穷达有异的身份际遇方面，还表现在知名大家与一般诗人的区分方面。要言之，唐代不同时期、不同阶层大大小小的诗人，很多都在诗作中吟咏过屈原。兹据相关数据，分类统计出唐代不同阶段称引屈原的诗人数量，并以图例形式来确证一下上述观点。

表 2 中未列出各类诗人称引屈原的诗作篇次，现补充于此：第一大类中著名诗人（15 人）的诗作总数是 63 首、一般诗人（76 人）的诗作总数是 122 首。其中著名诗人的诗作几乎占全部称引屈原诗作篇次的 1/3，而其人数总量才约占全部诗人的 1/12。其一可能是因为著名诗人的诗作存留量要远大于一般诗人的诗作存留量，其二也表明凡成就较高的诗人都对屈

①可参看罗宗强《隋唐五代文学思想史》的相关论述。

②见《全唐诗》卷八二一。内有“雨飕飕兮望君时，光茫荡漾兮化为水，万古忠贞兮徒尔为”句。

③见《全唐诗》卷四七五。内有“远谪南荒一病身，停舟暂吊汨罗人”句。

④见《全唐诗》卷八四七。内有“落日倚阑干，徘徊汨罗曲。冤魂如可吊，烟浪声似哭”句。

原有较深入的接受，得屈辞沾溉甚多。第二大类中仕宦诗人（69 人）的诗作总数是 133 首，布衣诗人（13 人）的诗作总数是 35 首、僧道诗人（9 人）的诗作总数是 17 首。不同身份的诗人总量与其诗作总量之比例基本一致，而以仕途中人为主。这也符合唐时的社会实际，即有诗作传世的诗人多是通过科考而步入仕途，并由此获得了一定的社会声望。同时，这还表明仕途中人更容易遭遇类似屈原那样的挫折打击，也更容易产生对屈原的亲近感和认同感。结合这些数据，再来分析上面的图例，一方面我们能够更直观地看到称引屈原的唐代诗人分布于社会各阶层，其遭际不同，其诗名不一；另一方面，它也向我们传达了这样一条信息，即屈原其人其文

表 2　唐诗称引屈原之诗人分布

时代分期 / 诗人类别	初盛唐	中　唐	晚　唐
著名诗人	5	7	3
一般诗人	7	26	43
仕宦诗人	9	25	35
布衣诗人	2	5	6
僧道诗人	1	3	5

说明：

1. 同一诗人以不同语词在不同诗作中多次称引屈原，笔者统计数据时只算作一人次，故表中所列为实际称引屈原的诗人人数，即初盛唐 12 人、中唐 33 人、晚唐 46 人。

2. 表中初盛唐、中唐和晚唐三阶段相对应的五个小类，笔者之意为由两个平行的大类组成，即著名诗人和一般诗人为一组，仕宦诗人、布衣诗人和僧道诗人为一组。

3. 表中所谓著名诗人与一般诗人，主要依后人的认识评价为标准，如初盛唐的著名诗人指骆宾王、李白、杜甫、王维和孟浩然，余者皆划为一般诗人。依此标准，中唐著名诗人指韩愈、柳宗元、刘禹锡、孟郊、白居易、元稹和李贺；晚唐著名诗人指杜牧、李商隐和韦庄。

4. 表中所谓仕宦诗人主要指通过科考进入仕途的诗人（据笔者调查，数据库中所列诗人多数都是进士出身），如韩愈、白居易等；而布衣诗人则指未参加过科考或未通过科考，且基本终生未仕者，如李白、孟浩然、卢仝、陆龟蒙、李群玉等。僧道诗人指和尚道士，如初盛唐的吴筠，中唐的皎然和无可，晚唐的文秀、贯休和齐己等。

作用于唐诗的影响甚为广泛。试想一个为众多诗歌创作者们在三百年间屡屡念及的前代文学巨人，其人格精神难道与这些诗人们毫无关系？其辞赋价值难道与这些诗人们的自身创作毫无关系？回答自然是否定的！这也便进一步证明了唐诗对屈原的接受是较为全面而深入的，至少就诗歌创作主体，即诗人们对屈原再三再四地称引这一角度来看，我们便有必要清理探析这种接受关系的细部面貌。

唐诗中不仅有许多称引屈原的诗作，同时还有不少称引《楚辞》及屈骚篇目的诗作。笔者检索《全唐诗》并制作了“唐诗称引《楚辞》及屈骚篇目数据库”，资以进一步分析考察唐诗对屈骚的接受。据此数据库可得到下面有关唐诗称引屈骚篇目的图例。

表 3　称引屈骚篇目的唐诗篇次

《离骚》	《怀沙》	《九歌》	《山鬼》	《天问》	《远游》	《橘颂》	《大招》	《卜居》
39	11	6	6	3	3	1	1	1

说明：

1. 表中数据系笔者检索北大《全唐诗》电子版，并对照中华书局《全唐诗》（1999年1月第1版）所得。

2. “九歌、山鬼、远游、卜居”等条目，在《全唐诗》中出现频率皆较高，表中只取笔者以为系直接称引屈骚相关篇目的诗句，及明显化用屈骚篇目入诗的诗句，余者皆不录。如“远游”共检得95条，表中只统计3条；“卜居”共检得35条，表中仅统计1条。这些未统计的诗作诗句，大多都与屈骚同名辞作有较密切的关系，即屈骚同名辞作往往即是其用典渊源。

据笔者统计，唐诗中称引屈骚篇目的诗作共有71篇次，如加上称引《楚辞》的21篇次，则总数将达到92篇次。相对于唐人来说，屈原已是千余年前的古人了，但就是这样一位古人，仅仅其作品篇名就在唐人诗作中出现过近百次之多。这足以表明唐代诗人对屈骚十分精熟、十分喜爱，[①]

①南唐冯贽《云仙杂记》录有两条关于唐人与《离骚》的逸闻，其一引《姑臧记》云：“钱芸士好读《离骚》，手不暇揭，忘去肉味，半月如斋”；其二引《大唐龙髓记》云：“卢杞与冯盛相遇于道，各携一囊。杞发盛囊，有墨一枚，杞大笑。盛正色曰：‘天峰煤和针鱼脑，入金溪子手中，录《离骚》古本，比公日提绫文刺三百，为名利奴，顾当孰胜？’已而搜杞囊，果是三百刺。”

学习效法屈骚创作自然也是情理中事。梁肃《送元锡赴举序》云：“自三闾大夫作《九歌》，于是有激楚之词，流于后世，其音清越，其气凄厉。吾友君贶者，实能诵遗编，吟逸韵，所作诗歌，楚风在焉”[①]，从此类唐人自己的记述中便能够看出这点。由上面的图例可见，唐人诗作称引的屈原作品篇目以《离骚》为最，共有39篇次。原因之一，《离骚》是屈原的代表辞作，集中地体现了屈子的理想追求、精神境界和屈骚独特的艺术成就；原因之二，后世常有以《离骚》代指屈原所有作品的习惯，如刘勰“不有屈原，岂见《离骚》”[②]一句即当以《离骚》概括所有屈作，类似的例子还有很多。[③]合此两点，便可解释唐诗频繁称引《离骚》的现象了。换言之，与前人接受屈骚的情形相一致，屈子作品对唐人影响最大的一篇即是《离骚》。《怀沙》居于唐人称引屈骚篇目的次席，是不是说它对唐人诗歌创作的影响也仅次于《离骚》呢？从具体的称引诗句来看，唐人笔下出现“怀沙”一词往往是将屈原沉江事当作典故入诗，表达其对屈子沉江行为的看法。同时，也借以抒发唐人或同情屈子悲剧结局而叹惋一己遭遇的愤恨之情，如张说《过怀王墓》云：“一闻怀沙事，千载尽悲凉”。或反对屈子以身殉志的激烈做法而表白自己的处世态度，如赵冬曦《奉和张燕公早霁南楼》云：“雅尚骚人文，怀沙何迫促”。再如顾况《酬唐起居前后见寄二首》云：“欲作怀沙赋，明时耻自沉。”……这些都可视为唐人屈原接受阐释史的有机组成部分，而非对其诗歌创作的影响。根据笔者对《全唐诗》的检索结果及阅读唐诗的感受，窃以为除《离骚》外，屈骚作品对唐诗创作影响较大的应是《九歌》，其清丽自然而华美的文辞为不少唐诗所取用，其创设浑然优美之诗歌意境的方法同样为很多诗人所借鉴。

---

①见《全唐文》卷五百一十八，北京：中华书局，1983年，第5269页。

②见《文心雕龙·辨骚》。

③另如谢灵运《山居赋》在“其木则松柏檀栎……送坠叶于秋晏，迟含萼于春初”一段下自注云：“皆木之类，选其美者载之。山脊曰冈。冈上涧下，长谷积石，各随其方。《离骚》云：‘青春受谢，白日昭只’”。我们知道“青春受谢，白日昭只”是《大招》里的句子，谢灵运之所以说《离骚》云云，显然是以《离骚》代指所有的屈原作品，属泛指用法。

如元稹、刘禹锡等都有意学习过楚地民歌，[1]他们的这种创作努力其实自然也含有对屈原《九歌》的取法。此外，唐代大量楚骚形式的乐府诗，就其谋篇方式和辞藻色彩而言，也受《九歌》影响较大[2]。再比如说唐诗中有大量写到湘妃的诗作，其典源于屈原《九歌》中的《湘君》和《湘夫人》两篇。姑举刘长卿《湘妃》诗观之，诗曰："帝子不可见，秋风来暮思。婵娟湘江月，千载空蛾眉。"《全唐文》载有刘长卿所作《湘妃诗序》，其中即阐述了他对《湘君》和《湘夫人》两篇中人物关系的考论，唐人接受《九歌》的情状于此亦可见一斑。

唐诗对《橘颂》《卜居》《大招》等篇的称引，上表统计出来的数据很少；对《哀郢》《渔父》等篇的称引甚至在表中没有数据统计。但这并不表明这些屈骚作品对唐诗无甚影响，如杜甫著名的《北征》一诗中即显然能觅到《哀郢》的影子，只是由于单单用定量分析方法来考察它们与唐诗的关系尚存在诸多障碍和不便，故笔者拟于后文分述唐诗对屈骚的接受时再细加梳理。此外，表 3 也未列出唐诗称引《楚辞》（一作《楚词》）的具体篇次，现予以简单补充。据笔者统计，唐诗中约有 19 位诗人的 21 篇诗作提到过《楚辞》。这些诗人中有李白、杜甫、李贺、李商隐等大家，也有李峤、刘长卿、崔峒、刘商等一般诗人。这些称引《楚辞》的诗作，往往表达了诗人们对《楚辞》的赏爱态度。如钱起《江行无题一百首》（其一）云："沙上独行时，高吟到《楚词》"；刘长卿《感怀》诗云：

---

①《新唐书》卷一百六十八载："宪宗立，叔文等败，禹锡贬连州刺史，未至，斥朗州司马。州接夜郎诸夷，风俗陋甚，家喜巫鬼，每祠，歌《竹枝》，鼓吹裴回，其声伧伫。禹锡谓屈原居沅、湘间作《九歌》，使楚人以迎送神，乃倚其声，作《竹枝辞》十余篇。于是武陵夷俚悉歌之。"见中华书局标点本，第 5129 页。

②郭建勋对此有所研究，他说："唐代楚骚形式的乐府诗更多，如唐'郊庙歌辞'中的《豫和》、卢照邻《明月引》、王叡《公无渡河》、王维《祠渔山神女歌》二首、僧贯休《杞梁妻》、元结《补乐歌》十章等，又宋之问《高山引》《下山歌》《冬宵引》《嵩山天门歌》、卢照邻《怀仙引》等，也是骚体乐府诗。当然，这远不是唐代此类诗歌的全部。大量楚骚体乐府诗的存在，足可说明楚辞在句式上对乐府诗的深刻影响。"可参看其《论乐府诗对楚声楚辞的接受》，《中国文学研究》2002 年第 2 期。

“愁中卜命看《周易》，梦里招魂读《楚词》”；再如李贺《赠陈商》云：“《楞伽》堆案前，《楚辞》系肘后”等，都写出了《楚辞》在其文化生活中占有重要地位。如再以时代先后分别统计，则初盛唐共约五位诗人各有一首诗作称引《楚辞》，中晚唐共有14位诗人的16首诗作称引《楚辞》。这样的诗人诗作数量比率及其时代分布，与前文我们分析唐诗对屈原的称引所得到的结论一致，即唐人随时代发展而表现出对屈骚越来越浓厚的关注和兴趣。

最后，让我们将“唐诗称引屈原”与“唐诗称引《楚辞》及屈骚篇目”的数据综合起来，考察初盛唐、中唐、晚唐三时段称引《楚辞》、屈原及屈骚篇目的诗人分布与诗作分布，借以统观唐诗接受屈骚的概貌。通过比较诗人诗作数量及相应的百分比，可以看出唐代诗人中追屈悼骚者由初盛唐到中晚唐渐渐增多，与屈原及屈骚有关联的诗歌作品数量亦相应地呈上升趋势。此外，还可看出在初盛唐、中唐和晚唐三阶段，称引《楚辞》、屈原及屈骚篇目的诗人分布与其各自对应的诗作分布基本均衡，表明唐诗的屈骚接受大体上显现出稳步推进的态势。其实，唐诗中还有数以千计的作品或在立意，或在题旨，或在辞藻，或在用典诸方面，都与屈骚存在着千丝万缕的关系，而非仅是此种称引数量方面的单一变化和表现。

本文发表于《名作欣赏》2012年第14期。

文化人类学视野下的周作人

◎祖晓春

西方异质文明的侵入使中国人的自我身份认同产生了空前危机，面对一个全新的世界，我们必须完成关于自我形象的定位。早期人类学家泰勒就认为文化人类学研究的目的就是要寻找一条基线，沿着这条基线我们就可以推断我们的进步与退化，我们可以依照它们接近于文明或野蛮的程度，将它们安排在两个极端之间。

20世纪初期急于完成本族群自我认识的现代中国文化人当然需要这条基线，因而文化人类学很快成为中国文化人一个重要的观察视角，成为他们思考中国的一个重要的知识背景。它可以使我们对自己登高一望，从而对自己的制度、信仰与风俗，都有一种客观的认识。这一知识背景触发了空前的民族自我认识浪潮，同时也激发了“人”的意识的觉醒。而周作人正是敏感地回应了这一文化大势的一位“先觉者”。

周作人在一篇文章中提出了这样的见解：

大家都做着人，却几乎都不知道自己是人；或者自以为是“万物之灵”的人，却忘记了自己仍是一个生物。在这样的社会里，绝不会发生真的自己的解放运动的，我相信必须个人对自己有了一种了解，才能立定主意去

追求正当的人的生活，希腊哲人达勒思的格言："知道你自己，可以说是最好的教训。"[1]（433）

从深层意义上说，五四新文化运动就是一场"人的解放"运动，（中国几千年的封建传统文化很少关注人的个人意识，20世纪西方文化的大量引进，唤醒了中国文化阶层对个体的人、对人性的高度关注）正是出于"人的解放"这一精神要求，周作人对西方以人类学为中心的研究充满了浓厚的兴趣，并以此为中心构建了他独特的知识体系。周作人早在留日期间就对文化人类学产生了兴趣，这种兴趣主要体现在他对人类早期文明的关注上。他到日本不久就阅读了《习俗与神话》《神话仪式和宗教》等书，接受了人类学派的知识，这对周作人意味着他的人生将发生重大的转折，他说："我对人类学稍有一点兴味，这原因并不是为学，大抵只是为人。"[2]（219）人类学的发现使他突破了原有的知识视野，进入到对"中国人""人类人"的思考中去。也就是说从人类学的研究出发转而关注人类，尤其是中国人的生存状态。他说："我的工作是什么？只有上帝知道。我所想知道一点的是关于野蛮人的事，一是古野蛮，二是小野蛮，三是'文明'的野蛮。"[3]（394）目的是透过早期文化人类学所关注的"古野蛮"来观察所谓的文明民族机体中的野蛮遗留物。正是文化人类学所提供的这一全新视角使他认识到中国与西方文明之间的巨大落差，发现中华文明中依然保留了许多部落时代的蛮风，由此他认定中国是一个徒有文明外衣而本质上依然野蛮的民族。他对中国国民性的富于穿透力的认知在很大程度上取决于他所受到的文化人类学的学科滋养，他把竭力提倡研究野蛮生活的人类学家弗雷泽视为改变了人类认识范式的人。认为《金枝》的文化影响力超过了19世纪的任何一本书。周作人正是凭借《金枝》的光芒揭示出中国文明背后的野蛮鬼影。周作人从人类学出发，把知识的触须伸向更加广阔的领域，这其中包括生物学、性心理学、儿童文学、童话、医学史、妖术史、民俗学等。对弗雷泽的《金枝》、葛理斯的《性心理学》、韦斯特马克的《道德观念起源发展史》、哈忒阑的《童话的科学》等，他都认真研究过。

正是出于同样的理由，周作人对民俗学也倾注了极大的热情，在他看来，民俗学或许称为社会人类学更恰当，他把民歌也视为“民族心理的表现，含蓄许多古代制度的遗留”[4]（180），它“能使我们知道‘社会支柱’的民众的心情”。从而“做一点同国人自己省察的资料”[5]（197）。这也正是1920年周作人积极投身歌谣运动的真正原因。

周作人的人类学研究影响了一大批同时代作家。苏雪林认为，台静农创作的《淮南民歌》、李金发创作的《岭南恋歌》、刘半农创作的《瓦釜集》大多是受周作人影响。苏雪林也承认自己对民俗学、人类学产生兴趣也是受到周作人的启发，所以说周作人的文化人类学的研究不但拓展了他自己的研究视野，而且对中国现代文学的发展也做出了巨大的贡献。

周作人拥有大量文化人类学藏书，弗雷泽和柳田国男的作品都是他搜求的重点。正是这种独特的知识结构使他对于野蛮人的宗教迷信、禁忌、神话、童话等都非常熟悉，在他大量的著述中仅直接涉及原始信仰的就有《僵尸》《荣光之手》《论山母》《平安之接吻》《野蛮民族的礼法》《关于夜神》《关于妖术》《祖先崇拜》《铁算盘》等。

周作人对文化人类学的接触始于去日本之前，那时他在上海买到一本泰勒的《人类学》，当时该书被译为《进化论》。1906年周作人抵达日本，正好“下宿里收到丸善书店送来的一包西方书籍，是鲁迅回国前订购的”，其中一本有关神话的书中介绍了安特路朗对神话的人类学阐释。周作人从这里“对于安特路朗的人类学派的说法有了理解”[6]（247），并随后又买了安特路朗的《神话仪式与宗教》，周作人对人类学的兴趣就是从这时被激发出来的。从此他知道了文化人类学又称社会人类学，知道了文化人类学在英国的祖师是泰勒与拉博克，他们所写的《原始文明》与《文明之起源》都是这方面的权威著作。在日本他又得到了弗雷泽和哈利孙女士的著作。而《金枝》一书对他的影响最大。另外，韦思特马克的《道德观念起源发展史》及《人类婚姻史》对他的影响也很深。

应当指出，周作人对于文化人类学的兴趣绝对不是纯粹学理性的，而是与整个时代的民族自我认识思潮息息相关。对他们那一代文化人来说，以“野蛮”为主要研究对象的早期文化人类学对审视充满野蛮遗留物的中华文明无疑是一束“金枝的火光”。事实上，周作人国民性探讨的独特性和深刻性在很大程度上有赖于他早期所受到的文化人类学的影响。在中华民族的现代自我认识浪潮中，“社会人类学上的事实给予我们不少的启示，特别是对还在迷信奉天承运之中华民国的国民。”[7]（500） 有些我们平常不解的文明事象而经文化人类学一观照，神秘的幕布立刻落下，它于保守派和假道学不利因素而对现代文化人却极为有利。周作人有一个时期对于弗雷泽的《普须该的工作》有着特别的兴趣，就是因为它是“专讲迷信的”[8]（433），它可以成为我们国民灵魂的照妖镜。周作人的国民性批判正是力图以社会人类学的天秤来估计这些破铜烂铁，使文化人类学成为旧社会礼教的致命伤，成为现代思想启蒙的学理基础。为此，他热切呼唤在中国有如泰勒的《原始文化》一类的文化史大纲出现。他认为，中国虽“号称礼教之邦，而夷考其实，社会上所主张的道德多是以传统迷信为根基的过去的遗留物”。[9]这里他正是依据早期文化人类学的“遗留物”思想认定我国国民的内心世界依然处在野蛮时代。他就是要用文化人类学的“金枝的火光”去烛照隐藏在我们背后的“文明的野蛮”。

借助文化人类学，周作人展开了对中国帝王专制传统及各种迷信风俗、道德习惯的批判。看了《金枝》中的《法术与王的进化》两册，他解开了中国封建帝王专制是“神圣不可侵犯的”谜团。原来，帝王源于原始部落酋长，而酋长又是由术士变的。仅此一推，封建专制的神秘面纱一下子就被抖落下来。周作人依据他所获得的文化人类学知识认定：中国的长老权利源于祖先崇拜，而祖先崇拜又是源于精灵信仰的部落时代的蛮风，这在欧洲古代也有过，可中国到了现在还是如此就不能不说是一种蛮性的遗留物了。为此我们必须把祖先崇拜改为“自己崇拜—子孙崇拜”[10]，这种改变就是从野蛮向文明的跨越。作为现代文化人的周作人要“针砭民族卑怯的瘫痪”，“消除民族淫亵的淋毒”，“阉割民族自大的疯狂”。[11]他在阐释中国传统礼教盛行的原因时说：“性的迷信造成现在还存留着的凶狠的礼教。”同时指出：“要了解中国须得研究礼教，而要了解礼教非从萨满教入手不可。”他认为“礼教的根本由于性的恐怖之迷信，即出于萨满教”，而萨满教又源于“道教的精灵崇拜”。在他看来，中国很多思想“总不出两性的交涉”，如中国旧俗认为“夫妇宿田间能使五谷繁茂，男女野合就要使年成歉收”。[12]正是文化人类学赋予了周作人大量的原始性禁忌的知识，才使他轻易看出中国文明背后的野蛮因素。所以，他希望道学家去看看 H.Rehlingerd 的《原始民族的性生活》，因为那里也许有使我们值得认真“反省的地方”。[13]

在他那一双文化人类学的眼睛看来，四川督办之维持风化，湖南省长之求雨，全出于原始野蛮信仰的遗留，是“蛮族的心理”，它始于一种“物理感应的思想”。[14]它对中国国民性的人类学观照涉及方方面面，比如，闹房、缠足、吸鸦片、炼丹种蛊、符咒治病等。他认为闹房“实为蛮风之遗留，即初夜权的变相”，[15]初夜权源于一种初民的性崇拜；而民间的炼丹和符咒之类也出自“原始拜物教”。[16]（403） 周作人于文明表象的背后发现了野蛮，“缠足终是野蛮”[17]，政府禁书也是“野蛮人想的办法”[18]，都是一样的原始思想。他极力反对旧戏，也是因为在他看来中国旧戏之精神就是蛮戏的根本精神，其中充满了原始的宗教分子。在这种蛮风弥漫的社会上，个人的境况自摇篮以至坟墓全由习俗的铁模铸好了的。因为在原始社会及现在的山村海乡，个人的言行饮食几乎无一不在群众的监督之下。

五四新文化运动是一场力图在精神层面完成民族新生的启蒙运动，周作人正是在这样一个大的文化背景上，主动吸收包括文化人类学在内的各种外来思想的营养，对几千年形成的文化传统进行了独特而又深刻的批判和剖析。他的“个人解放”的思想也与此密切相关，因为在他看来，社会制裁的宽严正是以文化进步的高低为比例的，呼唤个人思想也就是向原始的蛮风宣战。他发表于《新青年》五卷六号上的《人的文学》是一篇关于

改革文学内容的重要宣言，他认为，“凡兽性的遗留，与古代礼法可以阻碍人性向上的发展者，也都应排斥改正”。[19]（4）

总之，正是文化人类学使周作人突破了中国传统文化的“家族本位主义”，跟整个20世纪的“人”的觉醒与解放运动完成了精神呼应；它同时也垫高了周作人对中国传统文化和中国国民性的观照视点，使他在中国现代文化史、文学史上占有着非常重要的位置。从当今中国社会和文化遇到的新问题来看，周作人的这一精神思想遗产值得我们认真研究。

参考文献

[1]周作人. 周作人自编文集·谈虎集. 北京:北京十月文艺出版社,2011.

[2]周作人. 周作人自编文集·苦口甘口. 北京:中国广播电视出版社,1992.

[3]周作人. 周作人自编文集·谈虎集·拈阄. 石家庄:河北教育出版社,2002.

[4]周作人. 周作人自编文集·海外民歌译序. 石家庄:河北教育出版社,2002.

[5]周作人. 周作人自编文集·江阴船歌序. 北京:北京十月文艺出版社,2011.

[6]周作人. 周作人自编文集·知堂回想录·筹备杂志. 北京:中国广播电视出版社,1992.

[7]周作人. 周作人自编文集·我的杂学·拾遗子. 合肥:安徽教育出版社,2008.

[8]周作人. 周作人自编文集·妇女运动与常识. 北京:北京十月文艺出版社,2011.

[9]周作人. 周作人早期散文选·谈虎集·祖先崇拜. 上海:上海文艺出版社,1984.

[10]周作人. 周作人散文(第二集)·与友人论国民文学书. 北京:中国广播电视出版社,1992.

[11][14]周作人.《谈〈性的崇拜〉》.

[12]周作人. 周作人散文(第二集)·谈虎集·萨满教的礼教思想. 北京:中国广播电视出版社,1992.

[15]周作人. 周作人散文(第一集)·谈虎集〈初夜权〉·序言. 北京:中国广播电视出版社,1992.

[16]周作人. 周作人散文(第二集)·谈虎集·乡村与道教思想(一). 北京:中国广播电视出版社,1992.

[17]周作人. 周作人早期散文选·谈虎集·天足. 上海:上海文艺出版社,1984.

[18]周作人. 周作人早期散文选·古书可读否的问题. 上海:上海文艺出版社,1984.

[19]周作人. 周作人经典作品选·人的文学. 北京:当代世界出版社,2002.

祖晓春，北方民族大学文史学院副教授，主要从事外国文学以及比较文学研究。

本文发表于《伊犁师范学院学报（社会科学版)》2011 年第 4 期。

吴缜《新唐书纠谬》失误辨析

——兼重讨其创作动机

◎王　东

吴缜《新唐书纠谬》是一部对《新唐书》系统研究的著作，亦是现存第一部针对专书的考据著作。该书对后世影响较大，朱明镐、王鸣盛、钱大昕等屡次提及，钱大昕亦著有《新唐书纠谬校补》《补遗》，对《纠谬》或补充考证，或指出其误。笔者近来重检《纠谬》，发现诸多疏误，多为钱氏未及。对其疏误进行梳理分析，对于今人之校考亦有所鉴。另学者们所论《纠谬》之创作动机，甚觉未安。现一并梳理，求教于方家。

一、吴缜对《新唐书》书法研究失误

北宋之时，社会稳定，儒学开始复苏。史书修撰，崇尚《春秋》笔法。吴缜曰："窃见嘉祐中《进新唐书表》云：'其事则增于前，其文则省于旧。'愚意以谓斯二者皆古良史之法。"[①]因此，吴缜对《新唐书》修撰原则持肯定态度。其又于《纠谬·序》中曰："由是言之，史才之难，

①(宋)吴缜:《新唐书纠谬》卷十二,载《二十五史三编》第7册,长沙:岳麓书社,1994年,第39页。

岂不信哉？必也编次事实，详略取舍，褒贬文采，莫不适当，稽诸前人而不谬，传之后世而无疑，粲然如日星之明，符节之合，使后学观之，而莫敢轻议，然后可以号信史。”[①]可见吴缜赞同《春秋》笔法修史，亦具体阐述了史书史料编次、取舍以及褒贬修撰原则。而这一切基础乃史料考辨，只有这样才能求信于后世，这正是“信史鉴世”之传统史观。但史料编次、取舍以及行文褒贬，均具有一定主观性。凡是主观性的东西，各师成心，如何做到恰当，吴缜便把希望寄托于“史才”上。

首先来看史料编次。

吴缜于卷一五罗列八例，观点不尽恰当。如《宗室有书姓或不书姓者》，指出《太宗纪》淮安王道彦贞观八年不书姓，二十二年则又书姓。钱大昕曰：“《唐史》例，宗室封王公者，若称王公，则不书姓……若称职事官，则书姓。”[②]《姚南仲书独孤皇后事》，指出《姚南仲传》书独孤后为崩，本纪及《后妃传》为薨，此乃宋祁在本传对传主敬称所致。《太宗纪魏征薨事》，指出本纪称其为“薨”，据《宰相表》其已罢为太子太师，疑不当用“薨”。钱大昕曰：“《魏征传》但称拜太子太师，不云罢，恐是表误。”[③]今考《旧唐书》卷七一《魏征传》，其拜太子太师仍知门下省，未曾罢相。

因此，吴缜有不明体例或史实而误。

对史料书写顺序及归属，吴缜于卷一六罗列七例，失误有二，均为未解文意而误。《仆固怀恩为副元帅》曰：

> 《仆固怀恩传》云：“于是雍王以元帅为中军，拜怀恩同中书门下平章事，为之副。时诸节度皆以兵会，次黄水。”
>
> 今案《代宗纪》：“宝应二年十月辛酉，雍王适讨史朝义。甲戌，败史朝义于横水。十一月，仆固怀恩为朔方河北副元帅。”在本纪则怀恩先

---

①《新唐书纠谬·吴缜自序》，第1页。

②③(清)钱大昕：《新唐书纠谬补遗》，载《钱大昕全集》第4册，南京：江苏古籍出版社，1997年，第37、20页。

贼后为副元帅在传则先为副元帅而后破贼，二者未知孰是。[①]

按《通鉴》卷二二二曰：“（宝应元年十月）上欲以郭子仪为适副，程元振、鱼朝恩等沮之而止；加朔方节度使仆固怀恩同平章事，兼绛州刺史，领诸军节度行营，以副适……（十一月）郭子仪以仆固怀恩有平河朔功，请以副元帅让之。己亥，以怀恩为河北副元帅，加左仆射，兼中书令、单于镇北大都护、朔方节度史。”[②]因此，怀恩先为雍王李适之副，后为副元帅，《新传》未误。

又《蒋乂传记张孝忠事失序》曰：

《蒋乂传》云：“贞元九年……张孝忠子茂宗尚义章公主，母亡遗言丐成礼，帝念孝忠功，即日召为左卫将军，许主下降。乂上疏，以为……违人情，不可为法。”

今案《张孝忠传》云：“贞元二年……推为贤将。明年，检校司空，诏其子尚义章公主，孝忠遣妻入朝……五年，为将佐所惑，以兵袭蔚州，入之。”然则《孝忠传》所记年次甚明，其茂宗尚主及亲迎成礼，殆止在贞元三年四年之间尔，《蒋乂传》则载之贞元九年之后，失其序矣。[③]

按《旧书》卷一四一《张茂昭传》曰：“茂宗以父荫累官至光禄少卿同正，贞元三年，许尚公主，拜银青光禄大夫、本官驸马都尉，以公主幼，待年。十三，属茂宗母亡，遗表请终嘉礼，德宗念茂昭之勋，即日授云麾将军，起复授左卫将军同正，驸马都尉。谏官蒋乂等论曰……”[④]因此，吴缜理解有误，《新书》卷一三二《蒋乂传》所述顺序为当。

再来看“详略取舍”，因《新书》为分工撰写，加之撰写需要，史料选择定有偏差，吴缜根据这些偏差，分作两类，对《新书》史料选择提出批评。

---

①《新唐书纠谬》，第48页。
②（宋）司马光：《资治通鉴》，北京：中华书局，1956年，第7132、7136页。
③《新唐书纠谬》，第48页。
④（五代）刘昫：《旧唐书》，北京：中华书局，1975年，第3858页。

“当书反阙”方面，为卷一四之十九例，卷一一之四○例中二十二例。

吴缜《新书》疏漏罗列，亦有不尽之处。如卷一一《宰相世系虽有名而计目中脱漏者》曰：“高冯相太宗、高宗。《高氏表》有宰相五人，而止计四人，漏此一名。”[①]钱大昕曰：“韦氏宰相十四人，又有承庆相武后，在小逍遥公；安石相武后、中、睿，在郧公房，计目中亦脱漏。又《宗室世系表》，定州刺史房有麟相肃宗，计目中亦失之。”[②]

除此之外，如卷一一《大历十二年秋雨灾》：

《韩滉传》：“大历十二年秋，大雨害稼十八。”

今案《五行志》无此异，乃漏书也。[③]

按《新书》卷六三《五行志》曰：“（大历）十二年秋，京畿及宋、亳、滑三州大雨水，害稼，河南尤甚，平地深五尺，河溢。”[④]并未漏书。

吴缜亦有不明体例而误者，如卷一一《宁王传漏临淄王一名》《蜀王愔传漏晋王治一名》，其漏分别为玄宗、高宗，钱大昕曰：“《唐书》诸王列传，本有尊君之例。”[⑤]卷一四《穆宗改名》，曰穆宗初名其纪漏书，钱大昕曰：“文宗初名涵，武宗初名瀍……不见于本纪。僖宗初名俨，则见于本纪矣。”[⑥]因此，本纪一般不书帝王初名。

总的来说，史书修撰，史官根据自身主观来选择史料。吴缜亦按照自己主观标准，找出偏差，但史料之无限，著述之有限，吴缜之思尽管可以补充史撰之诸多疏漏，但切不可以不同标准苛求一部著述。否则，把众多标准叠加，则史传作品有变成年谱长编之嫌。

“不应书写”方面，吴缜将其分为两类，一类是事状丛复，存于卷一二；另一类是宜削反存，存于卷一三。

卷一二“事状丛复”共列四十六条，吴缜于卷首曰：“然今徐观其所

---

①③《新唐书纠谬》，第36、38页。
②⑥《新唐书纠谬补遗》，第35~36、36~37页。
④（宋）欧阳修，宋祁：《新唐书》，北京：中华书局，1975年，第932页。
⑤《新唐书纠谬校补》，第13页。

著，则增事省文固未能皆如所陈，往往一事数出，而其大致则同，可以刊省从一者甚众。”[1]但吴缜亦有吹毛求疵之嫌，如《王通传》：

《王绩传》云：“兄通，隋末大儒也。聚徒河、汾间，仿古作《六经》，又为《中说》以拟《论语》，不为诸儒称道，故书不显，唯《中说》独传。”

《王勃传》云：“初，祖通，隋末居白牛溪，教授门人甚众。尝起汉、魏尽晋，作书一百二十篇，以续《古尚书》，后亡其序，有录亡者十篇，勃完补缺逸，定著二十五篇。”

《王质传》云：“五世祖通，为隋大儒。”[2]

细读三传文字，《王绩传》所载为王通本传，《王勃传》所述与本传不同，且侧重于王勃为其祖父著述补缺，《王质传》乃略叙其世系，三者所叙侧重点不同，吴缜所责为吹毛求疵尔。

卷一三之“宜削反存”共十二例，有九例乃生活之事，如《林蕴矜氏族》：

《林蕴传》云：“蕴辨给，尝有姓崔者矜氏蕴族，蕴折之曰：‘崔杼弑齐君，林放问礼之本，优劣何如邪？’其人俯首不能对。”

今案，凡史之所纪，必系乎兴亡治乱、礼乐政刑、褒贬劝惩、贤愚邪正，有益于名教，有考于后人，则虽多书而无害。若安乐公主览蕴镜作眉，林蕴矜氏族之类，虽连篇累牍书之，何补于事乎？是徒污简策而贻讥诮也。[3]

传记中记叙生活之事，对于人物形象塑造是相当重要的，吴缜此言乃是从传统信史鉴世史观出发，便忽略史传人物形象塑造之需要。

最后来看“褒贬文采”，由上林蕴例可知吴缜修史之目的为“惩劝”“名教”。对于史评，吴缜要求前后观点一致，其核查《新书》，发现不尽然，于卷十八罗出六例，曰：“与夺不常”。如《论封建事》：

---

①②③《新唐书纠谬》，第39、39、43页。

《宗室传赞》云："唐兴……帝与名臣萧瑀等喟然讲封建事……而魏征、李百药皆谓不然，百药称帝王自有天命，历祚之短长不缘封建……"

今案此《赞》，意盖短百药以为国祚短长本诸天命，不在乎封建之与郡县，以为臆论，不足取也。然至于《十一宗诸子赞》则曰："历数短长，自有底止，彼汉七国、晋八王，不得其效，愈速祸云。"斯言也亦何异于百药之论欤？①

按苏颂曰："《文宗纪》及《宗室》《宰相》《孝友》《藩镇》《夷狄》《逆臣》诸传十九赞序，明识独见，劝惩之意深矣。"②因此，《宗室》之赞乃吕夏卿所作。

又如《韩皋有大臣器》：

《韩皋传》云："皋资质重厚，有大臣器。"今案皋本传，皋为京尹，而用小人言，掊敛亟进，以希时邀宠，及百姓以旱灾受弊，则喑嘿不言。德宗，庸闇之主也，犹知其非而逐之于外，今史氏乃以为有大臣器，则古之以道事君者固如是乎？③

按《新书》卷一二六《韩皋传》来源于《旧书》卷一二九《韩皋传》，《旧传》《册府》卷七七七均曰其"器质重厚，有大臣之度"，疑为《实录》之语，《新传》《旧传》袭用之。从《旧传》所述来看，其人应有一定度识，非如吴缜之形容，此为人物总体评语。史传之书，乃陈陈相因，吴缜不虑《新传》造语之因，而遽下判断，从艺术角度可，史传角度则过矣。

关于史官叙述，在不同传记中，角度往往发生变化，如《严绶治太原事》：

《裴垍传》云："严绶守太原，政一出监军垍李辅光。垍劾其懦，以李墉代之。"

今案《严绶传》云："绶为河东节度使，在宽镇九年，尚宽惠，治称

①③《新唐书纠谬》，第49、50页。

②（宋）苏颂：《苏魏公文集》卷六六《吕舍人文集序》，北京：中华书局，1988年，第1012页。

流闻，士马孳息，入为尚书右仆射。”然则绶治太原，在本传则为有治埴迹可取，在《裴垍传》则为无治状而可罪，二者是非孰在乎？①

《严绶传》为其本传，来源或为家传，疑沿袭家传角度作一番揭示，《裴垍传》则不必，从另一角度来看严绶，于是产生二重视角，这正如人之性格多面性，二者所述差异应叙述角度不同所致。吴缜对此没有充分认识，亦在同卷《建定边军之策》《李愬李光颜平蔡之功》《宪宗罢韩全义》做出同样判断。

总的来说，吴缜之于《新唐书》书法，从体例、史料处理，乃至撰写中的褒贬文采均有一番探析，可供汲取之处很多。但其常常对《新书》体例认识不清，或内容缺乏深入了解，或没有结合史料来源及史书修撰艺术需要去理解《新书》。研究一部史学作品，要有充分的史源意识，在此基础之上对其体例、内容等作透彻了解，同时应注意史学作品之文学性，若单纯从某一角度去分析，必致偏差。

二、吴缜对《新唐书》考证失误

对于校考方法，今人归纳为对校、本校、它校、理校等，吴缜于《自序》中曰：“况方从宦巴峡，僻陋寡闻，无他异书可以考证，止以本史自相质正。”②因此，其校《新唐书》方法为本校。纪传体史书乃以纪、传为本，或增志、表，这样，史事于此四类中常会重复出现，文体之客观特点使本校更具有操作性。《新书》修撰，历时较长，分工复杂，再加之宋祁修撰期间外出为官，凡例沟通便存困难；成书之后，朝廷付裴煜、陈荐等统校，但未有建树。客观上，这便为吴缜之本校创造条件。

吴缜之于《新书》考证，首先列出被校内容，然后条列出《新书》相关内容。如卷四《王瓌恭宪太后弟乃以为惠安太后弟》：

《宦官·杨复恭传》云：“王瓌者，惠安太后之弟也。”

①②《新唐书纠谬》，第50、2页。

今案《后妃传》："懿宗凡二后，一曰惠安皇后王氏，一曰恭宪皇后王氏。"《惠安传》则不载有弟瓌事，至《恭宪传》则载弟瓌事甚详，且又述其被害事，与《复恭传》正合，然则瓌乃恭宪弟，非惠安弟也。①

按《新纪》卷九《僖宗本纪》曰："懿宗第五子，母曰惠安太后王氏。"②《旧纪》卷一九下略同，《旧纪》卷二〇上《昭宗本纪》曰："懿宗第七子也，母曰惠安太后王氏。"③但《新纪》卷一〇《昭宗本纪》曰："懿宗第七子也，母曰恭宪太后王氏。"④《新书》卷七七《惠安王太后传》曰："生普王，七年薨，王即位，是为僖宗。"⑤《新书》卷七七《恭宪王太后传》曰："生寿王而卒，王立，是为昭宗。"⑥据此，昭宗之母应为恭宪皇后王氏。《旧书》卷一八四《杨复恭传》曰："（昭宗时）国舅王瓌，颇居中用事。"⑦因此，王瓌应为恭宪皇后之弟，吴缜所言为是。

上条为史料之间直接抵牾，通过材料的简单对读便可得出。但有时需要结合多条史料，方能发现所记史料记载之抵牾，在这方面，吴缜亦能及之。如卷三《宪宗子棣王彭王信王同封失实》：

《棣王惴传》云："大中六年始王，与彭、信二王同封。"

今案《本纪》大中六年"十一月，封弟惴为棣王"，即无彭、信二王同封之事，而大中三年纪云"十一月己卯，封弟惕为彭王"，咸通元年纪云"七月，封叔沔为信王"，然则彭、信二王未尝与棣王同时受封，明矣。⑧

按《册府》卷二六五、《唐会要》卷四六记载均与《本纪》略同，因此，棣王惴与彭、信二王同封之事为误。

总的来说，吴缜充分利用《新书》所载内容差异进行史料对读，综合分析及理性推测均得到很好运用，为后世之本校做一很好示范。

但钱大昕于《纠谬》跋语曰："然廷珍读书既少，用功亦浅，其所指

---

①⑧《新唐书纠谬》，第 9、7 页。
②④⑤⑥《新唐书》，第 263、283、3510、3511 页。
③⑦《旧唐书》，第 735、4775 页。

摘，多不中要害。”[①]计吴缜之考证约有二三〇条，约九〇条未做出判断。究其原因，主要因“止以本史自相质正”，这样，缺乏充足的相关史料进行辅证，自然无法做出判断。观其未作判断条目，结合相关史料绝大部分是可以做出判断的。如卷九《韩王更封纪传年不同》：

《韩王元嘉传》云：“贞观九年更封韩。”

今案《本纪》乃贞观十年也。[②]

按《旧纪》卷三、《旧书》卷六四《韩王元嘉传》《新纪》卷二、《唐会要》卷四六、《册府》卷二九五均作“十年”。则“十年”应是。

又如卷十《崔湜及周利贞传述内外兄不同》：

《崔湜传》云：“进其外兄周利贞。”

今按《周利贞传》，利贞，湜内兄也，未知孰是。[③]

按《旧书》卷七四《崔湜传》作“表兄”，《旧书》卷九一《桓彦范传》曰：“特令湜姨兄嘉州司马周利贞摄右台侍御史。”[④]因此“外兄”应是。

可见，辅以其他史料，历史抵牾往往可解。除此之外，在相关史料的对读中，我们亦可以发现诸多历史记载问题。如卷四《刘审礼传与表不同》：

《刘审礼传》云“子殆庶”，又云“易从为彭城长史”。

今案《宰相世系表》，殆庶、易从为汉州长史，未知孰是。[⑤]

按《旧书》卷七七《刘审礼传》亦作“彭城”，《新传》袭《旧传》而来。《宰相世系表》卷七一上曰“易从为汉州长史”。《大唐新语》卷五曰：“易从后为彭城长史，为周兴所陷，系于彭城狱，将就刑，百姓荷其仁恩，痛其诬枉。”[⑥]但《御览》卷四一四曰：“易从后为彭州长史，为周兴

---

①(清)钱大昕:《潜研堂文集》卷二八,载《钱大昕全集》第9册,南京:江苏古籍出版社,1997年,第465页。

②③⑤《新唐书纠谬》,第25、32、12页。

④《旧唐书》,第2931页。

⑥(唐)刘肃:《大唐新语》,北京:中华书局,1984年,第80页。

所陷，将刑，百姓荷其仁恩……”[①]则又为“彭州”，《通鉴》卷二〇四亦作“彭州”，《新书》卷四二《地理志》剑南道彭州下有“武后时长史刘易从”。[②]据此，疑“彭城”乃“彭州”之误。至于刘易从是否有汉州长史之任，因史料之不足，不得而知了，但其为彭州长史已明矣。吴缜因局限于本书，未发现“彭城”之误。

因此，单纯本校在很多情况下不能解决问题，亦不能发现更多问题，吴缜亦知此局限，其曰：“意谓若广以它书校之，则其穿穴破碎，又当不止此而已也。”[③]但他没有多结合《旧唐书》《唐会要》等加以考证，除“用功亦浅”外，从思想深处可看出其考据意识并不成熟。

综合核其失误，可分如下几类：

首先为常识性错误。如避讳方面，卷四《杜求仁传舛误》：

《杜求仁传》云：“求仁与徐敬业举兵，为兴复府左长史，死于难。”

今案《徐敬业传》，求仁为匡复府右长史，与《求仁传》不同，未知孰是。[④]

按“兴”乃避宋太祖讳而改。

又如不明官制而误，如卷六《高祖纪书长孙顺德官误》：

《高祖纪》：“武德四年，左骁骑卫大将军长孙顺德。”

今案十六卫止有骁卫，未尝有骁骑卫，又按《突厥传》亦止云左骁卫大将军长孙顺德，然则此骑字实衍字也。[⑤]

按“左右骁卫”属唐十六卫，设上将军一人，大将军各一人，据《唐书》卷四九上《百官志》及卷五〇《兵志》可以得知，“左右骁卫”亦称“左右骁骑卫”。因此，“左骁骑卫大将军”为全称。

典籍之校考，要求校考者具有一定相关知识。钱大昕曰吴缜“读书既

---

①（宋）李昉等：《太平御览》，北京：中华书局，1969年，第1910页。

②按中华书局本《新唐书》据《通鉴》及本书《地理志》改“彭城”作“彭州”，见《新书》卷106注，第4508页。

③④⑤《新唐书纠谬》，第2、10~11、21页。

少”似为中矣。

其次是推理性错误，如卷一《以亡为有·马璘击溃史朝义兵》：

《马璘传》云：“从李光弼攻洛阳，史朝义众十万阵北邙山，旗铠照日，诸将允疑未敢击。

璘率部士五百薄贼屯，出入三反，众披靡，乘之，贼遂溃。光弼曰：‘吾用兵三十年，未见以少击众雄捷如马将军者。’”

今案《李光弼》及《史思明传》，邙山之战，思明主其军，非朝义也，此其误一也。又案《帝纪》，上元二年二月戊寅，光弼与思明战，败绩。而《光弼传》亦云官军大溃，则此安得有贼遂溃之谓哉，此其误二也。[1]

按《新旧唐书互证》卷一五曰：“案《新书》亦是因《旧书》而误，考《新书·仆固怀恩传》，黄水之战，朝义统精骑十万来援，阵坚不可犯，马璘怒，单骑援旗直进，夺两盾，贼辟易。《旧书·史朝义传》，雍王留陕州二十九日，与朝义战于邙山之下。盖水曰黄水，山曰邙山，即一地也。史因此两战俱在邙山，遂误以仆固怀恩为李光弼耳，观二书《马璘传》不复言黄水之战可见。”[2]

《新书》卷一三八《马璘传》当来源于《旧书》卷一五二《马璘传》，两传均未指出攻洛阳之具体年份。考上元二年二月，李光弼与史思明战于洛阳，败绩，三月史思明便为其子所杀。而宝应元年十月仆固怀恩与史朝义亦战于洛阳。因此，吴缜误以宝应元年之战为上元二年之战。考《新书》《旧书·马璘传》，均于此事后曰：“明年，吐蕃寇边……怀恩之叛。”考《新纪》卷七，广德元年七月，吐蕃陷陇右诸州，而后怀恩反，则以此推，《新传》《旧传》所述当为宝应元年之战。另据《互证》，《新传》误以仆固怀恩为李光弼耳。吴缜因人名之误便判定事件虚无，则为过矣。

再如卷二《放死罪囚三百九十人》：

---

①《新唐书纠谬》，第 4 页。

②（清）赵绍祖：《新旧唐书互证》，载《二十五史三编》第 7 册，长沙：岳麓书社，1994 年，第 147 页。

《刑法志》云:“贞观六年，亲录囚徒，闵死罪者三百九十人，纵之还家，期以明年秋即刑。”……

今案《太宗纪》:“(贞观四年)天下断死罪者二十九人。”是举天下一年止断死罪二十九人，何其少也。今六年十二月，太宗躬自虑囚，而京师死罪系者已三百九十人，又何其多也……愚谓此三百九十人乃录囚之时，举京师轻重系者之数，非实皆死罪也……其间必有蠹巨奸极蠹，众所雠疾，其情至重而为政者所宜亟去者；亦有过误愚懦，穷迫株蔓，其情至轻而为政者所宜矜贷者……以是观之，其理岂不甚明哉？而史臣皆以死罪书之者，盖欲归美于太宗，故夸大其数以见其仁心感人之至云尔……[①]

按《通鉴》卷一九四作“三百九十人”，其《考异》卷一〇曰:“四年《实录》云天下断死罪止二十九人，今年《实录》乃有二百九十九人，何顿多如此，事已可疑。又白居易《乐府》云‘死囚四百来归狱’，《旧本纪》《统纪》《年代记》皆云三百九十人，今从《新书·刑法志》。”[②]

考《贞观政要》卷八曰:“由是至四年，断死刑天下二十九人。”[③]《旧纪》卷八，《御览》卷一〇九、六四〇同。据此，“二十九”应确有是数。但此与六年之数自相矛盾。考《旧纪》卷九、《御览》卷一一一曰:“(开元二十五年)秋七月己卯，大理少卿徐岵奏天下今岁断死刑五十八。”[④]至此，方可判断，“二十九”“五十八”均为大理院所判，非为整个国家之数。后世史书亦有类似记载，如《元史》卷七《世祖本纪》曰:“(至元七年)断死刑四十四人。”[⑤]卷一四曰:“(至元二十三年)断死刑百一十四人。”[⑥]亦为都护府所判。因此，因记录不同范围，结论亦不同，此与史官记录奏到之日与事件发生之日不同类似，吴缜之辨显为滑稽。

吴缜由史料中一误或貌似不可解便判断事件虚无，不可否认，史料之

---

①《新唐书纠谬》，第5页。
②(宋)司马光:《资治通鉴考异》，《四部丛刊》影宋刊本。
③(唐)吴兢:《贞观政要》，上海:上海古籍出版社，1978年，第238页。
④《太平御览》，第534页。
⑤⑥(明)宋濂等:《元史》，北京:中华书局，1976年，第132、294页。

绝大部分乃本真。若缺乏关键证据便主观否定史事，则极易产生谬误。

再次，史书亦是艺术作品，其间便存艺术性夸饰，如卷二《义阳宣城二公主四十不嫁》：

《孝敬皇帝传》云："义阳、宣城二公主以母故，幽掖廷，四十不嫁。弘闻眙恻，建请下降。武后怒，即以当上卫士配之……"

今案义阳、宣城二公主皆高宗女……高宗才四十八岁尔，何缘有四十岁之女乎？此当日史臣之过也，推原其意，盖止欲甚武氏之恶云尔。然殊不顾事过其实，遽书于史，后之秉笔者又不能推穷其实，止袭其误而载之。①

按《新书·武后传》云"几四十"，由上文可知高宗此时年龄为四十八，当时二公主年岁较大，长公主当远超三十，时史官用笔夸大，用"几四十"，后《孝敬皇帝传》去掉约数，为"四十不嫁"，此为叙述转换使然。

又如卷四《太宗纪享年差三岁》

《太宗本纪》："贞观二十三年五月己巳，皇帝崩于含风殿，年五十三。"

今案《虞世南传》叙太宗语曰："吾年十八举义兵，二十四平天下，未三十即大位。"……则是庚申岁生。又《太宗纪》云："大业中，突厥围炀帝鴈门，诏书募兵赴援，太宗时年十六，往应募。"……则亦是生于庚申岁。以二者推较，则太宗以庚申生无疑矣。贞观二十三年岁在己酉，自庚申至己酉，止是五十年，而本纪以为年五十三，则误也。②

按《旧纪》卷二曰："（太宗生于）隋开皇十八年十二月戊午……（贞观）二十三年五月己巳……年五十二。"③《唐会要》卷一、《御览》卷一四八、《册府》卷二均明确为开皇十八年。因此，太宗应生于开皇十八年。文中所提"十八""十六"均为叙述性夸饰，应为约数，非实指。

因此，史书尽管是历史著作，但具体于历史叙述中，其文学性夸张必然夹杂其间，若考史者忽略此种因素，便往往致误。

---

①②《新唐书纠谬》，第5、9页。

③《旧唐书》，第21页。

粗略估计，吴缜约150处的考证判断中，近半存在问题。究其原因，首先其未充分占有史料，其次在一定程度上缺乏相关知识，加之其理性推测易以一不解而并不找不出不解之源，便简单否定相关事实，或者未结合相关史料来源作通盘考虑，这样，失误便比比皆是。因此，钱大昕曰其“其所指摘，多不中要害”。其之失误，方之今人，亦有相当可借鉴之处。

三、吴缜《新唐书纠谬》创作动机重讨

关于吴缜著书动机，《挥麈后录》卷二曰：“嘉祐中，诏宋景文、欧阳文忠诸公重修《唐书》。时有蜀人吴缜者，初登第，因范景仁而请于文忠，愿预官属之末，上书文忠，言甚恳切。文忠以其年少轻佻，拒之，缜鞅鞅而去。逮夫《新书》之成，乃从其间指摘瑕疵，为《纠谬》一书。”①王明清于条后标明得之于张仲宗，后《四库总目提要》便转引此说，从而渐得公认。

但《直斋书录解题》卷四曰：“世传缜父以不得预修书，故为此。”②元吴师道《敬乡录》卷二同。周中孚于《郑堂读书记》卷一五曰：“夫文章，天下之公器，本难防人之诋疵，其后廷珍于《新书》反复参究，正属好学深思之士，而乃为修怨起见，一则谓其复父雠，一则谓其报宿怨说，已两歧，恐非实录。”③近人陈光崇先生根据《成都县志》卷二载吴缜乃治平年间进士，从而否定初登第上书文忠之事，进而否定整个事件④。后蔡崇榜曰：“吴缜官微位卑，无视天下所忌，撰著立说，攻诃欧、宋，引得讥毁并至，本不足怪。”⑤而后余敏辉又再加论述。⑥因此，现在学界基本公认此说。

---

①(宋)王明清:《挥麈录·后录》,上海:上海书店出版社,第78页。

②(宋)陈振孙:《直斋书录解题》,上海:上海古籍出版社,1987年,第108页。

③周中孚:《郑堂读书记》,民国十五年刻《吴兴丛书》本。

④陈光崇:《吴缜事迹考辨》,《中华文史论丛》第3辑,1983年。

⑤蔡崇榜:《吴缜与〈新唐书纠谬〉》,《史学史研究》1984年第4期。

⑥余敏辉先后发文为:《吴缜撰〈新唐书纠谬〉动机辨》(《淮北煤师院学报(社会科学版)》1996年第1期)、《纠摘谬误传信求实——吴缜〈新唐书纠谬〉新探》(《殷都学刊》1996年第3期)、《〈新唐书〉纠谬考辨》(《文献》1998年第4期)、《聚讼九百年“吴缜公案”之真相》(《商丘师专学报》1999年第1期)。

但稍微深思之，此类否认之依据仅靠《成都县志》之记载登第年月与初登第上书文忠时间矛盾，或凭理性去推，曰："吴缜名甚微，敢纠欧、宋之书，后人便臆造故事。"进而否定整个事件，此举恐甚唐突。且不谈吴缜之父师孟乃熙、丰间名士，单看吴缜，其与范祖禹交往密切，后者曾赠其诗[①]，绍圣元年前入朝为官，与胡宗愈有交情，经其推荐，便进奉《新唐书纠谬》。可以说，此书在当时是有一定影响的。从背景上看，宋代校勘风气大盛，官方方面，淳化五年校前三史；私人方面，刘攽撰《东汉刊误》，另《宋史全文》卷一二下曰："王珪曰：'近修《唐书》，褒贬亦甚无法。'上曰：'唐太宗治僭乱以一天下，如房、魏之徒，宋祁、欧阳辈尚不能窥其浅深，及所以成就功业之实。为史官者才不足以过其一代之人，不若实录事迹，以待贤人去取褒贬尔。'"[②]对于《新书》之"褒贬"，宋神宗及王珪均谓其"无法"。可见《新书》产生后，朝野对其持客观态度。在此背景之下，吴缜《纠谬》之出便不足为奇了。按王明清之说来源于张元幹，其父亦一代名士，张元幹青少年时期，吴缜尚在人世，此事或为其听父辈语，记忆或有偏差，亦为正常。

具体内容方面，四库馆臣曰："今观其书，实不免有意掊击，如第二十门《字书非是》一条，至历指偏傍点画之讹以讥切修等，大都近于吹毛索瘢。"[③]除《字书非是》外，其他门尚有较多条目亦如此。如卷一〇《李知本李华传各载太冲而得名之因不同》：

《孝友·李知本传》云："知本，赵州元氏人……与族弟太冲俱有世阀，而太冲官婚最高，乡人语曰：'太冲无兄，孝端无弟。'"

今按《李华传》云："华……曾祖太冲，名冠宗族间，乡人语曰：'太冲无兄。'……"今一传以为官婚最高而得称，一传以为名冠宗族而得

①按范祖禹赠吴缜诗为《寄蜀州吴廷珍太守》，见《范太史集》卷二，见南京图书馆清钞本。

②佚名：《宋史全文》，《文渊阁四库全书》史部第330册，台湾：台湾商务印书馆，1986年，第425页。

③(清)永瑢等：《四库全书总目》，北京：中华书局，1965年，第411页。

称，二者使后世何所从也。[①]

按“官婚”，《旧书》卷一八八《李知本传》作“官宦”，二者并不矛盾，无论“官婚”“官宦”，还是“名冠宗族”，均是相同情况的不同表达，不可苛求同一尔。

因此，从心态来看，吴缜确有“吹毛索瘢”之实。其于自序中曰：“况方从宦巴峡，僻陋寡闻，无他异书可以考证，止以本史自相质正，已见其然，意谓若广以它书校之，则其穿穴破碎，又当不止此而已也。”[②]那么是不是如其然？考其内容，卷三《降封宗室郡公纪书为县公等事》、卷六《高祖纪封子为蜀王名不同》用《旧唐书》，卷四《太宗纪享年差三岁》、卷一九《牛氏表有可疑》用《隋书》，卷七《袁朗乡里》用《后汉书》，卷八《诞节名及上寿仪纪传皆不载》用《唐会要》，卷九《萧至忠父引官误》用《南史》，卷一一《武后所撰字阙漏》用《集韵》，同卷《王志愔传误》用《汉书》，卷二〇《窦建德传》用《汉书》《旧书》。因此，吴缜参校之书有《汉书》《后汉书》《南史》《隋书》《旧书》《唐会要》《集韵》。可以推断，吴缜身边并不乏常用史书，此便引出其编造谎言之嫌。那吴缜为什么要编造谎言，为什么要极力用“本史相质证”方法穿凿《新书》呢？其曰“止以本史自相质正，已见其然”，从而更加证明“意谓若广以它书校之，则其穿穴破碎，又当不止此而已也”，这样便能充分体现《新书》修撰之劣，此种心态便与“著书报复”说相吻合了。上述诸位意想凭一处不吻合从而否定事情真实性，若暂无其他明证，“著书报复”之故事仍有可信之处。

本文发表于《古籍整理研究学刊》2015年第1期。

①②《新唐书纠谬》，第31、2页。

试论迟子建散文感伤情绪的艺术表达

◎徐玉英

迟子建是当代文坛颇受关注的女作家，其散文真实记载了她成长的历程，最让人迷恋的是洋溢在字里行间的淡淡的感伤情绪，以及由此营造出的忧伤的诗意氛围，描绘了一种令人神往的伤怀之美，传递出温馨而忧郁的美感。那仿佛永远拂之不去的忧郁感伤，那抚慰心灵的悲悯温馨，是其散文的风格所在，既反映了迟子建散文写作的审美观，也表现了她对感伤美学的执着追求，显示出独特的个性色彩，使散文具有打动人心的艺术魅力。“迟子建的所有美学在她的散文里有一种超水平的显现和优美的表达。”[1]（72）其散文重要的美学价值，在于通过感伤的审美意象，独特的艺术感觉，新颖的构思技巧，艺术地表达蕴藏内心的感伤情绪。我们通过分析迟子建感伤情绪的表达艺术，揭示其散文情感化的艺术价值与独特的审美魅力，以期从写作的角度来认识迟子建散文的审美特征。

一、感伤的审美意象

“意象是取自客观事物表象、蕴含作家诗人思想感情和人生哲理、用语言文字显现的诗意形象。”[2]（71）迟子建敏锐地捕捉生活中的诗意形象，储存在自己特有的审美视域中，用质朴的语言对审美意象进行富有诗意的描述，经过感情活动的过滤，挖掘出审美意象中所蕴藏的美感特质，提炼出富于主观色彩的艺术形象，使沉郁感伤的情怀有了具体化的表现。

（一）描绘苍凉的意象，营造感伤氛围

迟子建善于用苍凉意象营造感伤氛围，表现感伤情绪。“迟子建的独特之处就在于她对寒冷清凉及相关意象的情有独钟。”[3]（139）在描绘苍凉意象时，不做过多渲染，而是在平静的叙述中，把内心蕴藉的情感倾注于意象，传达出对那片苍茫冻土的挚爱而又悲悯的情怀。如：“初始的雪似乎还不大敢肯定这就是它们的落脚之地，所以雪下得很斯文，有点小心翼翼的味道。一旦它们发现这片寒冷的土地使它们毫发无损，且能保持其明艳的肤色时，它们就一改矜持的姿态，沸沸扬扬地腾空而下，把大地染得一片洁白、一片苍茫。”[4]（103）景物描写十分洗练，抓住北极刚入冬时的特征，冬雪的降临给大地染上苍茫之色，渲染出一派沉寂、苍茫的氛围，传达出苍凉又充满忧伤的情感。又如，“北方荒原的落日，无论冬夏，总是带着股凌厉的气势，它沉沦的时候，不是蔫头蔫脑、无精打采的，它大概知道那是它在人间最后的舞蹈了，所以把通身的光华都爆发出来了，落得朝气蓬勃、激昂澎湃的，带着一股豪情，欣然与黑暗赴约！”[5]（24）广阔的荒原，沉沦的落日，犹如几笔粗犷的线条，勾勒出一幅苍茫、壮丽的落日意象。落日经一日之积累，在黄昏离开之际绽放出壮丽之美与落寞之情，情感与意象同构，形成了孤寂、感伤的基调。作者伫立其中，怅望爱人远去，此情此景，感人而凄凉！“以我观物，故物皆著我之色彩。”[6]（2）冬雪、落日就成了一种具有主观感受的苍凉意象，并成为感伤情怀的载体，一股苍凉之气扑面而来，营造一种忧郁的主观情感氛围，感伤情绪在意象的描绘中得到具体的表现。

（二）营造悲伤的意象，寄寓感伤情怀

迟子建在选用与表情达意相吻合的意象时，运用隐喻的手法加以描绘，把对自然界中生命消逝的理解寄托在审美意象中，以物喻人，借写审美对象而寄寓对美好易逝的事物伤怀之美的感悟，把写意象与抒怀融为一体，使抽象的伤怀之情表现得具体可感，使散文有了一种令人痛心的哀伤意味。

在迟子建的生活中，最亲的人都过早地离开了她，“嗅着死亡的气息渐渐长大了”。[7]（282）她喜爱的老师、邻居、作家、艺术家也相继离开这个世界。他们的音容笑貌、人格魅力永远刻印在了迟子建的心里，她以独特的方式怀念那些消逝的生命，形成了散文的悲伤意象，寄寓自己的哀伤情怀。刘熙载说：“山之精神写不出，以烟霞写之；春之精神写不出，以草木写之。”[8]（82）于是，对外祖父的怀念寄寓在年年依旧的“菜园”中，对父亲的怀念寄寓在不寻常的“灯”中，对丈夫的思念寄寓在浪漫而又寒冷的“雪花”中。缅怀敬爱的老师，哀情寄寓在美丽的“树挂”上；缅怀俄罗斯老太太，哀情寄寓在暮色苍茫时的“炊烟”里；感慨邓丽君、张爱玲的离去，哀情寄寓在夜空出现的“霞光”里；纪念俄罗斯作家，哀情寄寓在纯净的“露滴”上；祭奠诺曼底登陆时牺牲的战士，哀情寄寓在白色的“墓碑”上；仰慕墨西哥画家里维拉和卡罗，情思寄寓在废墟上的精灵“雄鹰”和“蝴蝶”中。作者以物作比，悲伤的情意融合在特定的物象中，营造出富有个性色彩的悲伤意象。这些物象并成为感伤情怀的载体，寄寓着哀伤的情绪，凝结着作者对生命更深刻的思考，反映了对生命意义和生存价值的关注。

可以说，审美意象的感伤色彩契合了迟子建的心绪，又在感伤意识中触发了她更深刻的哲理思考，每一个意象都带着鲜明的个性色彩，那些苍凉、悲伤的意象寄寓了深邃的情感内涵和哲理意蕴。对美好精神世界的感悟，对美好易逝事物的眷恋，具有深刻独立的意象价值。这种意象营造的感伤意味更浓，具有丰富的审美意蕴，使感伤情绪有了具体的物化表达。

二、独特的艺术感觉

迟子建具有感伤忧郁的天性，更富有独特的艺术感觉。这种忧郁和感觉使她对现实中人、事、物的细微变化产生了比一般人更深刻的体味。笔触总是尽量去接近她所感知到的苍凉世界，艺术感觉的对象总是被赋予浓厚的感伤色彩。总是跟着自己的情绪与感觉行文，在漫不经心中显示生活的智慧与人生的感伤，创造出充分感觉化了的艺术世界。

（一）捕捉瞬间感觉，传达感伤情绪

迟子建总是努力捕捉视觉上的瞬间感觉，强化独特的内心感受。以主观的感情色彩与个性的感觉体验作为描写的依据，追求诗意的氛围，细化感伤情绪的状态。

对于最能表现思想感情的“一瞬间”，迟子建给予充分的关注。选择恰当的角度，抓住有利的时机，把对生活的瞬间感觉表现得细腻入微。如：“那种亘古长存的萤火在一瞬间照亮了我的青春……将我眸子里沉郁的阴影剥落了一层。”[9]（74）“本来这草是没有生气的，但因为有一扇铡刀横在那儿，就觉得这草是活物，而老哑巴成了刽子手，他的那双手令人胆寒。”[10]（169）对这些独特、新鲜的瞬间感觉，迟子建以直觉和感觉为出发点，进行意象的选取，强调并突出感官印象中的特定性和个别性，并进行由内而外的生发，使它成为独具个性的审美体验，感伤情感被细致、形象地传达出来。

迟子建还把瞬间感觉中截取的意象进行对比，显示出明显差异，形成时空上的情感落差，使感伤情绪在对比中表现出来，给读者以深刻的审美印象。如：“沙滩上热闹非凡……与我想象中的观赏白夜的情景大相径庭。没有那种宁静和谐的气氛……北极村在这一天不再古朴，它疲惫、松懈，甚至有些零乱。”[11]（291）“别看我们这一岸打不上鱼来了，而属于俄罗斯那一岸的鱼却依然很繁盛，这使我在惊愕之余顿生悲哀。”[12]（24）这种相同意象的对比给人一种心灵的震撼，给人的视觉冲击是非常直接，也是最为沉重的。正是这种前后鲜明的对比，把作者的理想之美以及对这种美的向往形象地传达出来，加强了散文的艺术效果和感染力，产生一种特有的美感体验。

（二）运用艺术手法，表现感伤情绪

在弥漫着苍凉悲伤意象和捕捉瞬间感觉的基础上，迟子建还运用细节、比喻、拟人的艺术手法，表现感伤情绪，加深读者阅读的感官印象。

首先是细节的捕捉。“一个好的细节相当于一个成功的形象。”[13]（15）迟子建善于捕捉细腻而又准确的细节，使人物更丰满，使散文的生活气息更浓，更能感受到细微之处的真情实感，增强散文的真实感和艺术感染力。如：“他在通向书橱的那块圆形羊毛花地毯时犯了踌躇，他大概怕弄脏了地毯，虽然他当时穿着干净的拖鞋。他大步地跳了一下，跃过了地毯，这一跳使我格外心痛。”[14]（288）细节的勾画，把作者内心的情感描绘得凄楚动人，忧伤至深。精当的细节，给我们留下的印象是深刻的，它让我们无法忽视，无法不发出苦涩的笑容。

其次是比喻的运用。迟子建强调感觉经验，捕捉感性印象，面对人们熟悉到已经毫无感觉的事物，用比喻将其与意想不到的事物联结起来，将生疏的、抽象的事物形象化，使人们更形象地感知熟悉的事物，留下深刻的感性印象。如：“那条江仿佛一个已经到了垂暮之年而丧失了生育能力的女人，给人一种干瘪苍老的感觉。”[15]（23）用丧失生育能力的女人比喻黑龙江的鱼汛几乎销声匿迹，十分形象、哀伤。“在一个偏僻而又冷寂的小镇，一个有缺陷的生命，他的名字就像秋日蝴蝶的羽翼一样脆弱，渐渐地被风和寒冷给摧折了。”[16]（169）用脆弱的蝴蝶的羽翼比喻哑巴名字的凄清落寞，生出无限感怀之情。

最后是拟人的运用。巧妙地运用拟人手法，给无知无觉的事物，赋予人的感伤情怀，使它们在感伤之中，变得具体、生动、形象，使人感到亲切，容易受到感染。如：“北极村开始飘扬那些像鹅掌一样金黄的秋叶，绿色在寒气中隐遁自杀。”[17]（299）绿色在秋霜的威逼下，有了“隐遁自杀”的行为，发生了命运的变化，伤怀之情形象地传递给读者。“这门槛在寂静的深夜，也许会为自己身上无端地沾染了陌生人脚上的尘土而感到难过，它也许会捂着被践踏得伤痕累累的脸，对着屋顶的残瓦或者天井中的老树而哭泣。”[18]（61）门槛有“难过”的感觉，会捂着伤痕累累的脸，对着残瓦或老树“哭泣”，在感觉中形象地传递出感伤情绪。

总之，迟子建是一个情绪性感觉型的作家，更注重“表情”，感伤情绪弥漫在散文中，使其写作趋向情感化，其艺术感觉完全是对客观经验的主观情感式升华。在她的艺术感觉中，感伤情绪变得具体形象，可感可触。

三、新颖的构思技巧

“散文的构思是作者写作时从认识生活到给予艺术反映的全部思维过程，是指导写作的思路。”[19]（120） 迟子建善于借助艺术构思的力量，把自己对生活的认识、感受提炼成为具体可感的富于艺术美的形象，具有深化感伤之美的作用，使散文显示出诗一般凝练的特点。

（一）运用形象思维，升华感伤情绪

迟子建擅长使用形象思维进行写作，通过具体的人物、事件，来反映对现实生活和客观事物的认识。在进行构思时，运用联想、想象作为刻画形象的主要手段，使之成为形象思维翱翔的翅膀，以具体可感的画面的描绘，多方面地表现出自己的感情因素。写透事物所蕴含的本质意义，对理性美进行探寻、升华。如：“这种飞翔的光点使我看到旧时光在隐隐呈现。它那颤颤飞动的光束不知怎的使我联想到古代仕女灿烂的白牙、亮丽的丝绸、中世纪沉凝的流水、戏园里琤琮的器乐、画坊的白绸以及沙场上的刀光剑影。一切单纯、古典、经久不衰的物质都纷至沓来，我的心随之飘摇沉浮。”[20]（73） 让心灵的视角穿越于广阔的历史空间，在对时间与空间纵深的遥想中，诱发怀古幽思，和着抚今追昔的共鸣，让人倍感真实感伤。

迟子建散文描写的对象大多是存储于记忆中的风景和人事，但这些风景和人事又不是其原本的自然状态，而是凭借想象再现它们在心中留下的感觉。《一滴水可以活多久》有着新颖的构思，作者腾起“寂然凝虑，思接千载；悄焉动容，视通万里。”[21]（157） 的想象翅膀，以“一滴水”设计了小女孩的一生，展示了生命成长的美丽过程。“一滴水”滋养着小女孩成长，陪伴她衰老，直至死亡，死后又变成小女孩。“一滴水”是全文的中心，贯穿始终。“一滴水”让生命有了柔情与诗意，女孩的生命是短暂的，但“一滴水”是永恒的。生命的消逝渲染伤悲之情，让人感到无比的

哀伤，但那生生不息的富有柔情的生命之水给人们无限的希望和美感，把生命消逝的悲伤升华到生命的永恒，也给散文营造了凄美氛围。

（二）巧妙安设文眼，深化感伤情绪

重视“文眼”的设计放置，是迟子建散文艺术构思的显著特征。通过“文眼”的合理安置，使散文的主题更加鲜明、集中、深刻，把读者引入一个诗化的艺术境界。迟子建安设“文眼”，善于把抒情和写景完美地结合起来，使客观景物有主观抒情的艺术美感。《伤怀之美》开篇说“伤怀之美像寒冷耀目的雪橇一样无声地向你滑来。”点出文眼“伤怀之美”。接着叙述三次与伤怀之美相遇。“那种人、情、景相融为一体的伤怀之美”，那种空旷中的孤寂之美，忧伤中的诗意，“为一种景色，一种特别的生活经历而动情”。在结构上，那种宁静的气氛，遐想的人物，感动的情绪，在文中出现三次，表现伤怀之美的境界。最后画龙点睛：“伤怀之美为何能够打动人心？只因为它浸入了一种宗教情怀。”[22]（92）揭示出“伤怀之美”的境界所在，是本文的凝聚点，也是谋篇布局的焊接点，作者主观世界的情和客观世界的景有机地融合在一起，得到了高度统一，深化了伤怀之美。

综上所述，迟子建的散文具有浓郁的感伤色彩，表现出一种温馨的伤怀之美。感伤色彩是含蓄的、深沉的，这种色彩弥漫于散文中，增加了散文的美学价值，它的独特风姿是散文引人注目的一种艺术美。感伤情绪是其散文的感情基调，这种感伤情怀是一种真诚、热烈的情感，凝聚着作者对审美理想的执着追求，感伤之中给人的是温情的诗意滋润，使读者沉醉于散文的感伤情调中。在阅读其散文时，会被那种充满温馨、感伤的情绪所打动，在对感伤之美进行审美体验的同时，获得的是一种忧郁的快感，一种审美自由和审美愉悦。迟子建散文主观情绪的表达艺术，为当代散文写作提供了很好的借鉴，丰富了当代散文写作艺术技巧。

参考文献

[1]王干.冰洁:透明的流动和凝化——评迟子建的散文集《伤怀之美》.当代作家评论,1996(1).

[2]胡晓靖.诗歌:意境营造与意象的拼接组合.南都学坛(人文社会科学学报),2009(6).

[3]扬珺.二十世纪九十年代女性散文的主体建构.开封:河南大学出版社,2009.

[4][5]迟子建.迟子建散文.杭州:浙江文艺出版社,2009.

[6]王国维.人间词话.北京:中国人民大学出版社,2005.

[7][9][10][11][12][14][15][16][17][18][20][22]迟子建.北方的盐.南京:江苏文艺出版社,2006.

[8]刘熙载.艺概.上海:上海古籍出版社,1978.

[13][苏联]康斯坦丁·帕乌斯托夫斯基著.面向秋野.张铁夫译.长沙:湖南人民出版社,1985.

[19]刘耀斌.散文的构思艺术.现代语文(理论研究版),2005(6).

[21]李壮鹰.中国古代文论选注.北京:高等教育出版社,2008.

徐玉英，北方民族大学文史学院教授，主要从事现当代文学研究。

本文发表于《北方民族大学学报（哲学社会科学版）》2010 年第 5 期。

论梅光迪《近世欧美文学趋势》的研究特色与史料价值

◎杨克敏

一

民国时期以梅光迪①为代表的“学衡派”知识分子群体，往往因为他们的“文化保守主义”主张而被斥为五四新文化运动的“逆流”，受到学界的冷落。近年来，随着一些重要史料的相继发现，人们对“学衡派”的固有观念开始发生转变，对其研究也逐渐升温。与民国同时代学人相比，梅光迪身前留下的著作并不多，正如学衡同人吴宓所言：“梅好为高论，而完全缺乏实行工作之能力与习惯，其一生之著作极少，殊可惜”。《近世欧

①梅光迪(1890—1945年)，字迪生，安徽宣城人。与吴宓、胡先骕等本着“昌明国粹，融化新知”的宗旨创办《学衡》杂志。1921年任东南大学洋文系主任，主讲西洋文学。1923年，因东南大学副校长刘伯明(新人文主义学派重要成员之一)逝世直接导致了东南大学西洋文学系的夭折。人们提到学衡派，关注较多的是吴宓，但对梅光迪却知之甚少。其实，梅光迪是学衡派真正的创始人。梅光迪最早信奉白璧德的新人文主义，也最早对胡适倡导的文学革命提出了异议。

美文学趋势》[①]正是这极少的论著之一，被收录在《梅光迪文存》里，于2011年4月由华中师范大学出版社出版；后与梅光迪《文学概论讲义》《中国文学在现在西洋之情形》等结集为《文学演讲集》，于同年6月由海豚出版社出版。

《近世欧美文学趋势》是1920年梅光迪为南京高等师范（下文简称“南京高师”）第一届暑期学校授课所撰写。据陶行知《办理暑期学校及国语讲习科报告》指出，1920年夏，南京高师校长郭秉文、副校长刘伯明、教务长兼教育科主任陶行知等倡导举办暑期学校。教员除了本校老师外，还聘请北京大学教员胡适之、陈衡哲，南开大学教员凌冰、梅光迪等。所开课程：“共十九种，为小学组织法、天演学说、中国古代哲学史、文学概论、欧美文学趋势……多者每周五时，少者二时。”其中天演学说、文学概论、欧美文学趋势便是梅光迪讲授的。

该讲义由学生冯策、华宏谟同记，吴履贞补记整理。由此可知，这本讲义不是梅光迪本人执笔，但它仍保留了梅光迪所捍卫的文言文言简意赅而又意蕴深邃的写作风格。梅光迪虽然留学于时新、多变的美国，但骨子里还是对文言文钟情有加，可以看出在整个时代召唤“白话”的氛围中，梅光迪在自己学术道路上的文化坚守。作为作者在南京高师第一届暑期学校的讲义，在体例上采用的是典型的教科书写法。在讲述之前，梅光迪开辟了一个“导言”，对这门课程的讲授范围、研究宗旨以及研究方法做了比较详细的介绍。在文学史时期的划分上，《近世欧美文学趋势》具有一个清晰简要的分期法，将欧美文学分为3个时期：15世纪和16世纪为第一期，以意大利文学为代表；17、18世纪为第二期，以英国文学与法国文学为主，这两个时期盛行古学主义；18世纪之末以至现世为第三期，盛行浪漫主义，以英、法、德三国文学形成鼎足之势。这样的历史分期与之前李叔同在《近世欧洲文学之概观》中似乎以国别为线索述说欧洲各国文

①关于这本讲义的发现过程，可参见《中国图书评论》2011年第6期胡佳《梅光迪〈文学概论〉的发现及其意义》一文。

学，也与周作人《欧洲文学史》中以时间为线索述依次讲述的方式不同，梅光迪打破空间壁垒与时间流程，在时空交错中将欧美文学史重新进行编排与整合，与今天外国文学教材中对近代欧洲文学的划分有着相似、相通之处。

除导言外，讲义共 13 章，大致可分为 3 个部分。第一章至第三章为第一部分，主要讲述文艺复兴时代、亚里士多德的《诗说》以及古学派文学（文艺复兴后到 18 世纪末）。第四章到第十章为第二部分，分别涉及浪漫派文学的总体概要、浪漫派与自然主义、浪漫派与自然界、浪漫派与近世民族主义、浪漫派与近世大同主义、浪漫派与超人主义以及对浪漫派与写实派的比较分析等专题，正如梅光迪所言："今兹所述，盖以最近百二三十年间之文学为主，溯流穷源，对于前二期及古代之文学亦略及焉"。所以，浪漫派是梅光迪重点讲述的内容，它在讲义中占了相当的篇幅。第十一章至十三章为第三部分，依次以歌德、卡莱尔、安诺尔德（Arnold）为代表性的个案，回应第一部分，使其的理论阐述具体化。这样的编排体例使讲义达到了清晰、有序、全面且有所侧重的要求。讲义近 12 万言，在要言不烦的论述中闪烁着思想的火花与文字的光彩。

二

从所受的教育背景和文化经历来看，梅光迪于 1911 年考取第三届庚子赔款留美生考试，1915 年夏，师从哈佛大学新人文主义学者白璧德教授，专攻西洋文学并获文学博士学位。白璧德希望通过恢复古典文化的精神和传统秩序，匡救现代文明的弊端以及基于个人道德完善的新人文主义思想对梅光迪产生了重要影响。这本讲义以新人文主义为主导思想，理论色彩浓厚，在字里行间充分显示了梅光迪作为新人文主义学者所接受的学术训练及所具有的学术痕迹。可以说较全面反映了梅光迪的文学思想和他对欧美文学发展的主张。

该讲义以讲述欧美从文艺复兴至浪漫主义近两三百年间的文学为主要

内容，梅光迪认为:“西洋文艺发源希腊，世之公论，而希腊文学思想当以亚里士多德氏为其首领，亦公言也。故本科研究方法，纵浚河导源，提纲挈领，首论文艺复兴，以上溯希腊以亚氏为主。十七、十八世纪模仿时代，乃及本科范围自浪漫主义之兴以迄今日，凡一百二三十年，其间文学之派别趋势，皆能略考其优劣，辨其是非”。[①]从这段引文我们可以看出，梅光迪强调希腊文学在整个西方文学中的重要地位。面对长达两三百年、涉及数国的欧美文学，梅光迪又把文艺复兴作为讲义的开端，提纲挈领并串联整个欧美文学的发展脉络，可以说是眼光独具、切中要害。因为文艺复兴上承古希腊文化、下启欧洲近代文化，它使在中世纪被视为异端的古希腊、罗马文化得以重见天日，并且使欧洲文学因脱离宗教而获得独立。梅光迪勾勒欧美文学的轮廓时，独辟蹊径，以某一个具有历史意义的点为中心，散射出与之相关的知识链条，这样既重点突出，又使整体结构紧凑、集中，对于文学史的编写具有借鉴意义。

梅光迪在第一章到第三章逐次讲述了文艺复兴、亚里士多德的《诗说》与古学派文学，之后又在讲义的最后三章以古典文学与文化的集大成者歌德与卡莱尔、安诺尔德为分析个案。梅光迪认为希腊的自由精神与希伯来的宗教精神是近世西洋文化的两大源头。中世纪盛行后者，文艺复兴后者复活。希腊重知、希伯来重行，两者共同促成近世西洋文化的产生与发展。在这里，梅光迪以“两希文化”作为研究西方文学的背景，更多地显示了他对外国文学本体所蕴含的深层意蕴的整体关照。在梅光迪看来，卡莱尔与安诺尔德是“两希文化”的化身，“卡氏代表希伯来之精神者也，故其为人能苦能行。其代表希腊精神者，厥为安诺尔德”[②]。安诺尔德是比白璧德更早的西方人文主义学者，针对当时英国人重实行而不用脑、重道德而蔑知识、重习惯而轻理论以及重科学而轻文学的弊端，安诺尔德认为以道德、知识、美术、社会生活四要素为基础的完全人格是“文

①②梅铁山主编:《梅光迪文存》，武汉:华中师范大学出版社，2011 年，第 93、15 页。

化救时”的关键所在，也是新人文主义崇尚人的道德、强调文化的人文关怀、反对功利主义的审美观的体现。

从第四章到十章，梅光迪针对浪漫主义思潮大泼笔墨，在行文中对浪漫派的否定批判则是言辞激烈、锋芒毕露①。梅光迪认为在西洋文学史上，古学派占据西洋文学史上最重要人物的大多数。古学派的重要诗人但丁、戏剧家莎士比亚、拉兴、穆利尔等都是浪漫派的主要人物不能与之比肩。对于浪漫派文学梅光迪这样描述：“其所著述皆托意寓言，荒诞不经。良以无知之徒胸无成竹，妄言妄听，故多无稽之谈。浪漫文学即投世之所好而起者。”②由此梅光迪认为与古学派文学家重思想、重理论、重实效的特征相比，浪漫派文学是奇怪、情感、自然三者的结晶体。从新人文主义的批评标准出发，梅光迪视浪漫的情感是不健康的、畸形的，从而认为“托尔斯泰之博爱主义，妻子不能信，村农议其非，终皆发狂以死。始虽乐观，终必悲观，趋于两极，此一定之理也”③。而托尔斯泰的博爱被周作人标举为“现代文学的特色”——人道主义思想的代表之一，是“真正的理想的文学”。④在谈到卢梭的作品时，梅光迪认为“卢骚之感情小说出，最欢迎之者，为贵族妇女。故浪漫派之文学，可谓之妇女文学。盖妇女者，最富于感情者也”⑤。言语中暗含了梅光迪对浪漫派文学放纵情欲的嘲讽与轻视。

这样首尾呼应古典文化与文学，中间夹击浪漫派的结构框架与整体分

---

①新人文主义强烈反对浪漫主义的不加节制，学衡派诸学人对此给予了强烈的批判。胡先骕《评尝试集续》认为“浪漫主义，苟不至极端，实为诗中之要素。若漫无限制，则一方面将流于中国之香奁体，与欧洲之印象诗，但求官感之快乐，不求精神之骞举；一方面则本浪漫主义破除一切制限之精神，不问事物之美恶，尽以入诗”。吴宓曾经在《论新文化运动》一文中指出：“19世纪下半叶之写实派及Naturalism，脱胎于浪漫派而每况愈下，在今日已成陈迹.今新文化运动之流，乃专取外国吐弃之余屑，以饷我国之人。”原载《学衡》第2、4期，见孙尚扬，郭兰芳编：《国故新知论：学衡派文化论著辑要》，北京：中国广播电视出版社，1995年，第322、82页。

②③⑤梅铁山主编：《梅光迪文存》，武汉：华中师范大学出版社，2011年，第103、101、105页。

④周作人：《空大鼓旧序》，上海：开明书店，1930年，第8页。

布比例，是梅光迪提倡中庸、节制、理性的古典主义，反对偏执、激进、逾越常规的浪漫主义的新人文主义主张的写照，从中显示了梅光迪鲜明的学术观点、缜密的逻辑思维。梅光迪在《评今人提倡学术之方法》[①]中说："彼等言政治经济，则独取俄国与马克思，言哲学则独取实验主义，言西洋文学，则独取最晚近之短篇小说独幕剧及堕落派之著作。[②]而于各派思想艺术发达变迁之历史，与其比较之得失，则茫然无知。"从这段引文我们可以看出，在略带火药味的语气中，梅光迪对于"新青年派"破旧立新的激进、功利意识所流露的不满与不屑。与"新青年派"对于西洋文学与文化的"就近性"认识不同，梅光迪则强调古典文学与文化在外国文学教学与研究中的重要意义与价值，正是他的这种历史思考与判断建构了这本讲义的主要落脚点与支撑点。在五四时期出于反对传统的热情，除周作人以及为数不多的学者外，很多作家都鄙视西方的古典主义。在批评领域，文学总是与思想和政治领域斗争密切联系，甚至到一定时期成为评判阶级立场的依据，文学的自由性和自主性变本为末。而梅光迪在文化上接受新人文主义理论，在文学上坚守古典主义思想，将道德的基础和文学的重要性视为一种表达方式和生活方式，从而在某种程度上呈现出与政治疏离的自由主义倾向。

三

五四时期在知识分子和社会上流行的诸如大同主义、民族主义、超人主义等社会思潮，梅光迪在《自觉与盲从》一文中提出了三个疑问："现时吾国人之所谓世界潮流者，果为真正之世界潮流耶？吾国人对于所乐道之各种主义，果能了解其实在价值？现在吾国所流行之各种主义，果实用

①《学衡》1922 年 2 月第 2 期。

②胡适:《论短篇小说》:"最近世界文学的趋势，都是由长到短，由繁趋简要",《新青年》1918 年第 4 卷第 5 期。

于吾国今日之社会乎？”[①]梅光迪鄙弃“顺应世界潮流”的说法，认为真正“豪杰之士”倒是“每喜逆流而行”。在讲义中，梅光迪以新人文主义的视角审视“新青年派”所倡导的浪漫派及与之相关的社会流行思潮，并以浓郁的理论思辨色彩对其进行条分缕析地阐释，从而显示出强烈的文化批判意识。下文我们重点分析梅光迪对进化论的批判。

在新文化运动[②]中，进化论成为以陈独秀为首的激进派与以胡适为首的自由派提出“打倒孔家店”“破旧立新”等口号的理论依据。胡适在《文学改良刍议》与《文学进化观念与戏剧改良》中强调一个时代有一个时代的文学，文学发展有赖于前后的继承与革新，强调在时间的动态延展中，文学发展越往后越高级。用进化证明新比旧好、新必胜古。由此，进化论的文学史观也在文坛上蔓延。在周作人《近世欧洲文学史》的“绪论”中出现了“变更”“历级而进”“向上”等词语；茅盾则认为文学呈单线发展并按一定的程式演变，而且越发展越好。“翻开西洋的文学史，见他由古典—浪漫—写实—新浪漫……这样一连串的变迁，每进一步，便把文学的定义修改了一下，便把文学和人生的关系束紧了一些。”[③]他们明显受到了文学随时间流转而呈向上发展趋势的进化论文学史观的影响。

针对把生物进化论所包含的“新陈代谢”的一般规律，移植到解释文学史前后更替的历史过程中的倾向，梅光迪一针见血地指出：“文学进化之说，全无根据。盖事物之进化，有其规律和方法言之耳。故机械科学有进化之象征。文学美术则规律以外，尚有赖乎天才”[④]。当时的中国，科

①《民心周报》1920年第1卷第7期。

②梅光迪认为新文化运动带给中国人的是一场虚幻的精神启蒙。一场史无前例的文化革命，使得大多数中国人从极端的保守变成了极端的激进，且已经完全西化，他们对自己的精神家园缺乏起码的理解和尊敬，对自己的祖先嗤之以鼻，以民主、科学、效率及进步为其支架，毫无愧疚与质疑地将目前西方的官方哲学当作积极的主要价值观。新文化运动的结果，使中国文化丧失了自身利益的特性和独立性，成为欧美的翻版。

③茅盾：《新文学研究者的责任与努力》，载《茅盾全集（第18卷）》，北京：人民文学出版社，第66~67页。

④梅铁山主编：《梅光迪文存》，武汉：华中师范大学出版社，2011年，第98页。

学就是一切，梅光迪强烈反对培根的科学主义。梅光迪认为科学是客观的，有一定的规律。规律是从自然科学中转引过来的理论范畴，规律的形成需要具备可重复性与可检验性。而文学虽然也有修辞学、文法学等种种体例，但它更讲求个体的主观能动，它是不能父子相承、代代相传的。如希腊的文学、意大利的绘画、英国的诗人、法国的戏曲家、太史公的散文以及李、杜的诗歌等都是后代所不能与之抗衡的。在文学上有所建树并成一家之言者，必然有其不同于常人的创造力，它不为规律所束缚、也不是规律所能束缚的。茅盾认为新文学就是进化的文学，而进化论的文学有三要素："一是普遍的性质；二是有表现人生、指导人生的能力；三是为平民的非为一般特殊阶级的人的。"[①]这种把进化论用于文学创作与研究的做法，已经超出其适用于科学与社会实用知识的范围。其实，进化论很难适用于文学研究的需求，这样的生搬硬套往往把复杂的文学现象简单化。

所以，梅光迪反对文学进化之说，"文学进化，至难言者，西国各家，（如英国 19 世纪散文家即文学批评家韩士立 Hazlitt）多斥文学进化论为流俗之错误，而吾国人乃迷信之。且谓西洋近世文学，由古典派而变为浪漫派，由浪漫派而变为写实派，今则又由写实派而变为印象、未来、新浪漫诸派，一若后派必优于前派，后派兴而前派即绝迹者。然稍读西洋文学史，稍闻西洋名家绪论者，即不作此等妄言。何吾国人童呆无知，颠倒是非如是乎"[②]？梅光迪认为文学经典具有超越时空的价值，他说"我们必须理解和拥有通过时间考验的一切真善美的东西"，才能有标准，"判断真伪与辨别基本的与暂时性的东西"[③]。梅光迪注重共时的文学品性而

---

①茅盾:《新旧文学平议之评议》,载《茅盾文艺杂论集》,上海:上海文艺出版社,1981年,第12页。

②梅铁山主编:《梅光迪文存》,武汉:华中师范大学出版社,2011年,第133页。

③梅光迪:《我们这一代的任务》,原载《中国学生》(月刊)第12卷第3期。吴宓也在《中国的新与旧》中强调:"只有找出中华民族传统中普遍有效和亘古长存的东西,才能重建我们民族的自尊。"原载《中国学生》(月刊)第16卷第3期,载梅铁山主编:《梅光迪文存》,武汉:华中师范大学出版社,2011年,第1页。

非历时的时间范畴，而古典文学是过去一切经验、生活、智慧堆积而成的蓄水池，历经千年而不朽，且无古今中外之分。精神文化与完美的人性，只有发扬而无所谓进步，所以进化的观念不能应用到文学研究中。由此，梅光迪认为“文学进化之学者，不知文学之历史者也”[①]。

梅光迪站在自己的文化立场上，反对进化论文学史观，这在一定程度上可以说是对胡适的又一次的反击，由此引发人们对文坛上流行的进化论文学史观的再思考，具有警醒和纠偏的历史作用，至今也有可供借鉴的价值。

四

梅光迪以新人文主义视角开拓对欧美文学与文化的认识之主张，正如一把双刃剑，既立场鲜明地表达了对古学派的褒扬及对浪漫派的贬抑，使讲义充满激情的论辩与理性的分析，却也使得他在对文学现象的辩证分析上存在偏差。一方面，梅光迪认为与古学派文学偏重宫廷和城市而厌弃自然不同，浪漫派描写人物从环境入手，并且刻画精细入微、惟妙惟肖，拉近了自然界与人的关系，这是浪漫派对于文学界的贡献之所在；另一方面，则认为浪漫派把自然界带入文学作品中，“此事在中国久经发明，而在欧洲不过近百余年间事耳”。此外，浪漫派的“地理环境决定论”在梅光迪看来也不足为奇，“此理在中国亦久经发明，而欧洲则自浪漫派发生后，始见及之”。这显示了梅光迪对于浪漫派时而肯定、时而否定、否定多于肯定的内在矛盾性。这种偏差更表现在对国别文学的认识上。

讲义的名称是《近世欧美文学趋势》，其实重点在欧洲文学。而对美国文学，梅光迪只是轻描淡写地一句话——“美洲文学不过欧洲文学之副产、英国文学之支流，约言之可也”[②]。且再也没有下文，所以这本讲义的名称应更名为《近世欧洲文学趋势》似乎更为恰当。这种对美国文学的

---

①②梅铁山主编:《梅光迪文存》,武汉:华中师范大学出版社,2011年,第98、91页。

否定性认识在很大程度上代表了20世纪20年代人们对于美国文学的总体印象。如1929年曾虚白在《美国文学ABC》中曾这样写道："在翻开美国文学史以前，我们应该先要明白了解'美国文学'这个名词，在真正世界文学史上是没有独立的资格的。它只是英国文学的一个支派。"①而在1932年，施蛰存主编的《现代》杂志则认为：创造性和自由性是美国文学的重要特征，并将第一个外国文学研究专号锁定为专美国文学。之后，《文学月报》在1941年6月刊出"美国文学特辑"，《时与潮文艺》也在同年11月刊出"美国当代小说专号"等才使美国文学真正进入了人们的学术视野。

讲义中对欧洲以外国别文学的否定性认识，同样也出现在对俄国文学与日本文学的论述中，这与对写实主义弊端的批判相关。梅光迪以《诗说》中亚里士多德对照相和图画的区别为例，指出近世写实主义的弊端在于描写人生而无选择，并认为"专写不良事实，不造理想人格，反日以囚盗淫恶之事为其材料，是率人而禽兽也"②。而时人所称颂的托尔斯泰、孟伯骚等的写实主义，究其实质不过是欧美文学的一部分，"浅者不察竟视为不迁之宗，代表一切，不其谬乎。此无他故，乃不知欧美文学之奥蕴，日从日本故纸堆中讨生活也"③。梅光迪认为俄国文学自彼得一世以后，"一切全袭法国，即论小说家如托尔斯泰者，亦不过抄袭法国写实派之方法，而吾国少年近方步武日本之西洋文学派，亦醉心于俄国文学，愚亦甚矣！"④与此相关，吴宓在1921年10月22日的《中华新报》上也发表《写实主义之流弊》一文，1921年11月1日茅盾在《时事新报》附刊《文学旬刊》第54期发表《"写实主义之流弊"？——请教吴宓君，黑幕派与礼拜六派是什么东西！》一文予以回应。茅盾认为"以不健全之人生观示人也"是加给俄国写实派的罪名。俄国写实派大家果戈理、屠格涅夫、

①曾虚白：《美国文学ABC》，上海：世界书局，1929年，第1页。

②③④梅铁山主编：《梅光迪文存》，武汉：华中师范大学出版社，2011年，第96、92~93、96页。

托尔斯泰、陀思妥耶夫斯基等的作品都含有广大的爱，高洁的自我牺牲精神。并以克鲁泡特金在《俄国文学的理想与实质》中反对左拉等人的“丑恶描写”为例，说明自果戈理以来的写实主义是“新”写实主义，与法国不同。

在这里，梅光迪对欧美文学给予极高的评价：“盖近世欧美文学，实为近世欧美文化之代表。近世欧美文学之内容，实包近世欧美盛行之思想学术一大部分。故欲研究近世欧美文化，以为创造吾国新文化之借鉴者，当自研究近世欧美始矣”[①]。由于语言障碍（不懂俄语）以及新人文主义视角等原因，这种扬欧抑美、俄、日的厚此而薄彼倾向，使梅光迪在对待国别文学上存在一定局限性和狭隘性，从而给自己的研究设置了障碍。

小　结

通过对梅光迪这本讲义的分析，不仅仅是对外国文学研究可能性的思考，也包含了外国文学学科史的回顾。拂去历史的尘埃，从回到历史现场、唤起历史现场的想象和体验这一角度看，周作人 1917 年在北京大学讲授《欧洲文学史》与梅光迪 1920 年在南京高师第一届暑期班讲授《近世欧美文学趋势》，两者的时间差只有 3 年。前者于 1918 年出版了同名专著，已是众所周知。而后者在当时没有公开发表，但是它生动反映了民国时期知识分子对西方文学的“期待视野”。在研究视角上，梅光迪从新人文主义出发，更倾向于从思想、理论的角度对欧美文学的发展总体趋势进行的宏观概括与精细体悟，在一定程度上，更是对“新青年派”的声讨和

①梅铁山主编:《梅光迪文存》,武汉:华中师范大学出版社,2011 年,第 93 页。

批判[①]，在今天同样也具有鲜活的生命力与启示性。由此我们可以触摸不同学术经历与背景的民国学人的研究路径，以及他们对于世界文学资源的不同感知与想象。[②]在研究方法上，梅光迪主张从文化的角度研究外国文学以及比较研究方法的运用，使外国文学研究与教学由此获得理论基础。在一定程度上表明，民国时期的外国文学研究在方法论实践上日趋成熟，具有了现代学科建设的自觉意识。时隔90余年始被发现的《近世欧美文学趋势》是除周作人的《欧洲文学史》外，又一论述西方文学发展的力作，其在外国文学学科发展史研究、学术史梳理方面的史料价值不容小觑。

杨克敏，北方民族大学文史学院讲师，华东师范大学中文系博士研究生，主要从事外国文学研究。

本文发表于《理论月刊》2014年第4期。

①章衣萍在《胡适先生给我的印象》中回忆了梅光迪讲课的情形：那年的夏天，东南大学办了一个暑期学校，请了胡适到南京演讲……他那时讲的是《白话文法》与《中国哲学史》。那时梅光迪也在暑期学校讲《文学概论》，他在课堂上大骂胡适。记得有一次，梅光迪请了胡先骕，到课堂上讲了一个钟点宋诗，胡先骕也借端大骂胡适。但那时的学生，信仰胡适的，究竟比信仰梅光迪的人多。梅光迪的崇论宏议，似乎没有几个人去听。高语罕那时也是暑期学校的学生，就在课堂上同梅光迪吵过嘴。（参看高语罕《白话书信》）。

②孙毓修《欧美小说丛谈》（刊于《小说月报》1913年4月到1914年12月）、李叔同《近世欧洲文学之概观》（刊于《白阳》诞生号，1913年5月。此文原有多章，因《白阳》只出诞生号一期，故仅刊出《英吉利文学》第一章，余已散失）、周作人《欧洲文学史》（1917）、梅光迪《近世欧美文学趋势》（1920）、周立波《外国文学名著讲稿》（1940—1942）等。

图景·误读·范式

——从孙毓修的《欧美小说丛谈》谈起

◎杨克敏

1913 年 4 月—1914 年 12 月，《欧美小说丛谈》在《小说月报》上连载，署名或东吴旧孙或无锡孙毓修。①柳和城在《孙毓修传》中指出，《欧美小说丛谈》（以下简称《丛谈》）写作渊源至少可以追溯到 1908 年、1909 年间孙毓修的《读欧美名家小说札记》。当时孙毓修读了诸如伦敦出版的《少年百科全书》之类的英文书刊，写了一组介绍欧美小说的笔记，交给《东方杂志》"文苑"栏目刊用。1909 年 2 月《东方杂志》第 6 卷第 1 号以《读欧美名家小说札记》（以下简称《札记》）为题刊出其中三则："记天方夜谭""安徒生"和"霍生宁"，《札记》无疑是《丛谈》雏形之作，《札记》仅登一次，似未刊完，可能孙毓修改变了计划，决定以较大篇幅的丛谈形式介绍欧美文学。[1]（124）这样，孙毓修陆续在《小说月报》上发表一系列评价欧美小说的文章。这些文章的主要目次如下：

①孙毓修(1871—1922 年)，字星如，号留庵，江苏无锡人，清末目录学家、藏书家、图书馆学家。

名　称①	卷:期	时　间
《希腊拉丁三大奇书》《孝素之名作》	4:1	1913.4.25
《孝素之名作》《英国十七世纪间之小说家》	4:2	1913.5.25
《司各德迭更斯二家之批评》	4:3	1913.7.25
《英国奇人约翰生》《神怪小说》	4:4	1913.8.25
《斯托活夫人》《德林郡主》《霍桑》《欧文》《沙罗》	4:5	1913.9.25
《神怪小说之著者及其杰作》《寓言小说之著者及其杰作》	4:6	1913.10.25
《英国戏曲之发源及其种类》	4:7	1913.11.25
《马罗之戏曲》《莎士比之戏曲》《彭琼生之笑剧》	4:8	1913.12.25
《二万镑之奇赌》	5:9	1914.12.25
《金刚钻带》《耶稣诞日赋》《旁卑之末日》《红种之人杰》《无声之革命》	5:10	1914.12.25
《猎帽记》《汉第自传》	5:12	1914.12.25

1916年12月，这些单篇文章作为商务印书馆《文艺丛刻甲集》之一，结集出版同名单行本《欧美小说丛谈》。②关于《丛谈》的性质，曾有学者称其为“中国人写的第一部世界文学史”[2](3)；还有学者称《丛谈》“不是一部完整的欧美文学史”[3](85)。本文认为将《丛谈》定性为文学

①《希腊三大奇书》即《破船之舟子》(*ship-wrecked sailor*)指《遭难水手的故事》或《沉舟记》,《伊律亚特》(*Iliad*)指《伊利亚特》,《乌地绥》(*Odyssey*)指《奥德塞》;孝素之名作《坎推倍利诗》(*Canterbury*)指乔叟的《坎特伯雷故事集》;《二万镑之奇赌》指凡尔纳的《八十日环游世界》;《耶稣诞日赋》指狄更斯的《圣诞欢歌》;《金刚钻带》指18世纪法国小说家vizetelly的*Story of Diamond Necklace*;《旁卑之末日》指英国作家Iord Lytton的*The Last Day of Pompeil*;《红种之人杰》指美国小说家Fenimore Cooper的*The Last of Mohieans*;《无声之革命》指美国Soldier Author General Lewis Wallace的*Ben.Hur*(《本·赫尔》);《猎帽记》指都德的*Alphonce Daudet*《达哈士孔的达达兰》(*Tartarine of Tarascon*);《汉第自传》指爱尔兰小说家Samuel Lover的*Handy Andy*。

②此单行本比在《小说月报》上刊载的文章多出三篇:《生鸳死鸯》(即雨果的《海上劳工》)、《兹律额斯朝之舞台及优人》、《覆水记》(即李辞Charles Reades *The Cloister and The Hearth*)。

史，还有待商榷。因为文学史是以文学的历史为研究对象，是描述文学现象，评判文学思潮与作家作品的历史著作。综观《丛谈》的 28 篇文章，孙毓修主要以英美作家评论为主，其他国家稍有论及，而对俄国作家基本没有涉及。外国文学史上的经典作家，如德国的歌德、法国的巴尔扎克等并没有进入作者的视野，而一些较为边缘性的作家，如法国小说家 vizetel-ly、英国作家 IordLytton、美国的刘易斯·华莱士[①]等作为评论对象出现在《丛谈》中。再者，孙毓修所选的作品也并不全是该作家的代表之作，如都德的创作以深刻的爱国主义思想与精湛的艺术技巧著称，而孙毓修认为："近世欧洲小说界中善为滑稽之谈者，惟法人亚方思……" [4]（161）其评论的不是都德的《最后一课》《柏林之围》，而是《达哈士孔的达达兰》。《丛谈》对于外国文学史上的主要文学思潮与流派只字未提，尤其是对中世纪文学、17 世纪古典主义文学的相关作家作品更是无从谈起等。所以《丛谈》缺乏文学史的世界意识与经典意识，它并不具备文学史应具有的系统性、完整性与连续性。

因此，《丛谈》在篇幅规模和研究深度上，与其说《丛谈》是中国人写的第一部世界文学史，不如说它是我国第一部以外国文学批评为主体的欧美文学评论集，其开创了民国时期外国文学作家作品研究与文体研究的模式。当然，《丛谈》并不仅仅是作家作品论与文体论的简单堆砌，孙毓修从欧美文学的源头《荷马史诗》论起，一直延续到十八九世纪的欧美小说。虽然在具体章节安排上前后重复或错位，但读者只要具备外国文学史的基本常识，欧美文学发展的基本脉络还是清晰可见的。其中，《丛谈》既有对作家作品的"误读"，又有比较研究方法的运用。在一定意义上，我们可以说《丛谈》是一部初具比较文学性质的研究专著。

---

① 刘易斯·华莱士的文学声誉主要建立在 3 本历史小说上，1873 年《公正的上帝》、1893 年《印度王子》、1880 年《本·赫尔》。孙毓修称《本·赫尔》为"美国说部之不朽者"。在孙毓修看来，刘易斯·华莱士"以批茶夫人 Mrs.Pestow 之黑奴吁天录 Uncle Tom´s Cabin 为最。至今万众流传，必能与黑奴吁天录并有千古矣。乃以其百战余生与一弱女子争著作之荣名。当年雄杰之意态何在"。

一、“品评作品，臧否人物”：印象式点评

在语言表达上，《丛谈》以文白参半的形式写就。在“品评作品，臧否人物”时，传统的印象式点评在《丛谈》中颇为常见。它们虽三言两语，却入骨见髓。孙毓修在谈到班扬的《天路历程》时：“此本箴俗说理之书，而托以比喻，杂以诙谐，劝一讽百，实小说之正宗。其文又平易简直，妇孺皆知，英人尊之，至目之为《圣经》之注脚。”[4]（16~17）称本·琼生为“莎士比亚之替身”[4]（97）；而梭罗一生未离开美国，并且“淡泊宁静，怡志林泉”[4]（53），称其为“纯粹之美国小说家”[4]（52）；对于司各特和迭更司：“十九世纪之间，英之大小说家，联翩而起，要以司各德、迭更斯为著，非独著于一国，抑亦闻于世界，司各德之书，主于历史；迭更司之书，主于社会。各造其极，未易轩侄也”[4]（24~25）；称理查逊“其体似一长笺，有闭户构造，八年之久，始脱稿者，事皆平平，读之不终卷而令人倦矣。顾在当日，颇极风行一世之概。而大陆诸国之小说家，亦倾慕其格调，奉立却特孙为巨子……亦具左右世界之力焉。”[4]（21）可以说，孙毓修对理查逊以书信体小说著称、以细腻的心理刻画见长的创作特色，具有较为准确把握；称《鲁滨逊漂流记》，“事本子虚，而惊心动魄，不营身受，更以激人独立自治之心，故各国争译之。”[4]（18）同时，孙毓修时常用中国古代文论审视外国文学经典。如在谈到《荷马史诗》与《奥德赛》时，“二书其格调则诗也，而其铺叙则似小说，其荒唐则似神话，其敷衍则似弹词。或云希腊诗人荷马（Homer）所作，或以为非荷马一人所撰，疑莫能名也。”[4]（1）总体看来，孙毓修能较为准确地对各个作家的作品进行简明扼要的分析，但这些评论浅尝辄止，基本上没有进一步展开具体论述。从这里可以看出，民国初期外国文学研究还不是“很学术”，仅仅是限于对作家作品进行总体的、综合的整体考察。

值得注意的是，孙毓修在《丛谈》中对女性作家进行专门论述。相对于其他作家，孙毓修对她们给予了更为详细而集中的阐述。在《斯拖活夫人》中，作者这样写道：“我国宫闺，多擅篇什，而留意于小说者，殊少概

见。欧美才媛则不然，芬芳之舌，蜿蜒之思，于虞初九百之中，别树一帜者，其人何限。脱夫女儿口吻，有功于世道人心者，其惟国斯拖活夫人 Harriet Beeehes Stow 之 *Uncle Tom'Cabin* 乎！……以一支弱笔挑动南北之干戈，喋血数年，杀人盈野，夫人之仁有如是夫。然夫人著书之时，第发其心中所主道之人道而释奴一战，即人道所开之花也。”[4] (41) 孙毓修对斯陀夫人写作《汤姆叔叔的小屋》的初衷及其巨大社会影响力的评述，可谓所言极是。孙毓修还阐述了斯陀夫人对于美国文学的重要意义，“英以先进国自豪，对于美国人之出版物辄不胜其鄙薄思。惟郎法罗 Longfellow 之诗，斯拖活之小说，则举国爱诵，与三岛文字，不分轩轾，其推挹可见矣。”[4] (41) 作者认为，斯陀夫人的创作引起了英国文学界对美国文学的高度重视，进一步改变了英国对美国文学的歧视。在今天看来，孙毓修的这一论断仍具有一定的预见性与前瞻性。

与此同时，晚清女性裕德龄①也出现在《丛谈》中。孙毓修认为：“其所造小说，虽不敢与斯拖活并论。要亦欧风东渐后之一段新文学史云其人为谁，则胜朝裕庚之女。”[4] (43) 在《德林郡主》中，孙毓修点评了她的两部作品《掖庭二年记》（《清宫二年记》）与《十年一梦》，“一写理想，一记实事，皆足令人眼泪不干耳。”[4] (45) 在这里，孙毓修只是从局部点明裕德龄写作清宫秘闻时，所流露出的哀怨与伤感之情，却没有指出其创作所具有的文献史料价值。孙毓修单列一节专论裕德龄，有学者提出异议。②从表面上看，《德林郡主》似乎游离于《丛谈》所论述的范围而略显单薄。其实，当我们把目光转向清末“女子救国”的时代氛围中

---

①裕德龄(1886—1944年)：美籍华人作家，其代表作《御香飘渺录》(《慈禧太后私生活实录》)、《瀛台泣血记》等在海外广为流传。同时她是晚清为数极少的受过西方教育，且能操多国语言的女性，是慈禧的贴身翻译与御前女官。

②柳和城在《孙毓修与〈欧美小说丛谈〉》的文末这样写道：“不知为什么，《丛谈》却设一篇专谈中国人‘德林郡主’(即撰写《御香飘渺录》等清宫秘闻的德龄公主)。不写但丁、薄伽丘、大仲马、巴尔扎克、歌德、托尔斯泰和普希金，却把这样一位东方人列入其中，无论如何是不合适的。”

时，就不难理解孙毓修写作《斯托活夫人》与《德林郡主》的用意所在。虽然《丛谈》写作略晚于清末女权启蒙运动的高潮，但从孙毓修对两位女性作家的关注，仍可以看到它的余韵和身影。孙毓修站在中外文学关系交流的角度，以开阔的胸怀、国际的眼光聚焦于中西两位女性作家，并对其的生平与创作进行较为详细的评述。虽然其中的结论或显武断、或显简略，但它展示了中国传统文人以平等的眼光与西方文学进行对话与交流的一种姿态与自信，也暗含了孙毓修振兴民族文学、融入世界文学潮流的愿望。

二、注重文体研究

孙毓修在《丛谈》的前言中说道："欧美小说，浩如烟海。即古今名作，昭然在人耳目者，卒业一过，已非易易。用述此编，钩玄提要，加以评断，要之皆有本原，非凭臆说。但此非有专书可译，故未能一一注明也。天寒笔冻，日得数行，其有愧于司各得之手多矣。"[4]（前言）综观《丛谈》的篇目，孙毓修"评断"的并非全是小说，寓言、童话、戏剧等都包含其中。

在《寓言》这篇论文里，孙毓修对寓言进行了较为生动的理论探讨。他认为："Fable者，捉鱼虫草木鸟兽天然之物，而强之入世，以代表人类喜怒哀乐、纷纭静默、忠佞邪正之概。《国策》桃梗土人之互语，鹬蚌渔夫之得失，理足而喻显，事近而旨远，为Fable之正宗矣。译者取庄子寓言八九之意，名曰寓言，日本称为物语。此非深于哲学，老于人情，富于道德，工于词章者，未易为也。自教育大兴，以此颇合于儿童之性，可使不懈而几于道，教科书遂采用之。高文典册，一变而为妇孺皆知之书矣。"[4]（71~72）可以看出，孙毓修对寓言的美学价值与教育意义的理论概括与提升，极具学术眼光。作者称伊索为"古之专以寓言著书，自成一子者"，[4]（72）视其与荷马同为"希腊之诗圣"[4]（72）；称法国寓言作家芳登（拉封丹）为"伊索之嗣音。然芳登之书，大半取材于伊索，为易散文为韵语耳，述而不作。"[4]（74）而唯一能与伊索并驾齐驱的是俄国寓言作家克利陆甫（克雷洛夫），称其"当第十八世纪世界唯一专制之国羁勒之下，故其所造之说，幽思深虑，千回百转，尤耐人寻味焉”。[4] (74) 作者对斯威夫特的《格列夫游记》也格外青睐，认为《小人国》“鉴于时局，不欲危言严论，而微词讬讽。有为而作，此则寓言八九恙无所指也”。[4] (62) “政见尽于此书，而其诙谐之资料，惝恍之奇情，实令人一读一赞赏。”[4] (19-20) ①孙毓修对外国文学史上的寓言作家作品的评述，可以说是极为独到而精辟的，在今天看来仍然具一定的合理性。

在《神怪小说之著者极其杰作》一节中，孙毓修对“神怪小说”即童话进行了极为详细的论述。他认为，“神怪小说”乃是“小说之祖”[4] (54)，而我国却历来不重视对此的研究：“不知小说本于文学，而神怪小说又文学之原素也。天下之事，因易而创难。神怪小说，则皆创而非因，且此创之一字，仅上古无名之人，足以当之。”[4] (54) 孙毓修惋惜《路史》在中国只落得“觉其荒唐，斥为不典”的境地，而西方却格外重视对童话的研究。孙毓修从发生学的角度考察了西方童话的起源，颇见乾嘉学派的作风，注重实证、考据，具有一定的说服力。作者认为历史名城威尼斯②是神怪小说的发源地，其“依山傍水，风景天然，商旅辐辏、骚人墨客至此寻题分咏者，踵相接也。莎士比之威尼斯富人 *Morehant of Venice*，其尤著者……作小说者皆讬始于此……洵乎文艺之渊薮非此莫属矣”[4] (55)，神怪小说之鼻祖斯德拉巴罗拉③即出生于此地。孙毓修对斯氏的身世进行考证，认为“其绝非威匿斯之土著，而自邻近诸国转徙来此，借风土清嘉之地，以写其胸中之小说者也。”[4] (55) 中世纪时，欧洲各国只有社会中心威

---

①斯威夫特的《格列夫游记》直刺人性，并对人性产生质疑。而长期以来人们认为，该作是儿童文学，这大多源于孙毓修。

②《丛谈》中孙毓修多次表述了此观点。在《神怪小说》中：“神怪小说之有专书，始于第16世纪。意大利之北有古城威匿斯者 Venice 者。山平水远，风光秀媚。富商达官，多居于是。繁华富丽中甲于欧洲。作小说者皆讬始于此。”在《彭·琼生》中认为威尼斯是中古之时欧洲社会的中心，“有钱者来此讬踪，有文化者来此寻题，而一时之富人常为文人揶揄之资料，此实富人之不幸也。斯德拉巴罗拉之神话，谓四海之神相誓不娶富商之女。莎士比之曲谓犹太富商欲割债客之肉。凡此不朽之作，类皆威匿斯富人之小史也。”

③Straparola(1480—1557 年)：一位记录传说故事的作家，其记录的故事都比较雷同。

尼斯有雕版之术，这为斯氏创作《穿靴子的猫》（*Puss in Boots*）等神怪小说奠定了物质条件，所以正是威尼斯孕育了神怪小说。在作者眼中，威尼斯的地缘意义与文学意义非同一般。①孙毓修认为，虽然法国以神怪小说闻名于世。但是，18世纪法国最受读者欢迎的神怪小说《蓝鬓》《睡美人》《母鹅》等作品的作者，并不是出自人们所认为的“笔洒珠玑，舌灿莲花”的杜尔诺哀爵夫人与波老儿，因为“此二人之撰述盖无不窃取于斯氏”。[29]（55）由此，孙毓修认为，斯氏是“神怪小说之第一人”[4]（56），并更加确信“神怪小说之有述而无作也……今日文学史上赫赫之巨子惟掇拾古人之唾馀，附于述而不作之列，尚无术以自创也。由此言之，神怪小说岂易言哉、岂易言哉②”[4]（56、54）。对于在神怪小说创作方面具有贡献的学者，孙毓修给予了较高的评价。他称德国格林兄弟“神怪小说之巨子”[4]（65）又称安徒生为“丹麦之大文学家亦神怪小说之大家也”[4]（65）等。

孙毓修以文体为出发点，对外国文学史上的寓言、童话、戏剧等文体的产生、形成、演变等进行动态考察，并对其代表性的作家作品进行较为系统的梳理。从中可以看出，中国传统“词章”研究的“文体辨析”特色。可以说，这已经具有了比较文体学研究的意识。虽然，《丛谈》在研究的深度和广度上都有待于进一步提高，但在当时的确是难能可贵的。从某种意义上说，作者对各国文学史实的择取，对作家作品的阐释，对文体范畴的界定，都是建立在作者文学观念的基础之上。清末，梁启超发起的“小说界革命”，将小说的地位由“小道末技”转为“文学之最上乘”。在《丛谈》中，孙毓修专门对欧美小说进行综合研究，表明其在文学观念上还是比较前卫的，尤其是其格外关注小说作为“小道”的通俗性、平民性。在孙毓修看来，霍桑“小说之才于美为第二等作家，而其明显反出于

①孙毓修在《旁卑之末日》中认为：“罗马为历史之渊薮，历史为小说之材料，故欧美作家莫不搜题于此。”

②1909年，孙毓修曾在国文部主编《童话》丛书，并参照《泰西五十轶事》等编写《无猫国》《大拇指》等儿童读物，深知创作童话的不易。

欧文 Washington Irving 考伯尔 Cooper 之上。吾求其故，则知通俗喻情固小说之正轨，人欲自显其名至于村童牧，皆知有罗贯中施耐庵，则莫如为浅俗之小说矣。霍桑之书，专为普通人作荳棚闲话者，如《祖父之座》(*Grandfather's Chair*)、《有名之古人》(*Famous old People*)、《自由树》(*Liberty Tree*)、《怪书》(*Wonderful Book*)，理想虽不高，而爱读者甚多焉”。[4]（45~46）强调平民文学也是后来新文化、新文学运动的主旨之一。但是，孙毓修作为传统文人，在他身上还带有中国传统的小说观念。孙毓修是从杂文学的角度理解小说，所以，他将戏剧、寓言、童话等不同的文体归入“小说”，即把小说看成是一种文类，在经、史之外的一切不入流的文体统统纳入小说这个“收容袋”，而作为一种文体的小说的独立价值，还远远没有显示出来。如在《欧文》这一篇里，孙毓修认为，欧文“生平未营他业，而惟侍造作小说以为生”。[4]（72~73）而实际上奠定欧文文学地位的代表作《见闻札记》，主要包括散文、杂感、故事等，这些并不是小说所涵盖的范围。

总的看来，孙毓修在小说回归文学本位上向前迈出了一大步，但“古来小说之定义”的印痕在其头脑中尚未完全消除，他对“小说”的内涵和外延的界定具有一定的模糊性、片面性与局限性。这使《丛谈》在体例上新旧杂陈，存在各种文体兼而有之的共生现象，而缺乏“精”“专”的研究意识。

三、外国文学研究与中国的现实问题

陈平原教授在谈到西方小说在中国的影响时说：“经过周桂笙、徐念慈，到恽铁樵、孙毓修，中国小说批评家对西方小说的了解逐步深入，不但肯定了西洋小说独立的艺术价值，而且明确主张以西洋小说来改造中国。”[5]（235）长期以来，“文以载道”的观念使中国的文学研究总是与现实密切相关。作为其的一部分，中国的外国文学研究从一开始就不是从象牙塔里走出，而是深深浸泡在现实当中，与中国本土的现实问题密切相关。如在救亡图存的特定历史时期，鲁迅《月界旅行》的“序言”中“科

学小说能开启国人的心智视野，推动社会与思潮的进化”。[6]（35）

《丛谈》写于1913—1914年，处于中华民国成立与新文化运动的过渡期。“民主”“共和”的思想已深入人心，振奋民族精神、启蒙国民思想，做“世界公民”成为民国初年的主旋律。在《寓言》中，孙毓修由屈原作《离骚》与伊索撰《寓言》的不同境遇而联想到：“西方自治之平民，终胜于东方专制之君主，希腊共和之世，最重自由之民，伊索每置身于公众聚会之场，高视阔步，人皆仰之。”[4]（49）表面上看，这是孙毓修的闲来之笔。①实际上，却暗含着作者对中国走向民主社会的期盼以及改造社会的文学想象。孙毓修对科幻小说的热衷，很大程度上与时代节奏合拍，与国家和社会的命运相连。

孙毓修把我国古代小说分为三类：“女子怀春，吉士诱之，是为诲淫之书；牛鬼蛇神，善恶果报，是为迷信之书；忠义堂上，替天行道，是为诲盗之书。近五百年作者如鲫，而范围不逾此数者亦陋矣。”[4]（104）在孙毓修看来，中国古代小说于世道人心均无益，仅是供人们茶余饭后消遣。与之相对，欧洲已经出现了“科学小说”或“理想小说”。在《二万镑之奇赌》中，孙毓修这样写道：“第十八世纪之间，正欧西科学萌芽之代。而为科学之先导者，乃在区区之理想小说。其意境之奇辟，寄托之高深，实有卢牟六合，驰骋古今之概。发明家读之，因得开拓心胸，暗室之中，孤灯远照，依此曙光，终达彼岸，其文甚趣，其功更伟，此中巨子，如法兰西产之柔罗氏 Jules Verne 亦其一也。一千八百二十八年，生于南次 Nantes，一千九百又五年，卒于亚门 A-mens。”[4]（104-105）作者所言的柔罗氏就是儒勒·凡尔纳。在《海底漫游录》中，孙毓修又这样写道：“此亦柔罗氏 JulesVerne 理想小说之极佳者……出版于一千八百七十三年，当此时欧美之人，已能履海如平地，而欲潜行海底，则尚未能。柔罗氏于此著

① 这样的闲来之笔，在《丛谈》多次出现。在谈到本·琼生时，孙毓修对中西墓志铭进行比较：“呜呼，希有之彭琼生 O Rare Ben Jonson 寥寥数言，足概生平，胜于我国谀墓之文累百行而不休者多矣。”表明孙毓修对西方简约文风的赞扬。

笔而畅发其理想。四十年来，潜水艇已有发明者，而终不能往来自由，令人畅游海底之风光如柔罗氏之所云者……读此篇，令人冒险好奇之心油然而生。此等盛事，安必不于吾身亲见之哉。”[4]（153~154）其中，“科学之先导”“冒险好奇之心”等表明，孙毓修希望通过科学小说的科学性、想象性等因素培养国人的爱国心和冒险心。如孙毓修在《兹律额斯朝之舞台及优人》中认为，马洛、莎士比亚、本·琼生是“英国戏曲之祖”，虽然“人事有变迁，时局有反复。独此三人之脚本犹存三人之中，尤推莎士比其事至今如新，五百年如一日也。夫人情莫不厌旧而喜新，岂英国人之嗜好独殊哉。盖彼所赏者不在事迹，而在文学也。彼法德诸国剧场之中，亦各有其万年不弊之莎士比，日日发现于国民之目中，用能整齐民志，人人有爱国之心。返顾吾国则缺如也，古乐亡而京戏起，京戏厌而新剧兴。要皆无深入人心，足使人不厌百回看之精神存乎。此则爱国之士所以当急为设法者者也。吾祝中华之莎士比及时生产，以文学而保国也”。[4]（103~104）可以看出，孙毓修的爱国之心与报国之志溢于言表，但其中也含有夸大文学社会作用的片面倾向。“中华之莎士比”暗含了民国时期外国文学界对研究者的主体意识与身份认同的焦虑。

从以上个案可以看出，民国初期的外国文学研究很大程度上诉诸于社会政治层面，这奠定了整个民国时期乃至新中国成立后很长一段时间内，中国外国文学研究的基调和底色。尽管学术从来都不会是“纯粹”的智力活动，学术与政治现实紧密扭结仍然是中国学界一个最为鲜明的特点。如伍蠡甫认为，研究西洋文学应以“做现代的一个中国人”为出发点，“从积极方面培植自己的文字，以推动社会的新发展，于消极方面吸收外国的新食粮，以作培植的资源。”[7]（2）在伍蠡甫看来，其中最重要的是认识文学和人生的关系。而中性的、学院化的“为研究而研究”似乎并不适合中国的现实需要，柳无忌认为：“真正的广征博引的西洋文学研究是不可能，而且也是不必需的，这些工作尽有西洋学者在他们本国穷年累月地做着，我们在不适宜的环境下，倘使也要跟随他们，模仿他们，那是走上了一条绝路。”[8]（5） 但从叶公超对艾略特的研究、盛澄华对纪德的研究、李健吾对福楼拜的研究、梁实秋对莎士比亚的研究等成果，则显示了从学术学理层面进行的系统研究，也是很多学者的学术追求。正如盛澄华所言：“物理学家久已着手于原子能的研究，但他并不一定想到要造原子弹。这不是说学术必须与现实脱节，而是学术的主要途径并不为求当前的实用，唯其不求当前实用，它才能放胆深入到它所追求的理想。”[9]（8） 其实，只有这两个层面互动与共生，才能使中国的外国文学研究获得不断发展的原动力。

四、问题与不足

《丛谈》作为中国第一部具有开创意义的外国文学研究著作，典型地体现了中国早期的外国文学研究，因缺乏必要的参考与借鉴资料等因素，而具有诸多不足与局限。

“误读”是文化、文学交流过程中不可避免，也是不可忽视的现象，尤其是在外国文学研究中，受到本国文化的过滤或是研究者主观因素的制约，对于外来作家作品、文学现象等的原本意义解读多少会存在不同程度的“变形”或“脱落”。在《耶稣诞日赋》中，孙毓修指出：“英人狄更斯之小说，善状社会之情态，读之如禹鼎象物，如秦镜照胆。长篇大卷，一气呵成，魄力之大，古今殆无其匹。林纾只译出四五本小说，而狄更斯的第一本成名之作，‘乃始于说鬼，寥寥短章也。秋坟隐语，荳棚闲话，其有忧谗畏讥之心乎’。”[4]（122） 可以看出，孙毓修对狄更斯的现实主义创作具有一定的认识，但关于《耶稣诞日赋》整体意蕴的把握是有出入的。该作的英文名称为 *A Christmas Carol in Prose*，*Being A Ghost Story of Christmas*，即“看来是个圣诞鬼故事，实质上却是一首以散文写出的圣诞颂歌”。狄更斯通过主人公斯克鲁济在平安夜，由 3 个精灵引领，在精神层面上游历了过去、现在和未来。这部作品意在表明：人性的复苏与回归才是圣诞节的本质和生活的意义。而孙毓修从中国传统的鬼神与幽冥观念出发，将其理解为“忧谗畏讥之心”，明显背离了这部作品的真谛。在中西文化、文学激烈碰撞的民国时期，各种不同思想来源的外国作家作品以及文学思潮涌入中国时，国人对于这些异质文学的解读在不同程度上出现或多或少的“误差”，也正是这种“误读”，在一定意义上为中西文化与文学交流做出了特有的贡献，正如人们所说的“世界文学”就是在“误读”的背景下逐步向人类走来。

《丛谈》也存在常识性的误读。孙毓修在论及斯拖活夫人时这样写道：“美国当殖民时代，无所谓文学也。①独立之初，飞书草檄，则推富兰克林Franklin 为巨子。然富兰克林与其谓之文学家，毋宁谓之政治家、科学家也。开山之文学家当推斯拖活为第一，一时须眉男子如欧文 Washington Irving 霍桑 Hawthorne 诸人，皆读夫人之文而起者也。”[4]（43）孙毓修将斯托活（斯陀夫人）置于美国文学史大背景并给予其艺术定位，在一定程度上表明孙毓修在研究外国文学时已具有了“史”的意识。②但是从文学史的角度看，1815 年欧文的《见闻札记》问世，正是这部作品欧文被誉为“美国文学之父”。1848 年，霍桑的《红字》已经发表；1851 年，斯陀夫人的《汤姆叔叔的小屋》才在废奴主义杂志《国家时代》上连载 40 周。从时间的先后顺序上看，欧文与霍桑的文学黄金期出现在 1851 年之前，而孙毓修认为，他们“皆读夫人之文而起”，这种说法显然是站不住脚的。孙毓修在《欧文》这篇文章中，指出欧文“初造美国文学”[4]（49）。在这里，他又称斯陀夫人是美国文学的开创者，在表述上也是欠严谨的、矛盾的。同时，孙毓修特别提出，英国“诗人之角”唯独没有斯陀夫人的位置。可见，孙毓修对斯陀夫人的崇敬之情。在一定程度上，孙毓修受到情感因素的干扰及林纾翻译《黑奴吁天录》的影响，从而夸大了斯陀夫人的文学地位。

此外，在清末民初的特定历史条件下，翻译文学的蓬勃发展使读者对外国文学作品内容的相对熟知，而作者生平事迹的了解就显得薄弱很多。《丛谈》特别注重作家生平事迹的铺叙，孙毓修对莎士比亚、本·琼生、安徒

①孙毓修在《沙罗》中写道:“美之文学莫不取材于英兰,受其感化。”
②孙毓修可以说是最早对美国文学史进行初步梳理的研究者。

生、霍桑、斯陀夫人等人的生平往往进行极为详细的描述，尤其是作者用了近两万字讲述了安徒生曲折坎坷的一生。孙毓修尤其强调作者的生平经历与其创作的密切关系，在《丛谈》中多次出现“生平贡献于读者……吾人欲知此大诗翁之来历，则不可不先溯其家庭”[4]（82、87）、“穷愁著书，中外一例，殆亦天地间一种之公例耶?”[4]（18）其中，“穷愁”又常常“与政府为敌之文，未尝绝笔”[4]（18）、“生以不得志于时，其幽愤嫉世之怀，皆寄之于文字”[4]（36）等语段相连。以《司各德迭更司二家之批评》为例，孙毓修在其中这样言及：“迭更司少更患难，熟知阎间情伪，故其小说，善摹劳人婆妇之幽思，孤臣孽子之痛苦，虽穿箭乞匄者流读之，亦不帝其自叙。”[4]（29-30）无可否认，作者的生活经历会直接或间接地影响其创作。但是，孙毓修把作品当成作家的自传或倒影，这就有机械、教条之嫌，而远离了作品的文学性。若以艾布拉姆斯的文学四要素为依据，孙毓修强调作者与作品、作品与世界的关系，而在很大程度上削弱或忽视了作品自身的审美意义，也不利于读者对文学本体、文学审美性的认识。20世纪二三十年代，外国文学研究出现的庸俗社会学、机械唯物主义等误区，可以说是这种倾向的极端化。此外，在《二万镑之奇赌》《金刚钻带》《耶稣诞日赋》《旁卑之末日》《红种之人杰》《无声之革命》《猎帽记》《汉第自传》等诸篇中，孙毓修多以说书人的口吻，用大量的篇幅讲述这些作品故事梗概。其称凡尔纳的小说“如桴鼓之相应，因果之相随也”。[4]（105）并用上万字详细叙述了《二万镑之奇赌》（即《八十日环游世界记》）的情节，这在很大程度上迎合了都市读者的阅读需求，又可以获得“广见闻”的附加效应。

《丛谈》关于外国作家的生平、作品的内容介绍，在一定程度上可满足读者对外来文学资源的猎奇心理，这与孙毓修早年主编《少年杂志》《少年丛书》①的过程中，对这些作家的传记、轶事及作品的熟知相关。但是，这些内容在具体的论述中顺便涉及即可，列单篇或以大段文字专门介绍则显枝蔓，徒增篇幅。由此，这种社会学研究方法使《丛谈》很大程度

①这些读物“记事简明，议论正大，阅之足以增长见识，坚定志气”。

上使《丛谈》偏离了文学研究轨道，冲淡了它的学术意味。可以说，这也是中国的外国文学研究中存在很长一段时间的痼疾。在这里，我们并不是否定社会学批评的价值。因为文学之所以为文学，不仅仅因为其本身为文学，还基于它存在于社会这个大系统中，社会的诸多因素都会不同程度地渗透在文学中。因此，只要摒弃社会学研究中庸俗化、机械化的倾向，它就仍不失为切入文学现象的有效方法。它可以和其他研究方法相辅相成，共同构成多元互补、生动活泼的外国文学研究局面。

在孙毓修之前，周桂笙、徐念慈、林纾等或宏观考察中西文学观念的不同，或微观解读外国作家作品的艺术特色。孙毓修以其开阔的世界文学视野①，延续了前辈们对中西文学的深入思考，外国文学的研究意识在孙毓修的《丛谈》中进一步增强。孙毓修对所选作家总体创作倾向的认知、对其作品的独到分析，尤其是以文体为线索，对童话、戏剧、寓言等文体在外国文学史上的动态发展进行系统地“史”的梳理，并从理论上对这些文体进行抽象概括。这些表明：《丛谈》并不是通常人们所认为的只是对国外研究成果的编译②，或只是限于一般的启蒙式的介绍，而没有自己的独立思考。虽然，其中有些部分在很大程度上带有“普及”的性质，以现在的眼光看，还显得有些稚嫩，还存在这样那样的问题。但在当时的中

---

①孙毓修重点介绍《块肉余生述》的故事后说：“迭更司每一摇笔，则一时社会上之人物之魂魄，自奔赴腕下，如符箓之役使鬼物焉。尝有画师，写迭更司著书之画，于其背面，作云烟著蔚之状。中有种种之男女，老者、少者、俊者、丑者；容则醉饱者、饥寒者；冠则大冠者、小冠者；衣则新者、旧者；其状则各忧其所忧，喜其所喜，得意于其所得意，失望于其所失望，是皆迭更司小说中之主人也。是即世界众生之行乐图。无古无今，悉为此老写尽矣。呜呼！”孙毓修所描绘的场景即巴斯的名画《狄更斯的梦》，展示狄更斯对现实的观察与反思。《英国十七世纪间之小说家》：“英文 Story 一字，为纪事书之总称，不徒概说部也。其事则乌有，其文则甚长者，谓之 Novel，如《红楼梦》一类之书是矣。为此书者，皆古之伤心人，别有怀抱，乃虚造一古来所未有人，力所不能之境，以畅其志。江阴老儒作《野叟曝言》，奇则奇矣，而中无所托，故不见重于世。盖 Novel 者，出乎人之意外，又入乎人之意中者也。”这两例表明孙毓修具有广阔的学术视野，并非限于一孔之见。

②在论述莎士比亚戏剧创作的概况及其分期时，孙毓修这样写道：“论其戏曲。可分为三大类。一笑剧，二历史剧，三悲剧。而以纪年的眼光论之。则其成书之次第。约可分之为四期。芬尼伐尔 Furnivall 首创其说。今皆从之。”孙毓修能较早转述国外的研究成果，在一定程度上反映出：在中西文化与文学的激烈碰撞期，中国传统知识分子顺应时代潮流，促进自身知识结构更新的趋势。

国，这样多篇幅地集中呈现对外国文学的感知与想象，孙毓修还是第一人。可以说，《丛谈》代表了当时中国外国文学研究的最高水平。同时《丛谈》也是一部能引发我们思索的具有范式意义的外国文学研究专著。在梳理外国文学学术史时，我们可以褒扬它、贬低它，但不能无视它的存在。孙毓修在《丛谈》开创的作家作品研究模式、社会学研究方法、比较研究方法①、对外国作家作品的“误读”等方面，尤其是作家作品研究成为民国时期外国文学研究的主战场，在20世纪二三十年代，各个文学期刊刊载的外国作家专号、专辑、特辑等研究，足以证明《丛谈》的筚路蓝缕之功。当然，其中的不足与缺陷还有待于后来者进一步的补充与完善。

参考文献

[1]柳和城. 孙毓修评传. 上海：上海人民出版社，2011.
[2]昌分. 中国人写的第一部世界文学史. 社会科学报，1990-3-22.
[3]柳和城. 孙毓修和《欧美小说丛谈》. 出版史料，2004(3).
[4]孙毓修. 欧美小说丛谈.上海：商务印书馆，1916.
[5]陈平原. 小说史：理论与实践. 北京：北京大学出版社，1989.
[6]鲁迅. 鲁迅文集·序跋文选. 哈尔滨：黑龙江人民出版社，1995.
[7]伍蠡甫. 怎样研究西洋文学.出版周刊，1936(189).
[8]柳无忌. 西洋文学的研究，北京：中国友谊出版公司，1985.
[9]盛澄华. 试说大学外国语文学系的途径. 周论，1948(6).

本文发表于《中国比较文学》2014年第3期。

①关于《欧美小说丛谈》比较研究方法的运用，详见柳和城的《孙毓修和〈欧美小说丛谈〉》与袁荻涌的《孙毓修和他的〈欧美小说丛谈〉》。本文不再赘述。

“三棵树”作家的创作主题探析

◎张银霞

20世纪90年代，西部文坛在经历短暂的沉寂之后，迎来了新的春天，“西部边塞诗群”“西部散文热”以及小说创作，使西部乃至全国文坛呈现出一片繁荣，尤其是小说创作，经过初期的低谷，在中后期呈现出蓬蓬勃勃的景观。被誉为“三棵树”的宁夏作家陈继明、石舒清和金瓯，创做出了大量优秀的中短篇小说，为西部文坛添上了浓墨重彩的一笔。“三棵树”都是本土作家，对宁夏的生存环境、风俗习惯了然于心，对当地的一草一木都有着深厚感情，同时他们又接受过正规的高等教育，这为他们书写生活提供了另一重视角和可能。纵观3位作家的创作，虽然其主题各有侧重，但都透露出浓重的生命意识和存在的焦虑。他们以不同的方式言说着生命，在极其有限的地域空间，展开了对生命的思考和追问。

一

宁夏地处西北，干涸的土地以及肆虐的风沙是当地特有的地理状况，人们在这块土地上坚韧地生活着。和大自然相比，人的力量是微不足道的，但生活还得继续，与艰苦环境的斗争还得继续，正是这种差距悬殊的抗衡，凸现出他们精神的可贵。在剥离了日常生活中形而下的东西后，人们对生命的极度渴望和珍视不言自明。在陈继明和石舒清的笔下，常常会出现树的形象。在《陈庄的火与土》中，陈继明把西北常见的树几乎写了个遍，椿树、槐树、柳树、八棵白杨和榆树，这些树易于成活，在严酷的环境下和人相依而生，更重要的是，在饥饿的年代它们曾救过不少人的命。在石舒清的《两棵树》中：门前两棵榆树是几代人以前的老人栽下的，它们和孩子们一起成长，守护着家人，见证着家庭的兴衰。当门前的两棵历经沧桑的老榆树被强行挖走，用来抵 90 多元的债务时，家里的老人再也抑制不住心中的屈辱和愤怒，跳进树坑不肯出来。在这里，榆树不再是单纯意义上的树，它已经成为人们生活的一部分……在作者笔下，人就是树，树就是人，生命可以相互对话和沟通。

生命是有限的，人类普遍地对人生的短暂和死亡感到恐惧，于是就显得躁动不安，追问、怀疑、否定接踵而至。作家作为存在者，不仅意识到形而上的恐惧，同时作为一个世俗生存层面上的人，他们对存在本身也常常感到恐惧。陈继明是 3 位作家中比较擅长写城市生活的一位，他用有些克制的笔调，不动声色地表达了生活在城市中的人们的精神压力。《月光下的几十个白瓶子》讲述的是一个年轻的心理学教师杨树，他突然对每天放在学校传达室窗台上的几十个牛奶瓶子产生了一种恐慌，担心有人投毒。后来，杨树在竞争校办公司经理的职位失败后，在校长的牛奶瓶中投毒……竞选只是一个导火索，而致使杨树从一位教师沦为罪犯的深层原因是内心的躁动。“烦着呢”的情绪一直伴随在杨树左右，也流行于整个社会。“你再瞧瞧我们周围的人，是不是都烦着呢？好像都是上过当受过骗，好像都是我们这个时代的弃儿……”从一个心理学老师沦为罪犯的杨树的口中吐出了这个时代的病症，“而这根源于生命存在的‘欠缺’和‘被抛’”①

①丁帆:《中国西部现代文学史》,北京:人民文学出版社,2004 年,第 262 页.

20世纪90年代，城乡的现代转换仍是作家们关注的一个重要审美领域。生命的躁动不安，这种普遍的情绪同样在乡村蔓延。当然，在石舒清的小说中也不乏对生命意义的直接感慨和追问。《逝水》是一篇追述“我”和姨奶奶生活经历的小说。作者说：“我觉得人在这世上真正处于一大片难以澄清的混沌之中，拥有生命，却惑于生命；拥有能力，却囿于命运；拥有双足，却迷于路途。”面对已逝的、无儿无女、命运多舛的老人，作者发出了这样的追问：“告诉我她凭什么活到了九十多？告诉我她为什么要拥有这生命？拥有这生命到底是要干些什么?!”城乡的现代性转换，给乡村带来了很多负面影响。面对席卷而来的巨大变化，人们的思想和观念都受到冲击，心中不免疑惑和狂躁。

与前两位作家相比，金瓯的小说是“另类”的，有着先锋气度。《一条鱼的战争》《鸡蛋的眼泪》和《1982年钻戒》都有荒诞、夸张、寓言的性质。在《鸡蛋的眼泪》中，作者讲述的是一群鸡、养鸡的母子、怀揣鸡雏流浪的孩子、一个妓女、几个强盗，他们就像在童话里一样交谈、思考。在这种混乱的讲述中，物种之间的界限被抹掉，作为生命的共同点被凸现出来：所有生命都受着生命本然的疯狂盲目操控，都犹如傻瓜、白痴和疯子，渴望达到对方，又相互隔绝，没法在这个世界上“把自己安顿妥当”[①]。金瓯小说中的世界大多处于混乱的状态，人物也是被“金瓯笑眯兮兮地‘揪’到自己桌前‘一个舞台’上，让他们全都成为出色的天才的喜剧演员，认认真真地喝酒、打架、泡妞，认认真真地愚笨、暴烈、奔突”[②]，对生命和存在的焦虑就在他们“认真”的生活中显现出来。

二

宁夏“三棵树”作家的创作，从当地汲取了丰富的资源，具有浓郁的

---

①丁帆：《中国西部现代文学史》，北京：人民文学出版社，2004年，第382页。

②陈继明：《出息的金瓯·序》，载金瓯：《鸡蛋的眼泪》，石家庄：花山文艺出版社，2001年。

地域色彩，同时，它又超越了这种界限，在很大程度上触及人类所共有的生存难题。面对生命的有限和存在的焦虑，他们是怎么解决这一困惑的呢？我们发现，3位作家都选择了“往回走”，把创作朝自己熟悉的时空系统开放，回归到乡村、大地、宗教和生命本源。物尽返本，作家们经历了苦苦的追寻和挣扎，又都回到了万物开始的地方，以事物最原始的状态栖息。

陈继明的《陈庄的火与土》《官道》《炕》《麻雀》等作品，都透露出一股浓浓的乡情。作者对于家乡的风情、习俗都有一种极其宽容的，甚至是袒护和纵容的态度。这远不同于20世纪80年代的乡土小说，城市和乡村、固陋和文明的激烈对峙几乎没有了，取而代之的是一种温情脉脉的书写。乡村的陋习，在某种程度上是传统文化的变形和延伸，它维护着乡村的基本道德和伦理秩序，使乡村在现代性转换中不会完全丧失其自主性和特色。给陈继明带来声誉的《寂静与芬芳》，写一位老人因寂寞，想把孙子留在身边参加他和朋友的“牌局”。朋友都是缺席的，但老人却固执而认真地给每个人发牌。孙子觉得爷爷的“牌局”无趣，总能机灵地逃脱。最后老人在开怀大笑中死去，犹如瓜熟蒂落。一老一小，一个大限将至，一个生气勃勃，生命就在这样的轮回中继续，生与死就这样平淡地、安静地进行着。对生死这般举重若轻，可以说是对人类生命和存在焦虑的一个消解，让这种原本自然的事情回归到其最自然的状态。石舒清是那片土地上虔诚的苦吟者，他不厌其烦地书写着那里的一切：小青驴、榆树、盗墓、葬礼……“土地”和“乡村”不再是虚悬的，而是实实在在的与自己休戚相关的世界。这个世界充盈而丰富，鲜活而不失尊严和庄重。不同于石舒清“严肃的认真”，金瓯在“嬉笑的认真”中探索着人类生存困境的去处。在《鸡蛋的眼泪》中，小孩抱着鸡雏孤独地从乡村走向城市，他似乎是要以他的浪游连缀破碎、割裂的世界，但最终归于失败。从以上论述中我们可以看出，三位作者都有意无意地选择离开城市，而以乡村和大地作为安放灵魂的地方。

生活在回乡的回族作家石舒清，伊斯兰教不仅为他提供了精神寄托，也为其创作提供了丰富的内容和更多的可能性。在他的作品中，到处都透露着宗教的痕迹：大净、小净、阿訇、主麻日、念经……更重要的是，他能够把日常生活和人的情感引入到宗教，让宗教来净化人的心灵。“节日”中，环环做生意染上了烟酒，离伊斯兰教义越来越远。环环媳妇就执意舍散一头尕羯羊到拱北，想以此来洗去环环以及家中的浊气。在舍散这头羊的过程中，环环媳妇逐渐领悟到生命的真谛，浓郁而澄澈的感情在她心中升起。宗教由此平息了人们在日常琐事中产生的焦虑，使人们获得人生意义的归属并得以平衡和宁静。《清水里的刀子》对宗教的表现比《节日》更进了一步。一头将要被宰牲的牛，充满了灵性，它意识到自己的生命将被“大用”，因此而变得宁静。院子的老人和牛形成了对比，牛的超脱让老人有种难言的震动与感动，并为自己年轻时对牛粗暴的役使而惭愧。作品通过牛和老人的变化，使得伊斯兰教的圣洁光芒四射。

金瓯的小说有着浓重的“反智”味道，其人物大多是弱势群体，如疯子、白痴、妓女、强盗，他们在这个混乱的世界中“认真”地活着，并以他们的方式思考和行动。这其实是对现代文明的厌弃和颠覆。在文明世界里，有形和无形的秩序无处不在，人们的物质世界和精神世界备受挤压，对于现实无法释怀，总是处于一种莫名的狂躁和不安当中，就像“烦着呢”这种情绪，时刻相伴，挥之不去。在这个层面上，疯子和白痴的世界就有了意义。这也是一种回归，世界回到本源状态，人们以最原始的方式生活着。

综上所述，在“三棵树”作家的作品中，我们很少看到社会精英、白领、大款，他们大多从自己身边的世界获取灵感，以个人体验为基础，塑造出一批普通人物，并从小人物的经历中发掘人类普遍具有的感情和忧虑，揭示人类生存困境。他们的创作立足现实、立足本土，却又超越了地域的界限，达到一个更高的层面。这种超越，让我们看到了人类生存的基本状态和问题，也由此开启了当代文学写作的一个新的审美领域。正如有人所说：他们的写作在不同程度和角度上进入了当下文学视野的盲区，在本来信号微弱甚至信号消失的地方，他们发出了信号，虽然信号还不够强，但毕竟使我们感觉到有另一个世界，那个世界与我们有着至关重要的联系……

张银霞，北方民族大学文史学院讲师，四川大学文学与新闻学院博士研究生，主要从事比较文学研究。

本文发表于《西北第二民族学院学报（哲学社会科学版）》2007 年第 5 期。

对知识分子尊严的呼唤

——关于长篇小说《荒原问道》中的知识分子

◎周清叶

“文学是苦闷的象征”，长篇小说《荒原问道》通过讲述西北一所大学的两代知识分子在转型时期的政治命运以及他们如何丧失又重建独立人格，表现出可贵的现实主义精神和深刻的忧患意识。

在作品中，出身于北京一个知识分子家庭的夏木因为特定历史时期的政治原因，来到了西北的西远大学任教。虽然也曾被祖父暗示少说话，但还是因为一首小诗被打成“右派”，在双子沟劳改。后来与彭教授一起逃跑，彭在中途死掉，而夏木来到一个农村，隐瞒身世，改名夏忠，并被安排娶妻生子。夏木此时唯愿做个农民，连小学教师都不敢担任。由此我们可以看到，极左的政治使一介知识分子惶惶不可终日，从马斯洛所谓的自我价值的实现需求的最高层次下降到寻求安全和求生的最低层次。只是沦为一个苟且者，何谈保持知识分子的节操？——不敢在带血腥味的沉闷空气中“大胆地说话，勇敢地进行，忘掉了一切利害，推开了古人，将自己的真心话发表出来”，使一个“无声的中国”变为“有声的中国”（鲁迅《三闲集·无声的中国》）。像当时很多人一样，夏木丧失了知识分子最宝贵的性格——强烈的社会责任感和道德义务感；敢于说真话；在死神面前的铁骨铮铮；蔑视任何外在权威的自主意识和孤军作战的斗争韧性。

在岳父的村子，这个身高1.65米的男人一方面尽量掩饰自己的身份，但同时也很难融入当地的文化圈和语言圈。在这个乡村社会的熟人世界中，个人没有什么私密性可言。公共领域与私人领域之间的界限也是相对的、模糊的，作为知识分子的夏忠尽管深得钟家三姐妹的喜爱，并最终娶了秋香，生育了3个儿子，但他本质上是孤独的。后来，通过自学钻研，夏忠成了当地有名的中医，然而麻烦接踵而至。被欲望之火燃烧到失却理智的王秀秀让夏忠在这个小地方身败名裂。也就在夏忠几乎失去生存希望时，历史的转机来了，恢复高考了。夏忠戏剧性地又被西远大学录取。在接下来的一年里，他蓄长了胡子，尽可能地用纯粹的方言而不敢说普通话，掩饰自己夏木的身份。不久之后，在是否能为彭教授平反的关键时刻，夏忠再次读到《西西弗的神话》，他忽然对自己“紧张地生活了二十年，在自己的身体里将自己囚禁了二十年，从一个俊美的青年变成一个表情已然痴呆的中年人，从一个充满理想与激情的知识分子变成一个甘心于命运摆布的农民”而感到愤怒，现在他重新“领略知识、思想给予他的自由、激情、冲动，他可以重新来审视他的命运与现实了”。于是他勇敢地承认了夏木的身份，还原历史真相，还彭教授一个清白。

在整个20世纪80年代，夏木如饥似渴地满饮着知识的美酒，像“曾被剥夺歌唱权利的诗人一样四处地发表着对一切问题的看法”，他给学生们介绍什么是真正的马克思主义，介绍尼采的哲学与思想解放，介绍加缪与萨特、海德格尔等等，一时间成了西远大学里的精神领袖。夏木内心发出的召唤，要求按照自己的而不是被别人规定的方式生活，否则他的生活就会失去意义。这种生活实现了夏木真正属于自我的潜能，也是他个人尊严的实现。但赢得学生的同时，却得罪了同事们，给同学们看病又得罪了校医院的人。于是后面的故事可想而知，在以彭教授和夏木为对头的山之宽的大权之下，夏木在中文系的地位每况愈下，被停课，被西远大学所忘却。夏木的这一段悲剧主要是因为山之宽帮派的限制。受极左思想的影响和泛政治化的盛行，大学曾被视为阶级斗争的主阵地，对人的关注已经让位于人与人之间的斗争。而在思想上把阶级性和普遍人性对立，也直接导致了大学里人文精神的严重缺失。就像作品中描写的那样，黄河在这一年并没有如人们期望已久地那样痛快淋漓地冰裂，政治原因造成的某些领域里的冰封状态也没有在短时间内立刻解除。

当然，夏木本身的主观原因也在一定程度上造成他处处格格不入的状况。如同鲁迅先生透过几千年封建史书的字里行间看到的是“吃人”二字，夏木“看见整个史书上画着一个人人的阴茎，而翻过一页，又看见一个被上了锁的女人的阴门”。他宣称古人 18 岁就结婚，因而质疑大学里不允许恋爱结婚实属不合理。在他的行医生涯里，一个主导的思想就是用中医的原理把人被社会性过多地压制和遮蔽了的自然生物属性揭示并理顺，于是曾经因他而在西远大学掀起了“《黄帝内经》热”和“弗洛伊德热”。这些思想和行为有其不可置疑的合理性，显示了夏木作为一个知识分子的强大理性和可贵勇气，但在当时毫无疑问颇有些不合时宜。

后来，夏木被一个诗人请到师大演讲，作品中这样描写这位被诗人称为“教父”的夏木先生，“稍小的个子，稍长的头发，一看至少有两周没洗过（其实至少有一个月了），有些已花白……”“面色看上去多少有些苍白，脸皮都有些松弛，说话有些漫无边际，毫无规矩，刚说两句，就要抽一口烟，仿佛不抽烟就会哑了”。而这个讲座结束时，他居然抽了整整两包烟，喝了整整两瓶啤酒。从后文推算，此时他还不到 50 岁，然而竟颓败如此。以后的每次讲演，人们也都习惯给他准备两包烟、两瓶啤酒。这样的形象，多少让人感到有失知识分子的尊严，当然，更多的是深深的叹息和怅然。

如此落拓不羁的夏木以及他在外界的声誉后来引起新校长的注意，可当他重回课堂，又忘记了命运的警示，与学生大谈社会制度、自由、民主以及恋爱等等在当时尚未被大家广泛公开讨论的话题，并最终因为这些自由化的言论而在又一场运动中被停课，几年来苦心写就的书稿《人类的未来》也被妻子全部烧掉。夏木于是真正地害怕人了，他不写字，不看书。大儿子的不成器是夏木人生中的又一个败笔，但就连他都要训斥自己的父亲是大学这个社会上最穷的人群里面最窝囊的一个。

在运动结束后，他再次站上讲台，然而他的思想却发生了很大的变化。在那个尚未完全解冻的时代，他爱讲西学，改革开放后，他却爱讲老庄和《易经》，并对别人动辄“西方如何如何”的论调感到厌恶。他总是跟不上主流，或者说他总是先人一步。由此可见，夏木具有知识分子可贵的批判精神，他是现有价值的反对者。然而却被当时的人们视作一个保守主义者的代表、一个古董。又一场运动结束后，夏木与同事们的关系变得不太友好了，因为在他看来，很多人都是在混饭吃，而不是真正在搞学问。于是在评职称的时候，他和山之宽发生了正面冲突，并借此大批山之宽等人所谓的学术、文章，也揭露了大学里的一些黑幕。

现实社会是什么样呢？市场经济来临的时代，教育的经济功能被恣意扩张，大学仿佛成了一个工厂或公司，校长成了老板，教师变成打工仔。“老板”以严格、明确的论文数量来考察教师，“打工仔”只好忙于炮制学术论文，当然也就无暇扮演社会良知的维护者或社会批判者的角色。教师的知识分子角色被消解，大学的精神再次被摧残。夏木不屑于写那种“学术论文”，并向山之宽等人宣布永远不评职称。同样作为高校教师的作家徐兆寿先生在这里批判了当前教育系统中的不合理的制度，显示了他的责任感和勇气。

夏木一度不知所终的“出走”暗含了知识分子究竟要走向哪里的追问，小说最末也就是第 101 节交代了他投入荒原的可能。这一次不是由于社会或他人的逼迫，而是一种自我放逐，一种宏大抱负幻灭后为了某种乌托邦假想而远走荒原。知识分子在这个时代的无力或不合时宜被再度证明，他意识到了这个时代与他已经格格不入。

知识分子并不是以知识为其判断的唯一标准，而是以他是否具有社会责任感，是否具有独立人格和自由批判精神为根本特征。也就是说除了有文化、有知识、有智慧，还必须有社会责任感或社会批判精神。在这个意义上讲，夏木是一个合格的知识分子。他维护荒原的生态意识、对国学和传统思想的重视，他对婚姻与人性的辩证思考等等，都显示了他的超前意识。而小说用另一半的篇幅、平行讲述的另一个人物陈子兴虽然出身农民，但因排行最小且生得瘦弱白净而受到家人的偏爱，加之后来一个道士的说辞，更让这个孩子自小滋长了些许孤芳自赏的高傲和敏感、脆弱的个性品质，这就造成了他后来厌恶现实又无能为力的多余人状态。

从14岁与30多岁的英语老师的一段恋情开始，到小说结束时的36岁，陈子兴陷入了一种寻找性伴侣的怪圈，在小说里有名有姓的异性就有14人，这其中包括他两次短暂的婚姻。而西远大学的另一位教师马兴帅的恋爱史据说是数不胜数，除了有名或姓的58个之外，还有36个。这样夸张的情节大约是如同陈子兴后来在贡保活佛的禅房中看到的《楞严经》所云："阿难！云何摄心，我名为戒？若诸世界，六道众生，其心不淫，则不随其生死相续。汝修三昧，本出尘劳；淫心不除，尘不可出。纵有多智，禅定眼前，如不断淫，必落魔道。"与夏木、彭教授、洪教授这一代不同，市场经济时代道德理想的失落，使陈子兴这一代知识分子中的一些人产生了精神世界里的"痞"——丧失人格、渴望堕落，为了剩余的力比多的发泄而反叛。在他们的眼里，"世界疯狂地高举欲望，以肉体、私利为先"，知识太多，然而世界已混乱。在经济挂帅的年代，他们依然有郁达夫时代的"生之苦闷"。诗人黑子因贫穷如戈壁而失恋、自杀；"我"的哥哥处心积虑要娶城市身份的姑娘为妻；而"我"也曾因为来自西北农村的身份而失恋一次，并因此而对北京这样的都市心怀嫉恨，后来的一段婚姻也因双方经济地位悬殊而痛苦终止。"现实原则""欲望原则"对象牙塔内之人的冲击之大由此可见。

知识分子死了吗？

尽管陈子兴之流比之夏木、洪教授已然多么的缺少拯救中国乃至世界、重塑信念、重构价值规范的责任感使命感，（夏木曾先后写过《人类的未来》和《中国文化的未来》《生命本体论》）但他们到底受过较多的教育，并从事精神生产活动，他们的知识也足以使他们比一般的痞子更多一点精神的重负。像作品里反复出现在陈子兴梦境和幻觉里的那只迷途羔羊，不再是优越的启蒙者或明道救世的智者，这些知识分子将如何安身立命？知识分子的尊严又将如何获得？这必将使高校里的知识分子们陷入深刻的反思。

2005年英国学者富里迪《知识分子都到哪里去了》，在中国大陆有了译本，正因此，中国知识分子也一度掀起了不小的讨论热情，诸如“小技术官僚”“琐碎的追求”“启蒙传统的祛魅”等等，几乎都曾不深不浅地涉及过，也都似乎引起过一些共鸣。然而，讨论归讨论，共鸣归共鸣，现实又如何呢？《荒原问道》也许还仅触及到了核心真相之一，比如，在今天的消费主义时代，精神文化的普遍被忽视，跟知识分子的“合理性”堕落是否是一个连锁反应？当经济主义价值观成为当前时代的价值主导，是否也是产生“合法化”如此知识分子的渊薮？如此等等，也就是说，当知识分子开始整体性琐碎、堕落、撒谎之时，反过来看，倘若走出行业规定性、系统规定性甚至阶层规定性，叙事的矛头是否还该最终指向社会机制的深层？如果有了这一自觉的叙事维度，假设地说，《荒原问道》可能会更加有力度。至少会对扑面而来、不热都不行的“国学热”“传统文化热”等当前流行文化思潮，进行化合性叙事处理，因为，这些看似有用的东西，当它热在不合适的时代，其内中原委，恐怕与主导性社会机制运行不见得没有深层联系吧？

不过，话又说回来，好的小说叙事，是要讲究叙事视点的，这一意义，徐兆寿已经做出了最大努力，也获得了了不起的成功，对于叙事来说，已经足够。

后 记

文史学院是北方民族大学成立最早的文科学院，经过30余年的建设和积累，文史学院的科学研究水平不断得到提升，并在语言、文学、历史及民族等传统领域形成了自己的研究特色与学科方向。在语言文字学方面，形成了以理论修辞学、语体修辞研究、语用修辞学、东干语研究、满语研究、宁夏方言、回族语言文化为主要特色的研究领域。文学方面，在宁夏乡土文学、古代文学中的“宁夏风情”、民族融合与古代文学、现当代回族文学研究、古代回族文学研究、女性文学、民俗研究、文学接受学等研究领域都形成了自己的科研特色。历史及民族学方面，西夏学、回族学、中国少数民族史、西北史地研究业已成为研究特色，并具有一定的学术影响力。

为了进一步适应高校新的发展要求，努力提升学科内涵和学科层次，进一步彰显学科特色与学科水平。我们依据语言、文学、历史、民族等学科凝练方向，将近年来文史学院的学科成果予以整理，并出版《北方民族大学文史学院文库》系列学术丛书。这套丛书的出版，既是北方民族大学文史学院整体科研水平的集中体现，也意味着学科方向的凝定与成熟，并为文史学院今后的学科发展指明了方向，打下坚实的学科基础。

这套丛书凝聚了文史学院全体教师的智慧与心血，文学学科部分由祁国宏老师负责整理编订，语言学科部分由李生信、刘晨红老师负责整理编订，历史及民族学科部分由丁万录老师负责整理编订。曾经在文史学院工作过的领导、教师积极配合，一些退休老师还亲自来学院进行文稿的选编、核对等工作，令我们十分感动。在此，我们向支持北方民族大学文史学院学科发展的领导和同仁，向为北方民族大学文史学院学科建设做出贡献的全体教师，为丛书出版付出心血的编辑老师一一表示诚挚的谢意。

编　者

2016 年 12 月